GOLDMANN

Buch

Maureen ist die Tochter des hochangesehenen Sir John Danesfield – die uneheliche Tochter: ein Makel, der es dem unwiderstehlich schönen und klugen Mädchen fast unmöglich macht, in der englischen Gesellschaft zu Beginn des 19. Jahrhunderts Fuß zu fassen.
Maureen verliebt sich unsterblich in den jungen Vicomte Gerard de Valle, der seine Heimat zur Zeit der Französischen Revolution verlassen mußte. Aber auf Wunsch ihres Vaters heiratet Maureen Lord Barre, seinen viel älteren Freund.
Dennoch können die beiden Liebenden einander nicht vergessen. Und nichts kann sie daran hindern, einen Weg zu suchen, der sie wieder zusammenführt.

Autorin

Claire Lorrimer ist in der englischen Grafschaft Sussex geboren. In verschiedenen europäischen Ländern ging sie zur Schule, unter anderem ein Jahr in München. Nach vielen Reisen, die sie mehrmals rund um die Welt führten, lebt sie heute auf einem vierhundert Jahre alten Landsitz in Kent, zusammen mit ihren zwei Söhnen und ihrer Tochter.

Claire Lorrimer

Maureen

ROMAN

GOLDMANN VERLAG

Ungekürzte Ausgabe
Aus dem Englischen von Mischa Lentz
Titel der Originalausgabe: Maureen
Originalverlag: Arlington Books, London

Made in Germany · 2. Auflage · 10/85

Umschlagentwurf: Design Team München
Umschlagillustration: Oliviero Berni, Agentur Schlück
Druck: Elsnerdruck, Berlin
Verlagsnummer: 6814
Lektorat: Martin Vosseler/ST · Herstellung: Sebastian Strohmaier/Voi
ISBN 3-442-06814-2

Prolog
1779

Man schrieb den 4. Dezember 1779. Sir John Danesfield saß, nach einem im großen Speisezimmer hastig eingenommenen Abendessen, allein in der Bibliothek seines Hauses am Piccadilly. Er war ein gutaussehender, kräftiger Mann voll Energie und von überragendem Verstand und mit nunmehr sechsunddreißig in den besten Jahren. Er liebte die Frauen, und die Frauen liebten ihn. Er war schließlich ein reicher, blendend aussehender Aristokrat mit etlichen Titeln, dem sie gerne, wenn er nur wollte, ihre Schlafzimmertüren öffneten, um seine Gelüste zu befriedigen.

Heute abend allerdings, und das war ungewöhnlich, begehrte er eine bestimmte Frau, eine Frau, die ihm aber bisher, zu seiner zunehmenden Verärgerung, widerstanden hatte.

Sir John schlürfte den letzten Schluck des alten Brandy. Es war das zweite Glas, und der wärmende Alkohol hatte seine Begierde womöglich noch gesteigert. Die Situation, in der er sich befand, war ihm fremd. Sein Gewissen stand in starkem Widerspruch zu seiner Entschlossenheit, das Mädchen zu verführen, das mit ihm im selben Hause wohnte und durch einfaches Ziehen an der Klingelschnur gezwungen werden konnte, seine Gesellschaft zu teilen.

Ruhelos fingerte er an seiner Hakennase, die dunklen Augenbrauen mürrisch zusammengezogen, während er seine moralischen Skrupel erforschte. Im ersten Stock lag seine unglückliche Frau Druscilla, im Flügel mit den Kinderzimmern seine beiden jungen Töchter. Alle drei waren erkältet, geplagt von Husten und Schnupfen, ein Zustand, der sich jedes Jahr wiederholte, sobald es Winter wurde. Sir John selbst war ein robuster Mann und verabscheute deshalb jegliche Krankheit.

Er hatte seine Frau nie geliebt, und besonders in letzter Zeit bedauerte er diese Heirat mehr und mehr, abgesehen von den finanziellen Vorteilen, die sie ihm zweifelsohne gebracht hatte. Nach der schwierigen Geburt seiner zweiten Tochter Selina hatten sie beide in stillem Einverständnis auf die weitere Erfüllung ehelicher Pflichten verzichtet. Sir John war froh darüber, hatte seine Frau in diesen Nächten doch nie etwas anderes als Widerwillen gezeigt und ihre Hingabe als pure Pflichterfüllung angesehen. Dieser Tatsache verdankte er es, daß er kein schlechtes Gewissen zu haben brauchte, wenn er sein Vergnügen anderswo suchte. Was nun aber seine Beziehung zu dem jungen Mädchen betraf, das er über alle Maßen begehrte, das war etwas anderes.

Letitia Ashworth war vor einem Jahr als Erzieherin der fünfjährigen Prudence, seiner ältesten Tochter, ins Haus gekommen. Seine Frau hatte das Mädchen, die Tochter eines Geistlichen aus Derbyshire, angestellt. Er selbst hatte von der Erzieherin kaum Notiz genommen, die in ihrem bescheidenen grauen Kleid mit dem Quäker-Kragen und den gestärkten Batistmanschetten ihrer Arbeit nachging.

Im vergangenen Sommer hatte er sie gelegentlich im Garten getroffen, wo sie mit dem Kind spazierenging. Sie knickste mit niedergeschlagenen Augen und gefalteten Händen. Seine pflichtgetreuen Fragen nach dem Wohlergehen des Kindes beantwortete sie mit so leiser Stimme, daß er Mühe hatte, sie zu verstehen. Wenn er überhaupt etwas empfunden hatte, so war es die Erbitterung darüber, daß ihre Quäker-Sprödigkeit und ihr klösterliches Benehmen die religiöse Besessenheit seiner Frau widerspiegelte. Sein eigenes Naturell aber verlangte nach Vitalität, nach Farben und Gelächter, nach Sinnlichkeit und Leidenschaft.

Wirklich aufgefallen war ihm das Mädchen das erste Mal an einem Sommertag, als er unerwartet am Nachmittag nach Hause gekommen war und sie im Ankleidezimmer seiner Frau entdeckte. Mit offensichtlicher Freude betrachtete sie sich dort im Spiegel, gekleidet in Druscillas schönstes und nur selten getragenes Ballkleid, die hübsch frisierte gepuderte Perücke auf dem Kopf.

Mit Erstaunen betrachtete er dieses hinreißende Geschöpf, das von seiner Anwesenheit nicht das mindeste merkte. Er war amüsiert und angetan von dieser seltsamen Verwandlung der jungen spröden Erzieherin. Die gekrausten Spitzen umschmeichelten ihre runden, weichen Schultern und formten die zarte Kurve ihrer Brüste. Das gestickte Leibchen steigerte die Straffheit des nach oben geschobenen jungen Busens und betonte aufregend die schmale Taille, die mit zwei Händen leicht zu umfassen war.

Aber es war nicht nur ihre Gestalt, die sein Begehren entfachte. Letitias grüne Augen funkelten erregt, ihr ovales, schmales Gesicht provozierend zur Seite gewandt, bewunderte sie sich. Ihre Hände ertasteten mit unmißverständlichem sinnlichen Vergnügen ihren jungen Körper. Instinktiv wußte er, daß es in ihrer Vorstellung Männerhände waren, die sie berührten, und sein Wunsch, dieser Mann sein zu dürfen, war so übermächtig, daß er den Atem anhielt.

Sie drehte sich um, und dann sah sie ihn. Ihre Wangen röteten sich, und ihre Zungenspitze fing sich zwischen ihren Zähnen, als sie erschrocken feststellen mußte, daß sie entdeckt worden war.

Sir John war ein freundlicher Mann, und es war selbstverständlich für ihn, sie zu beruhigen.

»Sie brauchen keine Angst zu haben, meine Liebe!« sagte er und ging auf sie zu. »Von mir wird niemand etwas erfahren.«

Er wußte sehr wohl, daß Druscilla die Erzieherin sofort entlassen würde, wenn sie hiervon eine Ahnung hätte.

»Um ehrlich zu sein, Sie sehen so entzückend aus, daß es mir leid tut, daß Sie sich nicht öfter so kleiden können.«

Letitia, den Tränen nahe, sah auf und stammelte Entschuldigungen. Sie war in derart bemitleidenswerter Verwirrung, daß er sich entschloß, sich zurückzuziehen, um ihr Gelegenheit zu geben, sich der geborgten Dinge in Ruhe zu entledigen. Von diesem Moment an errötete das Mädchen, wann immer sie ihm zufällig im Garten oder im Haus begegnete. Mit gesenkten Augenlidern beantwortete sie einsilbig seine belustigten Fragen. Er aber sah sie vor sich, wie sie sich in erwachender Leidenschaft vor dem Spiegel gedreht hatte, und er wußte, daß die Berührung eines Mannes den großen Brand entzünden würde. Und er, Sir John Danesfield, wollte dieser Mann sein.

Er hegte keinen Zweifel, daß sie ihm ebenfalls zugetan war. Ihre Furcht vor ihm, die dafür sprach, veranlaßte sie, ihm aus dem Weg zu gehen. Als der Herbst kam, suchte er ihre Gegenwart immer öfter und benutzte die fadenscheinigsten Gründe, nach ihr zu klingeln. Sie wiederum tat ihr Bestes, seine Nähe zu vermeiden. Absichtlich erschien sie nur in Gesellschaft des Kindes oder seiner Frau. Sir John durchschaute ihre selbstauferlegte Zurückhaltung, und obwohl seine Enttäuschung darüber groß war, mißfiel ihm andererseits nicht, daß sie offensichtlich Angst davor hatte, mit ihm allein zu sein. Er war zwar nicht besonders eingebildet, doch seine Erfolge bei Frauen hatten ihn in seinem Selbstvertrauen bestärkt.

Aber dieses Mädchen nun bedeutete ein ernstes Problem. Ihre Unschuld, das Resultat ihrer Erziehung und Herkunft, war von ungeheurer Wichtigkeit für sie. Eine Liaison mit einem Mann würde ihre Hoffnung auf eine spätere Ehe zerstören. Er war nicht der Mann, Jungfrauen zu entehren. Warum er aber zögerte, seine Bemühungen fortzusetzen, hatte andere Gründe. Als Mann mit einem gewissen Ehrgefühl hatte er sich entschlossen (und das, obwohl er seine Frau nicht liebte), ein pflichtgetreuer Ehemann zu sein und die Gattin und Mutter seiner beiden enttäuschenden Kinder zu respektieren. Er hatte versucht, sein Bedauern darüber, daß sie ihm keinen Sohn geschenkt hatte, nicht zu sehr zu zeigen, und sich sein Leben so eingerichtet, daß ihm genügend Zeit blieb für Spiel, Sport und Frauen. Seiner Frau überließ er es, die klösterliche Atmosphäre in Wyfold House zu erhalten, da sie ihr so viel bedeutete. Darum widerstrebte es ihm, seine niedrigen Gelüste unter dem Dach seines Hauses zu befriedigen.

Diese moralischen Bedenken aber waren in den letzten sechs Monaten unaufhaltsam verschwunden, in dem Maße nämlich, wie seine Begierde zunahm. Und auch bei dem Mädchen hatte sich eine Wandlung vollzogen. Sie war außerstande, ihre zitternden Hände zu kontrollieren, wenn er mit ihr sprach, oder ihr Erröten, wenn er ihr im Stiegenhaus begegnete und sich ihre Körper wie zufällig berührten.

Heute abend stand sein Entschluß fest. Der Brandy, den er getrunken hatte, um seine Begierde zu verscheuchen, hatte diese nur noch verstärkt. Die Kinder schliefen längst, seine Frau lag krank in ihrem Zimmer, Letitia war folglich allein. Vom Personal würde niemand im Kinderzimmerflügel erscheinen, außer es würde geläutet.

Letitia saß am Tisch, mit Abrechnungen beschäftigt, als er unangemeldet die Tür öffnete.

Im Kamin brannte ein Feuer, und es war warm und gemütlich. Letitia erhob sich langsam, die Augen wie immer niedergeschlagen, mit geröteten Wangen. Abwartend verharrte sie so. Sir John stand in der offenen Tür und starrte sie an. Als er nicht sprach, fühlte sie sich verpflichtet, ihn anzusehen. Deutlich zeigte sein Gesicht die Absicht, mit der er hergekommen war, und die Röte auf Letitias Wangen vertiefte sich.

Schweigend sahen sie sich an. Dann schloß Sir John die Tür.

Immer wieder hatte sich Letitia diese Situation ausgemalt, in ihren Träumen und auch, wenn sie wach war. Ein Gefühl von Unwirklichkeit überkam sie, als der große Mann nun auf sie zukam. Sie fürchtete sein Näherkommen, doch gleichzeitig wünschte sie nichts sehnlicher. Immer wieder in den letzten Monaten hatte sie sich den Ernst ihrer Lage vor Augen gehalten. Ein Mädchen in ihrer Position war, das wußte sie genau, von der Gnade des Hausherrn abhängig, wie all die anderen Dienstboten. Ihre Mutter hatte sie vor diesen Gefahren gewarnt und sie auch über die furchtbaren Konsequenzen aufgeklärt. Aber ihre Mutter hatte sie nicht vor den Gefühlen gewarnt, vor der Sehnsucht ihres Körpers, der nun nach Liebe verlangte.

Letitias Herz, ihr Verstand, ihr Körper waren in Aufruhr, und dieser Zustand ähnelte sehr demjenigen von Sir John, der ihn schon den ganzen langen heißen Sommer über geplagt hatte. Nun forderte sein fragender Blick eine Antwort, und sie wußte, daß sie sie nicht geben durfte; forderte ihre Hingabe, die ihren wahrscheinlichen Untergang zur Folge haben würde. Da sie streng erzogen worden war, empfand sie schon ihre romantischen Vorstellungen ihren Arbeitgeber betreffend als sündhaft. Ihr Vater würde Sir John einen schlechten Menschen schelten, aber dies traf nicht zu, wie Letitia inzwischen wußte. Sir John liebte seine Frau nicht, aber Lady Druscilla machte andererseits kein Hehl daraus, daß seine physische Präsens ihr geradezu unerträglich war. Sobald er das Haus verließ, schien sie erleichtert. Dauernd beschwerte sie sich über den verhaßten Geruch seines Tabaks, über seine Unordentlichkeit, ja, sie empfand seine ausgeprägte Männlichkeit als Beleidigung der klösterlichen, gedämpften Stille, die sie sich im Haus zu erhalten bemühte.

Letitia fühlte sich von dem farblosen Ernst niedergedrückt, mit dem Druscilla Danesfield dem Hause vorstand, obwohl dies ihrem eigenen Zuhause ähnelte. Denn ihr Vater war ein Mann der Disziplin und ein strenger Verfechter der Lehren Gottes. Doch war da auch die Wärme in der Stimme ihrer Mutter gewesen, die Liebe, die aus ihren Augen sprach, wenn sie ihren Mann ansah. Letitia hatte diese Liebe in der Beziehung ihrer Eltern gespürt, sich manchmal sogar ausgeschlossen gefühlt und sich nach dem Tag gesehnt, wo sie den Mann finden würde, der sie lieben und heiraten würde und mit dem sie diese innige Verbundenheit erleben könnte.

Bis zu dem Tag, als Sir John sie im Ballkleid vor dem Spiegel entdeckt hatte, fand sie sich weder besonders schön noch begehrenswert. Doch damals hatte sie herausgefunden, daß sie nicht nur das ernsthafte, spröde Mädchen sein wollte, das ihre Mutter aus ihr gemacht hatte. Was ihr Spiegelbild ihr andeutete, machten ihr dann die Blicke von Sir John überdeutlich – die Liebe Gottes würde ihr nicht genügen, wie ihr Vater ihr versprochen hatte. Sie wollte die Liebe eines Mannes.

Letitia stand auf und sah ihn aus ihren grünen Augen an, als sei sie von seiner unmittelbaren Nähe magnetisiert. Sir John zögerte. Die Jagd war vorbei, das Wild gestellt. Trotzdem fiel es ihm schwer, den letzten, unwiderruflichen Schritt zu tun. Das Mädchen war so erschreckend jung und hilflos, so fürchterlich verletzlich.

Ungeschickt strich er ihr über das weiche, seidige Haar.

»Letitia!« sagte er mit vor Begierde heiserer Stimme. »Sie wissen doch, warum ich gekommen bin, oder?«

Sie nickte.

»Und Sie wollten, daß ich komme, nicht wahr?«

In momentaner Verwirrung schloß sie die Augen.

»Ja, Sir. Ich glaube, ich wollte es. Trotzdem . . .«

Er wich ihrem verzweifelten Blick aus. Seiner eigenen Schwäche wegen hatte seine Stimme nun einen zornigen Unterton:

»Mein Name ist John. Also nennen Sie mich bitte so!«

Gerade jetzt durfte sie ihm nicht leid tun, sagte er sich.

»Ja, John!« antwortete sie sanft.

Ihre Schüchternheit entzückte ihn und verstärkte sein Verlangen. Er setzte sich auf den Stuhl, auf dem sie zuvor gesessen hatte, nahm ihre Hände und zog sie an sich. Durch den dünnen Stoff ihres Kleides spürte er ihren zitternden jungen Körper.

»Ich will Sie zu nichts zwingen, meine Liebe. Es steht Ihnen frei, nein zu sagen. Sie brauchen keine Angst davor zu haben, daß ich Sie mit Gewalt nehme.«

Letitia fand ihre Stimme wieder.

»Ich möchte Sie nicht zurückweisen, Sir . . . John«, verbesserte sie sich, »aber ich fürchte mich. Nicht so sehr vor Ihnen, sondern weil es . . . weil es falsch wäre.«

Ein Gefühl des Triumphes überkam ihn. Er hatte also doch recht gehabt. Er war ihr nicht als Mann zuwider, sondern einzig ihre Moral hinderte sie, das zu tun, was er sich seit so langer Zeit wünschte.

»Dann ist es Ihre Angst, eine Sünde zu begehen, die Sie veranlaßt hat, mich so grausam zu behandeln?« fragte er sie halb ernst, halb neckend. Als sie ihm darauf nicht antwortete, zog er sie noch dichter an sich. »Und Sie können sich nicht vorstellen, wie mich Ihr Verhalten gequält hat?« fragte er barsch. »Kein Blick – kein Lächeln. War es etwa Ihre Absicht, mich damit zur Verzweiflung zu bringen?«

Letitia spürte das Klopfen seines Herzens durch ihr dünnes Kleid, und es schien ihr, als warte jede Faser ihres Körpers darauf, von ihm berührt zu werden. Ihr Atem wurde schneller.

»Ich wußte nicht genau, ob Sie mir wirklich zugetan sind«, sagte sie. »Ich hatte gehofft, daß wir beide, wenn ich mich von Ihnen fernhalte, unsere sündigen Sehnsüchte vergessen!«

Sir John mußte über diese puritanische Formulierung lächeln. »Sündig!« wiederholte er. »Vielleicht! Obwohl ich daran zweifle, daß Gott es als Sünde geplant hat, wenn sich ein Mann und eine Frau brauchen.«

»Ich weiß überhaupt nicht mehr, was richtig oder falsch ist«, meinte sie verzweifelt. »Das einzige, was ich weiß, ist, daß mein Gewissen mir sagt, daß es falsch wäre. Und daß ich ... Sie liebe!«

Ihr Zittern erregte ihn so, daß es ihm schwerfiel, sich zu beherrschen.

»Sie lieben mich? Und trotzdem haben Sie mir den ganzen langen Sommer kein Zeichen dieser Liebe gegeben!«

Letitia errötete.

»Möglicherweise, weil Sie mir kein Zeichen Ihrer Liebe zukommen ließen, Sir. Nicht, daß ich irgend etwas erwartet hätte, denn Sie sind ein verheirateter Mann und nicht frei.«

»Dann ist es also die Liebe, die Sie suchen, und nicht die Rettung vor der Sünde an sich«, sagte er. »Wenn ich Ihnen nun meine Liebe erklärte – würde Ihnen das die Antwort erleichtern?«

Ihr Zögern war nicht geheuchelt, und in ihre Augen trat ein ernster Ausdruck.

»Ja, ich glaube, das würde es – zumindest ist wirkliche Liebe sicherlich eine Entschuldigung, die Gebote zu brechen.«

»Du sollst nicht begehren eines anderen Weib?« fragte er. »In dieser Hinsicht kann ich Sie beruhigen, denn Sie sind nicht verheiratet, und somit würde nur ich den Ehebruch begehen. Was aber diese Sünde betrifft, so habe ich mir daraus noch nie etwas gemacht, und ich glaube, Sie kennen den Grund dafür, Letitia.«

Sie nickte.

»Ich muß damit leben«, sagte er ruhig. »Was mein Gewissen viel mehr belastet, das sind Sie. Selbst wenn ich Sie liebe, so

kann ich Sie doch nicht heiraten, das wissen Sie.«
Überrascht und glücklich sah sie ihn an.

»Ich wußte nicht, daß Sie mich lieben! Wie konnte ich das von einem Mann in Ihrer Position, in Ihrem Alter und mit Ihren Erfahrungen erwarten. Warum sollten Sie mich lieben? Sie wissen doch nichts über mich. Nur, daß ich aus einem einfachen Pastoren-Haushalt komme und die Erzieherin Ihrer Kinder bin. Wie also können Sie sich Ihrer Liebe zu mir so sicher sein?«
Sir John empfand ihre Logik und ihre Direktheit als Tadel an seiner Irreführung. Er hatte nicht vorgehabt, ihr eine Liebeserklärung zu machen. Aber er wußte genau, daß er sie verlieren würde, wenn er diese nun zurücknahm. Wie sie so zwischen seinen Schenkeln stand, jung, schlank und vor Erregung bebend – er hatte nicht die Kraft, den Vorteil nicht zu nutzen, den sie ihm so unschuldig eingeräumt hatte.

»Sie lieben und respektieren, das ist alles, was ich weiß, seit Sie in meinem Haus leben!« sagte er. »Und ich glaube, wenn ich Sie erst besser kenne, daß sich meine Zuneigung nur noch vertiefen kann. Letitia . . . wissen Sie, was ich erleide? Ich brauche Sie. Ich bitte Sie inständig, mich nicht länger zurückzuweisen!«

Seine Hände tasteten sich langsam nach oben und berührten die Weichheit ihrer jungen Brüste. Durch den dünnen Stoff fühlte er ihre aufgerichteten Brustwarzen, und mit einem Stöhnen barg er seinen Kopf an ihrem Körper. Ihre langen duftenden Haare berührten seine Wangen. Das schnelle Heben und Senken ihres Busens vereinte sich mit dem Rhythmus seines Herzschlags.

Monatelang hatte er davon geträumt, sie nackt vor sich zu sehen. Er mußte nur noch die Knöpfe ihres Kleides öffnen, dann würde sich ihm das Erträumte offenbaren. In seiner Erregung nestelte er ungeschickt an den störenden Knöpfen. Letitia half ihm, und als sie die Arme leicht hochhob, fiel das Kleid zu Boden. Ungeduldig zog er sie weiter aus, und Letitia war entzückt von den Bemühungen seiner Hände.

Endlich stand sie nackt vor ihm. Seine Augen schienen sich an ihrem Körper festzusaugen. Nie war ihm eine Frau begehrenswerter erschienen als Letitia, die scheu ihre jungen, festen Brüste mit ihren schlanken weißen Fingern zu bedecken versuchte. Er umfing ihre schmale Taille mit seinen Händen, ertastete sich den Weg über ihren Bauch zu dem kleinen goldenen Haarvlies und dann entlang ihren schlanken, langen Beinen.

»Du hast den Körper einer Venus«, stöhnte er und ließ sie los, um sich selbst auszuziehen. »Hilf mir«, verlangte er, was nicht nötig gewesen wäre, denn auch Letitia konnte nun kaum mehr den Moment erwarten, da sich ihre nackten Körper berühren würden. Sie hatte noch nie einen nackten Mann gesehen, und ihr Verlangen mischte sich mit kindlicher Neugier. Als er dann vor ihr stand, stolz und ohne sich seiner Männlichkeit zu schämen, vergaß auch sie ihre natürliche Scheu, umfing ihn, und ihre Augen brannten vor Ungeduld.

Sir John zügelte sein Verlangen, sie schnell und rücksichtslos zu nehmen. Die Erfahrung hatte ihn gelehrt, wieviel schöner es war, sich in gemeinsamer Leidenschaft zu vereinen. Die meisten Frauen gaben sich den Männern hin, ohne dabei eigene Lust und Freude zu empfinden. Mehr wurde eigentlich auch nicht von ihnen erwartet. Wenn man aber dann eine Frau fand, deren Feuer und Leidenschaft sich an der eigenen Ekstase zu entflammen schienen, so steigerte dies die Intensität des gemeinsamen Höhepunktes.

Er küßte und streichelte Letitia, bis sie vor Lust stöhnte. Sie lagen nun auf dem dicken Teppich vor dem wärmenden Kaminfeuer, genau da, wo sie sich ausgezogen hatten. Natürlich hätte er sie in eines der Schlafzimmer tragen können, wäre nicht seine Furcht gewesen, daß ihr Eifer nachlassen und ihr Verstand wieder die Oberhand gewinnen könnte. Sir John wußte, daß er sie trotz allem verführte, auch wenn er nicht eigentlich gegen ihren Willen handelte. Aber das uneingeschränkte Vergnügen, das sie ihm schenkte, ließ ihn all das vergessen. Letitia verspürte zum ersten Mal das heftige Verlangen ihres eigenen Körpers, das durch ihre puritanische Erziehung jahrelang unterdrückt worden war.

Als Sir John in seiner Erregung nicht mehr länger an sich halten konnte und mit lustvollem Stöhnen in sie eindrang, durchzuckte sie nur ein kurzer Schmerz. Dann gab sich Letitia völlig dem Lustgefühl hin, das sie durchströmte. Mit ihren Händen umfing sie ihn, preßte ihn noch enger an sich und tiefer in sich, und es war, als gäbe es für sie nichts Wichtigeres als ihre Entjungferung.

Schweißbedeckt verloren sie sich in einer endlosen Umarmung. Mit animalischer Freude ließ Letitia ihre Zungenspitze über die glänzende Haut seines Körpers wandern. Dieser zärtliche Beweis ihrer Liebe entzückte Sir John über alles. Er küßte ihre geöffneten Lippen, und seine Schmeicheleien zauberten ein glückliches Lächeln in ihr Gesicht.

»Ich liebe dich von Herzen, John«, sagte sie. »Ich weiß jetzt, daß das, was wir getan haben, nicht schlecht sein kann. Es war doch keine Sünde, Liebster, sag es mir noch einmal.«

Er schloß die Augen, damit sie das Mißbehagen darin nicht entdecken sollte. Nein, sie hatte nicht gesündigt. Aber was war mit ihm? Sie war so absolut unschuldig gewesen. Welches Recht hatte er gehabt, sie zur Frau zu machen? Aber es war geschehen. Das war das Ergebnis dieses nächtlichen Vergnügens. Er konnte die Affäre nicht schon jetzt wieder beenden. Ohne Frage würde er sie wieder und wieder begehren. Und Letitia in ihrer natürlichen Sinnlichkeit würde Freude daran haben, mit jedem neuen Beisammensein die Vielfältigkeit des Liebens zu genießen, zu erlernen, was er ihr dank seiner Erfahrungen geben konnte. Es würde wunderschön werden. Er konnte nicht beenden, was gerade erst begonnen hatte.

Mit Küssen versiegelte er ihre fragenden Lippen und versicherte ihr immer wieder, daß er sie liebe. Was Letitias Zukunft betraf – nun, er war nicht der Mann, darüber jetzt nachzudenken.

Bis um die Weihnachtszeit herum beschwerte sich nun Lady Danesfield unaufhörlich bei Letitia darüber, daß ihr Mann kaum noch das Haus verließ. Seine ständige Gegenwart machte es unmöglich, ihn zu ignorieren. Herzliches Gelächter hallte durch die Stille der Kinderzimmer. Mit ungestümen Spielen verstörte er seine kleine Tochter Prudence.

»Wir können nur hoffen, daß diese ungewöhnliche väterliche Zuneigung nachläßt, sobald die Feiertage vorbei sind«, seufzte Druscilla. »Meine Migräne – es ist dieser entsetzliche Lärm.«

Letitia litt unter diesen Bemerkungen, und sie fühlte etwas wie Reue. Es war ihre Schuld, daß Sir John das Haus nicht mehr verließ, dachte sie beschämt. Aber seit ihrer ersten Liebesnacht war das Glück wie eine große Sturmflut über sie hereingebrochen. Es gab keine dunkle Ecke in dem großen Haus, in der sie sich nicht heimlich küßten und sich voll Verlangen berührten, kaum eine Nacht, die er nicht mit ihr verbrachte. Letitia war sich bewußt, daß Moral und Anstand es verlangt hätten, ihn zurückzuweisen. Doch sie begehrte ihn ebenso leidenschaftlich wie er sie.

Hin und wieder versuchte sie, Sir John begreiflich zu machen, welche Überwindung es sie Tag für Tag kostete, das unglückliche Gesicht seiner Frau sehen zu müssen, die sie betrogen. Sir John aber tat diese Vorhaltungen mit einem Achselzucken ab. Seine Argumentation beschränkte sich auf die Tatsache, daß Druscilla ihn nicht liebte. Daß die körperlichen Freuden, die ihr rechtmäßig zustanden, nun Letitia zukamen und sie doch begreifen müsse, daß Druscilla derartige Liebesnächte in eben solchem Maße verabscheute wie Letitia sie schätzte.

Hätte Sir John sich seiner Frau gegenüber unfreundlich verhalten, es wäre Letitia leichter gefallen, die Liaison zu beenden. Aber er behandelte seine kranke und ewig nörgelnde Gattin und auch du schniefende Kind mit bemerkenswerter Geduld.

Als Geliebter war er aufmerksam und zärtlich, dennoch ahnte Letitia, daß er sie nie so sehr lieben würde wie sie ihn. Hätte er es verlangt, sie wäre glücklich gewesen, für ihn zu sterben. Sogar ihren Beruf hätte sie geopfert, um seine offizielle Geliebte zu werden, obwohl es den Verzicht auf eine eigene Ehe bedeutet und ihre Familie sie verstoßen hätte.

Sir John dagegen fand den augenblicklichen Zustand äußerst befriedigend, und zwar in jeder Hinsicht. Er war eher erstaunt, daß sie anders empfand. Daher erzählte sie ihm nichts mehr von ihren Ängsten und Schuldgefühlen, entschloß sich aber, diese Liebesbeziehung von sich aus zu beenden. Morgen schon oder nächste Woche oder vielleicht einen Monat später. Dazu würde sie kündigen und sein Haus für immer verlassen müssen.

Aber jedesmal, wenn sie sich dazu entschlossen hatte, überkam sie das Gefühl der Sehnsucht nach ihrem Geliebten, und er brauchte sie nur anzusehen, um ihre Leidenschaft aufs neue zu entflammen. Würde sie sich ihm je entziehen können?

Der Dezember verging, und nichts geschah. Das neue Jahr begann. Der Januar war bitterkalt. Letitias Furcht bestätigte sich im Februar. Es bestand kein Zweifel. Sie war schwanger.

Sir John wußte nichts davon. Bereits im Januar hatte sie bemerkt, daß seine Liebe zu ihr nachließ. Wie früher, war er nun meist nicht zu Hause. Er widmete sich wieder seinen gewohnten Zeitvertreiben. Ihr Körper verlangte sehnsüchtig nach seinen Zärtlichkeiten, aber wenn er dann zurückkam, wußte sie, daß er sie nicht einmal vermißt hatte. Wie gewöhnlich besuchte er sie in ihrem Schlafzimmer, aber er verließ ihr Bett, lange bevor die Nacht um war. Einmal fand sie sogar ein seidenes Damentaschentuch in seinem Schlafmantel. Ihre Annahme, daß er sie betrog, war also richtig. Letitia litt.

Als sie sicher war, daß sie sein Kind unter dem Herzen trug, wußte sie endgültig, daß John sie nicht mehr liebte. Ihr verletzter Stolz hinderte sie daran, ihm ihren Zustand zu gestehen. Letitia war verzweifelt. Sie hatte wenig Geld und in London keine Freunde. Wo und wie sollte sie Arbeit finden, um sich und das Kind zu ernähren?

Zufällig erzählte einer der Diener, daß in Sussex verhältnismäßig leicht Arbeit zu bekommen sei, ohne daß viele Fragen gestellt würden. Gelegenheitsarbeiten wie Obst ernten oder Hopfen pflücken.

Letitia packte eine Tasche mit den wenigen persönlichen Dingen, nahm ihre mageren Ersparnisse und verließ still und unbemerkt Wyfold House.

Sieben Monate später nahmen freundliche Farmer in Sussex die hungernde Kranke bei sich auf, und Letitia brachte das uneheliche Kind von Sir John Danesfield zur Welt.

Sie nannte das kleine Mädchen Maureen.

Teil I
1788–1796

Erstes Kapitel
1788

Durch die offene Tür des Heuschobers drangen die flimmernden Strahlen der heißen Junisonne und verwandelten das getrocknete Gras in einen goldenen Teppich. Auf dem warmen und duftenden Heu lag ein kleines Mädchen, im hochgerutschten groben Leinenkleidchen, auf dem Rücken und beobachtete gedankenverloren den gelben Schmetterling, der mit gefalteten Flügeln auf ihrem bloßen braunen Knie saß.

Maureen wußte, daß es hinten im Obstgarten, wo die Gänse schnatterten und die Ziegen unter den schattigen Apfelbäumen weideten, sehr viel kühler war, aber sie hatte Grund genug, sich hier zu verstecken. Sonst würde sie von Mistreß Sale, der Frau des Farmers, hineingerufen werden, damit sie ihr beim Plätten half. Maureen mochte zwar den Geruch des frisch gedämpften Leinens, aber die schweren flachen Plätteisen verursachten ihr Schmerzen in ihren dünnen Ärmchen; außerdem gehörte Hausarbeit gewiß nicht zu den Lieblingsbeschäftigungen der kleinen Maureen Ashworth.

Der Schmetterling entfaltete zitternd seine Flügel und flog davon.

Maureen seufzte. Wie gerne wäre sie ein Schmetterling gewesen. Oder eine Schwalbe. Wie jedes Jahr hatten diese niedlichen Vögel ihre Nester in der Dachrinne des Schobers gebaut, und nun flogen die Eltern emsig hin und her, um Futter für ihre Jungen zu besorgen. Später, wenn der Sommer fast vorüber war, würden die Kleinen stark genug sein, um mit ihren Eltern fortzuziehen. Weit fort, in ein anderes Land. Wohin sie flogen, davon hatte Maureen keine Ahnung. Selbst Dickon, der zwölfjährige Sohn des Farmers, der fast alles über Tiere, Vögel und Insekten wußte, konnte ihr über die fremden Länder keine Auskunft geben.

Wenn ich eine Schwalbe wäre, dachte Maureen träumerisch, dann würde ich auch fortfliegen und die Welt erforschen. Nach Australien vielleicht, wo Captain Cook ein neues Land entdeckt hatte. Dickon behauptete immer, daß er eines Tages als Matrose die Welt noch kennenlernen würde. Maureen war entschlossen, mit ihm zu gehen, aber Dickon hatte kategorisch erklärt, daß Mädchen keine Forscher werden könnten.

Maureen setzte sich auf und klaubte die Heuhalme aus ihrem dicken honigfarbenen Haar. Noch einmal seufzte sie aus tiefstem Herzen. Ihre hübsch geschwungenen Augenbrauen waren über den großen grünen Augen unwillig zusammengezogen, und ihr kleiner roter Mund drückte schmollend ihre Mißbilligung aus. Für sie bestand kein Zweifel, daß der liebe Gott einen entsetzlichen Fehler gemacht hatte, sie als Mädchen auf die Welt kommen zu lassen. Warum war sie kein Junge geworden? Ein Junge zu sein – das war sogar noch schöner als ein Schmetterling oder eine Schwalbe. Mädchen waren wirklich benachteiligt. Sie mußten plätten, das Haus aufräumen, backen, kochen, Früchte einmachen und Geschirr waschen. Statt schöner Reithosen mußten sie lange dumme Kleider und hinderliche Unterröcke anziehen. Sie durften nicht mit gespreizten Beinen auf einem Pferd sitzen, nicht fischen, nicht jagen gehen, geschweige denn auf Bäume klettern.

Maureen mußte lächeln. Sie konnte nämlich alle diese Dinge tun. Sie war nun acht Jahre alt, und soweit sie sich zurückerinnern konnte, hatte sie sich immer wie ein Zwillingsbruder Dickons benommen. Kaum waren sie weit genug vom Farmhaus entfernt, wo Master und Mistreß Sale sie nicht mehr sehen konnte, schürzte sie ihre Röcke und vergaß, daß sie eigentlich ein Mädchen war. Dickon schätzte dieses Benehmen nicht besonders, aber er liebte Maureen und erfüllte ihr jeden Wunsch. Und sie liebte ihn auch.

Dickon war längst nicht so klug wie sie, er sprach langsam und gehemmt, und es bereitete ihm Schwierigkeiten, schnell zu begreifen. Dafür aber vergaß er niemals, was er einmal gelernt hatte. Seiner Verläßlichkeit wegen konnte man immer auf ihn zählen. Er war das perfekte Gegenstück zu Maureen.

Auf dem gepflasterten Hof unten war jetzt Pferdegetrappel zu hören. Maureen platzte fast vor Neugierde. Bessie konnte es nicht sein, denn die war mit dem Farmer im Rübenfeld, und ihren langsamen Gang hätte Maureen sofort erkannt.

Es mußte sich um einen Fremden handeln. Ein Besucher auf der Owlett Farm aber war ein so seltenes Ereignis, daß Maureen aufgeregt auf ihren Knien durchs Heu nach vorne rutschte. Um sehen zu können, was im Hof vorging, verrenkte sie sich fast den Hals. Direkt unter ihr befand sich ein großer, von Tausenden von Fliegen umschwärmter Misthaufen, denn Dickon hatte Bessies Stall ausgeräumt. Der Mist dampfte in der mittäglichen Hitze.

Stimmen drangen zu ihr herauf. Deutlich erkannte sie Dikkons weichen, vertrauten Sussex-Dialekt, wie er erklärte, daß sein Vater ins Rübenfeld gegangen war, die Mutter aber wahrscheinlich im Haus sei. Er würde aber sofort denjenigen holen, den seine Lordschaft zu sehen wünsche.

Die zweite Stimme war tief und ließ auf einen kultivierten, aber auch autoritären Mann schließen.

»Bleib du hier, Junge, und paß auf mein Pferd auf. Aber faß es nicht an. Diesem Hengst ist nicht zu trauen. Fremden gegenüber kann er sich recht boshaft verhalten«, warnte der Besucher.

Maureen, die es nun vor Neugierde kaum mehr aushielt, lehnte sich noch weiter hinaus. Aber dabei verlor sie ihr Gleichgewicht und stürzte, einen Salto schlagend, mitten in den dampfenden Misthaufen.

Erschrocken, jedoch unverletzt, lag Maureen ganz still und wartete darauf, daß das Summen in ihrem Kopf nachließ. Als Dickon sie von dem übelriechenden Haufen herunterhob, hatte sie sich schon wieder erholt. Ergebnislos versuchte der Junge mit seinem Ärmel den gröbsten Schmutz von Maureens Kleid zu entfernen.

»Was zum Teufel hast du denn wieder angestellt, du dummes kleines Eichhörnchen!« meinte er. Sein sommersprossiges Gesicht unter dem Wust von rotem lockigen Haar war vorwurfsvoll.

Den Spitznamen Eichhörnchen hatte er ihr vor Jahren gegeben. Sie hatte damals angefangen, ihm überallhin nachzulaufen. Unaufhörlich hatte sie ihm Fragen gestellt und die Antworten in ihrem Köpfchen gespeichert, wie es Eichhörnchen mit ihren Nüssen im Nest zu tun pflegen.

»Ich bin aus dem Schober gefallen!« antwortete Maureen unbefangen. »Ich wollte nur sehen, wer uns besuchen kommt, Dickon.«

»Neugierde bringt Katzen um«, belehrte Dickon sie.

»Aber Katzen haben neun Leben«, antwortete Maureen schlagfertig. »Sag mir lieber, wer der Besuch ist. Ist er jetzt bei Mam? Warum ist er hergekommen?«

Dickon war es gewöhnt, daß Maureen alle ihre Fragen auf einmal stellte. Normalerweise wartete er geduldig, bis sie damit fertig war und beantwortete dann eine nach der anderen. Aber nun fiel ihm ein, daß er beauftragt worden war, auf das Pferd des Fremden aufzupassen. So überzeugte er sich nur schnell, daß Maureen sich nichts gebrochen hatte, nahm sie an der Hand und führte sie um die Ecke der riesigen Scheune. Maureen starrte erstaunt auf den herrlichen Rappen, der dort am Zaun angebunden war. Sofort vergaß sie ihren unglücklichen Sturz und betrachtete mit weit aufgerissenen Augen das edle Tier.

Ungeduldig schob sie Dickons abwehrenden Arm beiseite, stellte sich auf die Zehenspitzen und berührte die weichen Nüstern des Pferdes.

»Du bist aber schön«, sagte sie sanft.

Beim Klang der fremden Stimme spitzte das Pferd die Ohren. Bei ihrer leichten Berührung kam ein nervöses Flackern in seine Augen. Der Rappe zog die Lippen hoch und entblößte eine Reihe riesiger gelber Zähne.

Dickon hielt den Atem an. Er hatte Angst, daß das Pferd Maureen beißen würde oder, was noch schlimmer wäre, es könnte scheuen und das kleine Mädchen unter sich zertrampeln.

Maureen aber hatte keine Angst. Mit sanften Bewegungen streichelte sie das Tier, bis es sich beruhigte.

»Den will ich reiten!« erklärte sie aufgeregt.

»Das wirst du nicht tun!« widersprach Dickon energisch, aber Maureen kletterte bereits auf den Zaun, während sie liebevoll auf den Rappen einsprach.

Der Junge bewegte sich nicht, um das Pferd nicht zu erschrecken. Mit Herzklopfen beobachtete er, wie Maureen ihr schmutziges Kleid hochhob, um sich vom Zaun aus auf den Rücken des Pferdes zu schwingen.

Unruhig, mit angelegten Ohren und rollenden Augäpfeln, tänzelte der Rappe auf den Pflastersteinen. Maureen aber saß bereits im Sattel und sprach leise auf das Tier ein:

»Ganz ruhig. Du brauchst dich nicht zu fürchten. Ich tue dir nichts. Siehst du, es passiert dir nichts.« Wieder ließ sich der Hengst beruhigen.

Maureen und auch Dickon hatten den Besitzer des Pferdes vergessen. Der kam nun auf sie zu. Ein paar Schritte hinter ihm ging Mistreß Sale, die sehr aufgeregt zu sein schien. Dickon wußte, daß es zu spät war, Maureen aus dem Sattel zu heben. Sir John Danesfield hatte sie bereits gesehen.

Deutlich stand ihm der Zorn ins Gesicht geschrieben. Er war

müde und verschwitzt und über das Ergebnis seines langen Rittes äußerst enttäuscht. Seine ohnehin schlechte Laune besserte sich keineswegs, als er eins der Bauernkinder auf dem Rücken seines Rappens entdeckte. Bei jedem Schritt klopfte er wütend mit der Reitgerte gegen seine Stiefel.

Als er aber näher kam und sah, daß auf seinem Pferd ein Mädchen saß, war sein Erstaunen groß. Sie war zwar von Kopf bis Fuß schmutzig, aber sie hatte lockiges Haar und fröhliche Augen. Ohne sich ihrer Frechheit im geringsten zu schämen, lachte sie ihn an.

»Darf ich fragen, wer dir erlaubt hat, dich auf mein Pferd zu setzen?«

Das ernste Gesicht, mit dem er das sagte, und sein barscher Ton entmutigten Mistreß Sale und ihren Sohn Dickon total. Nur Maureen schien nichts zu bemerken. Lächelnd blickte sie den Fragenden an und klopfte den Hals des Tieres.

»Warum? *Er* hat es mir erlaubt.« Sie zeigte auf den Rappen. *Er* hat nichts dagegen, wie Sie sehen.«

Sir John horchte auf. Die kultivierte Stimme des Kindes hier im Hof der Farm traf ihn so unerwartet, als hätte er eine Nachtigall im Krähennest gefunden.

Plötzlich begriff er. Er wandte sich an die Frau des Farmers und fragte mit hochgezogenen Augenbrauen:

»Ist sie das Kind, Mistreß?«

Mistreß Sale nickte.

Sir John mußte unwillkürlich lächeln.

»Du hast dich also mit meinem Rappen angefreundet!« sagte er zu Maureen. »Er ist launisch, mußt du wissen. Es wundert mich, daß er dich nicht in den Misthaufen zurückbefördert hat, aus dem du mit Sicherheit gekommen bist!« In gespieltem Entsetzen hielt er sich die Nase zu.

Dickon aber verteidigte das Mädchen sofort.

»Sie riecht nicht immer so, Sir. Weil sie Sie sehen wollte, stürzte sie von da oben herunter.«

Zu Dickons großer Erleichterung lachte Sir John lauthals.

»Ich bin froh, daß du mir das sagst.« Seine gute Laune war wiederhergestellt.

Er schaute Maureen neugierig an, und sie starrte mit der gleichen Neugierde zurück.

»Du magst also Pferde?« fragte er sie.

Maureen nickte ernsthaft.

»Eines Tages, wenn ich richtig groß bin, werde ich auch so ein Pferd besitzen!«

Sir John grinste.

»Natürlich. So ein Rappe kostet aber einen schönen Batzen Geld. Zweifelsohne bist du eine sehr reiche junge Dame.«

Maureen überging seinen Scherz:

»Ich weiß, daß so ein Pferd sehr viel kostet. Und ich bin nicht reich, Sir, aber . . . ich werde einen wohlhabenden Mann heiraten, und er wird mir so ein Pferd kaufen. Vielleicht heirate ich sogar den Prinzen von Wales!«

»Maureen!« Mistreß Sale versuchte entsetzt, sie zum Schweigen zu bringen. Maureens letzte Bemerkung, so fürchtete sie, könnte den vornehmen Fremden verärgern. Aber der schmunzelte.

»Ich kann mir sehr gut vorstellen, daß du den Mann bekommen wirst, den du dir in den Kopf gesetzt hast!« sagte er mit einer spöttischen Verbeugung. Tatsächlich könnte dieses Mädchen, wenn sie erst einmal gewaschen und richtig angezogen war, sehr hübsch sein. Dafür hatte er einen Blick. Hübsch war vielleicht nicht das richtige Wort, aber sie hatte das gewisse Etwas, das Männer so anziehend finden.

Sir John sehnlichster Wunsch war ein Sohn gewesen. Nicht nur um einen Erben zu haben, sondern einen Freund, mit dem er all die Dinge hätte unternehmen können, die einen richtigen Mann ausmachten.

Diese Gedanken waren es, die ihn nun an den Brief in seiner Tasche erinnerten, dessen Inhalt ihn bewogen hatte, so schnell zur Owlett Farm zu reiten. Die Hoffnung nämlich, daß sich sein Wunsch nach einem Sohn nun erfüllt habe.

Als er von Indien zurückgekommen war, hatte er den vor über einem Jahr geschriebenen Brief vorgefunden. Mit dem Entschluß, nur einige Monate in der Fremde zu bleiben, war er im Frühling des Jahres 1787 abgereist. Unglücklicherweise hatte ihn ein heftiges Fieber befallen, und er war dem Tode nur knapp entronnen. Es dauerte sehr lange, bis er sich wieder erholt hatte. Erst im Frühjahr 1788 war er darum heimgekehrt.

Nachdem er den Inhalt des Briefes kannte, war er sehr erleichtert gewesen, daß niemand das Siegel erbrochen hatte. Das Schreiben hätte seiner Frau alles andere als Freude bereitet.

Der Brief war von einer jungen Frau, die er längst vergessen hatte, von Letitia Ashworth, der früheren Erzieherin seiner Kinder. Mit klarer, sauberer Handschrift hatte sie 1787 folgende Zeilen an ihn geschrieben:

Lieber Sir John –

Die Verfasserin war so taktvoll gewesen, diese unverfängliche Anrede zu wählen, aus der nicht hervorging, wie intim ihre Beziehung gewesen war –

– meine plötzliche Abreise muß Sie und Lady Danesfield überrascht haben. Aber der Zustand, in dem ich mich zu dieser Zeit befand, bewog mich, in das Haus meines Vaters zurückzukehren. Dies schien mir die einzige Möglichkeit, einen Skandal zu vermeiden. Aber mein Vater war nicht willens, die entehrte Tochter bei sich aufzunehmen, und so reiste ich weiter nach Süden, wobei ich hier und dort Gelegenheitsarbeiten annahm. Darüber Näheres zu berichten, habe ich nicht mehr die Kraft. Später wurde ich sehr krank und wäre gestorben, hätte mich nicht ein freundliches Farmer-Ehepaar in Sussex aufgenommen. Mister und Mistreß Sale kümmerten sich mit aufopfernder Fürsorge um mich. Das Kind kam zu früh zur Welt und wäre sicherlich gestorben, wenn nicht Mistreß Sale gewesen wäre. Mit Gottes und ihrer Hilfe überlebten wir beide. Ich hätte Ihnen diesen Brief nicht geschrieben, wenn ich nicht wüßte, daß es mit meinem Leben zu Ende geht. Wahrscheinlich bin ich bereits tot, wenn Sie diesen Brief in Händen halten, und nur deshalb erachte ich es für angebracht, Sie darüber zu informieren, daß das Kind dann eine Waise sein wird.

Obwohl ich die Herzensgüte der Farmersleute kenne, so weiß ich doch, daß sie das Kind betreffend keinerlei Verpflichtung haben. Es würde mir eine große Erleichterung bedeuten, wenn ich mit ein wenig Unterstützung Ihrerseits rechnen dürfte.

Ihre
Ihnen sehr ergebene
Letitia Ashworth

Sir John war bestürzt gewesen. Natürlich hatte er den wahren Grund geahnt, aus dem Letitia das Haus damals so schnell und ohne Aufhebens verlassen hatte. Aber als in den darauffolgenden Monaten keine Bitte um finanzielle Unterstützung an ihn herangetragen wurde, war ihm Letitia und das Kind völlig aus dem Sinn gekommen.

Nachdem er den Brief zu Ende gelesen hatte, bemächtigte sich seiner eine leise Hoffnung. Sollte dieses uneheliche Kind durch einen glücklichen Zufall ein Junge sein, bestand vielleicht eine Chance, ihn als seinen rechtmäßigen Sohn anzuerkennen.

Mit wachsender Ungeduld hatte er seine endgültige Gesundung abgewartet, um dann sofort zur Owlett Farm zu reiten.

Der erste Eindruck, der sich ihm aufdrängte, als er den jungen Dickon Sale sah, war der einer großen Enttäuschung. Die Vorstellung, daß sein Sohn ein gewöhnlicher Bauernlümmel war, entsetzte ihn. Dickon mit den roten ungekämmten Haaren hatte gewiß keine Ähnlichkeit mit einem Gentleman, und Sir John war fest entschlossen, auf der Stelle umzukehren. Andererseits war er kein Mann, der eine einmal begonnene Sache nicht zu Ende brachte, und so hatte er sich doch entschlossen, zuerst mit Mistreß Sale zu sprechen.

Die Mitteilung der drallen Farmersfrau, daß Letitia ein Mädchen zur Welt gebracht hatte, machte seine Hoffnung vollends zunichte. Er war zutiefst erleichtert, daß das Mädchen nicht da war, denn er verspürte keine Lust, sie zu sehen. Allerdings gab er sich als entfernter Verwandter der Verstorbenen aus und überreichte Mistreß Sale einen Beutel mit goldenen Zwanzigschillingstücken.

Damit und mit der Erkenntnis, daß das Mädchen hier bestens aufgehoben sei, beruhigte er sein Gewissen.

Nun aber stand er ihr gegenüber. Und was er sah, war kein Bauerntölpel, sondern ein Mädchen von zierlicher Gestalt und mit den unübersehbaren feinen Gesichtszügen adliger Herkunft; mit einer melodiösen Stimme, die jeden Londoner Salon entzücken würde; von aufgeweckter Intelligenz, mutig und entschlossen.

Er hob das kleine Mädchen vom Rücken des Pferdes. Wie sie so neben ihm stand, reichte sie ihm gerade bis zu den Hüften. Interessiert befühlte sie den Saum seines Mantels.

»Das ist ein sehr guter Stoff«, sagte sie. »Er gefällt mir.«

Sie hat also auch Geschmack, dachte Sir John erfreut.

»Müßte so sein. Hat mich viel gekostet. Aber sag mir, Kind, wo hast du so hübsch sprechen gelernt?«

Traurigkeit überschattete Maureens Gesicht.

»Meine Mutter hat mich früher unterrichtet. Aber dann ist sie gestorben. Seit dieser Zeit frage ich Dickon, wenn ich etwas wissen will.«

Zum ersten Mal mischte sich nun Mistreß Sale ein:

»Ihre Mutter hat ihr Lesen, Rechnen und Schreiben beigebracht und viele andere Dinge. Sie war eine bemerkenswerte junge Frau, Mylord. Sogar Sticken hat sie ihr beigebracht. Aber Maureen hat dafür heute nicht viel übrig. Master Sale meint, sie wäre besser als Junge zur Welt gekommen. Im Gegensatz zu ihrer Mutter haßt sie alle weiblichen Arbeiten.«

»Maureen weiß viel mehr als andere Mädchen in ihrem Alter«, sagte Dickon mit hochrotem Kopf. »Sie hat uns allen Lesen beigebracht, sogar meinem Pa. Er kann jetzt ganz allein die Bibel lesen.«

Für Dickon war es ungewöhnlich, so schnell und so viel zu sprechen. Aber er hatte instinktiv das Gefühl, daß das Erscheinen dieses Fremden für Maureen wichtig sei.

Sir John betrachtete den Jungen belustigt, doch zugleich sehr aufmerksam. Offensichtlich hatte seine kleine Tochter bereits einen treuen Ritter gefunden.

»Geh und hol deinen Vater«, sagte er zu Dickon. »Ich möchte mit ihm reden. In der Zwischenzeit«, wandte er sich nun an Mistreß Sale, »würde ich vorschlagen, diesen kleinen Schmutzfinken in eine Wanne mit heißem Wasser zu stecken und sie abzuschrubben. Ich bin fast sicher, daß sie mir dann noch besser gefällt.« Lächelnd sah er zu Maureen hinunter. »Und dann ziehst du dein schönstes Kleid an, und solltest du darin so hübsch aussehen, wie ich mir das vorstelle, können wir vielleicht zusammen soupieren. Hättest du Lust?«

Mit großen Augen sah Maureen ihn an und biß sich vor Aufregung mit ihren kleinen weißen Zähnen in die Unterlippe.

»Sie meinen, ich könnte dann mit Ihnen auf dem Rappen reiten?«

Sir John lachte.

»Eigentlich hatte ich dir ein Souper vorgeschlagen und nicht einen Ritt auf meinem Rappen«, meinte er. »Aber wenn du dich jetzt nicht beeilst, bekommst du keins von beiden.«

Mistreß Sale nahm das Kind an der Hand und versuchte, es mit sich zu ziehen. Doch Maureen drehte sich noch einmal um, und mit nachdenklichem Gesicht sah sie Sir John an.

»Was ist mir dir? Was denn nun noch?« fragte er.

Maureen sah ihn von der Seite an.

»Dieses Wort, Sir . . . sapieren«, versuchte sie, »bitte, Sir, was heißt das?«

»Das erkläre ich dir später«, versprach er.

Dieses entzückende Mädchen hatte ihn bereits völlig überrumpelt. Ihre Klugheit, ihr Wissensdurst und ihr Charme überraschten ihn immer wieder aufs neue. Sie war zwar nicht der Sohn, den er sich so sehnlich gewünscht hatte, aber zum Teufel, das Zweitbeste, was ihm hatte passieren können.

Sir John lächelte vergnügt in sich hinein. Heiraten würde sie den Prinzen von Wales mit Sicherheit nicht, aber immerhin lag es im Bereich des Möglichen, daß dieser sie zu einer seiner Favoritinnen machen würde, denn der Prinz war hübschen Frauen sehr zugetan. Und ihm konnte ein wenig mehr Einfluß bei Hofe nur recht sein.

Sir John erschrak. Wie immer war er in seiner Phantasie den Ereignissen weit voraus. Schließlich war das Kind gerade acht Jahre alt. Erst einmal würde sie hierbleiben müssen. Bevor er nach London zurückkehrte, mußte er etwas für ihre weitere Erziehung tun. Denn sollte er sie je zu sich nach London holen, würde sie noch ein bißchen dazulernen müssen. Vielleicht gibt es hier in der Nähe einen Pastor, der in der Lage war, diese Aufgabe zu übernehmen, dachte Sir John.

Ein wenig sentimental betrachtete Sir John die herrliche Wiese, und er hatte das Gefühl, viel zu lange von England fortgewesen zu sein. Nirgendwo auf der ganzen Welt war es so schön wie hier in seiner Heimat, keine Landschaft irgendwo konnte den Charme von Sussex erreichen.

Natürlich hatte es Vorteile, in einer Stadt wie London zu leben. Dort waren seine Freunde, die Clubs und Spielsalons; und das Wichtigste, dort lebte auch seine Geliebte Clarissa Manton, mit der er so viel Zeit verbringen konnte wie er wollte.

Andererseits dachte Sir John an die mit Wagen und Menschen überfüllten Straßen, den Schmutz und den Gestank und die entsetzliche Armut in der großen Stadt, und um so intensiver empfand er die Wohltat dieser ländlichen Idylle. Es beruhigte ihn, daß seine kleine Tochter das Glück hatte, hier aufzuwachsen. Hier konnte sie sich frei und ungezwungen bewegen. Unangefochten von gesellschaftlichen Zwängen würde sich ihre Lieblichkeit und Natürlichkeit entwickeln. Jene reizenden

Eigenschaften, die auch den besonderen Charme ihrer Mutter ausgemacht hatten.

Sir John fühlte kein Bedauern, das Kind noch einige Jahre hierzulassen. Gleichzeitig gestand er sich ein, wie schwer es ihm fallen würde, ohne Maureen nach London zurückzukehren.

Unbewußt war Sir John dem Liebreiz seiner kleinen Tochter Maureen bereits ebenso verfallen wie der junge Bauernsohn Dickon, den er in Gedanken belustigt als ihren treuen Ritter bezeichnet hatte.

Zweites Kapitel
1788

Spontan hatte Sir John seine kleine Tochter eingeladen, mit ihm zu soupieren, ohne zu wissen, welche Freude es ihm bereiten würde.

Maureen sah entzückend aus, nachdem sie, wie von ihm verlangt, gebadet worden war. Sie erwartete ihn knicksend in ihrem lavendelfarbenen, baumwollenen besten Sonntagskleid. Dazu trug sie weiße Strümpfe und Schnallenschuhe. Ihr frischgewaschenes Haar umrahmte seidenweich und glänzend in vielen Locken ihr kleines Gesicht.

Sir John verbeugte sich höflich vor Maureen, was ihr ein perlendes Lachen entlockte, wobei sich ihre kleine Nase kräuselte.

Er leerte den Zinnkrug mit dem selbstgemachten Most und gab ihn Farmer Sale zurück, einem kräftigen Mann mit rotem Haar, das er seinen fünf Kindern vererbt hatte. Die Sale-Kinder standen verschüchtert in der kleinen Küche und ließen kein Auge von dem vornehmen Fremden.

Der Abend mit Maureen war alles andere als langweilig. Schon während des Ritts nach Alfriston, hinter ihm sitzend und ihn mit ihren kurzen Armen umklammernd, schwatze sie pausenlos. Aufgeregt deutete sie auf die Grenzsteine, und ihre vielen Fragen waren kaum zu beantworten. Wie schnell konnte der Rappe laufen? Schaffte er mehr als zwölf Meilen in der

Stunde? Fraß er das gleiche wie Bessie? Wie alt war Sir John? Lebte er in London? War er verheiratet? Hatte er Kinder, und wie hießen sie?

Still war sie erst, als sie aß.

Sir John war mit der Qualität der Speisen höchst zufrieden, und mit Freude beobachtete er seine kleine Tochter, deren Charme seine Erwartungen noch übertraf. Ihre Manieren waren vorzüglich, was sie sicherlich noch ihrer Mutter zu verdanken hatte. Ab und zu rutschte ihr ein typisches Dialekt-Wort heraus, was Sir John köstlich amüsierte. Manchmal wußte sie sich noch nicht genau auszudrücken, wenn es darum ging, sich eines feinen Englisch zu befleißigen, aber ohne Zweifel war ihr das leicht beizubringen.

Gelegentlich war Sir John über die Ähnlichkeit mit ihrer toten Mutter erstaunt. So jung das Kind noch war, Letitias Stolz zeigte sich bereits jetzt bei Maureen.

Sir John fühlte nun etwas wie Schuld, was für ihn eine neue Erfahrung bedeutete, und er erinnerte sich daran, daß es Letitias Stolz gewesen war, der sie daran gehindert hatte, sich ihm anzuvertrauen. Aber er war kein Mann, dem die Fehler, die er in der Vergangenheit gemacht hatte, sehr nahe gingen. Und schließlich würde er nun an diesem Kind gutmachen, was er damals versäumt hatte.

Er wußte, daß alles seine Schuld gewesen war. Letitia war so jung und so absolut unschuldig in sein Haus gekommen, und sie hatte seinen Nachstellungen mehr als ein Jahr lang widerstanden.

Schließlich hatte er sie mit seiner leichtfertigen Liebeserklärung überlistet – als erfahrener Mann wußte er genau, daß dieses Mittel bei romantischen Frauen niemals versagte. Damit hatte er sogar ihre moralischen und religiösen Bedenken ausgeräumt, und so war sie ihm zu Willen gewesen.

Vorsichtig versuchte er herauszufinden, ob Maureen von dieser Beziehung etwas wußte. Aber das Mädchen glaubte, so stellte sich heraus, daß ihr Vater ein Offizier bei der Marine gewesen und bei der Ausübung seines Berufes gestorben war.

Eines Tages, dachte Sir John, werde ich ihr die Wahrheit sagen. Aber erst, wenn sie in der Lage sein würde, diese seltsame Welt zu begreifen. Für den Augenblick war es besser, sie in ihrer Unwissenheit zu belassen, und er bewunderte Letitias Weitsicht, einen Vater für das Kind erfunden zu haben.

Maureen liebte ihre Mutter abgöttisch. Obwohl sie nun schon vor über einem Jahr gestorben war, hielt sie sich streng an deren Erziehungsregeln. Mama hatte Wert darauf gelegt, so erzählte sie Sir John, daß sie immer so hübsch sprach, wie sie es ihr beigebracht hatte; Mama hatte sie gebeten, immer auf ihre guten Manieren zu achten; viele Bücher zu lesen und sich weiterzubilden; sauber und adrett auszusehen, wie es sich für eine junge Lady gehörte.

Maureen lachte, als sie bemerkte, wie Sir John erstaunt seine Augenbrauen runzelte.

»Ich weiß genauso gut wie Sie, Sir, daß ich weder sauber noch adrett aussah, als wir uns das erste Mal trafen«, gab sie zu, und seufzend fuhr sie fort: »Und ich muß gestehen, daß mir das Versprechen, sauber zu bleiben, das ich meiner Mama gab, am schwersten fällt. Ich fürchte, der Vorwurf von Mistreß Sale ist berechtigt, wenn sie sagt, daß ich sogar schlampiger bin als Patty oder Anna, die ja viel jünger sind als ich.«

Ihre Ehrlichkeit gefiel Sir John. Als Maureen merkte, daß Sir John sie deswegen nicht tadelte, machte sie ihm ein weiteres Geständnis: Wie unglücklich sie nämlich darüber sei, daß der liebe Gott sie als Mädchen zur Welt hatte kommen lassen.

»Dem kann ich nur beipflichten!« sagte Sir John mehr zu sich selbst. »Aber erkläre mir, warum *du* so denkst.«

Mit einer ganz und gar weiblichen Bewegung warf sie den Kopf zurück und ihre Augenbrauen zogen sich zusammen.

»Mädchen können keine Abenteuer erleben, so wie Jungs«, erklärte sie. »Sie können weder Soldaten noch Schmuggler werden, noch zur See gehen. Sie dürfen keine Hosen tragen und müssen im Damensattel reiten, was ...« jetzt seufzte sie besonders tief »... völlig absurd ist. Sie müssen Hausarbeit verrichten, und wenn sie heiraten, müssen sie ihrem Mann gehorchen und das tun, was er befiehlt. Außerdem sind sie dauernd damit beschäftigt Kinder auszutragen, Kinder zu gebären oder Kinder zu stillen.« Maureen machte eine Pause, dachte kurz nach und sagte dann schließlich: »Ganz einfach, Mädchen sind niemals wirklich frei!«

»Wir können nicht erwarten, daß der liebe Gott seinen Fehler rückgängig machen wird, das wäre ja, als wenn man zum Mond fliegen wollte«, antwortete Sir John. »Außerdem«, fuhr er fort, »wer weiß, was der liebe Gott Besonderes mit dir vorhat, wenn du erst einmal eine erwachsene Frau bist.«

Interessiert beobachtete ihn Maureen.

»Meinen Sie, Sir, er könnte etwas Besonderes mit mir vorhaben?«

Eigentlich hatte er sie nur trösten wollen, aber er war zu weit gegangen, also korrigierte er sich:

»Warum nicht? Du wirst mit Sicherheit eine sehr schöne Frau werden, womit ich nicht sagen will, daß das genug ist. Die wenigen wirklich großen Frauen in der Geschichte besaßen ein enormes Wissen und die Weisheit, dieses Wissen auch richtig zu nutzen.«

Es war ihm klar, daß das kleine Mädchen nicht alles verstand, was er ihm da erzählte, aber nun war er ganz in seinem Element.

»Ich werde veranlassen, daß du dieselbe Erziehung bekommst, die ich meinem Sohn hätte zukommen lassen ... wenn ich einen bekommen hätte«, fügte er hinzu. »Du sollst nicht nur in dem Üblichen unterrichtet werden, sondern auch Mathematik und Politik studieren ... und ja, warum nicht auch die Kunst des Bogenschießens erlernen, wenn du willst. Dann wirst du in der Lage sein, es mit jedem Gentleman aufzunehmen, den du triffst. Nun, was sagst du dazu, Kind?«

Maureen begriff die folgenschwere Bedeutung seiner Worte nicht im einzelnen, aber sie erkannte, daß er ihr die Möglichkeit bot, ein anderes Leben als bisher kennenzulernen.

»Sie sind der erste vornehme Gentleman, mit dem ich mich unterhalte«, sagte sie, und mit unbeabsichtigter Koketterie fügte sie hinzu: »Und wenn alle anderen auch so nett sind wie Sie, fände ich das außerordentlich erfreulich.«

Natürlich fühlte Sir John sich geschmeichelt. Ihre Bemerkung offenbarte ihm aber auch ihren natürlichen Wunsch, Gefallen zu erregen, und diese Begabung würde ihr zweifelsohne zugute kommen, wenn sie erst einmal alt genug war, in die Gesellschaft eingeführt zu werden.

»Sag mir, Maureen, was möchtest du am allerliebsten lernen?«

Aufmerksam sah sie ihn an. »Am allerliebsten würde ich ein Instrument spielen können. Gelegentlich habe ich zugehört, wenn Rob, der Sohn des Schmiedes, die Fiedel spielte. Einmal hat er nur für mich gespielt, damit ich tanzen konnte.«

»Du tanzt auch?« Sir John gab sich erstaunt. Impulsiv und spontan wie er nun einmal war, klatschte er in die Hände, um den Wirt herbeizurufen.

»Guter Mann, wißt Ihr, wo wir Rob, den Sohn des Schmiedes finden, der die Fiedel spielt?«

Der dicke Wirt nickte beflissen.

»Natürlich, Sir, selbstverständlich. Er wohnt nicht weit von hier. Wenn Sie es wünschen, kann ich meinen Jungen schicken, ihn zu holen.«

»Dann macht das sofort!«

Maureen hatte schweigend zugehört. Zum ersten Mal bekam sie einen Vorgeschmack davon, was man mit Geld erreichen konnte. Sir John mußte nur befehlen, seine Wünsche wurden sogleich erfüllt. Es war, als sei ein Zauberer am Werk. Der Gedanke, daß Rob herbeigerufen wurde, damit sie, Maureen, zum Spiel seiner Fiedel tanzen könne, erregte sie.

Schon nach ein paar Minuten kam der Sohn des Wirtes in Begleitung des jungen Schmiedes zurück. Rob war ein häßlicher Junge, aber er konnte vorzüglich die Fiedel streichen.

»So, nun zeig uns, was du kannst«, forderte Sir John seine Tochter auf.

Die Aussicht auf ein Silberstück beflügelte Rob derart, daß er mit Begeisterung den Bogen über die Saiten der Fiedel tanzen ließ. Maureen entledigte sich schnell ihrer Schuhe und wiegte sich glücklich im Rhythmus der Melodie. Ihr kleines Gesicht glühte vor Aufregung, als sie sich hin und her drehte.

Plötzlich stolperte sie und fiel der Länge nach auf den Boden. Rob legte die Fiedel beiseite, um ihr hochzuhelfen, aber Sir John war schneller. Er nahm das Kind in seine Arme. Tränen der Enttäuschung glitzerten in ihren dichten, langen Wimpern, als sie wütend sagte:

»Das hätte mir nicht passieren dürfen!«

Sir John stellte sie wieder auf ihre Beine und streichelte lachend ihre Wange.

»Du hast sehr schön getanzt, Kleines. Aber du solltest dir eines merken: Man kommt im Leben öfter zu Fall, und je leichter man sich damit abfindet, desto weniger schadet es einem.«

Er warf Rob das verdiente Silberstück zu, und der Junge verließ froh und glücklich das Gasthaus. Dann rief Sir John den Wirt zu sich. Er forderte ihn auf, ihm zu sagen, ob in Alfriston oder in der Nähe ein gelehrter Mann wohne.

Der Wirt verbeugte sich und nickte heftig mit dem Kopf, froh, seinem vornehmen Gast dienlich sein zu können.

»Glücklicherweise, Sir, kenne ich einen sehr klugen Gentleman, der hier in der Nähe lebt. In seiner Jugend war er Rechtsanwalt. Es ist Master Glover. Ein sehr ungewöhnlicher Mann, jawohl, ein sehr ungewöhnlicher Mann.«

»Und wo lebt er?« wollte Sir John wissen.

»Zwischen Simson und Alciston, Mylord. Nicht mehr als sechs Meilen von hier.«

»Von der Farm ist es sogar noch näher«, sagte Maureen. »Mit Dickon war ich einmal dort.«

»So ein Glück«, sagte Sir John erfreut. »Wirt, bringt mir noch Cognac. Und für das Kind Apfelsaft. Darauf müssen wir trinken!«

Dann sah er aus dem Fenster und bemerkte die hereinbrechende Dunkelheit.

»Wir müssen bald aufbrechen«, meinte er traurig.

»Vielleicht werden wir die Nachtigall hören«, sagte Maureen träumerisch. Plötzliche Müdigkeit überkam sie. Es war ein langer und aufregender Tag gewesen. Im Bauernhaus stand man gewöhnlich um vier Uhr morgens auf, lag allerdings schon kurz nach Sonnenuntergang im Bett. Dieser Tag heute war eine große Ausnahme für das kleine Mädchen, und sie konnte kaum noch die Augen offenhalten.

Sir John bemerkte, daß seine kleine Tochter schläfrig war, und Zärtlichkeit durchströmte ihn. Dieses Gefühl war ihm neu. Er war kein Mann, der sich von Emotionen leiten ließ. Echte Liebe hatte er in seinem Leben gemieden wie die Pest. Er liebte die Frauen des Vergnügens wegen, das sie ihm bereiteten. Seiner Gattin war er ein pflichtgetreuer Mann, den Töchtern ein guter Vater, aber nie hatte er dieses Gefühl der Zärtlichkeit für sie empfunden, das ihn nun übermannte. Er nahm Maureen auf seinen Schoß und erlaubte ihr, sich an seine Brust zu kuscheln. In Sekunden war sie eingeschlafen. Wenn er sie doch mit nach London nehmen würde? Doch daß dies nicht klug wäre, sagte ihm sein gesunder Menschenverstand. Als der Wirt ihm vorschlug, das kleine Mädchen in einem der Gästezimmer unterzubringen und sie erst morgen nach Hause zu bringen, war es ihm recht. Er selbst hatte einen langen Tag gehabt. Die Vorstellung, durch die Nacht über Land zu reiten, wo es nur so wimmelte von Dieben und Halsabschneidern, behagte ihm wenig.

Ob die Sales sich Sorgen machen würden? Er zuckte die Achseln. Nein, das wäre zu dumm von ihnen, da sie das Kind in seiner Obhut wußten.

Als die Frau des Wirtes des kleine Mädchen forttrug, fest an ihren großen Busen gedrückt, schlief Maureen seelenruhig weiter. Ohne im geringsten zu ahnen, daß ein neues Leben für sie begonnen hatte.

Der *ungewöhnliche* Arthur Glover lebte auf dem Meierhof, der kaum drei Meilen von der Owlett Farm entfernt lag. Bei heißem oder kaltem Wetter ging Maureen nun glücklich jeden Morgen diesen Weg. Am späten Nachmittag wanderte sie dann müde und zufrieden wieder heim. Endlich hatte sie jemanden gefunden, der alle ihre Fragen beantworten konnte.

Arthur Glover war fast siebzig Jahre alt, ein gelehrter, wenn auch etwas merkwürdiger Mann. Vom Alter gebeugt, mit wäßrigen Augen in dem ovalen Gesicht, den wenigen grauen, vom Kopf abstehenden Haaren und braungefleckten Händen sah er aus wie der Hexenmeister aus einem Märchenbuch. Maureen war zuerst sehr erschrocken gewesen. Nun aber wußte sie, daß Glover ein kluger Mann war, der Wissen und Erfahrung von mehr als sechzig Jahren in seinem Gedächtnis gespeichert hatte.

Von Anfang an hatte er Maureen klargemacht, daß es für einen einzigen Menschen unmöglich sei, alles zu lernen, und wenn er mehr als hundert Jahre alt würde.

»Aber«, sagte er lächelnd, »ich will mein Möglichstes tun. Wir werden Latein, Griechisch, Hebräisch, Rhetorik, Logik, Philosophie und Mathematik lernen.« Er unterbrach sich, weil er erfreut bemerkte, daß Maureen versuchte, ihm diese schwierigen Wörter nachzusprechen. »Außerdem Astronomie, Geographie, Theologie, Physik, Geschichte, Zeichnen, Französisch, Deutsch, Spanisch und sogar Russisch, wenn du willst. Würden dir diese vielen Fächer Freude bereiten?«

Maureen hatte konzentriert zugehört. Nun lachte sie:

»Ich glaube, Sir, das reicht für den Anfang!«

Die aufgeweckte Schülerin machte dem alten Master Glover sehr viel Freude. Er hatte einiges über die Hintergründe ihrer Geburt, Abstammung und über ihr Leben auf der Owlett Farm gehört. Was ihn überraschte, war ihre schnelle Auffassungsgabe, die er schon nach einigen Tagen feststellte, und ihre wache Intelligenz, die für ein so junges Mädchen erstaunlich war. Ein Jammer, daß Maureen kein Junge war, dachte Master Glover.

Was er nicht wußte: daß Maureen selbst und auch ihr Vater, Sir John, den gleichen Gedanken auch schon gehabt hatten. Aber nach einiger Zeit vergaß der Lehrer, daß sie ein Mädchen war, und brachte ihr nach und nach so viel bei, wie es ihr möglich war aufzunehmen.

Ihre Begabung für Sprachen war außerordentlich. Dazu kam ein gutes Gehör für Musik. Master Glover war davon derart angetan, daß er ihr auf seinem Klavier Stücke von Bach und Händel, Haydn und dem jungen Mozart vorspielte. Maureen war so begeistert von dieser Musik, daß es ihr Wunsch war, Klavierspielen zu lernen, und ihr Lehrer gab dem gerne statt.

Davon abgesehen, interessierte sich Maureen sehr für das Zeitgeschehen: für das Parlament und wie die Gesetze gemacht wurden; warum die Menschen in Paris gerade hungerten; ob König George wirklich krank war, wie man sich erzählte. Stimmte es, daß in Frankreich der diesjährigen schlechten Ernte wegen zwei Männer von der Pariser Bevölkerung in Stücke gerissen worden waren?

Geduldig beantwortete Arthur Glover alle ihre Fragen. Ja, der König war wirklich krank. Die Regierung debattierte im Augenblick, ob er in der Lage war zu regieren, oder ob man diese Aufgabe dem Prinzen von Wales übertragen sollte. Er zeigte Maureen einen Artikel in der *Morning Post*, der über den Vorfall in Paris berichtete. Die zwei Ermordeten, ein Monsieur Berthier de Sauvigny und sein Schwiegervater, ein Monsieur Fouillon de Doue, waren getötet worden, weil sie angeblich die Lebensmittelknappheit in Paris verschuldet hatten.

Maureens Wissensdurst kannte keine Grenzen. Als es Winter wurde, bedauerte der alte Mann, daß mit dem nun frühen Einbruch der Dunkelheit die Lehrstunden begrenzt sein würden. Bevor Sir John ihn aufgefordert hatte, seine kleine Tochter zu unterrichten, war es Arthur Glover nie in den Sinn gekommen, sein Wissen an irgend jemand weiterzugeben. Er hatte keinen Gedanken daran verschwendet, daß er es mit ins Grab nehmen würde. Aber jetzt entdeckte er die Freude, seiner jungen Schülerin all das zu vermitteln, was er in seinem langen Leben gelernt hatte.

Nie in all den vielen Jahren war ihm seine Einsamkeit bewußt geworden. Jetzt aber war er traurig, wenn Maureen ihren Mantel nahm und ihm eine gute Nacht wünschte, bevor sie sich auf den Heimweg machte. Frühmorgens beobachtete Mr. Glover das Wetter, in der Angst, es könne so schlecht sein, daß Maureen den weiten Weg zu ihm nicht machen konnte.

Das neunjährige Mädchen versuchte nun seinerseits, die Menschen auf der Farm an ihren neuen Kenntnissen teilhaben zu lassen. Sie stellte sich auf einen Küchenstuhl, was ihr die nötige Größe und Autorität verlieh, und las ihnen aus den Büchern vor, die sie sich von ihrem Lehrer ausgeliehen hatte. Mit einem spitzen Gänsekiel und Tinte schrieb sie die Buchstaben des Alphabets auf ein Blatt Papier, damit alle es lernen konnten. Farmer Sale war sogar bald selbst in der Lage, Schriftstücke mit seiner Unterschrift zu versehen. Dank der von Sir John beigesteuerten finanziellen Unterstützung ging es der Farmerfamilie jetzt sehr viel besser. Sie hatten sogar einen Arbeiter anstellen können, der für neun Schilling die Woche bei der Landarbeit half.

Dickon war eigentlich der einzige, dem das alles nicht so recht paßte. Als der Winter kam, fiel ihm auf, wie sehr sich Maureen verändert hatte. Sie hatte jetzt keine Zeit mehr für ihn. Den ganzen Tag war sie auf dem Meierhof. Er vermißte ihre Fragen, die sie nun ihrem alten Lehrer stellte. Schmerzlich wurde es Dickon bewußt, daß sie ihn nicht mehr brauchte.

Aber Dickon liebte Maureen. Ihretwegen versuchte er sich mit ihrem neuen Leben abzufinden, das ihr so große Freude zu bereiten schien. Doch es gab Zeiten, da wünschte er, Sir John Danesfield wäre an jenem heißen Sommertag nicht zur Owlett Farm gekommen. Daß es seiner Familie seit dieser Zeit viel besser ging, machte den Verlust seiner kleinen Freundin nicht wett. Nur ihr aufgeregtes Gesicht, wenn sie am Morgen zum Meierhof aufbrach und ihre Zufriedenheit, wenn sie zurückkam, entschädigte ihn ein bißchen.

Maureen liebte nicht nur die Stunden mit ihrem Lehrer, auch der Hin- und Rückweg machten ihr großen Spaß. Nie fühlte sie sich alleine, denn sogar im Winter zwitscherten ihr die Vögel zu. Besonders hatte sie sich mit einer Eule angefreundet, die auf sie wartete, wenn sie in der Dämmerung auf dem Heimweg war, und die mit heiserer Stimme gute Nacht zu sagen schien.

Dickon hatte ihr beigebracht, den Ruf der Eule mit zwei dicken Grashalmen, die er zwischen beide Daumen preßte, perfekt zu imitieren.

»Du kannst es fast so gut wie der Vogelmann«, hatte er sie gelobt.

Der Vogelmann war in der Gegend sehr bekannt, obwohl ihn kaum jemand je gesehen hatte. Er lebte in den Buchenwäldern und ernährte sich von wilden Kaninchen. Es wurde behauptet, daß er verrückt sei. Maureen hatte ihm immer begegnen wollen, denn er war dafür bekannt, daß er Vogelstimmen so absolut perfekt nachmachte, daß keiner sie von den natürlichen Stimmen unterscheiden konnte.

Eines Spätnachmittags im November hatte sie den Einsiedler plötzlich getroffen, und es war keineswegs so erfreulich gewesen, wie sie sich das vorgestellt hatte. Als sie ihn hinter dem Baum entdeckte, in dem ihre Eule lebte, war sie neugierig und furchtlos stehengeblieben. Der Mann trug ein kuttenartiges Gewand, das mit einem Gürtel zusammengehalten war, in dem ein kurzes Messer steckte. Als er näher kam, sah sie seine langen schmutzigen Haare und den schielenden Blick, mit dem er sie verstohlen betrachtete. Sein Gesicht war zu einem dümmlichen Grinsen verzerrt. Er öffnete seinen Mund und imitierte den Schrei der Eule. Das tat er so gut, daß Maureen vor Freude in die Hände klatschte.

»He, *Sie* müssen der Vogelmann sein!« rief sie. »Ich kann den Eulenruf auch nachmachen, aber längst nicht so gut wie Sie.«

Er stand sehr still und starrte sie an.

»Ich heiße Maureen und lebe auf der Owlett Farm«, sagte sie und ging näher auf ihn zu. Sie sah seinen verfilzten Bart, das faltige Gesicht und die abgebrochenen schmutzigen Fingernägel.

Plötzlich und ohne Vorwarnung hob er seine Kutte hoch. Entsetzt sah Maureen ihn an. Was hatte dieser Mann davon, sich ihr entblößt zu zeigen? Er sah so grotesk aus wie er da stand, das Gesicht nun zur bedrohlichen Grimasse verzerrt. Mit einemmal wurde ihr die Gefahr bewußt, in der sie sich befand, und sie versuchte, an ihm vorbeizulaufen. Aber mit einem schnellen Griff fing er sie ein und hielt sie fest. Verzweifelt strampelnd wollte sie sich befreien, doch sein muskulöser Arm hielt sie umklammert.

»Lassen Sie mich gehen. Lassen Sie mich gehen«, schrie sie ihn an.

Mit rotunterlaufenen Augen hob er sie hoch und hielt sie auf Armeslänge von sich. Mit aller Kraft trat Maureen zu, und der Vogelmann ließ sie mit einem Schmerzensschrei fallen. In höchster Pein wälzte er sich, die Leistengegend mit seinen Händen bedeckend, am Boden.

Maureen rannte fort so schnell sie konnte, und lief, bis sie zu Hause war.

»Um Himmels willen, was ist denn passiert?« fragte Mistreß Sale, als Maureen atemlos in der Küche erschien. Zum ersten Mal zögerte Maureen, eine ehrliche Antwort zu geben. Ohne zu wissen, warum, fühlte sie sich erniedrigt und beschmutzt. Die bloße Erinnerung an die Hände des Vogelmanns auf ihrem Körper machte sie krank. Der Mann muß verrückt sein, dachte sie.

Maureen fühlte sich außerstande, jemandem von dieser Begebenheit zu berichten. Sie erfand eine Geschichte und erzählte, daß sie sich vor einem Geist erschreckt hatte. Mistreß Sale nahm sie tröstend in ihre Arme und drückte sie zärtlich an ihren mütterlichen Busen. In Zukunft würde Dickon ihr entgegengehen, damit sie nicht mehr allein durch die Buchenwälder gehen müsse, beruhigte sie Maureen.

Es sollte sich aber herausstellen, daß Dickons Dienste nicht erforderlich waren.

Der Winter des Jahres 1788 war bitterkalt und streng. Heftige Schneestürme machten Maureens Besuche auf dem Meierhof unmöglich. In weiser Voraussicht hatte der Lehrer ihr genügend Bücher mitgegeben. So saß Maureen nun in der Küche des Bauernhauses am großen, langen, geschrubbten Tisch vor dem Feuer, das sie während ihres Studiums wärmte. Nur ab und zu wurde sie von den am Boden spielenden Kindern oder dem fröhlichen Gesang der backenden oder plättenden Mistreß Sale gestört. Maureen las in dem dicken Buch über die Geschichte Englands, studierte die Weltkarte, oder sie machte sich eine Liste der Wörter, die sie nicht verstand und deren Bedeutung sie sich später von ihrem alten Lehrer erklären lassen wollte.

Jeden Morgen sah sie voll Erwartung aus dem Fenster, ob sich das Wetter inzwischen gebessert hatte. Von ihr unabhängig tat Master Glover dasselbe. Aber seine Kenntnisse in der Wetterkunde ließen ihm wenig Hoffnung, daß dieser Winter so schnell vorübergehen würde. Gelegentlich dachte er darüber nach, ob Maureen jetzt wohl über ihren geliehenen Büchern saß oder ob sie sich anderen Zeitvertreiben widmete, da sie ohne Aufsicht war.

Sir John Danesfield hatte ihm im Vertrauen mitgeteilt, daß

dieses Kind seine leibliche Tochter war. Master Glover wußte, daß der Stammbaum der Danesfields bis zu Wilhelm dem Eroberer zurückreichte. Über den familiären Hintergrund der Mutter allerdings wußte er nichts. Sir John hatte von ihr nur kurz gesprochen, und Arthur Glover hatte angenommen, es habe sich um irgendein Mädchen vom Lande gehandelt. Jetzt aber zweifelte er daran. Obwohl Maureen mit ihren rosigen Wangen wie eine Bauernmaid aussah, zeugten doch ihre feinen Gesichtszüge, ihre zarte Haut, die schmalen Knöchel und die kleine gerade Nase von angeborener Vornehmheit. Äußerlich ähnelte sie Sir John in keiner Weise, aber sie zeigte dieselbe Entschlossenheit.

Der alte Mann seufzte. Sir John wollte das Mädchen zu sich nach London holen, wenn sie zwölf oder dreizehn Jahre alt war. Er selbst wäre dann über siebzig, und wahrscheinlich war er bereits tot, wenn Maureen zur jungen Frau heranwuchs. Der Gedanke, daß er Maureen nicht mehr als erwachsene Frau erleben würde, stimmte ihn traurig.

Drittes Kapitel
1789

In den Wäldern von Compiègne vergnügte sich ein Junge auf der Jagd, der heute dreizehn Jahre alt geworden war. Im Arm hielt er sein Geburtstagsgeschenk, eine doppelläufige Flinte mit Steinschloß, die speziell für ihn in Bordeaux angefertigt worden war. Sie war mit Silber beschlagen, und der Junge war sehr stolz darauf. Heute bei der Jagd hatte die Flinte sich als zielsicher erwiesen. Sein Diener trug die stolze Jagdbeute, die er damit erlegt hatte: drei Auerhähne, ein Kaninchen und eine Wildente.

Der Arm des jungen Vicomte Gerard de Valle schmerzte, und er war bereit, den Heimweg anzutreten. Er und sein Diener Jules wanderten langsam zurück zum Schloß von Boulancourt. Die Mutter des Jungen, die Vicomtesse, hatte es nicht gerne, wenn er in diesen Tagen das Schloß verließ. Hätte er heute nicht

Geburtstag, würde sie ihm die Erlaubnis sicher nicht gegeben haben, dachte Jules.

Aber ihm konnte die Vicomtesse Marianne de Valle ihren Sohn ruhig anvertrauen, selbst in so unruhigen Zeiten. Jules würde sogar sein Leben für seinen jungen Herrn hingeben.

Der Sommer des Jahres 1789 war so heiß, wie der Winter kalt gewesen war. Besonders an diesem Nachmittag im August. Jules betrachtete seinen vor ihm gehenden Herrn. Der Vicomte war von angenehmen Äußerem. Sein kräftiges, lockiges, gesundes Haar hatte die Farbe von Kastanien. Die großen braunen Augen mit den langen Wimpern hatte er von seiner aus Italien stammenden Mutter geerbt. Von seinem Vater aber hatte er die helle Haut und die leicht gebogene Nase.

Fünfzig Jahre seines Lebens stand Jules in den Diensten des letzten Vicomte de Valle. Seine Ergebenheit dieser Familie gegenüber kam von Herzen; er respektierte sie nicht nur ihrer vornehmen Herkunft wegen, sondern schätzte ihre Redlichkeit und Fürsorge auch gegenüber dem Personal. Jules wußte, daß nur sehr wenige Aristokraten ihre Angestellten so menschlich behandelten. Gerüchten zufolge kümmerte sich nicht einmal die Königin um die Armen oder hungernden Menschen von Paris. Und der König, so erzählte man, war verweichlicht und völlig von ihr beeinflußt. Er tat nichts gegen die hohen Steuern, die Frankreichs Adlige den Bauern auferlegten, so daß sie deswegen kaum eine Überlebenschance hatten.

Jules verlagerte das Gewicht des erlegten Wildes und seufzte. Fürchterliche Geschichten wurden überall erzählt. Männer, Frauen und sogar Kinder hatten im vorigen Monat die Bastille gestürmt. Sogar sehr alte Männer hatten sich den Musketen der Schweizer Garde entgegengestellt. Bewaffnet mit Faßdauben und Pflastersteinen, hatten sie sich wacker geschlagen.

Trotz der heißen Augustsonne fröstelte es ihn. Was in der Hauptstadt passierte, war entsetzlich und gottlos. Was sollte dabei herauskommen? Die Revolution! Schon das Wort war furchterregend. Compiègne, die Stadt, in der er geboren war, lag nur vierundachtzig Kilometer von Paris entfernt – das bedeutete höchstens einen Fünfstunden-Ritt mit guten Pferden. Vor zwei Wochen hatte die Vicomtesse einen Boten dorthin geschickt, um zu erkunden, ob ihre Freunde in Sicherheit seien. Aber der Mann war nicht zurückgekehrt. Nur der liebe Gott mochte wissen, ob er getötet oder gefangen worden war oder

sich gar entschlossen hatte, sich den Revolutionären anzuschließen.
Plötzlich wurde Jules aus seinen Gedanken gerissen, denn der Vicomte hatte auf ein Eichhörnchen angelegt. Aber zu seiner Überraschung lachte der Junge und ließ die Flinte sinken.

»Ich kann kein *écureuil* umbringen!« sagte er und errötete vor Scham. »Sieh nur, Jules, wie es auf seinen Hinterbeinchen sitzt und den Kopf schief hält, so als wollte es fragen: Warum willst du mich töten? Ich tue dir doch nichts! Und siehst du seine Pfoten? Wie zwei kleine Hände!«

Der Diener machte hierzu keine Bemerkung. Der junge Vicomte liebte Tiere. Die zwei Jagdhunde waren fast immer an seiner Seite. Eine ganze Menagerie hatte sich im Lauf der Zeit angesammelt, die von einem Mann gefüttert und saubergehalten wurde. Trotzdem machte es dem Jungen Freude, auf wilde Tiere zu schießen, wobei er sich jedoch versicherte, daß sie nicht litten, bevor sie starben.

Der Vicomte war kein Schwächling. Der Tod seines Vaters Antoine de Valle vor drei Jahren hatte ihn schon früh zum Manne gemacht.

Es waren unglückliche Umstände, die zum Tod seines Vaters geführt hatten. Er war der Betrügerei beim Kartenspiel beschuldigt und dann, als er seine Ehre verteidigte, beim Duell getötet worden. Ausgerechnet sein bester Freund, der Marquis de Guéridon, der sich bei dem Vorfall mit ihm im Spielzimmer befand, war nicht bereit gewesen, die Unschuld des Vicomte de Valle zu beschwören.

Weder in Compiègne noch auf seinem Gut glaubte irgend jemand, der ihn gekannt hatte, an seine Schuld. Es schien unvorstellbar, daß ein redlicher und ehrenvoller Mann wie er so tief gesunken sein sollte, daß er beim Kartenspiel betrog. Wahrscheinlicher war, was der Marquis de Guéridon erzählte, daß der österreichische Baron von Gottfried absichtlich falsch gespielt hatte, um den Vicomte zu entehren. Für dieses verabscheuenswerte Benehmen konnte der Marquis allerdings kein Motiv nennen. Und es war ihm unmöglich, zu beweisen, daß der Baron ein Falschspieler war, denn der Schurke war schon kurz nach dem Duell, ohne eine Spur zu hinterlassen, aus Paris verschwunden.

Dieser Vorfall hatte entsetzliche Folgen gehabt. Das kastanienbraune Haar der Vicomtesse war innerhalb eines Monats ergraut, obwohl sie noch nicht vierzig Jahre alt war. Ihre Trauer über das Ableben des Vicomte war groß, denn sie hatte ihn aus Liebe geheiratet. Nur des Jungen wegen nahm sie sich zusammen, obwohl ihr das Leben nun nur mehr wenig bedeutete. Ihr Sohn Gerard war das einzige, was ihr geblieben war. Ihre drei anderen Kinder waren sehr jung an Pocken gestorben.

Auch dem Jungen ging der Tod seines Vaters sehr nahe. War er früher fröhlich und sorglos gewesen, wurde er nun ernst und nachdenklich. Seine Besessenheit, die Ehre seines Vaters wiederherzustellen, war fortan sein Lebensinhalt. Wäre nicht die Tatsache gewesen, daß seine Mutter ihn dringend brauchte und er noch viel zu jung war, hätte er sich längst auf die Suche nach diesem Baron von Gottfried gemacht. Sollte er ihn je finden, das schwor er sich, dann würde er ein Geständnis aus ihm herausfoltern, bevor er ihn tötete. Gerards Glaube an die Unschuld seines Vaters war unerschütterlich.

Darum bereitete er sich tagtäglich auf die etwaige Begegnung mit dem Baron vor: Er übte sich in der Kunst des Fechtens; er lernte, hervorragend mit der Pistole umzugehen; er studierte Deutsch, bis er es fließend und akzentfrei sprach; und er übte sich im Kartenspiel. Jules und sogar seine Mutter mußten Pharo mit ihm spielen, eben jenes Spiel, das die Entehrung seines Vaters heraufbeschworen hatte.

Natürlich hatte der unglückliche Vorfall auch gesellschaftliche Folgen. Der Name de Valle war auf keiner Einladungsliste mehr zu finden. Früher hatten sie regelmäßig die Empfänge von Marie Antoinette im schönen Ballsaal des Palais de Compiègne besucht, nun wurden sie nicht mehr eingeladen. Gerard hatte keine Chance, im königlichen Gefolge auf die Jagd zu gehen, wie es all seine Vorfahren getan hatten. Es war Jahre her, seit die Könige und Königinnen Frankreichs im Speisesaal des Schlosses von Boulancourt zu Gast gewesen waren. Dieser Saal wurde nun nicht mehr benutzt, und nur im Winter brannten in den Kaminen große Torffeuer, um Kälte und Feuchtigkeit fernzuhalten. In den riesigen Küchen wurden keine Bankette mehr vorbereitet. Nur noch vier Lakaien in brauner Livrée mit goldenen Knöpfen und ein Butler waren der Vicomtesse und ihrem Sohn geblieben. Sie dinierten allein, manchmal vielleicht mit dem Abbé oder dem einen oder anderen ihrer wenigen Freunde.

Während sich ihr Sohn und Jules auf der Jagd befanden, empfing die Vicomtesse de Valle den Abbé des nahegelegenen

Klosters von Corneille in ihrem Salon. Sie war eine große, schlanke und immer noch schöne Frau, deren olivfarbener Teint die italienische Abstammung verriet. Ihr gepudertes und gelocktes Haar fiel ihr bis auf die Schultern. Um den Hals trug sie ein schwarzes Samtband mit einem Medaillon, in dem sich das Miniaturbild ihres Sohnes im Alter von drei Jahren befand.

Ihr blaßblaues Seidentaftkleid hatte einen Reifrock und war tief ausgeschnitten. Ohne jedes Lächeln saß sie ihrem Besucher gegenüber und hörte ihm aufmerksam zu. Die Nachrichten, die der Abbé ihr überbrachte, waren schlecht, wie sie es vorausgeahnt hatte. Darum hatte sie ihrem Sohn erlaubt, auf die Jagd zu gehen, damit er nicht im Schloß war, wenn der Abbé sie besuchen kam.

Nun stand sie an einer der großen Glastüren, die auf den breiten Balkon hinausführten. Während ihr Blick über die Marmorskulpturen des Springbrunnens weiter zu den dichten, dunklen Wäldern schweifte, lag ihre Hand auf dem roten Samtvorhang.

Die Vicomtesse liebte diesen Raum und verbrachte hier ihre meiste Zeit. Über dem Kamin hing das Bild ihres geliebten Gatten. Es zeigte ihn als Kind mit lockigem Haar. Zu seinen Füßen spielten kleine Wachtelhunde. Rechts und links vom Kamin hingen zwei kleine Bilder von Raphael, und auf dem Sims stand ein mit Edelsteinen besetztes Glockenspiel. Die Decke des Raumes war mit Putten und weißen Wolken bemalt. Neben dem Fenster stand eine riesige Schale mit weißen Magnolien.

Die Nachrichten, die der Abbé brachte, waren noch schlimmer, als sie gefürchtet hatte. Paris war ein einziges Blutbad. Die Zukunft des Königs und der Königin ungewiß. Die Sicherheit des französischen Adels in Gefahr. Fouillon und Berthier waren am zweiundzwanzigsten Juli grausam gelyncht worden. Freiwillige, in Compiègne organisiert und bewaffnet, sahen auf Recht und Ordnung. Niemand glaubte mehr daran, daß der König etwas unternehmen würde oder könnte. Nach der schlechten Ernte waren die Brot- und Lebensmittelpreise ins Unermeßliche gestiegen. Arbeitslosigkeit und bittere Not verschlimmerten die Lage. Man gab dem Adel die Schuld. Die Bauern verteidigten ihre Getreidevorräte bereits mit Waffen gegen die umherziehenden Vagabunden.

Es war nicht nur möglich, sondern wahrscheinlich, erzählte der Abbé der Vicomtesse, daß auch Schloß Boulancourt angegriffen würde. Andere Schlösser waren bereits ein Ziel der hungrigen Bauern geworden. Die Vicomtesse und ihr Sohn mußten fliehen, beschwor sie der Abbé. Sie hatten Freunde in England. Dorthin sollten sie so schnell wie möglich aufbrechen.

Die Vicomtesse dankte dem Abbé und entließ ihn. Ratsuchend betrachtete sie das Portrait ihres Gatten. Einerseits schien es ihr unvorstellbar, daß die Menschen von Compiègne, die Antoine de Valle seit seiner Kindheit gekannt und geliebt hatten, nun seine Frau und sein Kind überfallen würden. Als Gerard noch kleiner war, war er von den Bauernfrauen gefüttert und verwöhnt worden. Er kannte sie alle beim Namen, und wenn jemand krank war oder sonst etwas brauchte, dann hatte er selbst nach dem Rechten gesehen. Es war unwahrscheinlich, daß irgendeiner dieser Menschen ihm Böses wünschen konnte. Andererseits hatte sie viele Briefe bekommen, von ihrer Familie aus Italien und auch von Freunden ihres Mannes aus England, in denen sie beschworen wurde, das Schloß zu verlassen. Der Abbé schließlich hatte ihr deutlich gemacht, daß ihr nicht mehr viel Zeit blieb, sich zu entschließen.

Die Vicomtesse seufzte. Eines war klar. *Sie* würde das Schloß nur unter Zwang verlassen. Aber Gerard . . . er war der Grund für ihre Unentschiedenheit. Der Gedanke, sich von ihm trennen zu müssen, war furchtbar – aber Gerard war der einzige Sohn, und wenn die Familie de Valle nicht aussterben sollte, so mußte er um jeden Preis überleben. Wenn dann wieder bessere Zeiten kamen – und das war abzusehen –, würde er ins Schloß zurückkehren können. In ihrem Herzen fühlte die Vicomtesse, daß auch Antoine, ihr Mann, so entschieden hätte.

Sie stand auf und durchquerte den Raum. In ihrem Arbeitszimmer öffnete sie das Stehpult und nahm einen Brief heraus. Dann ging sie damit zum Fenster und sah hinaus. Sie wartete auf Gerard.

Mit leuchtenden Augen kam der junge Vicomte de Valle herein.

»Maman!« rief er aufgeregt. »Ich bin sicher zurück. Ihre Furcht war unbegründet. Jules und ich hatten den allerschönsten Tag!«

»Das freut mich, chéri!« antwortete sie und strich ihm die feuchten Locken liebevoll aus der Stirn. Ihr Französisch hatte den Klang ihrer italienischen Muttersprache, war aber fehlerfrei. Zärtlich fragte sie ihren Sohn:

»Und deine neue Flinte gefällt dir also?«

Gerard war fast so groß wie seine Mutter. Er legte ihr seinen Arm um die Schulter und zog sie an sich.

»Es ist eine herrliche Flinte. Ich habe noch nie so gut geschossen wie heute. Jules meint, daß Vater stolz auf mich wäre.«

Als Gerard seinen Vater erwähnte, verschwand das Lächeln aus den Augen der Vicomtesse. Schmerzlich wurde ihr bewußt, daß dies der Augenblick war, wo sie ihrem Sohn ihre Entscheidung mitteilen mußte.

»Setz dich hierher, Gerard«, sagte sie ruhig. »Ich muß etwas mit dir besprechen. Etwas ...« fügte sie warnend hinzu, »... etwas, von dem ich fürchte, daß es dir keine Freude bereiten wird.«

Folgsam setzte sich Gerard neben sie. In letzter Zeit waren sie mehrfach so zusammengesessen und hatten ernsthaft die politischen Veränderungen besprochen.

Geduldig hatte seine Mutter ihm alles erklärt. In Frankreich war der König nicht mehr Alleinherrscher. Die Bürger verlangten nach Gleichberechtigung und wollten sich nicht mehr vom Adel unterdrücken lassen. Gerards Vater hatte sich immer humanitären Idealen verpflichtet gefühlt, aber auch er konnte sich nicht gegen die allgemeinen und üblichen Zustände wehren. Gerard würde achtgeben müssen, wem gegenüber er welche Meinung vertrat, dachte die Vicomtesse.

Ihr Sohn hatte mit eigenen Augen das Elend gesehen, in dem viele arme Leute in Compiègne lebten. Einmal die Woche, auf seinem Weg zum Gymnasium des Klosters, nahm er in seiner Kutsche Lebensmittel mit, die später von den Mönchen an die Hungernden verteilt wurden. In den Torgängen lagen Kinder zusammengerollt im Schnee und erfroren auf der Schwelle. Mit schlechtem Gewissen kehrte er zum wärmenden Kaminfeuer ins Schloß zurück.

Einmal hatte man zwei Männer vor die Vicomtesse geführt, die in der Küche Lebensmittel gestohlen hatten und dabei ertappt worden waren. Der eine hatte ausgesagt, daß er es für seine hungernde Frau und die Kinder getan habe, der andere, daß er seit drei Tagen nichts gegessen hatte. Anstatt sie zu bestrafen, ließ die Vicomtesse ihnen ein warmes Essen vorsetzen, gab ihnen Geld und versprach ihnen, daß sie auf dem Gut arbeiten konnten, wenn sie am nächsten Tag zurückkämen. Gerard liebte seine Mutter für ihre Güte.

Nun sah er sie aufmerksam an und es verwirrte ihn, daß sie

seinem Blick auszuweichen versuchte. Um sie zu ermutigen, ihm die schlechten Nachrichten mitzuteilen, wie sie es offensichtlich vorhatte, sagte er forsch:

»In welcher Gefahr wir auch sind, Maman, Sie brauchen keine Angst zu haben. Ich werde Sie beschützen, denn ich bin nun fast erwachsen. Haben Sie vergessen, daß ich heute dreizehn Jahre alt geworden bin?«

Tränen traten der Vicomtesse in die Augen. Sie war zutiefst von der Ritterlichkeit ihres Sohnes gerührt. Damit er es nicht merkte, sprach sie schnell auf ihn ein:

»Heute nachmittag war der Abbé hier, Gerard. Er bestätigte, was ich bereits wußte – die Schlösser werden überfallen. Unser Zuhause ist nicht mehr länger sicher.« Als er sie unterbrechen wollte, hinderte sie ihn mit einer Handbewegung daran. »Selbst wenn uns unser gesamtes Personal beistünde, gegen den wild gewordenen Pöbel kämen wir nicht an«, sagte sie. »Da ich eine Frau bin, ist es unwahrscheinlich, daß man mir etwas tut, aber dir . . . und du bist mein einziger Sohn, mein einziges Kind, Gerard.« Der Ton in ihrer Stimme bettelte um sein Verständnis. »Du bist das einzige, was mir dein Vater anvertraut hat. Darum halte ich es für unumgänglich, dich an einen Ort zu schicken, wo du in Sicherheit bist.«

Sie ignorierte seinen Protest und gab ihm den Brief, den sie in ihrer Hand gehalten hatte.

»Lies das. Es ist ein Brief von einem alten Freund deines Vaters – einem Engländer. Sein Name ist Sir John Danesfield. Ich habe ihm vor einigen Monaten geschrieben und ihn gefragt, ob es ihm möglich wäre, falls sich die Lage hier in Frankreich nicht ändern sollte, dich bei sich aufzunehmen . . .«

Sie streifte ihren Sohn mit einem kurzen Blick: »Es versteht sich von selbst, daß Sir John für die Kosten, die deine Erziehung und dein Aufenthalt bei ihm mit sich bringen, entschädigt wird. Dieser Brief, Gerard, ist seine Antwort. Wie du daraus ersehen kannst, lädt er dich herzlich ein, sein Gast zu sein, so lange wir es nur wünschen.«

»Ich werde nicht fahren!« Gerard verachtete seine Mutter zum ersten Mal. Die Wahl ihrer Worte bestätigte seinen Verdacht, daß sie nicht vorhatte, mit ihm nach England zu fliehen. »Ich werde Sie nie verlassen.« Scharfsinnig fügte er hinzu: »Sie wissen genau, daß Papa es niemals gutgeheißen hätte, wenn ich Sie im Augenblick der Gefahr verlasse!«

Enttäuscht wurde ihm bewußt, daß sich seine Mutter nicht erweichen lassen würde.

»Deines Vaters wegen – und um meiner selbst willen – schicke ich dich nach England!« sagte sie mit fester Stimme. »Vergiß niemals, Gerard, du bist der Vicomte de Valle und das Familienoberhaupt. Außerdem bist du der einzige, der die Ehre deines Vaters wiederherstellen kann. Ich verlasse mich darauf, daß du den Namen de Valle, wenn du erst groß genug bist, wieder zu Ehren bringst. Darum sollst du dein Leben nicht wegen einer geringeren Sache aufs Spiel setzen.«

Mit diesen Worten hatte die Vicomtesse den Protest ihres Sohnes abgefangen und sich seinen, wenn auch unfreiwilligen Gehorsam erzwungen.

»Wann muß ich fort?« fragte er und seine Stimme war kindlich und voller Tränen.

»Sobald wie möglich!« antwortete die Vicomtesse. »Am besten morgen schon, wenn wir es arrangieren können. Jules wird dich mit der Kutsche nach Boulogne bringen. Von dort geht ein Schiff nach Dover. Wahrscheinlich ist es sicherer, wenn ihr nachts reist. Dann wärst du am Morgen bereits in Amiens und . . .«

Gerard hörte ihr nicht mehr zu. Daß dieser herrliche Tag so schrecklich endete, war mehr, als er meinte ertragen zu können. Nein, befahl er sich selbst, ich darf jetzt nicht weinen. Wie ein Kind! Aber er sehnte sich danach, seinen Kopf in den Schoß seiner Mutter zu legen und seiner Traurigkeit freien Lauf zu lassen.

Die Vicomtesse wußte, was in ihrem Sohn vorging.

»Schau nicht so traurig, mon petit! Es ist ja nicht für lange. Denk daran, wieviel Spaß es dir machen wird, Englisch zu lernen. Dein Vater verbrachte einen großen Teil seiner Jugend in England, und Sir John war sein bester Freund.«

Um den Jungen noch mehr abzulenken, fügte sie liebevoll hinzu: »Die Engländer sind sehr sportliche Leute, Gerard. Du mußt unbedingt deine neue Flinte mitnehmen. Ich möchte einen Bericht, wieviele Fasane und Rebhühner du geschossen hast.«

Mit ihren letzten Worten hatte sie ihn schließlich versöhnt. Mit normaler Stimme sagte er:

»Ich habe gehört, daß die Jagd auf den *coq de bruyère* d'Ecosse am interessantesten sein soll. Vielleicht nimmt mich Sir John einmal mit.«

Die Vicomtesse lächelte.

»Dann solltest du den englischen Namen wissen!« sagte sie. »Ich glaube, man nennt diesen Vogel *grouse*, aber ich bin mir nicht sicher. Dein Vater sprach sehr gut Englisch . . .«

Gerard hörte schon wieder nicht zu.

»Was werden Sie hier alleine machen, Maman?« unterbrach er sie.

»Aber Gerard, es gibt so viel zu tun. Ich muß mich doch um das Gut kümmern, nicht wahr? Damit alles in Ordnung ist, wenn du zurückkommst. Und was eventuelle Gefahren betrifft – das Kloster ist nur einen Kilometer entfernt –, dort finde ich Zuflucht, wenn es nötig sein sollte. Du brauchst dir keine Sorgen zu machen.«

»Maman, kommen Sie mit mir nach England!« bat er sie.

Aber Gerard wußte genau, daß seine Mutter das Schloß nicht verlassen würde.

Viertes Kapitel
1790

Sir John beobachtete die Launenhaftigkeit seiner Frau mit zunehmender Ungeduld. Druscilla, dachte er ärgerlich, fand immer etwas, woran sie herumnörgeln konnte, und wenn es nichts gab, dann erfand sie etwas.

Er schaute auf seine Uhr und stellte traurig fest, daß es noch zu früh war, seine Geliebte zu besuchen. Clarissa hatte ihm gestern gesagt, daß sie ihn erst um fünf Uhr empfangen könne, da sie einen Besuch bei ihrer Modistin mache.

Gelangweilt und voller Ungeduld sah er sich in seinem Salon um. Der Raum war groß und hatte hohe Fenster, die auf den *Green Park* hinausgingen. Eigentlich hätte es ein besonders schönes Zimmer sein können, wenn man bedachte, wieviel Geld für die Einrichtung ausgegeben worden war. Statt dessen vermittelte es eine unfreundliche Atmosphäre. Der Teppich war von unscheinbarem Grau. An den Wänden hingen viele düstere Gemälde in schwarzen Rahmen. Die Motive waren religiöser

Natur, und obwohl sie von Raphael und Velasquez gemalt waren: die leidenden Gesichter der Heiligen und der Märtyrer erfreuten Sir John nicht im Geringsten.

Die Blumenarrangements bestanden aus kräftigen Blattpflanzen, deren Dunkelgrün mit weißen Wachslilien garniert war, was Sir John an ein Begräbnis erinnerte.

Alle Möbel waren aus dunklem Mahagoni. Über dem Kamin hingen zwei Ölgemälde, die seine beiden Töchter darstellten, deren Häßlichkeit auch der wohlwollende Maler nicht hatte dämpfen können. Ob beabsichtigt oder nicht: Druscilla hatte aus dem Raum das Sprechzimmer einer Klosteräbtissin gemacht.

Druscillas nörgelnde Stimme riß ihn aus seinen Gedanken.

»Du hast mir versprochen, daß Gerard nur einige Monate bei uns bleiben würde. Nun lebt er schon fast ein Jahr hier!«

Sir John seufzte. Die Dummheit seiner Frau ärgerte ihn immer wieder. Besonders ihre Unfähigkeit, Tatsachen aus dem politischen Geschehen zu begreifen. Er betrachtete ihr blasses, unscheinbares Gesicht und wunderte sich darüber, wie er sich je dazu hatte überwinden können, mit ihr das Bett zu teilen. Ihre Heirat war aus Gründen der Vernunft arrangiert worden. Als sein Vater noch lebte und die Familie in finanzielle Schwierigkeiten geraten war, hatte man beschlossen, daß er, als der einzige Sohn, eine reiche Frau heiraten müsse. Schon damals, mit siebzehn Jahren, war Druscilla Wilson keine Schönheit gewesen. Aber ihr Vater, ein Mühlenbesitzer aus Lancashire, hatte sein Glück gemacht, weil er erkannte, welche Bedeutung die Erfindung des mechanischen Webstuhls hatte. Mr. Wilson begann Stoffe herzustellen und verdiente bald ein Vermögen. Schon im Jahr 1730 verwendete er in seinen Spinnereien die neuen Maschinen.

Nicht ohne Bewunderung dachte Sir John an seinen Schwiegervater. Mit der Einführung neuester Feinspinnmaschinen und der Umstellung auf Dampf verdiente dieser Teufel auch heute noch sehr viel. Wenn er nicht schon Millionär war, so würde er es binnen kurzem sein. Er hatte keinen Sohn, Druscilla war die Alleinerbin.

»Meine Liebe«, belehrte Sir John sie nun höflich, »als ich dir versprach, daß Gerard nur einige Monate bleiben würde, hatte ich den Eindruck, daß er, sobald die Gefahr vorüber sei, zu seiner Mutter nach Frankreich zurückkehren könne. Du weißt aber, daß Schloß Boulancourt abgebrannt ist, die Ländereien konfisziert wurden, und daß wir von seiner Mutter, der Vicomtesse de Valle, nichts mehr gehört haben. Gerard ist gerade vierzehn Jahre alt. Wie kann ich, als ein Freund seines Vaters, den Jungen aus meinem Haus weisen?«

Druscilla legte ihre Stickerei beiseite und sah ihren Gatten an. Er war jetzt siebenundvierzig und noch immer ein gutaussehender und lebensfroher Mann. Aber seine Männlichkeit, die andere Frauen so an ihm liebten, stieß sie ab. Sie war in einer Klosterschule erzogen worden, in der es nur Nonnen und Schülerinnen gab. Ihre Mutter war bei ihrer Geburt gestorben. Ihr Vater, der sich nur für seine Webstühle interessierte, hatte sich nicht in ihre Erziehung eingemischt.

Darum war Druscilla auch in den Ferien, wenn die anderen Mädchen heimfuhren, im Kloster geblieben, und so hatte sie dieses mit der Zeit als ihr richtiges Zuhause betrachtet. Mehr noch, sie war fest entschlossen, Nonne zu werden, als ihr Vater ihr seine Entscheidung mitteilte, sie mit einem Adligen zu verheiraten. Sir John Danesfield, eine der schillerndsten Figuren der Gesellschaft, sei der richtige Ehemann für sie. Die Hochzeit fand statt, ohne Rücksicht auf ihren Wunsch, sich dem klösterlichen Leben widmen zu wollen.

Die Erinnerung an ihre Hochzeitsnacht oder an die wenigen späteren Gelegenheiten, bei denen ihr Mann auf seine ehelichen Rechte gepocht hatte, war Druscilla in höchstem Maße unangenehm. Nicht, daß er das unerfahrene junge Mädchen unfreundlich oder gar brutal behandelt hatte, aber Druscilla empfand seine körperliche Nähe stets als unwillkommenes und störendes Eindringen in ihre Intimsphäre. Ganz abgesehen von den daraus resultierenden Schwangerschaften. Nach der Geburt ihrer jüngsten Tochter Selina war nichts mehr zwischen ihnen vorgefallen.

Damals hatte Sir John sich eine Geliebte genommen. Die erste von vielen. Für Durscilla bedeutete dies eine Erleichterung, befreite sie dies doch von den verhaßten ehelichen Pflichten. Sie widmete sich von nun an nur mehr ihrem häuslichen Dasein. Schweigend war man übereingekommen, sich möglichst aus dem Weg zu gehen, und so führten sie eine verhältnismäßig gute Ehe. Druscilla lebte mit ihren beiden Töchtern in völliger Zurückgezogenheit.

Unglücklicherweise waren Prudence und Selina nun im

heiratsfähigen Alter. Sir John bestand darauf, daß sie in die Gesellschaft eingeführt wurden. Immer häufiger bemängelte er ihre altmodische Kleidung, die ihre Unscheinbarkeit noch betonte.

Im Stillen hoffte Druscilla, daß die Mädchen keinen Mann finden würden, aber sie widersetzte sich nicht den Wünschen ihres Mannes. Als er ihr mitgeteilt hatte, daß ein junger französischer Adliger bei ihnen wohnen würde, kam ihr sogar der Gedanke, daß jener vielleicht einen passenden Ehemann für die fünfzehnjährige Selina abgeben könnte. Aber Gerard de Valle war eine große Enttäuschung. Meistens hielt er sich in seinem Zimmer auf, wo er studierte, Briefe schrieb oder aber Karten spielte, was Druscilla sehr erbitterte.

Die Mädchen waren anfangs von dem guten Aussehen des jungen Vicomte sehr beeindruckt gewesen. Da aber, obwohl jeder die Sprache des anderen beherrschte, keine Gemeinsamkeit aufkommen wollte, verloren sie bald ihr Interesse. Man traf sich nur zum Essen oder bei gesellschaftlichen Anlässen.

Gerard wurde in Eton erzogen. Die Weihnachtsferien verbrachte er im Haus seines Schulfreundes, des Honourable James Pettigrew. In den Osterferien ging er mit Sir John zum Fischen nach Devonshire. Die Sommerferien verbrachte er das erste Mal in Wyfold House.

Sir John hatte ihm zu seinem Geburtstag ein Pferd geschenkt; Gerard nannte die Stute *Colombe*, weil sie ihn an die weißen Tauben zu Hause erinnerte. Im Hyde Park konnte man ihn jeden Morgen beim Ausritt beobachten. Er ritt alleine, denn die Mädchen teilten seine Vorliebe für diesen Sport nicht. Obwohl Gerard besonders freundlich zu ihr war, bedrückte Druscilla seine Anwesenheit im Haus sehr. Sie spürte, daß der Junge sie mit seiner geliebten und bewunderten schönen Mutter verglich, und daß dieser Vergleich zu ihren Ungunsten ausfallen mußte.

»Vielleicht kannst du Gerard mitnehmen, wenn du nachher ausgehst«, schlug sie ihrem Mann vor. Auf diese Art könnte man vielleicht den Jungen dazu bewegen, sein Zimmer zu verlassen, wo er sicherlich wieder damit beschäftigt ist, Briefe nach Frankreich zu schreiben.

Da Sir John vorhatte, seine Geliebte zu besuchen, wollte er Druscilla diese Bitte eigentlich abschlagen. Andererseits gab es aber keinen Grund, den Jungen nicht mit nach Richmond zu nehmen. Mit seinen vierzehn Jahren war Gerard alt genug, sich in der merkwürdigen Welt der Erwachsenen zurechtzufinden. Außerdem würde es ihm wahrscheinlich bei Clarissa besser gefallen als in diesem Mausoleum. Ganz sicher würden sie nach dem Abendessen noch Karten spielen, und Sir John kannte Gerards Neigung dafür. Natürlich wußte er von dem unglücklichen Vorfall. Aber er hatte keinen Zweifel daran, daß sein Freund, der Vicomte Antoine de Valle, unschuldig war, welche Beweise damals auch immer gegen ihn gesprochen haben mochten. Daß Gerard den Wunsch hatte, die Ehre seines Vaters wiederherzustellen, verstand er sehr gut, obwohl er keine Vorstellung davon hatte, wie der Junge das bewerkstelligen wollte.

Wieder fühlte Sir John, wie er ungeduldig wurde. Fröhlichkeit bemächtigte sich seiner, wenn er an das bevorstehende Rendezvous dachte.

Er hatte seiner Mätresse ein kleines, um die Jahrhundertwende erbautes Haus in Richmond gekauft, das er inzwischen sehr liebgewonnen hatte, denn Clarissa hatte es mit viel Geschmack eingerichtet.

Clarissa Manton war eine warmherzige und immer gutgelaunte Frau. Sie stand ihm sehr nahe. Vor fünfzehn Jahren hatte er sie das erste Mal getroffen. Sie war damals etwa dreiundzwanzig, Witwe, und lebte in sehr bescheidenen Verhältnissen. Als Näherin versuchte sie sich über Wasser zu halten.

Sir John war von Anfang an von ihrer barocken Figur, den großen, lachenden blauen Augen und ihrer natürlichen Sinnlichkeit begeistert gewesen, und das war bis heute so geblieben.

Clarrie, so erzählte er Gerard, als sie zusammen in der Kutsche zum *Orchid House* fuhren, Clarrie würde ihm bestimmt gefallen. Oft lud er auch Freunde ein, die im Hause seiner Geliebten mit ihm Karten spielten, tranken und rauchten. Manchmal spielte Clarissa auf dem Spinett, zur Erbauung aller Anwesenden.

War Gerard überrascht, von dieser Liaison zu hören, so zeigte er es jedenfalls nicht. Er nickte nur verständnisvoll.

Gerard war nun seit einem Jahr in England, und er wußte inzwischen viel über das Leben der *upper classes*. Davon abgesehen, war es nur zu offensichtlich, daß zwischen Sir John und seiner Frau keinerlei Beziehung bestand.

Am meisten vermißte Gerard seine schöne Mutter. Er sehnte sich nach ihren zärtlichen Umarmungen und ihrer liebevollen

Anteilnahme an allem, was er tat und dachte. Die Trennung war nur schwer zu ertragen, aber um ihretwillen mußte er diese Zeit durchstehen. Angstträume verfolgten ihn, daß sie bei dem großen Feuer im Schloß umgekommen sein könne. Täglich schrieb er Briefe an den Abbé, an Jules, an Marquis de Guéridon – an alle, die vielleicht irgend etwas über ihr Schicksal wissen konnten. Sehnsüchtig wartete er auf eine Antwort – die nicht kam. Gleichzeitig fürchtete er jeden Tag, zu erfahren, daß sie tot sei. Ab und zu sickerten Nachrichten durch, daß in Frankreich viele Adlige getötet oder inzwischen total verarmt waren. Täglich kamen in London neue Emigranten an. Gelegentlich hörte er etwas über Freunde der Familie, aber über seine Mutter war nichts herauszufinden.

Wie Gerard wußte, hatte die Nationalversammlung in Paris im vorigen Monat ein neues Kirchengesetz beschlossen. Dem Klerus gehörende Ländereien wurden enteignet, und es war nicht mehr erlaubt, die Gelübde abzulegen. Der König hatte die neue Verordnung anerkannt und versuchte, dafür den Segen des Papstes zu erlangen. Über das Schicksal ihres Freundes, des Abbé, war nichts herauszufinden und Gerard fürchtete, da seine dringenden Briefe nicht beantwortet wurden, daß der alte Mann inzwischen tot sei.

Ab und zu vergaß der Vicomte de Valle alle Probleme und genoß das Leben in vollen Zügen, wie es seinem Alter entsprach. Der Aufenthalt bei seinem Schulfreund in Buckinghamshire zum Beispiel hatte ihm viel Spaß gemacht, was hauptsächlich der entzückenden Schwester seines Freundes James Pettigrew zuzuschreiben war. Anne, nur ein Jahr jünger als ihr Bruder, hatte strohblondes Haar und veilchenblaue Augen, und sie erinnerte Gerard an eine Porzellanfigur im Salon seiner Mutter. Annes Flirt mit Gerard war von instinktiver weiblicher Koketterie, obwohl sie noch ein halbes Kind war. Sie erzählte jedem, daß sie den jungen französischen Vicomte eines Tages zu heiraten gedachte, unabhängig von seinen eigenen Wünschen, denn sie habe für sie beide entschieden.

Es war eine aufregende Zeit für Gerard. Er tanzte mit Anne, oder sie liefen Schlittschuh auf dem zugefrorenen See, der zu dem hübschen Tudor-Haus gehörte, in dem die Pettigrews wohnten. Ein bißchen war er sogar in Anne verliebt. Zum ersten Mal erlebte er das englische Weihnachtsfest, und es machte ihm so viel Freude, daß die Danesfields Mühe gehabt hätten, in dem fröhlichen Jungen ihren ruhigen und so oft verdrießlichen Gast zu erkennen. Geradezu mit Heißhunger stürzte Gerard sich auf das Weihnachtsessen: Truthahn, Gans, Wild- und Taubenpasteten und köstlichen Plum-Pudding. Er trank sogar Wein und Cognac, der, so sagte man ihm, von Frankreich über den Kanal geschmuggelt worden war. Unter dem traditionellen Mistelzweig küßte er Anne, was zu herrlichem Gelächter Anlaß gab.

In diesen Ferien wurde Gerard bewußt, daß nicht alle Engländer kaltherzig und ohne Lebensfreude waren. Anne und James brachte er alle möglichen Kartenspiele und Kartenkunststücke bei. Die Aufmerksamkeit, die man ihm hier schenkte, erfreute ihn um so mehr, als er in der Schule ein Einzelgänger war. Die Unfähigkeit, sich anfangs in der fremden Sprache richtig auszudrücken, und sein großes Heimweh hatten ihn dazu gemacht. Die Freundschaft mit James bedeutete ihm deshalb viel. Gerard wünschte nichts sehnlicher, als ihn auf Schloß Boulancourt einzuladen und ihm all das zu zeigen, was er liebte. Auf die Idee, James in das Haus seines Gastgebers Sir John zu bitten, kam er nicht.

Über seine Gefühle Sir John gegenüber war sich Gerard nicht im klaren. Er respektierte in Sir John den Freund seines Vaters und war ihm außerdem natürlich dankbar für seine Gastfreundschaft. Er wußte, daß das Geld, das ihm seine Mutter mitgegeben hatte, längst aufgebraucht war und daß er, nach nun einem Jahr, tief in der Schuld seines Gastgebers stand. Manchmal begleitete ihn Sir John auf seinen täglichen Ausritten im Hyde Park, und auch die Zeit in Devonshire mit ihm war sehr anregend gewesen. Trotzdem – so richtig wohl fühlte sich keiner in der Gesellschaft des anderen.

Sir John meinte es gut mit dem Jungen. Um ihn nicht zu verletzen, vermied er es, über die politische Lage in Frankreich zu sprechen. Geld war ebenfalls kein Gesprächsthema, weil es Gerard daran mangelte. Das Thema Sport war ebenso tabu, weil das ohne Zweifel eine Diskussion über *the French way of life* zur Folge hatte. Da Sir John über all diese Dinge nicht sprechen konnte, vermied er es, mit dem jungen Vicomte zusammen zu sein. Gerard wiederum, von Sir Johns Gründen nichts ahnend, fühlte sich unwillkommen.

Nun aber hatte Sir John endlich ein unverfängliches Thema gefunden, das nicht die Vergangenheit des Jungen berührte. Es betrat vielmehr seine Zukunft: Frauen! Fast geschwätzig berichtete Sir John über seine Erfahrungen und fand in Gerard einen interessierten und amüsierten Zuhörer.

»Ich werde Mistreß Manton bitten, an einem der Abende junge Leute für dich einzuladen«, sagte er gerade, als die Kutsche in eine Straße einbog und vor dem Haus seiner Mätresse anhielt. »In deinem Alter hatten dein Vater und ich schon unsere Erfahrungen. Ich könnte mir vorstellen, daß du noch nicht einmal ein Mädchen geküßt hast, oder?«

Als er sah, daß Gerard errötete, lachte Sir John lauthals. »Ich sehe schon, du bist doch der Sohn deines Vaters!« rief er und schlug Gerard kameradschaftlich auf die Schulter. »Weißt du, die Amouren deines Vaters – das war natürlich bevor er deine Mutter kennenlernte. Danach interessierten ihn Frauen nicht mehr . . .«

Sir John unterbrach sich und kletterte aus der Kutsche, die er nach Hause schickte.

»Für die Heimkehr mieten wir uns eine Droschke. Dann können wir bleiben so lange wir wollen!« erklärte er Gerard.

Der junge Vicomte war sehr neugierig auf Sir Johns Geliebte. Als Clarissa erschien, war er überrascht. Er hatte eine umwerfend schöne junge Frau erwartet, eine frühere Schauspielerin vielleicht, statt dessen begrüßte ihn nun eine füllige Enddreißigerin, deren schwarzes Haar bereits ergraute und deren Gesicht schon die ersten Falten zeigte.

Sir John küßte sie in bester Laune und stellte dann Gerard vor.

Clarissa trug ein gestreiftes Seidenkleid mit weit fallendem Rock, das geschickt ihren großen Busen betonte und ihr gut stand.
Mit Wärme und Freundlichkeit hieß sie Gerard willkommen, was ihn aufs angenehmste überraschte, denn den Engländern wurde nachgesagt, daß sie ernst und zurückhaltend seien. Beides traf hier nicht zu, dachte er erfreut.

Clarissa umarmte ihn und küßte ihn auf beide Wangen.

»Wie lieb von dir mitzukommen, Gerard. Sir John hat mir schon so viel von dir erzählt. Ich freue mich, dich endlich kennenzulernen«, sagte sie herzlich.

Der Junge war gerührt und den Tränen nahe. Seitdem ihn seine Mutter zum letztenmal umarmt hatte, war ihm keine Frau so liebevoll begegnet. Clarissas Art war entwaffnend; die Geste ihrer Begrüßung einfach und voll Wärme. So müßte die Frau sein, die er einmal lieben würde, dachte Gerard.

Das köstlich zubereitete Abendessen servierte der Diener ihnen im Speisezimmer, das sich neben dem Salon befand. Die französischen Fenster gingen zum Garten hinaus, in dem Gerard zu seiner großen Verwunderung einen Magnolienbaum entdeckte. Mit mütterlichem Instinkt hatte Clarissa sein Interesse für diesen Baum wahrgenommen, und nach dem Essen gingen sie zusammen hinaus in den kleinen Garten. Die weiße Blütenpracht schien ihren jungen Gast zu entzücken, und sie befragte ihn mit dem ihr eigenen Interesse, das sie für alles und für jeden aufbrachte; als Clarissa vernahm, daß dies die Lieblingsblumen seiner Mutter waren, pflückte sie spontan eine Blüte und steckte sie Gerard ins Knopfloch. Sie bat ihn, sich mit ihr auf die weiße Bank zu setzen und forderte ihn auf, ihr mehr von seiner Mutter und seinem Zuhause zu erzählen.

Sir John war im Speisezimmer sitzengeblieben. Zufrieden rauchte er eine Zigarre und schlürfte genießerisch den alten Brandy. Der Abend war sehr warm, und er machte es sich bequem, indem er den gestärkten Kragen lockerte. Durch das offene Fenster konnte er Clarissa und Gerard in angeregter Unterhaltung beobachten.

Es fiel ihm ein, daß er sie nie in Gesellschaft eines jungen Menschen gesehen hatte, eine Tatsache, die ihn nun merkwürdig berührte. Offensichtlich verstand sie sich gut mit Gerard. Das freute Sir John von Herzen, mehr noch, es beeinflußte seine weiteren Gedanken. In etwa einem Jahr war es soweit, daß er hinsichtlich seiner kleinen Tochter in Sussex etwas unternehmen mußte. Vielleicht könnte sie bei Clarissa leben, dachte er nun.

Es war noch keine Woche her, daß er einen Brief von Arthur Glover bekommen hatte. Dieser jährliche Bericht über Maureens Fortschritte war die reinste Lobeshymne: Sie war in der Lage, sich in drei verschiedenen Sprachen zu unterhalten; sie spielte Klavier und Spinett; ihre Kenntnisse in Politik, Geschichte und den Wissenschaften waren beachtlich. Master Glover freue sich außerdem, seinem eigenen Brief einen von Maureen beizulegen und er nehme an, daß sich Sir John darüber freuen würde. Gern hätte er auch ein Bild des kleinen Mädchens mitgeschickt – das er aber nicht besaß –, denn Maureen anzusehen bereite ebensoviel Freude wie sie zu unterrichten.

Lieber Wohltäter, schrieb Maureen mit sauberer, klarer Schrift, es fällt mir schwer, die richtigen Worte zu finden, mit denen ich die große Freude und Dankbarkeit, die mir die von Ihnen geförderte Erziehung bereitet, bekunden könnte.

Ich versuche, mich Ihres Vertrauens würdig zu erweisen, wie Sie aus dem Bericht des freundlichen Master Glover ersehen mögen.

Oft denke ich an den schönen und ereignisreichen Tag zurück, an dem ich das Glück hatte, Ihre Bekanntschaft zu machen. Wann immer ich in Alfriston bin, besuche ich den Wirt und seine gute Frau, in der Erinnerung an den herrlichen Abend, den ich dort in Ihrer Gesellschaft verbringen durfte.

Master und Mistreß Sale bitten mich, Ihnen ihre guten Wünsche für Ihre Gesundheit zu übermitteln. Dem möchte ich hinzufügen, Sir, daß auch die Owlett-Farm dank Ihrer Güte bestens gedeiht.

Ich hoffe sehr, daß ich das Glück haben werde, unsere Bekanntschaft bald erneuern zu dürfen und Ihnen persönlich danken zu können.

Ihre Ihnen sehr ergebene
Maureen Ashworth

Tief bewegt hatte Sir John die beiden Briefe gelesen. Der Wunsch nach Sussex aufzubrechen, um seine Tochter wiederzusehen und sich von ihrer Entwicklung selbst zu überzeugen, war groß.

Nun goß er sich noch ein Glas Brandy ein. Während er einen kräftigen Schluck nahm, dachte er daran, daß sein Leben eine merkwürdige Wendung genommen hatte. Wie der Zufall gewollt hatte, gab es seit zwei Jahren zwei junge Menschen, die er protegierte. Maureen und Gerard. Der Gedanke daran vermittelte ihm das Gefühl, schon ungeheuer alt zu sein. Seine Soldatenzeit war vorbei, die finanziellen Belange durch seine Heirat in Ordnung gebracht; was ihm blieb, war die Spannung, welche Freuden das Leben noch für ihn bereit hielt. Er war nun siebenundvierzig Jahre alt. Seine frühere Abenteuerlust hatte sich erschöpft, und er sehnte sich nach Frieden und Ruhe. Wie gerne wäre er mit Clarissa aufs Land gezogen!

Aber zuerst mußten seine beiden Töchter verheiratet werden.

Schmerzlich wurde ihm bewußt, daß die Mädchen selbst kaum in der Lage waren, sich nach passenden Heiratskandidaten umzusehen. Glücklicherweise war es ihm möglich, sie mit einer angemessenen Mitgift auszustatten, die vielleicht den einen oder anderen reizen würde. Geld war schließlich auch der Grund gewesen, weswegen er die unmögliche Druscilla geheiratet hatte. Wäre er damals ein reicher Mann gewesen, hätte er vielleicht Clarissa ehelichen können, dachte er voll Bedauern.

Sir John seufzte. Auch Gerard würde sich bald in der gleichen Lage befinden – gezwungenermaßen reich zu heiraten, denn soweit Sir John das beurteilen konnte, besaß der junge Vicomte keinen Penny. Diese verdammten französischen Revolutionäre hatten sich auf seine und anderer Familien Kosten bereichert. Es schien sehr zweifelhaft, ob es gelingen würde, ihnen etwas von dem wieder abzujagen, was sie sich angeeignet hatten. Außer es gelang dem verbannten jungen Bruder König Ludwigs, dem Duc d'Artois, und dem Prinzen de Condé, das neue Regime zu stürzen. Seit zwei Jahren bemühte sich der Prinz, mit Hilfe der Emigranten eine Armee aufzustellen. Dem Gerücht zufolge lagen seine Streitmächte bei Worms und Colmar. Der Duc d'Artois hatte sein Hauptquartier in Koblenz. Die Invasion wurde vorbereitet. Aber es war jedem klar, daß der französische König, unentschlossen wie er war, den *émigrés* nicht seine volle Unterstützung zukommen ließ.

Die Tatsache, daß Gerards Zukunft alles andere als rosig war, blieb bestehen. Sir John entschloß sich, dem jungen Vicomte nahezulegen, sich in ein, zwei Jahren durch eine reiche Heirat zu etablieren. Glücklicherweise sah Gerard sehr gut aus, ein Aristokrat von Kopf bis Fuß, feingliedrig und dennoch männlich. Er bewies viel Geschmack bei seiner Kleidung, war aber kein Geck. Der unruhige und traurige Ausdruck seiner Augen, so sagte ihm Clarissa später, sprach romantische Frauen besonders an. Nein, Gerard de Valle würde beim weiblichen Geschlecht keine Schwierigkeiten haben. Genausowenig, wie es bei ihm, Sir John, der Fall gewesen war.

Seine Gedanken kehrten zu seiner Tochter zurück. Maureen zu verheiraten würde ein Problem sein. Da sie als uneheliches Kind geboren war, konnte er sie unmöglich in die Gesellschaft einführen. Der Prinz von Wales konnte eine *Nichtadlige* heiraten, wie er selbst es auch getan hatte, aber Sir John mußte daran denken, daß es kaum einem jungen Mann aus guter Familie erlaubt werden würde, seine arme Tochter zu heiraten.

Sir John überlegte sich darum, ob sein spontaner Wunsch, das Kind zu adoptieren, sich mit der Zeit als Fehler erweisen würde. Vielleicht wäre es besser gewesen, sie in der Gegend zu lassen, wo sie einen Farmer oder Müller geheiratet und viele Kinder bekommen hätte.

Aber diese Gedanken beschäftigten Sir John nicht lange. Schon damals, als er Maureen zum ersten Mal gesehen hatte, schmutzig und ungekämmt, war sie ihm wie eine Blume im Unkraut vorgekommen. Wer sie einmal gesehen und kennengelernt hatte, konnte sie nicht vergessen. Davon abgesehen, hatte sie sich seines Interesses würdig erwiesen.

Er beschloß, Maureen nach London zu holen, wenn sie alt genug war. Sie konnte bei Clarissa leben. Da Clarrie nie ein Kind gehabt hatte, würde sie von dieser Idee begeistert sein. Andererseits war Clarrie nicht in der Lage, das Kind zu erziehen, und er selbst war von der Vorstellung, in Richmond eine Erzieherin um sich zu haben, nicht gerade begeistert. Es war folglich doch besser, Maureen da zu lassen, wo sie war, bis sie volljährig war.

Es wurde dunkel. Die Abendkühle zwang Clarissa und Gerard den Garten zu verlassen. Sie hatte den Arm um die Schultern des Jungen gelegt, als sie auf das Haus zugingen. Obwohl sie eine große Frau war, bewegte sie sich anmutig, ohne bewußt damit eine Wirkung erzielen zu wollen. Ihre Unschuld in solchen Dingen war es vor allem, was Sir John so an ihr liebte. Es war keine falsche Bescheidenheit. Sie hatte keine Ahnung von der Wirkung, die ihre sich bewegenden Brüste und Hüften auf ihn hatte: leidenschaftliches Begehren, das weder Zeit noch lange Nähe und Intimität hatte verhindern können.

Sir John trank sein Glas aus. Er würde Gerard jetzt mit Clarries Kalesche nach Hause schicken und noch ein paar Stunden mit seiner Geliebten alleine verbringen. Morgen würde er die Reise nach Sussex vorbereiten. Gerard konnte mitkommen. Vielleicht würde er sogar die Kutsche nehmen, dann könnte Clarrie sie auch begleiten. Sie und Gerard würden seine kleine Tochter kennenlernen und ihm dann sagen, was sie von ihr hielten.

Er stand auf, als seine Geliebte und der junge Vicomte das Zimmer betraten. Sir John war mit seinen Zukunftsplänen durchaus zufrieden.

Fünftes Kapitel
1790

Sir John beschloß, die Sechzig-Meilen-Reise nach Alfriston in Crawley zu unterbrechen. Dort gab es ein hübsches Gasthaus im Tudorstil, in dem er schon früher gelegentlich übernachtet hatte. Clarrie, er und Gerard verbrachten einen angenehmen Abend bei ausgezeichnetem Essen.

Sie gingen früh zu Bett, um bei Sonnenaufgang weiterreisen zu können.

Es war Nachmittag, als sie zum Meierhof aufbrachen, nachdem sie einige Besuche gemacht und Eß- und Trinkpausen eingelegt hatten. Sir John hatte einen berittenen Jungen vorgeschickt, um Arthur Glover von ihrer baldigen Ankunft zu unterrichten.

Maureen und der alte Mann empfingen ihre Gäste am Tor. Der Lärm der Kutschenräder hatte ihr Kommen angekündigt.

Maureen war vor Aufregung sprachlos, was selten genug vorkam. Immer wieder hatte sie im vergangenen Jahr ihren Lehrer über ihren großzügigen Wohltäter ausgehorcht. Sie hatte ihn als den gutaussehendsten und freundlichsten Mann in Erinnerung, der ihr je begegnet war – außer ihrem geliebten Lehrer. Hätte sie früher von dem bevorstehenden Besuch gewußt, hätte sie ihr bestes Sonntagskleid angezogen. So aber hatte sie, mit Master Glovers Unterstützung, ihr einfaches Baumwollkleid gewaschen, schnell in der Sonne getrocknet und gerade noch rechtzeitig fertiggeplättet.

Maureen hatte sich seit ihrem achten Lebensjahr nicht sehr verändert. Lediglich ihre kleine mollige Gestalt war schlanker und weiblicher geworden; ihre leuchtenden grünen Augen waren immer noch neugierig. Ihr kräftiges, honiggelbes Haar umrahmte mit vielen kleinen Locken die rosigen Wangen. Maureen strotzte vor Gesundheit.

Arthur Glover hielt das Mädchen bei der Hand. Sir John stieg aus der Kutsche und half einer Dame heraus, in der Maureen seine Frau vermutete. Sie machte einen tiefen Knicks und konnte deshalb nicht sehen, wie Gerard aus der Kutsche stieg, dabei stolperte und hinfiel.

Maureen bemerkte ihn erst, als ihm der Kutscher aufhalf. Sichtlich verärgert, aber stolz stand er vor ihr. Maureen brach in schallendes Gelächter aus. Dann trat sie auf ihn zu, versuchte den Staub aus seinem Mantel zu klopfen und sagte freundlich: »Ich hoffe, daß Sie sich nicht weh getan haben, Sir?«

Gerard richtete sich in seiner vollen Größe auf, machte eine Verbeugung und sagte in seinem nicht ganz akzentfreien Englisch:

»Ganz und gar nicht, Mademoiselle. Vicomte Gerard de Valle, zu ihren Diensten!«

Die formelle Antwort und der rätselvolle Blick seiner großen dunkelbraunen Augen ließen Maureen verstummen. Noch nie in ihrem Leben hatte sie einen so schönen jungen Mann gesehen. Aber es blieb ihr keine Zeit, ihn weiter zu betrachten, denn Sir John nahm sie in seine Arme und erkundigte sich scherzend, ob sie in letzter Zeit wieder einmal in irgendeinen Misthaufen gefallen sei. Er küßte sie auf beide Wangen und stellte sie *seiner lieben Freundin* Mistreß Manton vor, welche ihrerseits das kleine Mädchen herzlich umarmte. Nach dieser Begrüßung führte Arthur Glover die Gäste ins Haus. In der Bibliothek wurde chinesischer Tee, Kirschen- und Ingwerkuchen serviert. Mehr hatte man für den Londoner Besuch in der Eile nicht vorbereiten können.

Maureen saß aufrecht auf dem Sofa, ihr gegenüber der junge Vicomte. Es tat ihr leid, daß sie über sein Mißgeschick gelacht hatte, andererseits hätte er etwas mehr Humor beweisen können. Sie fragte sich, ob alle Ausländer so seien. Gerards eisigen Blick und seine zusammengepreßten Lippen empfand sie als Vorwurf. Um Verzeihung heischend lächelte sie ihn an. Ein Lächeln, das bei Dickon nie seine Wirkung verfehlt hatte, aber der junge Mann an der anderen Seite des Tisches schien es gar nicht zu bemerken. Maureen fühlte sich provoziert und war entschlossen seinen Widerstand zu brechen.

»Ihre Schweigsamkeit ist unüberhörbar, Sir!« sagte sie spitz. »Wahrscheinlich sprechen Sie kein Englisch?«

Ihre Worte kamen für ihn überraschend. Verwirrt verfiel er in seine Muttersprache.

»Pardon, Mademoiselle?«

Ohne auf die Frage einzugehen, lächelte Maureen ihn an und entschuldigte sich in perfektem Französisch:

»Pas de quoi, Monsieur!«

Gegen seinen Willen mußte Gerard über ihre Schlagfertigkeit lächeln.

Das kleine Mädchen sah entzückend aus, obwohl sie nur ein einfaches Baumwollkleid und flache schwarze Schuhe trug. Ihr Haar erinnerte ihn an Honig. Sie war hübsch und geistreich, dachte er. Und sie hatte sich von seinem schlechten Benehmen wirklich nicht einschüchtern lassen.

Gerard war auf einmal neugierig, wollte sie besser kennenlernen und unterhielt sich mit ihr. Die Natürlichkeit und die lustige Art, in der sie zu erzählen wußte, gefielen ihm. Außerdem beeindruckte ihn ihr Wissen. Obwohl er vier Jahre älter war als Maureen, mußte er zugeben, daß sie in manchem mehr wußte als er.

Da die Erwachsenen sich über Politik unterhielten, folgte der Vicomte Maureen in den Garten, wo sie ihre mehr persönliche Unterhaltung ungestört fortsetzen konnten. Sie legten sich im Schatten der großen Rotbuche ins Gras. Interessiert hörte Gerard zu, wie Maureen von ihrem Leben auf der Owlett Farm und von dem freundlichen Ehepaar Sale erzählte, das sich seit dem Tod ihrer Mutter um sie kümmerte.

Maureen sprach auch von Dickon, dem sie anscheinend sehr zugetan war, und Gerard wunderte sich, daß er ein bißchen eifersüchtig wurde. Mit Dickon bestand sie ihre jungenhaften Abenteuer. Dickon, so vertraute sie ihm an, wußte fast alles über die Gegend, über die geheimen Pfade der Schmuggler, sogar die Plätze, wo sie ihre Waren verstecken, kannte er.

Gerard war fasziniert. Anscheinend war fast jeder in Sussex damit beschäftigt, die Steuereinnehmer zu überlisten. Maureen erklärte ihm weiter, daß sich an den Schmugglerstraßen genügend Bauernhäuser befänden, wo die Fässer mit Ware versteckt werden konnten. In einigen dieser Häuser gab es geheime Verließe und große Keller, in denen ganze Schiffsladungen verborgen wurden, bis sie nach London gebracht werden konnten.

»Aber«, sagte Gerard, »es gibt doch ein Gesetz gegen Schmuggel!« Maureen lachte.

»Natürlich. Aber es ist ein dummes Gesetz. Warum soll der König das Recht haben, den guten Alkohol zu besteuern? Ich jedenfalls würde keinen Schmuggler verraten!«

»Werden auch noch andere Dinge nach London geschmuggelt?« wollte Gerard wissen.

Maureen zuckte mit den Achseln.

»Dickon hat mir erzählt, daß Ihre Landsleute manchmal die französischen Schmugglerboote benutzen, um ihren Feinden, den Revolutionären, zu entfliehen. Erst im vorigen Monat fand man einige Aristokraten auf einem Fischerboot, das in den Hafen von Cuckmere einlief. Ein Passagier war verletzt, denn ein Zollkutter Seiner Majestät hatte das Boot beschossen.«

Maureen bemerkte die Veränderung im Gesicht des jungen Vicomte, und neugierig, wie sie nun einmal war, bat sie ihn, ihr seine Gedanken mitzuteilen.

Gerard zögerte. Als Maureen die Emigranten erwähnte, war ihm plötzlich eine Idee gekommen. Vielleicht ließ sich nun sein dringlichster Wunsch erfüllen. Er war sich nicht sicher, ob er mit dem Mädchen darüber reden sollte. Wahrscheinlich aber würde er ihre Hilfe brauchen, um das zu verwirklichen, was er nun vorhatte. Er beschloß, sich ihr anzuvertrauen.

So kurz wie möglich berichtete er von seinem eigenen Schicksal: Der Trennung von seiner Mutter der politischen Lage wegen; von seiner Ankunft in England; seinem Leben in Wyfold House; der Enteignung seiner Güter; dem großen Brand im Schloß Boulancourt und von seiner Angst um die Sicherheit seiner Mutter.

»Ich habe schon so oft daran gedacht, nach Frankreich zurückzukehren«, erklärte er Maureen. »Aber Sir John will nichts davon hören. Er hat meiner Mutter versprochen, auf mich aufzupassen. Er hat die Verantwortung für mich übernommen, und ich verstehe, daß er zu seinem Wort stehen will und muß. Aber es hat sich inzwischen so vieles verändert. *Sie* verstehen doch, daß ich nach Frankreich zurück muß, Mademoiselle Maureen? Ich kann doch nicht hier in England bleiben, während meine Mutter sich vielleicht in Lebensgefahr befindet. Davon abgesehen«, fügte er hinzu, »die Armeen von Artois und Condé werden bald für den Ausbruch einer Konterrevolution sorgen, wenn sie es nicht schon getan haben. Ich möchte für meinen König und für mein Recht kämpfen!«

Maureen holte tief Luft. Sie verstand den Wunsch des jungen Vicomte. Aber sie war intelligent genug, die Angelegenheit von der logischen Seite her anzugehen.

»Aber sind Sie denn schon alt genug, um in den Krieg zu ziehen?« fragte sie.

Ungeduldig sah Gerard sie an.

»Ich bin vierzehn Jahre alt!« antwortete er selbstbewußt.

»Und Ihre Erziehung, was ist damit?« fragte Maureen beharrlich weiter.

»Pah! Zum Teufel damit, Mademoiselle Maureen! Was bedeutet das schon, wenn es um das Leben meiner Mutter geht!«

Maureen seufzte. Hier ging es um eine Entscheidung, die nicht so leicht zu treffen war. So sehr sie auch die Gefühle des jungen Vicomte verstand, sie mußte auch an seine Mutter denken, die ihn extra nach England geschickt hatte. Seine Sicherheit war ihr das Wichtigste gewesen. Gerard war ihr einziger Sohn, den sie sehr liebte.

»Bitte, Mademoiselle, wollen Sie mir helfen?«

Maureen sah den jungen Mann an.

»Bitte, Mademoiselle, aidez-moi!«

Plötzlich wußte Maureen, daß es für sie nichts Wichtigeres gab, als dem Herzenswunsch des jungen, gutaussehenden Franzosen nachzugeben.

»Sagen Sie mir, wie ich Ihnen helfen kann«, sagte sie ruhig.

Gerhard nahm ihre Hand und sah sie dankbar an.

»Ich möchte, daß Sie Dickon bitten, mir ein Schmuggler-Versteck zu zeigen. Ich habe ein bißchen Geld. Damit könnte ich die Fahrt auf einem Fischkutter nach Frankreich bezahlen. Verstehen Sie, Mademoiselle, auf diese Art könnte ich *in* meine Heimat geschmuggelt werden.«

Gerards Vorschlag leuchtete Maureen ein, dennoch wollte sie mehr darüber wissen.

»Und wenn Sie Frankreich erreicht haben, wie soll es dann weitergehen? Haben Sie genug Geld, ich meine französisches Geld, um bis nach Compiègne zu kommen? Sie würden ein Pferd brauchen, Essen . . .«

Gerard unterbrach sie. Ihre praktischen Einwände konnten ihn nicht schrecken.

»Ich werde mich als französischer Bauer verkleiden. Vielleicht kann ich in Boulogne landen, das wäre nicht viel mehr als achtzig Kilometer vom Schloß entfernt. Priester und Mönche würden mir sicherlich helfen.«

Immer wieder hatte er sich in den letzten Monaten diesen Plan zurechtgelegt. Erst das Gespräch mit Maureen aber hatte ihm eine Möglichkeit gezeigt, das erste und wichtigste Problem zu lösen: *Wie* komme ich nach Frankreich! Maureen hatte ihm nun die perfekte Lösung angeboten.

Trotzdem, dachte Gerard, was für Konsequenzen würde seine Flucht heraufbeschwören! Sir John wäre zu Recht sehr ärgerlich auf ihn, ärgerlich auch auf jeden, der ihm bei der Flucht half. Falls entdeckt würde, daß Maureen, die er so spontan in seine Pläne miteinbezogen hatte, ihm geholfen hatte, so bedeutete dies vielleicht ernste Folgen für das junge Mädchen. Das mußte um jeden Preis verhindert werden. Konnte man Dickon wirklich trauen?

»Ich vertraue ihm von Herzen!« beantwortete Maureen seine Frage mit solcher Überzeugung, daß Gerard ihr glauben mußte. »Dickon würde alles für mich tun!« bekräftigte sie noch einmal. »Wenn ich Dickon bitte, Ihnen um meinetwillen zu helfen, dann wird er es tun!«

»Und *werden* Sie ihn fragen?« fragte er beschwörend.

»Wenn Sie mich darum *bitten*!« sagte Maureen neckend. »Wenn Sie möchten, können Sie es auf französisch tun – *S'il vous plâit*, Mademoiselle Maureen!«

Gerard wußte, daß sie ihn aufzog und lachte. Im gleichen Ton antwortete er:

»Möchten Sie vielleicht, daß ich mich Ihnen zu Füßen werfe, Mademoiselle?«

Maureen stand auf. Den Kopf zur Seite gewandt, gab sie sich den Anschein, diesen Vorschlag ernsthaft zu überlegen, obwohl sie sich das Lachen kaum verkneifen konnte.

»Da Sie, als wir uns kennenlernten, ebenfalls zu meinen Füßen lagen, sehe ich keinen Grund, warum Sie das nicht noch einmal tun sollten. Schließlich habe ich nicht jeden Tag die Freude, daß sich französische Aristokraten auf den Boden fallen lassen, um mir zu imponieren!«

Mit diesen Worten rannte sie schnell wie ein Wiesel zum kleinen Gehölz am Ende des Rosengartens. Gerard sprang auf und verfolgte sie über den grünen Rasen. Plötzlich war Maureen verschwunden. Angestrengt lauschte er auf ein verräterisches Rascheln ihres Kleides. Es kam ihm vor, als befände er sich mit Jules in den Wäldern von Compiègne auf der Jagd. Zuerst hörte er nur seinen eigenen schnellen Atem. Dann ein Lachen hoch über seinem Kopf.

Überrascht sah er nach oben in das Geäst der großen Eiche. Er hielt es nicht für möglich, daß er Maureen in einem so undamenhaften Versteck entdecken würde. Aber tatsächlich, dort saß sie, im Laub fast verborgen. Er erinnerte sich an seinen dreizehnten Geburtstag, als er Jules damit überrascht hatte, weil er das kleine Eichhörnchen nicht hatte erschießen wollen.

»Was ist los, Monsieur Gerard?« rief Maureen zu ihm herunter. »Warum starren Sie mich so an?«

»Ach nichts Besonderes. Ich dachte nur gerade an ein kleines *écureuil.*«

»Ein Eichhörnchen!« übersetzte Maureen. Mühelos kletterte sie wieder vom Baum herunter. »Das ist mein Spitzname. Dickon hat ihn mir gegeben!« Sie lächelte. »Aber ich bin mir nicht ganz sicher, ob ich ihn haben will. Manche Leute nennen Eichhörnchen auch Baumratten. Dickon aber hat mir den Namen gegeben, weil er sagt, daß ich alles in meinem Gedächtnis sammle wie das Eichhörnchen seine Nüsse in der Höhle.«

Der junge Vicomte lächelte nun auch.

»Sie sind wirklich wie ein kleines Eichhörnchen. Ich hoffe sehr, daß auch ich in Ihrem Gedächtnis einen Platz finde, *petit écureuil*!«

Ohne zu wissen warum, errötete Maureen. In diesem Augenblick sah sie aus wie eine junge Frau.

»*Ich* werde *Sie* nicht vergessen!« sagte Gerard leise. »Eines Tages, wenn ich in Frankreich alles erledigt habe, werde ich zurückkommen und Sie besuchen. Möchten Sie das?«

Mit kindlichem Lachen erinnerte sie ihn daran, daß er vielleicht gar nicht bis Frankreich kommen würde, geschweige denn sie also nach seiner Rückkehr besuchen könne, denn er habe immer noch nicht *please* gesagt.

In Maureens Abwesenheit hatte Arthur Glover Lobenswertes über seine Schülerin berichtet. Auch Clarissa erklärte, wie sehr sie von dem Aussehen und Charme des kleinen Mädchens angetan sei, und daß dies sicherlich ihrem Lehrer zu verdanken sei. Arthur Glover verbeugte sich höflich, als sie ihm dieses Kompliment machte. Wie alle Männer empfand er Clarissas Gesellschaft als angenehm, und im Stillen gratulierte er Sir John zu seiner charmanten Mätresse. Seine moralischen Bedenken hatte sie mit ihrer Warmherzigkeit völlig ausgeräumt.

Als Sir John vorschlug, den Tag mit einem Abendessen in Alfriston ausklingen zu lassen, stimmte Master Glover gerne zu. Obwohl er kein unternehmungslustiger Mann war – für ein gutes Abendessen in netter Gesellschaft war er bestimmt noch nicht zu alt!

Außerdem freute es ihn, zeigen zu können, was seine Schülerin noch alles gelernt hatte. In den vergangenen zwei Jahren hatte er nicht nur Maureens Verstand geschult, sondern ihr auch die guten Manieren einer jungen Lady beigebracht. Was auf der Farm nicht möglich gewesen war, das hatten er und Maureen beim formellen Mittagessen geübt, und das Mädchen hatte sich gefallen lassen müssen, daß er dabei ihre Fehler korrigierte.

Als sie bei Tisch saßen, hatte er allen Grund, auf seine Schülerin stolz zu sein. Trotz angeregter Unterhaltung mit dem jungen Vicomte zu ihrer Rechten und Sir John zu ihrer Linken vergaß sie nichts von dem, was er ihr beigebracht hatte. Arthur Glover sah voll Freude, daß Sir John mit dem Kind sehr zufrieden war. Erst als Sir John von seinem Plan erzählte, Maureen, wenn sie dreizehn sei, nach London zu holen, dämpfte dies die Freude des alten Mannes. Das bedeutete, daß ihm nicht mehr viel Zeit blieb. War Maureen erst einmal in der Stadt, würde sie wahrscheinlich nicht mehr an ihre Fortbildung denken, sondern sich den Vergnügungen widmen, die ihrem Alter angemessen waren.

Arthur Glover machte sich außerdem Gedanken über Maureens künftige Stellung in der Gesellschaft. So reizend Mistreß Manton auch war, durch ihre Liaison mit Sir John war sie moralisch eine Außenseiterin. Für Maureen würden dadurch noch mehr Probleme auftauchen. Sir John schien sich über diesen Punkt nicht im klaren zu sein. Keiner hatte bisher daran gedacht, wie Maureen reagieren würde, wenn sie herausfand, daß sie als uneheliches Kind geboren worden war und sie deshalb in der Gesellschaft nicht anerkannt werden würde. Sie zu verheiraten würde sich als schwierig erweisen.

Die Stunden vergingen wie im Flug. Sir John hatte bereits im Gasthaus Zimmer für sich, Clarrie und Gerard bestellt, aber man hatte sich noch keine Gedanken gemacht, wie Maureen zur Farm und Arthur Glover zurück zum Meierhof kommen würden. Gerard erbot sich, beide in der Kutsche heimzubegleiten.

Als ersten setzten sie Master Glover ab und fuhren dann weiter zur Owlett Farm. Solange Maureens Lehrer dabeigewesen war, hatte sich Gerard einer formellen Unterhaltung befleißigt, die er nun, da sie allein waren, in eine weitaus legerere umwandelte.

»Ich vertraue Ihrem Freund Dickon«, sagte er zu Maureen. »Zweifelsohne werden Sie verstehen, daß ich hoffe, noch heute mit ihm sprechen zu können. Diese Fahrt, die sich so zufällig ergeben hat, gibt mir die Chance dazu.«

Maureen lehnte sich in der mit Satin ausgeschlagenen Kutsche zurück und genoß den ungewohnten Luxus. Sie hoffte, daß Dickon noch wach war, damit er sie bei ihrer Ankunft sehen könne.

Aber es war bereits sehr spät. Um früh aufstehen zu können, ging man früh zu Bett, erklärte sie Gerard. Es war Erntezeit.

Als sie die Farm erreichte, war es schon nach neun Uhr. Maureen war erstaunt, in der Küche noch Licht zu sehen. Als sie die Küchentür öffnete, sah sie Dickon, der am Küchentisch eingeschlafen war. Schlaftrunken blickte er Maureen und Gerard an.

»Wir dachten, du bist schon im Bett!« sagte Maureen und schubste Gerard in den Raum. Dickon stand auf und sah von einem zum anderen.

»Ich gehe erst schlafen, wenn ich weiß, daß du zu Hause bist!« sagte Dickon und betrachtete aus den Augenwinkeln heraus den gutgekleideten jungen Mann, der mit Maureen in die Küche gekommen war.

Auf dem großen weißgeschrubbten Tisch stand eine Kerze, deren Licht Schatten auf die weißgekalkten Wände warf. Vor dem Kamin lagen zwei zusammengerollte Katzen und schliefen. An dem dicken braunen Balken hing ein Kupferkessel, und aus dem Ofen duftete es verführerisch nach frischgebackenem Brot. Maureen ging um den Tisch herum und nahm Dickons riesige Hand in die ihre.

»Du sollst dir nicht immer Sorgen um mich machen!« sagte sie liebevoll zu Dickon, der nichts darauf erwiderte, weil ihn die Gegenwart des jungen Aristokraten irritierte.

Master Glover hatte zwar einen Boten geschickt, um die Sales wissen zu lassen, daß Maureen mit Sir John Danesfield und ihm noch in Alfriston zu Abend esse, aber von einem Fremden war keine Rede gewesen.

»Dickon!« sagte Maureen und stieß ihn mit dem Ellbogen an. »Ich möchte dich dem Vicomte de Valle vorstellen. Gerard wohnt bei Sir John, weil er Frankreich verlassen mußte.«

Gerard machte eine Verbeugung. Dickon errötete und versuchte eine Locke seines roten Haares aus der Stirn zu streichen.

»Dickon, wirst du ihm helfen? Es ist sehr wichtig!«

Maureens Stimme war eine einzige Bitte.

»Was soll ich tun? Was willst du, Maureen?« fragte er zurück.

Gerard trat einen Schritt nach vorn. Aus unerklärlichem Grund war es ihm unangenehm, daß Maureen für ihn um eine Gefälligkeit bat. Dickon, in seinen kurzen, geflickten Hosen, stand abwartend da. Als Gerard ihm in die Augen sah, beeindruckte ihn deren Ehrlichkeit. Vertrauensvoll wandte er sich darum an den Jungen:

»Ich möchte nach Frankreich zurückehren – unauffällig! Mademoiselle Maureen gab mir den Rat, mit dir zu sprechen. Ich möchte mit den Schmugglern in Kontakt kommen. Es ist ungeheuer wichtig, daß ich in meine Heimat zurückkehre. Das Leben meiner Mutter ist in Gefahr.«

Dickon nickte mit ausdruckslosem Gesicht, als sei Gerards Wunsch üblich. Er sah zuerst Maureen in die Augen, dann auf den jungen Franzosen.

»Ich kann Ihnen schon zeigen, wo man die Schmuggler findet. Aber ich weiß nicht, ob sie Euch mitnehmen.«

Gerard war enttäuscht.

Maureen sagte: »Die Fischkutter können ihn über den Kanal mitnehmen, Dickon. Du weißt doch, die Boote, zu denen unsere Boote immer fahren . . .«

»Pscht!« unterbrach Dickon sie rasch. Je weniger man darüber sprach, desto besser. Dickon hatte keine Lust, Gerard zu helfen. Der Fremde alleine hätte eine Absage akzeptieren müssen. Maureen niemals. Wenn sie sich etwas in den Kopf gesetzt hatte . . .

Dickon wußte, daß er dem Franzosen helfen würde – Maureen zuliebe. Aber er wollte nicht, daß sie auch noch in die Sache verwickelt wurde.

»Ist schon fast Morgen!« sagte er darum. »Du solltest längst im Bett sein.«

Maureen wollte widersprechen, aber dann erkannte sie trotz ihrer Müdigkeit seine Absicht. Sie stellte sich auf die Zehenspitzen, lächelte ihn an und küßte ihn auf die Wange.

»Ich danke dir von Herzen, Dickon. Ich wußte, daß ich mich auf dich verlassen kann.« Sie zündete sich eine Kerze an, knickste vor Gerard und stieg die schmale Stiege hinauf. Die beiden Jungen blieben zurück.

»Es hat keinen Sinn, Ihnen etwas zu versprechen, bevor die Ernte vorbei ist«, sagte Dickon.

Gerard nickte. Er spürte das Mißtrauen des Bauernjungen.

»Das verstehe ich«, antwortete er schnell. »Ich kenne das Leben auf einem Hof. Außerdem brauche ich selbst einige Wochen, um meine Vorbereitungen zu treffen.«

»In drei Wochen also?« schlug Dickon vor. »Wir treffen uns am Markttag in Alfriston, bei Sonnenuntergang.«

Unzufrieden betrachtete er Gerards schönen Mantel, die Leinenhosen, das in Falten gelegte Hemd und die eleganten Stiefel. »Ich glaube, ich leihe Ihnen dann besser etwas von mir«, grinste er.

»Das ist lieb von dir, Dickon, aber nicht notwendig. Am vereinbarten Treffpunkt werde ich richtig angezogen erscheinen, da kannst du sicher sein. Wahrscheinlich reisen wir nachts, darum wird es das beste sein, wenn ich dunkle Sachen trage.«

Ohne daß es ihnen bewußt war, hatten sich die beiden an den Tisch gesetzt, als sie ihre Pläne ausheckten.

»Da ist noch die Sache mit meinem Pferd«, sagte Gerard. »Es ist eine Stute, und ich würde sie gerne von London hierher reiten, aber ich habe sie sehr gerne und möchte nicht, daß sie dann irgendwo in schlechte Hände kommt. Wenn ich dir Geld gäbe, würdest du sie in Gewahrsam nehmen . . .?«

»Dafür brauchen Sie doch nichts zu zahlen«, antwortete Dickon mit einfachem Stolz. »Hier auf dem Hof wird es ihr bestimmt nicht an gutem Futter mangeln. Außerdem könnte vielleicht Maureen mit ihr zum Meierhof reiten. Sie ist eine sehr gute Reiterin«, fügte er hinzu.

Gerard nickte erfreut über die Entwicklung, die die Dinge nahmen. Aber da war noch etwas, was ihn beunruhigte.

»Ich fürchte, die Umstände zwingen mich, Sir John Danesfield zu hintergehen.« Kurz erklärte er seine Gründe. »Du verstehst, daß ich ihm nichts von meinen Plänen erzählen kann. Falls er Maureen und dich fragt, wo ich geblieben bin, werdet ihr lügen müssen. Was mir leid tut. Glaubst du, daß er die Stute hier entdecken wird? Dieses Risiko würde ich lieber nicht eingehen, weil er euch sonst in sein Mißtrauen einbeziehen würde.«

»Ich glaub' nicht, daß das passieren könnte«, antwortete Dickon. »Sir John hat eigentlich keinen Grund zur Owlett Farm zu kommen. Und sollte es doch der Fall sein – Maureen und ich können das Pferd so verstecken, daß er es bestimmt nicht findet – obwohl wir keine Schmuggler sind!«

Da auch dieses Problem gelöst war, wollte Gerard nun noch

mehr über die Schmuggler wissen, aber Dickon hatte keine Lust, dem jungen Franzosen mehr zu erzählen. Natürlich kannte er den einen oder anderen der hiesigen Schmuggler, aber ihre Namen würde er nicht einmal Maureen preisgeben. Sie wurden hart bestraft, wenn sie gefangen wurden.

Bei zwei Gelegenheiten im letzten Jahr hatte Dickon selbst mitgeholfen, eine Schiffsladung nach London zu bringen, wofür er gut bezahlt worden war. Nicht einmal Maureen hatte eine Ahnung davon, und wenn seine Eltern es vielleicht auch wußten, sie fragten ihn nicht danach. Dickon lächelte. Er erinnerte sich an einen Sonntag nicht lange nach Ostern, als der Pfarrer einen ganzen Tag Krankheit vorgeschützt hatte, um die Gemeinde daran zu hindern, die Kirche zu besuchen, denn dort war Samstag nacht eine Ladung Schmuggelware versteckt worden. Mit Erfolg. Sie waren nicht gefangen worden und hatten dem Pfarrer seine Angst mit klingender Münze vergolten.

In der Tat waren alle jungen Männer in und um Alfriston in dergleichen Sachen verwickelt, genau wie Dickon. Aber für ihn bedeutete es etwas Besonderes: indem er sich in Gefahr begab, schaffte er sich einen Ersatz für den Verlust von Maureens Kameradschaft. Seit sie jeden Morgen zu ihrem Lehrer ging, wußte er, daß sie sich nie mehr richtig in das Leben der Bauernfamilie einfügen würde. Dickon entschloß sich deshalb, nicht in die Fußstapfen seines Vaters zu treten und Farmer zu werden, wie es eigentlich von ihm erwartet wurde. So sehr er auch das Leben auf dem Lande liebte, sein Drang nach Abenteuern war stärker. Und er wollte Maureen immer nahe sein. Wenn sie nach London ginge, würde er ihr folgen. Dafür brauchte er allerdings Geld, das wußte er, und deshalb ließ er sich mit den Schmugglern ein, die ihn angemessen bezahlten.

»Dann ist eigentlich alles klar!« Mit diesen Worten riß Gerard den rothaarigen Jungen aus seinen Gedanken. »Ich muß dir danken, Dickon. Und ich wünschte, ich könnte auch etwas für dich tun!«

»Ist nicht nötig«, sagte Dickon.

Er stand auf und schüttelte die ausgestreckte Hand des jungen Franzosen.

»Danken Sie mir erst, wenn es soweit ist. Man soll die Hühner nie zählen, bevor man sie alle eingefangen hat«, grinste er.

Gerard aber war in Gedanken bereits auf dem Weg nach Frankreich.

Sechstes Kapitel
1793

Clarissa Manton machte sich Sorgen. Frankreichs König war enthauptet worden. Unter dem Fallbeil der Guillotine hatten er und die Königin Antoinette ihr Leben beendet. Kaum eine Woche später hatte Frankreich England den Krieg erklärt.

»Jetzt können wir endlich etwas unternehmen«, sagte Sir John vergnügt. Clarissa fürchtete, daß er sich trotz seines Alters – er war jetzt fünfzig – als Freiwilliger melden würde. Sie kannte ihn als Mann der Tat. Aber sie wußte gleichzeitig auch, daß er für den aktiven Dienst untauglich war. Sir John hatte sich nie ganz von dem Fieber erholt, das ihn in Indien befallen hatte. Abgesehen davon war er wirklich kein junger Mann mehr, auch wenn sein gutes Aussehen über sein wahres Alter hinwegtäuschte.

Um ihn von den Kriegsereignissen abzulenken, hatte Clarissa ihm nahegelegt, sich nun endlich um seine kleine Tochter in Sussex zu kümmern. Bis jetzt hatte Sir John sein Versprechen, Maureen nach London zu holen, noch nicht wahrgemacht. Drei Jahre waren vergangen. Clarissa glaubte, Maureens Anwesenheit in Richmond würde ein wenig Abwechslung in das alltägliche Leben bringen, das sie führten.

Sir John liebte Clarissa, daran bestand kein Zweifel – aber im Laufe der Zeit hatte sich ihre einst leidenschaftliche Affäre in häusliches, bequemes Zusammenleben verwandelt. Man verbrachte so viel Zeit miteinander, wie es ihm die Pflichten seiner Familie gegenüber erlaubten. Manchmal bedauerte Clarissa, daß sie nur seine Mätresse war und nicht seine Frau. Aber das kam selten genug vor. Der Gedanke an die Beständigkeit ihrer Beziehung verscheuchte schnell ihre momentane Unzufriedenheit. Sir John hatte nicht nur für Clarissas finanzielle Sicherheit gesorgt, sondern ihr auch seine Treue bewiesen. Vielleicht gab es hin und wieder eine Frau – Clarissa spionierte ihm nicht nach und stellte keine Fragen –, dann geschah es diskret. Seine Liebe zu Clarrie war aufrichtig. Das entschädigte sie dafür, daß sie nicht am gesellschaftlichen Leben teilnehmen konnte und sich bescheiden mußte, ihre Freundinnen woanders zu suchen. Meist waren es frühere Schauspielerinnen, die sich in der gleichen Lage befanden: ohne Ehemänner führten sie ein Leben als Mätressen.

»Ich werde den kleinen Teufel aus Sussex holen lassen«, sagte Sir John, als Clarissa diese Bitte aussprach. »Ich hoffe nur, du weißt, was auf dich zukommt.«

Sie waren gerade aufgestanden, und Sir John war deshalb in bester Laune. »Du weißt, Liebling, wie gerne ich dir jeden Wunsch erfülle.«

Clarissa lächelte ihm zu:

»Dein kleiner Teufel, John, ist schon dreizehn Jahre alt – also eine junge Frau.«

Sie führte ihn in ihr Schreibzimmer und gab ihm Feder und Papier.

»Wenn du mir eine Freude machen willst, dann schreibe jetzt gleich an Master Glover. Verschiebe nie auf morgen, was du heute kannst besorgen!«

Clarissa hatte immer ein passendes Sprichwort parat und Sir John, der diese Angewohnheit kannte, antwortete:

»Eile mit Weile, Liebste!«

Aber dann setzte er sich gehorsam an den Schreibtisch und schrieb zwei Briefe, einen an Arthur Glover, den anderen an Thomas Sale, in denen er seine Wünsche kundtat.

Es war ein kalter Nachmittag im Februar, als Maureen in Begleitung ihres Lehrers im Orchid House ankam. Hannah führte den alten Herrn und das Kind in den Salon. Im Kamin brannte ein prächtiges Feuer. Es war gemütlich und warm.

Clarissa umarmte Maureen, deren schmales und hübsches Gesicht unter einem viel zu großen und häßlichen Hut kaum zu sehen war. Eigentlich bemerkte sie nur die großen grünen Augen, mit denen Maureen sie erwartungsvoll ansah.

Hannah nahm dem Kind Hut und Mantel ab, und entzückt sah Clarissa auf das honigfarbene Haar, das Maureen bis zur Taille fiel. Das einfache, hochgeschlossene Kleid war ebenso altmodisch wie die langen Haare. Die jetzige Mode verlangte tiefausgeschnittene Kleider, die soviel wie möglich vom Busen freigaben, der sich auch bei Maureen schon auf das Vorzüglichste entwickelt hatte, wie Clarissa verwundert feststellte.

»Sir John wird gleich hier sein!« sagte Clarissa zu ihren beiden Gästen. »Inzwischen setzen wir uns ans Feuer und machen es uns gemütlich. Ich hoffe, die Reise verlief ohne Zwischenfälle?«

Maureen erzählte aufgeregt, wie interessant die Fahrt gewesen war, obwohl sie nicht einmal einem Straßenräuber begegnet seien. »Es waren zwei herrliche Tage«, sagte Maureen. »Ich werde die Erlebnisse in mein Tagebuch schreiben.«

Arthur Glover und Clarissa sahen sich erleichtert an. Das Kind schien die Trennung von ihren Pflegeeltern gelassen hinzunehmen. Trotz der langen Reise war Maureen voll Energie wie immer. Munter ging sie umher und bewunderte den entzückenden Salon und die geschmackvolle Einrichtung. Offensichtlich fühlte sie sich wohl.

Pausenlos schwatzte sie mit kindlicher Fröhlichkeit über dieses und jenes, als Sir John das Zimmer betrat. Maureen knickste höflich. Ihr Vater hielt den Atem an. Längst hatte er vergessen, wie er selbst sich vorgestellt hatte, welch schöne junge Frau Maureen einmal werden würde. Jetzt erinnerte er sich wieder daran und stellte bewundernd fest, daß ihr Liebreiz seine damalige Vorstellung bei weitem übertraf.

»Ich freue mich, daß du endlich da bist«, sagte er. Galant küßte er zuerst Clarissas weiße, beringte Finger, dann Maureens kleine feste Hand. Ihre Fingernägel waren hübsch geformt, unlackiert, aber tadellos sauber. Die leuchtenden großen Augen beherrschten das kleine Gesicht, so daß die gerade, aber etwas zu lange Nase und der große Mund kaum auffielen.

Die Ähnlichkeit mit ihrer Mutter war verschwunden. Vielmehr erinnerte sie Sir John an seine Großmutter – eine energische, willensstarke Frau, deren Portrait im Speisezimmer seines Hauses am Piccadilly hing. Zu ihrer Zeit galt sie als Schönheit, und den Gerüchten nach war Sir Robert Walpole einer ihrer größten Bewunderer gewesen. Ohne daß Sir John hätte sagen können warum – Maureen sah ihr irgendwie ähnlich.

Ärgerlich wurde ihm bewußt, daß er Maureen das Portrait ihrer Urgroßmutter nicht zeigen konnte. Aber sein Ärger hielt nicht lange vor, weil Clarissa ihren Arm in seinen schob und ihm ins Ohr flüsterte:

»Deine Tochter ist entzückend, John. Ich bin sehr glücklich, daß du sie in mein Haus gebracht hast.«

Arthur Glover konnte nicht lange bleiben, denn er hatte sich mit seinem Cousin verabredet, bei dem er auch zu übernachten gedachte.

Nachdem er sich verabschiedet hatte, wurde das Abendessen serviert. Maureen bat man, Onkel John und Tante Clarrie zu sagen. Maureen war überrascht, daß Sir John zum Essen nicht nach Hause ging, aber sie ließ sich nichts anmerken. Ihr Lehrer hatte ihr ausdrücklich verboten, von sich aus die Ehefrau Sir Johns zu erwähnen. Auf ihre Frage warum? war ihr Lehrer das erste Mal die Antwort schuldig geblieben.

In den folgenden Wochen entdeckte Clarissa, welche Freude es ihr machte, Maureen um sich zu haben. Es fiel ihr außerordentlich schwer, dem Mädchen nicht alle Wünsche zu erfüllen, da Maureen ihre Dankbarkeit mit zärtlichen Umarmungen und lieben Worten kundtat.

Maureen war fast immer fröhlich. Nur wenn sie an ihre *Familie* dachte, war sie traurig. Aber eigentlich mehr darüber, daß diese das neue Leben nicht mit ihr gemeinsam genießen konnte. Es war ein Vergnügen, mit Maureen zusammenzusein. Dem Rat ihres Lehrers folgend, kaufte Sir John ihr ein Klavier. Neben Clarissas Salon war nun Maureens Musikzimmer. Zu ihrer maßlosen Überraschung wurde auch ein Klavierlehrer engagiert. Franz Mehler war Österreicher, und die Londoner Gesellschaft riß sich um ihn, da sich seine Fähigkeiten schnell herumgesprochen hatten.

Er war ein Schüler des berühmten Abbé Vogler in Straßburg. Von Maureens Musikalität war er sehr angetan, und obwohl sie keine Übung hatte, fand er ihre Fingerfertigkeit beachtenswert. Als Franz Mehler sie das erste Mal spielen hörte, erkannte er sofort ihre natürliche Begabung, die auszubilden sogar dem Abbé in Straßburg Spaß gemacht hätte.

Der österreichische Künstler empfand große Zuneigung zu seiner Schülerin. Maureen war niemals kokett oder unnatürlich wie die meisten jungen Damen ihres Alters; ihre Bewegungen harmonisch, ihr Benehmen von frischer Natürlichkeit; ob sie glücklich erfreut oder interessiert war, sie zeigte es; war sie erstaunt, zogen sich die hübsch geschwungenen Augenbrauen zusammen; konzentrierte sie sich, knabberte sie an ihrer Unterlippe.

Maureens wegen wünschte sich der vierzigjährige Franz Mehler etwas jünger zu sein. In drei Jahren war Maureen im heiratsfähigen Alter. Von sehr nobler Geburt konnte sie nicht sein – sie lebte ja bei der Mätresse von Sir John –, und der verliebte Klavierlehrer erlaubte sich deshalb weiterhin seine romantischen Schwärmereien.

Maureen dagegen empfand nichts für den Österreicher. Lachend erklärte sie Clarissa, daß er sie an eines von Dickons Zwerghühnern erinnerte.

»Seine Haare stehen ab wie die Hühnerfedern!« sagte sie. »Aber er ist sehr freundlich und geduldig mit mir«, fügte sie hinzu.

Clarissa erzählte ihrem Geliebten, daß Maureen anscheinend schon eine Eroberung gemacht habe, und Sir John amüsierte sich köstlich darüber.

»Paß nur gut auf sie auf, meine Liebe!« sagte er warnend. »Maureen sagt mir, daß Herr Mehler sie in Zukunft in seinem Studio in der *King's Street* unterrichten möchte!«

»Ja, ich weiß«, antwortete Clarissa und fügte erklärend hinzu: »Die Akustik ist dort viel besser. Du hast doch nichts dagegen, Liebster?«

Sir John nahm ihre Hand, streichelte sie und lächelte. »Wenn *du* sie begleitest, nicht. Falls dir das nicht lästig ist!«

»Aber nein, im Gegenteil«, versicherte ihm Clarissa. »Maureen macht mir Freude. Und was die Musik betrifft, so weißt du, daß es mir Spaß macht zuzuhören, und sogar den Unterricht genieße ich, weil er mir die Möglichkeit gibt, noch etwas dazuzulernen.«

Sir John legte den Arm um sie und zog sie an sich.

»Du bist eine gute Frau!« sagte er zärtlich. »Und ich liebe dich sehr, Clarrie. Glaubst du mir das?«

»Natürlich glaube ich es!« antwortete Clarissa zufrieden. »Und ich liebe dich auch sehr. Und weißt du, wenn ich Maureen nicht um ihrer selbst willen mögen würde – dann würde ich sie lieben, weil sie deine Tochter ist. Ich stelle mir vor – hoffentlich bist du mir nicht böse deswegen –, daß sie *unser* Kind ist. Oder findest du das anmaßend von mir?«

»Überhaupt nicht, Clarrie. Du machst mir eine große Freude damit!«

Dann sah er sie fragend an. »Wo ist Maureen? Ich habe sie heute nachmittag noch gar nicht gesehen!«

»Hannah begleitet sie zur Schneiderin. Sie bekommt einen neuen Mantel, denn der, in dem sie ankam, ist so furchtbar altmodisch«, erklärte Clarissa. »Und außerdem dachte ich . . .« fügte sie bedeutungsvoll hinzu ». . . daß du manchmal vielleicht mit mir allein sein willst!«

»Du bist nicht nur gut, du bist auch verdammt klug!«

sagte Sir John und stand auf. Und während sie nach oben ins Schlafzimmer gingen, sagte er noch: »Du magst vielleicht nicht gebildet sein, aber mit Männern kennst du dich aus wie keine andere!«

Auch für Menschen, die weniger sensibel waren als Maureen, war es unmöglich zu übersehen, wie sehr Onkel John und Tante Clarrie einander liebten. Selbst während seiner Abwesenheit drehte sich alles im Haus um ihn: alles, was gekauft, vorbereitet und arrangiert wurde, geschah zu seinem Vergnügen. Er wiederum offenbarte seine Liebe mit Blicken, Gesten und zahllosen kleinen Geschenken. Am meisten aber, wenn er nur widerwillig spät abends das Haus verließ. Sie verhielten sich sehr korrekt und höflich miteinander, aber Maureen spürte, daß sie sich innig liebten. Rätselhaft war ihr nur, warum Sir John eine andere Frau geheiratet hatte.

Maureen war völlig mit den neuen Erfahrungen beschäftigt, die sie nun machte. Die Owlett Farm schien Tausende von Meilen weit weg zu liegen. Einmal die Woche setzte sich Maureen an ihren kleinen Schreibtisch und schrieb einen Brief an Dickon, den er der Familie vorlesen konnte. Sie fürchtete, daß man sie vermissen würde, besonders Dickon. Von ihm hatte sie bisher nur einen Brief bekommen, der fast unleserlich war. Sie hatte ihn kaum entziffern können. Dickon schrieb, daß der alte Keiler gestorben war; daß Anna einige Eier in einem verlassenen Schwalbennest gefunden hatte; daß Colombe (die weiße Stute des jungen Vicomte) wahrscheinlich im Frühjahr fohlen würde, da sie von einem der Kutschenpferde Master Glovers besprungen worden war. Edward hatte Keuchhusten, aber sonst sei alles in Ordnung. Und Maureen solle schnell wieder schreiben, denn sie würden sie sehr vermissen.

Nachdem Maureen den Brief gelesen hatte, bekam sie Heimweh. Aber dann mußte sie zu Franz Mehler, und dort vergaß sie alles, was mit Sussex zusammenhing, denn die Neuigkeit, die er ihr mitteilte, war furchtbar aufregend. Er hatte eine Loge in der Oper bekommen, und es wäre ihm ein Vergnügen, so sagte er, sie dorthin zu begleiten. Der Komponist Weber dirigierte seine neueste Partitur. Maureen war sprachlos vor Freude.

»Können wir da hingehen, liebste Tante Clarrie?« fragte sie aufgeregt.

Clarissa gab lächelnd ihr Einverständnis und dankte dem

Österreicher. Im stillen mußte sie Maureen recht geben, die Herrn Mehler mit einem Zwerghuhn verglichen hatte. Seine Rockschöße hingen rechts und links neben dem Klavierstuhl herunter, und sein Kopf bewegte sich auf und nieder, als würde er Körner aufpicken, während er eine Sonate von Clementi spielte.

Clarissas Aufmerksamkeit entging es nicht, wie sehr der Klavierlehrer in Maureen verliebt war. Er ließ kaum je die Augen von ihr, und gelegentlich, wenn er ihre Fingerhaltung korrigierte, blieb seine Hand länger als nötig auf der des Mädchens liegen. Clarissa war erleichtert, daß Maureen diese kleinen Aufmerksamkeiten nicht zur Kenntnis nahm. In ihrer Unschuld bemerkte Maureen nicht einmal die bewundernden Blicke, die man ihr zuwarf, wenn sie in der offenen Kalesche fuhren.

»Die Leute hier in London sind so freundlich!« sagte sie erstaunt zu Clarissa. »Sie lächeln immer.«

Glücklich lächelte sie zurück und merkte nicht, daß sie selbst diese Freundlichkeit und Bewunderung verursachte.

Clarissa runzelte die Stirn. Das Kind war noch nicht einmal vierzehn Jahre alt. Allerdings sah Maureen mit ihrer hübschen Frisur und dem modischen Kleid etwas älter aus. Vielleicht war sie ebenso wie Sir John schuld daran, daß Maureen schon so erwachsen wirkte. Allerdings würde John auf solche Kritik höchst unfreundlich reagieren.

Clarissa beschloß, Maureen ihre Kindheit so lange wie möglich zu erhalten. Sie hatte keine Ahnung, wie schnell diese Pläne durchkreuzt werden würden.

Lisa von Eburhard war Clarissas beste, älteste und liebste Freundin. Schon seit Kindertagen, als sie denselben Lehrer hatten. Lisa war es gelungen, einen Baron zu heiraten, der ihr aber, weil er um einiges älter war, nicht mehr das bieten konnte, wonach ihr leidenschaftliches Temperament verlangte. Lisa hatte deshalb verschiedene Liebhaber, wie es allenthalben üblich war. Gegenwärtig war es ein besonders hübscher, aber nicht sehr kluger Husar.

Dienstag nachmittags besuchte Maureen immer die Klavierstunde – neuerdings auch öfter ohne Begleitung –, und so hatte Clarissa ihrer Freundin Lisa für ihre heimlichen Liebesstunden das Orchid House zur Verfügung gestellt. Wie konnte sie ahnen, daß Herr Mehler Maureen mit der Kutsche wieder heimschicken würde, weil er sich nicht wohl fühlte?

»Die Sonne scheint und ich würde so gerne zu Fuß gehen. Bitte, Herr Mehler!« bat Maureen ihren Lehrer.

Herr Mehler geriet in große Verlegenheit, und sie um Verständnis bittend bestand er darauf, daß er eine Kutsche rufen müsse. Seine Haushälterin würde Maureen begleiten.

Enttäuscht nahm Maureen sich vor, Tante Clarrie dazu zu überreden, mit ihr einen Spaziergang zu machen. Oder, wenn diese etwas anderes vorhatte, dann würde sie sich von Rose begleiten lassen, obwohl das nicht halb so viel Spaß bedeutete, weil die Zofe zwei Schritte hinter ihr gehen mußte.

Maureen lächelte über die absurden Konventionen, die in London üblich waren. Daheim angekommen, stieg sie aus der Kutsche und zog an der Klingelschnur.

Zu ihrer Überraschung wurde die Tür von einem fremden jungen Mann geöffnet – einem Lakai, der sie ebenfalls überrascht anstarrte.

»Wer sind Sie?« fragte sie und rauschte an ihm vorbei in die Halle. »Was machen Sie hier? Wo ist Hannah? Ist Mistreß Manton denn nicht zu Hause?«

Aufgeregt war sie bereits bis zur Mitte der Treppe gekommen, bevor der junge Mann ihr mit hochrotem Kopf seine Hand auf den Arm legte, um sie zurückzuhalten.

»Es ist niemand da. Ich meine . . . Sie können nicht hinaufgehen. Was ich meine, ist, Sie sollten eigentlich gar nicht hier sein. Ich dachte Sie sind in der Klavierstunde!«

Normalerweise war Maureen nicht hochmütig, aber nun reagierte sie instinktiv mit Autorität.

»Was ich tue ist meine Sache. Sicherlich ist es nicht die Ihre, mir zu sagen, wo ich in meinem eigenen Haus hingehen kann oder nicht!« sagte sie höflich aber bestimmt, während sie ihren Arm befreite. Dann drehte sie ihm den Rücken zu und rannte in ihr Schlafzimmer hinauf.

Ungeduldig warf sie ihren Mantel und ihre Noten aufs Bett. Wie kam dieser fremde Lakai in das Haus ihrer Tante? Sie entschloß sich, Tante Clarrie zu suchen und es sich von ihr erklären zu lassen.

Die Tür zu Clarissas Zimmer war angelehnt. Eigentlich wollte Maureen anklopfen, aber dann dachte sie, daß Tante Clarrie vielleicht ihren Nachmittagsschlaf hielt. Um sie nicht zu stören, schlich Maureen auf Zehenspitzen hinein.

Das Zimmer war leer, aber plötzlich hörte sie Stimmen aus

dem angrenzenden Gästezimmer. Wahrscheinlich war Tante Clarrie dort mit Hannah oder Rose. Vor einem oder zwei Tagen war die Rede davon gewesen, das Zimmer aufzuräumen.

Maureen rannte nach nebenan und betrat das Gästezimmer durch das kleine Vorzimmer. Der Duft von fremdem Parfüm stieg ihr in die Nase – es roch jedenfalls nicht nach Rosen, und das hätte es tun müssen, weil Clarissas Lieblingsparfüm so duftete.

Maureen war oft in diesem Zimmer gewesen, denn hier hing das Gemälde, das sie am meisten faszinierte. Es stellte eine auf der Seite liegende nackte Nymphe dar, mit über die Schultern fließendem goldenen Haar, das ihre rosigen Brustwarzen kaum bedeckte. Im Hintergrund sah man zwischen dem dichten Laub der Bäume das bärtige Gesicht eines Satyrs, der die Nackte betrachtete. Das bärtige Gesicht erinnerte Maureen an den Vogelmann.

Plötzlich merkte sie, woher die Stimmen gekommen waren. In dem großen Doppelbett lagen zwei Menschen in inniger Umarmung und so mit sich beschäftigt, daß sie das Mädchen weder hörten noch sahen. Beide waren nackt und ihre Körper so weiß wie der der Nymphe.

»Du bist schöner als die schönste Blume, geliebte Lisa!« flüsterte der Mann im Bett zärtlich.

»Und du, mein lieber Junge, bist mein Adonis!«

Maureen schnaufte und schlich rückwärts aus dem Zimmer. Sie wollte bereits das Vorzimmer verlassen, da hörte sie den Mann sagen:

»Pscht! Ich habe etwas gehört, Liebste. Hier ist irgend jemand. Hast du denn nichts gehört?«

Maureen erschrak, und aus Angst entdeckt zu werden, versteckte sie sich hinter den schweren Portieren am Fenster. Sie wollte um jeden Preis verhindern, daß man glauben würde, sie hätte spioniert. Ihre Furcht war nicht unbegründet, denn die Lady lachte und sagte:

»Da du dich bereits hast stören lassen, Liebster, geh und sieh nach. Ich kann dir aber versichern, daß außer uns und meinem Lakai niemand im Haus ist. Clarissa hat ausdrücklich gesagt, daß sie erst am Spätnachmittag zurückkäme, und das Kind kommt auch erst in einer Stunde heim. Trotzdem, überzeuge dich!«

Maureen hielt den Atem an. Sie hörte die Bettfedern quietschen. Als der Mann in der Schlafzimmertür stand, fiel sein Blick sofort auf die offene Tür des Vorzimmers. Überrascht schloß er sie und drehte den Schlüssel herum. Mit dem Schlüssel in der Hand ging er an Maureen vorbei und betrat wieder das Schlafzimmer.

Maureen sah zum ersten Mal einen erwachsenen nackten Mann. Abgesehen von dem widerlichen Vogelmann. Der hier war ganz anders. Ein kräftiger und schöner junger Mann. Merkwürdige Gefühle überkamen Maureen. Sie wünschte sich, ihre Hand auf seinen Arm, seine Hüften zu legen. Seine Haut war weiß und nur wenig behaart. Maureen gefiel das Spiel der Muskeln, als er sich bewegte. Seine Männlichkeit überraschte sie nicht, denn sie war auf einem Bauernhof groß geworden. Es war die Blässe und Zartheit seiner Haut, die sie faszinierten. Der Lady mußte es ebenso gehen. Mit verführerischer Stimme bat sie ihn, endlich zurückzukommen:

»Liebster, komm doch. Ich kann es kaum erwarten!«

»Ich auch nicht«, antwortete der junge Mann.

Maureen hörte wieder die Bettfedern quietschen, als er sich zu seiner Geliebten legte.

Maureen versuchte, ihre innere Ruhe wiederzuerlangen. Es gab keine Möglichkeit zu fliehen.

Es widerstrebte ihr zu lauschen, aber die Neugier war stärker.

»Du hast keinen Grund, deine Männlichkeit zu verstecken, Liebster«, sagte die Frau zärtlich. »Nimm deine Hände weg, Adonis. Laß mich dich anfassen. Ich möchte es so gerne, und ich verspreche dir, daß es dir gefallen wird. Ist es nicht schön für dich, was ich mache?«

Die Stimme des jungen Mannes klang heiser vor Erregung, als er sie bat, nicht zu übertreiben:

»Deine zärtlichen Hände ... es ist Himmel und Hölle zugleich. Küß mich, bitte, küß mich, Liebste!«

Unbewußt legte Maureen ihre Hand auf die Lippen. Mit geschlossenen Augen stellte sie sich vor, daß sie es sei, der man den Kuß abverlangte. Wie von weither hörte sie das Flüstern und die Schreie des Vergnügens und der Lust. Es bestand kein Zweifel für Maureen über das, was im Gästezimmer geschah. Wie oft hatte sie den Vögeln und anderen Tieren auf der Farm zugesehen, wenn sie sich paarten. Und doch war es anders. Ohne die bei Tieren übliche Brutalität nahm der junge Mann diese Frau, und ihre Vereinigung wurde in inniger Liebe vollzogen.

Maureen zitterte nun selbst vor Erregung. Unfreiwillig, zufällig war sie Zeuge dieser intimen Begegnung geworden. Nie vorher hatte sie sich das ausgemalt – aber es schien so natürlich und so schön, daß Maureen sich wunderte, nie daran gedacht zu haben.

Maureen erwachte wie aus einem Traum. Die Liebenden schäkerten nun zufrieden und vergnügt, während sie sich anzogen. Maureen erschrak. Der Ernst ihrer Lage wurde ihr bewußt.

»Als Zofe hättest du nicht einmal einen Wochenlohn verdient«, lachte die Lady. »Hast du denn noch nie ein Kleid zugeknöpft, Liebling?«

»Möchtest du, daß ich ja sage?« antwortete ihr Geliebter. »Damit würde ich zugeben, daß ich vor dir schon viele Frauen besessen habe!«

»Dann möchte ich lieber, daß du mit nein antwortest. Es bereitet mir Freude, mir vorzustellen, daß ich deine erste Geliebte bin. Natürlich wollte ich keinen unschuldigen Jungen verführen!«

»Bitte, sag so etwas nicht! Du weißt, wie sehr ich mich nach diesem Augenblick gesehnt habe. Es würde mir das Herz brechen, wenn du mir sagst, daß meine Jugend und Unerfahrenheit schuld daran gewesen sein sollten, wenn ich dich nicht habe befriedigen können!«

»Aber Liebster, nein. So ist es doch nicht. Ich schwöre es. Es war ein wunderbarer Nachmittag, den wir oft wiederholen sollten. Mit Unterstützung der lieben Clarrie. Ich werde ihr morgen Blumen schicken. Das solltest du auch tun. Sie ist eine so liebe Freundin . . . und man kann sich auf sie verlassen.«

In ihr Gespräch vertieft, kamen sie durch das Vorzimmer. Maureen stand immer noch hinter dem Vorhang. Aber sie wußte, daß es eine Frage der Zeit war, bis der Lakai seiner Herrin von ihrer Anwesenheit im Haus erzählen würde. Als das Liebespaar die Treppe hinunterging, lief Maureen schnell in ihr eigenes Zimmer.

Sie warf sich aufs Bett und barg ihr heißes Gesicht in den kühlen Kissen. Maureen war völlig durcheinander. Sie schämte sich, hatte Angst entdeckt zu werden, am größten aber war ihre Erregung. Der Gedanke, daß sie eines Tages einem jungen und hübschen Mann begegnen würde, der sie so zärtlich und liebevoll nähme, erweckte ihre Sinnlichkeit.

Nun ahnte sie etwas von dem, was das Leben ihr bieten

würde. Ungeduldig wartete Maureen auf Clarissas Rückkehr, um diese neue Erkenntnis mit ihr zu besprechen. Aber nach einigem Nachdenken entschied sie, daß es womöglich doch besser war, das Geheimnis für sich zu behalten. Clarissa könnte wütend auf sie sein. Maureen war klug genug, um zu erkennen, daß sie von dem heimlichen Rendezvous nichts wissen sollte; eigentlich hätte es ja stattfinden sollen, wenn sie außer Haus war; aus irgendeinem Grund wollte Clarissa nicht, daß sie davon erfuhr. Darum würde sie nichts erzählen.

Clarissa – inzwischen über die Vorgänge informiert – hoffte, daß Maureen nichts von dem Rendezvous der beiden Liebenden ahnte. An einem der nächsten Abende war geplant, Freunde von Sir John zum Kartenspiel einzuladen. Clarissa beschloß, daß Maureen ihnen beim Abendessen Gesellschaft leisten, sich aber zurückziehen sollte, sobald das Spiel begann.

Maureen interessierte sich sehr für Kartenspiele. Besonders für Pharo, denn das war Sir Johns Lieblingsspiel. An einem der folgenden Nachmittage brachte Clarrie ihr die Grundregeln dieses Spieles bei. Obwohl sie selbst fast nie Karten spielte, kannte sie doch die Regeln so gut wie Sir John. Oft genug hatte sie bei solchen Abenden dabeigesessen. Als Sir John am Spätnachmittag eintraf, hatte Maureen das Wichtigste begriffen. Clarissa erzählte ihm, daß Maureen auch dafür begabt sei, und Sir John lachte vergnügt. Er forderte Maureen zu einem Probespiel auf, und siehe da – Maureen gewann oft.

»Du wirst mir Glück bringen!« sagte er. »Ich kann mir Gilberts erstauntes Gesicht vorstellen, wenn ihm eine Dreizehnjährige ein bißchen Geld abnimmt.«

Sir John lachte. Welch ein Spaß, seinem guten Freund Gilbert diesen Streich zu spielen!

»Aber John, Liebster!« protestierte Clarrie. »Du kannst doch nicht im Ernst planen, daß Maureen mit Lord Barre Karten spielt!«

Sir John zuckte mit den Achseln und grinste:

»Warum nicht? Das ist unser Haus, und wir können darin tun und lassen, was wir wollen. Und was Gilbert betrifft: Wenn er etwas daran auszusetzen hat, kann er es ja sagen. Also paß auf! Kein Wort, daß Maureen das Spiel beherrscht! Auch beim Essen wird nicht von Karten gesprochen, verstanden? Dann ist die Überraschung perfekt. Das wird ein sehr lustiger Abend.«

Nachdem Hannah abserviert hatte, überredete Sir John sie

zu noch einem Spielchen, damit Maureen üben könne. Nach einer Stunde hatte ihm seine Tochter fünf Silberzwanziger abgenommen. Gerne bestätigte er Maureen, daß es nicht nur ein glücklicher Zufall war, sondern daß sie wirklich begabt sei:

»Der Instinkt für Karten!« sagte er. »Ich habe ihn mein Leben lang gehabt!«

Um ihm eine Freude zu machen, widmete sich Maureen dem Kartenspielen ebenso ausdauernd und intensiv wie ihrem Klavierspiel. Zeit für Langeweile blieb ihr keine.

Nachts schlief sie tief und erschöpft. Es dauerte darum eine ganze Weile, bis sie eines Nachts merkte, daß jemand Steinchen an ihr Fenster warf.

Schlaftrunken kletterte sie aus dem warmen Bett. Der Mond schien hell, und sie brauchte keine Kerze anzuzünden. Verschlafen öffnete sie das Fenster und – glaubte zu träumen.

Auf der Straße unten sah sie eine dunkle Gestalt in Reitkleidung. Neugierig lehnte sie sich aus dem Fenster. Da stand ein junger Mann mit einem Gesicht, das ihr bekannt vorkam. Er starrte zu ihr hinauf.

»Mademoiselle Maureen?« fragte er vorsichtig.

Sie erkannte ihn sofort. Es war der junge Vicomte de Valle.

»Was bringt Sie denn hierher, mitten in der Nacht, Sir? Wie haben Sie mich gefunden? Haben Sie Dickon gesehen? Hat Colombe schon ihr Fohlen?«

»Ich bitte Sie, Mademoiselle, könnten Sie mir erst helfen und Ihre Fragen später stellen?«

Seine Bitte klang ungeduldig, aber auch belustigt. Sein *écureuil* hatte sich nicht verändert.

»Wie kann ich Ihnen denn helfen?« rief Maureen hinunter. »Wie spät ist es? Mistreß Manton ist schon im Bett und . . .«

»Mistreß Manton ist nicht im Bett, sondern steht neben dir! Mit wem sprichst du eigentlich?«

Maureen drehte sich um. Da stand Clarissa, mit einer Kerze in der Hand, die Nachtmütze auf dem Kopf und einen dicken Schal um die Schultern gelegt.

»Oh, Madame!« rief Maureen aufgeregt. »Das ist Gerard, der Vicomte de Valle. Er braucht unsere Hilfe. Können wir ihn nicht hereinlassen?«

Clarissa war augenblicklich völlig wach. Ihr war alles recht, solange sie nicht weiter in der Kälte am Fenster stehen mußte.

»Führen Sie Ihr Pferd in den Stall, Sir!« rief sie dem Vicomte zu. »Sobald wir angezogen sind, öffnen wir Ihnen die Tür.«

Mit leuchtenden Augen zog Maureen sich bereits an.

»Vielleicht kommt er von Frankreich, Tante Clarrie!« sagte sie atemlos. »Und er wird von Halsabschneidern oder französischen Spionen verfolgt. Bitte, beeilen Sie sich!«

Schon nach wenigen Minuten rannte Maureen die Treppe hinunter zur Haustür. Sie öffnete sie für Gerard de Valle. Aber sie wußte nicht, daß sie damit auch die große Liebe hereinließ, die bis zu ihrem Tod andauern würde.

Siebtes Kapitel
1793

Erst als im Salon das Feuer brannte und Gerard von Hannah ein kaltes Abendessen und Wein serviert bekommen hatte, durfte er seine Anwesenheit erklären. Maureen saß zusammengerollt zu Clarissas Füßen und beobachtete den siebzehnjährigen Jungen, den sie zuletzt vor drei Jahren in Sussex gesehen hatte

Gerard sah älter aus als er eigentlich war. Er war groß und schlank, hatte breite Schultern und schmale Hüften. Tiefe Schatten lagen unter seinen Augen. Nervös und ruhelos schien er immer auf eine Gefahr gefaßt zu sein. In seinen Bewegungen erinnerte er Maureen an einen Hirsch, der gehetzt wurde: ängstlich, aber dennoch stolz.

Für Maureen war Gerard schön, aufregend und abenteuerlich. In der Wärme des Salons und nachdem er gesättigt war, entspannte sich Gerard. Lächelnd sah er Maureen und Clarissa an: »Vorletzte Nacht bin ich in England angekommen«, erzählte er und nahm eine Prise Schnupftabak. Maureen betrachtete seine schmalen Hände. Sie hatten die typische aristokratische Blässe verloren und sahen aus, als könnten sie richtig zupacken. »Ich komme von Frankreich, auf demselben Weg wie ich mich damals hineingeschmuggelt habe – mit einem Fischkutter. Ich bin im Hafen von Cuckmere gelandet, und ein freundlicher Mann, dessen Name nichts zur Sache tut, hat mir ein Pferd geliehen, mit dem ich dann nach Alfriston ritt.«

»Sie waren also auf der Owlett Farm? Und Sie haben Dickon gesehen? Und die Familie, wie geht es ihr? Was ist mit Colombe? Hat sie ihr Fohlen?« Maureen war ganz aufgeregt.

»*Mon Dieu*, Sie haben sich kein bißchen verändert, Mademoiselle Maureen! Sie fragen immer noch so viel!«

Aber sonst hat sie sich verändert, dachte Gerard. Aus der kleinen Knospe war eine herrliche Blume geworden. Die kindliche Figur war nun weiblich; das olivgrüne Kleid stand ihr gut und paßte zu ihren Augen; die schwarzen Schuhe mit den kleinen Absätzen waren modisch wie auch die weichgelockte Frisur. Maureen ist wunderschön, dachte Gerard, und es bereitete ihm Mühe, seine Geschichte zu erzählen.

Tatsächlich hatte er die Familie Sale besucht. Colombe hatte ihr Fohlen bekommen, und natürlich habe Dickon ihm Maureens Adresse in London verraten.

Von Frankreich war er ohne einen Penny zurückgekehrt, erklärte er unglücklich. Ob Sir John Danesfield ihn wieder aufnehmen würde, nachdem er ihn damals ohne ein Wort verlassen hatte, schien ihm fraglich. Sonst kannte er nur noch seinen Freund James Pettigrew. Er war schon in seinem Haus in Chelsea gewesen, aber man hatte ihm mitgeteilt, daß die Familie in Buckinghamshire weile. Darum blieb ihm nur die Wahl, entweder auf der Straße zu schlafen oder Mistreß Manton um ihre Gastfreundschaft zu bitten.

»Und«, beendete er seine Geschichte, »ich wollte Sie bitten, Madame, bei Sir John ein gutes Wort für mich einzulegen!«

Clarissa füllte sein Glas und gab es ihm zurück. Mütterlich streichelte sie ihm die Schulter.

»Ich glaube nicht, daß Sir John dich zurückweisen wird, Gerard«, sagte sie zu Maureens Erleichterung. »Natürlich war er über deine plötzliche Abreise verärgert. Vor allem über die Unhöflichkeit, ihn im Ungewissen zu lassen«, sagte Clarissa mit leisem Vorwurf. »Ich weiß, daß er annahm, daß du nach Frankreich zurückgekehrt bist. Allerdings hat er keine Ahnung, wie du das geschafft hast. Als seine erste Wut verraucht war, sagte er, daß er in deinem Alter und in deiner Situation ebenso gehandelt hätte. Du wolltest deine Mutter suchen, nicht wahr?«

»Ja, das stimmt. Leider war meine Reise umsonst!« sagte Gerard bitter. »Das Schloß ist eine Ruine, und ich zweifle daran, daß sich der Schaden reparieren läßt. Jules ist fort und auch das andere Personal. Ich konnte niemanden finden, der mir über das

Schicksal meiner Mutter etwas hätte sagen können. Ich hoffe immer noch, daß sie lebt, daß Jules sie vielleicht nach Italien zu meinen Großeltern gebracht hat. Auf meine Briefe habe ich allerdings keine Antwort bekommen. Und mein armes Frankreich befindet sich in einem einzigen Aufruhr.«

»Was für schreckliche Erfahrungen, die du gemacht hast«, sagte Clarissa voll Anteilnahme. Gern hätte sie den Jungen in ihre Arme genommen und getröstet.

»Aber ich habe wenigstens gekämpft«, sagte Gerard stolz. »Ich war dabei, als wir im letzten Sommer die Tuillerien verteidigten . . .« er unterbrach sich und erinnerte sich an das grausame und blutige Massaker. Glücklicherweise hatte er nach der Niederlage der Königstreuen fliehen können. In der Schlacht bei Valmy hatte er ein zweites Mal gekämpft. Auch sie endete mit einer Niederlage. Dann war er so heftig an Ruhr erkrankt, daß er fast daran gestorben wäre. Der aufopfernden Fürsorge einiger Nonnen hatte er sein Leben zu verdanken. Die Enthauptung des Königs und die Kriegserklärung gegen England hatte Gerards Entschluß ausgelöst, wieder in das Land zurückzukehren, in dem er schon einmal Zuflucht gefunden hatte. Hier wollte er abwarten, bis er wieder ganz gesund war. Außerdem erhoffte er sich Hilfe für die Armee der Emigranten, zu der er dann wieder zurückkehren wollte.

»Es ist nicht nur meine Mutter, Schloß Boulancourt, meine Güter, weswegen ich weiterkämpfen will«, sagte Gerard, »Frankreich ist meine Heimat, und sie ist in den Händen von Metzgern!«

Maureen wollte noch viele Fragen stellen, aber Clarissa bemerkte die Müdigkeit des Jungen. Es wurde Hannah aufgetragen, ein Bett im Gästezimmer herzurichten. Clarissa selbst bereitete eine Wärmflasche. Nachdem sich noch ein Nachthemd von Sir John gefunden hatte, brachten sie Gerard zu Bett.

»Wir können morgen weiterreden«, wandte sie sich an die enttäuschte Maureen. »Du solltest jetzt auch schnell schlafen gehen. Ich möchte nicht wissen, wie spät es ist. Wahrscheinlich geht bald die Sonne auf.«

Gehorsam suchte Maureen ihr Schlafzimmer auf. Aber sie konnte nicht schlafen. Die Abenteuer, die Gerard erlebt hatte! Maureen beneidete ihn. Wie langweilig ihr Leben dagegen war! Maureen wünschte, Gerards Geschichte wäre zu einem glücklicheren Ende gekommen. Er hatte erfolglos gekämpft, und er hatte nichts über seine Mutter erfahren, die er doch so liebte.

»Ich werde für sie beten!« sagte Maureen zu sich selbst. Allerdings konnte sie sich des Eindrucks nicht erwehren, daß Gott sich sehr wenig um ihre Gebete kümmerte. Mehrmals hatte sie gebetet, daß Dickon nach London kommen sollte, aber bis jetzt hatte Gott ihr diesen kleinen Wunsch nicht erfüllt.

Ihre Gedanken wanderten wieder zu dem jungen Vicomte, der sicher schon längst schlief. Sie hoffte von Herzen, daß er lange in London bleiben würde. Erst jetzt wurde ihr bewußt, wie sehr sie die Gesellschaft eines Gleichaltrigen vermißt hatte. In ihren Träumen plante Maureen bereits tausenderlei Dinge, die sie mit Gerard unternehmen wollte.

Inzwischen hatte Clarissa einen Boten zu Sir John geschickt, um ihm mitzuteilen, daß sich der junge Vicomte in ihrem Haus befinde.

Als sie um zehn erwachte, war Sir John bereits eingetroffen, um Gerard abzuholen.

»Er kann unmöglich hierbleiben, Liebste«, sagte er zu Clarissa. »Stell dir nur den Klatsch vor, den das verursachen würde. Ich weiß, daß du mich verstehst . . . es ist wichtig, daß der Ruf des Jungen . . . ich meine, hier mit dir . . .«

»Hör auf damit! Du brauchst mir das nicht zu erklären«, unterbrach ihn Clarissa. Sie kannte die Regeln der Gesellschaft. Ohne Bitternis fuhr sie fort: »Ich freue mich, daß du Gerard wieder bei dir aufnehmen willst, obwohl er sich dir gegenüber so schlecht benommen hat. Glaubst du, daß deine Frau ebenso freundlich zu dem Jungen sein wird?«

Sir John runzelte die Stirn. Er zweifelte sehr daran.

»Sie wird es sein müssen!« sagte er und beendete damit die Diskussion.

Als Maureen in ihrem hübschesten weißen Kleid, dessen großer Ausschnitt ihre kleinen festen Brüste fast freigab, herunterkam, war Gerard gerade dabei sich zu verabschieden.

»Sie verlassen uns schon?« Maureen konnte ihre Enttäuschung kaum verbergen.

»Sir John ist so freundlich, mich wieder in seinem Haus aufzunehmen«, antwortete Gerard und ging mit einem Lächeln auf sie zu. »Ich bin Ihnen und Mistreß Manton sehr dankbar, daß ich heute nacht hierbleiben durfte. Ich werde das nie vergessen.«

»Aber ich wollte doch noch so vieles mit Ihnen besprechen . . . Dickon, die Farm, Colombe und Ihr Fohlen, die Schmuggler . . .«

»... ich hoffe sehr, daß ich Ihre Fragen bald beantworten kann«, unterbrach Gerard sie und küßte ihre Hand. »Ich werde einige Wochen in London bleiben. Werde ich das Vergnügen haben, Sie besuchen zu dürfen?«

»Natürlich kannst du Maureen und Mistreß Manton besuchen, wenn du möchtest, Gerard«, sagte Sir John, als sie in der Kutsche zum Wyfold House fuhren. »Aber du mußt es diskret tun. Ich bin sicher, du bist dir über Mistreß Mantons gesellschaftliche Stellung im klaren. Unglücklicherweise ist auch Maureen davon betroffen. Im Vertrauen gesagt, damit keine Mißverständnisse aufkommen, Maureen ist meine leibliche Tochter!«

Nur mit Mühe konnte Gerard seine Überraschung verbergen. Arme Maureen, dachte er mitleidig. Er kannte die Wichtigkeit von Rang und Herkunft.

»Weiß sie es?« fragte er Sir John.

Der schüttelte den Kopf.

»Maureen ist noch ein Kind. Sie hat keine Ahnung von solchen Dingen. Ich habe nicht vor, ihr die Wahrheit schon jetzt zu sagen.«

Gerard mußte an Maureens glückliches Gesicht denken, und in seinem Inneren rebellierte alles gegen den Schock, den sie eines Tages erleiden würde. Er zweifelte nicht an ihrer Unschuld. Aber sie war ein intelligentes und aufgewecktes Mädchen. Wenn sie auch keine Ahnung haben mochte, daß sie das Kind von Sir John war, seine Beziehung zu Mistreß Manton mußte ihr klar sein.

Aber das geht mich nichts an, dachte Gerard. Ich habe meine eigenen Probleme. Geld ist nur eines davon.

»Ich werde dafür sorgen, daß es dir an nichts fehlt, mein Junge!« meinte Sir John großzügig. »Inzwischen wissen wir, daß du deine frühere Position und den damit verbundenen Reichtum nicht mehr zurückbekommen wirst. Ich muß dir daher den Rat geben, dich an den Gedanken zu gewöhnen, dich gut zu verheiraten.«

»Heiraten?« wiederholte Gerard entsetzt. »Aber Sir, ich bin gerade erst siebzehn. Ich habe nicht den geringsten Wunsch zu heiraten ...« Sir John unterbrach den protestierenden jungen Mann:

»Wunsch und Notwendigkeit sind nicht dasselbe! Eine reiche Engländerin wäre das richtige für dich. Mit anderer finanzieller

Unterstützung ist nicht zu rechnen. Andererseits wäre es höchst unschicklich, wenn ein junger Mann deiner Herkunft arbeiten würde. Und was ist mit dem Versprechen, das du deiner Mutter gegeben hast? Den Namen de Valle wieder zu Ehren zu bringen? Ich nehme an, du denkst daran!«

»Natürlich tue ich das, Sir!« antwortete Gerard verletzt.

»Wer in diesem Leben etwas erreichen will, mein Junge, braucht zwei Dinge: Geld und Einfluß. Mit einer reichen Frau verschaffst du dir beides. Ich werde für dich tun, was ich kann. Würdest du eine meiner beiden Töchter heiraten, brächte dir das zwar das nötige Geld. Aber ich kann mir vorstellen, daß dir keine von beiden gefällt. Du brauchst eine Frau, die Einfluß hat, die zur Gesellschaft gehört, diesen und jenen kennt und dich vielleicht an den Hof bringt. So eine Frau müssen wir finden. Außerdem sollte sie hübsch und leidenschaftlich sein . . . eine Frau, die das *air* einer Vicomtesse hat, so wie deine liebe Mutter, was meinst du?«

Gerard schwieg. Er glaubte nicht, daß so eine Frau existierte. Die wenigen reichen, die er kennengelernt hatte, waren so unauffällig wie die Töchter von Sir John. Die hübschen und leidenschaftlichen waren normalerweise bedeutungslos, oder es stimmte etwas nicht mit ihrer Herkunft. Wie zum Beispiel die kleine Maureen. Zweifelsohne würde sie in zwei Jahren so sein, wie Sir John es ausgemalt hatte und wie er, Gerard, sich seine zukünftige Frau vorstellte. Aber, dachte Gerard traurig, den Gedanken, Maureen zu heiraten, mußte er sich aus dem Kopf schlagen.

Maureen hatte ihre Enttäuschung über Gerards hastigen Aufbruch vergessen. Sie war mit den Vorbereitungen für die Party beschäftigt. Eingeladen waren zehn Gentlemen. Freunde von Sir John, alle Ende vierzig oder, wie Sir John selbst, Anfang fünfzig. Alle waren reich und von Rang; zwei davon waren Freunde des Prinzen von Wales.

Maureen war sehr aufgeregt darüber, daß sie mit so wichtigen Männern an einem Tisch sitzen würde.

»Sind das wirklich Freunde des Prinzen?« Was empfand Clarissa, wenn so wichtige Leute in ihr kleines Haus kamen?

Wie üblich quälte sie Clarissa mit ihren Fragen, die diese lachend beantwortete. Die Herren kamen nicht, um *sie* zu besuchen. Sie trafen sich, um gut zu essen und zu trinken und um

Karten zu spielen. Es waren echte Spieler – besonders Lord Barre.

»Wie kommt das?« fragte Maureen. »Ist er denn so reich?«

Clarissa nickte.

»Ja, er ist sehr reich. Und er hat keine Frau und keine Kinder, die er ernähren muß. Ein entfernter Cousin beerbt ihn, wenn er stirbt, aber Lord Barre hat mir anvertraut, daß er diesen Cousin überhaupt nicht ausstehen kann. Den Titel muß er ihm vererben, aber er hat geschworen, daß er alles daransetzen wird, daß der Cousin kein Geld bekommt!«

Maureen lachte. Sie konnte sich vorstellen, daß sie diesen Freund Sir Johns mögen würde.

Aber sie traf diesmal weder Sir Johns Freunde noch den jungen Vicomte de Valle. Noch an diesem Abend wurde sie schwer krank. Fieber schüttelte sie. Ihre Mandeln waren entzündet. Am nächsten Tag war ihr Körper über und über mit roten Pusteln bedeckt. Der herbeigerufene Arzt teilte Clarissa mit, daß das Kind Scharlach habe.

Zwei Wochen lang war Maureen ernsthaft krank, dann begann das Fieber nachzulassen, und die Pusteln verschwanden nach und nach.

Täglich erkundigte sich Sir John nach dem Befinden seiner Tochter.

»Sie ist so dünn und blaß, John«, sagte Clarissa. »Ich habe nachgedacht. Vielleicht würde es ihr guttun, sie aufs Land zu schicken. Heute morgen habe ich den Arzt gefragt, und er hat mir zugestimmt.«

»Dann mußt du mit ihr nach Brighthelmstone fahren!« schlug Sir John vor. Aber Carrie hob abwehrend die Hand:

»Nein, mein Lieber, ich glaube, das beste ist, wir schicken sie nach Alfriston. Im Fieber sprach sie immer von der Farm und ihrer *Familie*. Das Wetter ist schön, und Mistreß Sale würde gut für sie sorgen. Ich glaube wirklich, daß Maureen dort am glücklichsten wäre.«

Sir John sah nachdenklich aus. Einige Tage hatten sie beide geglaubt, daß Maureen sterben würde. Er war sehr unglücklich gewesen, weil er nichts anderes hatte tun können, als Früchte und Blumen zu schicken. Clarissa hatte das Kind aufopfernd gepflegt, Tag und Nacht. Auch sie mußte sich erholen. Maureen auf den Bauernhof zu bringen, war sicherlich das beste. Und er würde mit Clarissa nach Brighthelmstone fahren.

Nach weiteren zwei Wochen war Maureen in der Lage, die Reise nach Sussex anzutreten.

Wie vorausgeahnt, war sie herzlich willkommen. Mistreß Sale bemutterte sie wie eine Henne ihr Kücken; Dickon bereitete ihr ein Bett im Obstgarten unter dem großen Apfelbaum, wo sie liegen konnte.

Schon nach ein paar Wochen fühlte Maureen sich wieder kräftiger. Bald konnte sie einfache Aufgaben übernehmen: Hühner füttern, die Eier einsammeln und die Früchte, die ihr Dickon vom Baum reichte, in Kisten verpacken.

Ihre Beziehung hatte sich geändert. Maureen war zwar so lieb und freundlich zu Dickon wie immer, dennoch waren sie sich fremd geworden. Schuld daran war ihre Zeit in London. Die Stadt hatte aus Maureen eine junge Dame der Gesellschaft gemacht. Auch wenn sie barfuß über die Felder rannte oder ihr schönes Haar vom Wind zerzausen ließ: ihre Sprache, ihr Benehmen und ihre Erscheinung verrieten sie.

Dickon war jetzt siebzehn. Alt genug, um männliches Begehren zu verspüren. Er war ein kräftiger und wilder Junge, dem die Mädchen nachschauten. Aber sein Herz gehörte Maureen. Sie war die einzige, die er liebte, und er konnte sich nicht vorstellen, daß sich das je ändern würde.

Es war in diesem Sommer, als ihm klar wurde, daß seine Liebe nie erwidert werden würde. Merkwürdigerweise störte ihn das nicht einmal, denn seine Bewunderung und sein Respekt für Maureen waren größer. Er war zufrieden, in ihrer Nähe zu sein; ihr zu dienen und sie zu beschützen; immer da zu sein, wenn sie ihn brauchte. Auf seine Weise war er glücklich so.

Auch Maureen war glücklich. Hier war sie zu Hause. Bald würde Mistreß Sale Marmelade einkochen. Das Haus würde herrlich nach Früchten und Beeren duften. Nur gelegentlich bedauerte Maureen, daß sie nicht in London war. Colombe und ihr Fohlen weideten auf der großen Wiese hinter dem Haus. Maureen mußte an den jungen Vicomte denken. Sie war traurig, daß sie ihn nicht mehr gesehen hatte.

Master Glover legte Maureen nahe, sich auch wieder mit geistigen Dingen zu beschäftigen. Oder hatte sie vergessen, daß es noch Vieles gab, was sie lernen mußte? Merkte sie überhaupt, was um sie herum geschah? Stillschweigend kamen sie überein, die Studien fortzusetzen.

Der Herbst nahte. Sir John besuchte Maureen. Clarissa ließ

gerade das ganze Haus renovieren, erzählte er, und falls es Maureens Gesundheitszustand zuließe, würde sie sie gerne wieder bei sich in London haben. Maureen war wieder gesund, aber Arthur Glover bat Sir John trotzdem, sie noch in Sussex zu lassen.

»Hier darf sie Kind sein!« sagte er. »Lassen Sie sie noch eine kleine Weile hier, Sir John. Das Leben in London war für Maureen sicherlich eine aufregende Erfahrung, aber ob es ihr wirklich gut getan hat?«

Die Entscheidung fiel Sir John schwer. Er wußte, daß Clarrie das Kind sehr vermißte. Andererseits leuchtete ihm der Vorschlag des Lehrers ein. Er selbst versuchte immer noch, seine beiden ehelichen Töchter unter die Haube zu bringen. Sie waren jetzt zwanzig und achtzehn Jahre alt. Aber Prudence und Selina hatten keine Verehrer, und ihre Mutter strengte sich auch nicht besonders an, welche zu finden. Es war seine Pflicht, sich darum zu kümmern. Das bedeutete, daß er öfter zu Hause sein mußte, was wiederum zur Folge hatte, daß er sich Maureens nur wenig annehmen konnte, wenn sie in London war. Außerdem beeinträchtigte sie unwissentlich die wenigen privaten Stunden, die er mit Clarrie verbringen konnte.

Nach diesen Überlegungen ließ sich Sir John von Master Glover überreden, Maureen bis zu ihrem fünfzehnten Geburtstag auf der Farm zu lassen. Dann war sie eine Frau. Die Zeit würde schnell vergehen.

Maureen machte keinen Versuch, Sir John von seinem Entschluß abzubringen. Sie vermißte zwar die Abgeschlossenheit ihres kleinen Schlafzimmers in Richmond, aber sonst gab es nichts, weswegen sie unbedingt hätte zurückkehren wollen. Im Gegenteil, es verlangte sie nach Stunden der Muße, denn sie steckte mitten in der Pubertät. Ohne daß sie eine Ahnung davon hatte, veränderte sie sich. Sie war dabei, eine Frau zu werden.

Im Jahr 1795 wurde Maureen fünfzehn. Nun war sie kein Kind mehr, sondern eine große, schlanke Frau mit runden, vollen Brüsten. Ihre Bewegungen waren graziös, etwas langsamer als vorher. Die hohen Backenknochen traten mehr hervor, und ihre Lippen waren voller und von unschuldiger Sinnlichkeit.

Am letzten Tag vor ihrer Abreise nach London verabschiedete sie sich von ihrem Lehrer. Er hielt ihr eine ungewöhnlich lange Predigt:

»Du bist nun erwachsen und eine wunderschöne Frau. Viele Männer werden deiner Schönheit verfallen. Es wird nicht ganz leicht für dich sein herauszufinden, wann du um deiner selbst willen geliebt wirst. Ich sage dir das, um dir die Gefahren klarzumachen, denen du ausgesetzt sein wirst. Schönheit ist ohne Zweifel von Vorteil, aber die Bewunderung und Verehrung, die sie hervorruft, sollte dir niemals genug sein. Ich kenne dich so gut, als wärst du mein eigenes Kind. Du bist ein Mensch, Maureen, ein Mensch, der in seinem Leben nach mehr trachten sollte als nach schönen Komplimenten. Du hast ein starkes Verlangen nach Wahrheit, Ehrlichkeit und Fairneß – als Frau wirst du es da schwer haben. Du fühlst dich gleichberechtigt, aber du wirst damit auf Widerstand stoßen. Du solltest nur einen Mann heiraten, der deine Veranlagungen versteht. Ein Mann, der dich deiner Schönheit wegen heiratet und dir jeden Wunsch erfüllt, um dich zu erfreuen, wird dich niemals befriedigen.«

Maureen hatte interessiert zugehört, aber alles verstand sie nicht.

»Und wie möchten Sie, daß ich mich verhalte?« fragte sie. Arthur Glover seufzte, als er merkte, daß sie noch zu jung war, um ihn zu begreifen.

»Ich möchte, daß du dir selbst treu bleibst. Das Zweitbeste darf dir nie gut genug sein. Vor allem in Herzensangelegenheiten! – Jetzt mußt du aber gehen! Und vergiß nicht, daß du mir versprochen hast zu schreiben.«

Der Abschied von Dickon fiel Maureen besonders schwer. In seinen Augen stand der Schmerz der Trennung. Maureen spürte seine Liebe, die er ihr, seit sie sich zurückerinnern konnte, bewiesen hatte. Im letzten Jahr hatte sich das geändert. Er hatte sie weder umarmt noch geküßt. Er benahm sich geradezu formell. Maureen nahm an, daß er es absichtlich tat, und sie zügelte ihre Spontaneität. Schwesterlich versuchte sie, ihm den Abschied zu erleichtern:

»Glaube mir, wir werden nicht für lange getrennt sein. Ich werde jemanden schicken, der dich nach London holt. Dort findest du sicherlich Arbeit. Ich werde bei Sir John und bei Mistreß Manton ein gutes Wort für dich einlegen. Vielleicht kannst du sogar bei einem der beiden eine Stellung bekommen. Dann können wir uns so oft sehen, wie wir wollen.«

Maureen gab Dickon dieses Versprechen, überzeugt davon, daß es sich erfüllen ließe, und der Junge war zufrieden. Als

Maureen in der von Sir John geschickten Kutsche aus dem Hof rollte, winkte Dickon ihr lächelnd zum Abschied zu. Maureen lehnte sich zurück und betrachtete das Vergißmeinnichtsträußchen, das er ihr geschenkt hatte.

Achtes Kapitel 1795

»Liebste Tante Clarrie«, rief Maureen und umarmte Clarissa, »ich freue mich so sehr dich wiederzusehen. Du bist noch genauso, wie ich dich in Erinnerung hatte.«

Clarissa half Maureen aus dem Mantel und zog sie mit sich, nahe zum Feuer. Sie lachte:

»Aber ich bin zwei Jahre älter geworden!« sagte sie. »Und du auch, mein liebes Kind. Du hast dich derart verändert, daß man dich kaum erkennt!«

»Das glaube ich nicht, Tante Clarrie!« antwortete Maureen und rollte sich zu Clarissas Füßen zusammen. Sie legte ihren Kopf in Clarissas Schoß und sagte: »Ich bin immer noch dieselbe, das verspreche ich dir.«

Clarissa streichelte ihr liebevoll über das honigfarbene Haar. »Wahrscheinlich hast du recht. Du bist immer noch das unverdorbene kleine Mädchen, das du warst, als du über und über mit roten Pusteln bedeckt hier abgereist bist!«

»Das stimmt nicht! Die waren längst verschwunden, als ich wegfuhr!«

Die beiden lachten miteinander, und es war wie früher.

»Ich möchte so viel wissen von dir!« sagte Maureen mit dem ihr eigenen Eifer, den Clarissa fast vergessen hatte. »Wie geht es Onkel John? Und Hannah? Und dem armen Herrn Mehler? Und was ist mit dem jungen Vicomte de Valle passiert? Ist er immer noch in London? Ist . . .?«

»Warte doch einen Augenblick. So viele Fragen auf einmal kann ich mir nicht merken. Sir John geht es gut, aber er ist sehr beschäftigt. Hannah geht es auch gut. Sie hat dich sehr vermißt. Das hat sie so oft gesagt, bis ich ärgerlich wurde, weil es mich immer wieder an deine Abwesenheit erinnerte.«

»Es freut mich, daß sie immer noch bei dir ist! Ich hatte schon Angst, sie sei fort, als mir ein anderes Mädchen die Tür öffnete.«

»Das ist Rose, die Zofe. Hast du sie denn vergessen? Und Franz Mehler, der arme Mann! Wie ein verliebter Goldfisch schwamm er um mich herum, wenn er mich aufsuchte, um Neuigkeiten von dem *schönen Fräulein* zu erfahren!«

Maureen mußte herzlich lachen. Clarissa fuhr fort:

»Was den jungen Vicomte betrifft – ich fürchte, da gibt es wenig zu erzählen. Nicht lange, nachdem du nach Sussex abgereist warst, kam er zu Besuch. Er dankte mir nochmals für meine Gastfreundschaft, und er verabschiedete sich, weil er wieder nach Frankreich wollte. Aus Italien hatte er die Nachricht bekommen, daß seine Mutter nicht bei ihrer Familie weile und daß man annahm, sie sei doch noch in Frankreich. Gerard war in Sorge, daß man sie gefangen genommen habe.«

Clarissa bemerkte, daß Maureen blaß wurde.

»Und hat er sich nach mir erkundigt?« Die ängstlich gestellte Frage überraschte Clarissa nicht.

»Warum, ja, ich glaube!« sagte sie neckend. »Tatsache ist, daß er zuerst nach dir gefragt hat, und ich glaube sogar, daß die Blumen, die er mir gab, eigentlich für dich bestimmt waren!«

»Oh, Tante Clarrie!« sagte Maureen glücklich. »Du kannst dir gar nicht vorstellen, wie ich mich freue, das zu hören. Weißt du, ich habe viel über Gerard nachgedacht, und ich glaube, daß wir die besten Freunde werden könnten.«

Clarissas Gesicht verdüsterte sich, aber sie war froh, daß Maureen es nicht bemerkte. Es war nicht gut, daß Maureen so viel an den Vicomte dachte. Erst vor kurzem hatte John ihr von einer sehr reichen jungen Dame der Gesellschaft erzählt, deren Vater den Vicomte de Valle als zukünftigen Ehemann seiner Tochter in Erwägung zog. Anscheinend hatten sich Gerard und Mercedes de Faenca bei einem Musikabend im Haus von Sir John getroffen. Mercedes, die Tochter eines spanischen Edelmannes, war von dem jungen Franzosen sehr angetan und machte auch kein Geheimnis daraus. Sir John war es, der eine eventuelle Heirat vorgeschlagen hatte, und ihr Vater hatte nicht widersprochen. Mercedes befand sich nicht in der Situation, Geld heiraten zu müssen. Sie hatte genügend davon, um drei Ehemänner zu unterstützen. Aber als einzige Tochter war sie ein verwöhntes Mädchen, und es fiel ihrem Vater schwer, einen Mann zu finden, der ihr zusagte. Sie war dreiundzwanzig Jahre alt, etwas mollig und sehr leidenschaftlich. Ihr Vater befürchtete, daß sie sich, falls er den passenden Mann nicht schnell genug fände, in irgendeine Affäre nach ihrem Geschmack einlassen würde. Gerard de Valle war der erste junge Mann, der ihr gefiel. Mehr noch, er war römisch-katholisch, und das waren die meisten Engländer nicht.

Gerard selbst konnte sich dazu nicht äußern, weil er nicht in England weilte. Aber Sir John glaubte fest, daß der Junge die Vorteile dieser Verbindung begreifen würde. Die Möglichkeit, daß Maureen und Gerard sich näherkamen, war daher ziemlich unwahrscheinlich. Wenn die beiden sich ineinander verliebten, dann wäre das eine Katastrophe, dachte Clarissa.

Um Maureen abzulenken, erzählte sie ihr von der bevorstehenden Heirat des Prinzen von Wales mit seiner Cousine Caroline, der Tochter des Herzogs von Braunschweig-Wolfenbüttel. Der Prinz war vom Parlament zu dieser Heirat gezwungen worden. Als Gegenleistung würden seine Schulden beglichen, und die beliefen sich immerhin auf die runde Summe von 650.000 Pfund. Viele sympathisierten mit der armen morganatischen Frau des Prinzen, Maria Fitzherbert, deren Ehe nun für rechtsungültig erklärt worden war.

Maureen hatte schon mit ihrem Lehrer darüber gesprochen. Ihm, wie auch ihr, war klar, daß der Prinz nicht vom Kaliber seines Vaters war, und daß es ein Glück war, daß König George, nun anscheinend wieder gesund, verhinderte, daß der Prinz zum Regenten gemacht wurde.

Maureen nahm ihr Leben in London wieder auf, so schnell wie sie sich auch in Sussex eingelebt hatte. Die warmherzige und liebevolle Clarissa war ihr freundliche Mutter und Freundin zugleich. Als Sir John sie besuchen kam, verwöhnte und umschmeichelte er sie und zeigte ihr damit, daß sie willkommen war. Franz Mehler hörte ihr mit hochrotem Kopf zu, als sie ihre Klavierstunden wieder aufnahm. Ihr Spiel sei noch besser geworden, erklärte er.

Clarissa hatte neue Bücher für Maureen besorgt. So besaß sie jetzt eine prächtige Ausgabe von Samuel Johnsons Wörterbuch – Arthur Glover hatte oft davon gesprochen. Das Buch war ein Geschenk von Sir John, und Maureen freute sich sehr darüber. Allerdings hatte sie gerade jetzt wenig Zeit dafür, denn sie war fieberhaft mit den Vorbereitungen für einen Karten-Abend beschäftigt.

Zu diesem Anlaß hatte Maureen ein der neuesten Mode entsprechendes Kleid bekommen. Die Schneiderin hatte es nach einem Bild angefertigt, das sie in einem Journal entdeckt hatten.

Maureen war nicht nervös, eher aufgeregt, als sie die Treppe herunterkam, um sich zu Sir John und Clarissa zu gesellen, die im Salon die Gäste erwarteten. Mit väterlichem Stolz betrachtete Sir John seine Tochter. Das Leibchen des Kleides war aus rosa Seide, der weiße Rock mit Spitzen verziert; ein schwarzes Spitzen-Cape bedeckte ihre bloßen Schultern; schwarze, weiße und rosa Federn schmückten die im griechischen Stil frisierten Haare. Maureen war schön wie die aufgehende Sonne.

»Meine liebste Maureen«, sagte Sir John und küßte ihr galant die Hand. Seine formelle Art zauberte ein kindliches Lächeln in ihr Gesicht. Er fuhr fort: »Ich bin stolz darauf, dich heute abend meinen Freunden vorstellen zu können. Du siehst entzückend aus!«

»Und das Kleid steht dir besonders gut«, sagte Clarissa liebevoll, ohne neidisch oder eifersüchtig zu sein. »Ich glaube, da kommen schon die ersten Gäste.«

»Ich nehme an, das ist Gilbert!« lachte Sir John. »Er kommt als erster und geht als letzter.«

Tatsächlich wirkte Lord Barre genauso, wie Maureen ihn sich vorgestellt hatte. Als Hannah ihn in den Salon führte, war es Maureen, als kenne sie den kurzen, dickleibigen und rotgesichtigen Mann schon lange. Seine ganze Erscheinung strahlte Gutmütigkeit und Freundlichkeit aus.

Er küßte Clarissa auf beide Wangen und wies Sir John darauf hin, was er doch für ein Glück mit dieser Frau habe. Dann hielt er Maureen auf Armeslänge von sich, was ihm bei seiner fülligen Figur nicht ganz leicht fiel, und stellte fest, daß sie hübsch genug sei, um mit ihm zu Abend zu essen.

»Meine liebe Clarrie, das Essen wird mir keine Freude machen, wenn nicht diese reizende junge Dame neben mir sitzt. Falls es bereits anders arrangiert ist, dann bestehe ich darauf, daß es geändert wird. Maureen muß neben mir sitzen«, befahl Lord Barre. Maureen lächelte geschmeichelt.

Das *Dinner* war eine aufwendige Angelegenheit. Auf dem großen ovalen Mahagonitisch funkelten das Silber und die Kristallgläser. In der Mitte standen zwei große Schalen mit Schneeglöckchen und Krokussen, von Maureen hübsch arrangiert und mit einem weißen Band verziert. Hannah und Rose servierten das Mahl, dessen Vorbereitung den Koch einige Tage gekostet hatte:

Austern, Hummer mit Buttersauce, Pastete mit Gänseklein gefüllt und Kalbsfrikassee. Käsekuchen, Frucht-Kaltschalen, Gelees und Maureens Lieblingspudding wurden zum Dessert gereicht. Man trank viel Wein und sprach über Politik. Maureen hörte schweigend zu.

Schließlich wandte sich Lord Barre an sie, streichelte ihre Hand und sagte:

»Meine Liebe, ich muß mich entschuldigen. Ich fürchte, daß diese Unterhaltung Sie entsetzlich langweilt!«

»Im Gegenteil, Sir!« antwortete Maureen. »Ich interessiere mich sehr dafür.«

Amüsiert sah Lord Barre sie an.

»Was könnte Sie daran interessieren? So jung wie Sie sind!«

»Man kann nicht früh genug anfangen, Sir!« beantwortete Maureen seine Frage ernster, als er das gewollt hatte. »Ich glaube zum Beispiel, daß es sehr unrecht gewesen wäre, unserem Verbündeten Österreich die Hilfe zu verweigern, nur weil der preußische König unser Geld dazu verwendete, um die Löcher in seinem eigenen Land zu stopfen.«

Total überrascht sah Lord Barre Maureen an. Sir John Danesfield lächelte, und die anderen Gentlemen unterbrachen ihre Unterhaltung, als Lord Barre sagte:

»Und was denken Sie über den Sklavenhandel?«

Maureen sah ihn an.

»Dieses Problem beschäftigt mich ebenfalls sehr, Sir. Ich persönlich glaube, daß es unrecht ist mit Menschen zu handeln wie mit Vieh. Ich kann nur hoffen, daß diese Angelegenheit, die vor kurzem erst wieder um sechs Monate vertagt wurde, bei der nächsten Wahl mit mehr Menschlichkeit entschieden wird, das heißt, daß die siebzehn Stimmen gegen die Abschaffung sich verringern werden. Schließlich hat Dänemark den Sklavenhandel schon vor drei Jahren abgeschafft!«

Zu Maureens Überraschung klatschten die Herren Beifall. Lord Barre erhob sein Glas.

»Bei meiner Ehre, das ist eine ungewöhnlich gut informierte junge Lady. Besäßen alle Frauen in England ein solches Wissen wie Mistreß Maureen, könnte ich mir sogar vorstellen, daß man sie mit Regierungsaufgaben betreuen könnte.«

»Um Gotteswillen, nein!« sagte einer der Politiker und

erntete viel Gelächter. »Haben wir nicht schon so genug Schwierigkeiten mit dem weiblichen Geschlecht?«

Maureen errötete.

»Ich glaube nicht, daß wir in allem unterschiedlicher Meinung wären!« sagte sie mit Bestimmtheit. »Der Jammer ist, daß wir keine Meinung haben dürfen, weil wir als Frauen geboren wurden. Es dürfte aber eine Tatsache sein, daß unser Gehirn, proportional gesehen, die gleiche Größe hat wie Ihr eigenes, Sir!«

»Dann ist es schade, daß so wenige Damen etwas damit anfangen!« bemerkte einer der Gäste, worauf die Herren wiederum herzlich lachten.

Maureen setzte gerade zu einer heftigen Antwort an, als Clarissa aufstand.

»Wir überlassen die Herren jetzt lieber ihrem Portwein und ihren Zoten.«

Maureen verließ mit Clarissa das Speisezimmer.

Die Männer, die sich höflich erhoben hatten, setzten sich wieder. Lord Barre wandte sich an Sir John:

»Ich muß dir gratulieren, John. Seit Jahren habe ich mich nicht mehr so gut unterhalten. Erzähle mir mehr über das Kind. Wie alt ist sie, und woher hat sie ihr enormes Wissen?«

»Das erzähle ich dir ein anderes Mal, Gilbert!« antwortete Sir John, erfreut, welchen guten Eindruck seine Tochter gemacht hatte. »Aber eines sage ich dir, das war nur eine kleine Kostprobe. Das Kind weiß sogar mehr als ich oder du.«

Ohne etwas von den Komplimenten zu ahnen, die man ihr machte, beobachtete Maureen interessiert, wie zwei Diener den großen, mit grünem Filz bezogenen Spieltisch in den Salon trugen. Es dauerte kaum zehn Minuten, dann gesellten sich Sir John und seine Gäste zu Clarissa und ihr, und sie setzten sich an den Tisch. Das Spiel konnte beginnen.

Maureen beobachtete angespannt jeden einzelnen Spieler. Sie prägte sich ein, mit welchem Einsatz die jeweilige Person spielte. Manche Herren spielten erregt, andere ließen sich nicht aus der Ruhe bringen, auch wenn sie verloren. Sir John und Lord Barre setzten weniger oft, aber am höchsten.

Nach einer Weile rief Sir John Maureen zu sich.

»Stell dich zu mir und hilf mir den Einsatz zu bestimmen. Falls niemand etwas dagegen hat?« wandte er sich fragend an die Herren.

Nur Lord Barre war der Ansicht, daß es unfair sei, dem jungen Mädchen diese Verantwortung aufzubürden. Es könnte ja sein, daß sie alles verspielte, was Sir John schon gewonnen hatte. Maureen war angesichts seiner Freundlichkeit, sie beschützen zu wollen, gerührt. Sie lächelte ihm dankbar zu.

Maureen hatte keine Schwierigkeiten dem Spiel zu folgen. Aber sie zögerte anfangs, um so große Summen zu spielen. Master Sales Abrechnungsbuch kam ihr in den Sinn. Im ganzen Jahr verdiente er weniger als die Hälfte von dem, was sie nun aufs Spiel setzte.

Aber mit zunehmender Freude am Spiel verlor Maureen ihren Schrecken vor den enormen Einsätzen. Als nur noch drei Karten übrig waren, zögerte sie nicht. Sie war sicher, daß ein Pärchen dabei war. Ihre kleine Hand griff nach hundert Silberstücken. Lord Barres Augenbrauen zogen sich überrascht nach oben, als er Sir John ansah.

»Selbstverständlich kannst du den Einsatz zurücknehmen!« sagte er.

Aber Sir John schüttelte den Kopf.

»Nein, nein. Mistreß Maureen scheint zu glauben, daß sie gewinnen kann. Ich werde sie nicht daran hindern.«

Alle schauten gebannt auf die Karten. Es war ein Pärchen dabei. Maureen schien als einzige nicht erstaunt zu sein. Freudestrahlend umarmte sie Sir John und rief:

»Danke, daß ich mein Glück versuchen durfte. Ich habe gewonnen! Für dich.«

Lord Barre stand auf. In seinem roten Gesicht standen Überraschung, Ungläubigkeit, Interesse und Amüsiertheit geschrieben.

»Wenn das ganze Geld Ihnen gehören würde und Sie dürften es ausgeben – darf ich fragen, was Sie damit tun würden? Sicherlich würden Sie sich ein paar schöne Kleider kaufen? Oder ein Schmuckstück?«

Maureen schüttelte den Kopf. Mit ihren grünen Augen sah sie ihn ernst an.

»Nein, Sir. Ich wüßte etwas viel besseres!« sagte sie. »Ich würde das Geld Master und Mistreß Sale und Dickon und den Kindern schicken.«

»Das ist die Bauernfamilie, die sich um Maureen und ihre Mutter gekümmert hat!« erklärte Sir John und fuhr fort: »Und du gehst jetzt ins Bett! Höchste Zeit!«

Maureen folgte sofort. Sie knickste vor jedem Gast, küßte Sir John auf beide Wangen, umarmte Clarissa und verließ den Salon.

Es war schon spät, als man nach Kutschen schickte und ein Gast nach dem anderen das Haus verließ. Nur Lord Barre blieb noch. Taktvoll zog sich Clarissa zurück und ließ die Freunde allein.

Lord Barre hatte viel getrunken, aber er war noch nüchtern.

»Dein Kind, John – sie ist außergewöhnlich. Ein Jammer, daß sie nicht deine leibliche Tochter ist, wenn du mir diese persönliche Bemerkung erlaubst.«

Sir John lehnte sich in seinem Stuhl zurück und seufzte.

»Du und ich, wir sind so alte Freunde. Darum sage nur, was du denkst, ich bin dir sogar dankbar dafür. Du mußt mir glauben, es ist schrecklich für mich, daß ich die kleine Maureen nicht offiziell anerkennen kann. Aber es geht nicht.«

Lord Barre räusperte sich.

»Das ist mir klar. Aber was soll mit dem Mädchen geschehen, John? So wie die Dinge liegen, ist es schlecht bestellt um ihre Zukunft.«

Wieder seufzte Sir John.

»Ich weiß, ich weiß. Die einzige Chance für sie ist zu heiraten. Clarrie hat mir berichtet, daß dieser Österreicher Mehler, das ist ihr Klavierlehrer, ein Auge auf Maureen geworfen hat. Aber eigentlich stelle ich mir etwas besseres vor.«

»Das erstaunt mich nicht im geringsten. Ich sage dir, wenn Maureen etwas älter und ich etwas jünger wäre, würde sogar ich um ihre Hand bitten und mich einen Teufel um den Klatsch kümmern!« sagte Lord Barre und zündete sich eine neue Manilazigarre an.

Sir John lachte.

»Der Klatsch würde dir nichts anhaben können, Gilbert. Du hast einen Namen, einen Titel – und du bist reich! Du kannst heiraten, wen du willst!«

»Ich hoffe, es ist dir recht, wenn ich mich bemühe, für das Mädchen etwas zu tun. Ich mag sie sehr gern.«

»Das ist lieb von dir. Ich werde daran denken und dich wissen lassen, wann und wie du mir helfen kannst.«

Schließlich verabschiedete sich Lord Barre von seinem Freund und verließ das Haus. Sir John ging nach oben in Clarissas Schlafzimmer.

»Mir fällt gerade etwas ein«, sagte er, als er nach einer Weile begann sich wieder anzuziehen. »In etwa einem Jahr wird Maureen siebzehn. Dann sollte sie heiraten. Gilbert ist dann fünfundfünfzig. Er ist wahrscheinlich der begehrteste Junggeselle Englands. Sollte er den Wunsch haben, das Mädchen zu heiraten, könnte niemand ihn daran hindern. Wenn Maureen will – kann sie Lady Barre werden. Wie findest du diese Idee, Liebste?«

»Abscheulich, John. Absolut abscheulich!« sagte Clarissa mit unerwarteter Heftigkeit. »Du hast wohl vergessen, was für eine Frau das wichtigste ist, wenn sie heiratet – die Liebe!«

»Quatsch!« bemerkte Sir John kurz und bündig. »Sie kann doch heiraten und die Liebe woanders finden. So wie ich es getan habe. Aber jetzt ist es höchste Zeit für mich.«

Da Clarissa seine Ansicht nicht teilte, wollte er nichts mehr darüber hören. Er verabschiedete sich liebevoll und verließ das Haus, überzeugt davon, daß er die perfekte Lösung für die Zukunft seiner Tochter gefunden hatte. Clarissa dagegen war sicher, daß dies nicht der Fall war.

Neuntes Kapitel
1795

Maureen lebte glücklich in dem kleinen Haus in Richmond. Mehr und mehr beschäftigten sich ihre Gedanken mit dem jungen Vicomte Gerard de Valle. Aber wenn sie seinen Namen erwähnte, verhielt sich Clarissa merkwürdig abweisend.

Als Maureen eines Tages mit Sir John im Hyde Park ausritt, versuchte sie diesen auszufragen. Anfangs versuchte er auszuweichen, und erst als Maureen ihn festnagelte, gab er zu, von Gerard gehört zu haben. Der Vicomte hatte unter Charette für die Royalisten gekämpft. Nun schien es allerdings, daß sein Vorgesetzter, dem Rat seiner Geheimagenten folgend, bereit war, ein Friedensabkommen mit der französischen Regierung zu treffen.

»Gerard hat noch immer nichts über seine Mutter erfahren, aber die Hoffnung nicht aufgegeben«, sagte Sir John.

»Dann ist die Sache der Royalisten dem Untergang geweiht?« fragte Maureen. »Und sie werden nicht mehr an die Macht kommen?«

Sir John schüttelte den Kopf.

»Das scheint unwahrscheinlich!« sagte er.

»Und der Vicomte – Gerard – er wird demnach nicht so schnell nach England zurückkommen?«

Maureen schien unglücklich, und Sir John fühlte sich nicht wohl. Er war nur froh darüber, daß Gerard nicht in London war.

»Onkel John, sieh mal. Da sind drei Damen, die dir zuwinken!« Maureens Stimme riß ihn aus seinen Gedanken.

»Verdammt!« entfuhr es Sir John und sein Gesicht rötete sich. »Komm schnell, wir reiten hier entlang!«

Maureen protestierte. »Aber sie winken dir doch zu!« sagte sie unschuldig. »Kennst du sie? Sie scheinen dich jedenfalls zu kennen!«

Das wußte Sir John, denn es handelte sich um seine Frau und seine beiden Töchter. Ein ungutes Gefühl überkam ihn. Der Gedanke, weglaufen zu müssen, mißfiel ihm. Aber er mußte das unschuldige Mädchen, das neben ihm ritt, beschützen. Es war schließlich nicht Maureens Schuld, daß sie unehelich zur Welt gekommen war. Für ihn war sie seine Tochter wie auch Prudence und Selina, nur daß er sie sehr viel lieber mochte. Und nun war er gezwungen, sich so zu benehmen, als ob er sich ihrer schäme.

Maureen konnte den Grund für seine plötzliche schlechte Laune nicht verstehen. Schweigend ritt sie neben ihm nach Hause.

Sir John dachte nach. Es war an der Zeit Maureen die Wahrheit zu sagen. Er würde mit Clarissa darüber sprechen. Maureen hatte das Recht, darüber bescheid zu wissen, warum er sie offiziell nicht anerkennen konnte. Aber er hatte Angst. Wie würde sie reagieren? Angenommen, sie würde ihn dann weniger lieben, ihm nicht mehr vertrauen? Sie war sehr stolz. Genau wie ihre Mutter. Ob sie sich wie Letitia von ihm abwenden würde? Es wurde ihm bewußt, wie sehr er sie liebte. Mehr als Prudence und Selina zusammen.

Clarissa war ebenfalls der Ansicht, daß Maureen die Wahrheit erfahren sollte. Sir John zögerte immer noch. Aber dann, eines Nachmittags, entschloß er sich endlich, mit Maureen zu reden.

Als er in dem kleinen Haus in Richmond eintraf, fand er

Maureen weinend vor, und auch Clarissa war den Tränen nahe.

»Was ist hier los? Warum weint ihr denn?« fragte er.

Maureen stürzte sich in seine Arme. Ihre Wangen waren gerötet.

»Oh, Onkel John, es ist . . . es handelt sich um das Mozart-Konzert nächste Woche. Tante Clarrie wollte mit mir hingehen, aber sie wollen uns nicht hineinlassen. Keiner sagt uns, warum. Wir haben doch genügend Geld, um die Karten zu bezahlen. Ich kann es nicht verstehen!«

Mit seinem seidenen Taschentuch trocknete Sir John Maureens Tränen. Ärgerlich sah er Clarissa an.

»Du hättest sie nie mitnehmen dürfen!« fuhr er sie an. »Du hättest doch wissen müssen, daß sie euch nicht hineinlassen! Dem Kind Hoffnung zu machen!«

Clarissas Augen füllten sich mit Tränen.

»Ich wußte es ja. Aber Maureen wollte doch so gerne hin. Sie meinte, wir sollten es wenigstens versuchen.«

Es tat Sir John leid, daß er Clarissa beschimpft hatte. Wie hätte sie Maureen überzeugen können, ohne den wahren Grund zu verraten? Maureen kannte weder die Hintergründe ihrer eigenen Geburt noch Clarissas gesellschaftliche Stellung. Das Konzert wurde von Damen höchsten Ranges arrangiert, und ohne Empfehlung einer ebenso hohen Persönlichkeit bekam man keine Karten.

Sir John zögerte auch jetzt noch, Maureen die Wahrheit zu sagen. Eine Enttäuschung am Tag war genug, redete er sich ein. Er würde es ihr morgen sagen, entschloß er sich feige.

Am gleichen Abend jedoch besuchte ihn sein bester Freund Lord Barre in dem kleinen Haus in Richmond. Es war schon sein dritter Besuch seit dem Karten-Abend. Auch heute brachte er Blumen und Süßigkeiten für Maureen und Clarissa mit. Außerdem ein in herrliches Kalbsleder gebundenes Buch für Maureens Sammlung.

»Das ist furchtbar nett von dir, Gilbert!« sagte Sir John, als Maureen nach oben verschwunden war. »Aber du verwöhnst das Kind!«

Lord Barres Verlegenheit war offensichtlich.

»Ich hoffe doch, du hast nichts dagegen?«

Überrascht sah Sir John ihn an.

»Nein, natürlich nicht! Tatsächlich hättest du ihr zu keinem besseren Zeitpunkt diese Freude machen können. Sie hat heute eine große Enttäuschung einstecken müssen und bitterlich geweint.«

Kurz schilderte er seinem Freund den Vorfall.

»Diese verdammten Weiber!« erregte sich Lord Barre, als er die Geschichte hörte. »Ich muß einen Schutzengel gehabt haben, daß ich nicht eine davon geheiratet habe. Entschuldige, Clarissa, du gehörst da nicht dazu!« fügte er ehrlich hinzu.

»Du hättest trotzdem heiraten sollen, Gilbert! Und wenn du es nur getan hättest, um einen Erben zu haben«, erinnerte ihn Clarissa freundlich.

Lord Barre nahm sein Glas, und sein Gesicht war ungewöhnlich ernst.

»Genau darüber wollte ich mit dir reden, John«, sagte er.

»Dann gehe ich inzwischen nach oben zu Maureen«, meinte Clarissa taktvoll. »Bleibst du zum Essen, Gilbert?«

»Danke dir, aber ich habe bereits eine Verabredung.«

Als Clarissa das Zimmer verlassen hatte, wandte sich Sir John lächelnd an seinen Freund:

»Nun sage mir nur noch, daß du irgendwo auf dem Land einen kleinen Erben gefunden hast?«

Lord Barre nahm eine Prise Schnupftabak, steckte die kleine, mit Edelsteinen verzierte Schachtel wieder in die Tasche und seufzte.

»Unglücklicherweise, nein! Du weißt, John, daß mein gesamtes Vermögen, von den Titeln ganz abgesehen, diesem idiotischen Cousin von mir zufällt, wenn ich sterbe. Ich habe den Kerl nie gemocht. Er mich wahrscheinlich auch nicht. Aber so ist es .. außer ...«

Sir John schnupfte ebenfalls und sah seinen Freund neugierig an.

»Du willst also heiraten?« fragte er.

Lord Barre nickte schweigend.

»Verdammt nochmal, du bist doch ein Teufel, Gilbert. Wer ist denn die Glückliche, wenn ich fragen darf?«

Lord Barre schwieg, was Sir John erstaunte. Es war das erste Mal, daß Gilbert die Worte zu fehlen schienen.

»Nun komm schon, heraus damit! Du brauchst keine Angst zu haben, daß ich eine bissige Bemerkung mache!«

»Dann werde ich es dir sagen. Aber bevor ich es tue, möchte ich klarstellen, daß es nur so eine Idee ist, die mir im Kopf herumgeht. Mehr nicht, obwohl es mir ernst ist.«

»Das merke ich!« sagte Sir John lachend. »Eine Heirat ist auch etwas Ernstes, besonders in deinem Alter!«

»Dann laß mich bitte ausreden, John. Es handelt sich um deine Tochter, um Maureen. Unterbrich mich nicht, bitte! Ich weiß, daß wir siebenunddreißig Jahre auseinander sind; daß ich genauso alt bin wie ihr Vater, wie du nämlich. Das ist ein Nachteil, das gebe ich zu. Andererseits wäre Maureens Stellung in der Gesellschaft durch eine Heirat mit mir sichergestellt. Ich brauche dir nicht zu sagen, daß sie dies sonst nie erreichen könnte. Dazu kommt, daß ich ihr jeden Wunsch erfüllen kann, denn ich bin reich. Außerdem werde ich bestimmt nicht alt – ich esse und trinke viel zuviel. Maureen würde also wahrscheinlich bereits mit dreißig Witwe. Sie kann sich wieder verheiraten und den Freuden widmen, die ihr ein jüngerer Kerl bieten kann. Ich bitte dich, darüber nachzudenken, John.«

Sir John antwortete überraschend schnell:

»Ich habe nichts dagegen einzuwenden, Gilbert. Um ehrlich zu sein, ich habe unlängst erst mit Clarrie über Maureens Heiratschancen gesprochen, und ich muß zugeben, daß sie nicht besonders gut sind. Dein Heiratsantrag ist eine große Ehre für Maureen. Aber sie ist natürlich noch immer ein Kind. Gerade fünfzehn ...«

»Ich warte gerne noch zwei Jahre. Im Moment genügt es mir zu wissen, daß du nicht dagegen bist. Ich fürchtete, daß ich dir zu alt wäre. Deine Zustimmung macht mich sehr glücklich!«

Lord Barre erhob sich schwerfällig vom Sofa und schüttelte seinem Freund die Hand. »Ich hätte es dir nicht übelgenommen, wenn du mich zurückgewiesen hättest. Aber jetzt bin ich sehr erleichtert«, sagte er froh. »Ich schwöre dir, daß ich gut zu dem Mädchen sein werde, John. Wenn sie mich nimmt! Wahrscheinlicher ist es doch, daß sie einen Jüngeren vorzieht. Aber du wirst für mich sprechen, John, hoffe ich.«

Sir John nickte nachdenklich:

»Wir müssen langsam und vorsichtig vorgehen, Gilbert. Maureen ist seit kurzem erst wieder in London. Noch weiß sie nichts von den Umständen ihrer Geburt und welche Konsequenzen das mit sich bringt. Die Sache mit dem Konzert war erst der Anfang«, sagte er traurig.

Indigniert sah Lord Barre ihn an.

»Ja, es ist entsetzlich. Aber du weißt jetzt, wie es sich ändern läßt. Für Lady Barre wird sich jede Tür öffnen!«

»Dein Antrag ist wirklich eine Ehre«, wiederholte Sir John noch einmal. »Ihre Mutter war die Tochter eines Geistlichen. Sie war sehr intelligent . . .«

». . . Maureens Vergangenheit interessiert mich nicht!« unterbrach ihn Lord Barre. »Sie ist deine Tochter. Und sie ist viel schöner als du, John!«

Die beiden Männer lachten.

»Ich werde Maureen von deinem Antrag erzählen, sobald sich eine günstige Gelegenheit bietet«, versprach Sir John und begleitete seinen Freund zur Tür. »Erst muß ich ihr die Wahrheit über ihre Herkunft sagen. Ich nehme an, daß es ein Schock für sie sein wird. Andererseits wird sie dadurch manches klarer sehen und auch deinen Antrag richtig zu schätzen wissen.«

»Das Kind liebt dich sehr, John. Ich wünschte, sie wäre mir genauso zugetan. Ohne Zweifel wird sie stolz darauf sein, dich zum Vater zu haben!«

Sir John seufzte.

»Ich hoffe es, aber ich bin mir nicht sicher. Mein Instinkt sagt mir, daß es auch anders sein kann. Sie ist so ehrlich und aufrichtig. Sie hat keine Ahnung, wie es in der Welt zugeht. Die meiste Zeit hat sie auf dem Land verbracht.«

»Trotz allem, John, sie liebt dich und Clarrie, und sie ist klug. Sie wird es verstehen. Davon abgesehen, du hast gar keine andere Wahl. Du mußt ihr die Wahrheit sagen. Es ist besser, sie erfährt sie von dir.«

Lord Barre verabschiedete sich. Als Maureen herunterkam, um sich bei ihm zu bedanken, fand sie Sir John alleine vor. Sie ging durch das Zimmer auf ihn zu und berührte seine Wangen leicht mit ihren kühlen Fingerspitzen.

»Warum bist du so ernst? Hast du Sorgen?« Sie beugte sich zu ihm und küßte ihn. »Tante Clarrie würde sagen, geteiltes Leid ist halbes Leid«, sagte sie und zwinkerte ihm zu. »Also, erzähle mir von deinen Sorgen, lieber Onkel John.«

Er war von ihrer Anteilnahme gerührt. Es kostete ihn große Überwindung, ihr jetzt die Wahrheit zu gestehen.

»Deinetwegen mache ich mir Sorgen, Maureen!« sagte er. »Setz dich zu mir und höre gut zu. Ich bitte dich um Verständnis und Nachsicht. Wirst du versuchen, beides mit mir zu haben?«

Sein ernster Ton überraschte Maureen, aber er beunruhigte sie nicht. Sie kuschelte sich an seine Knie.

»Vor vielen Jahren habe ich eine Frau geheiratet, die ich nicht liebte. Die Heirat wurde arrangiert. Ihr Vater suchte einen Adligen, der sie heiraten würde, und ich brauchte Geld für unsere Familie, denn mein Vater hatte schlecht gewirtschaftet. Solche Heiraten sind in königlichen und adligen Kreisen absolut üblich. Hast du das soweit verstanden?«

Maureen nickte. Nun wußte sie, warum er sich so selten in seinem Haus am Piccadilly aufhielt.

»Nach der Geburt meiner zweiten Tochter war meine Frau zu krank, um ein weiteres Kind zu bekommen. Ich wollte einen Erben haben. Wie dem auch sei, es kam nicht dazu. Meine Frau engagierte für die beiden Mädchen eine Erzieherin. Das war deine Mutter. Sie war eine hübsche, junge, kluge und freundliche Frau. Ihr großer Charme und ihr Liebreiz fielen mir auf. Deine Mutter war streng religiös erzogen worden. Ich habe sie verehrt, und als sie mich schließlich liebgewann, habe ich, das muß ich zugeben, nichts dagegen unternommen, sondern sie im Gegenteil dazu ermutigt.«

Irritiert unterbrach er sich, weil ihm Maureens ungewohnte Schweigsamkeit auffiel. Bei anderen Gelegenheiten hatte sie ihn immer mit ihren Fragen unterbrochen.

Sir John fuhr fort: »Was schließlich passierte, war allein meine Schuld! Ich war viel älter als deine Mutter, war erfahrener als sie. Im Grunde war ich verantwortlich für sie, denn sie lebte in meinem Haus. Aber ich ließ mich von meinen Gefühlen überrumpeln. Deine Mutter verließ das Haus, als sie dich unter dem Herzen trug, ohne mir etwas davon zu sagen. Dann wurdest du geboren. Kurz bevor sie starb, schrieb sie mir einen Brief, in dem ich das erste Mal von deiner Existenz erfuhr. Du bist also mein Kind, Maureen. Ich bin dein Vater.«

Während er sprach, hatte sich Maureen unmerklich von ihm fortbewegt. Ihr Gesicht war totenblaß.

»Mein Vater war Marineoffizier!« sagte sie kalt. »Er starb auf dem Meer. Das hat mir meine Mutter erzählt.«

Sir John hustete.

»Deine Mutter mußte verheimlichen, daß sie nicht verheiratet war. Sie mußte einen Vater erfinden.«

»Aber wieso? Wenn mein Vater doch lebte? Warum konnte sie mir nicht deinen Namen sagen, wenn du wirklich mein Vater bist!«

Maureens klare und anklagende Stimme bereitete ihm Kummer. Sie verlangte Antworten und Erklärungen, die er ihr lieber nicht gegeben hätte.

»Ich war bereits verheiratet, Maureen. Darum konnte ich weder dir noch deiner Mutter meinen Namen geben!«

Maureen schwieg einen Augenblick, dann sagte sie bitter:

»Sie hat dich geschützt, du sie nicht!«

»Ich wußte doch nicht, daß sie ein Kind erwartet!« Sir John versuchte ihr etwas Verständnis abzuringen. »Ich wußte auch nicht, wo sie war. Sie hat mein Haus verlassen, ohne eine Nachricht zu hinterlassen, wo sie hingehen würde. Wenn sie mir geschrieben hätte, dann hätte ich ihr vielleicht helfen können.«

Maureen antwortete nicht. Nur langsam erfaßte sie die volle Bedeutung seines Geständnisses. Sie war tatsächlich eines dieser unglücklichen Geschöpfe: ein Bastard! Sie erinnerte sich, daß manchmal die Farmarbeiter mitleidig oder höhnisch von einem *armen Bastard* gesprochen hatten: Das war ein Jugendlicher gewesen, dessen Mutter die niedrigsten Küchenarbeiten verrichten mußte, um sich selbst und ihren Sohn durchzubringen.

»Aber wenn Master und Mistreß Sale nicht gewesen wären, hätten wir verhungern können!« sagte sie laut.

»Maureen, versteh doch endlich, ich kannte den Zustand deiner Mutter nicht. Es war nicht meine Schuld!«

»War es das nicht?« fragte Maureen spitz. »Und wer hat mich gezeugt?«

Sir John schwieg betroffen und wünschte Clarissa herbei, damit sie ihm hülfe.

»Ich fürchte, daß dies alles ein Schock für dich ist. Du mußt dich erst daran gewöhnen. Vielleicht befriedigt es dich, wenn ich dir sage, daß du mir viel lieber bist als meine beiden anderen Töchter.«

»Auch das ist tadelnswert!« antwortete Maureen hart. »Sie sind dein Fleisch und Blut! Ich anscheinend auch.« Sir John kratzte sich verlegen am Kopf. Er wußte nicht mehr weiter.

»Bitte, Maureen. Du solltest nicht so hart urteilen. Deine Mutter und ich, wir waren einander sehr zugetan.«

»Du meinst, meine Mutter liebte dich so sehr, daß sie sich dir hingab. Und als Gegenleistung hast du sie geschwängert! Weiß Tante Clarrie davon? Natürlich weiß sie es!« fuhr Maureen bitter fort. »Ich bin die einzige, die die Wahrheit nicht kannte. Ich wünschte . . . ich wünschte wirklich, daß du mir nie davon erzählt hättest!«

Maureen war jetzt den Tränen nahe, und Sir John sagte schnell:

»Aber Kind. Früher oder später hättest du die Wahrheit ja doch erfahren. Du wirst bald heiraten. Dein Ehemann würde darüber Bescheid wissen wollen . . .«

»Weiß Gerard davon?« unterbrach ihn Maureen.

Sir John war nahe daran, sie mit einer Lüge zu beschwichtigen, aber dann entschloß er sich, es nicht zu tun. Maureen zog den richtigen Schluß aus seinem Schweigen.

»Gerard muß mich verachten! Dabei schien es mir . . .«

»Liebste Maureen, Gerard mag dich sehr gern. Er sprach oft von dir, bevor er London verließ. Er ist sehr nachsichtig. Er mag auch Tante Clarrie sehr gern, obwohl . . .«

». . . obwohl die arme Tante Clarrie deine Geliebte ist. Eine Außenseiterin der Gesellschaft. Wie ich.«

»Jetzt ist aber Schluß!« sagte Sir John streng. »So schlimm ist das nun auch wieder nicht. Mistreß Manton wird von meinen Freunden respektiert. Ich liebe sie sehr und würde sie auch heiraten, wenn das möglich wäre. Und genauso werden sie dich als meine Tochter respektieren.«

»Ich verstehe. Und darauf soll ich stolz sein?«

»Aber Kind. Sprich doch nicht mit solcher Bitterkeit. Ich verspreche dir, daß du nicht leiden mußt. Und kurz über lang wirst du heiraten und damit den Rang deines Mannes erlangen.«

Maureen dachte einen Augenblick nach. Dann sagte sie:

»Dann soll es so bald wie möglich geschehen. Ich weiß auch bereits genau, wen ich heiraten will. Wenn er mich möchte . . . den Vicomte Gerard de Valle.«

Unglücklich sah Sir John seine Tochter an.

»Das eben ist unmöglich! Der Name de Valle ist bereits entehrt. Der Junge muß folglich eine reiche Frau heiraten. Und du einen reichen Mann. Eigentlich wollte ich davon gar nicht sprechen – aber es scheint mir, als sei dies der richtige Augenblick. Heute Nachmittag hat mich Gilbert, Lord Barre, besucht und mich gebeten, mit dir zu reden. Er will dich heiraten. Das ist eine große Ehre, und ich hoffe, das ist dir klar.«

»Lord Barre – möchte mich heiraten?« Maureen schnappte nach Luft. »Aber er ist alt! Und häßlich! Er ist sogar älter als du!«

»Das mag sein. Aber sein Angebot ist reizvoll, Maureen. Durch diese Heirat wirst du eine der vornehmsten Damen des

Landes. Dein Rang wäre unantastbar. Und du wärst reich. Wenn Gilbert stirbt – sogar daran hat er gedacht –, bist du noch jung genug, ein zweites Mal zu heiraten. Begreifst du, welche Vorteile dir diese Heirat bringen würde? Es wäre klug von dir, darüber nachzudenken!«

»Aber ich liebe ihn doch nicht!« wandte Maureen ein. »Ich mag ihn gern, aber das genügt doch nicht. Ich könnte niemals seine Frau sein. Niemals! Niemals!«

Spöttisch sah sie ihn an.

»Und ausgerechnet du empfiehlst mir diese Heirat, eine Heirat ohne Liebe! Schau dir doch an, was aus deiner eigenen geworden ist – du hast eine Mätresse und ein uneheliches Kind. Ich würde es vorziehen, meine Kinder als verheiratete Frau zu bekommen!«

Ohne ihn eines weiteren Blickes zu würdigen, rannte Maureen aus dem Zimmer, wobei sie fast mit Clarissa zusammengestoßen wäre, die mit einem Tablett voll Erfrischungen hereinkam.

Clarissa war sofort klar, daß etwas passiert war. Wahrscheinlich hatte John mit Maureen gestritten. Es gab nichts anderes, was ihn sonst hätte so verärgern können.

Unglücklich erzählte er ihr von der Aussprache mit seiner Tochter.

»Ich fürchte, sie wird mich nie mehr sehen wollen oder mit mir sprechen«, jammerte er.

Das war typisch für John! Die Wahrheit so plötzlich auszuspucken! Aber das konnte sie ihm nicht sagen, dachte Clarissa. Natürlich bedeutete das einen Schock für das Kind. Man muß ihr Zeit lassen, verlangte sie von John. Die bevorstehende Ankunft von Prinzessin Caroline würde Maureen ablenken. »Sie wird es kaum vermeiden können, mit dir zu sprechen, John. Da Lord Malmesbury ein guter Freund von dir ist, wirst du uns viel von den Ereignissen am Hof erzählen können!« beruhigte sie ihren Geliebten.

Der taktvolle Lord Malmesbury war vom König beauftragt worden, im Namen des Prinzen von Wales um die Hand der Prinzessin Caroline von Braunschweig anzuhalten. Erfolgreich kehrte er mit der Prinzessin nach England zurück.

»Maureen interessiert sich sehr dafür. Sie wird jede Einzelheit wissen wollen«, sagte Clarissa. »Ich weiß, daß sie versprochen hat, Dickon und den Kindern alles zu berichten. Spätestens dann wird sie mit dir reden. Sie ist in ihrem Stolz verletzt. Aber ihre Neugierde wird siegen, glaube mir!«

Clarissa legte ihre Arme um Sir John. »Du mußt nicht traurig sein. Sie wird darüber hinwegkommen. Sie verhält sich genauso wie du es auch tun würdest. Maureen ist ein ebenso großer Hitzkopf wie du – diese Ähnlichkeit kannst du ihr nicht übelnehmen.«

»Was würde ich ohne dich tun!« sagte Sir John dankbar und küßte Clarissas Hand. »Am besten, ich überlasse alles weitere dir.«

Maureens Weigerung, mit ihr über diese Angelegenheit zu sprechen, verunsicherte Clarissa. Sie war von vornherein nicht so überzeugt gewesen, wie sie sich gegeben hatte. Das Mädchen war lieb zu ihr wie immer – aber Sir John erwähnte sie mit keinem Wort. Für Maureen schien er nicht mehr zu existieren.

Zehntes Kapitel
1795

Maureen lag auf ihrem Bett. Zum ersten Mal in ihrem Leben war sie unglücklich.

Als ihre Mutter damals nach langer Krankheit gestorben war, war sie sieben gewesen. Zu jung, um bewußt unglücklich zu sein, obwohl sie ihre Mutter von Herzen geliebt hatte. Ihr größter Schatz war eine Miniatur von ihrer Mutter. Traurig betrachtete sie nun das kleine Bild.

Oh, Mama, dachte sie bitter. Wie konnte das alles passieren? Sir John – niemals mehr würde sie ihn Onkel John nennen – hatte von Letitias großer Zuneigung zu ihm gesprochen. Aber Maureen war außerstande, sich vorzustellen, daß ihre liebe Mutter ihre moralischen Bedenken hatte vergessen können, am wenigsten für einen Mann, der bereits verheiratet war und sie also nicht zu seiner Frau machen konnte.

Maureens jugendliches Urteil war hart. Sie verdammte den Mann, der ihre Mutter verführt hatte. Rückblickend erschien ihr seine Freundlichkeit und Großzügigkeit als Versuch, damit seine Schuld wieder gutzumachen. Ihr Vater, falls er es wirklich war, war ein skrupelloser Mann. Erst verführte er ihre Mutter, jetzt lebte er mit Tante Clarrie! Und die verteidigte ihn auch noch!

Maureen begann langsam zu begreifen, welche Rolle ihr zufiel. Sie war unehelich geboren, ein Bastard, weniger wert als Rose, die das Essen servierte. Wer die Wahrheit über sie kannte, mußte Mitleid mit ihr haben. Diese Demütigung konnte sie Sir John niemals verzeihen.

In ihrem ersten Schmerz wollte sie London auf der Stelle verlassen und zu ihrer *Familie* nach Sussex zurückkehren. Die Sales kannten sicher die Wahrheit, aber sie liebten sie. In Dickons Augen war sie eine Prinzessin, egal, als was sie geboren worden war. Aber zwei Dinge hielten Maureen davon ab: die Angst, Tante Clarrie wehzutun, wenn sie sie verließ; und – kaum, daß sie es sich selbst eingestand – der Gedanke, daß sie Gerard nicht mehr wiedersehen würde.

Gerard de Valle, der Junge, der vor fünf Jahren aus der Kutsche vor ihre Füße gefallen war – sie liebte ihn von ganzem Herzen. Doch der Schock, den ihr Vater ihr durch seine Mitteilung versetzt hatte, brachte ihr die bittere Erkenntnis, daß der Vicomte sie niemals würde heiraten können. Damit mußte sie sich abfinden.

Lord Barres Heiratsantrag schien absurd! Er war dreimal so alt wie sie! Aber es war ihr klar, daß der freundliche und gutherzige Mann versuchte, ihr zu helfen. Sie tat ihm leid. »Aber ich will von keinem Mann bemitleidet werden!« sagte Maureen laut. »Der Mann, den ich heirate, muß mich lieben.«

Es klopfte an der Tür. Clarissa kam herein und brachte Maureen eine Tasse heißen Kakao.

Gerührt ließ das junge Mädchen ihren kindlichen Tränen freien Lauf. Clarissa nahm sie tröstend in die Arme.

»Mein armer kleiner Liebling«, sagte sie. »Weine dich nur richtig aus. Glaube mir, ich bin sehr unglücklich darüber, wie Sir John dich aufgeklärt hat. Andererseits – er wollte dich nicht verletzen. Er ist selbst am traurigsten darüber.«

Maureen setzte sich auf. Ärgerlich wischte sie ihre Tränen fort.

»Wie kannst du ihn auch noch verteidigen, Tante Clarrie. Ausgerechnet du! Dich legt er doch genauso herein wie meine Mutter. Ich hasse ihn.«

»Maureen, so etwas darfst du nicht sagen. Haß ist ein so

abscheuliches Wort. Hassen darf man allenfalls seine Feinde. Aber Sir John ist doch nicht dein Feind. Er liebt dich und möchte nur das Beste.«

»Das Beste? Aus dem Grund will er mich wohl mit einem Mann verheiraten, der sogar älter ist als er selbst!«

Verlegen knabberte Clarissa an ihrer Unterlippe. Sie war keineswegs mit diesem Plan einverstanden. Aber sie konnte John auch nicht davon abbringen.

»Laß uns jetzt nicht darüber reden, Liebling«, sagte sie ablenkend. »Ich kann dir etwas viel Aufregenderes berichten. Du bist zu einer Soirée eingeladen!«

»Wirklich?« fragte Maureen überrascht. »Wo? Und Wann? Wer hat mich eingeladen, Tante Clarrie? Was soll ich denn anziehen? Wird da auch getanzt?«

»Nächste Woche gibt meine Freundin, die Baronin Eburhard, eine Party«, erklärte Clarissa. »Und wir haben ein bißchen intrigiert, damit du hingehen kannst. Wir führen dich als ihre entfernte Verwandte aus Yorkshire ein.«

Maureen verzog ihren Mund und neigte stolz ihren Kopf. Clarissa ging darüber hinweg.

»Diese Soirée bei den Eburhards wird dir Freude machen. Es ist zwar nicht mehr viel Zeit, aber wir werden dir ein neues Kleid machen lassen. Der Ehrengast ist ein spanischer Edelmann, der von seiner Tochter begleitet wird. Das bedeutet, daß auch junge Herren anwesend sein werden. Du wirst dich nicht langweilen, das verspreche ich dir. – Aber nun trink deinen Kakao, er wird ja ganz kalt. Vielleicht können wir später miteinander spazierengehen. Es ist ein herrlicher Nachmittag. Draußen ist es schon ganz warm, obwohl wir erst Frühling haben. Ich werde dich unten erwarten!«

Als Clarissa das Zimmer verlassen hatte, sprang Maureen vom Bett auf und lief zum Fenster. Es stimmte, das Wetter war phantastisch. Was sollte das Selbstmitleid. Das Leben war aufregend und interessant!

Sie summte eine Melodie, zog ein anderes Kleid an und kämmte sich die Haare.

Immer noch summend, ging sie zur Treppe. Sie entdeckte Clarissa, die zu ihr heraufsah, und besann sich rechtzeitig. Langsam und ernst ging sie hinunter, wie es sich für ein Mädchen gehörte, dessen Leben man ruiniert hatte.

Aufgeregt saß Maureen in der Kutsche, als sie mit Clarissa von Richmond zum St. James Park fuhr. Heute war ein besonderer Tag: die Einführung Ihrer Hoheit, der Prinzessin Caroline, am englischen Hof. Das Wetter meinte es gut. Es war erst Anfang April, aber die Sonne schien warm. Sir John hatte ihnen erzählt, daß die Prinzessin Greenwich rechtzeitig genug verlassen würde, um mittags im St. James Palace anzukommen. In den geschmückten Straßen drängten sich die aufgeregten Londoner, die ebenfalls die Prinzessin sehen wollten.

Als Clarissa und Maureen beim Park ankamen, schickte man den Kutscher aus, um zu erfahren, wann die königliche Kavalkade käme. Als er zurückkehrte, berichtete er von einer inzwischen eingetretenen Verspätung, obwohl ihm keiner einen Grund dafür hatte sagen können. Aber es waren Gerüchte im Umlauf, daß die Prinzessin nicht *der Erwartung* entsprach.

Ärgerlich sah Clarissa ihren Kutscher an und befahl ihm, seinen Platz auf dem Kutschbock wieder einzunehmen. Mit einem nicht ganz überzeugenden Lächeln wandte sie sich an Maureen:

»Solchen Gerüchten sollte man nicht leichtfertig glauben. Der *London Chronicle* hat in einem Artikel anläßlich der bevorstehenden Hochzeit die Prinzessin als sehr hübsche Frau beschrieben.«

Erst um zwei Uhr verrieten laute Rufe das Nahen des Zuges. Damit sie alles sehen konnte, stand Maureen auf. Sie erblickte sieben Kutschen, die langsam näher kamen. Die Kutscher waren in scharlachrote und blaue Livreen gekleidet, und sie trugen silberne Perücken. Eskortiert wurden sie von den Husaren des Prinzen von Wales, die mit ihren Bärenmützen sehr attraktiv aussahen. Maureen verrenkte sich fast den Hals, um einen Blick auf die Prinzessin werfen zu können, die in der größten Kutsche saß.

Was sie sah, enttäuschte sie. Maureen konnte kaum glauben, daß die ziemlich füllige, blonde und aufdringlich geschminkte Frau in der Kutsche Prinzessin Caroline sein sollte. Sie trug ein weißes Satinkleid, das ihr Aussehen keineswegs verbesserte, und es war unmöglich, sie hübsch zu nennen, wie es der *London Chronicle* getan hatte.

Ihr gegenüber saß die weitaus lieblichere Lady Jersey, von der behauptet wurde, daß sie die Mätresse des Prinzen sei. Sie war dazu bestimmt worden, als Gesellschafterin der Prinzessin zu fungieren, wie auch Mrs. Harcourt, die man mit Lord Malmesbury nach Braunschweig geschickt hatte, um die Prinzessin nach England zu begleiten. Lady Jersey war schön und anspruchsvoll und entsprach damit Maureens Vorstellung von königlicher Würde.

Die Bemerkung einer alten Frau ließ Maureen aufhorchen:

»Armes junges Ding! Sie tut mir leid. Was muß das für ein Gefühl sein, einen Mann zu heiraten, den man nie vorher gesehen hat – auch wenn er ein Prinz ist!«

Das mußte schrecklich sein, dachte Maureen voll Mitleid. Außerdem, der Prinz war fett, obwohl er erst zweiunddreißig Jahre alt war. Maureen verabscheute dicke Leute. Die einzige Ausnahme bildete vielleicht Lord Barre, den man eher korpulent nennen konnte und der so charmant war, daß man sich in seiner Gegenwart selbst fast als Prinzessin fühlte.

Maureen war von ihrer Neugier, die königliche Familie betreffend, geheilt. Bis zum nächsten Tag jedenfalls, als Sir John am Spätnachmittag zu Besuch kam, wie er es versprochen hatte. Maureen hatte sich vorgenommen, nicht mit ihm zu reden. Im Salon gab er einen Bericht von den Ereignissen im Palast, dem Maureen schweigend und fasziniert zuhörte.

»Ich fürchte, Prinzessin Caroline entspricht nicht dem Geschmack des Prinzen«, sagte Sir John. »Malmesbury meinte, daß man sie beim besten Willen nicht als gutaussehende Frau bezeichnen könne. Auch an Takt mangle es ihr völlig. Zu ihrem Empfang in Greenwich war außer dem Personal und den Patienten des Krankenhauses niemand erschienen, um sie willkommen zu heißen. Schuld daran waren die Machenschaften von Lady Jersey, die damit die Prinzessin ganz offensichtlich düpieren wollte. Die verärgerte Prinzessin Caroline versuchte, sich mit einem Witz zu retten. Sie sah die verkrüppelten Pensionisten an, die vor der Kapelle standen, und sagte: Ach, gibt es in England nur Einbeinige und Einarmige?«

Clarissa war entsetzt. Maureen hätte gerne mehr darüber erfahren und hielt sich nur mit Mühe zurück. Höflich, aber kühl hatte sie Sir John mit einem »Guten Abend, Sir« empfangen, sonst aber nicht mit ihm geredet.

»Wie undiplomatisch, Lady Jersey zu ihrer Gesellschafterin zu bestimmen«, fuhr Sir John fort. »Damit bieten sich ihr ungeahnte Möglichkeiten, der Prinzessin zu schaden. Malmesbury erzählte mir, daß sie sogar so impertinent gewesen ist, der Prinzessin in Greenwich zu sagen, wie scheußlich sie ihr Kleid fände. Sie überredete die Unglückliche, ihr recht hübsches blaues Kleid zu wechseln und dieses weiße anzuziehen, das ihr überhaupt nicht steht.«

»Ja, das haben wir gesehen!« sagte Clarissa. »Die Arme! Wie entsetzlich für sie, in einem fremden Land so unfreundlich empfangen zu werden!«

Sir John zuckte mit den Achseln:

»Trotzdem fühlt sich die Prinzessin anscheinend nicht unbehaglich. Während der Fahrt von Greenwich schnatterte sie unentwegt mit diesem fürchterlichen Akzent, dem Resultat einer Liebesaffäre mit einem Mann, von dem sie sich trennen mußte, weil er niederer Herkunft war. Malmesbury betonte allerdings, daß sie zu jedem freundlich sei. Das Vulgäre ihrer Sprache jedoch ist entsetzlich, und gerade den Prinzen von Wales wird es Mühe kosten, sich damit abzufinden.«

»Es fällt mir schwer, mir das vorzustellen«, sagte Clarissa. »Schließlich ist sie doch die Tochter des Herzogs von Braunschweig!«

»Wie dem auch sei!« antwortete Sir John. »Die spontane Abneigung des Prinzen seiner zukünftigen Frau gegenüber ist mindestens so groß wie die ihre den Prinzen betreffend. Malmesbury berichtete, daß der Prinz sehr viel getrunken hat, schon vor und dann während des Dinners. Aus dem Glas von Lady Jersey! Das hat die Prinzessin natürlich verletzt. Und weißt du, was sie getan hat? Du wirst es mir nicht glauben. Sie nahm einem Nachbarn die Pfeife aus der Hand, paffte und blies dem Prinzen den Rauch ins Gesicht!«

Maureen klatschte in die Hände. Das geschieht dem Prinzen recht, wollte sie sagen. Sie selbst würde es nie zulassen, daß ihr zukünftiger Mann sie derart beleidigen würde. Aber Maureen schwieg, denn sie erinnerte sich an ihren Vorsatz.

»Ich finde das alles furchtbar«, sagte Clarissa. »Ich hoffe, die anderen Mitglieder der königlichen Familie haben sich besser benommen?«

Sir John nickte.

»Doch. Der König begrüßte sie sehr freundlich. Der Königin allerdings sah man an, daß sie mit der Braut ihres Sohnes nicht einverstanden ist. Das gleiche gilt für seine Schwestern. Natürlich merkte das die Prinzessin. Um sich zu verteidigen, schwatzte sie unaufhörlich, und ihre vulgäre Ausdrucksweise entsprach bei Gott nicht der einer zukünftigen Königin. Malmesbury hatte Mitleid mit ihr, und dasselbe gilt für mich.«

Auch Maureen tat die Prinzessin leid. Sie erinnerte sich, wie enttäuscht sie von dem fetten Prinzen war. Sie konnte es der Prinzessin nachfühlen, wie unglücklich sie sein mußte, einen solchen Mann heiraten zu müssen. Gerard kam ihr in den Sinn. Er war schlank, kräftig und sah wunderbar aus. Es drängte sie, Sir John zu fragen, ob es neue Nachrichten von Gerard gebe. Aber ihr Stolz ließ es nicht zu.

»Habt ihr es gestern noch rechtzeitig geschafft?« fragte Sir John. »Ich hoffe, es war eine hübsche Abwechslung.«

Sir John sah seine Tochter an. Aber Maureen gab vor, seinen Blick nicht zu bemerken, und arrangierte die gelben Narzissen in der Vase neben ihr. Clarissa antwortete für sie beide und versicherte, daß sie den Tag genossen hätten. Dann erzählte sie ihm von der Soirée und davon, daß es ihr gelungen war, Maureen eine Einladung zu verschaffen. Sir Johns Reaktion kam unerwartet. Befangen sagte er:

»Clarrie, Liebste, ich fürchte . . . du konntest es natürlich nicht wissen, aber . . .«, er zögerte und fuhr dann linkisch fort: ». . . es gibt da bestimmte Gründe, warum ich lieber nicht möchte, daß Maureen zu dieser Party geht.«

Unglücklich bemerkte er den anklagenden Blick seiner Tochter. Er hatte so sehr gehofft, daß sie den Schock inzwischen überwunden hätte.

Wie es nämlich der Zufall wollte, war Gerard de Valle wieder in England, und die Baronin Eburhard arrangierte diese Party auf Wunsch des Marquis de Faenca, der darauf bedacht war, seine Tochter mit dem jungen Vicomte zusammenzubringen. Davon allerdings hatte Clarissa keine Ahnung.

Gerard war nur für einige Wochen in England. Er half dem Comte d'Artois, unauffällig Männer und Geld aufzutreiben, um den Krieg gegen das französische Regime fortzusetzen. Der Marquis wollte um jeden Preis die Verlobung seiner Tochter Mercedes mit dem Vicomte in dieser kurzen Frist zustande bringen.

Sir John hatte ihm dabei seine Unterstützung zugesagt. Gerard war von der Idee nicht gerade begeistert, aber er hatte sich auch nicht ausdrücklich dagegen ausgesprochen. Sir John kannte die Zuneigung seiner Tochter zu dem jungen Vicomte, und Clarissa hatte ihn gewarnt, daß die beiden sich ineinander verlieben könnten. Sie waren übereingekommen, daß es das beste sei, ihnen keine Möglichkeit dazu zu geben.

Was sollte er jetzt machen? Clarissa hatte mit Mühe erreicht, daß Maureen zu der Party gehen konnte. Wie sollte man so spät ihre Abwesenheit erklären? Mit dem üblichen *plötzlichen Unwohlsein*? Ein Verbot aber mußte Maureens Abneigung gegen ihn noch verstärken. Er konnte aber ihr Schweigen und ihre Kälte nicht mehr länger ertragen. Wahrscheinlich war es besser, sie auf die Soirée gehen zu lassen, auch wenn sie dort mit Gerard zusammentraf.

Nicht nur Maureen, sondern auch Sir John fühlte sich verletzt. Es kränkte ihn über alle Maßen, daß Maureen ihn nicht als Vater akzeptieren wollte. Wie konnte sie es wagen, derart überheblich zu sein! Hätte er sie nicht so liebgewonnen – auf der Stelle würde er sie nach Sussex zurückschicken. Zwischen Hühnern und Kühen käme sie vielleicht zu sich!

Im stillen aber bewunderte er sie. Der Stolz einer Frau war etwas Wunderbares. Er beschloß seinerseits, auch nicht mit ihr zu reden.

Der Abend war alles andere als gemütlich. Sir John begann seinen Entschluß zu bereuen. In das entsetzliche Schweigen hinein sagte er plötzlich:

»Ich habe daran gedacht, ein Pferd zu kaufen!«

Die beiden Frauen sahen erstaunt von ihrer Stickarbeit auf.

»Ein Pferd?« wiederholte Clarissa ungläubig. »Aber John, was willst du damit? Du reitest doch kein anderes Pferd als deinen Rappen . . .«

»Nicht für mich, Liebste. Für Maureen. Ich kann mir vorstellen, daß es ihr Spaß machen würde, ein Pferd zu haben. Und in deinem Stall ist doch noch Platz.«

Er tat, als bemerke er Maureens Erregung nicht und sprach weiter, als ob sie gar nicht dabeisäße:

»Da du kein Vergnügen am Reiten findest, müßte man natürlich jemanden einstellen, der Maureen begleitet. Vielleicht den ältesten Sohn der Sales – ich glaube, er heißt Dickon –, man könnte ihn nach London holen. Was hältst du davon, meine Liebe?«

Clarissa durchschaute seine Absicht, aber sie zweifelte, daß Maureen ihm auf den Leim gehen würde.

»Das ist eine phantastische Idee, John. Ich glaube, daß Maureen damit sehr einverstanden wäre, nicht wahr, mein Kind?«

Sir John war fest entschlossen, seine Tochter zum Reden zu bringen. »Nun? Willst du dich nicht dazu äußern?«

Maureen stand auf.

»Sollte sich Dickon dazu überreden lassen, nach London zu kommen – ich bin sicher, daß er Tante Clarrie gerne dienen wird!« sagte sie, knickste vor Sir John, küßte Clarissa und wünschte mit hocherhobenem Kopf eine gute Nacht.

»Dieser kleine Teufel! Verdammt!« explodierte Sir John, als Maureen sie verlassen hatte. »Sie läßt sich nicht so einfach ködern. Und ich dachte, ich würde es schaffen.«

»Daran hast du doch selbst nicht geglaubt, oder?« lachte Clarissa. »Du vergißt immer, daß sie deine Tochter ist, John. Du bewunderst ihren Verstand. Von Anfang an hast du das getan. Ich erinnere mich genau, wie du mir davon erzählt hast. Möchtest du wirklich, daß sie angekrochen kommt?«

Sir John entspannte sich und lächelte.

»Sie hätte ein Junge werden sollen, Clarrie. Eine Frau muß sich fügen. Wenn sie das nicht lernt, wird sie es schwer haben.«

»Wenn eine Frau liebt, ergibt sie sich gerne«, sagte Clarissa und streichelte seine Wange.

Sir John nahm ihre Hand und küßte sie leidenschaftlich.

»Bei dir stimmt das vielleicht!«

»Jede Frau, die liebt, so wie ich dich liebe!« antwortete sie zärtlich. »Verlaß dich auf mich, John. Ich kenne mich da besser aus als du. Zwinge Maureen nicht, Gilbert zu heiraten. Ich hege keinen Zweifel, daß er freundlich zu ihr wäre, aber sie liebt ihn nicht. Warten wir ab, was die Zukunft bringt. Sie ist ja noch ein Kind.«

Sir John seufzte. Wie gerne würde er ihrem Wunsch nachgeben. Es kam selten vor, daß sie ihn um etwas bat. Aber er konnte nicht gegen seine eigene Überzeugung handeln. Die Heirat mit Gilbert war nur von Vorteil für Maureen. Sie hatte noch Zeit genug für die Liebe, wenn Gilbert tot war. Als Lady Barre konnte sie sich ihren nächsten Ehemann aussuchen. Clarrie war sentimental wie alle Frauen und viel zu romantisch.

»Wir haben uns fast eine ganze Woche nicht gesehen, Liebling . . . Maureen schläft längst . . . vielleicht sollten wir . . .?«

Mit einem Zwinkern fügte er hinzu: »Oder gibt es hier in diesem Haus noch eine Frau, die keine Lust hat, sich zu fügen?«

Clarissa nahm seine Hand, zündete eine Kerze an und führte ihn hinauf in ihr Schlafzimmer. Ihre Antwort war eindeutig.

Elftes Kapitel
1795

Gerard wartete in der Halle von Wyfold House auf Lady Danesfield und ihre Töchter, die immer noch mit ihren Vorbereitungen für die Soirée der Baronin Eburhard beschäftigt waren.

Neben ihm stand Sir John, eine imposante Erscheinung in königsblauem Samtmantel, Hosen aus dem gleichen Material, weißem Spitzenhemd, weißen Seidenstrümpfen und einer kurzen, frisch gelockten und gepuderten Perücke. Gerard selbst trug keine Perücke – die jungen Leute verzichteten jetzt gerne darauf.

»Da wir gerade allein sind«, sagte Sir John, »möchte ich kurz mit dir reden. Die Gäste heute abend . . .«

Gerard wußte bereits, daß die schöne Mercedes de Faenca anwesend sein würde; mehr noch, daß die Party speziell arrangiert wurde, um ihn der Tochter des spanischen Edelmannes näherzubringen. Sir John hatte ihm schon mehrmals empfohlen, Mercedes als zukünftige Frau in Betracht zu ziehen.

Es hatte Gerard natürlich geschmeichelt, als er erfuhr, daß dieses reiche und schöne Mädchen sich für ihn interessierte. Es schien weder sie noch ihren Vater zu stören, daß der Name de Valle entehrt war.

»Du wirst dort auch eine junge Dame treffen, die du bereits sehr gut kennst«, unterbrach Sir John Gerards Gedanken: »Meine Tochter Maureen. Die Baronin wird sie als ihre entfernte Verwandte aus Yorkshire vorstellen. Keiner der Gäste kennt Maureens wahre Identität, und ich möchte dich bitten, so zu tun, als ob du sie nicht kennst. Das beste wäre sogar, wenn ihr möglichst wenig miteinander redet. Eine leichtsinnige Bemerkung, die jemand aufschnappt – es wäre sehr peinlich für uns alle.«

Amüsiert stimmte Gerard zu. Er erinnerte sich sehr gut an das junge Mädchen, ihre herrlichen grünen Augen, das weiche honigfarbene Haar; ihr aufgewecktes Wesen und ihre Klugheit und ihre Angewohnheit, pausenlos Fragen zu stellen.

Seit er Maureen das letzte Mal gesehen hatte, waren Jahre vergangen, und er hatte viele Frauen kennengelernt. Einige davon hatte er besessen, ohne Rücksicht auf ihr Alter, ihren Stand und ihre Herkunft, aber sein Herz hatte er nicht verloren. Die einzige, die ihm etwas bedeutet hatte, war eine österreichische Gräfin gewesen, mit der er eine herrliche Woche verbracht hatte. Sie war dreißig Jahre alt und eine erfahrene Frau. Er verdankte ihr viel, denn sie hatte sich seiner in entzückendster Weise angenommen und war ihm eine charmante Lehrmeisterin der Liebe gewesen. Als Gerard in die Dienste des Comte d'Artois zurückkehren mußte, waren sie traurig auseinandergegangen.

Maureen hatte keine Ahnung, daß dieser Abend sie mit Gerard zusammenbringen würde. Tante Clarrie hatte für sie ein wunderschönes Kleid ausgesucht, und Maureen wußte, daß sie blendend aussah. Der rosafarbene Taft umschmeichelte ihre schmale Taille und fiel in reichen Falten hinunter auf die hübschen Satinschuhe. Der beste Friseur aus der Bond Street war ins Haus gekommen und hatte ihre schönen Haare zu einer reizenden, hochaufgetürmten Lockenpracht komponiert, die ihr schmales Gesicht vorteilhaft zur Geltung brachte. Maureen war entzückt darüber, denn so wirkte sie um einige Jahre älter und geradezu *sophisticated*.

Da Maureen als entfernte Verwandte galt und jeder erwartete, daß sie während ihres Aufenthalts in London im Haus der Baronin wohne, fuhr sie sehr früh in die Arlington Street, wo sie herzlich von Lisa, der Freundin von Tante Clarrie, begrüßt wurde. Baronin Eburhard war klein und dick. Sie trug ein dunkelbraunes Kleid, dessen Rock sich vorne öffnete und den Blick auf ein cremefarbenes Satinunterkleid freigab. Es war tief ausgeschnitten und betonte die vollen Brüste.

»Meine Liebe, du bist noch schöner als Clarrie mir beschrieben hat«, sagte sie und umarmte Maureen. »Gib mir deinen Mantel. Dein Kleid ist reizend, Kind. Komm, ich möchte dich meinem Mann vorstellen.«

Die Stimme der Baronin irritierte Maureen, denn sie kam ihr bekannt vor. Und wirklich: Sie erinnerte sich an die unbekannte Dame im Gastzimmer von Orchid House, die sie dort mit einem Liebhaber überrascht hatte. Aber das war unmöglich! Die Baronin war verheiratet und . . . Als Lisa ihren Arm nahm und sie durch die Doppeltür in den Salon führte, vergaß Maureen, was sie eben gedacht hatte.

Neugierig betrat sie den herrlichen Raum, der mindestens

dreimal so groß war wie Clarissas Salon in Richmond. Die schweren dunklen Möbel waren poliert, die Wände mit kostbaren Tapisserien geschmückt. Das Licht der Kerzen in den großen bronzenen Kandelabern spiegelte sich in den Kostbarkeiten des Raumes. Der Duft von schwerem Parfüm war betäubend.

Vor dem Kamin stand der Baron. Seine Uniform war reich mit Orden dekoriert. Mit dem grimmigen Gesicht, dem weißen Backenbart und der weißen Perücke war er das genaue Ebenbild des Portraits, unter dem er stand.

Erstaunt betrachtete er das Mädchen an der Seite seiner Frau, die ihm von einer entfernten Verwandten erzählt, aber natürlich nicht erwähnt hatte, daß es sich um ein so entzückendes Mädchen handelte. Die noch dazu aufmerksam seinen Geschichten und Histörchen über die königliche Familie lauschte, was ihm sehr schmeichelte, wie er zugeben mußte.

Inzwischen füllte sich der Salon mit immer mehr Gästen, deren Ankunft vom Zeremonienmeister mit Stentorstimme gemeldet wurde. Zu Maureens Bedauern verließ sie der unterhaltsame Baron, um seinen Gastgeberpflichten nachzukommen. Verlegen betrachtete sie die teuer und auffällig gekleideten Damen, die gutaussehenden Herren. Sie war erleichtert, als sie Lord Barre bemerkte, der auf sie zueilte. In seiner Gesellschaft fühlte sie sich sicher.

Als Sir John ankam, unterbrach Lord Barre seine Unterhaltung mit ihr, um mit ihrem Vater zu reden. Maureen stand dabei und ließ ihre Blicke durch den Salon schweifen – da entdeckte sie Gerard.

Er unterhielt sich mit einer auffallend schönen Frau. Das tizianrote Haar hoch aufgetürmt, die großen dunklen mandelförmigen Augen bewundernd auf Gerard gerichtet, parlierte sie angeregt mit ihm. Ihr violettes Satinkleid war reich mit Silber verziert, und ihre bloßen Schultern bedeckte eine silberne Mantilla.

Gerard hier unter den Gästen zu sehen, überraschte Maureen maßlos, und sie wäre am liebsten sofort auf ihn zugegangen, um ihn aufs herzlichste zu begrüßen, wenn nicht ihr Vater sie daran gehindert hätte, indem er sie schnell am Arm festhielt.

»Ich muß dich daran erinnern, daß ihr euch nicht kennt, und außerdem«, fügte er leise hinzu, »unterhält sich Gerard gerade mit Donna de Faenca. Es wäre unhöflich von dir, ihn dabei zu stören.«

Maureen bedachte ihn mit einem unfreundlichen Blick.

Sie wußte kaum, wie ihr geschah. Gerard wiederzusehen bedeutete so viel für sie. Gleichzeitig wurde ihr bewußt, wie erniedrigend es war, daß sie dieses Glücksgefühl unterdrücken und ihre Identität verheimlichen mußte. Gerard schien von ihrer Anwesenheit zu wissen. Aber anscheinend hatte er einen Grund, sie nicht als alte Freundin zu begrüßen. Das war wirklich demütigend.

Sir John gegenüber erwähnte sie nichts davon, aber um ihm eins auszuwischen, bat sie ihn, sie seiner Frau und seinen Töchtern vorzustellen, die kennenzulernen sie bisher leider noch nicht das Vergnügen hatte. Sie wußte genau, daß ihr Vater das um jeden Preis hatte verhindern wollen.

Aber nun blieb ihm nichts anderes übrig, als sie zum Kamin zu führen und sie seiner großen, grauhaarigen, unscheinbaren Frau und den unattraktiven Töchtern vorzustellen. Alle drei begrüßten Maureen formell, keine erwiderte ihr Lächeln. Weit und breit war kein Kavalier zu sehen, der Lust zu haben schien, sich mit den Damen zu unterhalten. Verdrießlich saßen sie auf ihren Stühlen.

Heimlich betrachtete Maureen die Frau, deren Vorhandensein Sir John gehindert hatte, ihre Mutter zu heiraten. Von ihren Halbschwestern war sie ebenfalls enttäuscht. Maureen überlegte sich gerade, welche Möglichkeiten es noch gäbe, ihren Vater zu provozieren, als die Gäste zum Essen gebeten wurden.

Die Art, wie sich die schöne Spanierin an Gerard lehnte, als er sie aus dem Raum führte, verstärkte ihre miserable Laune zusehends. Ohne etwas von Maureens Freundschaft zu Gerard oder gar von dem Wunsch Sir Johns, die beiden zu trennen, zu ahnen, hatte die freundliche Baronin sie bei Tisch nebeneinandergesetzt, in der Annahme, daß sich die jungen Leute sicherlich gut unterhalten würden. Mercedes de Faenca saß ihnen gegenüber.

Als Maureen, von Lord Barre zu Tisch geleitet, entdeckte, daß sie neben Gerard saß, konnte sie ihre Freude kaum verbergen. Nur mit Mühe hielt sie die Augen gesenkt, bis er sich neben sie gesetzt hatte. Und dann hörte sie seine Stimme mit dem bekannten französischen Akzent:

»Guten Abend, *petit écureuil*!«

Maureen sah auf, und ihre Augen suchten die seinen. Aus dem Jungen, den sie vor zwei Jahren zum letzten Mal gesehen hatte, war inzwischen ein Mann geworden, aber sonst hatte er sich nicht verändert. Gerard seinerseits bemerkte mit Freude, daß aus dem kleinen hübschen Mädchen eine faszinierend schöne junge Frau geworden war – in ihren grünen Augen das entzückte Leuchten, als sie seine Bewunderung registrierte.

»Wollen Sie mich denn nicht begrüßen?« fragte er.

Maureen lachte glücklich. Dann sagte sie betont ernst und überheblich:

»Ich kann mich nicht erinnern, Sir, daß wir einander vorgestellt wurden!«

»Oh, ja, das ist richtig! Darf ich mich Ihnen vorstellen, Mademoiselle? Vicomte Gerard de Valle, zu Ihren Diensten!«

Inzwischen trugen livrierte Lakaien die köstlichen Speisen auf, und das unterbrach ihre Unterhaltung. In Gedanken beschäftigte sich Gerard jedoch intensiv mit dem jungen Mädchen an seiner Seite, wobei er sich den Unterschied zu Mercedes vergegenwärtigte. Die sinnliche Spanierin war ohne Zweifel schön und sich dessen auch bewußt. Mit feurigen Blicken und weiblicher Koketterie zwang sie die Männer in ihren Bann. Auch Gerard hatte sich davon beeindrucken lassen, das mußte er zugeben. Maureen dagegen mit ihren neugierigen grünen Augen war die reine Lebensfreude, frisch und natürlich. Je nach Laune veränderte sich ihr Gesicht mit den vollen roten Lippen von Sekunde zu Sekunde. Sie war nicht einfach eine Frau, dachte Gerard, in ihr vereinte sich alles Weibliche. Und sie war die Tochter Sir Johns, der sich einen Sohn gewünscht hatte!

»Als ich zum letzten Mal von Ihnen hörte, waren Sie in Sussex«, nahm Gerald die erste Möglichkeit wahr, sie anzusprechen. »Haben Sie etwas von Colombe gehört, Mademoiselle Maureen?«

»Aber ja, natürlich. Dickon hat schon das Fohlen zugeritten, und stellen Sie sich vor, Dickon kommt nach London. Tante Clarrie will ihn einstellen, und ich bekomme ein Pferd.«

Wie sie sich über einfache Dinge freuen kann, dachte Gerard. Noch vor einer Stunde hatte er Mercedes zuhören müssen, wie sie sich ärgerlich darüber beklagte, daß ihr Vater ihr ein kostbares Smaragdkollier mit den dazu passenden Ohrringen geschenkt habe, ausgerechnet, wo sie doch grün verabscheue.

Auf der anderen Seite des Tisches stocherte Mercedes vornehm in ihrem Essen, während Maureen und Gerard herzhaft zulangten. Zwischendurch bombardierte Maureen ihn mit Fragen: Wie lange würde er in London bleiben? Hatte er schon etwas von seiner armen Mutter gehört? Was hatte er die vergangenen zwei Jahre in Frankreich getan? Wie war der Krieg? War er verwundet worden? Hatte er Lord Nelson getroffen? Was dachte er über Napoleon Bonaparte?

Gerard gebot ihr lachend Einhalt und versicherte ihr, daß er kaum fähig war, sich an die erste Frage zu erinnern, da sie so viele gestellt habe.

»Sie sammeln immer noch Informationen, *écureuil*?« neckte er sie.

Maureen errötete verlegen.

»Ich weiß, ich rede zuviel. Tante Clarrie versucht mir beizubringen, meine Zunge im Zaum zu halten, und sie hat recht. Aber . . . aber, es gibt so viel, was ich wissen möchte, Gerard.«

»Ich auch!« versicherte ihr Gerard. »Ich möchte alles über Sie wissen. Studieren Sie immer noch? Gefällt Ihnen das Leben in London? Wann sind Sie aus Sussex zurückgekommen? Sind Sie wieder ganz gesund? Wie geht es Master Glover und . . .«

». . . Sie machen sich lustig über mich, Gerard!« unterbrach ihn Maureen lachend. »Ich werde Sie nichts mehr fragen. Ich werde still wie eine Maus sein, bis das Essen vorbei ist. Möchten Sie das?«

»Das ist schon wieder eine Frage! Ich wußte, daß Sie Ihr Wort nicht halten könnten!« tadelte Gerard sie scherzhaft. »Außerdem, und damit wäre Ihre Frage beantwortet, ich möchte es nicht, denn dann würde ich mich zu Tode langweilen! Also sprechen Sie, soviel Sie wollen.«

Maureen war überglücklich und zufrieden, bis ein warnender Blick von Sir John sie daran erinnerte, daß es ihr nicht erlaubt war, Gerard zu kennen. Und umgekehrt.

Trotzig wollte sie sich nun erst recht mit Gerard unterhalten, aber er widmete sich gerade der Tochter des spanischen Edelmannes, die nichts unversucht ließ, seine volle Aufmerksamkeit zu erringen. Obwohl Maureen Gerards Gesicht nicht sehen konnte, bestand kein Zweifel daran, daß Mercedes es geschafft hatte, denn sie belohnte ihn mit einem zärtlichen Lächeln.

Schmerzhafte Eifersucht bemächtigte sich Maureens, und es war ihr unmöglich weiterzuessen. Nervös hielt sie ihr Weinglas umklammert. Ihre Hände zitterten. Mercedes de Faenca war wunderschön und offensichtlich auch sehr reich, wofür ihr kostbarer Schmuck ein Beweis war. Sie paßte vorzüglich in diesen luxuriösen, aristokratischen Rahmen. Dagegen fühlte Maureen sich linkisch. Falls Gerard eben jetzt den Wunsch haben sollte, neben Mercedes zu sitzen, dann war ihm das nicht einmal vorzuwerfen, dachte sie traurig.

Gerard erkannte die unübersehbare Einladung in den dunklen Augen der Spanierin. Wenn er wollte, würde sie ihm alles geben. Aber merkwürdigerweise interessierte ihn das im Augenblick nicht besonders. Maureen, dachte er. Mercedes konnte warten.

Ein Mädchen wie Maureen hatte er nirgendwo getroffen. Ihre Unschuld, ihre spontane Herzlichkeit ihm gegenüber beeindruckten ihn. Irritiert beobachtete er, wie sie sich mit dem älteren Herrn zu ihrer Linken ebenso herzlich und interessiert unterhielt. Ohne an sein Alter zu denken, schien dieser sich in ihrer Gegenwart wohl zu fühlen. Seine begehrlichen Blicke auf Maureens Busen empörten Gerard. Zu seiner eigenen Verwunderung stellte er das fest. Dabei ging es ihn nichts an. Er war schließlich nicht dazu da, Maureens Tugend zu bewachen.

Dennoch war er zutiefst beunruhigt, und er wandte sich an seine Nachbarin zur Rechten, die Baronin Eburhard, um den Namen des Herrn zu erfahren.

»Sie kennen ihn nicht, Vicomte? Das ist Lord Barre, einer von Sir Johns besten Freunden.« Flüsternd fuhr sie fort: »Man erzählt sich – aber ich kann nicht meine Hand dafür ins Feuer legen –, daß sich da eine Verlobung anspinnt.«

»Eine Verlobung?« wiederholte Gerard dümmlich. »Zwischen wem?«

Seine Nachbarin lächelte spöttisch.

»Nun, zwischen Winter und Frühling!« sagte sie. »Sehen Sie doch nur, wie Lord Barre an den Lippen des Kindes hängt! Ich zweifle nicht daran, daß er sie heiraten wird, wenn sie ihn will. Für das arme Kind wäre das natürlich phantastisch!«

Sie unterbrach sich rasch. Womöglich wollte der junge Vicomte über Maureens Herkunft etwas wissen! Aber sie hatte Clarrie fest versprochen, niemandem davon zu erzählen.

Mißmutig stocherte Gerard in seinem Essen. Der Hunger war

ihm vergangen, mehr noch, ihm war übel. Um welche Vorteile es sich auch handeln mochte, eine Ehe zwischen diesem fetten alten Mann und seiner kleinen Maureen war unvorstellbar! Die Baronin mußte sich irren! Er konnte sich nicht denken, daß Maureen je ihre Zustimmung geben würde. Aber daß die beiden sich sehr gut verstanden, war nicht zu übersehen. Wie zur Bestätigung wandte Maureen sich nun an Gerard und sagte:

»Lord Barre hat mir so viele Komplimente gemacht, daß ich ganz wirr im Kopf bin. Offensichtlich übersieht er die Fehler an mir, die auch Ihnen so unangenehm aufgefallen sind!«

»Aber Mademoiselle Maureen, ich habe doch nicht . . . wenn Sie das denken sollten, dann erlauben Sie mir, dieses Mißverständnis aus der Welt zu räumen«, sagte Gerard ernst.

»Ich stelle also nicht zu viele Fragen, und ich rede auch nicht zuviel?« fragte Maureen.

»Das haben Sie gesagt, nicht ich«, erinnerte Gerard sie. »Ich habe nur erwähnt, daß ich sie nicht alle auf einmal beantworten kann!«

Maureen lächelte ihm zu.

»Das ist richtig. Trotzdem, ich habe bemerkt, daß es Ihnen mißfällt!«

»Dann haben Sie etwas Falsches bemerkt!« sagte Gerard leise. »Mir gefällt nämlich alles an Ihnen!«

Maureen hielt den Atem an. Was hatte Gerard da gesagt? Es war, als ob sich mit diesem letzten Satz alles geändert hatte. Keine Spur mehr von leichtem Spott, mit dem sie sich bisher unterhalten hatten. Ein neues, tiefgreifendes und erregendes Gefühl durchströmte die beiden jungen Menschen.

Maureen verbarg ihre zitternden Hände unter dem herunterhängenden weißen Tischtuch. Langsam, damit es niemand bemerkte, legte Gerard seine warme kräftige Hand über die ihre. In dieser zarten Berührung vereinten sich ihre übermächtigen Gefühle, und sie verloren sich darin, unfähig, sich daraus zu lösen.

Weder Maureen noch Gerard bemerkten deshalb, daß sie beobachtet wurden: von Sir John mit ärgerlichen stahlblauen Augen und dem feindseligen Blick von Mercedes de Faenca, der auf ihnen ruhte. Nur mit Mühe konnte sich Sir John zurückhalten. Gerard hatte ihm versprochen, Maureen aus dem Weg zu gehen. Dafür, daß er neben ihr saß, konnte er nichts, aber er hätte sich auf wenige Bemerkungen beschränken und seine Aufmerksamkeit Lisa von Eburhard schenken müssen. Offensichtlich aber hatte er nur noch Augen für Maureen. Ihren geröteten Wangen nach zu schließen hatte er auch noch Erfolg damit! Das wutverzerrte Gesicht der Spanierin bestätigte seinen Verdacht. Mit unverhohlener Eifersucht beobachtete Mercedes das Paar ihr gegenüber. Wenn Gerard nicht achtgab, würde er sich verscherzen, was so mühsam eingefädelt worden war. Mercedes de Faenca war nicht die Frau, dergleichen ungestraft durchgehen zu lassen.

Gerard ahnte nichts von der rasenden Wut seiner zukünftigen Braut. Und wenn er davon gewußt hätte: Es war ihm egal. Sein einziger Wunsch war, das junge schöne Mädchen neben ihm in seine Arme zu nehmen, sie aus dem überfüllten Saal zu entführen und sie zu küssen, bis sie ihn darum bat aufzuhören. Maureen machte nicht den geringsten Versuch, ihn über ihre Gefühle im unklaren zu lassen. Das erregte Gerard noch mehr.

»Maureen!« flüsterte er. »Maureen! Sie sind mir so nah. Es ist mir, als ob ich Sie mein ganzes Leben lang gekannt hätte. Überrascht Sie das?«

Maureen schüttelte den Kopf. Zwei verirrte Locken berührten ihre Wangen.

»Ich empfinde es ebenso, Gerard! Und obwohl ich Sie so lange kenne – es ist anders jetzt. Wir verstehen uns, obwohl wir so wenig voneinander wissen. Werden wir jetzt immer Freunde bleiben?«

»Ja, wir sind Freunde für ewig, kleine Maureen«, antwortete Gerard zärtlich, und er meinte etwas ganz anderes als sie.

Stolz hob sie ihren Kopf:

»Ich bin kein Kind mehr!« erklärte sie plötzlich. »Ich werde bald sechzehn – alt genug, um zu heiraten und Kinder zu bekommen!«

Ihre Worte ernüchterten Gerard. Er erinnerte sich an die Bemerkung der Baronin.

»Aber es ist doch nicht wahr, daß Sie vorhaben, Lord Barre zu heiraten, oder?« fragte er bestürzt.

»Wer hat Ihnen denn so etwas Dummes erzählt!« meinte sie entsetzt. »Etwa Sir John, mein Vater?«

»Bitte sagen Sie mir erst, ob etwas Wahres daran ist!« bat Gerard ungeduldig.

Maureen seufzte.

»Soviel ich weiß, ist es der Wunsch von Lord Barre. Und auch der meines Vaters. Er hat mir nahegelegt, ernsthaft darüber nachzudenken, aber . . .«

». . . Aber das ist skandalös!« protestierte Gerard erregt. Dann fügte er leiser hinzu: »Lord Barre könnte Ihr Vater sein! Sie können ihn nicht heiraten. Es gibt keinen Grund, der solchen Entschluß rechtfertigen würde.«

»Ich habe ja nicht gesagt, daß ich es tue!« antwortete Maureen ruhig. »Was die Gründe meines Vaters betrifft – Sie müßten sie kennen, Gerard. Meine Herkunft . . .«

Gerard schwieg. Er hatte vergessen, daß sie die uneheliche Tochter Sir Johns war. Er hatte alles vergessen – für ihn zählte nur ihr Charme, ihre Schönheit, ihre Faszination, der er verfallen war. Wut und Enttäuschung bemächtigten sich seiner. Sie waren beide dazu verurteilt, eine arrangierte Heirat zu akzeptieren. Sir John hatte recht. Für Maureen war es vielleicht noch wichtiger. Wenn sie Lord Barre heiratete, würde sie Lady Barre. Eine Dame von höchstem Rang.

Gerard wußte, wie richtig seine logischen Überlegungen waren. Aber in seinem Innersten lehnte sich alles dagegen auf. Maureen war so jung, so unschuldig, unberührt. Die Vorstellung, daß ihr junger Mädchenkörper von einem alten Mann geliebt werden würde, entsetzte ihn. Sie war für die Liebe gemacht – für die Liebe eines jungen, starken Mannes, der ihre versteckte Leidenschaft und Sinnlichkeit erwecken könnte, vergrößern und befriedigen würde. Wie konnte sie wissen, was sie erwartete, wenn der Bettvorhang erst einmal geschlossen war? Was wußte sie von der Intimität, der Liebe zwischen einem Mann und einer Frau? Die Zärtlichkeit, das Glück, die Befriedigung einer lustvollen Nacht – nie würde sie das kennenlernen.

»Sie dürfen es nicht tun. Auf keinen Fall!« sagte Gerard laut.

Maureen ahnte nichts von seinen Gedanken, aber sein Gesicht war ärgerlich und hart. Ihr innigster Wunsch war, ihn wieder freundlich zu sehen.

»Dann werde ich es nicht tun!« sagte sie neckend mit einem Lächeln. »Sie müssen mir nur noch erklären, was ich nicht tun darf!«

»Oh, Maureen!« murmelte Gerard. »Machen Sie sich nicht lustig darüber, bitte!«

»Aber ich verstehe wirklich nicht, was Sie von mir möchten!« sagte sie und fügte ernst hinzu: »Was es auch sei, ich verspreche Ihnen, nur das zu tun, was Sie glücklich macht!«

Gerard suchte nach den richtigen Worten. Dann sagte er:

»Ich bitte Sie nur, nicht ohne Liebe zu heiraten. Das ist alles!«

Maureen konnte ihm darauf nicht antworten, das Dinner war beendet, die Baronin erhob sich, um die Damen aus dem Saal zu führen.

Freundlich nahm Lisa von Eburhard Maureens Arm und sagte, während sie zusammen hinausgingen:

»Er ist sehr charmant, der junge Vicomte! Ich glaube, du hast eine Eroberung gemacht. Mit mir jedenfalls hat er kaum gesprochen!«

»Oh, Madame, ich fürchte, das ist meine Schuld allein«, antwortete Maureen mit brennenden Wangen. »Ich rede zuviel. Gerard hatte gar keine Chance, mit Ihnen zu sprechen, obwohl ich sicher bin, daß er es gewollt hat!«

»Ach, du nennst ihn bereits Gerard!« sagte die Baronin und zwinkerte ihr zu. »Dann habe ich doch recht. Ich bin immer die erste, die den Beginn einer Romanze erkennt.«

Sie sprach einige Worte mit einer vorübergehenden Dame, dann wandte sie sich wieder an Maureen:

»Ich nehme an, du weißt, daß der Vicomte sich bald mit Mercedes de Faenca verloben wird?« fragte sie.

Unfähig, ihr Entsetzen zu verbergen, starrte Maureen sie an.

»Es hat dir also niemand gesagt!« seufzte die Baronin. »Diese Party findet aus dem Grund statt, die beiden zusammenzubringen. Ich zweifle daran, daß dein Gerard es möchte – aber Mercedes . . . laß dich von mir warnen. Sie ist verliebt in deinen Bewunderer, und verwöhnt wie sie ist, wird sie nichts unversucht lassen, das zu erreichen, was sie sich in den Kopf gesetzt hat. Wenn ich dir raten darf: Amüsiere dich und genieße den heutigen Abend. Aber verliere nicht dein Herz, mein Kind!«

Maureen nickte. Der Kloß in ihrer Kehle hinderte sie daran zu sprechen. Die Baronin meinte es gut mit ihr, aber ihre Worte schmerzten Maureen, als würde man sie foltern. Gerard verlobt! Oder so gut wie: Und er hatte nichts davon gesagt. Im Gegenteil, es war ihr vorgekommen, als . . . als ob . . .

Ärgerlich tupfte sie die Tränen von ihren Wangen. Sie war allein. Die anderen Damen hatten sich bereits erfrischt und sich in den Salon begeben, um einer musikalischen Darbietung zuzuhören. Maureen hätte am liebsten laut geweint, aber sie riß sich zusammen.

Wie dumm, naiv und kindlich von ihr zu denken, daß Gerard sie liebte! Ein harmloser Flirt war sie, nichts weiter! Tante Clarrie hatte ihr erzählt, wie unterhaltend so ein Flirt war, und das stimmte ja auch. Gerard beherrschte dieses vergnügliche Spiel meisterhaft. Sie war nur zu dumm gewesen, es zu bemerken, sie hatte an die Ernsthaftigkeit seiner Worte geglaubt. »Sie dürfen nur aus Liebe heiraten«, hatte er gesagt. Nun, dann war es eine Tatsache, daß er die sinnliche Mercedes liebte. Ihretwegen konnte sie ihn haben!

Im Salon war man mit den Vorbereitungen fertig. Die Stühle waren im Halbkreis angeordnet. Die Damen und Herren saßen bereits, als Maureen mit stolz erhobenem Kopf an der Tür erschien. Lord Barre bat sie, zu ihm zu kommen, hatte ihr extra einen Stuhl freigehalten. Maureen war ihm dankbar dafür. Sie entdeckte Gerard, der in der Nähe des Klaviers saß. Vor ihm stand Mercedes. In der Hand hielt sie Noten. Lächelnd sah sie Gerard an. Sie würde nur für ihn singen.

Ihre volle Stimme war wunderschön. Mit südländischer Leidenschaft sang sie ein Lied von Haydn; bei jedem Atemzug hob und senkte sich ihr Busen, und ihre dunklen verheißungsvollen Augen waren auf Gerard gerichtet.

Maureen war froh, daß sie nur Gerards dunklen Haarschopf sehen konnte. Das Herz klopfte ihr schmerzhaft bis zum Hals hinauf, und das wilde Pochen drohte auszusetzen, als sie dem zweiten Lied lauschte. Es war ein spanisches Liebeslied. Mercedes sang es in ihrer Heimatsprache. Maureen verstand jedes einzelne Wort, und sie empfand sie wie die Stiche glühender Nadeln.

». . . aber nur du kannst mir die wahre Liebe zeigen . . .«, sang Mercedes. Bei diesen letzten Worten des Liedes wandte sich Gerard um, und seine Augen suchten Maureen. ». . . nur du kannst mir die wahre Liebe zeigen . . .« Maureen sah, wie seine Lippen diese Worte formten, während er sie ansah. Sie vergaß die Warnung der Baronin und ihre eigenen Zweifel. Wie im Traum verging die nächste Stunde. Gerard liebte Mercedes de Faenca nicht. Diese Worte waren für sie, Maureen, bestimmt gewesen; und sie wußte, daß sie irgendwie, irgendwann zusammenkommen würden.

Als die musikalische Darbietung beendet war, verabschiedeten sich einige der älteren Damen und Herren von den Gastgebern. Auch Sir John und Lady Danesfield waren darunter. Diskret wandte sich ein Lakai an Maureen, um sie zu informieren, daß ihre Kutsche auf sie warte. Wieder fühlte sich Maureen erniedrigt angesichts der Tatsache, daß sie nun unauffällig verschwinden mußte. Sie verabschiedete sich freundlich von Lord Barre, bedankte sich bei der Baronin für die Einladung und ging in den ersten Stock, um ihre Sachen zu holen. Als sie wieder herunterkam, wartete Gerard auf sie.

»Maureen!« sagte er drängend. »Ich muß mit Ihnen sprechen. Allein. Gibt es eine Möglichkeit, daß Sie sich unbegleitet aus dem Haus Ihrer Tante entfernen? Ich könnte Sie an der Brücke treffen, wann immer Sie wollen.«

Die Gäste verließen nach und nach das Haus. Maureen sah nur Gerard.

»Ich darf das Haus nicht allein verlassen. Aber vielleicht könnte mich Rose begleiten, die Zofe. Sie ist mir sehr ergeben, und ich kann ihr vertrauen.«

»Nach dem Lunch warte ich auf Sie, Maureen. Am rechten Ufer. Egal wie lange es dauert, ich werde auf Sie warten.«

Er drehte sich schnell um, als er den Marquis de Faenca auf sich zukommen sah. »Ich suche meine Tochter«, sagte dieser. »Wir wollen aufbrechen.«

»Ist sie nicht bei Ihnen, Sir?« fragte Gerard. »Ich werde versuchen, sie zu finden. Und ich hoffe sehr, daß Sie mir erlauben, Sie beide heimzubringen?«

Der Marquis sah ihn mürrisch an. Der Abend hatte ihn gelangweilt, und außerdem plagte ihn die Gicht. Er freute sich auf sein Bett. Aber er wußte, daß Mercedes den Vicomte hereinbitten würde, wenn er sie begleitete. Der Gedanke behagte ihm wirklich nicht, aber wenn es der Wunsch seiner Tochter war – was sollte er machen? Sie hatte ihm deutlich zu verstehen gegeben, daß sie diesen jungen Mann für sich gewinnen wollte.

Dieser Wunsch würde ihn viel Geld kosten, dachte der Marquis. Aber seine Erfüllung würde den Vorteil haben, daß die verheiratete Mercedes ihr eigenes Leben führen würde. Er selbst könnte sich endlich seinen Zeitvertreiben widmen. Dieses einzige Kind hatte seine Geduld überstrapaziert. Ihre Eigensinnigkeit, mit der sie all die spanischen Edelmänner abgelehnt hatte, hatte ihn den letzten Nerv gekostet.

Höflich verbeugte der Marquis sich vor dem jungen Mädchen, das etwas abseits stand, offensichtlich, um das Fest zu verlassen. Zwischen den vielen Gästen war sie ihm bisher nicht aufgefallen, aber nun betrachtete er sie interessiert. Ihre klare und schlichte Schönheit beeindruckte ihn. Die leuchtenden Augen, die Süße der vollen Lippen, die stolze Haltung ihres Kopfes – der Marquis seufzte. Trotz seines Alters wußte er immer noch nicht, was eine Frau schön und eine andere weniger schön erscheinen ließ. Es würde ihm ein ewiges Rätsel bleiben.

Dabei war es, was Maureen betraf, ganz einfach: Die Liebe hatte sie schön gemacht.

Zwölftes Kapitel
1795

Maureen hatte es sich wesentlich leichter vorgestellt, sich unbemerkt aus dem kleinen Haus in Richmond zu schleichen. Aber Tante Clarrie wollte verständlicherweise jedes Detail über die Soirée hören, da sie selbst nicht hatte dort sein dürfen. Nach dem Lunch schützte Maureen heftige Kopfschmerzen vor, die sich nur bei einem Spaziergang an der frischen Luft verflüchtigen würden. Aber auch dieser Versuch zu entkommen, schien zu scheitern, denn Clarissa bot ihr an, sie zu begleiten.

»Liebe Tante Clarrie!« protestierte Maureen. Sie verabscheute es, Clarissa anlügen zu müssen, aber es ließ sich nicht ändern. »Du weißt, wie gerne ich es habe, wenn du mitkommst. Aber heute möchte ich einen sehr langen Spaziergang machen, und du wirst doch so schnell müde. Ich dagegen bin es gewohnt. Ich bin ja auf dem Lande aufgewachsen.«

»Dann wird Rose dich begleiten«, stimmte Clarissa zu.

Maureen umarmte sie. Es fiel ihr schwer, Clarissa nicht die Wahrheit zu sagen. Sie wollte rufen: Ich habe mich gestern abend verliebt. In Gerard. Und ich glaube, er liebt mich auch. Ich bin so glücklich!

Aber sie schwieg. Es war klüger so.

Maureen wechselte schnell ihr Kleid. Vor der Tür wartete bereits die Kalesche. Der alte Harry hielt die Pferde. Die

Zofe Rose war fast so aufgeregt wie Maureen. Sie liebte ihre junge Herrin und hätte alles für sie getan. Und nun durfte sie Maureen zu ihrem heimlichen Rendezvous begleiten. Welches Abenteuer! Wie romantisch!

Schon nach wenigen Minuten erreichten sie die Brücke, von der Gerard gesprochen hatte. Es war fast drei Uhr. Maureen saß wie auf Kohlen, weil sie nicht wußte, ob Gerard bereits vor einer Stunde gekommen war und vielleicht nicht gewartet hatte oder ob er, und das war eine noch schlimmere Vorstellung, überhaupt nicht gekommen war.

Aber als die Kalesche über die Brücke fuhr, unter der die dunkle, spiegelnde Themse floß, konnte sie einen Mann ausmachen, der neben seinem Pferd stand. Sie erkannte ihn sofort. Es war Gerard.

»Dem Himmel sei Dank. Er ist gekommen, Rose!« rief Maureen. Rose kicherte aufgeregt. Sie hatte noch nie einen französischen Vicomte gesehen, aber Maureens Beschreibung nach mußte er der schönste Mann in der ganzen Welt sein.

Gerard ging auf Maureen zu. Erst als er sicher war, daß sie es wirklich war, lächelte er.

»Sie sind gekommen!« sagte er erleichtert und half ihr mit einer Verbeugung aus der Kalesche. »Ich hatte entsetzliche Angst, daß Sie es nicht tun würden!«

Maureen holte tief Luft und hoffte, daß ihr Herzklopfen aufhören würde.

»Aber ich habe es Ihnen doch versprochen, Gerard. Nichts in dieser Welt hätte mich davon abhalten können.«

Wortlos nahm er ihre Hand. Rose knickste und versicherte, daß sie in der Lage sei, auf die Pferde aufzupassen, falls man es wünsche. Aber Gerard rief einen am Ufer spielenden Schlingel herbei und befahl ihm, diese Aufgabe zu übernehmen. Rose blieb bei der Kutsche zurück.

Maureens Hand fest in der seinen, wanderte Gerard dem Wald zu. Der Duft der blühenden Veilchen war betäubend. Maureen sah Gerard glücklich an.

»Hier ist es wie in Sussex!« sagte sie. »Ich hatte fast vergessen, wie schön das Land im April ist. Und wie warm die Sonne schon scheint.«

»Und ich hatte fast vergessen, wie schön Sie sind«, sagte Gerard und zog sie an sich. Weit und breit war kein Mensch zu sehen.

Als ob es das Selbstverständlichste in der Welt wäre, berührte Maureen sein Gesicht.

»Sie sind auch schön, Gerard!« sagte sie sanft.

»Maureen!« rief er und nahm sie stürmisch in seine Arme. »Die ganze Nacht habe ich davon geträumt, Sie zu küssen . . .«

Maureen wehrte sich nicht. Sie offenbarte ihm ihren Mund, und als ihre Lippen sich berührten, glaubte sie ihr Blut rasen zu hören, und süße Schauer ließen ihren Körper erbeben.

Gerard zitterte vor Erregung. Als er seine Lippen von den ihren löste, versagte ihm fast die Stimme.

»Ich liebe Sie«, sagte er. »Ich wußte nicht, daß es so sein würde. Aber ich möchte dich ganz, Maureen, mein liebstes *petit écureuil! Je t'aime. Je t'aime.*«

Mit leuchtenden Augen und geöffneten Lippen lächelte sie ihn strahlend an.

»Ich liebe Sie auch. *Moi aussi. Je t'aime*, Gerard.«

Als Gerard sie französisch sprechen hörte, lachte er glücklich und küßte sie wieder. Seine Lippen fanden ihren Mund. Dann bedeckte er sie mit kleinen Küssen, ihren Hals, ihre Schultern und den Ansatz ihrer Brüste. Er spürte die leidenschaftliche Erwiderung ihres Körpers und wußte, daß er sich nicht geirrt hatte. Hinter ihrer Unschuld verbarg sich ein rasendes Feuer, das nur den Atemhauch der Liebe brauchte, um lichterloh zu brennen.

Gerard zwang sich zur Ruhe. Die ganze Nacht hatte er wach gelegen und versucht, seiner Gefühle Herr zu werden. Die Stunde, die er im Haus des Marquis de Faenca verbracht hatte, hatte ihm gezeigt, daß der Spanier durchaus bereit war, ihm seine Tochter zur Frau zu geben und einen guten Batzen Geld dazu. Mercedes selbst war mehr als willig; absichtlich hatte sie dafür gesorgt, daß sie einige Minuten allein waren, und sie war sehr verärgert darüber gewesen, daß er sich ihr nicht genähert hatte.

Aber Gerard dachte an Maureen. Nur sie beherrschte seine Gedanken und Gefühle. Nun hielt er sie in seinen Armen, und er wußte, daß er auf Mercedes gerne verzichten wollte. Nur Maureen zählte. Sie begehrte er. Von ihm sollte sie lernen, wie schön die Liebe war. Er sah sie an. Sie war wieder das junge Mädchen aus Sussex: faszinierend, unwiderstehlich, mit zerzaustem Haar und roten Wangen. Mit lachenden Augen und voller Liebe.

»Oh, Maureen, meine Liebste!«

Er wollte sie wieder in seine Arme nehmen, aber mit einer sanften Bewegung befreite sie sich.

»Gerard, auch ich habe wach gelegen«, sagte sie ernst. »Die Baronin hat mir etwas erzählt, und ich habe Angst, daß es wahr sein könnte. Stimmt es, daß du dich mit Mercedes de Faenca verloben wirst? Sag mir, daß es nicht stimmt.«

Gerard antwortete sofort, aber es schien ihr eine Ewigkeit.

»Es wurde darüber gesprochen, und ich habe versprochen, darüber nachzudenken!« sagte er. »Aber das war, bevor ich dich wiedergetroffen habe. Nun möchte ich nur noch dich!«

Maureen küßte ihn glücklich auf den Mund. Nun war es an Gerard zu zögern.

»Und du, Maureen?« fragte er drängend. »Sag mir, daß es nicht wahr ist, daß du diesen dummen alten Büffel heiratest. Lord Barre!«

Maureen lachte.

»Er ist weder ein Büffel noch ist er dumm«, sagte sie. »Die Wahrheit ist, er ist ein besonders freundlicher, gütiger und vergnüglicher Mann, und ich mag ihn sehr gern.«

Heftig ergriff Gerard ihren Arm.

»Und du willst ihn heiraten«, schrie er empört.

Maureen mußte sich eingestehen, daß ihr seine wütende Eifersucht gefiel. Zeigte es doch, daß er sie liebte. Sie zwinkerte ihm zu:

»Warst du es nicht, der mir gestern nacht gesagt hat, daß ich nur aus Liebe heiraten soll?«

Erleichtert zog Gerard sie an sich.

»Also ist es nicht wahr! Und ich hatte recht, mein Liebling. Du bist für die Liebe geschaffen. Alles andere wäre ein Vergehen gegen die Natur, gegen Gott.« Er küßte sie so stürmisch, daß sie kaum Luft bekam.

»Wenn du nur wüßtest, wie verrückt ich danach bin, dir zu zeigen, wie schön die Liebe ist!« sagte er mit drängender Leidenschaft.

Maureen sah ihn an.

»Ich möchte, daß du es mir zeigst«, sagte sie. Dann lachte sie glücklich. »Etwas habe ich schon gelernt. Wie man küßt und wie man sich küssen läßt. Ich hätte nie gedacht, daß es so schön ist.«

»Das ist erst der Anfang!« erklärte Gerard.

»Dann bringe mir mehr bei«, antwortete Maureen. »Du wirst

in mir eine aufmerksame Schülerin haben, das verspreche ich dir, Gerard.«

»Maureen«, rief Gerard, kaum noch seiner Sinne mächtig. »Du weißt nicht, was du sagst. Liebe bedeutet auch ... bedeutet auch die innigste Vereinigung zwischen Mann und Frau.«

»Das weiß ich, Gerard«, sagte Maureen. »Ich bin auf einem Bauernhof groß geworden. Im Frühling paaren sich die Tiere, und ich habe sie dabei beobachtet. Es ist Gottes Wille ...«

»*Bon Dieu*!« rief Gerard überrascht. Dieses unschuldige Mädchen sprach über die Liebe, als wüßte sie alles. War es möglich, daß sich ihr bereits so ein Schlingel vom Land genähert hatte? Der Gedanke daran verärgerte Gerard. Er begehrte sie, aber vor allem wollte er sie beschützen. »Maureen, ist dir wirklich klar, was es bedeutet ... wenn du und ich ... dann kannst du weder Lord Barre noch jemanden anderen heiraten. Dann ...«

»... Ich weiß genau, was ich will, Gerard«, unterbrach ihn Maureen. »Wie kannst du nur glauben, daß ich Lord Barre oder jemanden sonst heiraten möchte? Ich gehöre dir, und so wird es immer sein. Ich vertraue meinem Herzen ...« – sie legte ihre Hand an ihre Brust –, »und ich vertraue meinem Verstand. Wie kann ich einen anderen lieben, wenn ich dich liebe?«

So sehr ihm diese Worte schmeichelten, Gerard war unsicher. Durfte er zulassen, daß ein noch nicht sechzehnjähriges Mädchen ihre Zukunft von einem Augenblick auf den anderen festlegte? Er konnte sie ja nicht heiraten. Was konnte er ihr bieten? Seinen Schutz? Und was geschah, wenn er nach Frankreich zurückkehrte?

Unglücklich und in entsetzlichem Konflikt mit sich selbst entfernte er sich ein paar Schritte. Ängstlich beobachtete ihn Maureen. War seine Liebe doch nicht groß genug? Hatte sie ihm leichtfertig vielleicht mehr geboten, als er von ihr wollte?

»Gerard! Bitte. Sprich mit mir! Warum bist du so verstört?«

Gerard drehte sich um und kam wieder auf sie zu. Stürmisch und besitzergreifend nahm er sie in seine Arme.

»Es ist ... ich liebe dich mehr als alles auf der Welt. Dein Glück ist mir wichtiger als mein eigenes!«

»Ich empfinde ebenso, Gerard. Es gibt nichts, was wir bedauern müßten.«

Gerard entließ sie langsam aus seinen Armen.

»Wir sind schon sehr lange hier!« sagte er. »Die Zofe und der Junge könnten Schwierigkeiten mit den Pferden haben. Auch

Tante Clarrie wird sich schon wundern, wo du so lange bleibst!«

Maureen seufzte. »Ich fürchte, du hast recht! Aber wir sehen uns bald wieder, ja?« Spöttisch sah sie ihn an: »Außerdem, Gerard, hast du mir versprochen, mich die Liebe zu lehren, und ich kann es kaum erwarten . . .«

Von ihren Worten bis zum Äußersten erregt wollte Gerard sie an sich reißen und sie küssen, mit großer Mühe aber beherrschte er sich, nahm ihre Hand und führte sie den Pfad entlang zurück zum Fluß. Plötzlich sagte Maureen:

»Morgen abend begleitet Sir John Tante Clarrie in die Oper. Eine Art Wiedergutmachung, weil sie bei der Soirée nicht dabeisein konnte. Sir John hat mich auch eingeladen, aber . . . aber wenn du es möchtest, Gerard, bleibe ich zu Hause. Und vielleicht könnten wir dich, wenn Rose mir dabei hilft, ins Haus schmuggeln, ohne daß Hannah etwas bemerkt. Wie denkst du darüber, Gerard?«

»Ich denke, daß es höchst unanständig, aber herrlich wäre!« antwortete Gerard. »Ich werde mich unter deinem Fenster verstecken, Liebling. Dann kannst du mir ein Zeichen geben.«

Deutlich stand die Freude über den unerwarteten Vorschlag in seinem Gesicht geschrieben. Maureen hätte tanzen mögen vor Glück.

»Liebe ist eine merkwürdige Sache. Ich hätte nie gedacht, daß sie so glücklich macht. Ich fühle mich wie eine Schwalbe. Wie im siebenten Himmel! Und du, Gerard? Geht es dir nicht ebenso? Hast du je zuvor dieses Gefühl gehabt?«

Gerard zögerte nur einen Augenblick. Nein, es stimmte. Noch nie zuvor hatte er so innige Liebe gefühlt; Maureen hatte nicht nur sein Begehren erweckt, sondern auch sein Herz erobert. Sie war das Mädchen, das er heiraten wollte. Die Umstände ihrer Herkunft störten ihn nicht. Aber was blieb, war das heikle Geldproblem. Weder sie noch er hatten genug. Aber es war lebenswichtig für ihn. Er war der Sohn seines Vaters, des Vicomte de Valle, und er hatte seiner Mutter versprochen, den Ruf und das Glück der Familie wiederherzustellen.

Gerard entschloß sich, zu Hause in seinem Zimmer noch einmal darüber nachzudenken. Es war so vieles zu bedenken. Sir John würde einer Heirat mit Maureen niemals zustimmen. Seine Mutter, wenn sie noch lebte, würde Maureen sehr gern haben, aber als zukünftige Vicomtesse de Valle konnte sie sie nicht akzeptieren. Wenn sie heirateten, würde die Gesellschaft sie verdammen, denn er hatte weder Einfluß noch Macht, nicht in Frankreich und schon gar nicht in England.

Was die finanziellen Sorgen betraf . . . natürlich konnte er in der Armee genug für ihren Lebensunterhalt verdienen. Aber wenn die Offiziersfrauen die Wahrheit über Maureen herausfanden, würden sie sie verstoßen, und er müßte wahrscheinlich seinen Rücktritt erklären.

Gerard seufzte. Wie sollte er alle diese Probleme lösen?

Gerard hatte noch keine Lösung gefunden, als er am nächsten Abend zum Orchid House kam. Maureen hatte Wort gehalten. Rose hatte ihr versprochen, die Terrassentür nicht abzuschließen, damit Gerard unbemerkt hereinschlüpfen konnte.

In der Dunkelheit des Salons begrüßte Maureen Gerard. Sie flüsterte warnend:

»Hannah ist noch nicht im Bett. Wir müssen in mein Schlafzimmer gehen. Rose wartet bei der Tür und gibt uns ein Zeichen, wenn sie die Kutsche von Tante Clarrie kommen hört.«

Auf Zehenspitzen schlichen sie die Treppe hinauf und betraten Maureens Zimmer. Gerard konnte im Licht des brennenden Kaminfeuers Maureens Gesicht sehen. Sie war glücklich.

Gerard nahm sie in seine Arme und küßte sie auf den Mund, der sich sehnsüchtig dem seinen genähert hatte.

»Ich habe dich so vermißt!« flüsterte sie. »Die Zeit schien überhaupt nicht zu vergehen. Ich habe von dir geträumt!«

Ihr liebevoller Empfang erregte Gerard. Sein Entschluß stand fest. In diesem Augenblick gab es nichts Wichtigeres, als daß sie sich liebten.

Zärtlich, seine eigene Ungeduld bezwingend, drängte er sie zum Bett. Ihr schönes Haar bedeckte sein Gesicht, als sie sich an ihn preßte, und liebevoll strich er ihre Locken beiseite, damit er ihr in die Augen sehen konnte.

Maureen war nicht im geringsten ängstlich, als seine Hände begannen, ihr Kleid aufzuknöpfen. Als seine Finger ihre nackte Brust berührten, zitterte sie unter ihm vor Verlangen, und ihre Arme zogen ihn noch näher an sich heran.

»Liebste, Schönste . . .« flüsterte Gerard und küßte sie immer wieder, während er sie weiter entkleidete. »*Mon amour! Ma chère petite. Comme je t'aime!*« murmelte er.

Maureens junger Körper erbebte vor Lust unter seinen Berührungen. Ihre Sehnsucht nach ihm war unbeschreiblich. Er hatte nicht von Heirat gesprochen, aber für sie stand fest, daß sie

Mann und Frau würden. Sie hatte nur eine vage Vorstellung von den Schwierigkeiten. Sie wußte, daß sie ihm nichts bieten konnte als ihr Herz und ihre Liebe.

In natürlicher Selbstverständlichkeit erwiderte sie seine Zärtlichkeiten. Niemals hatte Gerard so etwas erlebt. Er fürchtete den Augenblick, wo er ihr wehtun mußte, aber als es soweit war und er mit innigster Liebe tief in sie hineindrang, fühlte er ihre Hingabe, ihre völlige Erlösung in dem, was sie taten, und er überließ sich, fast von Sinnen, ganz ihrem willigen und vor Leidenschaft zuckenden Schoß.

Erschöpft und glücklich lagen sie dann in inniger Umarmung zufrieden Seite an Seite. Niemals zuvor hatte Gerard eine solche Erfüllung erlebt. Keine Frau in dieser Welt konnte ihm nun jemals so viel bedeuten wie Maureen. Sie war ein Teil von ihm und er ein Teil von ihr. Es gab kein Zurück.

Träumerisch betrachtete Maureen ihren Geliebten. Ihre Fingerspitzen berührten zärtlich sein Gesicht, die Nase, die hohen Backenknochen, seine weichen Lippen, mit denen er sie küßte. Sie streichelte seine muskulösen Schultern, die schmale Taille, die männlichen Hüften . . . In ihren Augen sah er die Freude und Liebe, mit der sie es tat, und er fühlte sich jung und mächtig – er war der König; die ganze Welt würde er ihr zu Füßen legen und sie beschützen.

»Ich werde dich immer lieben!« flüsterte er, und seine dunkelbraunen Augen leuchteten.

Maureen seufzte.

»Ich wünschte, wir könnten ewig so zusammenbleiben. Aber ich fürchte, du mußt bald gehen. Ich darf nicht daran denken. Können wir nicht fliehen und uns verstecken? Man wird mir ansehen, was passiert ist. Ich bin jetzt eine Frau, nicht wahr?«

Zärtlich lächelte Gerard sie an.

»*Mon écureuil*!« sagte er liebevoll und küßte sie. Unglücklich fügte er hinzu: »Mich von dir zu trennen, scheint mir unvorstellbar. Aber ich muß bald nach Frankreich zurückkehren. D'Artois bereitet einen neuen Angriff auf das Regime vor. Ich kann nicht einmal sagen, wie lange ich weg sein werde.«

Entsetzt hielt Maureen den Atem an. Bis zu diesem Augenblick hatte sie keinen Gedanken an die Zukunft verschwendet; geschweige denn daran gedacht, daß Gerard England verlassen würde, obwohl sie doch die Lage in Frankreich kannte und von Gerards Bemühungen wußte.

»Oh, nein! Gerard! Du könntest getötet werden oder verwundet. Allein die Vorstellung macht mich verrückt!«

»Liebling, aber du möchtest doch, daß ich meiner Pflicht nachkomme? Sonst würde ich dich nie verlassen, das weißt du!«

Unglücklich schüttelte Maureen ihren Kopf.

»Wann mußt du fort?« preßte sie hervor.

»Ich weiß es nicht genau. In etwa einer Woche. Ich erwarte neue Anweisungen. Aber wir werden uns noch oft sehen. Wir müssen über so vieles sprechen, Pläne schmieden. Du mußt mir versprechen, daß du dich während meiner Abwesenheit nicht zwingen läßt zu heiraten. Sag mir, daß du auf mich warten wirst.«

»Oh, Gerard. Das muß ich dir gar nicht versprechen. Ich gehöre dir allein. Aber wenn es dich glücklich macht, gebe ich dir mein Wort.«

Gerard fühlte sich ihrer immer noch nicht sicher.

»Maureen, die Liebe ist ein süßer Zeitvertreib! Was, wenn ich mehr als ein Jahr fort bin? Viele Männer werden dich begehren, und es könnte sein, daß dir einer davon gefällt und du mich vergißt.«

»Ich möchte keinen anderen als dich, Gerard. Ich weiß jetzt, wie schön die Liebe ist, aber nur durch dich.«

»Verstehst du nun, warum ich gesagt habe, daß du Lord Barre nicht heiraten darfst?« fragte Gerard. »Kannst du dir vorstellen . . .«

Lachend legte sie ihm die Finger auf den Mund.

»Sprich nicht davon, Liebster. An diese Dinge habe ich nicht gedacht, wenn ich mir die Ehe vorstellte.«

»Aber Maureen, Tatsache ist doch, daß dein Ehemann auch darauf ein Recht hat!« insistierte Gerard.

»Dann *werde* und *kann* ich ihn nicht heiraten!« sagte Maureen. »Nur du sollst mich lieben dürfen!« Sie setzte sich auf. Ohne Scheu gab sie ihren schönen nackten Körper seinen Blicken preis. »Gerard, ich habe nachgedacht. Wenn das heute abend die erste Unterrichtsstunde war, wie ist dann die zweite? Doch wahrscheinlich eine Enttäuschung, fürchte ich. Denn nichts kann süßer und wundervoller sein als das, was war.«

Mit einem glücklichen Lachen zog Gerard sie zu sich herunter. »Es gibt tausend Arten, sich zu lieben, und wir werden noch tausend andere dazuerfinden. Was deine zweite Stunde betrifft, paß auf . . .«

Zehn Minuten später klopfte Rose ungeduldig an die Tür. Maureen streifte ihr Nachthemd über und eilte zur Tür.

»Oh, Madam, schnell, ich habe eine Kutsche gehört. Sicherlich ist es Mistreß Manton!«

Gerard war bereits halb angezogen. Rasch packte er die restlichen Kleidungsstücke und eilte Rose nach, die Treppe hinunter.

Maureen machte sorgfältig das unordentliche Bett, kletterte wieder hinein und zog die Decke bis ans Kinn. Im Raum unter sich hörte sie Sir John, wie er mit Tante Clarrie und Hannah sprach.

Eine Minute später kam Rose zu ihr hereingeschlichen.

»Der Vicomte hat es noch rechtzeitig geschafft!« flüsterte sie verschwörerisch. »Haben Sie keine Angst, Mistreß Maureen!«

»Ich danke dir, Rose!« flüsterte Maureen zurück. »Wir sind dir beide sehr dankbar!«

Als Rose das Zimmer wieder verlassen hatte, legte Maureen ihren Kopf auf die Stelle des Kissens, wo Gerard gelegen hatte. Sie dachte nach. Gerard war schön und unwiderstehlich. Ohne überhaupt nachzudenken, hatte sie ihm ihre Unschuld geschenkt, und sie bedauerte es nicht. Aber andere Frauen mochten dasselbe empfinden wie sie. Mercedes de Faenca war nur eine davon. Gerard hatte ihr Versprechen, ihm treu zu bleiben, aber er hatte ihr nichts versprochen. Angenommen, er wäre gerade jetzt bei der Tochter des Marquis . . .

Ich würde sie umbringen, beide! dachte Maureen. Eifersucht war ihr so neu wie die Erfahrungen der heutigen Liebesnacht. Sie versuchte an etwas anderes zu denken. Wie gemein von ihr, Gerard nicht zu trauen. »Ich werde dich immer lieben«, hatte er gesagt, und das war ein Schwur.

Maureen schloß ihre Augen, und wie ein glückliches Kind war sie sofort eingeschlafen.

Dreizehntes Kapitel
1795–1796

Am nächsten Tag hörte Maureen nichts von Gerard. Auch nicht am darauffolgenden. Ihre Augen brannten vor Enttäuschung, und ihre Wangen waren blaß. Sie sah krank aus.

Clarissa sorgte sich um sie, und in der Annahme, daß Maureen krank werden würde, befahl sie ihr, im Bett zu bleiben.

Endlich, es war am dritten Tag, kam Rose am Spätnachmittag aufgeregt in Maureens Zimmer.

»Madam, Madam, ich bringe Neuigkeiten. Oh, Mistreß Maureen! Ich habe einen Brief – von *ihm*!«

Maureen setzte sich im Bett auf und riß der Zofe den Brief aus der Hand.

»Wie bist du an den Brief gekommen?« fragte sie, und das Herz klopfte ihr bis zum Hals. Ihre Wangen röteten sich.

»Ein Botenjunge hat ihn gebracht. Der Vicomte hat ihn ausdrücklich angewiesen, auf mich zu warten und mir den Brief zu geben und niemandem sonst.«

Maureen lachte glücklich.

»Ich danke dir, Rose. Aber jetzt laß mich allein. Ich bin so aufgeregt.«

Kaum hatte sich die Tür hinter der Zofe geschlossen, brach Maureen das Siegel auf. Ihre Hände zitterten, und sie war so aufgeregt, daß sie ihre Augen schließen mußte, um sich zu beruhigen. Dann begann sie zu lesen:

> Meine Liebste, meine Schönste, *mon amour*, du kannst dir nicht vorstellen, welche Mühe es mich kostet, dir diesen Brief zu schreiben. Ich wünschte zu Gott, daß ich dir etwas anderes schreiben könnte, aber ich habe keine Wahl. Mein kleiner Liebling, glaube mir, dein Schmerz darüber kann nicht größer sein als mein eigener . . .

Maureen setzte sich auf den Bettrand. Nach diesen ersten Worten ahnte sie Entsetzliches, und sie traute sich kaum weiterzulesen. Aber es mußte sein:

Nun, zu guter Letzt, habe ich endlich eine Nachricht von meiner Mutter, und ich weiß, daß du ebenso glücklich darüber bist wie ich. Es kommt einem Wunder gleich – sie selbst hat mir geschrieben. Du kannst dir vorstellen, in welchem Zustand ich mich befinde . . .

Maureen war erleichtert. Darum also konnte Gerard sein Versprechen nicht wahrmachen und sie besuchen. Wahrscheinlich war er schon auf dem Weg zu seiner Mutter. Aber er würde zurückkommen, wenn der Krieg zu Ende war. Er liebte sie. Sie wußte es.

Wie du wahrscheinlich weißt, ist meine Mutter in Italien geboren. Ihre Familie hat, ebenso wie ich, nichts unversucht gelassen, herauszufinden, wo sie sich aufhält. Eine Cousine von ihr heiratete einen korsischen Edelmann. Dieser Gentleman, Don Emanuel de Corte, war mit der Mutter Napoleon Bonapartes befreundet, und auch er versuchte, etwas über das Verbleiben meiner Mutter herauszufinden.
Sie wurde schließlich in einem französischen Gefängnis entdeckt. Er sorgte dafür, daß sie freigelassen wurde. Und obwohl sie sehr krank ist – meine Mutter lebt! Napoleon hat seinen Einfluß geltend gemacht und erreicht, daß Schloß Boulancourt wieder für sie aufgebaut wird. Die Ländereien allerdings bleiben weiterhin aufgeteilt.
Meine Mutter war glücklich, als sie hörte, daß auch ich die Revolution überlebt habe. Sie sehnt sich danach, mich zu sehen, und so muß ich sofort abreisen. Sie lebt mit zwei alten Dienern im Schloß, in bescheidensten Verhältnissen, da nicht einmal genügend Geld da ist, um das Notwendigste zu kaufen. Niemals würde sie sich darüber beschweren, und ihr Stolz verbietet ihr, mir die wirklichen Zustände zu verraten. Das einzige, was sie von mir verlangt, ist, daß ich mich an mein Versprechen erinnere, die Ehre des Namens de Valle wiederherzustellen und, falls es mir möglich ist, Schloß Boulancourt seinen früheren Glanz wiederzugeben.
Maureen, *mon amour!* Du bist gerade fünfzehn Jahre

alt. Es wird dir schwerfallen, mich zu verstehen. Als du die meine wurdest, hoffte ich von Herzen, dich zu meiner Frau machen zu können, egal wie schwierig unsere Zukunft sich auch gestaltet hätte. Ich glaubte, daß wir mit unserer Liebe alle Probleme meistern würden. Bei meinem Leben, ich schwöre es dir, und ich bitte dich inständig, mir das zu glauben.
Seitdem ich dich bei der Baronin wiedertraf, habe ich an nichts anderes mehr gedacht als daran. Ich vergaß sogar meine liebe Mutter und das Versprechen, das ich ihr damals gegeben habe. Ich fürchte, in meinem Innersten glaubte ich, sie sei tot ...

Maureens Augen füllten sich mit Tränen. Sie war unfähig weiterzulesen. Die Worte verschwammen vor ihren Augen. Mit einem seidenen Taschentuch wischte sie ihre Tränen ab. Dann las sie weiter:

Und nun muß ich dir Dinge schreiben, die mir fast das Herz brechen. Ich kann dich nicht heiraten. Ich bin der einzige Sohn meines Vaters, verantwortlich für meine Mutter und unsere Familie. Mein eigenes Glück spielt keine Rolle. Ich muß meine Pflicht erfüllen.
Ich liebe dich, und ich werde dich ewig lieben. Aber wenn Sir John dich das nächste Mal besucht, wird er von meiner Verlobung mit Mercedes de Faenca berichten. Ich weiß, wie schmerzlich das für dich sein wird. Aber es ist besser, du erfährst es von mir.
Ich hoffe von Herzen, daß du weiterhin meiner freundlich gedenken wirst. Ich erwarte nicht, daß mir deine Liebe erhalten bleibt, aber ich bitte dich inständig, nicht zu vergessen, was wir einander gegeben haben. Darum möchte ich dich auch daran erinnern, daß du mir versprochen hast, Lord Barre nicht zu heiraten! Auch wenn wir uns niemals wiedersehen sollten.
Ich werde dich nie vergessen. Du bist für mich die schönste, die beste und die liebste aller Frauen.
Je t'aime!

Gerard, Vicomte de Valle

... auch wenn wir uns niemals wiedersehen!

Maureen wiederholte diese Worte immer wieder. Sie wollte

und konnte es nicht glauben. Sie liebte Gerard, er war ihr Leben. Er konnte sie nicht einfach verlassen. Die Vicomtesse de Valle war an allem schuld, dachte Maureen bitter. Dem Sohn das Mädchen zu nehmen, das er liebte! Welches Recht hatte sie dazu?

Aber geschah es wirklich gegen seinen Willen? fragte sich Maureen unglücklich.

Nein, er selbst hatte sich so entschieden. Er sprach von Ehre – und im gleichen Atemzug von der Verlobung mit Mercedes. Das war doch eher diplomatisch, denn damit kam er zu Reichtum und infolgedessen vielleicht wieder zu seinen Ländereien. Er hatte sich verkauft.

»Oh, Gerard!« murmelte Maureen. »Das ist nicht die Liebe!«

Ihre Jugend und ihr Schmerz veranlaßten sie, ihn zu verdammen. Denn ihre eigene Liebe war absolut. Sie fragte nicht danach, wie sehr Gerard seine Mutter liebte und wieviel es ihn kostete, sein Versprechen zu halten. Die Liebe hatte sie blind gemacht. Maureen wußte nur, daß sie alles wieder verloren hatte.

Sie hörte auf zu weinen, trocknete ihre Tränen und las den Brief langsam zum zweiten Mal. Dann verbrannte sie ihn.

Maureen sah kaum auf, als die Türglocke läutete. Gerard konnte es nicht sein, das wußte sie jetzt. Warum also unnötig hoffen? Er hatte ihr keine Hoffnung gelassen.

Rose klopfte an die Tür.

»Es sind wieder Blumen für Sie gekommen, Madam!« sagte sie. »Mistreß Manton hat Tulpen bekommen, aber sie sind längst nicht so schön wie diese weißen Rosenknospen, und die sind für Sie. Wollen Sie sie nicht anschauen? Lord Barre schickt sie . . .«

Maureen betrachtete nachdenklich die noch geschlossenen weißen Blüten. Jede war wie die Liebe, dachte sie. Schön, perfekt, ein Wunder der Natur. Aber diese Rosen würden erblühen, ihre Liebe nicht. Vorsichtig berührte sie eine Blüte. Irgendwann würde die Rose ihre Blütenblätter verlieren. Vielleicht war es mit ihrer Liebe zu Gerard ebenso.

Hoffentlich bald, dachte sie unglücklich. Lieber Gott, laß es bald geschehen.

Die Glocke läutete schon wieder. Rose eilte hinunter. Diesmal war es Sir Danesfield.

»Sir John bittet mich, Ihnen zu sagen, daß er sehr glücklich wäre, wenn Sie hinunterkämen«, richtete Rose aus.

Maureen wollte die Zofe schon mit einer höflichen Ausrede nach unten schicken, aber als sie bemerkte, wie diese auf die Asche im Kamin starrte, änderte sie ihren Entschluß. Sie richtete sich auf und sagte mit stolz erhobenem Kopf:

»Sage Sir John, daß ich gleich komme!«

Mit besonderer Sorgfalt wählte sie ein Kleid aus, zog es an, kämmte sich die Haare und rieb sich die Wangen, damit sie sich röteten. Fast trotzig nahm sie eine der weißen Rosenknospen und steckte sie sich ins Haar. Kritisch betrachtete sie sich im Spiegel. Zufrieden mit sich verließ sie ihr Zimmer und ging nach unten.

»Meine liebe Maureen!« begrüßte Clarissa sie. »Geht es dir auch gut genug? Du siehst besser aus. Deine Wangen sind wieder rot, und du siehst entzückend aus.«

Maureen knickste vor ihrem Vater.

»Guten Tag, Papa!« sagte sie, und es war das erste Mal, daß sie ihn von sich aus so ansprach.

Sir Johns Erstaunen war dementsprechend groß. Ausgerechnet jetzt hatte er Neuigkeiten, die seine Tochter unglücklich machen mußten.

»Siehst du die schöne Rose in meinem Haar?« fragte Maureen und riß ihn aus seinen Gedanken. »Lord Barre hat mir ein wunderschönes Bouquet geschickt. Er ist immer so freundlich zu mir.«

»Er ist ein netter Kerl!« sagte Sir John. »Hast du schon darüber nachgedacht, was ich dir letzthin sagte?«

»O ja, ich habe mich ernsthaft damit auseinandergesetzt!« sagte Maureen ruhig. »Zuerst dachte ich, daß Lord Barre wirklich viel zu . . . nun, viel zu alt für mich sei. Aber dann, vor allem nach der Soirée bei Lisa von Eburhard, wurde mir klar, wie schön es für mich wäre, eine richtige Lady zu sein, mit einem schönen Haus, Kleidern und kostbarem Schmuck. Man sagt, Lord Barre sei sehr reich. Stimmt das?«

Clarissa erkannte Maureen kaum wieder. Niemals hätte sie vermutet, daß das Mädchen habgierig sei, und doch war es so. Jedenfalls kam es ihr jetzt so vor. Trotzdem, die Vorstellung, daß sie den alten Mann heiraten würde, war absurd, mochte John darüber denken wie er wollte.

»Mein liebes Kind, ich kann dir gar nicht versichern, wie sehr ich mich freue«, sagte Sir John fröhlich. »Gilbert wird verrückt, wenn er das erfährt. Selbstverständlich wird er sofort formell um deine Hand anhalten. Du mußt seinen Antrag nicht gleich beim ersten Mal akzeptieren – es wäre sogar diplomatischer, es ihn ein zweites Mal versuchen zu lassen. Dann werden wir uns überlegen, wie wir die Hochzeit arrangieren und uns um deine Aussteuer kümmern. Das Beste ist gerade gut genug. Du sollst nicht als Aschenputtel bei Gilbert einziehen.«

Clarissa war außerstande, sich länger zurückzuhalten.

»Maureen ist gerade fünfzehn, John. Es ist falsch, sie so jung zu verheiraten!«

»Pah!« rief Sir John. »Meine eigene Mutter wurde mit vierzehn verheiratet. Naja, vielleicht wäre eine Verlobungszeit von einem Jahr angebracht. Das entspricht absolut den Regeln. Wir wollen nichts übereilen. Womöglich kämen die Leute auf falsche Gedanken. Was meinst du, Maureen?«

»Wie du es für richtig hältst«, antwortete Maureen demütig und fuhr fort: »Du hast mir versprochen, Papa, daß ich ein eigenes Pferd bekomme und daß Dickon als mein Reitknecht nach London kommt. Und ich habe meine Musik. Das Jahr wird schnell vergehen.«

»Du hast recht. Versprochen ist versprochen«, sagte Sir John und streichelte ihre Hand. »Ich werde mich darum kümmern . . . den Sales werde ich noch heute schreiben, und dann schaue ich mich nach einem guten Pferd um. Kein zu langsames, eh?« fügte er augenzwinkernd hinzu. Er wußte, daß Maureen eine ausgezeichnete und furchtlose Reiterin war.

Erst als er aufstand, um sich zu verabschieden, fiel ihm der eigentliche Grund seines Besuches ein.

»Jetzt hätte ich es fast vergessen . . . Gerard de Valle hat sich mit Mercedes de Faenca verlobt. Ist das nicht fabelhaft? Und stell dir vor, Clarrie, er hat endlich Nachricht von seiner Mutter. Die Arme war im Gefängnis, aber ihre Familie hat es mit Bonapartes Hilfe geschafft, daß sie freigelassen wurde. Gerard ist natürlich sofort nach Frankreich zurückgekehrt. Der Marquis de Faenca gibt seiner Tochter einen guten Batzen Geld mit in die Ehe. Die de Valles werden es brauchen.«

Unwillkürlich ballte Maureen die Hände, bis die Knöchel weiß hervortraten. Davon abgesehen, behielt sie ihre Fassung. Aber Clarissa konnte sich denken, was in ihr vorging.

Als Sir John gegangen war, setzte sie sich zu Maureen.

»Ich glaube, jetzt verstehe ich erst, warum du einverstanden bist, Lord Barre zu heiraten. Maureen, ich weiß, es ist der Wunsch deines Vaters, und ohne Zweifel bringt dir diese Heirat Vorteile, aber ... aber ich bitte dich inständig, nochmals in Ruhe darüber nachzudenken. Noch kannst du nein sagen.«

Maureen konnte kaum ihre Tränen zurückhalten. Mit letzter Anstrengung sagte sie:

»Warum sollte ich? Lord Barre ist ein so netter Mann, und ...« Sie unterbrach sich, unfähig, den angefangenen Satz zu beenden.

Liebevoll nahm Clarissa sie in ihre Arme.

»Aber du liebst ihn nicht! Dein Herz hat der junge Vicomte erobert. Ich glaube, mit deiner Entscheidung, Lord Barres Frau zu werden, willst du der Welt nur beweisen, daß du dir nicht das Geringste aus Gerard de Valle machst!«

Die Tränen liefen über Maureens Wangen. Das jämmerliche Gefühl, ihren Kummer herausschreien zu wollen, war übermächtig. Schluchzend barg sie ihren Kopf an Clarissas Busen.

»Meine arme Kleine«, tröstete Clarissa sie. »Ich kann dich so gut verstehen. Aber du bist jung ... du wirst ihn vergessen. Es gibt noch genug andere Männer – genauso schön, genauso charmant. Du mußt der Liebe nur die Chance geben, auch wenn du jetzt enttäuscht bist. Ich hoffe, dein Vater vergibt mir, aber ich rate dir dringend ab, Lord Barre zu heiraten. Warte, bis die Liebe noch ein zweites Mal zu dir kommt.«

Unglücklich hob Maureen ihr tränenverschmiertes Gesicht.

»Es gibt kein zweites Mal, Tante Clarrie. Ich werde nie einen anderen lieben können. Ich liebe Gerard bis zu meinem Tod. Ich glaubte ihm, als er sagte, daß er mich liebe. Aber es stimmt nicht. Ich bin für ihn nicht reich und vornehm genug. Und diese Dinge sind ihm wichtiger als seine Liebe zu mir. Wenn das die Liebe ist ... dann ist sie grausam. Ich kann darauf verzichten!«

Clarissa seufzte. Sie hatte recht behalten. Die beiden jungen Menschen hatten sich ineinander verliebt. Gottlob war ihnen nicht genug Zeit geblieben ... Maureen würde ihren Liebeskummer bald überwinden.

»Du wirst sehen, es dauert nicht lange, dann geht es dir wieder besser«, sagte Clarissa überzeugt.

Aber Maureen glaubte ihr nicht.

»Mir ist klar geworden«, sagte sie bitter, »daß ich Lady Barre werden muß. Das erleichtert mein zukünftiges Leben. Glaubst du, es war schön für mich zu wissen, daß ich nur mit

Hilfe einer Intrige ins Haus der Baronin eingeladen wurde? Ja, wenn ich Sir Johns eheliche Tochter wäre – man würde mich nicht so erniedrigen. Ich könnte sogar Gerard heiraten. Stimmt das nicht?«

»Bitte, Maureen, spricht nicht so!« rief Clarissa, nun ebenfalls den Tränen nahe. »Es läßt sich nicht ändern. Man kann nichts dagegen tun!«

Maureen stand auf und sah sie an.

»Doch, Tante Clarrie, man kann! Ich werde kämpfen. Ich werde Lord Barres Frau. Dann bin ich gut genug, und ich werde überall eingeladen werden. Das ist doch richtig, oder?«

Clarissa nickte traurig.

»Dann sage nichts mehr gegen meine Verlobung. Wenn ich schon auf die Liebe verzichten muß – auf Reichtum und Macht wenigstens nicht!«

Man schrieb das Jahr 1796. Dickon war glücklich. An diesem herrlichen Frühlingsmorgen ritten er und seine junge Herrin durch die liebliche Landschaft. Maureen im königsblauen Reitdreß auf ihrer edlen Stute Celeste vorweg, und er folgte ihr dicht auf den Fersen. Maureen riß sich den Hut vom Kopf und ließ ihre Haare vom Wind zerzausen.

Sobald sie die Straßen hinter sich gelassen hatten, gab Maureen ihrer Stute die Sporen und galoppierte los. Dickon wußte, daß sich Maureen mit diesem mörderischen Ritt einen kurzen Augenblick der Freiheit vorgaukelte. Hier draußen mochte er sie am liebsten. Wenn er sie in London zu den großen Geschäften begleitete, in denen sie ihre Aussteuer zusammenkaufte, war sie meistens traurig und blaß und in Gedanken verloren, von denen er keine Ahnung hatte. Es drängte ihn, ihr zu helfen, aber er wußte nicht wie.

Einmal hatte sie bei einem Ausritt ihr Pferd an seine Seite gelenkt, und sie hatten sich nicht wie Herrin und Diener unterhalten, sondern kameradschaftlich wie in ihrer Kindheit. Maureen sprach von der bevorstehenden Hochzeit:

»Ich werde so reich sein, Dickon, daß ich mir alles in dieser Welt kaufen kann. Ich werde eigenes Geld haben. Lord Barre hat nichts dagegen, wenn ich etwas davon deinen Eltern schicke. Und Lord Barre hat zugestimmt, daß du mein Reitknecht bleibst und mit mir in das neue Haus kommst. Vielleicht wirst du sogar Oberreitknecht. Dann kannst du in einem eigenen Zimmer über dem Stall wohnen. Wenn du möchtest, können wir das Fohlen von Colombe nach London holen. Lord Barre erfüllt mir jeden Wunsch. Habe ich nicht Glück?«

Dickon hatte Lord Barre des öfteren getroffen, wenn er nach Richmond zu Besuch kam. Er war ein netter Mann und verhielt sich dem Personal gegenüber anständig. Er machte kein Hehl daraus, wie sehr er Maureen bewunderte, und sein Antrag war höchst ehrenvoll für sie. Trotzdem wunderte sich Dickon, daß Maureen sich nicht einen jüngeren Mann ausgesucht hatte. Nach dem Grund dafür zu fragen, traute er sich nicht. Er hatte sich damit abgefunden, ihr dienen zu dürfen.

Dickon war vor einem halben Jahr nach London gekommen. Für Maureen hatte das viel bedeutet, denn seit ihrem offenen Gespräch mit Tante Clarrie kam sie sich irgendwie verlassen vor. Dickon war genau die richtige Gesellschaft für sie. Er war ehrlich und einfach, und man konnte sich auf ihn verlassen. Er blieb unangefochten von Klatsch und Intrigen der Gesellschaft, und daher fühlte sich Maureen in seiner Gegenwart wohl.

Solange sie nicht an Gerard dachte, war sie recht glücklich. Seitdem ihre Verlobung mit Lord Barre bekanntgegeben worden war, lebte sie im Strudel der Ereignisse. Zusammen mit Tante Clarrie kümmerte sie sich um ihre Aussteuer. Die Einkäufe bei Schustern, Schneiderinnen, Pelznäherinnen und Hutmacherinnen beschäftigten sie sehr. Ihr Zimmer füllte sich mit immer neuen Anschaffungen.

Wenn Maureen Zeit hatte, besuchte sie Lord Barre in seinem Haus. Er hatte ihr nahegelegt, sich mit ihrem neuen Zuhause und der großen Dienerschar anzufreunden.

Obwohl er allein lebte, führte er einen aufwendigen Haushalt. Die vielen Angestellten waren in grün-silberne Livreen gekleidet, und Maureen konnte sie kaum voneinander unterscheiden.

Das Haus war so groß, daß Maureen anfangs Angst hatte, sich darin zu verirren. Am eindrucksvollsten war die große Halle, von der zwei Treppen hinauf in den ersten Stock führten, wo sich unzählige Schlafzimmer befanden.

Lange, dunkle Gänge führten zu dem Trakt, wo die Angestellten lebten. Maureen fand sich nur mit Hilfe der Haushälterin dort zurecht. In einem Raum aßen der Butler, die Haushälterin, der Oberstallmeister und der Kammerdiener. Diese wichtigsten Bediensteten hatten sogar ein Mädchen, das ihnen aufwartete. Das übrige Personal aß in der großen Halle neben der Küche.

Die Küche war riesig. Als Maureen sie das erste Mal besichtigte, wurde gerade das Mittagessen zubereitet. Es herrschte ein geschäftiges Treiben, Diener eilten in Speisekammern und Keller; andere rannten nach oben, weil nach ihnen geläutet wurde.

Die Aussicht, so zu leben, ängstigte Maureen keineswegs, obwohl sie keine entsprechende Erfahrung hatte. Gilbert, ihr Vater und Tante Clarrie trauten ihr zu, den großen Haushalt in den Griff zu bekommen, also würde sie es schaffen.

Als erstes entschloß sie sich, Listen mit den Namen der Diener und ihrer speziellen Aufgaben anzufertigen und sich genau zu merken, wo sich welcher Raum in dem großen Haus befand.

Lord Barre ließ sie nicht im unklaren, daß er bereit war, alles für sie zu tun. Ein Raum wurde bereits zum Musikzimmer umgewandelt, und er hatte ihr versprochen, falls sie es wünschte, Franz Mehler ins Haus zu holen, damit sie weiter Klavierstunden nehmen konnte. Außerdem ließ Lord Barre gerade das Hochzeitszimmer herrichten. Er habe sich dafür eine kleine Überraschung ausgedacht, sagte er. Überhaupt schienen seine kleinen Überraschungen kein Ende zu nehmen. Erst kürzlich war eine bis oben hin beladene Kutsche vorgefahren, mit Dingen, die er in der Parfümerie für sie ausgesucht hatte.

Maureen hatte versucht, Tante Clarrie zu überreden, mit ihr in das herrliche Haus zu ziehen. Aber Clarissa lehnte ab mit der Begründung, daß Orchid House ihr Zuhause sei, ihres und das Sir Johns. Sie würde Maureen sehr vermissen, hoffe aber, daß sie oft zu Besuch käme.

Die Hochzeit warf einige Probleme auf. Die Feier konnte natürlich nicht im Haus ihres Vaters stattfinden; noch weniger in dem kleinen Haus in Richmond. Schließlich löste die freundliche Baronin Eburhard dieses Problem, indem sie sich erbot, in Lord Barres Haus als Gastgeberin zu fungieren. Die Trauung würde in einer kleinen Kapelle auf dem Land stattfinden. Sofort danach würden Kutschen die Braut und den Bräutigam und die wenigen Gäste zurück nach London bringen. Niemand würde wissen, daß die Braut weder Freunde noch Verwandte hatte. Der große Bekanntenkreis Lisa von Eburhards konnte ebensogut als der von Maureen oder von Lord Barre gelten.

Die Tatsache, daß sogar ihre Hochzeit *heimlich* stattfinden mußte, erregte Maureen nicht besonders. Sie war jung und weiblich genug, sich über die neuen Kleider zu freuen, die schöner und kostbarer waren, als sie es sich in ihren kühnsten Träumen vorgestellt hatte. Den Gedanken, daß sie diese herrlichen Kleider für Lord Barre und zu dessen Erbauung tragen würde, versuchte sie zu verdrängen. Manchmal träumte sie davon, eines Tages Gerard und Mercedes zu begegnen. Sie würde dann viel schöner sein als die Frau, die er sich ausgesucht hatte.

Zwei Tage vor der Hochzeit erklärte Maureen Tante Clarrie, daß sie ohne Rücksicht auf den Trubel ausreiten würde. Es war die einzige Möglichkeit für sie, ihre Ängste, Zweifel und Sorgen loszuwerden. Und die Müdigkeit, mit der sie von solchen Ausritten zurückkehrte, half ihr, die Sehnsucht zu bekämpfen, die ihren Verstand und ihren Körper erfüllte.

Dickon und Maureen befanden sich bereits auf dem Rückweg, als sie einen Reiter entdeckten, der ihnen im rasenden Galopp entgegenkam. Instinktiv lenkte Dickon sein Pferd vor das ihre, um sie zu beschützen.

Aber zu seiner großen Verwunderung handelte es sich um einen ausgezeichneten Reiter, der sein Pferd direkt vor ihnen parierte. Ohne Dickon zu beachten, sagte der Fremde:

»Maureen! Dem Himmel sei Dank, daß ich dich gefunden habe!«

Ängstlich sah Dickon seine junge Herrin an. Er bemerkte, wie sie zuerst blaß, dann wieder rot wurde. Der Mann kam ihm bekannt vor, aber er erkannte ihn erst, als Maureen seinen Namen aussprach:

»Gerard!« sagte sie mit zitternder Stimme. »Was machst du hier?«

»Schick deinen Reitknecht fort!« sagte er drängend. »Ich muß mit dir sprechen. Allein!«

Als Dickon das hörte, schaute er fragend zu Maureen. Sie nickte und stieg mit Hilfe des Vicomte vom Pferd. Dieser reichte Dickon die Zügel beider Pferde. Dann nahm er Maureens Arm und führte sie ein Stück den Weg entlang, den sie gerade gekommen waren.

Maureen war völlig durcheinander. Nur mit unsagbarer

Mühe konnte sie sich beherrschen, so groß war ihre Freude. Gerard war hier. Er hatte sie gesucht. War es möglich, daß er endlich gemerkt hatte, daß außer ihrer Liebe zueinander nichts zählte?

»Was machst du hier?« fragte sie ein zweites Mal.

Schweigend nahm er sie in seine Arme und küßte sie stürmisch.

»Du darfst nicht heiraten!« sagte er, als er sie wieder losließ. »Ich habe erst heute davon erfahren. Maureen, mon amour, du hast mir geschworen, es nicht zu tun. Und doch ist alles arrangiert . . . für übermorgen.«

Maureen achtete nicht auf seine Worte, verstand sie nicht einmal, so glücklich war sie. Die Hochzeit würde nicht stattfinden. Gerard liebte sie, und er war zurückgekommen. Ein Glück, daß es noch nicht zu spät war.

»Ich war bei Tante Clarrie«, sagte er. »Zuerst wollte sie mir nicht sagen, wo ich dich finde, aber schließlich habe ich sie überzeugt, wie wichtig es für dich und mich ist. Als sie mir sagte, daß du in den Wäldern beim Fluß bist, nahm ich an, dich hier, an unserem Platz, zu finden. Ich hoffte es inständig. Maureen . . . Maureen . . .«

Als er sie wieder in seine Arme nahm, weinte und lachte sie in einem. Zärtlich bedeckte er ihr Gesicht mit kleinen Küssen.

»Und was ist mit deiner Hochzeit?« fragte sie.

Gerard verzog sein Gesicht.

»Ich bin erst vor zwei Stunden in London angekommen. Ich habe die Faencas noch gar nicht gesehen. Sir John erzählte mir, daß er mit den Vorbereitungen für deine Hochzeit beschäftigt sei, und als ich das erfuhr . . . Liebling, du kannst dir nicht vorstellen, wie entsetzt ich war. Ich dachte an dein Versprechen und . . . Sag mir schnell, daß du nur mich liebst, bitte, Maureen.«

»Ich liebe dich, Gerard, nur dich. Als ich hörte, daß du Mercedes heiratest, glaubte ich alles verloren, und ich wollte sterben. Ich sah keinen Sinn darin, ohne dich weiterzuleben. Dann überkam mich entsetzliche Wut. Die Heirat mit Lord Barre erschien mir der einzige Ausweg aus meinem Dilemma. Als Lady Barre bin ich unantastbar und so reich, wie man es sich nicht vorstellen kann. Aber jetzt, da du zurück bist, zählt das alles nicht mehr. Wenn ich dich haben kann, verzichte ich gerne auf Titel, Reichtum und gesellschaftliche Stellung. Du bist mir das Wichtigste auf der Welt.«

»Meine Liebste, meine Schönste!« flüsterte Gerard. »Ich fürchte, das habe ich nicht verdient. Aber du wirst deinen Entschluß nie bereuen, das schwöre ich dir. Bis an mein Lebensende werde ich dich lieben.«

Er legte seine Arme um sie und sah ihr tief in die Augen.

Gerard konnte sein Glück kaum fassen.

»Ich kann ohne dich nicht leben«, sagte er und küßte sie. »Wir werden glücklich sein zusammen, noch viel glücklicher als Mistreß Clarissa und Sir John. Wir werden so leben wie sie. Wenn du möchtest, kaufe ich dir ein kleines Haus nahe bei Tante Clarrie, damit du nicht so allein bist, wenn ich weg bin. Ich habe meiner Mutter von dir erzählt. Sie versteht es, daß ich dich so liebe. Sie wird es akzeptieren . . .«

»Nein!« unterbrach ihn Maureen kalt und abweisend.

»Was ist, mon amour?« fragte er unruhig. Der starre Blick in ihren Augen wollte ihm nicht gefallen. »Du zweifelst doch nicht an meiner Liebe? Oder denkst du, ich liebe dich nicht genug?«

»Nein, Gerard!« Sie sah ihm voll ins Gesicht. Ruhig und stolz sprach sie weiter: »Ich zweifle nicht daran, daß du mich liebst. Aber du verstehst etwas anderes darunter als ich. Ich möchte nicht deine Geliebte sein. Weder deine noch die eines anderen Mannes. Unterbrich mich bitte nicht. Ich verdamme dich nicht dafür, daß du es wolltest. Verdamme du mich nicht dafür, daß ich es nicht will. Niemals werde ich einen Mann als Geliebten akzeptieren, in dessen Augen ich nicht gut genug bin, seine Frau zu sein. Darum muß ich Lord Barre den Vorzug geben, der gegen jeglichen Widerstand bereit ist, mich zu heiraten. Mit dem Antrag, den du mir gemacht hast, fürchte ich, hat mein Versprechen seinen Sinn verloren. Übermorgen heirate ich!«

Gerard war verzweifelt. Er versuchte sie zu umarmen, aber sie stieß ihn zurück.

»Versuche nie wieder, mir deine Liebe zu zeigen, Gerard«, sagte sie kalt. »Ich habe entdeckt, daß die eine Stunde völlig ausgereicht hat. Du brauchst dich nicht weiter zu bemühen. Und nun ist es Zeit für Dickon und mich heimzureiten.«

Schweigend folgte er ihr, als sie zu Dickon zurückging.

Gerard sah keinen Ausweg. Er liebte sie. Der Gedanke, daß sie die Frau eines anderen würde, marterte ihn. Er hatte geglaubt, daß er es verhindern könne, aber sie hatte sich von seinem Vorschlag verletzt gefühlt. Sie vergaß wohl, wo sie herkam, dachte er ärgerlich.

Aber als er ihr und Dickon nachschaute, wie sie nach Hause galoppierten, ohne daß Maureen noch einmal zurückgeblickt hätte, wußte er, daß er sie hätte bitten müssen, seine Frau zu werden.

Aber wie konnte er? Sein Aufenthalt in Frankreich hatte ihm deutlich gemacht, daß er zu Geld kommen mußte. Er konnte Maureen nicht heiraten!

Seine Mutter, die Vicomtesse, war sehr gealtert. Krank und zerbrechlich, wie sie war, hatte sie nicht ihre Tränen zurückhalten können, als sie ihn sah. Seit dem Tod seines Vaters hatte Gerard sie nicht mehr weinen gesehen.

Langsam erholte sie sich wieder. Nach und nach erfuhr er von den Leiden und Erniedrigungen, die sie in der Gefangenschaft erlitten hatte. Aber sie hatte sich ihren Stolz bewahrt. Nicht einmal von ihrem einzigen Sohn wollte sie bemitleidet werden.

Die erlittenen Qualen hatten eine sehr fromme Frau aus ihr gemacht. Davon abgesehen, war sie nur noch von dem Wunsch besessen, den Namen de Valle reingewaschen zu sehen. Als Gerard ihr von seiner bevorstehenden Heirat mit Mercedes de Faenca erzählt hatte, war sie sehr glücklich. Sie dachte nur noch daran. In Gedanken verwendete sie bereits die Mitgift, um das Schloß neu aufzubauen, Ländereien zurückzukaufen. In diesen Tagen war Geld alles, sagte sie zu Gerard. Es konnte Wunder bewirken.

Je mehr die Vicomtesse sich erholte, desto mehr fiel ihr Gerards abweisendes Schweigen auf, wenn sie von seiner Verlobung sprach. Instinktiv witterte sie Gefahr. Gab es eine Frau, die er mehr liebte als seine zukünftige Gemahlin? Sie fragte ihn.

Unfähig zu lügen, gestand ihr Gerard seine Liebe zu Maureen.

»Sie ist die einzige, die ich jemals lieben werde!« sagte er. »Wie kann ich eine andere heiraten?«

»Die Zeit wird diese Wunden heilen, *mon petit*«, sagte die Vicomtesse ungerührt. »Da du sie liebst, ist sie sicher so schön und süß, wie du sie mir beschrieben hast. Aber du weißt, daß du sie nicht heiraten kannst. Du bist mein einziger Sohn, der letzte de Valle. Deine Pflicht ist wichtiger als deine Liebe!«

Die Vicomtesse zwang ihn, so schnell wie möglich nach London zurückzukehren. Denn obwohl Mercedes ihrem Sohn viele Liebesbriefe schrieb, fürchtete sie, daß es sich das Mädchen anders überlegen könnte, falls er zu lange zögerte.

Gegen seinen Willen entschloß sich Gerard, nach London zu

reisen. Verzweifelt versuchte er, sich gegen alles zu wappnen, was Sir John ihm von Maureen berichten würde.

Aber als der Augenblick gekommen war und Sir John ihn darüber aufklärte, daß Maureen bereits ihre Hochzeit vorbereitete, brach er fast zusammen. Er faßte den Entschluß, sie davon abzuhalten und sie zu seiner Geliebten zu machen, da er selbst ja seiner Mutter wegen gezwungen war, Mercedes zu heiraten. Als seine Geliebte konnte er Maureen beschützen und lieben.

Auf den Gedanken, daß Maureen das nicht akzeptieren würde, war er gar nicht gekommen. Aber jetzt wußte er, daß er sie endgültig verloren hatte.

Mit Tränen in den Augen bestieg er sein Pferd, ohne sich darum zu kümmern, wohin es ihn tragen würde.

Vierzehntes Kapitel
1796

Es war der Abend vor Maureens Hochzeit. Clarissa setzte sich zu ihr aufs Bett, weil sie das Gefühl hatte, ihr erklären zu müssen, was auf sie zukam.

Maureens Haar fiel auf ihre Schultern, ihr Nachthemd war keusch am Hals geschlossen. Maureen sah sehr jung aus: viel zu jung für die Braut eines alten Mannes. Clarissa hatte Mitleid mit ihr.

»Da deine liebe Mutter nicht mehr lebt, möchte ich mit dir über den morgigen Tag sprechen. Nicht über die Zeremonie . . .«, es fiel ihr offensichtlich schwer, richtige Worte zu finden . . ., »sondern . . . siehst du, mein Kind, es gibt da noch andere Dinge, nicht nur die Hochzeit, den Empfang, sondern . . . ich meine deine Hochzeitsnacht.«

Clarissa bemerkte, wie Maureen errötete, und wußte, daß das Mädchen sie verstand.

»Eigentlich möchte ich darüber jetzt noch nicht nachdenken«, sagte Maureen. »Der morgige Tag kommt schnell genug.«

»Ich weiß, Kind. Ich möchte dir nur erklären, daß du keine Angst zu haben brauchst vor dem, was passieren wird. Ich dachte, wenn ich dir . . .«

»Liebste Tante Clarrie!« unterbrach Maureen sie. »Du vergißt, daß ich auf einem Bauernhof groß geworden bin. Ich weiß, was morgen passieren wird.«

Clarissa war erleichtert.

»Dann habe ich dem nicht mehr viel hinzuzufügen. Außer vielleicht . . . es ist selbstverständlich deine Pflicht, dich den Wünschen und Begierden deines Mannes auch im Bett zu fügen. Sehr wahrscheinlich wirst du beim ersten Mal Schmerzen haben . . . aber das ist nicht zu vermeiden . . . weh tut es nur das erste Mal.«

Maureen dachte mit Widerwillen an ihre Hochzeitsnacht, und sie hatte Angst. Beherzt entschloß sie sich plötzlich, Clarissa die Wahrheit zu gestehen.

»Ich bin keine Jungfrau mehr!« sagte sie so leise, daß Clarissa sie kaum verstand. »Gerard hat mich geliebt!«

Entsetzt sah Clarissa sie an.

»Du hast dich von Gerard verführen lassen?« stammelte sie.
Obwohl es nicht dem Ernst ihrer Lage entsprach, mußte Maureen lächeln.

»Es war nicht so, wie du denkst, Tante Clarrie. Er hat mich nicht verführt! Es war unser beider Wunsch, uns zu vereinen, und ich bedauere es nicht. Es war die schönste Nacht meines Lebens, und ich weiß nun, was es bedeutet zu lieben. Nein, ich bedauere es nicht.«

Clarissa versuchte verzweifelt, ihre Fassung zu bewahren.

»Was geschehen ist, kann man nicht ändern, es hat also wenig Sinn, dir zu sagen, daß es nicht hätte passieren dürfen«, sagte sie schließlich. »Egal, wie du darüber denkst, von dem Jungen war es unverantwortlich. Er hat dich ruiniert.«

Ängstlich sah Maureen sie an.

»Wieso ruiniert?« fragte sie. »Glaubst du . . . heißt das, Gilbert wird nun nicht mehr wollen, daß ich ihn heirate?«

Clarissa räusperte sich verlegen.

»Das kann ich nicht beantworten. Sicher aber ist, daß er selbstverständlich erwartet, daß du unschuldig bist.«

»Dann muß ich ihm die Wahrheit sagen. Er muß es wissen. Dann kann er sich entscheiden«, sagte Maureen und machte Anstalten, sofort aufzustehen.

»Nein, nein, Kind, nicht!« rief Clarissa. »Das geht auf keinen Fall. Leg dich sofort wieder hin und laß mich nachdenken.«

»Ich hätte früher daran denken sollen. Lord Barre ist ein freundlicher Mann, und es wäre unfair von mir, ihn unter solchen Umständen zu heiraten.«

Clarissa seufzte. Sie bewunderte Maureens Ehrlichkeit, aber gleichzeitig war sie sich bewußt, welche Gefahren das mit sich brachte. Der Gedanke, Maureen ermutigen zu müssen, Lord Barre zu täuschen, tat ihr weh, aber es mußte sein. Als Maureen ihr von dem unglücklichen Treffen mit dem jungen Vicomte erzählt hatte, war ihr klar, daß Maureen Lord Barre heiraten mußte. Wenn eine Frau so leidenschaftlich liebte, wie Maureen es tat, war sie zu allem bereit. Womöglich würde sie tatsächlich die Geliebte des Jungen, und das war undenkbar. Je schneller sie unter der Haube war, desto besser. War sie erst einmal die Frau von Lord Barre, mußte sich Gerard von ihr fernhalten, ob er wollte oder nicht.

»Du darfst diese Nacht nie erwähnen, Maureen!« sagte Clarissa. »Wenn Sir Gilbert dich fragt, ob du jemals zuvor einen Geliebten hattest, mußt du das entschieden verneinen. Vielleicht glaubt er dir. Mit dem Geständnis, daß du Gerard liebst, würdest du ihn nur unglücklich machen. Das siehst du doch ein, Kind? Wir wollen hoffen, daß er die Wahrheit nie erfährt, sonst ... es wäre nicht auszudenken ... Mache ihn glauben, daß er dir Vergnügen bereitet, ob er es tut oder nicht. Gilbert ist in einem Alter, in dem er deine Bewunderung nötig haben wird ...«

Vierundzwanzig Stunden später lag Maureen in dem riesigen Bett in ihrem Hochzeitszimmer und erwartete ihren Ehemann.

Ihre neue Zofe Dorcas hatte sie liebevoll entkleidet, sie gebadet und parfümiert. Das Mädchen war fast genauso aufgeregt wie Maureen, denn noch nie hatte sie eine Lady für die Hochzeitsnacht vorbereitet.

Maureen entließ das Mädchen. Allein erwartete sie ihren Mann.

Erst jetzt wurde ihr klar, warum Gerard sie gebeten hatte, nicht zu heiraten, wenn sie nicht liebte. Vor Gerard hatte sie keine Angst gehabt. Sehnsüchtig hatte sie es kaum erwarten können, daß er sie liebte.

Jetzt lag sie in dem großen Bett und erwartete einen Mann, den sie nicht begehrte und dessen Berührungen sie fürchtete.

Gilbert hatte sich alle Mühe gegeben, bei der Hochzeit einen möglichst guten Eindruck zu machen. Sein Anzug war ein wenig zu modisch und jugendlich, jedoch beeindruckend. Aber was half das? Im Bett würde er nackt sein wie sie und sein Alter kaum verbergen können.

Maureen fröstelte. Es gab keinen Ausweg. Sie kämpfte mit den Tränen. Um sich abzulenken, ließ Maureen ihre Blicke durch das Hochzeitszimmer schweifen.

Gilbert hatte es völlig neu herrichten lassen. Die Wände waren mit einer französischen Blumentapete bespannt, herrliche karminrote Teppiche bedeckten den polierten Eichenholzfußboden. Das Rot wiederholte sich in den schweren Damastportieren.

Maureen sah zur Tür. Vor zwei Stunden waren die letzten Gäste gegangen. Gilbert ließ sich Zeit.

Einen Augenblick hoffte Maureen, er würde vielleicht überhaupt nicht kommen. Er hatte so viel gegessen und getrunken. Vielleicht war ihm schlecht!

Aber tief in ihrem Inneren wußte Maureen, daß es nicht so war. Bevor sie sich getrennt hatten, um jeder für sich seine Vorbereitungen zu treffen, hatte er seine Arme um ihre Schultern gelegt und gesagt: »Beeile dich, Liebste, ich kann es kaum erwarten, dich zu der Meinen zu machen!«

Auf dem Empfang hatten sie sich kaum gesehen. Eine Unmenge Gäste hatte sich eingefunden. Unbekannte Menschen hatten Maureen knicksend und sich verbeugend Glück gewünscht, ihr Komplimente gemacht. Überall waren weiße Blumen verteilt.

Weiß, die Farbe der Unschuld, dachte Maureen, während sie auf Gilbert wartete. Was würde aus ihr werden, wenn er ihr Bett zornig verließ? Wie konnte ihre Ehe glücklich werden, wenn sie mit einer solchen Täuschung begann? Trotz allem bedauerte Maureen keineswegs den Zustand, in dem sie sich befand und den ihr Mann mit Sicherheit nicht erwartete. Obwohl sie Gerard jetzt von Herzen haßte, so sehr wie sie ihn geliebt hatte, bewahrte sie das Andenken an ihre Liebesnacht wie einen Schatz. Bedauern empfand sie nur für ihren Ehemann.

Plötzlich hörte sie seine Schritte draußen vor der Tür und dann sein Klopfen. Sie zog die Decke bis ans Kinn und bat ihn herein.

Gilbert, in dem riesigen weißen Schlafmantel und einer

schrecklichen Nachtmütze, näherte sich ihrem Bett. Maureen zitterte vor Angst.

Ohne den Versuch zu machen, sie zu küssen, setzte sich Gilbert auf die Kante des Bettes. Im Kamin brannten große Buchenscheite und machten das Zimmer warm und gemütlich.

»Ich möchte etwas mit dir besprechen, Maureen!« sagte Gilbert sehr ernst. »Vielleicht hätte ich früher davon reden sollen, vor unserer Hochzeit . . . ja, es war unrecht von mir, es nicht zu tun.«

Maureen hielt den Atem an. Es bestand kein Zweifel. Er hatte die Wahrheit herausgefunden. Vielleicht hatte die kleine Rose geschwatzt. Nein, das war nicht anzunehmen. Gilbert würde seine Fragen stellen, und Maureen fühlte sich außerstande, ihn anzulügen, wie Tante Clarrie es ihr geraten hatte.

»Liebe!« redete Lord Barre weiter. »Liebe ist eine ernsthafte Angelegenheit. Sie vermittelt herrliche Freuden – aber auch entsetzlichen Schmerz. Sie kann eine Ehe erhalten oder zerstören. Verstehst du mich, Kind?«

Maureen nickte. Sprechen konnte sie nicht. Auch ihr Mann schwieg. Endlich konnte sie es nicht mehr länger aushalten:

»So sprechen Sie doch!« rief sie. »Ich werde Ihr Urteil akzeptieren, denn ich weiß, Sie sind freundlich und fair. Bitte, sprechen Sie!«

Lord Barre sah sie kurz an, dann wandte er sich ab.

»Es ist nicht leicht für mich, Maureen. Es geht um dich, um deine Zukunft, du bist meine Frau . . .«

Das brauchte er ihr nicht zu sagen.

»Haben Sie keine Furcht, Sir!« sagte sie stolz. »Wenn es Ihnen lieber wäre, nicht mit mir verheiratet zu sein . . .«

Zum ersten Mal sah Gilbert ihr direkt in die Augen.

»Nein, das ist es nicht, Kind. Ganz sicher nicht!« sagte er überrascht.

Maureen fragte sich, ob er sich bereits entschlossen hatte, ihr zu vergeben. Warum kam er dann nicht zu ihr ins Bett? Weil sie nicht mehr unschuldig war? Sie sah, daß er ihr etwas erklären wollte, aber nicht die richtigen Worte fand.

»Sie wollen nicht mit mir schlafen?« fragte sie deshalb direkt.

Gilberts Erstaunen war groß. Niemals hatte er von seiner kindlichen Frau solche offenen Worte erwartet. Aber es erleichterte ihn sehr.

»Mein liebes Kind!« sagte er nun. »Ich möchte nichts lieber

auf der Welt, und ich sehe nun, wie unrecht es von mir war, dir nichts zu erzählen, meine süße Frau, meine kleine Maureen. Ich muß dir gestehen ... ich kann gar nicht mit dir schlafen ... ich bin impotent.«

Furchtsam erwartete er ihren Ärger, ihre Enttäuschung, ihren Abscheu – aber nichts dergleichen geschah. Zu seiner größten Überraschung schlug sie die Bettdecke zurück, kniete sich neben ihn und berührte zärtlich seine Wange mit ihrer Hand.

»Oh, Gilbert!« sagte sie. »Lieber Gilbert, dann steht unserer Liebe nichts im Wege!«

Teil II
1797–1799

Fünfzehntes Kapitel
1797

»Oh, Milady, Sie sehen schöner aus als je zuvor!«

Maureen betrachtete sich im Spiegel und lächelte Rose zu, ihrer Zofe, die ihr dieses Kompliment gemacht hatte. Dorcas war inzwischen verantwortlich für die gesamte Garderobe, und weil dies eine tagfüllende Beschäftigung war, hatte Tante Clarrie ihr Rose als Zofe zur Verfügung gestellt.

»Ja, ich glaube die Farbe und die Fasson des Kleides stehen mir!« antwortete Maureen. Vorsichtig berührte sie das herrliche Smaragdkollier, das Rose ihr gerade umlegte. »Wie klug von Lord Barre, ausgerechnet diese Steine auszusuchen . . . sie passen genau zur Farbe des Kleides.«

Maureen bemerkte die geröteten Wangen ihrer Zofe.

»Oh, Rose, du hast es ihm gesagt! Er kannte die Farbe meines Abendkleides!«

Rose kicherte.

»Ja, Milady, aber es war ein Geheimnis. Ich mußte ihm versprechen, es nicht zu verraten. Es ist ein herrlicher Schmuck!«

Der liebe, aufmerksame Gilbert, dachte Maureen und befestigte die Smaragdohrringe in ihren Ohren. Ein so kostbares Geschenk zum Hochzeitstag! Es machte ihm besondere Freude, sie immer wieder aufs neue zu überraschen. Maureen war gerührt, daß er daran gedacht hatte, Rose nach der Farbe ihres neuen Abendkleides zu fragen, das sie heute abend bei dem großen Fest tragen würde.

Sie mußte ihm sofort dafür danken. Wie immer würde er sich vor Verlegenheit winden und ihr erklären, daß die Freude, die sie ihm bereite, Dank genug sei.

»Was für ein Glück ich gehabt habe, so einen guten Mann zu heiraten. Findest du nicht auch, Rose?« sagte Maureen glücklich. »Ich hätte es nie für möglich gehalten, daß man so zufrieden sein kann.«

Rose merkte die versteckte Anspielung in den Worten ihrer Herrin. Sie hatte ja damals den jungen Vicomte de Valle gesehen, sogar ihr heimliches Rendezvous ermöglicht. Sie kannte sich aus. Obwohl Maureen sich ihr nie anvertraut hatte, verstand Rose sehr gut, wie es sein mußte, seine erste Liebe zu verlieren. Aber sie mußte zugeben, daß auch sie inzwischen den alten Lord Barre schätzengelernt hatte. Sie respektierte und bewunderte ihn. Und ihrer jungen Herrin ging es ebenso. Zu Recht war Maureen dankbar, die Frau eines so hervorragenden Mannes zu sein, auch wenn es in ihrer Ehe keine Romantik und keine Leidenschaft gab.

Aber es war keine lieblose Ehe. In dem kurzen Jahr seit ihrer Verheiratung war zwischen ihnen eine Zuneigung entstanden, die sich als beständig erwies. Gilbert war mehr als großzügig. Es fehlte ihr an nichts, was man mit Geld erwerben konnte. Außerdem ließ er ihr ihre Unabhängigkeit – und das gab es selten genug. In den meisten Ehen, die Maureen gesehen hatte, herrschte der Mann, und die Frauen gehorchten. Gilbert verlangte nichts von ihr – außer daß sie seinen Namen respektierte.

»Wenn du den Wunsch hast, dir einen Liebhaber zu nehmen, dann möchte ich nichts davon wissen!« hatte er in dieser merkwürdigen Hochzeitsnacht gesagt. »Es ist deine eigene Entscheidung. Ich bitte dich nur, es diskret zu tun. Du bist frei und kannst tun und lassen, was du willst – aber vergiß nicht, du bist Lady Barre!«

Fast hätte sie ihm ihre Liebe zu Gerard gestanden, aber instinktiv unterließ sie es. Diese Affäre war endgültig vorbei. Gerard hatte sich alles selbst verscherzt. Niemals mehr würde sie sich ihm hingeben, auch wenn er frei wäre. Davon abgesehen war dies nicht der Fall, denn seine Verlobung mit Mercedes war kurz nach ihrer eigenen Heirat bekanntgegeben worden.

Maureen versuchte nicht an Gerard de Valle zu denken, denn es bedeutete, ihre Sehnsüchte und Begehren zu erwecken, und was blieb, waren Schmerz und Pein. Sie war zufrieden. Ihr Leben jetzt war amüsant und ereignisreich. Warum sollte sie es bedauern? Nur in ihrem Bett, in der Einsamkeit der Nacht, wenn der beruhigende Schlaf nicht kommen wollte, zweifelte sie. Tagsüber war sie immer beschäftigt. Lord Barre und seine junge Frau wurden überallhin eingeladen; zweimal in der Woche fanden in ihrem Haus große Dinner-Parties statt; dazu eingeladen zu werden, wünschten sich alle; würden es ab nun noch mehr wollen, denn heute abend war der Prinz von Wales ihr Ehrengast.

»Meine Liebste, du hast da eine große Eroberung gemacht!« hatte Gilbert ihr stolz erzählt, nachdem Maureen beim Pferderennen dem Prinzen von Wales das erste Mal vorgestellt worden war. »Aber das brauche ich dir sicher nicht zu sagen. Seine Königliche Hoheit hat dich den ganzen Nachmittag kaum aus den Augen gelassen!«

Natürlich war Maureen neugierig darauf gewesen, den Prinzen kennenzulernen; seine Wirkung als Mann auf sie war ohne Reiz, denn – mit nun fünfunddreißig – war er ein feister Wüstling. Alle klatschten darüber, wie schlecht er seine unglückliche Frau, die Prinzessin von Wales, behandelte.

Maureen konnte es kaum fassen, wie viele wichtige und interessante Menschen sie in dem einen Jahr kennengelernt hatte. Und es erstaunte sie ebenfalls, wie man sie nun anerkannte. Da gab es Damen, die ihr vor zwölf Monaten nicht die Tür geöffnet hätten und die nun die von ihr selbst entworfenen Kleider kopierten. Maureen war vernarrt in kostbare Stoffe, und sie bewies enorme Geschicklichkeit darin, für sich Kleider zu entwerfen, die zu ihr paßten und der neuesten Mode entsprachen. Daß ihr Stil kopiert wurde, faßte sie als Kompliment auf. Ihre gesellschaftlichen Erfolge amüsierten und vergnügten sie, während Gilbert vor Stolz fast platzte.

Seine Freunde und Bekannten liebten Maureen: Sie bewunderten ihre Schönheit und ihre Persönlichkeit, am meisten aber ihre Gabe, die Kunst der Konversation zu beherrschen. Sie hatte eine eigene Meinung, sie war klug und informiert. Als sei sie völlig gleichberechtigt, unterhielt sie sich mit Gilberts Freunden, und ihrer Schönheit wegen akzeptierten diese es, obwohl sie eine Frau war. Ihre Eigenwilligkeit war bekannt. Schrieb die Mode vor, einen Hut zu tragen – Maureen ging bestimmt ohne; manchmal wurde sie beobachtet, wie sie Seite an Seite mit ihrem Reitknecht ausritt, als sei es der Prinz persönlich; sie machte kein Hehl daraus, wie sehr ihr die Armen am Herzen lagen – besonders die Bauern. Maureen hatte nun so viel Geld, daß sie keinen Gedanken daran verschwenden mußte, aber es war selbstverständlich für sie, ihre jetzigen Lebensumstände mit denen ihrer Kindheit zu vergleichen.

Maureen war dafür bekannt, daß sie sich nicht mit dem frivolen Klatsch der Hofdamen abgab. Darum akzeptierten sie Maureen eigentlich auch nicht, aber sie war die Frau von Lord Barre. Die Spekulationen über ihre Herkunft nahmen kein Ende. Schließlich nahm man allgemein an, daß sie aus der Verbindung von Sir John Danesfield und Mistreß Manton hervorgegangen sei, aber offen wurde dieser Verdacht nie ausgesprochen. Daran, daß sie eine Aristokratin war, zweifelte niemand, denn ihr Auftreten und ihre Haltung sprachen dafür.

Des besonderen Anlasses wegen waren zu der heutigen Dinner-Party hundertfünfzig Personen eingeladen worden. Alles, was Rang und Namen hatte, würde da sein – nur die Damen nicht, die Maureen und Tante Clarrie den Eintritt zum Konzert verwehrt hatten.

Unter den Gästen befanden sich auch viele persönliche Freunde – Lisa von Eburhard, der Hon. James Pettigrew und seine Schwester Anne, die Maureen besonders gern mochte. Und natürlich Sir John, mit dem sie sich jetzt ausgezeichnet verstand, obwohl sie sich dagegen gewehrt hatte. Anfangs war sie nur Gilbert zuliebe nachgiebig gewesen, denn Sir John war sein bester Freund. Aber dann, nach ein paar Monaten, nun gewöhnt, ein anderes Leben zu führen, verstand sie ihn besser, verstand sogar, daß er dem Reiz ihrer Mutter nicht hatte widerstehen können. Ehrlicherweise mußte sie sich eingestehen, daß sie selbst einer ähnlichen Versuchung erlegen war, als sie sich in Gerard verliebt hatte. Und es war nur einem glücklichen Zufall zu danken, daß daraus kein uneheliches Kind entstanden war.

An Kinder versuchte Maureen so wenig wie möglich zu denken. Manchmal kam es vor, daß sich eine Dame mit der Begründung, sie sei schwanger, für ihr Fernbleiben entschuldigte. Dann fühlte Maureen, wie gerne sie ein Kind hätte. Aber die Tatsache, daß sie es sich von Gerard wünschte und nicht von ihrem Mann, ließ sie diesen Wunsch schnell vergessen. Wie absurd von ihr, sich ausgerechnet von dem Mann ein Kind zu wünschen, den sie haßte.

Trotzdem mußte sie zugeben, daß ein Gast sie heute abend besonders interessierte – ein alter Freund der Familie de Valle und ihres Vaters, der Marquis de Guéridon. Noch vor kurzem hatte er in Paris gelebt und in dieser Zeit Schloß Boulancourt, Gerards Zuhause, öfter Besuche abgestattet. Jetzt lebte er als Emigrant in London.

Maureen beendete ihre Toilette. Sie fragte sich, ob der Marquis wohl Neues über die Familie zu berichten wüßte. Als sie sich schon gleich nach seiner Ankunft an seine Seite begab, redete sie sich ein, daß dies aus purer Neugierde geschehe; aus dem verständlichen Interesse für einen französischen Emigranten, und nicht etwa, um über Gerard zu sprechen.

Der Marquis de Guéridon gehörte zusammen mit ihrem Vater zu den ersten Gästen, die eingetroffen waren. Sir John begrüßte sie liebevoll und stellte sie dann dem Marquis vor. Der grauhaarige und distinguiert wirkende Edelmann begrüßte seine Gastgeberin mit der Aufmerksamkeit, die den Franzosen eigen ist, wenn sie eine hübsche Frau treffen.

Der Marquis war sehr neugierig auf die junge Lady Barre, über die ganz London sprach, die Herren bewundernd, die Damen etwas zurückhaltender und oft voller Neid. Nun verstand er, warum. Diese junge, vitale Frau, fast noch ein Mädchen, hatte eine Ausstrahlung, der sich kein Mann entziehen konnte – selbst wenn er so alt war wie der Marquis. Man konnte Gilbert nur beneiden, dachte er.

Der eigentliche Grund seiner Neugierde war ein Brief gewesen, den er von seiner lieben Freundin, der Vicomtesse de Valle, bekommen hatte. Sie machte sich große Sorgen um ihren Sohn Gerard, schrieb sie ihm, der freudlos seiner Hochzeit mit Mercedes de Faenca entgegensah. Marianne fürchtete, daß ihr Sohn noch immer nicht das junge englische Mädchen vergessen hatte, in das er sich dummerweise verliebt hatte. Ob der Marquis so nett sein könne, sich zu informieren, ob das Mädchen nun endlich verheiratet und damit für ihren Sohn endgültig unerreichbar sei? Erst wenn Gerard davon wußte, würde er vielleicht wieder er selbst.

Der Marquis seufzte. Nun konnte er verstehen, warum Gerard unfähig war, dieses junge Mädchen aus seiner Erinnerung zu verbannen. Sie zu vergessen, mußte nicht leicht sein.

»Ich möchte Ihre Gesellschaft nicht ganz für mich beanspruchen, Madame«, sagte er. »Aber ich sehe keine andere Dame, die mich von Ihrer Seite locken könnte!«

Maureen lachte über dieses entzückende Kompliment, das er ihr in fehlerfreiem Englisch gemacht hatte, und erwiderte ihrerseits auf Französisch:

»Ich fühle mich absolut geschmeichelt, Sir, denn es sind viele besonders reizende Damen anwesend!«

»Haben Sie in Frankreich gelebt?« erkundigte sich der Marquis erstaunt. »Ihre Aussprache ist hervorragend.«

Die Ankunft des Prinzen von Wales ließ plötzlich alle verstummen. Maureen eilte an die Seite ihres Mannes, um den Ehrengast dieses Abends zu begrüßen.

Wie immer war der Prinz sofort von vielen Damen umringt,

die seine Aufmerksamkeit erregen wollten, und von Herren, die hofften, aus seinem Einfluß Nutzen zu ziehen. Aber der Prinz war heute abend fast unwirsch darüber, denn es war einzig und allein die junge Frau Lord Barres, die ihn interessierte, und er entließ Maureen nicht mehr von seiner Seite. Sein momentanes Liebesleben befriedigte ihn keineswegs, und die Aussicht, wenigstens für einen Abend etwas Neues kennenzulernen, bereitete ihm großes Vergnügen. Wenngleich ihm schmerzlich bewußt war, daß es nicht mehr als ein Flirt sein konnte, denn er fühlte sich Lord Barre verpflichtet, der ihm eine größere Geldsumme geliehen hatte. So unhöflich und undiplomatisch, ihn auch noch zum gehörnten Ehemann zu machen, wollte er nicht sein. Jedenfalls nicht in der Öffentlichkeit.

Als er Maureen in den Speisesaal geleitete, wunderte er sich, daß er sie schön fand, obwohl man sie keineswegs mollig nennen konnte – etwas, was er normalerweise an Frauen so liebte. Es mußte ihre Persönlichkeit sein. Während des endlosen und aus vielen Gängen bestehenden Menüs unterhielt er sich mit ihr und stellte erstaunt fest, wie amüsant und interessant das war. Sie schien sogar etwas von Finanzdingen zu verstehen, und die neue Idee, statt der bisher gebräuchlichen Goldstücke Banknoten einzuführen, begeisterte sie. Er diskutierte mit ihr das französisch-österreichische Abkommen, das Napoleon forciert hatte, und es stellte sich dabei heraus, wie gut sie informiert war.

Ihr Verständnis für seine Klagen, daß er als Prinz von Wales keinen höheren Rang in der Armee bekommen hatte – aufgrund der Machenschaften seines jüngeren Bruders –, beeindruckte ihn.

»Wenn Sie erst König von England sind«, bemerkte sie, »werden Sie die Möglichkeit haben, vieles zu ändern; zum Beispiel müßte dafür gesorgt werden, daß die Arbeitsbedingungen der Seeleute verbessert und ihnen höhere Löhne bezahlt werden. Erst heute morgen hat mir mein Mann erzählt, daß es vielleicht zur Meuterei kommen könnte. Und was halten Sie von der französischen Invasion in Wales, Sir?«

»Pah! Das sind nur ein paar Strolche und Kriminelle, die sich Uniformen angezogen haben. Ohne Zweifel wird Lord Cawdor noch diese Woche den Angriff zurückschlagen.« Damit schien die Angelegenheit für den Prinzen erledigt.

Langsam drohte ihre Unterhaltung einzuschlafen, denn der Prinz trank ohne Unterbrechung von dem guten Wein des Gastgebers, und seine Reden wurden immer dümmlicher. Maureen war erleichtert, als das Essen schließlich beendet war und sie sich entfernen konnte.

Da Seine Königliche Hoheit ein Musikliebhaber war, hatte Gilbert ein hervorragendes Quartett engagiert, das nun nach dem Essen musizierte. Danach konnte im Spielzimmer Karten gespielt werden.

Bevor das Konzert begann, gelang es Maureen, den Marquis de Guéridon ausfindig zu machen, und unter dem Vorwand, ihm das herrliche Dekor des Chinesischen Zimmers zu zeigen, fragte sie ihn das, was ihr Stolz ihr verboten hatte, ihren Vater zu fragen – ob es Neuigkeiten von der Familie de Valle gebe.

Der Marquis, den Maureens Neugierde keineswegs überraschte, gab zu, erst kürzlich einen Brief von der Vicomtesse erhalten zu haben:

»Ich war sehr erstaunt, daß dieser Brief mich überhaupt erreicht hat, wenn man bedenkt, daß wir Krieg haben«, bemerkte er. »Auf welch merkwürdigem Weg er auch befördert worden sein mag, er wurde erst vor einem Monat geschrieben. Daher kann ich Ihnen versichern, daß es der Vicomtesse und ihrem Sohn, soweit es die Umstände erlauben, gutgeht.«

Aufmerksam beobachtete der Marquis seine Gastgeberin. Ihre Wangen röteten sich, und sie schlug verlegen die Augen nieder. Es war offensichtlich, daß sie das Interesse des jungen Vicomte erwiderte. Sie tat ihm entsetzlich leid. Sicher war es kein Vergnügen, mit einem so alten Mann verheiratet zu sein. Es wunderte ihn nicht, daß sich die beiden jungen Menschen hoffnungslos ineinander verliebt hatten. Und hoffnungslos war auch ihre Situation. Gerard de Valle heiratete in Kürze die reiche Mercedes de Faenca, die junge Lady Barre lebte hier in London. Frankreich und England lagen im Krieg. Es war hoffnungslos. Aus Mariannes Brief ging hervor, daß Gerard sich energisch bemühte, Schloß Boulancourt wieder aufzubauen. Die kostbaren Möbel, Tapisserien und die meisten anderen Dinge von Wert waren verbrannt oder zerstört. Gerard und seine Mutter lebten in zwei Räumen, die sie einigermaßen wohnlich hergerichtet hatten, und nur noch der alte Jules war bei ihnen.

Maureen hatte seinem Bericht aufmerksam zugehört. Gerard tat ihr sehr leid. Mit ihrem eigenen Luxusleben verglichen, lebte er wie ein Bettler. Die Bitterkeit in Maureens Herz war ausgelöscht.

»Glücklicherweise haben sie genug Geld zum Leben!« sagte der Marquis. »Die Vicomtesse war so klug, ihre Präziosen im Schloßpark zu vergraben. Darum haben die Plünderer sie nicht gefunden. Von Zeit zu Zeit verkauft der alte Jules ein Stück, und so brauchen sie wenigstens nicht zu hungern. Ich wünschte, ich könnte ihnen helfen. Antoine de Valle war einer meiner besten Freunde. Aber als Emigrant mußte ich das meiste in Frankreich zurücklassen, und selbst wenn ich in der Lage wäre, meine Hilfe anzubieten, die Vicomtesse wäre zu stolz, sich unterstützen zu lassen. Ja, so ist das. Natürlich wird sich mit Gerards Heirat alles ändern.«

»Heiratet er bald?« fragte Maureen leise.

Der Marquis zuckte die Achseln.

»Wie Sie wissen, kompliziert der Krieg alles. Gerard kann nicht so ohne weiteres nach England kommen, und Mercedes de Faenca hat nicht den Wunsch, nach Frankreich zu reisen, um dort zu heiraten. Sie besteht auf einer großen Hochzeit hier in London. Unter uns, ich kann mir nicht vorstellen, daß dieses verwöhnte Mädchen unter dem gegenwärtigen Regime im Schloß Boulancourt leben möchte. Gerard dagegen, so nehme ich an, wird sich kaum von seiner Mutter trennen, um in England zu leben. Die Vicomtesse ist eine kranke Frau, und er muß sie unterstützen.«

Maureen konnte ihr Interesse an Gerard nicht länger verheimlichen und sagte:

»Aber was soll aus so einer Ehe werden? Wenn Mercedes Gerard liebt, ist es doch selbstverständlich, daß sie ihm nahe sein will!«

Der Marquis seufzte. Er zweifelte nicht länger daran, daß Maureen den Vicomte de Valle von Herzen liebte und daß Gerard sie ebenfalls liebte, wie aus dem Brief der Vicomtesse hervorging.

Mit großem Bedauern verließ Maureen den Marquis, sich an ihre Pflichten als Gastgeberin erinnernd.

Nachdenklich sah er ihr nach, als sie mit anmutigen Schritten das Chinesische Zimmer verließ. Wie traurig, daß Marianne de Valle Maureen nicht treffen konnte, um sich ein eigenes Urteil zu bilden. Sie würde das Mädchen mögen, dessen war der Marquis sicher. Er schüttelte den Kopf. Die Revolution hatte ihre Opfer gefordert. Es war viel Blut geflossen. Und, so unwichtig es manch einem erscheinen mochte, die Tragödie von

Maureen und Gerard war ebenfalls eine Folge. Wäre es wie früher, und hätte die Familie de Valle noch ihre Besitztümer und ihren Reichtum, dann hätte Gerard vielleicht dieses Mädchen heiraten können. Ohne Rücksicht auf ihre niedere Herkunft zu nehmen, genauso wie Lord Barre keine genommen hatte.

Maureen gesellte sich an die Seite ihres Mannes, als das Konzert anfing. Sonst überaus empfänglich für schöne Musik, dachte sie nun an Gerard; an seine bevorstehende Heirat; seine Ergebenheit für die Vicomtesse; und sie dachte an die wenigen Augenblicke, in denen sie sich geliebt hatten. Da sie nun keine Bitterkeit mehr verspürte, fühlte sie den ihr so vertrauten Schmerz über die verlorene Liebe. Als sie ihn gehaßt hatte, war das Leben ohne ihn einfach gewesen. Aber jetzt war das anders. Der Marquis hatte sie unbewußt davon überzeugt, wie notwendig es für Gerard war, reich zu heiraten. Er hatte wirklich keine andere Wahl gehabt. Maureen wußte nun, wie kindisch und gedankenlos es von ihr gewesen war anzunehmen, daß er sie unter diesen Umständen hätte bitten können, seine Frau zu werden.

Welches Glück hatte sie dagegen erfahren! Sie war die Frau eines guten und freundlichen Mannes, der sie mit Respekt und Höflichkeit behandelte. Lord Barre war ihr Freund und Vater zugleich, und sie empfand echte Zuneigung für ihn. Darum tat sie alles, damit er stolz auf sie sein konnte: Sie war ihm eine gute Frau. Obwohl einige Männer heftiges Interesse an ihr bekundet hatten, nahm sie sich keinen Geliebten; und sie hatte es auch nicht vor, trotz Gilberts großzügigem Angebot, obwohl es der Mode entsprach, die der Prinz von Wales erfunden zu haben schien. Hätte sie es getan, keiner hätte es ihr verübelt.

Als das Quartett zu spielen begann, seufzte Maureen gedankenverloren. Genau auf den Tag vor einem Jahr war aus Maureen Ashworth Lady Barre geworden. Im übrigen hatte sich nichts verändert. Sie war dasselbe junge Mädchen geblieben, das barfuß über die Wiesen in Sussex gelaufen war, dem Gerard ins Dickicht nachgejagt war und das er *petit écureuil* genannt hatte.

Als die musikalische Darbietung vorbei war, sprach Maureen mit Anne Pettigrew. Sie war genauso jung wie sie selbst und erst seit kurzem in London, um bei Hof vorgestellt zu werden und einen Ehemann zu finden. Anne war fröhlich und hübsch. Das flachsfarbene Haar ringelte sich um ihr kleines Gesicht mit den kornblauen Augen. Sie wurde überallhin eingeladen. Ihr charmanter Bruder James begleitete sie.

James machte kein Hehl daraus, wie sehr er Maureen bewunderte und verehrte.

»James hat dich schon überall gesucht!« sagte Anne zu Maureen. »Du mußt dich ein bißchen um ihn kümmern, sonst ist er wieder tagelang schlecht gelaunt, und ich muß es büßen!«

Maureen nahm ihren Arm und lächelte.

»Du weißt genau, daß dein Bruder niemals schlecht gelaunt ist!« sagte sie. »Ich kenne niemanden, der so gutmütig ist, das heißt, doch, meinen lieben Gilbert.«

Anne betrachtete Maureen mit kugelrunden neugierigen Augen.

»Du bist sehr glücklich verheiratet, nicht wahr, Maureen?« fragte sie. »Halte mich bitte nicht für aufdringlich, aber James und ich haben uns so oft über dich unterhalten – über etwas anderes spricht er ja kaum –, und wir haben uns manchmal gewundert, weil der Altersunterschied doch beträchtlich ist, ob . . .«

»Nur darauf kommt es doch nicht an!« unterbrach Maureen sie. »Ich bin meinem Mann aus so vielen Gründen dankbar.«

Anne seufzte.

»Ich glaube nicht, daß ich einen so viel älteren Mann heiraten könnte. Ich fürchte, ich bin viel zu romantisch . . . genau wie mein Bruder James. Der Beste ist gerade gut genug für mich.«

»Und wer ist der Beste?« fragte Maureen lachend. »Du hast so viele Verehrer . . .«

»Aber da ist nur einer dabei, den ich heiraten möchte!« sagte Anne aufgeregt. »Und der mag mich überhaupt nicht. Um die Wahrheit zu sagen, er heiratet gerade eine andere!«

»Willst du mir seinen Namen verraten?« fragte Maureen voll Anteilnahme.

»Ich glaube nicht, daß du ihn kennst!« sagte Anne träumerisch. »Er ist ein Schulfreund von James – sein Name ist Gerard de Valle.« Ohne Maureens Überraschung zur Kenntnis zu nehmen, fuhr sie fort: »Gerard war zweimal unser Gast in Buckinghamshire. Ich war zehn oder elf, aber ich wußte schon damals, daß er derjenige ist, den ich heiraten will. Er war sehr gern mit James und mir zusammen . . . wie kindisch muß ich ihm vorgekommen sein.« Anne lächelte. »Einmal hat er mich geküßt . . .

unter dem Mistelzweig. Wenn ich jemanden fände wie ihn, würde ich gerne heiraten.«

Maureen schwieg, obwohl sich ihr Tausende von Fragen aufdrängten. Sie hatte keine Ahnung davon gehabt, daß Gerard die Pettigrews kannte. Ihr Vater hatte sie mit Anne und James zusammengebracht, hauptsächlich aus Freundschaft zu ihren Eltern, die sie in die Londoner Gesellschaft einführen wollten. Beide waren oft zu Gast bei Maureen, und James' Bewunderung für sie war sogar Lord Barre bekannt.

»Wenn Sie sie mir nicht weggeschnappt hätten, Sir, würde ich Ihrer schönen Frau schon bei unserer ersten Begegnung einen Antrag gemacht haben!« hatte James dem erstaunten Lord Barre erklärt.

Wie immer darüber erfreut, über Maureen Gutes zu hören, hatte Gilbert den Jungen liebgewonnen und keinerlei Eifersucht gezeigt, wenn die drei jungen Leute zusammen ausritten, Karten spielten oder einkaufen gingen. Und er brauchte auch nicht eifersüchtig zu sein, versicherte ihm Maureen. So gerne sie den lustigen Bruder Annes auch mochte, ihr Herz war dabei nicht im Spiel. James war für sie wie ein Bruder.

Gerade jetzt kam er zu ihnen herüber und verhinderte damit, daß Maureen seiner Schwester antworten mußte.

»Hat Anne Sie endlich gefunden?« fragte er. Er küßte Maureen die Hand und sah sie mit geradezu hündischem Blick an. »Ich fürchte, daß mir wenig Zeit bleibt, denn Seine Königliche Hoheit hat bereits nach Ihnen gefragt, und Lord Barre hat mich gebeten, nach Ihnen zu suchen.«

Obwohl Maureen es vorgezogen hätte, sich weiter mit den Pettigrews zu unterhalten, eilte sie sofort zu Gilbert. Der Prinz hatte den Wunsch geäußert, nun Karten zu spielen, und er bestand darauf, daß Maureen an seinem Tisch mitspielte, denn er hatte viel von ihren Pharo-Künsten gehört.

»Sei vorsichtig, Liebste«, warnte Gilbert sie. »Er ist unberechenbar beim Spiel und ziemlich sorglos, was seine Schulden betrifft. Es ist diplomatischer, ihn nicht zu hoch verlieren zu lassen.«

Der Prinz benahm sich seiner Gastgeberin gegenüber mal charmant-amourös, mal grimmig, je nachdem, ob er Glück hatte oder nicht. Gerade jetzt hatte er gewonnen, und er war bester Laune – da nahm er hundert goldene Zwanzigschillingstücke und schob sie zu Maureen hinüber, um sie damit über ihre Verluste hinwegzutrösten. Dann lud er sie ein, mit ihm nach Brighthelmstone zu kommen und seinen *Pavillon* mit ihrer Gegenwart zu beglücken. Aber dann hatte er wieder unaufhörlich Pech, was ihn veranlaßte, übermäßig viel zu trinken. Als Maureen sich entschuldigte und aufstand, war er bereits ziemlich unansprechbar, und es schien ihm nicht einmal aufzufallen, daß er sich schon mehrfach mit Cognac bekleckert hatte.

Kurz nach drei Uhr verabschiedete sich der Prinz von Wales. Auch die meisten anderen Gäste gingen. Maureen fand ihren Mann in der Bibliothek, wo er sich mit Sir William Fawkener unterhielt. Sir William erhob sich und lächelte Maureen an.

»Eigentlich bin ich schon zu alt für derartige Festivitäten. Ich beneide Sie um Ihre Jugend und um Ihre Schönheit, Lady Barre!«

Gilbert stand ebenfalls auf und legte seinen Arm um Maureen.

»Ich bin doch ein glücklicher Mann, findest du nicht, William? Ich glaube, sogar der zukünftige König Englands beneidet mich um meine Frau!«

Und Maureen fügte vollkommen wahrheitsgemäß hinzu: »Ich würde dich niemals eintauschen, liebster Gilbert, nicht einmal für den zukünftigen König von England!«

Sechzehntes Kapitel
1797

Maureen und Clarissa saßen im Garten des kleinen Hauses in Richmond. Es war ein warmer Tag im Mai. Der Magnolienbaum blühte, und die Vögel zwitscherten und flogen hin und her, um Futter für ihre Jungen zu besorgen.

»Nimm ruhig dein Cape ab, Liebste!« sagte Clarissa, als Hannah ihnen den Tee servierte. »Es ist fast so warm wie im Sommer.«

»Oh, Tante Clarrie!« sagte Maureen und lächelte sie an, »du kannst dir nicht vorstellen, wie glücklich ich bin, dich wiederzusehen. Warum kommst du mich nie besuchen? Gilbert hat mir mehrfach versichert, daß er sich darüber genauso freuen würde wie ich.«

Clarissa schüttelte den Kopf.

»Es wäre nicht in deinem Interesse, mein Kind. Dein Vater erzählt mir, daß schon so viel zu viele Spekulationen über dich angestellt werden. Ganz London will wissen, wer deine Mutter ist. Manche nehmen sogar an, daß ich es bin!«

»Laß sie doch, Tante Clarrie. Ich bin stolz darauf, wenn sie das denken«, antwortete Maureen und umarmte Clarissa. »Ich habe meine Mutter sehr geliebt, aber ich erinnere mich kaum mehr an sie. Und dich liebe ich auch, Tante Clarrie!«

Von Maureens Worten sehr gerührt, verschlug es Clarissa für einen Augenblick die Sprache. Dann nahm sie aus ihrem Ridikül ein Pergament und zeigte es Maureen.

»Das wurde gestern hier abgegeben. Wie ich einem beiliegenden Brief einer Dame aus der Schweiz entnehmen konnte, ist es eine Nachricht von Gerard de Valle an dich, die ich natürlich nicht geöffnet habe. Bevor ich dir den Brief gebe, möchte ich, daß du mir versicherst, dich davon nicht verärgern zu lassen. Allem Anschein nach geht es dir im Augenblick sehr gut, und ich möchte nicht diejenige sein, die ... Tatsächlich befand ich mich in einem Zwiespalt, ob ich den Brief überhaupt an dich weitergeben sollte.«

»Oh, Tante Clarrie!« rief Maureen aufgeregt. »Du *mußt* ihn mir geben. Und du meinst, er ist wirklich von Gerard?«

Als Clarissa ihr den Brief gab, brach Maureen hastig das Siegel auf und überflog mit klopfendem Herzen die Zeilen. Dann begann sie noch einmal von vorne, diesmal langsam und konzentriert.

Der Brief war vor einem Monat geschrieben:

> Mein liebes kleines *écureuil*, es gibt keine Entschuldigung dafür, dir diesen Brief zu schreiben. Ich weiß, daß du nun mit Lord Barre verheiratet bist und daß ich eigentlich kein Recht dazu habe.
> Aber ich muß dir einfach mitteilen, wie sehr ich mich über mein Verhalten dir gegenüber schäme. Ich kann dich nur bitten, mir zu vergeben und zu verstehen, daß mich das Leid meiner Mutter derart verwirrte und ich deshalb alles falsch angefangen habe. Glaube mir, ich

liebte dich so sehr, daß ich nur daran dachte, deine Heirat zu verhindern. Und ich war so egoistisch, dir den verhängnisvollen Vorschlag zu machen.
Ich bereue den Fehler, den ich gemacht habe, zutiefst. Der Gedanke, wie sehr du mich verachten mußt, quält mich. Aber ich werfe dir nichts vor. Ich bitte dich nur, mir zu glauben, daß ich dich liebte und immer noch liebe, auch wenn alles gegen mich spricht.
Du weißt wahrscheinlich, daß ich Mercedes de Faenca heiraten werde. Ich liebe sie nicht. Aber meine Mutter drängt mich, diese Hochzeit so schnell wie möglich in die Wege zu leiten. Allein den Gedanken daran verabscheue ich. Verzweifelt suche ich nach immer neuen Ausflüchten. Vor allem, weil ich glaube, daß du meine Heirat als Verrat an unserer Liebe verstehen wirst. Ich weiß, daß ich meiner Mutter wegen bald heiraten muß. Vielleicht fiele es mir leichter, wenn ich wüßte, daß du nicht zu schlecht von mir denkst. Außerdem würde es mich beruhigen, wenn du mir sagtest, daß du glücklich verheiratet bist und deine Entscheidung, die ich, so fürchte ich, indirekt beeinflußt habe, nicht bedauerst. Mon amour – du bist es wirklich – ich denke Tag und Nacht an dich, obwohl es mich mit Traurigkeit erfüllt. Vielleicht fände ich eher meinen Frieden, wenn ich wüßte, daß du manchmal an mich denkst, wenn auch nicht in Liebe, so doch ohne Zorn.

Toujours
Gerard

»Mein Kleines, du mußt nicht weinen«, bat Tante Clarrie, als sie sah, daß Maureen unfähig war, ihre Tränen zurückzuhalten. »Ich habe sonst das Gefühl, daß ich dir den Brief doch nicht hätte geben sollen.«

»Schon gut, Tante Clarrie. Ich bin nicht wirklich traurig, ein bißchen vielleicht, aber ich bin auch glücklich. Gerard liebt mich. Er hat mich immer geliebt, und das macht mich froh.«

Clarissa seufzte. Sir John gegenüber hatte sie diesen Brief nicht erwähnt, denn sie fürchtete, daß er ihr verbieten würde, ihn Maureen zu geben. Er hatte keine Ahnung von dem heimlichen Stelldichein. Aber Clarissa vertraute Maureens gesundem Menschenverstand, wie sie ihr nun versicherte. Maureen war ein

Jahr verheiratet, und sie war glücklich. Es wäre falsch, die Ehe durch irgend etwas zu gefährden.

»Ich weiß das, Tante Clarrie«, stimmte Maureen ihr zu. »Egal, was ich tue oder tun würde, meine Ehe geriete nicht in Gefahr. Aber verstehst du, Tante Clarrie . . . Gerard und ich haben uns im Zorn getrennt, und er hat sehr darunter gelitten. Jetzt kann ich ihm wenigstens schreiben und ihm mitteilen, daß ich ihm nicht nur vergeben habe, sondern daß ich ihn heute viel besser verstehe. In meinem Herzen ist keine Bitterkeit mehr, und das soll er wissen. Wenn ich nur sicher sein könnte, daß ihn meine Antwort auch erreicht.«

»Das ist einfach genug!« sagte Clarissa. Maureens Worte hatten sie beruhigt. »Gerards Zeilen waren einem Brief von der Baronin Heisson beigelegt. Sie ist eine alte Freundin von Gerard. In ihrem Schreiben bat sie mich, sehr vorsichtig zu sein und den Brief nur dir persönlich auszuhändigen. Ich habe ihre Adresse. Du mußt also ihr schreiben, und sie wird den Brief an Gerard weiterleiten. Sie lebt in der Schweiz, und das ist ein neutrales Land.«

Kaum hatte sie ihren letzten Satz beendet, da umarmte und küßte Maureen sie stürmisch.

»Mit deiner Erlaubnis schreibe ich ihm sofort!« rief sie mit glühenden Wangen. »Wenn du wüßtest, wie glücklich ich bin! Ich weiß, es ist verrückt, denn ich kann Gerard weder sehen noch hören und berühren. Aber zu wissen, daß er mich liebt . . . und ich liebe ihn. Wenn doch nur endlich dieser schreckliche Krieg zu Ende wäre! Es ist schwer, ohne Liebe glücklich zu sein, nicht wahr, Tante Clarrie?«

»Für deinen jungen Vicomte anscheinend auch. Sei vorsichtig in der Wahl deiner Worte, wenn du ihm schreibst. Wenn du ihm deine Liebe zu deutlich zeigst, wird ihn das noch trauriger machen. Bedenke, er kann nichts tun, ohne deine Ehe zu gefährden.«

Als Maureen sich hinsetzte, um ihre Antwort zu entwerfen, dachte sie an Clarissas Rat. Sie saß im Salon, um sie herum war es still, nur das Vogelgezwitscher und das Summen der Bienen war durch das große offene Fenster zu hören.

Quälerische Sehnsucht nach Gerard überkam sie, als sie seinen Namen schrieb. Nur mit größter Mühe verbannte sie die Erinnerung an die süßen Stunden im Schlafzimmer direkt über ihr.

Liebster Gerard . . .

schrieb sie. Dann wartete sie, bis ihre Finger aufgehört hatten zu zittern.

. . . ich habe dir längst vergeben. In dem Augenblick nämlich, als ich endlich verstand . . . Wir waren beide die Opfer unserer Herkunft, du nicht weniger als ich. Ich sollte dich um Vergebung bitten, denn voll Selbstmitleid habe ich nur an mich gedacht und für dich und deine Situation kein Verständnis aufbringen können.
Ich wünsche dir von Herzen, daß deine Ehe mit Mercedes de Faenca so glücklich wird wie die meine mit Lord Barre. Er ist immer freundlich und gut zu mir, aber – und das weiß sonst niemand auf der Welt – wir sind nur dem Namen nach verheiratet. Es war sein eigener Wunsch,so zu leben. Ich kann ihm deshalb meine echte Zuneigung entgegenbringen, doch ohne ihm das geben zu müssen, was nur dir allein gehört, Gerard, keinem anderen. Ich bin zufrieden so. Jetzt noch mehr, weil ich weiß, daß es zwischen uns keine Bitterkeit und kein Mißverständnis mehr gibt.
Wirklich glücklich kann ich aber nur sein, wenn ich weiß, daß du es auch bist. Darum bitte ich dich inständig, an mich mit Freude und nicht mit Bedauern zu denken; so wird es dir leichter fallen, eine andere Frau zu heiraten. Niemand kann uns das nehmen, was wir im Innersten unseres Herzens fühlen, und in meinem Herzen wird es immer nur dich geben.

Ewig
Deine Maureen

Maureen ging wieder zu Clarissa in den Garten und zeigte ihr den versiegelten Brief.

»Was machen wir jetzt damit?« fragte sie.

»Wir wickeln ihn in einen Brief von mir, und Dickon wird beide bei Lisa von Eburhard abgeben. Sie wird sie in die Schweiz weiterleiten. Lisa hat überall Freunde, sogar in den Ländern, mit denen wir Krieg führen. Du brauchst keine Angst zu haben. Gerard wird deinen Brief bekommen.«

Erleichtert setzte sich Maureen wieder zu Clarissa.

»Ich habe große Sehnsucht nach Sussex«, gestand sie. »Wenn Dickon und ich ausreiten, dann sprechen wir von *Zuhause*, und da das Wetter so schön ist, habe ich vor, Gilbert zu fragen, ob er mich für kurze Zeit entbehren kann. Edward, Patty und Anna werden kaum wiederzuerkennen sein, so groß sind sie sicher schon. Und ich möchte meinen lieben Lehrer Arthur Glover besuchen. Seit Wochen habe ich nichts mehr von ihm gehört. Hoffentlich ist er nicht krank.«

Als ob Maureen es geahnt hätte, kam am nächsten Tag eine Nachricht von dem Anwalt ihres Lehrers, daß dieser zusammengebrochen und noch am selben Nachmittag gestorben sei. Maureen war seine Alleinerbin, hieß es weiter in dem Brief. Es handele sich dabei um 5000 Pfund, den Meierhof und vier Morgen Land und um seine Bibliothek.

Der Tod ihres alten Lehrers machte Maureen sehr traurig. Seit ihrer Hochzeit hatte sie ihn nicht mehr gesehen. Wie gern hätte sie ihm erzählt, daß sie glücklich war. Kurz vor ihrer Verheiratung hatte sie seinen letzten Brief bekommen. Er warnte sie darin vor einer Ehe mit einem so viel älteren Mann und erinnerte sie an die Worte, die er ihr beim Abschied gesagt hatte: Ein Mann, der dich deiner Schönheit wegen heiratet und dir jeden Wunsch erfüllt, wird dich niemals befriedigen.

Maureen hätte ihm gerne gesagt, daß er sich geirrt habe – daß sie glücklich mit Gilbert war und dem Leben, für das sie sich entschieden hatte.

Als sie mit Dickon nach Sussex reiste, um ihren alten Lehrer zu Grabe zu tragen, erinnerte sie sich, wie Arthur Glover sie immer angesehen hatte, wenn sie ihre Meinung rasch und ohne vorher nachgedacht zu haben geäußert hatte. Es war ihr, als stünde er neben ihr und sagte:

Was ist Glück, Kind? Wenn du dich selbst in schönen Kleidern und kostbarem Schmuck bewunderst? Wenn du mit eitlen Dämchen Kakao trinkst und dich mit ihnen darüber unterhältst, wie sie einen Ehemann finden können? Wenn du zur rechten Zeit den richtigen Leuten das Richtige sagst? Wenn du den dümmlichen Reden des Prinzen lauschst? Ist es das, was du haben wolltest, Maureen? Verstehst du das unter Glück?

»Oh, Dickon«, sagte Maureen laut. Sie ritten nun im Schritt. Es waren nur noch zehn Meilen bis Alfriston. »Sag mir die Wahrheit. Denkst du, daß ich mein Leben vergeude?«

Dickon dachte nach. Maureen wollte seine Meinung hören. Aber wie konnte er sich anmaßen, über ihr Leben zu urteilen?

»Du bist eine Lady geworden!« sagte er langsam. »Sicherlich würden viele Menschen gerne mit dir tauschen!«

Maureen seufzte.

»Ich weiß das, Dickon. Und ich bin auch nicht undankbar. Aber ich habe das Gefühl, daß mein Leben keinen richtigen Sinn hat. Vielleicht lebe ich noch vierzig Jahre, und was habe ich dann erreicht?«

»Aber du mußt doch nichts erreichen! Du bist eine Frau!« sagte Dickon.

»Das sollte keinen Unterschied machen!« protestierte Maureen. Dickon grinste.

»Ich habe noch nie gehört, daß eine Frau Premierminister, General oder Admiral oder so etwas geworden ist.«

»Wie du es sagst, klingt es komisch, das gebe ich zu, Dickon. Aber warum eigentlich nicht? Wir sind vielleicht körperlich nicht so stark wie Männer, aber wir haben ebensoviel Verstand, und wir sollten ihn verwenden. Wenn ich mich manchmal mit den sogenannten wichtigen Männern unterhalte – oft ist ihre Argumentation einfach dumm. Viele sind nur darum etwas geworden, weil sie nobel und reich sind, nicht, weil sie klüger sind als andere.«

»Darüber weiß ich nichts!« antwortete Dickon. »Ich weiß nur, daß die armen Leute in London noch schlimmer dran sind als die Armen auf dem Land. Es ist furchtbar, daß es so viele gibt, die hungern.«

»Dagegen wird bereits etwas unternommen«, sagte Maureen. »Ich habe auch meine Unterstützung zugesagt. Dem Himmel sei Dank, daß es wenigstens deiner Familie gutgeht. Sag mir ehrlich, Dickon, wünschst du dir manchmal, auf der Owlett Farm zu leben? Falls du das möchtest, mußt du es mir sagen, ich lasse dich gehen.«

»Ich gehe, wohin du gehst!« antwortete Dickon einfach. »Edward hat jetzt meinen Platz auf dem Hof. Mehr gibt es darüber nicht zu sagen.«

Maureen lächelte. Dickon war ein Dickschädel, mit dem man nicht streiten konnte.

Ihr Aufenthalt auf dem Meierhof war kurz. Maureen war unsagbar traurig über den Tod ihres Lehrers und Freundes. Arthur Glovers Anwalt riet ihr, den Besitz zu verkaufen, aber sie entschloß sich dagegen. Das Haus würde so bleiben, und sie selbst würde es benutzen, informierte sie den Mann. Maureen konnte sich vorstellen, daß es Situationen in ihrem Leben geben könnte, wo sie froh darüber wäre, ein eigenes Zuhause in Sussex zu besitzen.

Allerdings mußte sie von ihrem Entschluß Lord Barre Mitteilung machen, aber sie war sicher, daß er keine Einwände haben würde, selbst wenn er ihre Gründe nicht ganz verstand. Das Haus zu behalten, war ihr wichtig. Nicht nur aus der etwas sentimentalen Erinnerung an ihren Lehrer, sondern weil sie etwas haben wollte, das nur ihr allein gehörte. Eine Zuflucht, obwohl sie nicht wußte, wozu sie sie brauchen würde.

Dickon ritt zur Owlett Farm, um die zwei folgenden Tage bei seiner Familie zu verbringen. Maureen blieb auf dem Meierhof zurück. Sorgfältig ordnete sie Arthur Glovers persönliche Habe. Erst abends ritt sie hinüber, um die Sales zu besuchen. Damit die Kinder nicht erschrecken sollten, hatte sie ein einfaches Kleid angezogen. Trotzdem war es weder ihr noch den Bauern möglich, die alte familiäre Atmosphäre wiederherzustellen. Sie war Lady Barre! Das stand zwischen ihnen. Sie nahmen sich Dickon zum Vorbild, der Maureen als Freund, aber mit dem nötigen Respekt behandelte: Patty und Anna knicksten, wenn sie mit ihnen sprach; Edward und Henry waren zu schüchtern, sie von sich aus anzusprechen. Sogar ihre Pflegeeltern verhielten sich zurückhaltend, aber wenigstens nannten sie sie Maureen und waren erfreut, sie zu sehen.

Sir John hatte sein Versprechen wahr gemacht und die Familie unterstützt. Dementsprechend war es ihnen möglich gewesen, die zwei angrenzenden Bauernhöfe dazuzunehmen und zwölf Arbeiter anzustellen, denen es bei ihnen sehr gut ging. Patty war jetzt fünfzehn und unterrichtete die jüngeren Kinder in dem wenigen, was sie selbst beherrschte: Schreiben, Lesen und Rechnen. Die alte Scheune diente als Schule. Master Glover hatte einige Bücher gespendet.

Maureen interessierte sich sehr für die Schule. Auf ihre Veranlassung hin wurde der Dachstuhl repariert, die Wände verputzt und gekalkt und der Fußboden erneuert. Sie ließ einen großen Kamin einbauen, damit es die Kinder im Winter warm haben sollten und ihre nassen Kleider und Schuhe trocknen konnten. Mit Patty und Dickon ritt sie nach Alfriston, um einzukaufen: Bücher, bunte Kreide und Papier. Zu guter Letzt transportierte sie noch Arthur Glovers Globus in das behelfsmäßige Klassenzimmer und brachte Patty die notwendigsten Geographiekenntnisse bei.

Abgesehen davon, daß ihre Familie *fremdelte,* fühlte sich Maureen auf der Farm sehr wohl. Noch glücklicher aber war sie auf dem Meierhof, in den Stunden, die sie dort allein verbrachte. Das Wetter blieb beständig, und so saß sie oft im Garten unter dem großen Baum, wo sie einst mit Gerard gesessen hatte. Die Erinnerung an die Augenblicke, die sie mit ihm verbracht hatte, waren das Schönste für sie. Der Gedanke an seine bevorstehende Heirat allerdings schmerzte. In der Bibliothek ihres Lehrers entdeckte sie ein Buch über Frankreich, und sie las darin, bis es auseinanderzufallen drohte.

Am folgenden Tag reisten Maureen und Dickon wieder nach London. Beide waren traurig, diese friedliche und liebliche Landschaft zu verlassen.

Siebzehntes Kapitel
1797

Der Sommer ging schnell vorbei. Der Prinz von Wales lud Maureen und Gilbert nach Brighthelmstone ein, wo er sich in der warmen Jahreszeit mit seinen Freunden aufhielt.

Es war eine lustige Zeit. Man ging zu Konzerten, Bällen, Maskeraden, ins Theater und zum Rennen. Außerdem fanden die merkwürdigsten Wettbewerbe statt, um die Gäste aus London zu unterhalten: Achtzigjährige rannten mit Offizieren, die auf allen vieren krochen, um die Wette; junge Frauen beteiligten sich am Sackhüpfen, um als Preis einen neuen Hut zu erringen. Diese absurden Vergnügungen zog Maureen den Hahnen- und Stierkämpfen bei weitem vor. Sie war sehr froh darüber, daß Gilbert keine Lust hatte, mit dem Prinzen und seinen Freunden Karten zu spielen. Meist taten sie es bis zum frühen Morgen, und sie tranken so viel Brandy, daß sie dann kaum in der Lage waren, in ihr Bett zu finden.

Am meisten gefielen Maureen die Theaterbesuche und die

Picknicknachmittage, wobei der Prinz hin und wieder seine Husaren paradieren ließ, beklatscht und bejohlt von vielen Leuten. Die Damen stolzierten wie aufgeregte Hennen in ihren schönsten Kleidern umher und versuchten, so auf sich aufmerksam zu machen.

Manchmal ging Maureen auch zum Baden, oder sie sah ihrem Mann beim Cricket zu.

Aber trotz all dieser Zeitvertreibe mußte sie in diesem Sommer oft an Gerard denken. *Petit écureuil!* Wie lang war es her, daß Gerard sie so genannt hatte! Eine Ewigkeit, so schien es. Sie konnte ihn nicht aus ihren Gedanken verbannen, dazu war ihre Sehnsucht viel zu groß. Ohne ihn werde ich nie wirklich glücklich sein, dachte sie. Alles was ich tue, geschieht aus einem einzigen Grund: damit ich meine Einsamkeit vergesse. Ich habe alles und müßte zufrieden sein. Nur eines habe ich nicht: den Mann, den ich liebe.

Eines späten Abends, Ende März 1798, klopfte Gerard de Valle an die Tür des kleinen Hauses in Richmond. Er war gerade in England angekommen, und nur eines interessierte ihn: Wo konnte er Maureen finden?

Als er von Clarissa erfuhr, daß Maureen in ihrem neuen Haus war, wollte er sofort dorthin aufbrechen, obwohl er von seiner Reise todmüde war. Aber Clarissa verbot es.

Sie überredete ihn dazu, erst einmal zu essen und zu trinken. Schließlich war er seit zehn Stunden unterwegs, ein harter Ritt von Newhaven, wo sein Schiff in den frühen Morgenstunden eingelaufen war. Dann bereitete sie ihm ein heißes Bad. Währenddessen reinigte und bügelte Hannah seinen Mantel und seine Hosen, und Clarissa trieb ein sauberes Hemd für ihn auf. Gerard hatte kein Gepäck mitgebracht.

Erfrischt und entspannt betrat Gerard den Salon. Mit Mühe unterdrückte er seine Ungeduld. Er erklärte Clarissa, wie wichtig es für ihn war, Maureen zu sehen.

»Ihnen gegenüber, Madame, kann ich offen sein!« sagte er. »Sie wissen, daß ich Maureen von Herzen liebe, und Sie wissen ebenfalls, daß auch sie mich liebt!«

Clarissa nickte nachdenklich. Gerard war zu spontanen Handlungen fähig, und sie mußte auf jeden Fall dafür sorgen, daß Maureen nicht kompromittiert würde. Trotzdem hatte der junge Mann, der da neben ihr saß, ihre volle Sympathie. Daß Maureen ihn liebte, war kein Wunder, dachte sie.

»Vor einer Woche etwa habe ich Maureens Brief erhalten«, sprach Gerard weiter. »Die Erleichterung, die ich empfand, als ich las, daß sie mich liebt, kann ich nicht beschreiben. Ich hatte solche Angst, daß sie mir mein abscheuliches Verhalten niemals verzeihen würde. Ich mußte einfach herkommen, um sie zu sehen. Das verstehen Sie doch, Mistreß Manton?«

Clarissa seufzte.

»Ich verstehe Sie sehr gut, Gerard. Aber ich muß Sie wohl kaum daran erinnern, wie hoffnungslos eure Liebe ist. Maureen ist verheiratet – mit einem guten und freundlichen Mann. Sie würde nie etwas tun, was ihn verletzen könnte. Und Sie, Gerard! Sie sind doch verlobt?«

Gerard verzog das Gesicht.

»Ja, ich habe Donna Mercedes gebeten, mich zu heiraten. Meine Mutter denkt an nichts anderes mehr. Den wahren Grund, warum ich so hastig nach England gereist bin, mußte ich ihr verschweigen.«

Auf Verständnis hoffend, sah er Clarissa an. »Ich liebe Mercedes nicht, aber ich darf meine Mutter nicht enttäuschen. Sie können sich nicht vorstellen, wie alt und zerbrechlich sie geworden ist. Ihr letzter Lebensinhalt ist es, mich zu verheiraten. Sie wartet auf einen Erben! Sie will meinem Sohn sogar den Namen ihres Mannes, meines Vaters, geben. Nur diese Zukunftsträume halten sie am Leben. Die Gegenwart bedeutet ihr nichts mehr. Der alte Jules, ein Diener, ein Steinmetz und ich bauen das Schloß wieder auf. Es geht nur langsam voran, außerdem fehlt das nötige Geld. Es ist wirklich nicht leicht für meine Mutter.«

Clarissa betrachtete seine rauhen und von der Sonne verbrannten Hände.

Gerard bemerkte es und lächelte.

»Sie brauchen kein Mitleid mit mir zu haben, denn, um die Wahrheit zu gestehen, diese Arbeit gefällt mir. Es ist die Arbeit eines Mannes, Mistreß Manton, und ich bin mir nicht zu gut dafür. Eines Tages kann ich meinen Enkeln erzählen, daß ich mitgeholfen habe, unser Schloß wiederaufzubauen. Ist das nichts?«

Nun lächelte auch Clarissa.

»Doch, Gerard, das ist sogar sehr viel. Aber Sie sind so dünn geworden. Sie haben zuviel gearbeitet!«

»Nein, nein, die Arbeit ist nicht schuld daran«, sagte Gerard. »Es ist, weil ich Tag und Nacht auf ein Zeichen von meinem *petit écureuil* gewartet habe. So schön die Liebe sein kann, so grausam ist sie manchmal. Sie werden mir doch nicht verbieten, Maureen zu sehen?«

Clarissa schwieg einen Augenblick. Sie fühlte, daß sie in diesem Moment Gerard davon abhalten könnte, die Wunde in Maureens Herzen wieder aufzureißen. Indem sie ihm verständlich machte, daß er Maureen vielleicht noch unglücklicher machte, wenn er seinem egoistischen Wunsch nachgab? Sie war sicher, daß ihm das einleuchten würde. Aber . . . nein, sie durfte ihn nicht beeinflussen. Maureen war achtzehn – alt genug zu wissen, was sie tat.

Maureen hatte ihr erzählt, daß Lord Barre nichts dagegen habe, wenn sie sich einen Geliebten nähme. Da er unfähig war, seine ehelichen Pflichten zu erfüllen, hatte er ihr diese Freiheit eingeräumt, und er dachte dabei nur an Maureen, deren Glück und Zufriedenheit ihm alles bedeutete.

Aber bis jetzt war Maureen ihrem Mann treu geblieben. Ihm zuliebe oder Gerards wegen? fragte sich Clarissa.

»Ich glaube, Sie sollten ihr eine kurze Nachricht schreiben, die ihr ein Bote bringen wird«, sagte sie. »Schreiben Sie ihr, daß Sie in London sind; daß Sie mein Gast sind, daß Sie es allein von ihrer Entscheidung abhängig machen, ob sie Sie sehen will. Wenn sie es möchte, dann kann sie hierherkommen, ohne Aufmerksamkeit zu erregen, weil es bekannt ist, daß sie mich jede Woche mindestens einmal besucht.«

Gerard schien es schwierig, diesen Plan zu akzeptieren.

»Aber angenommen, sie möchte mich nicht sehen!« rief er.

Clarissa legte ihre Hand auf die seine.

»Es besteht kein Zweifel, daß Maureen Sie genauso liebt wie Sie Maureen so offensichtlich lieben«, sagte sie ehrlich. »Ich bin sicher, daß sie hier erscheint so schnell es ihr möglich ist. Sie dürfen nicht ungeduldig sein, Gerard. Und Sie müssen Maureen selbst entscheiden lassen. Lord Barre ist ihr ein guter Ehemann, und sie wird ihm nicht weh tun wollen.«

»Ich wünschte, er wäre es nicht!« brach es aus Gerard hervor. »Dann könnte ich sie ihm ohne unfair zu sein, wegnehmen. Ist das Schicksal nicht grausam? Hätte meine Mutter die Revolution nicht überlebt, würde ich gern auf mein Erbe verzichten und Maureen heiraten. Die Aussicht, eine andere heiraten zu müssen, quält mich. Donna Mercedes will auf keinen Fall mit mir in Compiègne leben. Das geht deutlich aus ihren Briefen hervor. Sie hat nicht vor, auf gesellschaftliches Leben zu verzichten. Aber das findet in Paris statt, wo Napoleon und Josephine Hof halten. Meine Mutter glaubt allerdings, daß Donna Mercedes sich mit der Zeit, vor allem, wenn sie ein Kind hat, an das Leben auf einem Landgut gewöhnen wird. Aber ich kenne Mercedes besser!«

Clarissa runzelte sorgenvoll ihre Stirn. John hatte ihr erst kürzlich von Mercedes erzählt. Das verwöhnte Mädchen langweilte sich und wurde langsam ungeduldig. Wenn Gerard nicht bald zurückkäme, um sie zu heiraten, würde sie sich nach einem anderen umsehen.

»Sir John hält sich mit Lady Danesfield und den beiden Töchtern in Buckinghamshire auf«, informierte sie Gerard. »Sie sind mit den Pettigrews zusammen, die Sie, glaube ich, kennen. Sir John versucht, eines der beiden Mädchen mit James Pettigrew zu verheiraten, aber ich fürchte, dazu wird James sich nicht überreden lassen.«

»Und wie geht es der kleinen Anne? Ist sie schon verheiratet?« fragte Gerard.

»Verlobt. Maureen ist mit ihr und James sehr befreundet. Wenn die Pettigrews in London sind, reiten sie fast jeden Tag zusammen aus.«

Clarissas letzte Worte beunruhigten Gerard.

»Wollen Sie mir taktvoll beibringen, daß Maureen und James . . .«

Clarissa lächelte.

»Aber Gerard, nein! Obwohl ich zugeben muß, daß James in Maureen verliebt ist . . . aber das sind die meisten Männer . . . Maureen hat keine Affären. Sie denkt nur an Sie, Gerard.«

Erleichtert und dankbar küßte Gerard ihr die Hand.

»Sie waren immer freundlich zu mir, Mistreß Manton. Und Ihre Worte machen mich glücklicher, als Sie es sich wahrscheinlich vorstellen können. Man kann es weder James noch einem anderen Mann verdenken, wenn er Maureen liebt. Wer das tut, ist verloren. Maureen kann man nie vergessen. Sie ist unersetzbar.«

Clarissa stand auf und führte Gerard in ihr kleines Schreibzimmer. Hier konnte er seine Nachricht an Maureen schreiben, und sie würde sie sofort im Haus von Lord Barre abgeben lassen.

»Sie können hier übernachten. Ich erwarte keine Besuche, und keiner wird davon wissen. Glücklicherweise ist Sir John verreist. Er wäre entsetzt über das, was ich hier tue.«

»Aber ich werde Ihnen bis an mein Lebensende dankbar sein!« sagte Gerard. »Wann immer Sie mich brauchen, ich bin zur Stelle.«

Gerard setzte sich an den Schreibtisch. Clarissa hatte das Gefühl, ihn nochmals warnen zu müssen. Vielleicht würde Maureen ihn nicht sehen wollen; oder sie könnte verhindert sein; oder sie weilte gar nicht in der Stadt!

Schon nach zehn Minuten war der Bote unterwegs, um den Brief entweder Lady Barre persönlich oder ihrer Zofe Rose anzuvertrauen. Keinesfalls sollte der Brief jemandem anderen in die Hände fallen. Und er sollte auf Antwort warten, außer, Lady Barre war nicht zu Hause.

Um Gerard das Warten zu erleichtern, spielte Clarissa mit ihm Karten. Aber der junge Vicomte spielte schlecht und unkonzentriert.

Es war schon nach elf, als der Bote zurückkam. Vier Stunden war er weg gewesen! Clarissa war nun fast ebenso nervös wie ihr junger Gast. Mit Erleichterung sahen beide den Brief in der Hand des Dieners.

Gerard brach hastig das Siegel auf und las ungeduldig die wenigen Zeilen: Maureen würde morgen vormittag ins Orchid House kommen!

Gerards dunkle Augen leuchteten vor Glück, als er Clarissa die Zeilen zu lesen gab.

»Sehen Sie doch nur, Mistreß Manten. Sie hat mit *petit écureuil* unterzeichnet. So habe ich sie immer genannt. Es ist doch ein gutes Zeichen, daß sie mit diesem Namen unterschreibt, finden Sie nicht? Oh, wenn sie mich immer noch liebt, dann bin ich der glücklichste Mann auf der Welt. Glauben Sie, daß ich hoffen darf, Mistreß Manton?«

Clarissa bestätigte ihn in seiner Hoffnung, aber sie selbst war keineswegs so ruhig, wie sie sich gab. Manchmal war Maureen wie ein kleines, unberechenbares Kind. Was würde geschehen, wenn die beiden zusammentrafen? Mit ihrer Hilfe! Sir John würde ihr das nie verzeihen. Und wie würde die Zukunft von Gerard und Maureen aussehen? Es gab gar keine für die beiden.

Als Maureen Gerards Nachricht bekommen hatte, war sie außer sich vor Freude. Sie zog sich gerade an, um mit dem Premierminister zu dinieren, sonst wäre sie sofort nach Richmond geeilt. Ihre Gedanken überstürzten sich. Vielleicht konnte sie einen Grund erfinden, der ihre Anwesenheit auf dem Meierhof in Sussex erforderte, und dort mit Gerard einige Zeit verbringen? Dort wären sie allein, wenn sie die alten Diener ihres Lehrers für einige Zeit beurlauben würde. Dickon könnte das arrangieren. Niemand wüßte dann von ihrem heimlichen Rendezvous. Um Gilberts willen mußte jeder Klatsch vermieden werden.

Noch am selben Abend erzählte sie Gilbert, daß sie möglicherweise nach Sussex reisen müßte, denn sie hätte einen Brief von dem Anwalt ihres Lehrers bekommen. Gilbert zweifelte nicht einen Moment daran, daß sie die Wahrheit sagte. Maureen haßte es, ihn anlügen zu müssen. Viel lieber hätte sie ehrlich zugegeben:

»Gerard ist in England. Ich liebe ihn. Sie selbst waren es, der mir vorgeschlagen hat, mir einen Geliebten zu nehmen; jetzt ist der Augenblick gekommen, wo ich es möchte. Gerard wird bald heiraten, und vielleicht sehe ich ihn nie wieder. Sagen Sie mir, daß Sie nichts dagegen haben, wenn ich gehe.« Aber sie sagte nichts dergleichen. Gilbert war glücklicher, wenn er nichts davon wußte. Immer wieder hatte sie ihm gesagt, daß sie auch ohne Geliebten zufrieden sei.

»Sie geben mir alles, um mich glücklich zu machen, Gilbert«, hatte sie ihm mehrfach versichert. »Es fehlt mir an nichts.« Und das entsprach fast der Wahrheit. Sie sehnte sich nicht nach irgendwelchen Dingen, sondern nach einer bestimmten Person, und das war ein Wunsch, den ihr Gilbert nicht erfüllen konnte, selbst wenn er davon gewußt hätte.

»Zu dieser Jahreszeit ist das eine ungemütliche Reise, die du da vorhast, Liebste!« sagte Gilbert väterlich. »Können denn diese Geschäfte nicht warten, bis es Frühling wird? Dann könnte ich dich vielleicht sogar begleiten und mich selbst um die Dinge kümmern.«

»Das ist doch nicht nötig, Gilbert«, antwortete Maureen. »Und ich glaube, daß mir die Reise Spaß machen wird. Dickon wird auf mich aufpassen. Vielleicht muß ich auch gar nicht fort.

Ich werde Sie es morgen wissen lassen.«

Lord Barre hatte keine weiteren Fragen. Dieses letzte Jahr war für ihn so schön gewesen, und er hatte keinen Grund gehabt, seine Heirat je zu bedauern. Vielleicht war es ein bißchen anstrengend gewesen. Maureen war sehr beliebt, und sie wurden zu fast allen Ereignissen eingeladen. Sie fragte ihn immer, bevor sie zusagte, aber er hatte ihr nie widersprochen, weil er das Gefühl hatte, daß es ihr Freude machte.

Er wußte andererseits genau, daß sie jederzeit bereit war, auf irgendwelche Vergnügungen zu verzichten, wenn sie meinte, daß er zu müde war oder sich nicht wohl fühlte. Er würde ihre kurze Abwesenheit dazu benutzen, sich seinem Alter entsprechend zu entspannen und zu beschäftigen.

Maureen dachte nur an Gerards Brief, den sie immer bei sich trug. Die Vorstellung, daß er sich im Orchid House aufhielt, so nahe, war mehr, als sie je zu hoffen gewagt hätte.

Diese Nacht war die längste Nacht in Maureens bisherigem Leben.

Achtzehntes Kapitel
1798

Seit dem frühen Morgen stand Gerard am Fenster in Clarissas Salon. Mit äußerster Spannung beobachtete er die Straße. Er wußte nicht: würde Maureen mit dem Pferd oder mit der Kutsche kommen? Er wußte nur, daß sie versprochen hatte, gegen Mittag zu erscheinen.

Kurz nach elf sah er Maureen auf ihrem Pferd die Straße auf das Haus zureiten. Sie trug einen smaragdgrünen Reitdreß und einen dazu passenden Hut. Gerard rannte zur Tür, und noch bevor sie den schweren Türklopfer betätigen konnte, war er neben ihr. Erregt ergriff er ihre behandschuhte Hand und küßte sie.

»Endlich, endlich bist du da!« sagte er.

Maureen betrachtete ihn mit vom Wind und schnellen Ritt geröteten Wangen. Gerard sah sie ebenfalls an, und plötzlich öffneten sich ihre Lippen zu einem glücklichen Lächeln.

»Hast du gedacht, daß ich nicht komme, Gerard?« fragte sie ihn neckend. Da lachte er erleichtert und voller Freude. Er nahm ihren Arm und zog sie mit sich ins Haus. Die Zofe nahm ihr Mantel und Hut ab und führte die beiden jungen Menschen in den Salon. Dann verließ sie den Raum und schloß die Tür hinter sich. Taktvoll hatte Clarissa sich zurückgezogen.

Maureen zog ihre Handschuhe aus, und Gerard nahm wieder ihre Hand und zog sie an seine Lippen.

»Du bist noch schöner geworden!« murmelte er. »Mistreß Manton hat mich nicht davor gewarnt, daß eine Prinzessin kommen würde. Du bist erwachsen geworden, Maureen!«

»Ja, ich glaube, das bin ich!« stimmte Maureen ihm zu. »Du aber auch, Gerard. Du siehst älter aus! Schlanker! Du bist doch gesund?« fragte sie ihn ängstlich.

»Maureen, *mon amour* . . . Ich liebe dich. Ich habe dich immer geliebt. Ohne dich kann ich niemals glücklich sein.«

Gerard zog sie an sich und sah ihr tief in die Augen. Sie verrieten ihm ihre Sehnsucht, ihr Einverständnis.

Stürmisch preßte er seine Lippen auf die ihren. Warm und feucht drängten sie sich ihm entgegen. Ungeduldig begann er, die Knöpfe ihres Reitkostüms aufzuknöpfen. Unter der Seidenbluse schimmerten ihre Schultern, ihre Arme und die Umrisse ihres jungen, straffen Busens, der ihm weiblicher und voller geworden zu sein schien.

Maureens Hände wanderten inzwischen über seinen Rücken. Sie spürte die kräftigen Muskeln und entdeckte die braune Haut unter seinem weißen Hemd. Er war viel magerer geworden, aber sein jugendlicher Körper war schön und kräftig.

Gerard berührte ihre Brustwarzen, und Maureen fühlte, wie ihr Körper vor Lust erbebte. Nur mit Mühe unterdrückte sie ihre Begierde. Tante Clarries Salon war wohl kaum der geeignete Platz, sich zu lieben. Sie mußten sich gedulden.

Als sie sich aus Gerards Armen befreite, schaute er so entsetzt, daß sie in Gelächter ausbrach.

»Schau nicht so dumm, Gerard!« sagte sie zärtlich. »Ich habe dir nämlich einen Vorschlag zu machen, von dem ich mir denken könnte, daß er dir gefällt.«

Gerard sah sie verwundert an.

»Hör mir genau zu!« sagte sie, und ihre Augen leuchteten, »und sieh mich nicht so an. Ich verspreche dir, daß das, was ich sagen werde, dich glücklich machen wird.«

»Noch glücklicher? Ich bin bereits der glücklichste Mann, den man sich vorstellen kann.«

»Jawohl, Gerard, noch glücklicher«, sagte Maureen und setzte ihm ihren Plan auseinander, noch diesen Nachmittag zusammen nach Sussex aufzubrechen. Dann würden sie morgen schon dort sein.

»Und dort wird niemand sein, niemand wird uns stören, Gerard. Arthur Glovers Haus gehört mir, ich habe es von ihm geerbt. Wir sind allein und vollkommen sicher, das heißt . . .« fügte sie plötzlich scheu hinzu ». . . das heißt, wenn du es möchtest.«

Gerards ungläubiges Gesicht sah direkt komisch aus. Dann begriff er erst, was sie gesagt hatte. Sein Freudenschrei hallte durch das kleine Haus. Clarissa nahm dies zum Anlaß, im Salon zu erscheinen.

»Tante Clarrie!« rief Maureen und umarmte sie. »Ich glaube, ich werde verrückt . . . ich weiß nicht, wie ich dir danken soll. Wir reisen nach Sussex . . . zusammen!« Sie war zu glücklich, um diese Neuigkeit zu verschweigen. »Gilberts Einverständnis habe ich, und Gerard kommt mit mir. Ist das nicht herrlich? Sag, daß du dich mit mir freust!«

Clarissa biß sich auf die Lippen. Sollte das heißen, daß Maureen Gilbert erzählt hatte, daß sie Gerard zu ihrem Liebhaber machen würde? Maureen nahm sie wieder in die Arme und beruhigte sie.

»Reg dich nicht auf, Tante Clarrie!« rief sie. »Auf dem Meierhof sind wir sicher. Außer dir wird niemand wissen, daß Gerard bei mir ist, und du wirst unser Geheimnis sicher nicht verraten!«

Clarissa seufzte erleichtert. Maureen war nicht dumm. Sie hatte alles bedacht. Trotzdem warnte sie die beiden.

Dickon konnte man trauen, Rose auch . . . Maureen brauchte wenigstens eine Dienerin, warum nicht Rose . . .

»Aber ich kann doch kochen!« protestierte Maureen. »Du hast wohl vergessen, daß ich ein Bauernkind bin.«

Dann stand Maureen auf. Es war noch so viel vorzubereiten. Dickon mußte arrangieren, daß die Diener nicht mehr auf dem Meierhof waren, wenn sie mit Gerard ankam. Armer Dickon, er würde die ganze Nacht hindurch reiten müssen.

Gerard sollte die Postkutsche bis zur Westminster Brücke nehmen und sie dort um drei treffen. Wahrscheinlich kämen sie heute noch bis East Grinstead, wo sie übernachten konnten.

Inzwischen stand fest, daß sie eine ganze Woche zusammen verbringen würden.

Maureen verließ Orchid House, um daheim ihre Vorbereitungen zu treffen. Gerard ging einkaufen, denn sein größter Wunsch war es, Maureen etwas zu schenken. Eigentlich sollte es etwas Kostbares sein, aber das konnte er sich nicht leisten. Beim Juwelier fand er einen entzückenden kleinen Goldring mit Perlen, und dafür entschied er sich schließlich auch. Der Juwelier erzählte ihm die Geschichte des Ringes. Es wurde vermutet, daß Charles II. ihn seiner Geliebten, Nell Gwynne, geschenkt hatte, die ihn an ihre Tochter Louise de Keroualle, die Herzogin von Porthmouth, weitergab. Und von dieser wiederum wurde er politischer Intrigen wegen aus Dankbarkeit einer geheimnisvollen Dame geschenkt. Der Ring war sicherlich über hundert Jahre alt.

Gerard traf Maureen wie verabredet. Auf einer wenig benutzten Straße fuhren sie in ihrer Kalesche bis East Grinstead, was wenig mehr als dreißig Meilen entfernt war. Als sie endlich im Gasthof ankamen, entschlossen sie sich, als Comte und Comtesse de Vallence aufzutreten.

In dem Gasthaus, das im sechzehnten Jahrhundert erbaut war, war es warm und gemütlich. Maureen und Gerard unterhielten sich in Französisch. Der Wirt hatte schon mehrfach französische Aristokraten – Emigranten – in seinem Haus gehabt und folgerte darum, daß es sich auch bei diesen Gästen um solche handeln mußte.

Maureen und Gerard aßen zu Abend. Sie hielten sich an den Händen und sahen sich tief in die Augen. Was sie zu sich nahmen, schienen sie kaum zu bemerken. Der Wirt war der Meinung, es handle sich um ein frischvermähltes Paar. Daß Maureen immer wieder den kleinen goldenen Ring betrachtete, bestärkte ihn in seiner Annahme.

Auf Gerards Veranlassung hin wurde das Feuer im Kamin in ihrem Schlafzimmer entzündet. Trotz des frühlingshaften Wetters waren die Nächte noch sehr kalt. Schon gleich nach dem Abendessen zogen sich die jungen Leute zurück, und der Wirt wünschte ihnen eine gute Nacht. Er verstand es gut, daß der junge französische Edelmann mit seiner Braut allein sein wollte.

Gerard kam es vor, als habe er auf diesen Augenblick eine Ewigkeit gewartet. Dennoch ließ er sich Zeit und übereilte nichts. Jede Minute und jede Stunde dieser Nacht sollte für seine Liebste so schön sein wie für ihn.

Mit zitternden und zärtlichen Händen öffnete er die kleinen Knöpfe ihres Kleides und ließ es über die Schultern herabgleiten. Sie erschien ihm so schön, daß er fast Angst hatte, ihre weiche Haut zu berühren. Seine Lippen bedeckten ihren Hals mit kleinen Küssen.

»*Mon amour!*« rief er. »*Comme tu es belle!*«

Seine Lippen wanderten hinunter zu ihren harten Brustwarzen, die ihr Begehren und ihre Lust verrieten, und auch er konnte seine Begierde nicht verheimlichen.

»Ich liebe dich, ich liebe dich!« flüsterte sie und streichelte seine dunklen Haare.

Sie entkleideten sich gegenseitig und standen dann nackt vor dem brennenden Feuer, in dessen Schein sie ihre jungen, erregten Körper betrachteten. Wie verspielte Tiere ließen sie sich hintenüber in das weiche Federbett fallen und vereinten sich in Leidenschaft und Ekstase.

Gerard sprach als erster. Er stützte sich auf seine Ellbogen, strich ihr mit liebevoller Zärtlichkeit eine feuchte Locke aus dem Gesicht und küßte sie.

»Wenn du wüßtest, welche Wonnen du mir schenkst«, sagte er sanft. »Ich wünschte, du könntest dasselbe empfinden . . .« Maureen lächelte.

»Aber das tue ich doch, Gerard. Hast du es nicht gemerkt? Meine Erregung, meine Befriedigung . . .« Sie bemerkte, wie er die Stirn runzelte, und glättete sie mit ihren Fingerspitzen.

»War etwas falsch, Liebling?«

Gerard zögerte. Er war eifersüchtig, denn . . .

»Es ist ungewöhnlich, daß eine Frau wirkliches Vergnügen empfindet, wenn sie geliebt wird . . .« murmelte er.

Maureen war nun ebenfalls eifersüchtig.

»Und woher hast du dieses intime Wissen? Hat eine Frau dir das erzählt?« fragte sie, und als sie keine Antwort bekam, fuhr sie fort: »Also doch! Ich aber war dir treu, Gerard. Kein Mann hat mich berührt, seitdem wir das letzte Mal zusammen waren!«

Gerard seufzte erleichtert.

»Vergib mir, *mon amour*. Ich hatte Angst, ein Mann hat dich gelehrt so frei und intensiv zu lieben. Vergib mir. Ich bin dir ebenfalls treu geblieben, ich schwöre es dir.«

Sie küßten und umarmten sich wieder, aber Maureen war noch nicht beruhigt.

»Ich weiß, daß es andere Frauen in deinem Leben gegeben hat, Gerard. Du bist ein Mann. Deine Vergangenheit interessiert mich nicht, aber . . . aber ich möchte wissen, ob es je eine Frau gegeben hat, die du so geliebt hast wie mich?«

»Keine. Niemals!« antwortete Gerard sofort. »Gerade jetzt im Nachhinein, liebe ich dich noch mehr. Als Frau, als Mensch . . . alles liebe ich an dir. Ohne dich bin ich nichts . . . nicht einmal ein richtiger Mann. So, jetzt weißt du es.«

Maureen küßte ihn wild. Seinen Mund, seine Augen, sein ganzes Gesicht. Wie ein junges Mädchen setzte sie sich plötzlich auf.

»Mir fällt da eben etwas ein, was William Congreve geschrieben hat. Ich habe es letzte Woche gelesen. Er beschreibt genau meine Gefühle, wie ich sie hatte, als ich noch nicht wußte, daß ich dich wiedersehen würde.«

Gerard legte sich auf den Rücken und betrachtete sie voller Liebe.

»Das Leben ohne Liebe ist eine Last«, zitierte Maureen. *»Die Zeit steht still; nur wenn wir lieben, leben wir.«*

Gerard zog sie zu sich herunter. Ihre Worte hatten ihn erschreckt. Es war wahr. Die letzten zwölf Monate ohne sie – es war eine Ewigkeit gewesen. Die wenigen kostbaren Stunden, die ihnen noch blieben . . .

Maureen lag auf ihm und hüllte ihn ein in ihre weiche, süße Wärme. Er preßte sie noch näher an sich, bis sie eins zu sein schienen.

»Du bist das Leben!« murmelte er und suchte mit den Lippen ihre Brust. Als ob er Angst hätte, es könnte das letzte Mal sein, nahm er sie, und es war Maureen, als erwecke er erst das Leben in ihr, und sie schrie vor Lust. Sie verharrten in ihrer Vereinigung, bis sie eingeschlafen waren.

Maureen erwachte als erste. Vogelgezwitscher kündigte den Morgen an. Langsam öffnete sie die Augen und betrachtete den schlafenden Geliebten, auf dessen Gesicht die ersten Sonnenstrahlen fielen. Mit dem zerzausten Haar, die Augen mit den dichten dunklen Wimpern fest geschlossen, sah er aus wie ein kleiner Junge. Bewegungslos, um ihn nicht zu wecken, nahm sie dieses Bild in sich auf, überwältigt von dem Wunsch, daß sie irgendwann später wieder so zusammen sein würden. Wenn

Gerard sterben würde, dachte sie, dann hätte ihr Leben keinen Sinn mehr.

Kaum erwachte Gerard, da zog er sie an sich.

»Ich liebe dich«, sagte Maureen. »Je t'aime. Je t'aime«, rief Gerard.

»Ich habe es zuerst gesagt«, rief Maureen lachend und zwickte ihn ausgelassen in die Nase.

»Wir haben es gleichzeitig gesagt!« widersprach Gerard.

»Aber ich habe es zuerst gedacht. Ich war früher wach als du!«

»Und ich habe die ganze Nacht an nichts anderes gedacht«, konterte er und fügte hinzu: »Außerdem liebe ich dich viel mehr als du mich.«

»Ah, und ich liebe dich schon viel länger. Seitdem du damals aus der Kutsche gefallen bist«, sagte Maureen triumphierend. »Du warst vielleicht wütend!«

»Und du? Du warst gemein, du hast mich ausgelacht!«

»Aber ich habe dir wieder auf die Beine geholfen!« erklärte Maureen.

»Stimmt. Und dafür verdienst du einen Kuß.«

Maureen kuschelte sich eng an ihn. »Ich bin so glücklich, Gerard. Ich wußte nicht, daß man überhaupt so glücklich sein kann. Und draußen ist herrliches Wetter. Wenn es so bleibt, können wir auf dem Meierhof vieles unternehmen.«

»Solange ich mit dir zusammen bin, ist mir egal, was wir tun«, sagte Gerard ehrlich. »Alles, was du willst.«

Maureen stützte sich auf, und ihre Augen funkelten unternehmungslustig.

»Es gibt so vieles, was ich mit dir gemeinsam machen möchte: Forellen fangen im Fluß; ausreiten, die kleinen Lämmer beobachten, Vogeleier suchen, Glockenblumen pflücken . . . Weißt du, in Sussex fühle ich mich zu Hause. Ich bin ein richtiges Landmädchen. Stört dich das?«

»Im Gegenteil. Mir geht es ebenso. Das Stadtleben ödet mich an.«

»Wir sollten jetzt aufstehen, was meinst du . . .?« fragte Maureen.

Aber als sie sich anschickte, es zu tun, riß Gerard sie stürmisch in seine Arme, und sie vergaß ihren Vorschlag.

Neunzehntes Kapitel
1798

Es war eine wunderschöne Zeit auf dem Meierhof. Außer Dickon und Rose trafen die Liebenden niemanden. Maureen hatte Angst, daß sie jemand erkennen könnte, und daher mieden sie die bewohnten Gegenden.

Ihre Londoner Freunde hätten Maureen sowieso nicht erkannt. Sie trug ein einfaches Baumwollkleid, ihre Haare fielen ihr lose auf die Schultern, und meist war sie barfuß. Auch in Gerard hätte niemand einen jungen Vicomte vermutet. Ein einfaches Hemd und Hosen waren das einzige, was er anhatte.

Das Wetter meinte es gut mit ihnen. Voll Grauen dachte Gerard manchmal daran, daß er, wenn dies alles vorbei war, in London Donna Mercedes den Hof würde machen müssen. Wie absurd! Er hatte das Gefühl, daß es ihm unmöglich sein würde. Maureen gegenüber erwähnte er nichts von seinen tristen Gedanken. Es hätte sie nur unglücklich gemacht.

Maureen ihrerseits tat alles, um ihre eigenen Ängste vor Gerard geheimzuhalten. Mit jedem Tag, jeder Nacht, jeder Stunde rückte der Zeitpunkt heran, wo sie wieder als Lady Barre ihr Leben in London aufnehmen mußte. Plötzlich verstand sie, warum Clarissa ihren Plan nur sehr zurückhaltend gutgeheißen hatte. Es war Maureen nicht klar gewesen, wie sehr man sich an einen Menschen, den man liebt, gewöhnen konnte. Es kam ihr vor, als wären sie schon immer zusammen; sie dachten dasselbe, sie lachten über die gleichen Dinge . . . Wie sollte sie weiter ihr Leben ohne Gerard aushalten? Und Gilbert? Sie mochte ihn, aber mit Liebe hatte das nichts zu tun. Würde er bemerken, wie sehr sie sich verändert hatte? Es war ihr, als sei sie nach langer Krankheit endlich gesundet; als sei sie bisher blind gewesen und könnte nun plötzlich sehen.

Dickon und Rose hatten viel Zeit. Gemeinsam versuchten sie, das Beste daraus zu machen. Dickon würde es nie erwähnt haben, aber eigentlich mißfiel ihm das Abenteuer seiner jungen Herrin. Nicht etwa aus moralischen Gründen, sondern weil er Angst hatte, es könnte entdeckt werden.

Aber er war ehrlich genug, sich einzugestehen, daß ihm der

französische Edelmann von Tag zu Tag besser gefiel. Gerard liebte Maureen ohne Zweifel. Es war nicht so, daß er nur sein Vergnügen suchte, wie das bei vielen jungen Herren üblich war. Aber was würde die Zukunft bringen? Roses Bemerkung, daß diese märchenhafte Romanze kein glückliches Ende nehmen würde, stimmte ihn bedenklich.

»Sie werden ihr jetziges Glück mit vielen Tränen bezahlen müssen!« sagte Rose.

»Das hast du schön gesagt«, meinte Dickon. »Wenn man bedenkt, daß du eine Fremde bist!« fügte er grinsend hinzu.

Rose errötete und warf ihm ihre Schürze ins Gesicht.

»Fremde?« wiederholte sie. »Ihr Kerle aus Sussex sprecht ausländisch, nicht wir Londoner!«

Sie bemerkte, daß Dickon sich über ihre Worte ärgerte, und fügte deshalb freundlich hinzu:

»Aber ich muß zugeben, daß du gute Manieren hast. Und Milady sagt, es gibt keinen, der besser mit Pferden umgehen kann. Und du bist viel stärker als die Jungs in der Stadt!«

Die pummelige, immer gutgelaunte Rose hatte manch einen Verehrer unter der Dienerschaft. Um Dickon hatte sie sich nie besonders gekümmert. Und plötzlich, als sie ihn nun besser kennenlernte, empfand sie Zuneigung zu dem schüchternen Jungen. Stille Wasser waren tief, dachte sie.

Sie ermutigte ihn nicht, ihr den Hof zu machen. Und Dickon seinerseits war zu schüchtern, um es von sich aus zu tun. Aber hin und wieder erwischte sie ihn dabei, wie er sie ansah, wenn sie ihm das Essen brachte oder bügelte. Dann lächelte sie ihm freundlich zu. Dickon sprach zwar nicht mehr als sonst mit ihr, aber ab und zu brachte er ihr ein Blumensträußchen mit.

Gerard und Maureen merkten nichts von alledem. Daß Dikkon und Rose abends noch spazierengingen, wußte Maureen, weil die Zofe sie um Erlaubnis bat, aber es war ihr gleichgültig. Gerard und sie hatten das Haus für sich, das zählte, nichts sonst. Manchmal spielte Maureen auf dem Klavier. Gerard saß hinter ihr, die Arme um ihre Taille, seine Wange an ihrer Schulter. Die Lust, sie ständig zu berühren, war immer in ihm. Oft tat Maureen so, als ob sie seine Hand nicht merkte, wenn sie wie zufällig ihren Arm, ihre Brust berührte, aber plötzlich wandte sie sich ihm zu, riß ihn an sich. Ungeduldig entkleideten sie sich dann, küßten sich, murmelten Liebesschwüre . . . bis die Leidenschaft alles andere erstickte. Sie liebten sich, wo immer sie sich gerade befanden: im Schlafzimmer, im hohen grünen Gras, auf dem weichen Moosboden des Waldes oder auf dem Teppich.

Und jedes Mal schien es noch schöner, noch aufregender zu sein als zuvor. Ohne Scheu offenbarten sie einander, was ihnen Freude, Vergnügen, Lust und Befriedigung verschaffte. Gerard gestand, daß keine Frau ihm das geben konnte, daß er Maureen für den Rest seines Lebens hörig war.

»Ich kann nie mehr mit einer anderen Frau schlafen. Wenn ich das gewußt hätte . . .« sagte er und biß sie zärtlich in die Schulter. »Jetzt will ich nur noch dich.«

Es war ihre letzte Nacht in Sussex. Alles war nun zu Ende, dachte Maureen, und es war ihr unmöglich, Gerards Bemerkung so lustig zu finden, wie sie es sonst getan hätte.

»Ich will nichts davon wissen!« sagte sie. »Der Gedanke, daß du mit einer anderen schläfst . . . und es läßt sich nicht vermeiden . . . Du wirst Mercedes heiraten, und es ist deine Pflicht, ihr Kinder zu machen . . .«

Mit zitternder Stimme unterbrach sie sich. Gerard nahm sie tröstend in die Arme.

»Ich werde nicht heiraten!« rief er. »Ich kann es nicht. Wenn meine Mutter wüßte, wie wir uns lieben . . . sie kann es nicht verlangen. Ich liebe dich. Je t'aime, Maureen. Dich allein, nur dich!«

Maureen schwieg.

»Ich schwöre dir beim Leben meiner Mutter, daß ich dir treu bleiben werde . . .«

Maureen legte schnell ihre Finger auf seinen Mund und brachte ihn zum Schweigen.

»Nicht, Gerard. Schwöre es nicht. Ich will es nicht. Ich weiß, daß du heiraten *mußt*. Und du weißt es auch. Tante Clarrie hat mir klargemacht, warum es so sein muß. Und ich bin bereits verheiratet. Ich bin nicht frei. Und du, Gerard, du bist katholisch – selbst wenn ich mich von Gilbert scheiden ließe . . . wir könnten trotzdem nicht heiraten.«

»Aber wir könnten zusammenbleiben!« rief Gerard. »Ist das nicht genug? Reicht dir das nicht?«

Wie gerne hätte sie ja gesagt. Wenn es nach ihren eigenen Wünschen ginge, wie froh würde sie ihm zustimmen.

Aber sie konnte Gilbert nicht verletzen, sie durfte Gerards Zukunft nicht zerstören . . .

»Ich liebe dich mehr als mein Leben!« sagte sie. »Wir müssen stark sein. Wir müssen glücklich sein, daß wir diese eine Woche zusammensein konnten. Laß uns die letzten Stunden genießen.«

Maureens Worte leuchteten Gerard ein; aber glücklich war er nicht. Im stillen bewunderte er Maureens Stärke, er wußte ja, daß ihr der Abschied genauso schwer fallen würde wie ihm. Er dachte daran, daß sie zwar zu ihrem Mann zurückkehren würde, aber nicht in dessen Bett. Das wenigstens beruhigte ihn. Aber es machte ihn auch traurig. Was für ein Leben erwartete sie! Ohne die Freuden der Liebe, der Leidenschaft . . . ohne Kinder.

»Wenn ich ein Kind von dir hätte, Gerard«, sagte Maureen, als hätte sie seine Gedanken erraten, »dann wäre es leichter für mich. Ich wünsche mir einen Sohn von dir, der genauso aussieht wie du.«

»Nein, ich würde eine Tochter wollen!« erwiderte Gerard. »Mit honigfarbenem Haar und grünen Augen . . .«

»Vielleicht beides. Ein Junge und ein Mädchen«, sagte Maureen. »Wie würden wir sie nennen? Marianne? Antoine?«

»Marianne, vielleicht! Aber der Junge müßte meinen zweiten Namen bekommen. Darius. Ja, ich würde meinen Sohn Darius nennen.«

Maureen versteckte ihren Kopf in den Kissen. »Schenk mir ein Kind! Einen Sohn. Und ich werde ihn Darius nennen! Ich hätte einen lebendigen Beweis unserer Liebe!« wollte sie rufen.

Aber sie tat es nicht. Zu genau wußte sie, daß es unmöglich war. Sie war verheiratet. Gerards Kinder würde ihm eine andere gebären.

»*Du* bist mein Kind!« rief sie. »Mein Geliebter, mein Freund, mein Herz. Du bist alles für mich!«

Was Maureen zu diesem Zeitpunkt nicht wissen konnte: sie war bereits schwanger.

Der letzte Tag sollte ihnen keine Freude bringen, obwohl sie sich alle Mühe gaben. Rose und Dickon räumten das Haus auf. Morgen sollten die alte Haushälterin und ihr Mann zurückkommen. Maureens Kleider mußten in Ordnung gebracht, die Koffer gepackt werden. Die Vorbereitungen für ihre Abreise konnten nicht übersehen werden.

Schließlich begann es auch noch zu regnen. Gerard ging ruhelos auf und ab, während Maureen einen Brief an eine entfernte Verwandte Arthur Glovers schrieb. Sie hatte es immer wieder aufgeschoben.

»Ich wünschte fast, es wäre schon alles vorbei!« sagte Gerard plötzlich. »Es ist so schwer, kaum auszuhalten . . . und dennoch, die Zeit ist so kostbar.«

Maureen saß am Schreibtisch. Schweren Herzens sah sie sein unglückliches Gesicht.

»Wir haben uns bisher jede Mühe gegeben, die Zukunft aus dem Spiel zu lassen. Vielleicht wäre es besser, doch darüber zu sprechen, der Wahrheit ins Gesicht zu sehen«, schlug sie vor. »Was wirst du machen, wenn du in London ankommst? Ich glaube, ich wäre glücklicher, wenn ich wüßte, wo du bist, als wenn du einfach verschwändest. Ich wüßte gern, was du vorhast. Ich will nicht, daß andere es mir berichten.«

Gerard seufzte.

»Ich denke, ich werde zu deinem Vater gehen und ihm sagen, daß ich wieder in England bin«, sagte er. »Mistreß Manton sagte mir, daß er in der ersten Aprilwoche wieder zu Hause ist.«

Plötzlich ging er mit großen Schritten auf sie zu. Aufgeregt sagte er: »Maureen, Liebste, da fällt mir gerade ein . . . wir könnten uns noch im Orchid House treffen . . . Wir . . .«

Mit Tränen in den Augen bat Maureen ihn zu schweigen.

»Ich habe auch schon daran gedacht, Liebster, aber . . . es würde alles nur noch schwieriger. Außerdem bist du nach England gekommen, um deine Hochzeit zu arrangieren. Du mußt dich deiner zukünftigen Frau widmen. Es hat keinen Sinn . . .«

Entsetzt sah Gerard sie an.

»Das ist nicht dein Ernst!« rief er, als er endlich seine Stimme wiederfand.

»Doch. Es muß sein«, sagte Maureen bestimmt, und es brach ihr fast das Herz dabei.

»Du möchtest, daß wir uns niemals wiedersehen?«

Maureen begann zu weinen.

»Gerard, wenn du darüber nachdenkst, wirst du merken, daß es das beste ist.«

»Nein, das kann es nicht sein!« sagte er aufgebracht. Aber er wußte, daß sie recht hatte. Trotzdem unfähig, sich mit diesem Schicksal abzufinden, sagte er bitter: »Es hört sich so an, als fiele dir der Abschied gar nicht so schwer!«

»Ich weiß kaum, wie ich es aushalten soll«, erwiderte sie leise.

Gerard fiel auf seine Knie und barg seinen Kopf in ihrem Schoß. Sie streichelte sein Haar. Die Tränen rannen ihr über die Wangen. Ihr Weinen, ihre Schwäche gaben Gerard seine Kraft zurück.

»Nicht weinen, mon amour!« sagte er zärtlich. »Vielleicht ist unsere Zukunft besser, als wir es uns ausmalen. Vielleicht werden wir eines Tages doch zusammenkommen.«

»Wenn ich das glauben könnte!« sagte Maureen und klammerte sich an ihn.

»Wir sind füreinander bestimmt!« sagte Gerard überzeugt. »Sonst hätten wir uns gar nicht getroffen. Ausgerechnet wir beide. Gott muß es so gewollt haben!« Dann lächelte er. »Schau, es hat aufgehört zu regnen. Die Sonne scheint wieder. Wenn das kein gutes Omen ist!«

Dickon erstattete Bericht, daß eines der Kutschenpferde lahmte. Besorgt fragte er, ob man die Abreise nicht um einen Tag verschieben könnte.

Aber Maureen schüttelte den Kopf.

»Ich habe Lord Barre versprochen, spätestens morgen zu Hause zu sein«, sagte sie ängstlich. »Übermorgen geben wir eine Party, die nicht mehr abgesagt werden kann.«

»Dann müssen wir in Alfriston ein Pferd mieten«, sagte Dickon.

»Oder du bleibst noch ein oder zwei Tage hier, bis Bess wieder gesund ist«, schlug Maureen vor. »Wir nehmen die Postkutsche. Aber wie kommst du dann nach Alfriston?«

»Ich nehme das andere Pferd und bringe das gemietete mit«, erwiderte Dickon.

Maureen überlegte einen Augenblick. Nein, beschloß sie. Das kam nicht in Frage. Dickon war in Alfriston bekannt, und es würde auffallen, wenn er ein Pferd mietete.

»Aber das ist doch kein Problem«, mischte sich Gerard ein. »Ich kann das doch tun. Mich kennt keiner, und solange ich bezahle, wird mir niemand Fragen stellen. Dickon, du sagst mir, wo ich das Pferd bekomme, und dann reite ich los.«

Es dämmerte bereits, als Gerard aufbrach. Gewitterwolken verdunkelten den Himmel. Bald goß es wieder in Strömen.

Maureen und Rose zündeten Kerzen an, während Dickon das Kaminfeuer schürte. Als Rose den Raum verließ, um das Abendessen zu bereiten, wandte sich Maureen an Dickon:

»Ich weiß, daß ich dir vertrauen kann. Du wirst keiner Menschenseele je von dieser Woche erzählen. Die Folgen wären furchtbar, nicht nur für mich, auch für den Vicomte de Valle, wenn jemand etwas von unserer Liebe erführe. Glaubst du, daß ich mich auch auf Rose verlassen kann?«

»Doch, das glaube ich!« antwortete Dickon sofort und bekam einen roten Kopf. »Ich denke, Rose ist genauso vertrauenswürdig wie ich!«

Maureen sah ihn lächelnd an.

»Du sagst das mit solcher Sicherheit, daß ich es glauben muß. Du magst Rose, nicht wahr?«

»Ich weiß nicht, aber ich nehme an, daß sie für einen Mann eine gute Frau abgäbe.«

»He, Dickon!« sagte Maureen. »Ich glaube fast, meine Rose hat sich in dein Herz eingeschlichen. Mag sie dich auch? Wenn ihr zwei heiraten würdet, das wäre ja herrlich!«

Dickon murrte.

»Viel zu früh, über Heirat zu sprechen. Ich habe schon mehr gesagt, als ich eigentlich wollte.«

Maureen lachte.

»Gut, wir werden nicht mehr darüber sprechen. Ich will mich da auch nicht einmischen, Dickon. Aber es freut mich, und ich werde ein gutes Wort für dich einlegen bei Rose.«

Auch Dickon lächelte jetzt.

»Das ist freundlich. Denn ich glaube, ich bin nicht der einzige, der meint, daß sie eine gute Frau wäre.«

»Aber Rose ist nicht dumm, trotz ihres hübschen Gesichts«, beruhigte ihn Maureen. »Wenn sie nachdenkt, wird sie merken, daß es keinen besseren Mann als dich für sie gibt. Und falls sie unsicher ist, werde ich es ihr bestätigen.«

Maureen legte ihre Hand auf seinen Arm und sagte ernst:

»Wenn du sie wirklich liebst, dann laß nichts zwischen euch kommen. Wirkliche Liebe bedeutet echtes Glück.«

Die plötzliche Traurigkeit in Maureens Augen blieb Dickon nicht verborgen.

»Es tut mir so leid, das mit dem Vicomte und dir . . .«

Um ihre Tränen zu verbergen, sah Maureen aus dem Fenster. »Es regnet verdammt stark«, sagte sie.

Dickon grinste.

»Ich habe dem Vicomte meinen Mantel geliehen. Der wird ihn trockenhalten.«

Aber Gerard war just in diesem Augenblick nasser als je zuvor. Er lag am Flußufer, sein Körper teilweise schon im Wasser. Nur Dickons Mantel, der am Pfeiler der Holzbrücke hängengeblieben war, bewahrte ihn vor dem Ertrinken.

Zwanzigstes Kapitel
1798

Gerard war seit seiner Kindheit an Pferde gewöhnt und ein ausgezeichneter Reiter. Doch sein Pferd war in der Dunkelheit auf der Holzbrücke gestolpert, als es vor einer Eule scheute, die krächzend hochflog. Gerard wurde über das Brückengeländer ins Wasser geschleudert. Bei diesem Salto war er mit dem Kopf an dem Pfosten, an dem sich nun der Mantel verfangen hatte, angeschlagen und hatte das Bewußtsein verloren.

Obwohl das Wasser kalt war, kam er nicht gleich wieder zu sich. Es war stockfinster. In der undurchdringlichen Dunkelheit hörte man nur das Rauschen des Flusses und des Regens.

Das Pferd hatte sich inzwischen von seinem Schreck erholt und graste am Flußufer. Geduldig wartete es auf die Rückkehr des Reiters. Plötzlich hob es seinen Kopf und stellte die Ohren auf. Sein leises Wiehern wurde von einem anderen Wiehern beantwortet, und kurz darauf hörte man Männerstimmen.

»Halt! Hier ist irgend jemand!«

Pferde näherten sich und wurden zum Stehen gebracht. Wieder trat Ruhe ein, bis Gerards Pferd abermals wieherte. Minuten später näherte sich eine dunkle Gestalt und kam durch das hohe Gras auf die Brücke zu.

Der Mann lachte heiser, als Gerards Pferd ihn mit der warmen Nase anstupste.

»Es ist ein Pferd. Ohne Reiter«, rief er den Wartenden zu.

»Sei vorsichtig! Der Reiter hat sich vielleicht versteckt!«

Sechs Männer näherten sich und umringten Gerards Pferd. Sie zündeten eine Laterne an.

»Das ist ein edles Tier!« sagte einer. »Einem Armen gehört das nicht!«

»Ja, und auch Sattel und Zaumzeug sind aus feinstem Material!« stimmte einer der Kameraden zu.

»Laßt es. Wir sind spät genug dran!«

»Warum nehmen wir es nicht mit? Bringt doch 'nen Batzen Geld!«

»Und wird erkannt, und wir werden wegen Pferdediebstahls gehenkt!«

Die Schmuggler lachten herzlich. Sie waren auf ihrem Weg nach Pevensey, um im Schutz der Dunkelheit mit einem Kaperschiff auszulaufen.

»Ich seh' mich lieber noch ein bißchen um!« sagte der erste, Thomas Spray. Gib mir die Laterne, Will Bennett!«

Es war George Pring, der Dickons Mantel entdeckte, und als er Will die Laterne abnahm, fand er Gerard.

Die sechs Männer trugen Gerard die Böschung hinauf und betrachteten ihn im Schein der Laterne. George Pring durchsuchte seine Taschen. Er hatte schnell den Beutel mit Goldstücken gefunden, den Gerard mitgenommen hatte, weil er das Pferd mieten wollte. Die Männer sahen einander an.

»Er ist doch nicht tot?« fragte einer.

»Noch nicht!« antwortete Will Bennett und riß das Messer aus seinem Gürtel.

»Laß doch. Das braucht es gar nicht. Bei dem Wetter ist er sowieso bald hin!«

»Das ist kein armer Mann!« sagte Thomas Spray nachdenklich. »Wahrscheinlich nicht unwichtig. Wenn er hier tot gefunden wird, kommen sie und stellen ungemütliche Fragen!«

»Mit uns hat das doch nichts zu tun!« protestierte Will Bennett.

Der ältere Mann schlug ihm ins Gesicht.

»Stimmt. Wenn du nicht dein blödes Gesicht im Gasthaus Zum Fuchs hättest sehen lassen!«

»Ich konnte ja nicht wissen, daß hier einer liegt, der am Ertrinken ist.«

Das Gelächter der Männer klang ängstlich.

»Einer wird deine dumme Visage schon erkannt haben!« sagte Spencer Collison.

»Wir nehmen ihn lieber mit!« bestimmte Thomas. Er war der Intelligenteste von ihnen. »Wenn er wieder zu sich kommt und merkt, daß er auf 'nem Schiff ist . . . vielleicht zahlt er uns einen Batzen, wenn wir ihn in irgendeinem Hafen laufen lassen.

Reichen Männern sollte man immer das Leben retten!«

Außer Will Bennett waren alle einverstanden.

»Und der Käpt'n? Was wird der sagen?«

Die Männer lachten wieder. Es war ein großes Segelschiff, und beim Kampf war immer Not am Mann.

Thomas fischte eine Flasche Brandy aus seiner Tasche und flößte Gerard etwas davon ein. Nach ein paar Minuten bewegte Gerard sich, aber er erwachte nicht aus seiner Ohnmacht.

George Spring nahm ein Bündel von seinem Pferd. Dann schälte er Gerard mühsam aus seinen nassen Kleidern, nahm alles Wertvolle an sich, zog ihm ein Paar Seemannshosen und eine grobgewebte Wolljacke an und setzte ihm eine rotweißgestreifte Piratenmütze auf. Dann wickelten sie Gerard in Dickons Mantel und legten ihn über den Sattel seines Pferdes.

»Vielleicht wacht er ja auf. Dann kann er selbst reiten!« sagte Thomas.

Sie löschten die Laterne, warteten einen Augenblick, bis sich ihre Augen wieder an die Dunkelheit gewöhnt hatten, und ritten über die Wiesen auf die Hügel zu, die man als Silhouette erkennen konnte. Der Regen hatte nachgelassen. Ab und zu sah man den Mond hinter den schnellziehenden Wolken. Vorsichtig ritten die Schmuggler weiter.

Bei einer Windmühle hielten sie an, um zu essen. Gerard bekam eine weitere Portion Brandy eingeflößt. Die Männer berieten, ob es wirklich ratsam sei, ihn mitzunehmen. Der energische Thomas unterbrach die Diskussion und entschied, daß es so geschehe. Er wußte, daß Gerard vornehm genug war, um ihnen mehr Geld zu bringen, als sie in einem Jahr mit Schmuggel verdienen konnten.

Bei Tagesanbruch erreichten sie ein Wirtshaus in Pevensey. Sie konnten dem Wirt trauen. Dort stellten sie ihre Pferde unter, bis sie wieder vorbeikommen würden. Gerards Pferd hatten sie bei der Windmühle zurückgelassen, wo es der Müller entdecken würde. Niemand konnte es in Zusammenhang mit den Schmugglern bringen.

Gerard ging es immer noch nicht besser. Der Vorschlag des Wirtes, ihn bei ihm zu lassen, wurde als zu gefährlich abgelehnt. Was würde er machen, wenn Gerard stürbe? Auf dem Schiff war das kein Problem. Man würde ihn einfach über Bord werfen.

»Wir nehmen ihn mit!« sagte Thomas eigensinnig. »Ich pass'

auf ihn auf. Zwei von euch können ihn an Bord schleifen. Er wäre nicht der einzige betrunkene Seemann, der zum Schiff zurückgeschafft wird. Keinem würde etwas auffallen«.

So wurde es gemacht. Weder Thomas noch sein anscheinend trunkener Kumpel, der von zwei Männern gestützt wurde, fielen auf. Auf dem Kaperschiff herrschte geschäftiges Treiben.

Erst als sie auf hoher See waren und Gerard bei dem stürmischen Wetter aus der Hängematte flog, in die Thomas ihn gelegt hatte, wurde bekannt, daß ein kranker Mann an Bord sei.

»Ich nehme an, daß er einen Schlag auf den Kopf gekriegt hat, als ihn das Pferd abwarf«, erklärte Thomas dem Kapitän. »Die frische Seeluft wird ihm guttun. In ein paar Tagen ist der wieder okay!«

»Aber wer, zum Teufel, ist er denn?« fragte der Kapitän.

»Kennst du nicht wenigstens seinen Namen?«

Thomas grinste verschlagen.

»Kommt es darauf an?« fragte er. »Er ist jung und kräftig, und wenn er im Kopf erst mal wieder klar ist, kann er arbeiten. Schlimmstenfalls kann er die Böden schrubben.«

Der Kapitän war viel zu beschäftigt, sich weiter darum zu kümmern. Thomas war ein guter Seemann, und man konnte ihm trauen. Also überließ er ihm den *Gefangenen.*

Somit gehörte Vicomte Gerard de Valle zur Besatzung, und man nannte ihn George King, weil das der erste Name war, der Thomas einfiel. Die Seemänner fanden das sehr lustig, denn der arme alte König George war verrückt gewesen, und ohne Zweifel war es der Gefangene von Thomas auch. Wenn sie an Gerards Hängematte vorbeikamen, salutierten sie und behandelten ihn wie einen König. Er bekam die wärmste Decke und das weichste Kissen. Abwechselnd fütterten sie ihn. Wenn die Sonne schien, schafften sie ihn an Deck. Langsam begann Gerard sich zu erholen.

Nur mit großer Mühe brachten Dickon und Rose Maureen dazu, nach London zurückzukehren. Da Bess immer noch lahmte und Gem, das Pferd, das Gerard geritten hatte, nicht mehr da war, nahm Dickon Maureen auf sein Pferd. Rose blieb auf dem Meierhof zurück. In Lewes warteten sie auf die Postkutsche, mit der Maureen weiterreisen wollte.

In den Stunden vor der Abreise hatte keiner der drei ein Auge zugemacht. Maureen ängstigte sich entsetzlich. Dickons Theorien, Gerard wäre in Alfriston des starken Regens wegen untergeschlüpft, oder er hätte noch weiter reiten müssen, um ein Pferd zu bekommen, oder er hätte den Weg verfehlt und würde erst bei Tageslicht zurückfinden, beruhigten Maureen keineswegs. Sie war sicher, daß etwas passiert war.

»Was auch geschehen ist, er wäre bestimmt zurückgekommen!« sagte sie immer wieder. »Ich kenne ihn, Dickon. Es war unsere letzte Nacht. Nichts hätte ihn aufhalten können, zu mir zurückzukommen.«

Rose dachte genauso wie sie, aber als sie Dickons warnenden Blick sah, tat sie, als würde sie Dickons Argumenten zustimmen. Erst als sicher war, daß Gerard nicht zurückkam und Dickon den Wasserkessel aufsetzte, um Tee zu kochen, versuchte sie ihre junge Herrin zu trösten.

»Vielleicht wollte er ohne Aufhebens verschwinden!« sagte sie und starrte ängstlich in Maureens kalkweißes Gesicht. »Er dachte vielleicht, der Abschied wäre für Sie leichter so!«

»Oh, Rose«, schrie Maureen. »Ich wünschte, es wäre so. Dann wüßte ich wenigstens, daß er lebt und gesund ist. Aber ich kann es nicht glauben, daß er verschwinden wollte. Es mußte ihm doch klar sein, daß ich mich sorgen würde – wir alle!«

»Aber Milady! Gem ist ja auch nicht zurückgekommen!« sagte Rose. »Wäre der Vicomte abgeworfen worden – sie wäre allein hierher zurückgelaufen. Dickon hat mir das gesagt. Ich glaube, sie steht im Stall von Sir John Danesfield, und dort wird Dickon sie vorfinden.«

»Im Stall von Sir John!« wiederholte Maureen, zu müde, noch richtig denken zu können. »Warum denn dort, Rose?«

»Der Vicomte wollte doch zu Sir John. Das hat er gesagt. Erinnern Sie sich nicht, Milady?«

»Ja, natürlich!« stimmte Maureen zu. Gerard wollte ja zu ihrem Vater. Das war einleuchtend, und so entschloß sie sich, nach London aufzubrechen.

Dickon sollte von Lewes zum Meierhof zurückreiten und dort bleiben, falls Gerard doch noch zurückkäme. Sollte das geschehen, müßte Dickon sofort nach London reiten und Maureen verständigen. Wenn Gerard bis zum Abend nicht auftauche, sollte Dickon ihn suchen. Maureen selbst würde versuchen herauszufinden, ob Gerard im Wyfold House angekommen war. Wenn ja, würde sie ihrerseits Dickon benachrichtigen.

»Ich habe keine Ruhe, bis ich weiß, daß ihm nichts passiert ist!« sagte sie zu Dickon. »Schwöre mir, daß du so lange suchen wirst, bis du ihn gefunden hast! Selbst wenn er . . . selbst wenn er tot ist, ich muß es wissen!«

»Immer mit der Ruhe! Er lebt bestimmt, und ich werde ihn finden!« sagte Dickon sanft.

Maureen kehrte nach Hause zurück. Roses Abwesenheit erklärte sie Lord Barre damit, daß das Pferd lahmte. Darum sei sie auch nicht in der Kutsche gekommen.

Dickon zweifelte inzwischen an seinen eigenen Worten. Gerard de Valle war nicht auf dem Weg nach London, das stand fest. Denn sein Pferd war schließlich schlammbespritzt auf dem Meierhof angekommen. Es hatte sich bei der Windmühle losgerissen, kurz nachdem die Schmuggler weitergeritten waren.

Als Rose das Pferd sah, brach sie in Tränen aus. Dickon wußte nicht, ob er zuerst das Pferd versorgen oder Rose trösten sollte.

»Milady hat recht gehabt!« schluchzte Rose. »Dem Vicomte ist etwas passiert!«

Dickon legte den Arm um ihre Schultern. Rose klammerte sich an ihn.

»Was sollen wir nur tun?« fragte sie.

»Mir wird schon etwas einfallen!« sagte Dickon. »Aber erst sehe ich mal nach dem Pferd.«

Rose machte den Vorschlag, die Postkutsche zu nehmen. »Milady braucht mich, Dickon. Ich kann ihr sagen, daß Gem zurückgekommen ist, und daß du dich auf die Suche nach dem Vicomte begeben hast.«

Dickon nickte.

Er putzte das Pferd und dachte daran, wie Rose sich in seine Arme geworfen hatte und wie sie überzeugt davon war, daß er der einzige war, der den Vicomte finden konnte und würde.

Dickon hoffte, daß Gem ihn den Weg führen würde, den Gerard genommen hatte. Als Dickon über die Holzbrücke ritt, stolperte das Pferd an derselben Stelle wie zwei Nächte zuvor. Wäre es dunkel gewesen, und hätte eine Eule Gem erschreckt, hätte die Stute auch Dickon abgeworfen. Solche Überlegungen stellte Dickon an und sah sich um. Dann entdeckte er ein Stück Stoff am Pfosten.

Er stieg vom Pferd. Erstaunt stellte er fest, daß der Stoffetzen von seinem eigenen Mantel stammte. Sofort suchte er mit den Augen das Flußufer ab. Aus den Spuren schloß er, daß Gerard de Valle nicht ertrunken sein konnte, daß mindestens fünf Männer mit Pferden hiergewesen sein mußten.

In zwei Stunden würde es dunkel sein. Dickon überlegte. Gewöhnliche Reiter hätten keinen Grund gehabt, an der Brücke zu halten. Daß sie es getan hatten, ließ den Schluß zu, daß es etwas mit Gerard de Valle zu tun hatte.

Noch einmal suchte Dickon sorgfältig den Boden ab. Da entdeckte er ein kleines Stückchen verbrannter Lunte. Er war sicher, daß man es zum Anzünden einer Laterne verwendet hatte, daß es sich also um Reiter handeln mußte, die lieber nachts reisten.

Plötzlich mußte er grinsen. Falls es sich um Schmuggler handelte, dann würde er Gerards Aufenthalt bald herausfinden. Er selbst war den Banden wohlbekannt, die hier in Sussex arbeiteten. Sie würden ihm sicherlich mitteilen, was er wissen wollte.

Die einzige Angst, die er hatte, war, daß sie Gerard getötet hatten, weil sie vielleicht vermuteten, er sei ein Dieb oder gar ein Verfolger. Aber diesen Gedanken gab er wieder auf.

Nachdenklich kehrte er zu seinem Pferd zurück und stieg auf. Bis es dunkel war, konnte er nichts unternehmen. Vielleicht traf er die Schmuggler an dem ihm bekannten Platz nahe der alten Kapelle.

Dickon ritt fast den selben Weg, den zwei Tage zuvor die Schmuggler genommen hatten. In Lullington hielt er bei einem Wirtshaus, und bei einem Glas Ale überdachte er die Ereignisse des heutigen Tages.

Das war ein Abenteuer, dachte er. Und es fing gerade erst an.

Er wünschte, es gäbe irgendeine Möglichkeit, Maureen zu informieren, daß er sein Versprechen hielt. Er würde keine Ruhe geben, bis er den Mann gefunden hatte, den Maureen so sehr liebte.

Einundzwanzigstes Kapitel
1798

Gerard blieb fast zwei Monate auf dem Kaperschiff. Der Sturz von der Brücke und der Schlag auf den Kopf hatten zum Ergebnis, daß er sich an nichts erinnerte. Er akzeptierte seinen neuen Namen, George King, obwohl er wußte, daß dies nicht sein wirklicher Name sein konnte. Er hatte keine Ahnung, wie alt er war oder welcher Nationalität er angehörte. Die Schiffsbesatzung schätzte ihn auf Anfang zwanzig. Er sprach Englisch, weil er in dieser Sprache angeredet wurde, aber er sprach es mit einem leichten Akzent, mit dem keiner etwas anzufangen wußte. Er wußte nichts über sein Zuhause, seine Kindheit, noch darüber, wie er sein bisheriges Leben verbracht hatte. Gerard litt an Gedächtnisschwund.

Die Freibeuter und ihr Kapitän versuchten alles, um etwas über den Mann herauszufinden, den Will Bennett und seine Freunde gekidnappt hatten. Kapitän Wells nahm an, daß es sich um einen französischen Aristokraten, vielleicht sogar einen Emigranten, handelte, aber er erzählte niemandem von seinem Verdacht, denn solange seine Mannschaft annahm, daß Gerard nichts Besseres war, konnten sie ihn als einen der Ihren behandeln und ihn arbeiten lassen.

Erst nach einigen Wochen konnte Gerard beschäftigt werden. Ganz offensichtlich war er kein Seemann, aber er interessierte sich für Schießeisen und Kanonen, und diese in Ordnung zu halten, wurde er abkommandiert. Außerdem stellte man fest, daß er sehr gut fechten konnte, und der Kapitän war froh, daß er bei einem eventuellen Kampf auf ihn rechnen konnte.

Das Kaperschiff hatte Baumwolle nach Gibraltar befördert und sollte nun eine illegale Ladung Seide aus Italien holen. Das Schiff befand sich ständig in Gefahr. Feindliche Flotten kreuzten im Mittelmeer. Jedes englische Kriegsschiff hatte das Recht, ihnen so viele gute Männer abzunehmen, wie es möglich war, ohne die Weiterreise des Schiffes zu gefährden. Bis jetzt war nichts Derartiges geschehen. Die Besatzung glaubte, in George King (oder King George, wie sie ihn gerne nannten) einen Glücksbringer gefunden zu haben. Er wurde nicht als Gefangener behandelt; mehr noch, als die vier Männer, die ihn gefangen hatten, vorschlugen, ihn in Gibraltar für ein Lösegeld laufen zu lassen, wurden sie überstimmt. Und zu schlimm kam es sie nicht an, denn wer bezahlte schon Lösegeld für einen Mann, dessen Identität man nicht kannte und den die Freiheit nicht besonders reizte? Man kam überein, daß *Seine Majestät* an Bord bleiben sollte.

Die Mannschaft war bunt zusammengewürfelt. Einer war Ted Burrows aus Friston, ein junger Farmer mit runzligem Gesicht und blauen Augen; früher war er Schmuggler in Sussex gewesen, aber als man ihn verfolgte, hatte er sich anheuern lassen. Gerard hatte das Gefühl, daß er diesen Mann kannte, mehr nicht. Aber er hielt sich deswegen gern in seiner Gesellschaft auf. Der vielen Arbeit wegen blieb wenig Zeit zum Reden, aber Gerard hoffte, durch Ted einen Hinweis auf seine Vergangenheit zu bekommen.

Manchmal war der Vicomte traurig, ohne zu wissen warum. Dann wieder froh und glücklich, ohne auch hierfür einen Grund zu kennen. Das passierte ihm nur, wenn er mit Ted zusammen war, und Gerard war überzeugt, daß der junge Farmer in der Lage war, in ihm eine Erinnerung auszulösen.

»Wird schon wieder werden, George!« sagte Ted. »Mach dich nicht verrückt!«

Wenn die Männer manchmal über Frauen sprachen, fragte sich Gerard, ob er verheiratet war oder ob es ein Mädchen gab, das er liebte. In seinen Träumen erschien ihm eine junge Frau mit honigfarbenem Haar und grünen Augen. Aber selbst in diesen Träumen ging alles drunter und drüber. Das Mädchen saß hoch in einem Baum, oder es verwandelte sich plötzlich in ein Eichhörnchen, das er jagte. Schweißgebadet wachte er dann auf.

Gerard wußte, daß er schrie, wenn er von solchen Alpträumen geplagt wurde. Es war Ted, der ihn dann beruhigte: »Immer mit der Ruhe!« sagte er im breiten Sussex-Dialekt. Diese paar Worte verfehlten nie ihre Wirkung.

Wind und Sonne hatten Gerard seine ursprüngliche Kraft wiedergegeben. Er sah aus wie die anderen Seemänner. Wenn ihm jemand Fragen stellte, die er nicht beantworten konnte, so tat Ted es für ihn.

»Er erinnert sich nicht!« sagte Ted und ließ seine Muskeln spielen. »Du solltest ihn lieber nicht fragen!« Dann ließ man Gerard in Ruhe.

Schließlich hielt ein englisches Kriegsschiff sie auf.

Acht Männer, darunter auch Gerard, wurden ausgewählt und mitgenommen. Auch Ted war dabei, und so machte Gerard sich keine Sorgen. Der Offizier hatte sie nach ihrem Aussehen ausgesucht, und es überraschte ihn, als er herausfand, daß Gerards Arbeitskraft nur mangelhaft befriedigte.

Er wurde von Offizier zu Offizier weitergereicht, und da er keine Auskunft über sich geben konnte, kam er schließlich vor den Schiffsarzt. Dieser interessierte sich für den Fall. Laut Auskunft von Gerards Kameraden war er ganz offensichtlich nicht verrückt. Seine Sprache zeugte von guter Erziehung und Intelligenz. Hatte er wirklich sein Gedächtnis verloren, oder verstellte er sich nur? Immerhin bestand die Möglichkeit, daß es sich um einen französischen Spion handelte. Der Kapitän war ein gutmütiger Mann und wollte nicht einen Unschuldigen füsilieren lassen. Deshalb sollte der Arzt sich eine Meinung bilden.

Gerard hatte keine Ahnung, daß er als Spion verdächtigt wurde – und welche gefährlichen Folgen sich daraus ergeben konnten. Wahrheitsgemäß und offen beantwortete er alle Fragen. Die dritte Frage stellte man ihm auf Französisch. Gerard antwortete sehr schnell in derselben Sprache. Es stellte sich außerdem heraus, daß er Deutsch und Italienisch beherrschte. Er konnte schreiben und lesen, fechten, mit Pistolen umgehen. Kanonen hatte er auf dem Schmugglerschiff das erste Mal gesehen. Man ließ ihn ein Pferd, ein Klavier, eine Kutsche beschreiben. Gerards Angaben stimmten bis ins Detail, obwohl er nicht sagen konnte, woher dieses Wissen stammte. Schließlich war der Arzt überzeugt, daß Gerard an Gedächtnisschwund litt. Er erzählte dem Vicomte, daß ihm einmal ein solcher Fall untergekommen sei. Dieser Mann habe innerhalb von sechs Monaten sein Erinnerungsvermögen wiedererlangt, indem man ihn dem Schock aussetzte, der die Krankheit verursacht hatte. Auch Gerard würde ohne Zweifel mit der Zeit gesunden. In der Zwischenzeit sollte er als Gentleman behandelt werden, bis seine wahre Identität geklärt war.

»Mr. King!« sagte der Arzt und lächelte. »Ich werde Anweisung geben, daß Sie in die Offiziersmesse verlegt werden und man Ihnen anständige Kleidung gibt.«

Gerard bekam eine Offiziersuniform und die Aufgabe, dem Schiffsschreiber zu assistieren.

Konteradmiral Horatio Nelson fiel das fremde Gesicht auf,

und er wurde neugierig. Er befragte Gerard, wie er sich in einer britischen Uniform fühle.

Gerard antwortete aufrichtig:

»Da ich weder meine Nationalität noch meine politische Einstellung kenne, habe ich keine Vorurteile gegen irgendein Land«, sagte er. »Sie haben mich aufgenommen, Sir, und ich bin zufrieden, unter Ihrer Flagge mein Bestes zu geben!«

»Ihre Antwort hätte nicht fairer sein können«, stimmte der Konteradmiral zu. »Kommen Sie morgen früh in meine Kabine. Ich könnte einen guten Sekretär gebrauchen.«

Am 8. Mai segelte die Flotte vor Toulon, um die Franzosen zu observieren. Plötzlich kam heftiger Sturm auf. Die Masten der *Vanguard* brachen, und das Schiff befand sich in höchster Gefahr. Gerard half, wo er sich nützlich machen konnte. Am nächsten Tag ließ der Sturm soweit nach, daß die *Alexander* sie nach Sardinien schleppen konnte.

Alle Männer, die auf der *Vanguard*, der *Alexander* und Nelsons drittem Kriegsschiff, der *Orion*, entbehrt werden konnten, wurden auf die *Vanguard* befohlen, um das Schiff so schnell wie möglich wieder flottzumachen. Gerard kümmerte sich unter Deck um die Verletzten. Er war froh darüber, sich nützlich machen zu können.

Schon nach vier Tagen lief die Flotte wieder aus.

Gerard war jetzt kräftiger als je zuvor. Die Alpträume hörten auf. Hin und wieder schien er sich an etwas zu erinnern. Er war überzeugt, daß seine Italienischkenntnisse mit einer schönen grauhaarigen Dame in einem Schloß zusammenhingen. Nelson brachte ihn auf den Gedanken, daß Gerard einmal in einem Schloß gewohnt habe und daß es sich bei der Dame vielleicht um seine Mutter handeln könnte. In einer Unterhaltung mit Ted kam ihm der Name Friston so bekannt vor, als sei er einmal dort oder in einem Ort ähnlichen Namens gewesen. Teds Beschreibung der Umgebung seines Heimatortes, der Windmühlen und Schafherden überzeugten Gerard, daß dies zu seiner Vergangenheit gehörte.

Am meisten aber dachte Gerard an das lachende Mädchen mit den grünen Augen, dem honigfarbenen Haar, und an ihre Arme, die sich ihm entgegenstreckten. Er wußte, daß er diese Frau liebte, und es bedeutete Qualen für ihn, sich nicht einmal an ihren Namen erinnern zu können. Ted nannte ihm alle bekannten Mädchennamen, aber keiner schien zu dem Traum-Mädchen zu passen.

Doch langsam, wie bei einem Puzzle, setzte Gerard Stück für Stück Erinnerung aneinander: Während er die weißen Möwen beobachtete, fiel ihm ein, daß er eine Schimmelstute besessen hatte. Er erinnerte sich sogar an ihren Namen: Colombe; an ein Fischerboot – an Männer, die Schmuggelware transportierten – Signale.

Gerard erzählte Nelson davon. Der Admiral lachte herzlich. Daß Gerard ein Schmuggler gewesen sein sollte, schien ihm absurd.

»Ein Mann, der so spricht, schreibt und so gut Karten spielt, kommt aus ganz anderen Kreisen!« sagte er.

»Ich habe keine Schwierigkeiten, die Dinge zu tun, die ich offensichtlich immer schon getan habe. Aber was Menschen und Ereignisse betrifft – da setzt es aus!« sagte Gerard.

»Sie müssen Geduld haben!« beruhigte ihn Nelson. »Stück für Stück wird Ihre Erinnerung zurückkehren. Vielleicht werden Sie es sogar bedauern. Kann sein, daß Sie verheiratet sind, ein halbes Dutzend Kinder haben. Wer weiß?!«

Gerard lachte und gab seiner Hoffnung Ausdruck, daß dem nicht so sei. Obwohl – nur das gab er dem Konteradmiral gegenüber nicht zu – er gerne verheiratet wäre: mit dem hübschen Mädchen aus seinen Träumen.

Zweiundzwanzigstes Kapitel
1798

Es verging eine ganze Woche, bis Dickon nach London zurückkam. In diesen Tagen schlief Maureen kaum, und sie war krank vor Sorgen. Nur Clarissa vertraute sie sich an.

»Ich bin hin- und hergerissen. Mal glaube ich, daß Gerard tot ist, dann wieder, daß er lebt!« sagte sie. Sie saßen im Garten von Orchid House. »Die Qual, daß er am Leben sein könnte!«

Clarissa betrachtete mitleidig Maureens schmales, weißes Gesicht mit den tiefen Schatten unter den Augen.

»Die Qual, daß er am Leben sein könnte?« wiederholte sie entsetzt.

»Ich weiß, daß ich dir schlecht vorkommen muß, aber ich werde dir die Wahrheit sagen!« meinte Maureen hart. »Ich muß zugeben, daß ich ganz anders bin als du. Du verzeihst jedem alles. Ich kann es nicht. Erinnerst du dich an den Frühling vor drei Jahren? Gerard hat mich damals ohne ein Wort verlassen!«

Clarissa streichelte Maureens Hand.

»Angenommen, er ist zum zweiten Mal davongerannt.« Maureens Stimme zitterte und wurde fast hysterisch: »Weil er zu feige war, mir in der letzten Nacht auf dem Meierhof endgültig Adieu zu sagen. Wenn das wahr ist, dann finde ich es wirklich besser, wenn er tot ist!«

»Maureen! Wie kannst du so etwas sagen?« rief Clarissa. »Du kannst ihn nicht lieben und dir gleichzeitig wünschen, daß er tot ist. Sein Wohlergehen und sein Glück sollten dir am Herzen liegen. Du bist egoistisch!«

Maureen seufzte.

»Ich wußte, daß du mich diesmal nicht verstehen würdest, Tante Clarrie. Ich bin aber nun mal so.«

»Du verdammst Gerard, ohne zu wissen, was geschehen ist!« wies Clarissa sie zurecht. »Das ist falsch. Und was seine Liebe zu dir betrifft – es würde mich nicht wundern, wenn sie, nachdem er eine Woche mit dir zusammen war, nachgelassen hätte!«

Maureens Wangen röteten sich.

»Nein, so war es nicht! Von Tag zu Tag haben wir uns mehr geliebt!«

»Dann verstehe ich nicht, wie du ihn und dich so erniedrigen kannst, indem du ihm mißtraust!« sagte Clarissa mit Schärfe. »Daß du um sein Leben fürchtest, dafür habe ich volles Verständnis. Aber, daß du Angst hast, er könnte dich verlassen haben, dafür kann ich keines aufbringen.«

Maureen brach in Tränen aus. Gutmütig, wie Clarissa war, tat Maureen ihr nun wieder leid. Es war sicher nicht leicht gewesen, sich daheim nichts anmerken zu lassen, vor Gilbert ihre Sorgen und Ängste zu verbergen.

Was Clarissa nicht wußte, weil Maureen es nicht einmal ihr gestanden hatte, war, daß Maureen sich außerdem noch ängstigte, daß sie schwanger sein könnte. Solange sie nicht sicher war, versuchte Maureen, nicht daran zu denken.

Als Dickon nach London zurückkam und ihr berichtete, daß Gerard höchstwahrscheinlich vom Pferd gestürzt, von Schmugglern gefunden und auf ein Kaperschiff mitgenommen worden sei, war sie erschrocken, aber auch erleichtert. Wenigstens lebte Gerard! dachte sie frohlockend.

Dickon hatte mit dem Wirt in Pevensey gesprochen und herausgefunden, daß vier Schmuggler mit einem kranken *Gefangenen* am Morgen nach Gerards Verschwinden bei ihm gefrühstückt hatten. Der Wirt hatte erzählt, daß der Kranke bewußtlos, aber nicht tot gewesen sei. Aus der Unterhaltung der Schmuggler hatte er entnommen, daß der Mann vom Pferd gefallen war, und daß sie dieses Pferd bei einer Windmühle gelassen hätten.

Man konnte also annehmen, daß Gerard nicht aus eigenem Entschluß verschwunden war, sondern sich gezwungenermaßen auf dem Schiff befand. Maureen gab die Hoffnung nicht auf, daß er eines Tages zurückkehren würde. Auf ihre Order hin mußte Dickon einmal im Monat nach Pevensey reisen, um Neuigkeiten zu erfahren. Aber von dem Kaperschiff fehlte jede Spur.

Der April verging, es kam der Mai und dann der Juni. Inzwischen war Maureen sicher, daß sie Gerards Kind unter dem Herzen trug. Sollte sie es Gilbert gestehen? Oder lieber noch eine Weile warten? Es fiel ihr schwer, ihn zu hintergehen. Tag für Tag an der Seite dieses guten Mannes leben, ohne daß dieser eine Ahnung davon hatte, was auf ihn zukam? Nur Rose erriet den Grund von Maureens morgendlichem Unwohlsein. Der gute Gilbert glaubte, daß die langen Abende und das viele Essen daran schuld waren. Schließlich entschloß sich Maureen, ihm die Wahrheit zu sagen. Aber da wurde Gilbert krank, und sie verschob bis auf weiteres, ihm alles zu gestehen.

Es wurde Juli. Gilbert war immer noch krank. Dr. John Willis, der Leibarzt des Königs, behandelte ihn. Gilbert hatte unsägliche Schmerzen. Er konnte seinen linken Arm kaum mehr bewegen. Er wurde zur Ader gelassen, aber sein Zustand besserte sich nicht. Es tat Gilbert leid, daß Maureen nicht mehr ausging. Er konnte nicht wissen, daß sie es nicht seinetwegen unterließ, sondern weil sie jetzt wegen ihres eigenen Zustandes sehr schnell ermüdete. Ein Sommertag nach dem anderen verging. Ende Juli machten sie einen Spaziergang im Garten, und als sie sich niedersetzten, nahm Gilbert Maureens Hand in die seine.

»Als ich dich bat, meine Frau zu werden«, sagte er, »habe ich nicht erwartet, daß du meine Zuneigung erwidern würdest. Aber ich möchte dir sagen, wie glücklich du mich gemacht hast; nie zuvor in meinem Leben war ich so zufrieden. Du warst mir eine perfekte Frau, meine Liebe.«

Maureen hatte Tränen in den Augen, als sie ihn liebevoll auf die Wange küßte. Ihr schlechtes Gewissen plagte sie.

»Mein liebster Gilbert, das darfst du nicht sagen. Es ist gar nicht wahr. Perfekt ist wirklich nicht das richtige Wort, denn ...«

». . . Ich weiß nicht, was du mir sagen willst«, unterbrach Gilbert sie, »aber was auch immer es sein könnte – es hat keine Wichtigkeit für mich. Selbst wenn du etwas Ungesetzliches getan haben solltest . . .« er lächelte bei diesem absurden Gedanken ». . . es ändert nichts daran, daß ich ein zufriedener Mann bin. Und das ist mehr als . . .«

Bei seinen letzten Worten griff er sich ans Herz und schnappte nach Luft. Dann fiel er vornüber in Maureens Schoß. Entsetzt mußte Maureen feststellen, daß er tot war.

Kaum hatte Dickon Clarissa diese Neuigkeit berichtet, ließ diese alles liegen und stehen und eilte zu Maureen, um sie zu trösten. Sir John kümmerte sich um Gilberts Beisetzung.

Als Maureen Clarissa von ihrer letzten Unterhaltung mit Gilbert berichtete, sprach diese ihr Trost zu:

»Du mußt einsehen, Maureen, wie schön dieser Tod für ihn war. Er war ein glücklicher und zufriedener Mann, als er starb.«

Maureen weinte.

»Aber wenn er es gewußt hätte, er würde mich gehaßt haben! Du weißt ja nichts . . . In fünf Monaten bringe ich ein Kind zur Welt . . . Gerards Kind . . . Wenn Gilbert das gewußt hätte.«

»Aber er wußte nichts davon, und das ist gut so. Denk doch nach, Maureen. Man wird glauben, es ist Gilberts Kind. Seine Freunde werden es glauben. Sie werden ihn im Nachhinein bewundern, daß er in seinem Alter noch fähig war, einen Erben zu zeugen . . . Stell dir vor, wieviel Spaß Gilbert das machen würde!«

Mit verweinten Augen sah Maureen Clarissa an.

»Aber Tante Clarrie! Er hätte doch gewußt, daß es nicht von ihm sein konnte, daß ich einen Geliebten gehabt haben muß!«

»Kind, du hast mir selbst erzählt, daß Gilbert dir diesen Vorschlag gemacht hat – lange bevor du es dann wirklich getan hast. Was das Kind betrifft . . . ich glaube, Gilbert hätte es akzeptiert, einfach, weil es dein Kind ist. Wenn es ein Sohn wird, bekommt er Gilberts Namen und Titel, und der Cousin, den Gilbert so verabscheute, erbt nichts. Ich kann mir vorstellen, wie Gilbert sich darüber freuen würde.«

Clarissa nahm Maureen das Versprechen ab, daß niemand, nicht einmal Sir John, je die Wahrheit erfahren sollte. Nur Gerard durfte davon wissen. Aber nur, wenn er bereit war zu schwören, daß er über die wahre Identität des Kindes schweigen würde. Das war das Geringste, was sie für Gilbert tun mußten.

Noch eine Woche nach der Beerdigung war Maureen damit beschäftigt, die vielen Beileidsbriefe zu beantworten.

Dickon berichtete, daß das Kaperschiff nach England zurückgekommen sei und er mit einem von der Besatzung, einem Thomas Spray, gesprochen habe. Dieser habe erzählt, daß Gerard mit sieben anderen auf der *Vanguard*, einem Schiff Nelsons, gelandet sei.

»Der Vicomte lebt, aber er litt an Gedächtnisschwund!« sagte Dickon. »Er konnte sich nicht einmal an seinen Namen erinnern. Die Männer nannten ihn George King, weil sie ihn für einen Engländer hielten.«

Maureen war nun zuversichtlich, daß sie Gerard finden würde. Irgend jemand mußte ja wissen, wo sich Admiral Nelsons Flotte aufhielt. Maureen nahm sich vor, das herauszufinden und dann Gerard Nachricht zukommen zu lassen.

Von Sir John bekam sie ein Empfehlungsschreiben für Admiral Sir Peter Parker, einen Freund Nelsons. Dann versicherte sie sich der Hilfe Anne Pettigrews. Die beiden jungen Frauen besuchten zusammen Admiral Parker. Geschickt sprach Maureen mit ihm erst über Nelson und dessen Pläne, dann brachte sie wie zufällig zur Sprache, daß Anne auf der Suche nach einem Mister George King war, einem Freund ihres Bruder James. Man glaubte ihn auf der *Vanguard*, und Anne würde ihm gerne einen Brief zukommen lassen. Der Admiral lächelte freundlich und versicherte ihnen, daß er helfen würde. Es schien ihm, als ob die junge Frau Anne in Herzensnöten steckte. Zu seinem Bedauern aber müßte er ihnen sagen, daß es so gut wie keine Nachrichten von Nelson gab. Niemand verstand, warum es ihm nicht gelungen war, die französische Flotte auszumachen, die Toulon längst verlassen hatte und bereits im Juni vor Malta aufgetaucht war.

Sir Peter versprach, den Brief weiterzuleiten.

Selbstverständlich hatte Maureen den Brief entworfen, und Anne hatte ihn dann abgeschrieben. Er war an *Mister George King* adressiert und sehr vorsichtig formuliert:

> Lieber George, es ist lange her, seit wir uns das letzte Mal gesehen haben. Ich fürchte, Sie haben mich inzwischen vergessen. Aber vielleicht freut es Sie zu hören, daß mein Bruder James sehr oft von Ihnen und Ihrer gemeinsamen Schulzeit spricht.
>
> Auch andere Freunde fragen nach Ihnen, zum Beispiel Lady Barre, meine liebe Freundin. Sie bittet mich, Sie an Ihren Besuch bei ihrem Lehrer, Mr. Glover, in seinem entzückenden Haus, dem Meierhof in Sussex, zu erinnern.
>
> Ich würde mich freuen, von Ihnen zu hören. Bitte schreiben Sie an die obige Adresse.
>
> Herzlich Ihre
>
> Anne Pettigrew
>
> P.S. Ich habe vergessen, Ihnen vom plötzlichen Tod Lord Barres Mitteilung zu machen. Wenn Sie Ihr Beileid bekunden wollen: Lady Barre weilt zur Zeit noch in London, plant aber, sich während der Trauerzeit nach Sussex zurückzuziehen.

Anne hatte den Brief mit ihrem Siegel verschlossen. Sollte es auf der Reise aufbrechen: der Inhalt des Briefes war harmlos. Hoffentlich würde er Gerard helfen, seine Erinnerung wiederzufinden.

Maureen war nun wieder etwas froher, auch wenn ihr Kontakt zu Gerard nur indirekt war. Er würde aber sicher bald ihren Brief bekommen. Mit Hilfe ihres Vaters ordnete sie die wichtigsten Dinge Gilberts Tod betreffend; gab der Dienerschaft Order, das Haus zu schließen, packte ihre persönliche Habe und zog sich nach Sussex auf den Meierhof zurück.

Daß sie das tat, verstand jeder. Ihre Schwangerschaft war unbemerkt geblieben. Nur die Anwälte wußten davon, da die Geburt eines Sohnes die Erbschaftsangelegenheiten beeinflussen würde. Clarissa war die einzige, die wußte, daß Maureen erst nach der Geburt ihres Kindes – also etwa Ende Dezember – nach

London zurückkehren würde. Glücklicherweise war Sir John plötzlich in die Irische Rebellion verwickelt, und seine Abwesenheit nutzte Clarissa, indem sie Maureen nach Sussex begleitete. Von Gerard bekam Maureen keine Nachricht. Anne Pettigrew hielt ihr Versprechen und schrieb ihr in Abständen, daß sie auf *ihren* Brief an *Mr. King* keine Antwort erhalten habe. Aber sie bekam einen Brief von Admiral Parker, in dem er ihr mitteilte, daß Admiral Nelson sich Mitte Juli in Syrakus neu verproviantiert habe und daß man Miß Pettigrews Brief an den Kommandeur Lord St. Vincent weitergegeben habe, der nach seiner Ansicht am besten wußte, wo die *Vanguard* zu finden war. Leider war der Brief erst vier Tage, nachdem die *Vanguard* ausgelaufen war, in Syrakus angekommen.

Maureen konnte weiter nichts unternehmen. Zurückgezogen lebte sie auf dem Meierhof und wartete. In der heißen Augustsonne saß sie unter dem großen Baum, wo sie einst mit Gerard gesessen hatte, und dachte über ihn und sein in ihr wachsendes Kind nach. Sie fühlte, daß Gerard nicht nur lebte, sondern genauso an sie dachte. Maureen bereitete sich auf die Geburt ihres Kindes vor.

Dreiundzwanzigstes Kapitel
1798

General Bonaparte hatte Malta erobert. Die riesige französische Flotte war mit unbekanntem Ziel verschwunden. Zwei Monate waren seither vergangen. Nelson glaubte die Franzosen auf ihrem Weg nach Ägypten. Er segelte nach Alexandria, aber dort fand er weder die französische Flotte, noch konnte man ihm sagen, wo sie geblieben war. Nelson war ratlos.

Er beschloß, in Syrakus in Sizilien vor Anker zu gehen. Dort versorgte ihn der Gouverneur mit Proviant. Er bekam frische Lebensmittel und Wasser – nur keine Nachrichten über die Franzosen.

Sein Plan war, den Feind zuerst in Zypern, dann in Palästina und zuletzt wieder in Ägypten zu suchen.

Es sah so aus, als ob ihre Jagd weiterhin ergebnislos bleiben würde: sie kamen immer zu spät. Gerard war genauso mutlos wie Nelson selbst, seine Offiziere und seine Männer.

Schließlich bekamen sie von den Türken einen Tip, daß die Franzosen Ägypten angriffen. Schnell setzten sie die Segel. Aber obwohl ihnen das Wetter günstig war: Als sie wieder in Alexandria ankamen, fanden sie dort nur einige wenige unwichtige französische Schiffe. Wieder war Bonapartes Flotte entwischt.

Nelson war verzweifelt. Gerard gegenüber vertrat er die Ansicht, daß die französische Armee sich ohne Zweifel bereits sicher an Land befände und ihre Kriegsschiffe wahrscheinlich auf dem Heimweg waren. Sie hatten versagt. Enttäuscht segelten sie an der Küste entlang Richtung Osten. Gerard saß mit Nelson und seinen Offizieren beim Abendessen, als plötzlich auf Deck Unruhe entstand. Aufgeregt kam Ted Burrows in die Offiziersmesse.

»Wir haben sie entdeckt! Die verdammten Franzosen! Sie ankern in der Bucht von Aboukir!«

Als die Richtigkeit dieser Nachricht bestätigt wurde, sagte Nelson erleichtert: »Meine Herren, es ist soweit. Zu guter Letzt haben wir sie gefunden!«

Gerard war sehr aufgeregt, daß er dabeiwar, wenn sie nun den Korsen angreifen würden. Als sie sich der Bucht näherten, zählten sie dreizehn französische Schiffe, die vor Anker lagen. Nelsons Entschluß anzugreifen stand fest. Er signalisierte seinen Kapitänen den Schlachtplan. Seine Absicht war, seine Schiffe zusammenzuziehen und so jeweils einige der Feindschiffe anzugreifen.

Gegen Abend lagen acht britische Schiffe auf beiden Seiten von fünf französischen Schiffen. Es war ein gigantisches Schauspiel. Die schnell aufeinanderfolgenden Gewehrschüsse durchbrachen die Stille der Nacht und beleuchteten Schiffsmasten und Kanonenrauch. Immer wieder fiel ein Mast. Schreie Verwundeter hallten herüber, man hörte, wie die Kanonen geladen wurden. Die *Orient*, das französische Flaggschiff, fing Feuer. Dann explodierte sie mit ohrenbetäubendem Lärm. Gerard kam es vor, als ob die Explosion in seinem eigenen Kopf losgegangen sei. In seinen Ohren krachte es, und es war ihm, als würde sein Schädel zerplatzen.

In diesem Moment erinnerte er sich, wer er war!

Er stand auf Deck, verwirrt von den vielen Gedanken, die ihn plötzlich überfielen. Er erinnerte sich an seinen Sturz vom Pferd; an die Holzbrücke bei Alfriston; an Maureen und den Meierhof. An Dickon, Rose, Mistreß Manton, seine Mutter und sein Zuhause.

Wie lange er so stand, hätte er nicht sagen können.

Plötzlich kam Ted auf ihn zugerannt und informierte ihn, daß sich das nördliche Geschwader der Französischen Flotte ergeben hatte.

Es war Mitternacht und die Männer der totalen Erschöpfung nahe.

Als die *Vanguard* endlich mit Kurs auf Neapel segelte, fragte sich Gerard, wann die Nachricht von der Schlacht London erreichen würde. Nelson glaubte, daß dies mindestens einen Monat dauern würde. Es war das erste Mal, daß Gerard daran dachte, Briefe nach Hause zu schreiben: seiner Mutter und Maureen. Seit fünf Monaten war er nun unterwegs. Seine Mutter hatte keine Ahnung, wie lange er in England hatte bleiben wollen. Sie machte sich gewiß Sorgen. Und Maureen mußte entsetzlich gelitten haben. Gerard hoffte, daß sie herausgefunden hatte, was ihm passiert war, und wenigstens wußte, daß er lebte, als er auf das Kaperschiff geschafft worden war.

Wie gerne hätte Gerard mit Nelson über diese Dinge geredet. Aber der Admiral war verletzt. Seine Kopfwunde bereitete ihm Schmerzen. Außerdem war er von der langen Jagd erschöpft.

Gerard erzählte Ted, daß er nun wußte, wer er war, aber erst nachdem er ihm das Versprechen abgenommen hatte, ihre Freundschaft durch nichts von dem, was er ihm berichten würde, beeinträchtigen zu lassen.

Ted war sehr erstaunt, als er erfuhr, daß Gerard ein Vicomte war, noch dazu ein französischer. Gerard erinnerte ihn aber daran, daß viele französische Aristokraten gegen das neue Regime gekämpft hatten und daß die Briten in ihnen keine Feinde sahen. Ja, viele Engländer hatten ihnen sogar geholfen.

Als Gerard ihm dann gestand, daß er ein Mädchen liebte, die aus Sussex stammte, grinste Ted ihn freundlich an:

»Es gibt keine schöneren Mädchen als die aus Sussex!« sagte er. »Wirst du sie heiraten?« Er bemerkte Gerards finsteres Gesicht. »Das hätte ich wohl nicht fragen sollen!« fügte er schnell hinzu.

»Ist schon gut, Ted«, antwortete Gerard. Ihm wurde plötzlich bewußt, daß er mit jemandem über seine innige, aber aussichtslose Liebe sprechen mußte. Ted würde ihm sicherlich keine Lösung für sein Problem anbieten können, aber er konnte dem ehrlichen und offenen Bauernjungen trauen. Genauso wie Maureen Dickon trauen konnte. Die beiden waren aus demselben Holz geschnitzt – mit Ted konnte er sprechen.

Er war darauf gefaßt, daß Ted seinem Problem mit schlichten moralischen Bedenken begegnen würde, denn seine Philosophie war einfach: es gab Mädchen, die man heiratete, und andere, mit denen man schlief. Ted hörte schweigend zu, als Gerard ihm über seine Beziehung zu Maureen berichtete, und seine Reaktion war überraschend. Seiner Ansicht nach hätte Gerard, als er wußte, daß es seine Pflicht war, eine andere zu heiraten, dem Mädchen fernbleiben sollen. Wahrscheinlich glaubte sie jetzt, daß er tot sei, oder aber, daß er sie verlassen hatte. Beides mußte furchtbar für sie sein. Wenn Gerard sich ihr nun wieder näherte – was nützte ihr das? Sie war verheiratet und er selbst verlobt! Gerard konnte ihr allenfalls für kurze Zeit Glück vorgaukeln, dann müßte er sie wieder verlassen.

»Schlafende Hunde soll man nicht wecken!« sagte Ted abschließend. »Ich weiß, es klingt verdammt hart, was ich da sage, aber ich glaube, für sie ist es das Beste.«

Teds Meinung verwirrte Gerard. Seit dem Augenblick, da sein Erinnerungsvermögen wieder funktionierte, hatte er an nichts anderes gedacht, als so schnell wie möglich wieder mit Maureen zusammenzukommen. Ted aber machte ihm klar, daß, wenn man wirklich liebte, das Glück des anderen wichtiger war als das eigene. Ach, könnte ich mich doch an nichts erinnern, dann wäre ich George King, wüßte nichts von Maureen und unserer unglücklichen Liebe, dachte Gerard bitter.

Aber sie war ihm immer gegenwärtig: jedes Wort, jede Geste, jeder Kuß, jeder Moment der Zärtlichkeit, der Leidenschaft, der Begierde. Für ihn war es eine unabänderliche Tatsache: Niemals mehr konnte er eine andere Frau so lieben wie Maureen; keine würde ihm das geben können, was sie ihm bereitwillig gegeben hatte: ihren Körper, ihre Liebe, ihr Herz und ihre Seele. Sie hatte ihm ihr Leben geschenkt.

Nelsons siegreiche Schlacht hatte seine eigene Niederlage zur Folge.

Vierundzwanzigstes Kapitel
1798–1799

Am Heiligen Abend des Jahres 1798 fuhr Dickon im strömenden Regen zur Owlett Farm, um seine Mutter zu Hilfe zu holen. Maureen lag in den Wehen.

Clarissa hatte darauf bestanden, daß Dickon nicht bis zum nächsten Morgen wartete, obwohl man wußte, wie lange sich die Geburt des ersten Kindes hinausziehen könnte, sondern sofort aufbrach. Sie allein war außerstande, Maureen beizustehen. Weder Clarissa noch Sir John hatten Maureen dazu überreden können, ihr Kind in London in ihrem Haus auf die Welt zu bringen. Obwohl sie dort die beste ärztliche Unterstützung gehabt hätte, hatte Maureen eigensinnig darauf bestanden, dieses Kind auf dem Meierhof zu gebären. Mutter Sales würde ihr helfen. Sie hatte, so argumentierte sie, schließlich selbst fünf Kindern das Leben geschenkt, immer wieder in der Nachbarschaft bei Geburten geholfen, ganz zu schweigen von den vielen Tieren, denen sie beigestanden hatte.

Daß Maureen Bezug auf die Tiere nahm, entsetzte Clarissa.

»Aber es ist doch kein Unterschied zwischen Tieren und Menschen, was die Geburt und das Säugen betrifft«, meinte Maureen. »Ich werde meinem Kind selbst die Brust geben und keine Amme anstellen, wie das die meisten Damen der Gesellschaft tun.«

Die Stunden an diesem Heiligen Abend vergingen nur sehr langsam. Die Geburt stellte sich als schwierig heraus. Mistreß Sale kündigte an, daß das Kind mit den Füßen zuerst auf die Welt kommen würde. Von damit verbundenen Komplikationen wollte Clarissa lieber nichts hören. Sie hatte viel mehr Angst als Maureen. Mit Bestimmtheit wies sie Mistreß Sale an, Maureens Leben auf jeden Fall zu erhalten, auch wenn es auf Kosten des Kindes ginge.

Maureen dagegen bat Mistreß Sale inständig, auf jeden Fall das Leben des Babys zu erhalten. Sie lag in dem großen Schlafzimmer. Im Kamin brannte ein wärmendes Feuer. Schweißüberströmt krümmte Maureen sich in ihrem Bett.

»Immer mit der Ruhe, Kind!« sagte Mistreß Sale streng. »Und rede bloß nicht so dummes Zeug!« Behutsam tupfte sie Maureens Stirn mit einem feuchten Lappen ab.

Sehr früh am Morgen des ersten Weihnachtstages kam das Kind zur Welt. Ein kleines Mädchen mit dunklem Haar und himmelblauen Augen. Mistreß Sale legte es der erschöpften Maureen das erste Mal in die Arme, und es bestand kein Zweifel: das Mädchen war dem Vater wie aus dem Gesicht geschnitten. Gerards Tochter war geboren.

Maureen hatte fest daran geglaubt, daß es ein Sohn sein würde. Während der langen Schwangerschaft hatte sie inständig gehofft, daß es so sein würde. Aber als sie nun das kleine, dem Vater so ähnlich sehende Kind im Arm hielt, war sie auch damit zufrieden, daß es ein Mädchen war, und schlief erschöpft, aber glücklich ein.

Die Rekonvaleszenz dauerte einen ganzen Monat, weil die Geburt so schwierig gewesen war. Das Baby gedieh, aber Maureen erholte sich nur sehr langsam. Meist bewegungslos und desinteressiert lag sie im Bett. Clarissa war froh darüber, daß Maureen wenigstens mit viel Liebe das Neugeborene versorgte.

Mistreß Sale hatte Clarissa versichert, daß es Maureen von Tag zu Tag bessergehen würde.

Sir John bestand darauf, daß Clarissa nach London zurückkam. Er hatte sie und Maureen zweimal auf dem Meierhof besucht. Höflich hatte er das Baby begutachtet, von dem er glaubte, daß es sich dabei um Gilberts Nachkommenschaft handle. Sein Interesse wäre wahrscheinlich größer gewesen, wenn statt des Mädchens ein Junge in der Wiege gelegen hätte. Im übrigen hatte er Maureen immer wieder erklärt, daß sie jetzt eine reiche junge Frau sei. Das Mädchen würde zwar nichts erben, aber den Titel Lady bekommen, und es wäre an der Zeit, einen passenden Namen für das Kind auszusuchen.

Clarissa kannte den Grund, warum das bisher nicht geschehen war. Maureen wollte das Mädchen auf den Namen Geraldine taufen lassen, aber sie wußte genau, daß das unmöglich war. So viele Vorschläge auch Clarissa machte, Maureen war nicht damit einverstanden. Schließlich entschloß sie sich, ohne Rücksicht auf Sir Johns Wünsche zu nehmen, das kleine Mädchen Tamarisk zu nennen. Maureens Vater hätte einen gängigeren Namen bevorzugt, wie Charlotte oder Augusta – so hieß die einzige Tochter des Prinzen von Wales – oder vielleicht Elisabeth, Sophia oder Amelia.

Aber Maureen beharrte eigensinnig darauf, daß ihre Tochter den Namen der wilden Tamariske tragen sollte.

»Denn du mußt doch zugeben«, sagte sie mit einem kleinen Lächeln, »daß sie mit ihren roten Wangen wie eine wilde Rose aussieht!«

Nicht einmal Clarissa zuliebe war Maureen bereit, nach London zurückzukehren, obwohl das Orchid House groß genug gewesen wäre für sie und das Kind und sogar Rose, die jetzt die Aufgaben einer Kinderschwester übernommen hatte. Rose liebte die kleine Tamarisk über alles. Scheu gestand sie Dickon, daß sie selbst sich nach einem Kind sehne. Rose und Dickon kamen überein zu heiraten, wenn ihre junge Herrin sich wieder erholt habe.

Dickon war ebenfalls vernarrt in das kleine Mädchen. Er erinnerte sich an den Tag, als Maureen auf der Owlett Farm geboren worden war. Ihre Tochter hatte keinerlei Ähnlichkeit mit ihr, aber es drängte ihn, sie genauso zu beschützen wie er damals Maureen beschützt hatte. Er versuchte seine Gefühle zu verheimlichen, aber Rose durchschaute ihn und liebte ihn deswegen noch mehr.

Als Maureen sah, wie Rose Clarissas Sachen packte, wurde ihr schmerzlich bewußt, wie sehr sie Clarissa vermissen würde. Sie war wie eine Mutter zu mir, dachte sie dankbar.

»Wir werden dich oft besuchen kommen, Tante Clarrie!« versprach sie ihr. »Sobald Tamarisk alt genug ist zu reisen, kommen wir.«

Clarissa seufzte und war den Tränen nahe. Natürlich hatte sie Sir John vermißt, aber die Zeit auf dem Meierhof war schön gewesen. Die Trennung von Maureen und dem Baby würde eine Lücke reißen, die auch Sir John nicht ausfüllen konnte. Außerdem sorgte sie sich wegen Maureens apathischer Geisteshaltung.

Sir John brachte Neuigkeiten von Lord Nelson. Nach seiner siegreichen Schlacht war er – nun Baron – als Gast des britischen Gouverneurs, Sir William Hamilton, in Neapel.

Falls Gerard oder George King bei ihm war, würde Sir Peter Parker bald Antwort auf seine Nachforschungen bekommen, dachte Maureen. Anne Pettigrew hatte ihr brieflich zur Geburt ihres Kindes gratuliert und erwähnt, daß sie bis jetzt keine

Nachricht von Sir Peter erhalten habe. Endlich würde man bald Näheres wissen, frohlockte Maureen. Bevor das Kind geboren wurde, hatte sie nächtelang mit Clarissa diskutiert, was Gerard passiert sein könnte.

Vielleicht war er tot? Es konnte auch sein, daß er gar nicht mit George King identisch war. Oder er war von den Schmugglern getötet und verscharrt worden. Vielleicht hatte er nur vorgetäuscht, daß er sein Gedächtnis verloren habe. Oder er war auf hoher See zu Tode gekommen. Oder er war mit der *Vanguard* gefahren, aber dann in irgendeinem Hafen ausgesetzt worden. Vielleicht war er auch bei der Schlacht in Ägypten umgekommen. Oder er hatte sein Gedächtnis wiedergefunden und war nach Frankreich zu seiner Mutter gereist.

Sie erwogen alle Möglichkeiten. Maureen hoffte, daß Gerard nach Frankreich zurückgekehrt sei. Bekannt waren ihr nur zwei Tatsachen – Gerard war nicht in London angekommen, und Mercedes de Faenca hatte offiziell bekanntgegeben, daß sie einen englischen Lord heiraten würde.

»Diese Neuigkeit muß dich doch erfreuen«, sagte Clarissa.

Aber Maureen schüttelte den Kopf.

»Aber, Tante Clarrie, siehst du nicht ein, daß es für mich so noch schlimmer ist? Gerard ist frei, und ich bin es auch. Und ich bin sogar sehr reich. Wenn Gerard das wüßte, könnten wir heiraten. Aber ich kann es ihm nicht sagen. Ich weiß ja nicht einmal, ob er noch lebt, ob er mich noch liebt!«

Maureen schrieb einen Brief an Gerard, den sie an die Baronin Heissen in der Schweiz schickte, und sie bat, ihn nach Frankreich weiterzuleiten, wie sie es freundlicherweise schon einmal getan habe. Aber die Schweiz war nun Republik, und es war kaum anzunehmen, daß die Baronin noch dort lebte. Wahrscheinlich hatte sie das Land verlassen. Aber Maureen wollte die Hoffnung nicht aufgeben, eines Tages doch eine Antwort zu bekommen.

Glücklicherweise mußte Maureen sich um das Baby kümmern. Ihr Lebenswille war gebrochen. Ohne den Mann, den sie liebte, schien das Leben sinnlos geworden zu sein. Nur das Kind, Gerards Kind, das sie heiß und innig liebte, war ein Grund nicht aufzugeben.

Nach Clarissas Abreise vom Meierhof vergrub sich Maureen in Arthur Glovers Bibliothek. Aber auch dieses Interesse hielt nicht lange vor. Ihr Vater schickte ihr die neuesten Zeitungen, die sie zuerst achtlos beiseite legen wollte, doch dann erweckte eine Nachricht über Konteradmiral Nelson ihre Aufmerksamkeit.

Begierig las sie den Artikel, um vielleicht einen Hinweis auf Gerard zu entdecken. Aber sie fand nichts.

Draußen war es zu kalt, um irgend etwas zu unternehmen. Die Zeit wurde ihr lang. Sie verfiel wieder in ihre frühere Lethargie. Dickon sagte ihr, daß sie mit ihrer Grübelei weder dem Baby noch sich selbst etwas Gutes tat. Er erzählte ihr, daß sich seine Eltern nach ihr erkundigten und das Kind sehen wollten. Ob sie nicht doch mit zur Owlett Farm fahren wolle? Dabei könnte er, fügte er leise hinzu, Rose seiner Familie vorstellen.

»Aber Dickon! Warum hast du mir nicht gesagt, daß du mit Rose hinüber willst? Wenn du mir diese Besuche vorgeschlagen hast, dachte ich, es sollte zu meinem Vergnügen sein. Natürlich mußt du fahren!«

»Aber du kommst doch mit?« fragte Dickon. »Mam hat die Kleine seit ihrer Geburt nicht mehr gesehen. Sie kann nicht verstehen, daß du ...«

»Ach, Dickon, es tut mir leid. Natürlich fahren wir alle zusammen«, sagte Maureen.

In der darauffolgenden Woche fuhren sie mit der Kutsche zur Owlett Farm und verbrachten einen herrlichen Tag dort. Mistreß Sale kümmerte sich um das Baby. Es lag in derselben Wiege, in der all ihre Kinder und auch Maureen gelegen hatten. Sie scherzte mit dem Kind, ob sie nun Teig rührte oder am Spinnrad saß.

Dickon nahm Rose mit auf die große Wiese, um ihr die jungen Lämmer zu zeigen. Patty und die anderen Kinder zeigten Maureen die Schulscheune. Patty unterrichtete inzwischen fünfundzwanzig Kinder unterschiedlichen Alters, und das strengte ganz schön an, erzählte sie Maureen.

Patty, sommersprossig und rothaarig, war nun siebzehn und verlobt. Aber sie würde erst heiraten, wenn ihr Verlobter seine Lehre als Strohdachdecker beendet habe. Im nächsten Jahr, sagte sie zu Maureen, baute ihr Vater ihnen ein kleines Haus. Dazu bekamen sie ein bißchen Land.

Master Sale war ganz mit seiner neuesten Errungenschaft beschäftigt.

»Vor zwei Jahren wurde dieser Pflug von einem Mann

namens Charles Newbold erfunden«, erzählte er stolz Maureen. »Er ist einfach phantastisch.«

Seit ihrer Kindheit hatte sich sonst nicht viel verändert, dachte Maureen. Natürlich ging es der Bauernfamilie jetzt viel besser, dank Sir Johns Unterstützung. Mehr Land war hinzugekommen, sie beschäftigten Arbeiter und verwendeten modernere Geräte. Aber sie arbeiteten so hart wie immer: pflügen, säen, ernten – ohne Rücksicht auf Krankheit, Alter, schlechtes Wetter. Sie waren glücklich so, fühlte Maureen. Dieser Tag hatte ihr sehr gut getan, und einigermaßen froh kehrte sie auf den Meierhof zurück.

Endlich schien sie wieder Freude am Leben zu haben. Sie war nicht jemand, der so leicht aufgab – nicht beim Spiel, nicht, wenn es um ein Problem ging.

Maureen erinnerte sich, daß ihr Lehrer ihr immer wieder diesen Ratschlag gegeben hatte: nicht aufzugeben! Ohne Selbstmitleid oder Bitterkeit dachte sie nun über ihr Leben nach. Entschlossen hielt sie sich an die positiven Fakten: Sie liebte Gerard noch genauso, wie sie es immer getan hatte; sie würde ihn ewig lieben; es war nicht bewiesen, daß er tot war; wenn er lebte, würde sie ihn am ehesten in Compiègne finden. Briefe erreichten ihn nicht. Aber sie würde ihn finden!

Endlich war Maureen wieder wie früher. Voll Vitalität und Energie, mit immer neuen Ideen. Rose konnte Tamarisk nach London nehmen und bei Tante Clarrie wohnen; oder auf der Owlett Farm. Beide Plätze wären für das Baby geeignet. Sie selbst aber würde mit Dickon nach Frankreich reisen. Was Gerard in Kriegszeiten geschafft hatte, würde sie ebenfalls schaffen. Falls es nötig sein sollte, konnte Dickon die Hilfe seiner Schmugglerfreunde in Anspruch nehmen. Sie hatte genug Geld und keine Angst vor Gefahren. Im Gegenteil, die Aussicht auf dieses Abenteuer erregte sie. Niemand konnte es ihr verbieten. Selbst ihr Vater konnte der verwitweten Lady Barre keine Vorschriften machen, auch wenn er wüßte, was sie vorhatte.

Maureen rief Dickon zu sich und erklärte ihm ihren Plan.

»Ich denke, daß du mich verstehst. Ich muß das tun!« sagte sie zum Schluß. »Und du kommst mit mir, oder?«

»Du bist noch nicht kräftig genug!« sagte Dickon und knabberte an seiner Unterlippe.

»Natürlich bin ich es!« protestierte Maureen. »Ich bin völlig gesund, und das weißt du! Du suchst nur nach Ausflüchten. Du möchtest nicht, daß ich losziehe, weil ich eine Frau bin. Das ist es! Wenn ich ein Mann wäre . . .«

Sie unterbrach sich plötzlich und dachte kurz nach, dann lachte sie.

»Dickon, ich habe *die* Idee. Ich ziehe mich an wie ein Mann. Henry kann mir etwas leihen. Ich schneide mein Haar kürzer und schwärze mir Gesicht und Hände. Ich kann wie ein Mann auf einem Pferd sitzen, fechten, mit Pistolen umgehen – sogar den Sussex-Dialekt beherrsche ich, falls es nötig sein sollte.« Sie lächelte. »Heh, Dickon, nun komm schon. Wenn ich mich nicht fürchte, dann solltest du es schon gar nicht tun!«

Wie immer schaffte sie es, Dickon zu überzeugen. Er lächelte. Sie würden es schaffen. Und vor allem der Grund ihrer Reise leuchtete Dickon ein: Maureen und der Vicomte würden wieder zusammenkommen.

»Also, wenn du willst«, murmelte er, »ich bin dabei!«

Schon eine Woche später brach Dickon und *sein junger Gefährte mit dem honigfarbenen Haar* nach Frankreich auf.

Fünfundzwanzigstes Kapitel 1798

Gerards Lebensfreude war auf dem Nullpunkt. Es interessierte ihn wenig, wie seine Zukunft aussah. Er hatte sich endgültig entschlossen, Maureen nicht mehr wiederzusehen, weil er sie nicht noch unglücklicher machen wollte. Nun mußte er endlich das tun, was er seiner Mutter versprochen hatte.

Schon gleich nach seiner Ankunft in Neapel entschied er sich, so schnell wie möglich nach Frankreich zurückzukehren, denn seine Mutter machte sich gewiß Sorgen um ihn. Aber Nelson schlug vor, ihr lieber einen Brief zu schreiben, der sie beruhigen würde, und noch einige Wochen zu bleiben. Er machte seinen Einfluß geltend und sorgte dafür, daß dieser Brief so schnell wie möglich Gerards Mutter erreichte.

Neapel befand sich im Freudentaumel. Überall – und besonders am Hof – feierte man den Sieg der Briten über die französische Flotte. Napoleons Armee war in Ägypten der Rückzug abgeschnitten. Die türkische Armee rückte nach Syrien vor, um Bonaparte dort anzugreifen, und es bestand die berechtigte Hoffnung, daß die französische Armee würde kapitulieren müssen. Lord Nelson und seine Männer, darunter auch Gerard, wurden als Helden gefeiert.

Besonders König Ferdinand und die Königin waren dankbar, daß nach fünf langen Jahren endlich die Mörder ihrer Schwester, der armen Marie Antoinette, bestraft wurden. Gerard wurde vom britischen Gesandten, Sir William Hamilton, eingeladen, bei ihm zu wohnen. Auch der Konteradmiral weilte als Ehrengast dort.

Gerard bemerkte bald, daß Lord Nelson dem Charme der Gattin Sir Williams verfallen war. Emma Hamilton war früher die Gliebte Sir Williams gewesen. Dann hatte er sie geheiratet. Gerard empfand ihre dreiste Art, mit der sie Lord Nelson umgarnte, als aufdringlich, aber der Admiral schien es zu genießen.

Obwohl Lady Hamilton sogar ziemlich vulgär sein konnte, was Gerard ein bißchen störte: als Gastgeberin tat sie ihr Möglichstes, und Lord Nelson wie auch Gerard waren bald in die Gesellschaft Neapels integriert.

Lady Hamilton war es auch, die Gerard mit Donna Faustina Monte-Gincinto zusammenbrachte. Das erste Mal war sie ihm an einem heißen Nachmittag aufgefallen, als er in der Kutsche der Hamiltons durch die staubigen Straßen Neapels zu einem Empfang fuhr, der zu Ehren von Königin Marie Carolines Geburtstag arrangiert worden war. Die Stadt war außer Rand und Band, die Kirchenglocken läuteten, und am Abend fand ein großer Ball statt, dessen Höhepunkt ein Feuerwerk sein sollte. Eine vierspännige Kutsche überholte ihn, in der ein Herr und eine Dame mittleren Alters und ein blasses, blondes Mädchen saßen. Das Mädchen warf Gerard einen scheuen Blick zu, als die Kutschen einen Augenblick nebeneinander herfuhren.

»Das war der Prinz und die Prinzessin Monte-Gincinto«, beantwortete der Kutscher Gerards Frage. »Und ihre Tochter Donna Faustina. Sie gehört zum Gefolge der Königin.«

Auf dem Ball erkannte Gerard die Familie sofort wieder. Sie kamen aus dem Thronsaal, und Lady Hamilton stellte ihn vor. Gerard hatte nichts dagegen einzuwenden, denn die hübsche und charmante Donna Faustina war nicht ohne Reiz. Aber gleichzeitig dachte er an Maureen, und daß Maureen die einzige Frau war, die ihn wirklich erregte und sein Blut in Wallung bringen konnte.

Trotzdem war er höflich und gab sich interessiert, als er vorgestellt wurde. Als der Prinz Monte-Gincinto erfuhr, daß Gerard mit Nelson auf der *Vanguard* gefahren sei, lud er ihn spontan in seinen Palazzo ein. Gerard nahm die Einladung an.

Schon drei Tage später fuhr er die mit Palmen gesäumte Uferpromenade entlang, vorbei an Nelsons Flotte, die hier ankerte, und erreichte am Ende der Avenue den Palazzo des Prinzen, der fast so groß und imposant wie der königliche Palast war.

Seine Gastgeber hießen ihn willkommen. Man saß in der kostbar ausgestatteten Bibliothek, als der Tee serviert wurde. Donna Faustina schwieg, aber ab und zu lächelte sie Gerard scheu an.

Nach dem Tee zogen sich der Prinz und die Prinzessin zurück und ließen die beiden jungen Leute und die unvermeidbare Anstandsdame allein. Gerard und das junge Mädchen saßen sich gegenüber. Donna Faustina war nervös und schüchtern. Gerard nahm an, daß sie das erste Mal mit einem jungen Mann alleine war. Höflich und aufmerksam unterhielt er sich mit ihr, um ihr die Scheu zu nehmen.

Das Mädchen wirkte zerbrechlich wie eine Porzellanfigur. Sie trug ein weißes Kleid, das in vielen Falten hinunter zu ihren kleinen Füßen fiel. Ihre Ohren waren mit Perlen geschmückt. Um den Hals trug sie eine goldene Kette mit einem Kreuz. Die dunkelbraunen großen Augen harmonierten mit dem blonden Haar, das ihr herzförmiges Gesicht umrahmte. Unbewußt erwachte in Gerard der Wunsch, dieses zarte Geschöpf zu beschützen.

Gerard fragte Donna Faustina dieses und jenes, und schließlich, womit sie sich den ganzen Tag beschäftige.

Da kam etwas Farbe in ihre blassen Wangen.

»Hauptsächlich arbeite ich an einer Tapisserie. Es ist ein Geschenk für die Mutter Oberin eines Klosters, in dem ich viele Jahre gelebt habe!« erklärte Donna Faustina in fast perfektem Französisch.

»Oh, das würde ich gerne sehen!« sagte Gerard höflich.

»Es ist oben in meinem Salon. Vielleicht ... Wenn Sie möchten und Donna Torrina es erlaubt ... würde ich Ihnen die Arbeit zeigen, wenn Sie mit mir hinaufgehen wollen ...?«

»Mit Vergnügen!« stimmte Gerard zu.

Die kleine alte Donna Torrina mochte das Mädchen, als deren Anstandsdame sie engagiert war, denn es war still und gehorsam und verursachte nie Ärger. Sie hatte den jungen Franzosen beobachtet, und er gefiel ihr. Deshalb nickte sie und erklärte sich mit dem Vorschlag ihres Schützlings einverstanden. Zusammen gingen sie die breite Marmorstiege nach oben in Faustinas Suite. Der Salon war in Weiß und Gold gehalten – sogar das Klavier und die Blumenarrangements. Donna Torrina setzte sich in einen Stuhl, während das Mädchen Gerard zu der im Walnußholzrahmen eingespannten Arbeit führte. Aufgeregt beobachtete sie ihn, als er ihre Handarbeit betrachtete.

»Gefällt es Ihnen?« fragte sie scheu. »Ich fürchte, das Blau des Mantels habe ich nicht ganz richtig getroffen.«

»Nein, nein. Die Arbeit ist phantastisch«, sagte Gerard bewundernd. Das Bild stellte Mariä Verkündigung dar. Offensichtlich spielte der Glaube eine große Rolle im Leben dieses Mädchens.

»Und mit was vertreiben Sie sich sonst noch die Zeit?«

»Oh, ich habe meine Tiere!« sagte Faustina.

Sie führte ihn zu einer silbernen Stange, an die ein herrlicher Papagei mit einer silbernen Kette gefesselt war. Mit schiefgelegtem Kopf sah er Gerard neugierig an.

»Das ist Macaro! Mein Vater hat ihn mir mitgebracht. Ist er nicht schön?«

Dann zeigte sie Gerard zwei italienische Windhunde, die freudig mit dem Schwanz wedelten, als ihre junge Herrin sich näherte. Faustina kniete sich nieder und streichelte die beiden Hunde.

»Es sind Bruder und Schwester. Mario und Marianne.«

Marianne! Gerard hielt den Atem an. Wie lange hatte er nicht mehr den Namen seiner Mutter gehört. Sehnsucht bemächtigte sich seiner. Er mußte wirklich so bald wie möglich heimreisen.

Faustina riß ihn aus seinen Gedanken und zeigte ihm ein Bild, das sie vor kurzem fertiggemalt hatte.

»Es ist die Capella del Tesore«, erklärte sie ihm.

Dann bot sie ihm an, für ihn auf dem Klavier zu spielen. Obwohl es unhöflich erscheinen mußte: Gerard lehnte dankend ab. Er dachte an Maureen, die auf Arthur Glovers Klavier für ihn gespielt hatte, an die glücklichen Stunden auf dem Meierhof, und er wurde traurig. Ob sich Maureen noch an ihn erinnerte? Tränen traten ihm in die Augen, als er an ihre leidenschaftliche Liebe dachte. Das junge Mädchen neben ihm beobachtete ihn neugierig.

»*Cio cha l'occhion non vede, al cuor nun duole. Per favore,* erzählen Sie mir . . . was ist es, was Sie in diesem Raum so traurig macht. Wenn es ein Gegenstand ist, dann lasse ich ihn entfernen.«

Unwillkürlich mußte Gerard lächeln. Ein Klavier zu entfernen sei nicht so leicht, sagte er zu ihr. Faustina lachte mit ihm:

»Es tut mir leid, daß Musik Sie anscheinend traurig macht – aber ich hoffe, daß Sie es vergessen und wieder glücklich sein können.«

»Ich werde es versuchen!« sagte Gerard. Es war ein Versprechen, das zu halten er gezwungen war, sonst . . . Aber das Glück ließ sich nicht befehlen!

»Sie sind sicher froh, daß Sie das Klosterleben hinter sich haben?« fragte er. »Wenn man so hübsch ist, will man doch am Leben der Erwachsenen teilhaben, nehme ich an?«

Faustina errötete.

»Ich war sehr glücklich im Kloster, aber noch glücklicher bin ich hier zu Hause«, sagte sie. »Ich glaube, ich fühle mich überall wohl. Jeder Tag bringt neue Freuden, besonders der heutige . . .« Sie unterbrach sich mit hochrotem Kopf. Das hatte sie nicht sagen wollen. Sie wollte Gerard nicht merken lassen, wie aufregend sein Besuch für sie war. Ihre Eltern hatten ihr viel erzählt von dem jungen französischen Vicomte. Und nun war er hier, mit ihr in ihrem Zimmer, noch schöner und charmanter, als sie ihn vom Ball her in Erinnerung hatte.

Faustina wußte, daß ihre Eltern einen passenden Ehemann für sie suchten. Die meisten Mädchen der Gesellschaft, die sie kannte, waren mit älteren, häßlichen Männern verheiratet worden. Liebe spielte keine Rolle. Die Hauptsache war Reichtum und Herkunft.

Faustina überlegte, und ihr Herz klopfte aufgeregt. Ihre Eltern hatten so nett von Gerard gesprochen, und es schien nicht ausgeschlossen, daß sie ihn als Ehemann für sie akzeptieren würden. Obwohl er nicht reich war, aber das war nicht so wichtig. Ihr Vater, der Prinz von Monte Gincinto, war reich genug, um seiner Tochter eine große Mitgift zu geben.

»Ich hoffe sehr, daß Sie mir erlauben, Sie bald wiederzusehen, Donna Faustina!« sagte Gerard.

In den darauffolgenden Wochen waren sie viel zusammen. Gerard verdächtigte Prinzessin Isabella, eine Freundin von Lady Hamilton, daß sie es war, die dafür sorgte, daß er zu allen Ereignissen eingeladen wurde, zu denen auch Donna Faustina ging, allerdings niemals ohne ihre Anstandsdame. Und so leidenschaftlich die Neapolitaner auch sein mochten, selbst in ihrer Konversation, Faustina war unschuldig wie eine Blume. Gerard machte es Freude, sie wie ein älterer Bruder zu beschützen. Er dachte oft an Maureen. Nächtelang lag er wach und sehnte sich nach ihren Berührungen, ihren Liebkosungen, ihrer Hingabe, ihrem schönen Körper.

Bei Tag kam er sich dann vor wie ein liebeskranker Trottel, der den Gedanken nicht ertragen konnte, daß sie ihn vergessen, sich vielleicht sogar einen neuen Geliebten gesucht hatte. Die Vorstellung machte ihn schier verrückt und hielt ihn davon ab, nach England zurückzukehren, aus Angst vor sich selbst, aus Angst vor seiner Unfähigkeit, ihr fernbleiben zu können.

Inzwischen passierten Dinge, die ihn von seinen privaten Sorgen ablenkten. Lord Nelson brauchte ihn. Seiner Ansicht nach würde es nicht mehr lange dauern, bis die Franzosen in Neapel einmarschieren würden. Er fühlte sich verpflichtet für ausreichenden Schutz zu sorgen. Die Stadt mußte evakuiert werden.

Vor allem der König, die Königin, ihre Kinder und ihr Gefolge mußten in Sicherheit gebracht werden. Selbstverständlich auch die anderen wichtigen Familien, die hier wohnenden Briten, also auch Sir William Hamilton und seine Frau. Der Kronschatz mußte gerettet werden. Lord Nelson plante, alle auf dem Seeweg nach Palermo zu schaffen.

Faustinas Vater hatte man die Evakuierung ebenfalls angeboten, aber dieser wollte sein Zuhause nicht verlassen, und seine Frau war fest entschlossen, bei ihm zu bleiben. Aber Faustina konnte unmöglich in Neapel bleiben, erklärte er Gerard. Geradeheraus fragte er den Vicomte, ob er in der Lage sei, seiner Tochter in Frankreich, in Schloß Boulancourt, Zuflucht zu gewähren? Geld spiele keine Rolle.

»Wenn der Krieg zu Ende ist«, sagte der Prinz, »könnte ich

nach Frankreich kommen und meine kleine Tochter abholen. Noch ist es Zeit, überlegen Sie sich meinen Vorschlag in Ruhe, mon chèr Vicomte. Unnötig zu sagen, wie dankbar ich Ihnen wäre.«

Gerard merkte genau, was man von ihm wollte. Soeben hatte der Prinz ihm seine Tochter Faustina als Ehefrau angeboten. Eine Heirat unter den jetzigen Umständen wäre das Beste für alle. Wieder einmal machte Gerard sich klar, daß es seine unumgängliche Pflicht war zu heiraten. Er hatte gehört, daß Mercedes de Faenca inzwischen einen Engländer geehelicht hatte. Maureen konnte er nicht bekommen, und er mochte Faustina.

Nachts lag er wach. Er wußte nicht, was er tun sollte. Die Entscheidung wurde ihm abgenommen. Am nächsten Morgen herrschte helle Bestürzung – die Franzosen standen vor der Stadt. Lord Nelson ordnete das sofortige Auslaufen der *Vanguard* an.

Gerard eilte zu den Monte Gincintos und fand Faustina weinend vor. Soeben hatte sie erfahren, daß sie sich von ihren Eltern trennen mußte, ohne zu wissen für wie lange dies sein würde. Ihre Tränen rührten Gerard. Ohne weiter darüber nachzudenken, nahm er ihre kleine Hand und küßte sie.

»Sie müssen sich nicht fürchten!« sagte er beruhigend. »Ich werde mich um Sie kümmern. Weinen Sie nicht mehr, kleine Faustina. Bei mir sind Sie völlig sicher.«

Sie hob ihr Gesicht und sah ihn mit tränenglänzenden Augen vertrauensvoll an. Seine Worte zauberten ein frohes Lächeln um ihren Mund.

»Wenn ich bei Ihnen sein darf, fürchte ich mich nicht!« sagte sie ernst.

Das war eine Liebeserklärung, dachte Gerard. Er hatte ihr doch nur seinen Schutz anbieten wollen, aber seine Worte waren gründlich mißverstanden worden. Aber er unternahm nichts. Die Entscheidung war gefallen.

»Die gütige Erlaubnis Ihrer Eltern vorausgesetzt, bitte ich Sie, mich zu heiraten!« sagte er schnell, bevor er es sich noch anders überlegen konnte. Er lächelte sie an und sah ihr in die glücklichen Augen. »Und ich glaube, sie werden mich nicht zurückweisen. Und Sie, Faustina?«

Faustina wollte sich in seine Arme stürzen, aber die Anwesenheit von Donna Torrina verhinderte es.

Auf ihrer Fahrt nach Palermo wurden sie vom Kapitän des Flaggschiffes *Vanguard* getraut. Heftiger Sturm kam auf, und Faustina klammerte sich an ihn. Seine Frau war gerade erst fünfzehn, ein ängstliches Kind, das er beschützen mußte. Sie liebte ihn, sie brauchte ihn, sagte er sich, und er schwor sich, ihr ein guter Mann zu sein. Mit äußerster Willensanstrengung verbannte er seine Gedanken an Maureen, an seine wahre Liebe, die er nun verriet.

Erst als sie sicher in Palermo angekommen waren und er mit seiner Frau bei Sir William wohnte, erreichten ihn Nachrichten aus England. Lady Hamilton hatte von einer Freundin einen Brief bekommen, in dem diese ihr den neuesten Klatsch berichtete.

Beim Abendessen erzählte Lady Hamilton, daß der arme alte Gilbert Barre gestorben sei. »Ich glaube, es war ein Herzanfall«, sagte sie. »Und seine junge Frau, man stelle sich das vor, ist jetzt eine reiche Witwe.«

Gerard ließ sein Weinglas fallen, und die dunkelrote Flüssigkeit ergoß sich auf den Teppich. Erstarrt saß er da, und es war ihm, als wäre es sein eigenes Blut, das langsam aus seinem Körper rann.

Faustina sah ihn mit ihren dunklen Augen an, und ihr unschuldiges Lächeln war voll Verwunderung.

Sechsundzwanzigstes Kapitel
1799

Sir John war außer sich und unfähig, sich zu beherrschen. Wütend schmiß er Maureens Brief auf den Teppich und schrie: »Das Mädchen ist doch verrückt! Sie hat ja keine Vorstellung davon, wie gefährlich so ein Abenteuer ist! Wir liegen mit Frankreich im Krieg, und was macht sie? Sie reist dorthin, als ob es ein Ausflug nach Brighthelmstone wäre. Ich erlaube es nicht! Mein Kind ist sie nicht mehr!«

Clarissa legte ihre Hand auf seinen Arm und drängte ihn sanft in seinen Lieblingssessel.

»Aber, Liebster!« sagte sie zärtlich und strich ihm über das ergraute Haar. »So beruhige dich doch. Aus ihrem Brief geht deutlich hervor, daß sie bereits unterwegs ist. Auch wenn dir die Tatsache mißfällt, sie hatte offensichtlich recht, dich nicht vorher um Erlaubnis zu bitten. Außerdem ist sie nicht verrückt, sondern sie liebt. Sie ist bereit, jede Gefahr auf sich zu nehmen, um Gerard wiederzusehen, und das spricht doch für sie, oder nicht?«

Clarissas beruhigende Worte verfehlten ihre Wirkung nicht. Sir Johns Gesicht nahm wieder seine normale Farbe an, und er sprach jetzt sehr viel ruhiger:

»Aber es ist ungehörig für eine junge Dame, ihrem Liebhaber durch die ganze Welt nachzulaufen. Wenn überhaupt . . . es wäre *seine* Aufgabe, nach ihr zu suchen!« sagte er. »In der Tat benimmt Maureen sich, als wäre sie ein Mann!«

Clarissa verkniff sich ein Lächeln.

»Mein lieber John, hast du sie nicht wie einen Sohn erzogen? Warst nicht du es, der darauf bestand, daß sie sich ebenbürtig vorkommt? Und nun sagst du, daß sie nicht mehr dein Kind ist. Dazu muß ich leider sagen . . . dafür bist du offiziell auch nie eingetreten!«

Sir John kratzte sich am Kinn und seufzte.

»Du weißt genau, warum ich das nicht tun konnte, Clarrie. Außerdem, welchen Unterschied hätte das schon gemacht?«

»Wie kannst du das wissen?« fragte Clarissa zurück. »Für Maureen war es ein großer Schock, als sie begriff, daß sie in der Gesellschaft nie anerkannt werden würde, daß sie deswegen auf Gerard verzichten mußte. Sie war verletzt, ihr Stolz litt darunter, und wenn du ehrlich bist, wirst du zugeben müssen, daß sie hauptsächlich aus diesem Grund der Heirat mit dem armen Gilbert zugestimmt hat!«

»Und das war richtig!« sagte Sir John eigensinnig. »Jetzt ist sie reich, hat einen Titel und ist mit neunzehn bereits Witwe. Nun kann sie heiraten, wen sie will!«

Clarissa seufzte.

»Nein, so ist es nicht, John. Das weißt du genau. Wir wissen nicht, ob Gerard am Leben ist – und er ist der einzige Mann, den Maureen heiraten will. Ob es dir gefällt oder nicht – Gerard und Maureen sind füreinander bestimmt.«

»Wenigstens war sie so klug, Dickon mit sich zu nehmen!« sagte Sir John. »Der Junge ist ihr völlig ergeben. Er würde nie zulassen, daß ihr etwas geschieht, und wenn er es mit seinem Leben bezahlen müßte.« Er machte eine Pause und fügte dann hinzu: »Trotzdem, ich mache mir Sorgen. Was kann ihr alles passieren! Es ist kaum drei Monate her, daß sie das Kind zur Welt gebracht hat. Sie ist nicht stark genug, um eine so abenteuerliche Reise durchzustehen. Ich habe keine Ruhe – bis sie wieder sicher hier angekommen ist!«

»Ich weiß. Es geht mir ebenso«, stimmte Clarissa ihm zu. »Aber wir können nichts tun. Das Baby ist auf der Owlett Farm gut versorgt. Rose und Mistreß Sale kümmern sich darum. Maureen hat Patty gebeten, mir jede Woche über sein Wohlergehen zu schreiben. Ich fürchte, weder du noch ich können Maureen helfen.«

»Wenigstens kann ich mich um ihr Haus und Gilberts Angelegenheiten kümmern«, sagte Sir John versöhnlich. »Das kann ich tun. Dieser Cousin, Clarence Barre, du weißt schon . . . er reißt alles an sich. Verdammt, warum konnte Gilbert keinen Sohn zeugen!«

Clarissa schwieg. Sie kannte die Wahrheit. Es schien ihr nur fair, daß das Erbe an diesen Cousin überging. Maureen und die kleine Tamarisk waren versorgt und würden nicht auf Luxus verzichten müssen. Maureen verlor das Haus – nun gut, sie mochte es nie besonders. Sie fühlte sich wohler auf dem Meierhof. Außerdem, wenn Gerard noch lebte und Maureen ihn fand, dann würde sie sicher mit ihm im Schloß Boulancourt leben.

Maureen war von der selben Hoffnung beseelt, als sie mit Dickon nach Compiègne reiste.

Mit Hilfe der Schmuggler erreichten sie das Schiff. Die Seeleute akzeptierten sie als Dickons jüngeren Bruder Edward. Als sie im Wirtshaus auf das Kaperschiff warteten, wäre Maureen allerdings fast entdeckt worden. Es war ihr unmöglich, die riesige Menge Ale zu trinken, die man ihr in wohlgefüllten Krügen über den Holztisch zuschob. Dickon überspielte geschickt die Situation:

»Der war immer schon so dünn und mager. Haut und Knochen, der verträgt ja nichts. Ich hätte ihn nie mitgenommen, wenn er nicht so gut rechnen könnte und auch sonst viel weiß, obwohl er wie ein Spatz aussieht!«

In weniger als einer Woche waren sie auf ihrem Weg nach Schloß Boulancourt. In der ersten Kutschenstation machten sie

Rast. Am Hafen hatte Dickon für sich und Maureen französische Kleidung gekauft. Maureen würde von nun an als junger Schreiber aus Belgien weiterreisen. Er war ihr Diener. Seine geringen Sprachkenntnisse reichten nicht aus, einen französischen Bauern zu spielen. Der Wirt der *Auberge* zeigte kein Mißtrauen. Während Dickon unterwegs war, um zwei Pferde zu kaufen, kam eine Gruppe französischer Soldaten ins Wirtshaus. Sie verlangten Maureens Papiere zu sehen.

»Es tut mir leid, aber im Moment kann ich sie Ihnen nicht zeigen!« beantwortete Maureen die Frage des Offiziers. »Mein Diener hat sie bei sich. Er wird bald zurück sein, dann können wir uns beide ausweisen.«

Mißtrauisch sah der Soldat sie an. Dieser Schreiber erschien ihm ein bißchen zu jung, um für eine Firma auf Geschäftsreise zu gehen. Er hatte noch nicht einmal die Andeutung eines Bartes, seine Haut war zart, ja, er sah geradezu mädchenhaft aus. Aber sein Blick war geradeheraus, und er sah nicht so aus, als ob er etwas auf dem Kerbholz hatte – und für einen Spion war er viel zu jung. Trotzdem, irgend etwas stimmte nicht. Auf seinen Instinkt konnte der Offizier sich verlassen.

»Vielleicht mögen Sie mit mir ein Glas Wein trinken, während wir auf meinen Diener warten?« schlug Maureen vor. »Man sagt, der Wirt hier hat einen guten Tropfen im Keller.«

Dankend lehnte der Offizier ab.

»Ich bin vor Sonnenuntergang wieder zurück«, sagte er. »Dann können Sie mir Ihre Papiere zeigen, und dann können wir auch gerne eine Flasche köpfen.«

Maureen war sehr erleichtert, als der Offizier die Straße hinunterritt. Sie hoffte, Dickon würde nicht mehr lange auf sich warten lassen und mit guten Pferden zurückkommen. Je früher sie hier wegkamen, desto besser, dachte sie.

Als Dickon von dem Vorfall hörte, nahm er sich vor, nicht mehr von Maureens Seite zu weichen. Die Vorstellung, die Soldaten hätten sie gefangengenommen und irgendwohin gebracht, wo er sie nicht verteidigen konnte, erschreckte ihn maßlos. Außerdem hätten sie nicht lange dazu gebraucht herauszufinden, daß es sich bei dem Gefangenen um ein Mädchen handelte, und was dann geschehen wäre . . .

Maureen war bester Laune. Glücklich saß sie auf der kastanienbraunen Stute, die Dickon für sie besorgt hatte. Jede Stunde dieses Ritts brachte sie ihrem Ziel näher. Froh erinnerte sie

Dickon, daß sie nun endlich die Abenteuer erlebten, nach denen sie sich in ihrer Kindheit gesehnt hatten.

Auf Nebenstraßen kamen sie schnell voran. Gegen Abend erreichten sie bereits Arras und kehrten für die Nacht ein. Das Abendessen, das ihnen der Wirt servierte, war köstlich. Frisch gefangene Flußforelle in Butter, Knoblauch und Mandeln gebraten. Dazu gab es frischgebackenes Brot und danach köstlichen Ziegenkäse. Zwei Flaschen Landwein vervollständigten die Mahlzeit.

Außer ihnen saß nur noch ein einziger Gast in der Stube – ein Mann in Samthosen, grauen Strümpfen und genagelten Schuhen. Vielleicht ein Schmied? Die Augen unter dem Wust grauer Haare waren intelligent. Mit sichtlichem Genuß sprach er dem Burgunder zu, dessen Qualität er dem Wirt gegenüber lobte. »Der Mann dort ... er kommt mir irgendwie bekannt vor«, sagte Maureen zu Dickon. »Ich glaube, er ist genauso wenig ein Schmied wie ich ein Schreiber bin. Ich werde mit ihm sprechen.«

Dickon versuchte, sie davon abzubringen, aber Maureen konnte nicht widerstehen. Sorgenvoll sah ihr Dickon nach, als sie auf den Fremden zuging. Als Maureen in sein aristokratisches Gesicht sah, wußte sie plötzlich, wer dieser Mann war. Der Marquis de Guéridon.

»Ich glaube, Ihre Bekanntschaft schon einmal gemacht zu haben, Sir«, sagte Maureen ruhig. »Darf ich mich zu Ihnen setzen und mich vorstellen? Das letzte Mal sahen wir uns im Haus der Baronin Eburhard, wenn ich mich recht erinnere.«

Der Fremde starrte sie an. Erst voller Mißtrauen, dann überrascht, als er erkannte, daß sie eine Frau war. Er wollte aufspringen, aber Maureen legte ihre Hand auf seinen Arm.

»Ich bin keine Lady, Sir!« sagte sie lächelnd. »Sie haben keinen Grund sich zu erheben. Ich bin nur ein armer Schreiber aus Belgien. Und Sie, Marquis? Darf ich mich nach Ihrer momentanen Identität erkundigen?«

Ihre funkelnden Augen und ihr Lächeln beruhigten ihn, obwohl er sich immer noch nicht an den Namen des *jungen Mannes* erinnern konnte, dem er zuletzt als wunderschönem Mädchen auf einem Empfang bei Lisa von Eburhard begegnet war.

»Ich bin Sir John Danesfields Protégée!« sagte Maureen. »Vielleicht erinnern Sie sich, daß ich vor über einem Jahr Lord Barre geheiratet habe. Ich glaube, nach meiner Heirat haben wir uns nur noch einmal gesehen.«

»Liebste Lady Barre!« murmelte der Marquis, als er sich nun erinnerte. »Aber natürlich . . . Wie hätte ich Sie auch vergessen sollen? Es ist nur, weil Sie im Moment so wenig Ähnlichkeit . . .«

»Ich weiß!« unterbrach ihn Maureen lachend. »Aber Sie ähneln auch kaum sich selbst!«

Ängstlich sah sich der Marquis um, und als er merkte, daß sich der Wirt außer Hörweite befand, sagte er:

»Ich war dieses Jahr für die Sache der Royalisten in Frankreich. Das *Direktorium* verliert schnell an Popularität. Napoleon soll nach Frankreich zurückkehren, um es zu unterstützen. Aber wer weiß, ob Bonaparte es schaffen wird, an den englischen Schiffen, die im Mittelmeer kreuzen, vorbeizukommen. Falls nicht, könnten wir einen Bourbonen zurück auf Frankreichs Thron bringen. Und Sie, Lady Barre? Sind sie auch wegen der Royalisten hier?«

Maureen schüttelte den Kopf.

»Ich fürchte, der Grund mag Ihnen im Verhältnis weitaus geringer vorkommen«, sagte sie. »Ich reise nach Compiègne, um die Vicomtesse de Valle zu besuchen. Sie sind mit ihr befreundet, nicht wahr?«

Seine gute Erziehung hinderte den Marquis, seine Überraschung zu zeigen. Merkwürdige Dinge waren seit und während der Revolution passiert – aber es war sehr ungewöhnlich, daß eine Engländerin mit Rang und Namen in diesen schrecklichen Kriegstagen quer durch Frankreich reiste, als Mann verkleidet noch dazu, um lediglich einen Höflichkeitsbesuch abzustatten. Oder war sie eine britische Spionin?

»Ja, ja, ich kenne Marianne de Valle seit Jahren!« sagte er. »Ich weiß nicht, wann Sie sie das letzte Mal gesehen haben, aber ich muß Ihnen sagen, daß sie leider eine zerbrochene Frau ist. Die jahrelange Gefangenschaft, das Verschwinden ihres Sohnes sind die Gründe. Ich habe sie vor drei Monaten gesehen.«

Maureens Herz klopfte bis zum Hals.

»Dann ist . . . dann ist Gerard . . . ihr Sohn . . . nicht nach Hause gekommen?« Maureen bemühte sich, die Frage mit normaler Stimme zu formulieren.

Der Marquis schüttelte den Kopf.

»Seit er nach England abgereist ist, hat die Vicomtesse nichts mehr von ihm gehört. Sie hat Sir John geschrieben, aber auch er konnte ihr nur mitteilen, daß Gerard nie in London angekommen sei. Ich fürchte, die Chancen, daß er noch am Leben ist, sind gering. Wahrscheinlich starb er auf dem Weg nach England . . . vielleicht ist er ertrunken, oder er wurde erschossen. In diesen Tagen wird man als Sympathisant der Royalisten ohne viel Gefackel füsiliert. Die arme Marianne hat jeglichen Lebenswillen verloren. Es ist sehr tragisch.«

»Dann wird sie sich über die Neuigkeiten, die ich bringe, freuen«, sagte Maureen. »Denn . . . Gerard de Valle war in England. Ich kann jetzt nicht in Details gehen, aber ich weiß, daß er einen Unfall hatte. Er stürzte so unglücklich vom Pferd, daß er sein Gedächtnis verlor. Schmuggler brachten ihn in diesem Zustand auf ein Kaperschiff, und dann landete er, soweit ich weiß, auf einem Schiff Nelsons und war in Ägypten dabei.«

Überrascht sah der Marquis sie an.

»Wenn das wahr ist, dann sind diese Neuigkeiten geradezu lebenswichtig für die Vicomtesse. Seit dem Tod ihres Mannes ist Gerard das einzige, was ihr in dieser Welt etwas bedeutet. Ich hoffe nur, daß Sie ihr die neue Hoffnung berechtigterweise machen. Eine weitere Enttäuschung würde sie nicht überleben.«

Maureen und der Marquis verbrachten den restlichen Abend bei allgemeinerer Unterhaltung. Maureen erzählte ihm vom plötzlichen Tod ihres Gatten und der Geburt ihrer kleinen Tochter. Als er nach der Familie Danesfield fragte, mußte sie ihm mitteilen, daß es Sir John noch immer nicht gelungen war, seine beiden Töchter zu verheiraten.

»Ich glaube fast, er hat es inzwischen aufgegeben«, sagte Maureen. »Die beiden Mädchen sind froh, zu Hause bei ihrer Mutter zu leben.«

Der Marquis seufzte.

»Ich fürchte, diese Ehe hat Sir John außer materiellen Vorzügen nichts gebracht. Er hätte Junggeselle bleiben sollen wie ich!« sagte der Marquis.

Neugierig sah Maureen ihn an. Er war ein gutaussehender Mann, er war charmant. Ohne Zweifel waren ihm die Frauen in seiner Jugend nachgelaufen.

»Ich wollte mir nicht immer die Freiheit erhalten«, sagte er und beantwortete damit lächelnd ihre nicht formulierte Frage. »Ich werde Ihnen ein Geheimnis verraten – ich war früher sehr in Marianne de Valle verliebt. Aber für sie gab es nur Antoine, meinen besten Freund. Als sie heirateten, gab ich auf. Ich konnte die Frau, die ich liebte, nicht bekommen – dann wollte ich gar keine.«

Nun war es an Maureen zu seufzen.

»Dann haben Sie sie wirklich geliebt!« sagte sie. »Aber jetzt, Marquis, ist es denn zu spät? Die Vicomtesse ist Witwe.«

»Die Ehe zwischen Antoine und Marianne war voller Glück. Als er starb, dachte ich daran, sie zu heiraten und ihrem einzigen Sohn ein guter Vater zu sein. Aber sie blieb ihrem Gatten bis über den Tod hinaus treu, und ihr einziger Lebensinhalt war Gerard . . . er und die Entschlossenheit, Antoines Ehre wiederhergestellt zu wissen. Sie haben davon gehört? Ich meine, wie er gestorben ist?«

Maureen nickte.

»Ich habe nie daran gezweifelt, daß Antoine unschuldig war. Ich kannte ihn von Kindheit an. Er hätte genausowenig beim Kartenspiel betrogen, wie er seinen Sohn hätte erschießen können. Aber wir werden es nie beweisen können . . . außer, wir treffen eines Tages diesen Baron von Gottfried. Der junge Gerard hatte vor, ihn zu suchen . . . dann kam die Revolution . . .«

Nun endlich verstand Maureen, welcher entsetzlichen Belastung Gerard ausgesetzt gewesen war, als sie sich kennen und lieben lernten. Die Vicomtesse hatte ihrem jungen Sohn, nach dem Tode ihres Mannes, eine Last aufgebürdet, die sein Leben bestimmte. Maureen hatte das Gefühl, daß auch eine Mutter nicht das Recht dazu hatte, derart in das Leben ihres Kindes einzugreifen. Hätte sie doch nur dem Antrag des Marquis nachgegeben!

Als die Dunkelheit hereinbrach, brach der Marquis nach Lille auf. Es war sicherer für ihn, nachts zu reisen. Schnell schrieb er noch ein paar Zeilen an Marianne de Valle, die Maureen ihr geben sollte. Dann verabschiedeten sie sich mit gegenseitigen besten Wünschen für ihre Weiterreise.

Maureen war todmüde, dennoch konnte sie nicht schlafen. Die Vorstellung, Gerard nicht im Schloß vorzufinden, peinigte sie. Aber vielleicht war er doch heimgekehrt. Schließlich waren seit dem Besuch des Marquis drei Monate vergangen. An diese Hoffnung klammerte sie sich, und als sie am nächsten Tag ihre Reise fortsetzten, unterließ sie es, Dickon zu unterrichten, daß ihre Unternehmung vielleicht umsonst gewesen sein könnte.

Noch drei Tage waren sie unterwegs. Dickon bestand darauf,

daß sie früh aufbrachen und hin und wieder rasteten. Er sorgte sich um Maureens Gesundheit. Sie vermieden Ortschaften und hielten sich, wo es möglich war, an schmale, einsame Wege.

Nachts kehrten sie in die kleinsten Gasthäuser ein. Unerkannt und unbelästigt erreichten sie Compiègne.

Maureen war total erschöpft. Aber als sie im Tal die Oise fließen sah, als sie endlich die Kirchturmspitzen von St. Germain, St. Antoine und St. Jacques und dahinter die riesigen Eichenwälder erblickte, wußte sie, daß Schloß Boulancourt nicht mehr weit war.

»Gerard hat so oft von dieser Gegend gesprochen!« sagte sie zu Dickon. »Ich verstehe jetzt, warum er Heimweh nach diesem Fleck Erde hatte. Oh, Dickon, hoffentlich ist er da!«

Dickon sah prüfend zum Himmel hinauf.

»Wir müssen weiter!« warnte er. »Sturm kommt auf. Wenn wir das Schloß vorher erreichen wollen . . .«

Bisher war das Wetter gut gewesen und hatte ihnen die Reise erleichtert. Aber jetzt roch Dickon bereits den zu erwartenden Regen.

Über die Brücke ritten sie in die Stadt. Ein- oder zweimal fragten sie nach dem Weg.

Sie erhielten die Auskunft, daß der kürzeste Weg durch den Wald führte. Aber Vorsicht sei geboten, weil es dort Wölfe gab. Sicherer wäre der Weg um den Wald herum, aber das bedeutete drei Stunden mehr.

»Die Wölfe werden uns ja wohl nichts tun!« sagte Maureen überzeugt. Sie wußte, daß die Rudel sich nur sehr selten an Menschen vergriffen, meist fielen sie nur Tiere an, und nur in mageren Zeiten näherten sie sich den Bauernhöfen.

Der kleine Junge, der sie gewarnt hatte, schüttelte den Kopf: Erst im letzten Monat sei ein Waldarbeiter angefallen worden. Der Winter war streng, die Wölfe hungrig. Dann würden sie auch Menschen anfallen.

»Trotzdem«, sagte Maureen zu Dickon. »Wir nehmen den Weg durch den Wald. Sollte tatsächlich Sturm aufkommen, können wir im Schutz der Bäume weiterreiten. Du hast Pistolen, also was soll uns passieren?«

Dickon war unruhig. Er wußte von Maureen, wie groß der Wald war. Sie kannten den Weg nicht, nach der Sonne konnten sie sich nicht richten, da diese gerade untergegangen war. Die

Pferde waren müde. Maureen aber ließ seine Einwände nicht gelten.

Langsam ritten sie durch den Wald. Die Blätter rauschten im aufkommenden Sturm. Die Dunkelheit nahm zu. Nervös spitzten die Pferde die Ohren. Von irgendwoher kam das Geheul der Wölfe.

Dickon nahm die Pistolen aus der Satteltasche und gab eine Maureen, die nun ebenfalls unruhig wurde. Eine Stunde lang ritten sie schweigend weiter. Der Pfad war fast zugewachsen und kaum zu erkennen. Dann begann es zu regnen, und sie waren schnell bis auf die Haut durchnäßt.

Dickon befahl, daß sie im Trab ritten. Überall glaubte er graue Schatten zu entdecken, die ihnen folgten. Ängstlich spannte er den Hahn seiner Pistole. Plötzlich scheute sein Pferd, ein Schuß löste sich, und Maureens Stute galoppierte erschreckt davon. Nur mit Mühe konnte sie ihr Pferd nach einiger Zeit wieder zügeln. Sie war mit den Nerven völlig fertig und schrie auf, als Dickon auf dem Pfad hinter ihr erschien.

Er grinste und versuchte, Maureen und sich aufzuheitern.

»Keine Angst!« sagte er. »Ich bin es!«

Maureen seufzte erleichtert.

Endlich lichtete sich der Wald, und es wurde etwas heller. »Dickon, sieh nur! Die Türme, die Allee! Das muß Schloß Boulancourt sein!«

In diesem Augenblick brachen drei Wölfe aus dem Dickicht und sprangen Dickons Pferd an. Mit angstvollem Wiehern bäumte es sich auf und warf Dickon ab. Sofort stürzten sich die blutrünstigen Bestien auf ihn. Maureens Pferd brach aus. Mit größter Anstrengung zwang sie es, den Weg zurückzutraben. Sie konnte die Wölfe hören. Dann sah sie entsetzt, wie die wilden Tiere über Dickon herfielen und nach ihm schnappten. Sie entsicherte ihre Pistole, zielte – sie mußte es riskieren. Sie schoß . . . Ihr Pferd machte einen Satz, mit Mühe hielt sie sich im Sattel. Ein toter, blutender Wolf lag über Dickon. Die anderen flohen.

Maureen stieg ab und band ihr Pferd an einen Baum. Sie rannte zu Dickon und zerrte die Bestie unter Aufwand all ihrer Kraft von ihm herunter. Dickon stöhnte. Er war blutüberströmt, teils vom Blut des Wolfes, teils von seinem eigenen, das aus vielen Bißwunden quoll. Verzweifelt sah es Maureen. Sie hatte nichts, um ihn zu verbinden, um die Wunden zu säubern. Das

Schloß war nahe, sie konnte Hilfe holen, aber sie konnte Dickon hier nicht einfach liegenlassen. Sie beugte sich über ihn.

»Dickon! Du mußt versuchen aufzustehen. Wir müssen es schaffen, dich auf mein Pferd zu heben. Dickon, antworte doch!«

Er stöhnte, öffnete seine Augen und versuchte den Kopf zu heben. Maureen legte den Arm um ihn und half ihm, sich aufzusetzen. Er schien kraftlos. Furchtsam sah sie sich um, glaubte wieder Schatten zu sehen. Die Wölfe konnten nicht weit weg sein.

»Dickon, wo ist das Feuerzeug?« fragte sie ihn und wiederholte ihre Frage, da er halb bewußtlos zu sein schien.

»Satteltasche«, brachte er mit Mühe heraus.

»Maureen sammelte schnell etwas Holz, holte das Feuerzeug und entzündete ein Feuer. Hastig holte sie mehr Holz herbei. Dann zog sie Dickon zum Feuer, das die Wölfe sicherlich abhalten würde. Sie legte ihren Mantel über seine Beine, die mit Wunden übersät waren.

Dann überlegte sie. Wenn sie um Dickon herum einen brennenden Kreis ziehen würde, könnte ihm nichts passieren, während sie losritt, um Hilfe zu holen. Wahrscheinlich war das das Beste, denn sie konnte ihn unmöglich allein auf das Pferd heben, und er selbst war viel zu schwach, um sie dabei zu unterstützen.

Langsam kam Dickon wieder zu sich. Als Maureen ihm ihren Plan erklärte, nickte er zustimmend. Ohne ihn konnte sie schnell zum Schloß reiten, das nicht mehr als drei Kilometer entfernt war. Die Wölfe würden ihr nicht folgen, und sie wäre sicher.

Obwohl die Schmerzen schier unerträglich waren, riß er sich zusammen, um nicht zu stöhnen. Er fühlte, wie das warme Blut an ihm herunterrann. Wenn nicht bald Hilfe kam, würde er verbluten.

Er wollte Maureen nicht beunruhigen und gab sich heiter und zuversichtlich, während sie mehr Holz sammelte, damit die Feuer weiterbrannten. Es fiel ihm ein, daß er auf diese Reise mitgekommen war, um sie zu beschützen. Und nun war es genau umgekehrt: sie versuchte ihm das Leben zu retten! Sie beschützte ihn!

»Nimm eine Pistole mit – ich brauche nicht beide!« sagte Dickon. Aber Maureen lehnte ab; auch ihren Mantel wollte sie nicht haben.

»Paß auf, daß das Feuer nicht ausgeht. Neben dir findest du Holz genug zum Nachlegen. Der Rauch wird mich hierher zurückführen. Verlier nicht den Mut, Dickon. Ich bin bald wieder da!«

Maureen mußte ihr Pferd nicht zur Eile antreiben. Es war froh, dem unheimlichen Wald zu entkommen. Ohne auf herunterhängende Äste zu achten, die sie vom Pferd reißen konnten, ritt sie scharfen Galopp.

Nach fünf Minuten sah sie einen Reiter, der über die Wiesen auf sie zukam. Es war Jules, der alte Diener der Vicomtesse, der sich über den Rauch gewundert hatte und nachsehen kam. Noch deutlich erinnerte er sich, wie das Schloß damals abgebrannt war; aus diesem Grund war er mißtrauischer als andere. Als Maureen nun ihr Pferd zügelte und Jules hastig über den Grund des Feuers aufklärte, war er erleichtert, aber zugleich entsetzt. Sofort bot er seine Hilfe an.

Jules war achtundsechzig, aber immer noch erstaunlich stark, und er versicherte Maureen, daß er ihren Freund ohne Schwierigkeiten auf das Pferd würde setzen können. Er nahm sich nicht einmal die Zeit, Maureen nach ihrem Namen zu fragen. Und sie war zufrieden, daß der alte Mann Dickon helfen und ihn ins Schloß bringen würde.

Als sie bei Dickon ankamen, hatte dieser wieder das Bewußtsein verloren. Von den Feuern war nur noch die Glut übrig. Lange hätten die Wölfe nicht mehr gewartet. Jules hob Dickon in den Sattel seines Pferdes, und in langsamem Schritt näherten sie sich dem Schloß. Erst dann stellte sich Jules vor und fragte nach den Namen seiner beiden Begleiter.

»Ich bin kein Mann, auch wenn es so aussieht!« sagte Maureen und lächelte. »Ich heiße Maureen, oder Lady Barre, wenn man so will, und ich bin eine langjährige Freundin Ihres Herrn, des Vicomte de Valle. Der Mann, dem das Leben zu retten Sie geholfen haben, ist mein Diener Dickon.«

Jules war überrascht und amüsiert zugleich.

»Mon Dieu! Est-ce que c'est possible?« fragte er und schaute Maureen an. »Sie sind von England gekommen . . . allein . . . jetzt in diesen Kriegszeiten?«

Maureen lächelte.

»Es war nicht weiter schwierig!« sagte sie. »Und bis auf die Wölfe auch nicht gefährlich!« Sie zögerte einen Augenblick, die Frage zu stellen, die ihr am meisten am Herzen lag.

»Monsieur le Vicomte ...« fragte sie schließlich leise. »Ist er zu Hause, Jules? Im Schloß?«

Maureen sah das traurige Gesicht des Alten, und es hätte keiner Antwort bedurft.

»*Je regrette* ... nein, Milady. Er ist schon so lange fort. Wir wissen nicht, wo er ist! Wir wissen nicht einmal, ob er noch lebt!«

Maureen hatte das Gefühl, als würde ihr Herz jeden Moment aufhören zu schlagen. Die Reise war umsonst gewesen.

Siebenundzwanzigstes Kapitel
1799

Maureen hatte nicht erwartet, daß sie sich zu Gerards Mutter hingezogen fühlen würde, der Frau, deren Wünsche zu erfüllen Gerard wichtiger gewesen war als ihrer beider Zukunft. Maureens Gefühle für die Vicomtesse waren gemischt gewesen: Mitleid einerseits, berechtigter Zorn (wie ihr schien) andererseits. Nun war sie schon eine Woche im Schloß Boulancourt, und sie hatte ihre Meinung zwangsläufig revidieren müssen.

Die alte, zerbrechlich wirkende Dame hatte sie am schmiedeeisernen Tor erwartet. Ihr Kleid war altmodisch, stammte noch aus Marie Antoinettes Zeiten; die Seide war verschlissen. Maureen war sofort von ihr eingenommen, denn mit aufopfernder Fürsorge kümmerte sie sich um Dickon. Sie schickte einen Jungen nach Compiègne, um den Arzt zu holen, der Zofe befahl sie, ein Zimmer herzurichten, der Koch mußte heißes Wasser bereiten, und die Vicomtesse säuberte Dickons Wunden. Maureen und Jules hatten ihn auf das Sofa in ihrem Salon gebettet. Mit sachlicher Autorität gab sie ihre Anweisungen, und es ekelte sie keinen Augenblick vor dem vielen Blut.

Maureen war ihr von Herzen dankbar, denn sie war am Ende ihrer Kräfte, was ihr erst jetzt bewußt wurde. Der schnell herbeigeeilte Arzt hatte Dickons Wunden genäht und versorgt, und nun bat die Vicomtesse ihn, sich auch Maureens anzunehmen. Maureens Proteste beachtete sie nicht. Ihre Haltung geriet nur einmal ins Schwanken, als dem Arzt und ihr klar wurde, daß es sich bei Maureen um ein in männlicher Kleidung steckendes weibliches Wesen handelte. Maureen wurde zu Bett gebracht.

Der Arzt verabreichte ihr ein Schlafmittel, das bis zum nächsten Tag wirkte.

Maureen erwachte erst, als die Vicomtesse ihr am späten Vormittag eine Kanne dampfend heißer Schokolade brachte. Nun unterhielten sich die beiden Frauen, und natürlich war Gerard das Thema, das beide am meisten interessierte. Maureen erzählte der Vicomtesse alles, bis auf die Tatsache, daß sie Gerard eine Tochter geboren hatte. Vielleicht ahnte Marianne de Valle die Wahrheit, aber sie stellte keine Fragen.

Jules hatte für Maureen ein einfaches Bauernkleid in Compiègne besorgt. Darin spazierte sie mit der Vicomtesse durch den verwilderten Schloßpark.

Die Abende verbrachten sie bei Kerzenschein vor dem Kaminfeuer. Gerards Mutter tat es gut, von der Kindheit ihres Sohnes erzählen zu können. Maureen war eine aufmerksame Zuhörerin. Beide Frauen klammerten sich an die Hoffnung, daß Gerard noch am Leben sei.

Inzwischen erholte sich Dickon. Nach zehn Tagen entfernte der Arzt die Fäden und erlaubte ihm die ersten Schritte. Dickons Bericht über die gefährliche Reise von England hierher rang der Vicomtesse Bewunderung für Maureens Mut ab.

Die Herkunft des Mädchens störte sie keineswegs. Maureens Intelligenz, ihr Mut, ihre Selbstlosigkeit, ihre Freundschaft zu Dickon – all das machte sie in den Augen der Vicomtesse liebenswert. Am meisten bewunderte sie Maureens uneigennützige Liebe zu ihrem Sohn Gerard. Wie viele Mädchen an ihrer Stelle hätten Gerard sein Verhalten niemals verziehen! Marianne de Valle konnte sich des Verdachts nicht erwehren, daß Maureens Tochter ihr erstes Enkelkind war; und Gerard der Vater der kleinen Tamarisk, über die Maureen, da sie ihr Kind sehr vermißte, viel und gerne sprach.

Seit ihrer Freilassung aus dem Gefängnis lebte die Vicomtesse ganz zurückgezogen. Ihre Juwelen waren verkauft worden, wie auch die vielen schönen Gemälde, die einst das Schloß geschmückt hatten. Die Tapeten an den Wänden ließen erkennen, wo sie gehangen hatten. Vieles war verbrannt, vieles gestohlen worden.

»Wahrscheinlich war es unrecht, daß manche von uns so viel besaßen, während andere hungern mußten!« sagte die Vicomtesse einmal zu Maureen. »In den letzten Jahren habe ich viel darüber nachgedacht, und ich verstehe jetzt vieles besser. Trotzdem ist mir unklar, was die Revolution den Leuten gebracht haben soll. Die Armen hungern immer noch, und die Bedingungen, unter denen sie leben, scheinen kaum besser geworden zu sein. Die Steuern sind viel zu hoch, und es wurde ihnen so vieles weggenommen. Vielleicht war alles umsonst!«

Von Tag zu Tag verstand Maureen besser, daß Gerard den Wunsch haben mußte, seiner Familie den ehemaligen Glanz und Reichtum wiederzugeben. Sie selbst hatte nun das Bedürfnis, etwas zu unternehmen. Mit viel Geduld begann sie, einen der Gobbelins zu reparieren, der teilweise vom Feuer zerstört worden war. Obwohl sie nie viel vom Handarbeiten gehalten hatte, fand sie es nun eine angenehme Beschäftigung.

Ihre Rückkehr nach England zögerte sich hinaus. Dickon war immer noch nicht in der Lage zu reisen. Der Arzt hatte ihr gesagt, daß es noch einige Zeit dauern würde, bis der Junge imstande sei zu reiten. Der Blutverlust war groß gewesen und ließ ihn schnell ermüden.

Maureen war zufrieden so. Das Wetter war frühsommerlich schön, die Gesellschaft von Gerards Mutter angenehm. Auch Maureen erholte sich gut.

Der Mai verging. Im Juni ritten Maureen und Dickon jeden Tag eine Stunde aus, damit Dickons Muskeln sich kräftigten. Sie erforschten die Gegend ums Schloß, zweimal gingen sie mit Jules auf die Jagd. Ihre Beute – ein paar Kaninchen und Fasane – war sehr willkommen in der Küche des Schlosses.

Eines Tages, als sie zurückkehrten, brachte Jules plötzlich sein Pferd zum Halten und hob warnend die Hand.

»Es ist jemand im Schloß!« sagte er zu Maureen.

Sie hatten sich angewöhnt, das Städtchen Compiègne und die umliegenden Farmen zu meiden, denn Maureen und Dickon waren Engländer und demnach Feinde. Wenn man sie entdeckt hätte, wären sie vielleicht der Spionage verdächtigt und arrestiert worden. Jules war ein vorsichtiger Mann, und bevor sie den Wald verließen, versicherte er sich immer erst, ob kein ungewöhnlicher Besucher im Schloß war.

Diesmal ritt er langsam voraus. Vor dem Hauptportal stand eine Kutsche. Der Kutscher kam aus Paris. Er informierte Jules, daß er einen neapolitanischen Gentleman und seine junge Frau hierhergefahren hatte. Es handle sich wohl um Flüchtlinge aus Neapel, das zur Zeit mit General Bonaparte im Krieg lag, den dieser, so sagte der Kutscher stolz, ohne Zweifel gewinnen würde. Das junge Paar mußte reich sein, sie besaßen alle nötigen Papiere, um sicher durch Frankreich zu reisen.

»Diese verdammten Aristokraten!« sagte der Mann und spuckte aus. »Aber sie haben mich für meine Dienste gut bezahlt, sehr gut sogar – also wäre ich ein Dummkopf gewesen, den Auftrag nicht anzunehmen, oder? Gleichberechtigung hin oder her – wenn man so gut bezahlt bekommt!«

Er deutete auf das Schloß. »Gibst mir wohl recht, was?« sagte er.

Jules beantwortete die verfängliche Frage nicht, murmelte nur Undeutliches und eilte ins Schloß. Aus dem Salon der Vicomtesse drangen Stimmen. Mit offenem Mund blieb er stehen und lauschte ungläubig.

»Bon Dieu!« entfuhr es ihm. *»Est-ce que c'est possible?«* Tatsächlich, es war wie ein Wunder – Monsieur Gerard war heimgekehrt!

Weinend lag die Vicomtesse in den Armen ihres Sohnes, als Jules zögernd den Salon betrat. Als Gerard ihn sah, ging er auf den alten Jules zu und umarmte ihn. Auch er war den Tränen nahe.

»Ich bin kein Geist, Jules!« sagte Gerard lachend. »Sag das meiner Mutter, bitte. Sie will ihren eigenen Augen nicht trauen!«

Jules wischte sich mit dem Ärmel über die Augen und lächelte Gerard an.

»Aus Ihnen ist aber ein Mann geworden, Monsieur Gerard!« sagte er bewundernd. Erstaunt stellte er fest, wie ähnlich Gerard nun seinem Vater war.

»Ich möchte dir meine Frau vorstellen!« sagte Gerard und führte Jules zu der jungen Frau beim Fenster. »Die Vicomtesse Faustina de Valle. – Chérie! Das ist Jules, mein treuer Freund, von dem ich dir so oft erzählt habe!«

Murmelnd gratulierte Jules und betrachtete das schlanke blonde Mädchen, das ihn freundlich anlächelte. Die Anwesenheit dieser jungen Frau verwirrte ihn, wie sie auch fünf Minuten früher die Vicomtesse etwas ratlos gemacht hatte.

Für Jules stand fest, daß *Milady aus England* in Gerards Vergangenheit eine Rolle gespielt haben mußte. Maureen liebte seinen jungen Herrn. Äußerst interessiert hatte sie dem alten Diener gelauscht, wenn er von Gerards Kindheit erzählte.

Milady! Sie wartet ja mit Dickon im Wald auf seine Rückkehr. Unsicher sah er die Vicomtesse an.

»Vicomtesse, Ihre Gäste!« sagte er zögernd. »Sie warten draußen im Schutz des Waldes. Ich wollte mich erst versichern, daß sie ohne Gefahr heimkommen können. Ich muß ihnen sofort Bescheid geben.«

»Warte!« sagte die Vicomtesse überlegt und ein bißchen autoritär. »Jules, zuerst suchst du nach Louise. Sie soll die Vicomtesse in das blaue Schlafzimmer führen.« Dann wandte sie sich an Faustina: »Sicher sind Sie sehr müde und möchten sich ein bißchen ausruhen und erfrischen. Louise wird Ihnen heißes Wasser bringen und was Sie noch brauchen. Gerard, du ...«

»*Qui, Maman?*« Forschend sah er seine Mutter an.

»Mit dir habe ich noch etwas zu besprechen, bevor du nach oben gehst.«

Faustina sah Gerard ängstlich an. Die Vicomtesse, die es bemerkte, fügte freundlich hinzu: »Haben Sie keine Angst, meine Liebe, Louise ist ja bei Ihnen, und Gerard kommt bald nach.«

Für Faustina war es keine Frage, ihrer Schwiegermutter genauso zu folgen, wie sie es bei ihren Eltern getan hatte. Sie stellte sich auf die Zehenspitzen und küßte Gerard auf die Wange.

Kaum waren sie allein, ging Gerard auf seine Mutter zu.

»Was ist los, Maman? Ein Geheimnis, von dem weder Jules noch meine Frau etwas wissen sollen?« Er lächelte. »Du schaust wie eine Verschwörerin!«

»Gerard, bitte mach keine Witze!« sagte die Vicomtesse ernst. »Ich habe Neuigkeiten, aber ich dachte, es ist besser, wenn du sie allein erfährst. Ich weiß nicht, wie du die Nachricht aufnehmen wirst. Sicher aber wirst du mir zustimmen, daß es besser war, sie dir privat mitzuteilen.«

Gerard wußte nicht, was er von den Worten seiner Mutter halten sollte.

»So sag doch schon, Maman, was ist los? Du zögerst – sind es schlechte Nachrichten? Laß mich dir erst erzählen – Faustina weiß über unsere Finanzmisere Bescheid. Sie ist bescheiden, und ihr einziger Wunsch ist, bei mir zu sein.«

»Gerard, es geht nicht um Finanzen. Es ist ... es ist eine Herzensangelegenheit.«

»Herzensangelegenheit?« wiederholte Gerard. »Was meinst du damit, Maman? Gefällt dir Faustina nicht? Ich versichere dir, sie kommt aus sehr guten . . .«

». . . Oh, Gerard! Es geht nicht um Faustina . . .« rief die Vicomtesse. ». . . wenigstens nicht direkt. Wenn ich gewußt hätte, daß du verheiratet bist!«

»Aber Maman, hast du nicht meinen Brief bekommen?« fragte Gerard erstaunt. »Im ganzen habe ich dir drei Briefe geschrieben – im ersten stand, daß ich sicher in Neapel bin; im zweiten, daß ich geheiratet habe, und im letzten, daß wir über Gibraltar heimsegeln.«

»Ich habe keinen Brief bekommen«, sagte die Vicomtesse. »Aber das ist nicht ungewöhnlich, Gerard. Der Marquis de Guéridon hat mich vor einigen Monaten besucht und mich darüber aufgeklärt, daß Briefe sowohl von den Briten als auch von unseren politischen Agenten in Paris abgefangen werden. Ich hatte keine Nachrichten, wußte nicht einmal, ob du lebst oder tot bist. Ob du immer noch als George King auf dem Meer herumfährst oder ob du dein Gedächtnis wiedergefunden hast.«

Gerard nahm ihre feingliedrige Hand und küßte sie.

»Es tut mir so schrecklich leid, daß du dir solche Sorgen machen mußtest«, sagte er. »Ich nahm wirklich an, daß meine Briefe dich erreichen würden. Aber mir fällt auf . . . woher wußtest du, daß ich mein Gedächtnis verloren habe?«

»Maureen hat mir davon erzählt!« sagte die Vicomtesse und sah ihn an. Gerard schnappte nach Luft. Schnell fügte sie hinzu:

»Sie ist hier . . . in Compiègne. Eben in diesem Augenblick wartet sie im Wald auf Jules. Dickon ist bei ihr.«

Gerard wurde abwechselnd rot und blaß. Er sprang auf.

»Maureen ist hier!« brachte er mühsam heraus. »Ich muß zu ihr – auf der Stelle. Und das nennst du schlechte Nachrichten? Maman! Wenn du wüßtest, wie gücklich ich bin. Es ist wie ein Wunder! Maureen in Compiègne! Vergib mir, Maman. Ich muß fort. Ich muß sie sofort sehen!«

Er wollte aus dem Raum eilen, aber seine Mutter hielt ihn zurück. Sie erzählte ihm von Maureens Liebe, die so groß war, daß sie sogar hierher gekommen war, und sie mußte nur in sein Gesicht sehen, um zu erkennen, daß er diese Liebe erwiderte. Es schien, als hätte er alles vergessen – sogar, daß er verheiratet war. Oben wartete die unschuldige Faustina auf ihn. Sie durfte er keinesfalls verletzen.

Unglücklich verbarg Gerard das Gesicht in seinen Händen. Seine Mutter hatte recht, aber seine Sehnsucht nach Maureen, der einzigen Frau, die er wirklich liebte, war so unendlich groß.

»Was soll ich nur machen?« fragte er verzweifelt. »Ich liebe Maureen. Ich habe sie immer geliebt. Als ich Faustina heiratete, glaubte ich Maureen mit Lord Barre verehelicht. Von seinem Tod erfuhr ich erst durch einen Zufall – als es zu spät war. Und jetzt ist Maureen zu mir gekommen und ich ...« die Stimme versagte ihm.

»Es ist schrecklich, ich weiß!« sagte Marianne de Valle. »Stell dir vor, wenn Maureen erfährt, daß du verheiratet bist ... es wird ein Schock für sie sein. Vielleicht ist es besser, wenn Jules ihr davon erzählt ... Und es kann sein, daß sie dich nicht in Gesellschaft deiner Frau sehen will ... Ich bin fast sicher, daß ihr beide eure Gefühle vor Faustina nicht verheimlichen könntet.«

»Und was schlägst du vor, Maman?« fragte Gerard grob. »Ich muß Maureen sehen, um jeden Preis ... selbst wenn es Faustina verletzt. Tut mir leid, falls dich das erschreckt ... aber Maureen ist für mich der wichtigste Mensch auf der ganzen Welt. Ich liebe sie, Maman! Ich habe immer nur sie geliebt. Und jetzt ist sie hier ...«

»... Maureen muß nach England zurück!« unterbrach ihn seine Mutter. »Eine andere Möglichkeit gibt es nicht, Gerard. Sie liebt dich von Herzen, und sie ist ein Mensch von hervorragenden Qualitäten – du kannst sie nicht beleidigen, indem du sie bittest, deine Geliebte zu werden. Wir leben hier nicht in Paris. Dort mag es noch angehen. Hier in Compiègne ... das ist ausgeschlossen. Faustina würde die Wahrheit bald herausfinden und wäre zu Recht verletzt. Und Maureen wahrscheinlich noch mehr. Oh, Gerard, *mon petit*! Warum konntest du nicht warten? Du hättest doch wissen müssen, daß Lord Barre nicht mehr lange leben würde ...«

Traurig sah Gerard seine Mutter an.

»Das sagst du so, Maman. Du hast mich doch gedrängt zu heiraten, Enkelkinder zu zeugen ... das ist noch nicht lange her. Davon abgesehen war ich sicher, daß Maureen dachte, ich sei tot, und daß es das beste sei, sie in dem Glauben zu lassen. Als ich vom Pferd stürzte ... Maureen und mir war klargeworden, daß wir nicht zusammenkommen konnten ... du selbst hast mich unaufhörlich an meine verdammte Pflicht erinnert ...«

Marianne de Valle seufzte. Er hatte recht. Es war ihre Schuld.

Mutter und Sohn sahen sich an.

»Dann geh zu ihr!« sagte sie, und es tat ihr weh zu sehen, wie unglücklich er war. »Überlaß Maureen die Entscheidung. Aber ich bin sicher, sie wird nicht hierbleiben wollen . . . im Schloß, unter demselben Dach mit deiner Frau. Sie wird nach England zurückkehren.«

Dickon wurde unruhig. Jules blieb so lange fort. Bedeutete das Gefahr? Als er einen Reiter auf sie zu galoppieren sah und erkannte, daß es nicht Jules war, lud er seine Pistole. Maureen befahl er, sich hinter den Bäumen zu verstecken.

Aber Maureen rührte sich nicht vom Fleck. Sie sah dem Reiter entgegen, ihr Herz klopfte wild, ihre Beine drohten nachzugeben.

»Dickon, das ist Gerard!« flüsterte sie. »Gerard! Hörst du! Gerard!«

Auch Dickon erkannte ihn nun und ließ die Pistole sinken. Ängstlich sah er in Maureens blasses Gesicht. Er versuchte sie aufzuhalten, aber sie stieß ihn beiseite, rannte los. Gerard schwang sich vom Pferd, und schon lagen sich die beiden in den Armen.

Dickon nahm Gerards Pferd und schaute in eine andere Richtung. Er erinnerte sich an den Tag in den Wäldern von Richmond, als die beiden sich getroffen hatten. Es schien hundert Jahre her zu sein. Endlich waren sie wieder beisammen.

Weder Maureen noch Gerard war es möglich, etwas zu sagen. Sie hielten sich umklammert, preßten sich aneinander, bis Gerard sie losließ und sie ansah.

»Schönste, Liebste . . . du bist noch schöner geworden!« rief er. »Maureen! Wie oft habe ich von diesem Augenblick geträumt! Aber dann habe ich die Hoffnung aufgegeben . . .«

». . . ich auch, *mon amour*!« unterbrach ihn Maureen. »Es ist wie ein Wunder, wie ein Traum . . . aber es ist wahr. Ich wußte, daß du nach Frankreich zurückkommen würdest, nach Compiègne . . . Ich habe nicht daran geglaubt, daß du tot bist . . . auch wenn alles darauf hindeutete. In meinem Innersten wußte ich . . .«

Gerard küßte sie stürmisch und leidenschaftlich.

»Doch, ich hatte die Hoffnung aufgegeben, Maureen. Ich dachte, wir würden uns nie wiedersehen. Oh, Maureen, vergib mir, vergib mir.«

Mit glücklichen Augen streichelte Maureen sein Gesicht.

»Jetzt ist alles unwichtig. Wir haben uns gefunden, Gerard. Wir werden uns nie mehr trennen. Ich bin frei! Der arme Gilbert ist tot. Ich bin frei, Gerard, endlich! Ich liebe dich so, Gerard!«

Mit verzerrtem Gesicht griff er sie am Arm.

»Ich liebe dich auch, Maureen, mehr als du dir vorstellen kannst. Ich weiß, daß du frei bist. Ich möchte nichts lieber auf der Welt, als dich zu meiner Frau machen, aber ... Maureen, ich bin verheiratet!«

Er schrie diese Worte fast heraus, so schrecklich war es ihm, ihr die Wahrheit sagen zu müssen. Ungläubig sah sie ihn an:

»Das ist nicht wahr, Gerard! Du machst dich lustig über mich! Bitte, Gerard, sag mir, daß es nicht wahr ist!«

Die Angst, es könnte doch so sein, schüttelte sie. Sie klammerte sich an ihn, zerrte an seinem Hemd und schüttelte ihn hin und her. Weinend nahm Gerard ihre Hände in die seinen.

»Es ist wahr!« sagte er so leise, daß sie ihn kaum verstand. »Vor sechs Monaten habe ich ein junges Mädchen aus Neapel geheiratet. Donna Faustina de Monte-Gincinto. Erst danach habe ich erfahren, daß dein Mann tot ist. Ich habe nicht geglaubt, daß wir uns jemals wiedersehen. Maureen, bitte glaube mir. Ich liebe dich ... ich habe nie aufgehört, dich zu lieben, ich wollte dich nicht noch unglücklicher machen. Ich dachte, du würdest glauben, ich sei tot, und daß es besser wäre, dich in diesem Glauben zu lassen. Meine eigene Zukunft war mir egal. Ich habe Faustina geheiratet, obwohl ich sie nicht liebe. Oh, Maureen ...«

Maureen versuchte, ihre Hände zu befreien, aber er hielt sie fest. Sie mußte ihn verstehen. Sie durfte nicht glauben, daß er sie betrogen hatte, sie mußte sich seine Erklärungen anhören. Es hatte nicht den Anschein, daß sie überhaupt verstand, was er versuchte ihr klarzumachen. Er wiederholte sich, er redete auf sie ein.

»Als du verschwunden bist«, sagte Maureen schließlich ruhiger und mit leiser Stimme, »trug ich dein Kind unter dem Herzen, Gerard. Unsere Tochter wurde vor sechs Monaten geboren ... das Kind unserer Liebe!«

Dann fing sie an zu weinen, Krämpfe durchzuckten ihren Körper. Gerard hielt sie in seinen Armen, und seine eigenen Tränen benetzten ihr schönes honigfarbenes Haar.

»Maureen, hör auf zu weinen«, sagte er dann mit plötzlicher

Entschiedenheit. »Mein Entschluß steht fest. Ich werde mich nie mehr von dir trennen. Dich nie mehr verlassen. Sollen die anderen von mir denken, was sie wollen . . . ich werde Faustina alles gestehen und sie bitten, mich freizugeben. Unser Glaube verbietet eine Scheidung, aber vielleicht läßt sich die Ehe annulieren, vielleicht, wenn der Papst . . . Maureen, Liebste, hörst du mir überhaupt zu? Es wird alles gut werden, ich schwöre es. Ich liebe dich!«

Mühsam gelang es Maureen, ihre Selbstbeherrschung wiederzufinden. Sie konnte sich nicht vorstellen, daß das Mädchen, das Gerard geheiratet hatte, ihn so liebte, ihn so brauchte wie sie, Maureen. Die Möglichkeit, diese Ehe zu annulieren war eine kleine Hoffnung. Und wenn das nicht ging, es machte auch nichts. Es war nicht so wichtig. Gerards Mutter würde es verstehen . . . sie wußte, wie sehr sie Gerard liebte. Gerard war ebenfalls bereit, alles zu tun – zusammen würden sie es schaffen. Ob die Welt damit einverstanden sein würde – das zählte nicht.

»Komm, *petit écureuil!«* sagte Gerard. »Komm mit mir ins Schloß. Wir müssen mit meiner Mutter reden. Sie wird uns ihren Segen nicht verweigern – sie hat meinen Vater ebenso innig geliebt. Vielleicht weiß sie, wie man es der kleinen Faustina beibringen kann. Laß uns keine Zeit mehr vergeuden, Maureen.«

Er wandte sich an Dickon, der sich diskret abseits gehalten hatte. Dickon streckte ihm seine Hand entgegen und grinste.

»Willkommen zu Hause, Sir!« sagte er. »Ich bin froh, Sie gesund und munter zu sehen!«

»Und ich bin froh, dich zu sehen, Dickon!« sagte Gerard mit Wärme und nahm die Hand. »Habe dir ganz schön Kopfzerbrechen gemacht, als ich verschwand, was? Wenn wir Zeit haben, muß ich dir von meinen Abenteuern erzählen.«

»Hab' Ihnen auch ein oder zwei Dinge zu sagen!« antwortete Dickon. »Kommen Sie mit uns nach England zurück?« fügte er noch fragend hinzu.

Gerards Lächeln verschwand.

»Ich weiß nicht, Dickon. Deshalb reiten wir jetzt zurück ins Schloß, um mit meiner Mutter zu reden. Dann werden wir alles entscheiden!«

Verwundert sah Maureen ihren Liebsten an. Dann werden wir alles entscheiden, hatte er gesagt. Und sie hatte gedacht, die Entscheidung sei längst gefallen.

Achtundzwanzigstes Kapitel
1799

Als Gerard Faustinas Zimmer betrat, fand er sie weinend vor. Kaum hatte sie ihn gesehen, lief sie auf ihn zu und warf sich in seine Arme.

»Ich dachte, dir sei etwas passiert, Gerard«, rief sie. »Ich hatte solche Angst. Louise erzählte, daß es Wölfe gibt im Wald, daß sie unlängst einen jungen Mann angefallen haben, ich hatte solche Angst um dich . . .«

Sie unterbrach sich schluchzend.

Gerard biß sich auf die Unterlippe und versuchte, sich aus ihrer Umarmung zu befreien. Faustina fürchtete sich vor allem: Zuerst war es der Sturm gewesen, dann die Hochzeitsnacht . . . Sie war wie ein sechsjähriges Kind. Zuerst hatte es ihm gefallen, sie zu beschützen, aber langsam wurde ihm ihre kindliche Unbeholfenheit lästig. Sie war außerstande, irgend etwas allein zu tun. Ihre Bewunderung, ihre Abhängigkeit von ihm belasteten ihn. Er ertappte sich dabei, daß er versuchte, ihr aus dem Weg zu gehen. Und er fühlte sich schuldig dabei.

Im Schlafzimmer war es am schlimmsten. Sie umarmte ihn und drängte ihn schüchtern, seine Pflichten als Ehemann wahrzunehmen.

»Ich weiß doch, daß es dir gefällt, Gerard!« sagte sie. »Es macht mich glücklich, daß ich dir das geben kann. Ich habe keine Angst mehr. Es ist schön, daß du mich brauchst.«

Es stimmte, daß er sie brauchte, aber es machte ihn nicht glücklich. Ohne Leidenschaft kuschelte sie sich an ihn, und wenn er auch ihren jungen Körper begehrte – ihre Vereinigung brachte ihm keine Freude, weil sie augenscheinlich nichts davon hatte. Wenn er mit ihr geschlafen hatte, drehte er sich zur anderen Seite, haßte sich und das junge Mädchen neben sich, verdammte seine eigene Schwäche. Und sehnte sich nach Maureen.

So sehr er auch dagegen kämpfte: Wenn er Faustina liebte, hatte er das Gefühl, sie, sich und Maureen zugleich zu betrügen. Er wußte nicht, ob Faustina etwas davon ahnte, ob sie meinte, daß er für einen Mann seines Alters äußerst wenig Leidenschaft entwickelte. Er nahm an, daß sie wahrscheinlich keine Begierde kannte, nicht die eines Mannes und noch weniger ihre eigene, die sie entweder wohlerzogen verleugnete oder gar nicht hatte. In ihren Augen tat er immer das Richtige, und sie mußte wohl glauben, daß es normal sei, so selten miteinander zu schlafen. Diese Unschuld Faustinas führte dazu, daß er sich noch schuldiger fühlte. Er wußte, daß er sie nie hätte heiraten dürfen. Und doch verging kaum ein Tag, an dem sie ihm nicht gestand, wie glücklich sie sei, daß sie seine Frau war.

Gerard hatte sich widerwillig entschlossen, nach Frankreich zurückzukehren und sein Leben irgendwie fortzuführen. Seiner Mutter und Faustina zuliebe war er heimgekommen.

Nun fragte er sich, wie es kam, daß Maureen zur selben Zeit aufgebrochen war, ihn zu suchen. Schicksal? Wäre er nur einen Monat später angekommen, wäre sie vielleicht schon wieder nach England abgereist gewesen. Wenn Faustina nicht wäre ... Sanft befreite er sich aus Faustinas Umarmung.

»Du weißt doch, daß du keine Angst zu haben brauchst«, sagte er. Niemand ist in Gefahr. Du nicht – ich nicht. Du bist übermüdet. Ich muß so vieles mit meiner Mutter besprechen ... das Beste wäre es, du würdest zu Bett gehen und dich ausruhen. Die Reise hat dich angestrengt!«

Liebevoll sah Faustina ihn an.

»Wenn du meinst. Ich tue, was du möchtest. Es ist wahr, ich bin müde. Wenn es dir recht ist, werde ich nach Louise klingeln. Sie kann mich entkleiden und zu Bett bringen. Aber du wirst doch später zu mir kommen, Gerard? Ich bin so einsam, wenn du nicht bei mir bist!«

Gerard zügelte seine Ungeduld und wartete bis Louise kam.

Dann eilte er zu seiner Mutter, die ihn im Salon erwartete. Sie war allein. Er nahm ihre Hand und küßte sie.

»Maman!« sagte er. »Ich weiß, daß ich dir Kummer machen werde, und ich hatte mir so gewünscht, daß meine Heimkunft dich glücklich machen würde. Aber jetzt ist alles so schwierig ... Maman, ich kann Maureen nicht aufgeben. Ich kann es nicht.«

Marianne de Valle betrachtete ihren Sohn, der mit gesenktem Kopf vor ihr stand.

»Ich will dir nicht vorschreiben, wie du dein Leben zu führen hast, Gerard. Du bist ein Mann und mußt nach deinem eigenen Gewissen handeln«, sagte sie ruhig. »Ich kann nur noch einmal wiederholen – du bist nicht frei. Und du kannst Maureen nicht zu deiner Geliebten machen!«

»Maureen denkt anders darüber. Sie will mit mir zusammen sein.«

Die Vicomtesse schüttelte den Kopf.

»Ohne Zweifel fühlt sie im Augenblick so. Aber was ist mit eurer Zukunft? Was kannst du ihr bieten, außer deiner Liebe? Nicht einmal einen Namen für eure Kinder. Und deine Frau, Gerard? Was soll aus Faustina werden? Ich nehme an, du weißt, daß sie schwanger ist?«

Seinem Blick zufolge hatte er keine Ahnung von dem Zustand, den Louise sofort entdeckt und der Vicomtesse froh mitgeteilt hatte, während Gerard bei Maureen im Wald war.

»Das kann nicht sein!« sagte er nun und wußte doch im gleichen Augenblick, daß sie die Wahrheit sagte.

»Weiß sie es denn?« fragte er. »Mir hat sie nichts gesagt!«

»Ich weiß nicht, Gerard. Sie ist so jung und unschuldig. Es kann sein, daß sie sich nicht sicher ist. Man muß es ihr sagen. Louise hat keinen Zweifel.«

»*Mon Dieu!*« rief Gerard. »Hätte ich Neapel nur ohne sie verlassen! Sie tat mir leid, Maman. Ich kann sie nicht verlassen, wenn sie schwanger ist, und ich kann ohne Maureen nicht leben, Vor einer halben Stunde habe ich versprochen, daß alles gut wird. Ich liebe Maureen und ich brauche Maureen.«

»So wie ich dich liebe und brauche!« sagte Maureen, die seine letzten Worte bei ihrem Eintreten gehört hatte. Sie war sehr blaß, ihre Augen weit geöffnet und glänzend. »Und weil ich dich so liebe, muß ich fort . . . weit fort . . . und wir dürfen uns nie wiedersehen.«

Gerard eilte zu Maureen und nahm sie in seine Arme, ohne Rücksicht auf die Anwesenheit seiner Mutter.

»Nein, ich lasse dich nicht gehen!« schrie er. »Ich kann es nicht, Maureen!«

»Gerard, wir haben keine andere Wahl. In deinem Herzen weißt du es. Du würdest dich hassen, wenn du deine Frau und dein Kind verlassen würdest, und mit der Zeit würdest du sogar mich hassen. Heimlich zusammenleben könnten wir auch nicht, wie sollten wir unsere Gefühle füreinander vor anderen verbergen? Du würdest hin- und hergerissen sein zwischen der Pflicht, mit deiner Frau zusammenzusein, und deinem Wunsch, mit mir zu leben.«

»Maureen hat recht!« sagte die Vicomtesse. »Mit ihrer Entscheidung hat sie gezeigt, wie sehr sie dich liebt, *mon fils!*«

Gerard schaute von einer zur anderen. Obwohl beide Frauen Tränen in den Augen hatten, zeigten sie die Schwäche ihrer Herzen nicht. Sein eigener Schmerz war unvorstellbar. Still erhob sich die Vicomtesse und ging zur Tür.

»Ich weiß nicht, ob euch der Abschied leichter fiele, wenn Maureen sofort abreiste. Aber wenn du glaubst, stark genug zu sein, Gerard, mir zu schwören, daß du nach vier Tagen zurückkommst, dann kannst du Maureen zur Küste begleiten. Ich werde dafür sorgen, daß deine Abwesenheit nicht auffällt. Faustina werde ich erzählen, daß du in dringenden Geschäften nach Paris mußtest. Du kannst Maureen zum Schiff bringen, und ihr habt so noch ein wenig Zeit füreinander. Faustina braucht die Wahrheit nicht zu erfahren, von Maureens Existenz nichts zu wissen.«

Maureen und Gerard starrten die Vicomtesse an. Was sie ihnen hier bot war nicht mehr als eine Galgenfrist – aber es waren vier kostbare Tage.

Gerards Mutter lächelte.

»Sogar ich kann lügen, Gerard. Ich glaube nicht, daß Gott es mir verübeln wird.«

Ihr wirklicher Beweggrund aber, weshalb sie den beiden die Möglichkeit einräumte, war ein anderer. Sie wußte, daß Gerard außerstande sein würde, seinen Kummer vor Faustina zu verbergen, wenn Maureen sofort abreiste. Vielleicht würde er sogar zusammenbrechen und ihr alles gestehen – die Ehe wäre fortan unglücklich.

»*D'accord?*« fragte sie und sah erst Gerard und dann Maureen an. »Wenn ja, dann versprecht mir, daß Gerard in vier Tagen wieder hier ist – allein!«

Maureen eilte auf die Vicomtesse zu, fiel ihr zu Füßen und küßte Marianne de Valles zierliche weiße Hand.

»Sie haben mein Wort, Madame!«

»Meines auch, Maman!« sagte Gerard.

»Dann sei Gott mit euch!« sagte die Vicomtesse. »Am besten reist ihr sofort ab. Ich werde Dickon Bescheid geben. Jules kann ihm helfen die Pferde zu satteln. Maureen, ich hasse lange Verabschiedungen – ich glaube, wir verstehen uns auch ohne Worte. Ich werde auf Gerard aufpassen, so gut ich kann. Jetzt gehe ich, um Faustina auf deine Abreise vorzubereiten.«

Die Vicomtesse verließ den Raum. Gerard nahm Maureen in seine Arme und küßte zärtlich ihr tränenüberströmtes Gesicht.

»Schon einmal durften wir eine Woche beisammen sein!« flüsterte Maureen. »Und nun haben wir wieder vier Tage für uns. Es ist nur ein Bruchteil unseres Lebens, aber wir werden jede Minute genießen.«

»Keine Sekunde werde ich dich allein lassen!« sagte Gerard. »Oh, Maureen, *mon amour*, wenn nur . . .«

». . . Laß uns nicht an Dinge denken, die wir nicht haben können!« unterbrach Maureen ihn rasch. »Denk nur an die vielen Menschen, denen nicht einmal eine so kurze Zeit der Freude vergönnt ist. Wir wissen wenigstens, was echte Liebe ist, Gerard, und glaube mir, wie weit wir auch auseinander sein mögen, ich werde nie aufhören, dich zu lieben!«

»Ich dich auch nicht!« rief Gerard. Es drängte ihn aufzubrechen – fort von dem Haus, in dem er von nun an als freiwilliger Gefangener leben würde. Er sehnte sich danach, mit Maureen allein zu sein, sie in seinen Armen zu halten und sie zu lieben.

Wenn er doch nur nicht geheiratet hätte! Sein Leben ohne Maureen war ihm sinnlos und leer vorgekommen, deshalb hatte er sich dazu entschlossen. Was hatte seine Mutter gesagt? Warum hast du nicht gewartet. Lord Barre war schon alt – Aber Lord Barre hätte auch noch dreißig Jahre leben können! Wie hatte er nur glauben können, daß Maureen ohne ihn ein glückliches Leben führen würde? Zu spät erkannte er, daß sie nie aufgehört hatte, ihn zu lieben, und sie hatte ihm ein Kind geschenkt . . .

»Wir müssen unsere Reise vorbereiten, Liebste!« sagte er. »Laß uns die Zeit nicht vertrödeln!«

Zeit . . .dachte Maureen, als sie packte, was ist das? Wie langsam war die Zeit vergangen, als sie nicht wußte, ob Gerard am Leben war, und wie schnell verging sie, wenn sie mit ihm zusammen war. Sie stellte sich vor, wie Gerard sich von seiner Frau verabschiedete. Sie hatte sie nicht sehen wollen, aber sie war unfähig gewesen, Louise zu verbieten, sie ihr zu beschreiben. Maureen wußte, Faustina war fast noch ein Kind. Sie war hübsch, hilflos und abhängig. Sie bewunderte und liebte Gerard.

Sich mehr anzuhören, war sie außerstande gewesen. Hastig hatte sie Louise weggeschickt. Als Maureen sich für die Reise fertig machte, kam so etwas wie Haß in ihr auf. Haß auf Gerard, der so schnell geheiratet hatte. Natürlich hatte er nicht gewußt, daß sie inzwischen Witwe geworden war. Aber er mußte doch gewußt haben, daß er mit seiner Heirat endgültig alles zerstörte.

Ihre Augen füllten sich mit Tränen. Sie sah zum Fenster hinaus auf den verwilderten Park und dachte an das hilflose Mädchen Faustina.

Sie selbst war stark. Sie konnte sogar erreichen, daß Gerard seine Frau im Stich ließ. Trotzdem: es wäre kein Sieg, der ihr Freude bringen würde. Gerards Pflichtbewußtsein würde ihn quälen und sein Leid ihr Glück zerstören. Marianne de Valle hatte es gewußt; und sie, Maureen, wußte es jetzt.

Eilig packte sie die letzten Dinge ein und eilte zum Salon der Vicomtesse.

Gerards Mutter saß beim Fenster. Als Maureen den Raum betrat, wandte sie sich um und öffnete die Arme, in die Maureen sich warf.

»Ich leide mit Ihnen, mein Kind!« sagte sie. »Ich weiß, wie sehr Sie Gerard lieben. Sie haben es immer wieder bewiesen. Jetzt müssen Sie es noch einmal beweisen, und ich weiß, wie entsetzlich das für Sie sein muß. Sie sind viel stärker als er – und klüger!«

»Ich komme mir nicht sehr stark vor!« sagte Maureen mit zitternder Stimme. »Ich wußte nicht, daß etwas aufgeben so viel schwerer ist als geben.«

Die Vicomtesse streichelte ihr über das Haar. »Ich muß Ihnen gestehen, daß ich Sie sehr liebgewonnen habe in den letzten Wochen. Zuerst bewunderte ich Ihren Mut, dann, je besser ich Sie kennenlernte, hoffte ich, daß Gerard zurückkommen und Sie heiraten würde. Ich kann mir keine bessere und liebere Schwiegertochter vorstellen. Glauben Sie mir, es tut mir entsetzlich leid, daß es nicht so sein kann. Ich verstehe jetzt, warum Gerard Sie so liebt.«

»Wenn ich nur sicher sein könnte, daß er glücklich wird!« rief Maureen. »Sie haben seine Frau kennengelernt. Sagen Sie mir, daß sie ihn glücklich machen wird!«

Die Vicomtesse bemühte sich, Maureen ihre Furcht nicht merken zu lassen. Es hatte keinen Zweck, ihr mitzuteilen, daß Faustina zu zaghaft und zu unselbständig war, um einen Mann völlig in ihren Bann zu ziehen. Aber sie würde gehorsam sein, seine Wünsche erfüllen, und zweifellos bewunderte sie Gerard.

»Ich bin sicher, daß er glücklich sein wird – auch wenn Faustina nicht seine große Liebe ist«, sagte die Vicomtesse fest.

Gerard dagegen erklärte ihr noch an diesem Abend rundheraus, wie wenig Hoffnung er für die Zukunft habe. In dem kleinen, aber sauberen und gemütlichen Schlafzimmer des Wirtshauses, in dem sie für die Nacht Quartier genommen hatten, waren sie endlich allein.

Gerard nahm Maureen in seine Arme und küßte sie voll Begierde und Verlangen. Ausgehungert nach ihren Liebkosungen vergaß er seine Müdigkeit, ihrer beider Probleme – nur die Gegenwart zählte. Maureen klammerte sich wie eine Ertrinkende an ihn.

»Wir haben nur noch so wenig Zeit für uns, Gerard!« seufzte sie.

Noch während sie es sagte, wußte sie, wie sinnlos es war, in diesen wenigen kostbaren Stunden, die ihnen blieben, das Schicksal zu bejammern. Aber sie kam nicht an gegen ihre Traurigkeit. Willenlos ließ sie sich von ihm entkleiden. Sie verstand sein Verlangen nach ihrem Körper, denn auch sie begehrte ihn. Und doch, fast haßte sie ihn dafür, daß seine Berührungen sie erregten. Wieder einmal machte das ihr deutlich, wie sehr sie ihn liebte, ihn brauchte – all das, was sie eigentlich vergessen wollte und mußte.

Seine streichelnden Hände berührten zärtlich ihre harten Brustwarzen.

»Du bist noch schöner geworden! Deine Brüste . . . noch voller seit der Geburt unseres Kindes«, rief er entzückt und riß sie stürmisch an sich. Wollüstig biß er sie in die Schulter, und sie umfaßte ihn, berührte seine heiße Haut und erbebte. Ihre Hingabe schien ihm selbstverständlich, und sie war versucht, ihren eigenen Körper zu verfluchen, der nur auf ihn zu warten schien, unabhängig von dem, was in ihrem Kopf vor sich ging. Sie war ihm treu gewesen; kein Mann außer ihm hatte sie berührt – und er? *Er* hatte sich eine andere Frau genommen; eine hübsche, junge! Mit ihr geschlafen, sie geliebt und besessen! Vielleicht mit ebenso großem Verlangen wie er nun sie besitzen wollte!

»Nein!« schrie sie. »Nein, Gerard. Ich will es nicht – bitte, laß mich. Ich will nicht!«

Aber Gerard hörte sie nicht. Die Begierde, die sie in ihm erweckte, war übermächtig. Sie war die einzige Frau, die ihm fast den Verstand raubte.

»Du gehörst mir!« rief er heiser vor Lust und drang in sie ein. Maureens Widerstand schmolz dahin, leidenschaftlich nahm sie ihn in sich auf, und ihr Körper erbebte im gleichen Rhythmus, mit dem er sie nahm, bis sie eins wurden und die Süße des Höhepunktes sie überschwemmte.

Still lagen sie dann beieinander. Maureens Augen füllten sich mit Tränen.

»Oh, Gerard, ich liebe dich so sehr«, flüsterte sie. »Wenn ich nur wüßte, daß du glücklich sein wirst.«

»Wirklich glücklich kann ich nur mit dir sein, *mon amour*«, erwiderte er. »Du bist mein Leben. Ich brauche dich, ich begehre dich. Du bist für mich das Liebste auf der Welt.«

Fast scheu berührte Maureen sein dunkles feuchtes Haar.

»Ich habe Angst, Gerard. Wir haben deiner Mutter versprochen, daß wir uns nach vier Tagen trennen, aber . . . ich will nicht wieder weg von dir, ich kann es nicht . . . ich habe nicht die Kraft dazu!«

Gerard deckte sie mit der weichen Daunendecke zu und kuschelte sich an sie. Seine Wange berührte die ihre, die vom Weinen feucht war. Maureens Traurigkeit übertrug sich auf ihn. Er haßte den Gedanken an morgen, aber wie ein böser Geist schien er sich in der Dunkelheit des Zimmers auszubreiten. Maureens Schwäche zwang ihn zu überlegen. Es gab nur einen Weg zusammenzubleiben – Maureen mußte seine Geliebte werden. Aber das von ihr zu verlangen war aussichtslos. Schon einmal hatte er es versucht; damals – er erinnerte sich, als sei es gestern gewesen – hatte er sie damit in ihre Ehe gedrängt, und ihre Trennung war die Folge gewesen. Noch einmal wollte er das nicht riskieren.

Es war anzunehmen, daß Maureen in diesem Moment ihrer Schwäche zustimmen würde, aber was half das? Sie war nicht die Frau, die sich auf die Dauer damit zufrieden geben würde, ihn zu teilen – mit einer anderen Frau, mit Faustinas Kind. Was sollte er machen? Er konnte nicht zwei Familien haben. Schon jetzt war die Verantwortung zu groß, die er zu tragen hatte – gegenüber seiner Familie, seiner Mutter, seiner jungen Frau, zu schweigen von der Pflicht dem toten Vater gegenüber. Was blieb da noch übrig für Maureen? So gut wie nichts! Dabei war es sein innigster Wunsch, sich ihr ganz zu geben: sein Leben, seine Liebe, seine Kinder.

Wie gerne hätte er seine Gedanken Maureen mitgeteilt, aber als würde sie seine Absicht ahnen, sagte sie nun:

»Ich weiß, Liebster, daß wir nicht zusammen leben können.

Verzeih mir meine Schwäche. Es war dumm von mir. Ich muß mich zusammennehmen.«

»Hör auf, dir Vorwürfe zu machen!« rief Gerard« »Ich bin doch derjenige, der unser Leben ruiniert hat; niemals hätte ich Faustina heiraten dürfen! Ich hätte warten sollen, ich ...«

»Du mußt dir keine Sorgen machen um mich«, unterbrach ihn Maureen. Seine Ehe mit Faustina war eine unabänderliche Tatsache. Und jetzt, da seine Frau schwanger war, konnte sie auch nicht annuliert werden, selbst wenn alle Beteiligten es gewollt hätten. »Ich bin sehr reich«, fuhr Maureen fort. »Es wird mir an nichts fehlen. Und etwas habe ich ja von dir – das Kind, unsere Tochter Tamarisk. Sie ist dir so ähnlich. Mit ihr werde ich glücklich sein.«

Bei Maureens Worten empfand Gerard eine tiefe Sehnsucht nach seinem Kind, und nach kurzer Überlegung sagte er:

»Wir haben meiner Mutter geschworen, daß wir uns nach diesen vier Tagen trennen, aber was die Zukunft betrifft, Maureen – ich habe da eine Idee. Wir könnten uns einmal im Jahr sehen, eine Woche zusammen auf dem Meierhof verbringen. Wie findest du das? Ich könnte meine Tochter sehen und ... und wir hätten eine Woche für uns. Was hältst du von diesem Plan, Liebste? Glaubst du, das wäre möglich? Läßt sich dann nicht alles viel leichter ertragen?«

Maureen dachte über diesen Vorschlag nach. Ja, das war eine Möglichkeit. Für sie bedeutete das keine Schwierigkeiten. Sie hatte den Meierhof. Dort konnten sie mit Rose und Dickon leben, wie damals – für eine Woche. Wenn es Gerard tatsächlich möglich sein sollte, seine Familie für diese kurze Zeit zu verlassen und nach England zu kommen – kein Mensch würde ahnen, daß er ausgerechnet bei ihr war. Die Aussicht auf diese herrliche Zeit würde das tägliche Leben erleichtern.

»Oh, Gerard!« flüsterte sie. »Meinst du, das geht? Von mir aus schon. Ich bin ja frei und ungebunden, aber du?«

»Nichts würde mich davon abhalten!« erwiderte er. »Laß uns einen festen Tag ausmachen. Vielleicht im März? Die letzte Märzwoche, *mon petit écureuil?* Jedes Jahr, von jetzt an. Bis zu unserem Tod!«

»Jedes Jahr!« wiederholte Maureen und schloß die Augen, als sich sein Mund dem ihren näherte. »Jedes Jahr, meine einzige Liebe, bis zu unserem Tod!«

Es war diese Hoffnung, die es Maureen ermöglichte, sich

ihrem Liebsten frei und gelöst ein zweites Mal leidenschaftlich hinzugeben. Und es war so schön und intensiv wie nie zuvor. Als das erste Tageslicht zum Fenster hereinschlich, lag Maureen blaß und müde, mit dunklen Schatten unter den Augen, aber voll Glück und Zufriedenheit in Gerards Arme gekuschelt.

»Wie sollen wir nur den heutigen Tagesritt durchhalten, Liebster?« murmelte sie träge. »Wir sollten noch ein bißchen schlafen!«

»Weißt du, am liebsten würde ich dich auf mein Pferd nehmen und du müßtest mich von hinten umarmen, und ich würde deinen Körper an meinem spüren«, sagte Gerard und küßte sie zärtlich. »Ich glaube, daß sich noch niemals zwei Menschen so geliebt haben wie wir, Gerard«, sagte Maureen und hauchte mit weichen Lippen einen Kuß auf seine Schulter. »Wahrscheinlich wissen die wenigsten, wie schön das ist.«

In diesem Augenblick liebte Gerard sie mehr als je zuvor.

»Oh, Maureen, *comme je t'aime!*« sagte er lächelnd. »Ohne dich zu leben ist die Hölle. Ich weiß, es geht nicht anders, aber das Leben ist es nicht. Dein Gesicht wird mir immer gegenwärtig sein, ich werde deine Stimme hören, und wenn ich nachts meine Augen schließe, wirst du im Traum bei mir sein. So werde ich die Zeit verbringen, bis ich dich wiedersehe.«

»Meinetwegen mußt du versuchen, glücklich zu sein!« rief Maureen. »Wenn du leidest, leide ich mit dir. Du darfst nicht traurig sein. In Gedanken werden wir immer zusammen sein, mag auch das Meer oder sonst irgend etwas uns hindern, einander festzuhalten. Wir müssen lernen, so zu leben.«

Gerard zog sie an sich.

»Aber das ist nicht genug!« rief er. »Ich brauche dich nahe bei mir, Liebste. Oh, wie ich deine Kraft bewundere! Aber ein bißchen fürchte ich mich auch davor, denn ich bin längst nicht so stark wie du. Ich verfluche meine Pflichten, meinen Schwur – ich möchte nach England kommen, für dich arbeiten, kämpfen, stehlen – ich würde sogar morden für dich, Maureen. Und was kann ich wirklich tun? Dich verlassen! Das ist mehr, als ich ertragen kann!«

Da Gerard nun weinte, suchte Maureen nach Worten, die ihn trösten könnten.

»Liebster, ich gehöre dir bis in alle Ewigkeit. Ich werde nie einen anderen Mann lieben. Wenn du mich brauchst, werde ich kommen. Wir brauchen keinen Ehering – unsere Liebe bindet uns aneinander. Und selbst wenn ich dich niemals wiedersehen würde, niemals werde ich aufhören, dich zu lieben. Aber wir werden uns wiedersehen – jedes Jahr, das haben wir einander geschworen. Nur der Tod könnte mich davon abhalten.«

»Ich schwöre es wiederum«, murmelte Gerard und barg seinen Kopf schläfrig an ihrem Busen. Fast sofort war er eingeschlummert.

Maureen aber lag wach und dachte an die Zukunft. Schon bald mußten sie Abschied voneinander nehmen; es würde furchtbar sein. Ihre vorgetäuschte Stärke hatte Gerard über ihren Schmerz hinweggetäuscht. Aber sie würde bis zum letzten Augenblick die Stärkere sein müssen.

Marianne de Valle hatte recht. Gerard wäre niemals glücklich, würde er Frau und Kind verlassen. Seit seiner Kindheit und besonders nach dem Tod seines Vaters war er es gewöhnt, für seine Pflichterfüllung zu leben – er würde sich schämen, wenn er anders handeln würde.

Nur dieses Wissen und jenes, daß ihre Trennung nicht endgültig war, gaben Maureen die Kraft für das letzte Lebewohl. Sie war dankbar, daß ihr treu ergebener Freund Dickon neben ihr auf dem geschrubbten Deck der *Jeanne Marie* stand, die nun nach England auslief. Längst hatte sie Gerard aus den Augen verloren, aber sie war unfähig nach unten zu gehen. Sein letzter Kuß brannte auf ihren Lippen; sie betrachtete den Siegelring Gerards an dem Finger ihrer linken Hand – das Wappen der Familie de Valle. Vor Gott bist du meine Ehefrau – hatte Gerard gesagt und der Wind, der in ihren Haaren spielte, schien diese Worte immer und immer wieder zu wiederholen.

Umsonst versuchte Dickon sie dazu zu bringen, unter Deck zu gehen, denn es war kalt, und nur die Sterne leuchteten am dunklen Himmel. Unten tranken die Männer heißen Tee mit Rum, um sich zu wärmen. Maureen aber stand bewegungslos und starrte in die Dunkelheit. Besorgt blieb Dickon bei ihr, und etwas von ihrem Schmerz war auch in ihm.

Ganz still standen sie nebeneinander. Plötzlich wurde die Nacht von einem Kanonenschuß zerrissen. Der Luftdruck warf die beiden in das eisige Kanalwasser. Nach acht weiteren Salven fing die *Jeanne Marie* Feuer; Schmuggelware, Tote und Verwundete schwammen im kalten Wasser.

Maureen wurde bewußtlos. Nur mit Mühe hielt Dickon seine

junge Herrin über Wasser, um sie vor dem Ertrinken zu bewahren. Er schaffte es, sich an ein Stück des abgebrochenen Mastes zu klammern. Die *Jeanne Marie* sank nun schnell. Vom Schiff war keine Hilfe mehr zu erwarten. Mit einem Seil band Dickon Maureen am Mast fest, damit ihr Kopf über Wasser blieb. Mit unendlicher Anstrengung fischte er vorbeischwimmendes Treibholz auf und band es zu einer Art Floß zusammen. Darauf zerrte er Maureen mit letzter Kraft, kletterte neben sie. Dann brach auch er erschöpft zusammen.

Als Maureen aus ihrer Ohnmacht erwachte und erkannte, in welcher Gefahr sie sich beide befanden, bastelte sie aus Stofffetzen ein Segel. Verzweifelt versuchte sie, die Toten zu übersehen, die an ihnen vorbeitrieben. Mit starren Fingern angelte sie nach einer Flasche, die auf dem dunklen Wasser vorbeischwamm. Es war Brandy – Schmuggelware. Langsam flößte sie Dickon davon etwas ein, zwang ihn, die blauen Lippen zu öffnen. Hustend kam er wieder zu sich. Nun trank Maureen selbst einen Schluck und fühlte die angenehme Wärme, die fast sofort ihren unterkühlten Körper durchflutete. Erleichtert sah sie, daß Dickon seine Augen öffnete.

»Und was nun?« fragte sie ihn mit zitternder Stimme.

»Wir treiben von der französischen Küste ab«, murmelte Dickon. »Wir müssen Richtung England . . . vielleicht fischt uns ein Schiff auf.«

Sie saßen fröstelnd in ihren nassen Kleidern auf dem Floß. Es bestand kaum Hoffnung zu überleben. Beruhigt dachte Maureen daran, daß Gerard wenigstens in Sicherheit war. Er hatte ihr versprochen, sofort heimzureiten, wenn das Schiff den Hafen verlassen habe. So konnte er nichts von ihrem Unglück wissen. Dickon war der Meinung, es müsse ein britisches Kriegsschiff gewesen sein, das die *Jeanne Marie* angegriffen hatte. Sofern das stimmte, würden die Briten ihren Sieg stillschweigend genießen, das wußte Maureen. Bis die Franzosen das Fehlen ihres Schiffes bemerkten, wäre Gerard längst in Compiègne, und dort würde er von nichts erfahren.

Aber Maureen täuschte sich. Entgegen seinem Versprechen war Gerard nicht sofort losgeritten, sondern schmerzerfüllt in das nächste Wirtshaus eingekehrt. Er konnte und wollte nicht begreifen, daß seine Maureen mit diesem Schiff endgültig verschwand. Mit Cognac versuchte er, sich zu betäuben. Aber er war immer noch nüchtern, als am frühen Morgen ein Seemann in die Kneipe stürmte und mit der Nachricht, daß die *Jeanne Marie* gesunken sei, alle Anwesenden verblüffte.

Gerard sprang auf und zerrte an der Jacke des Matrosen. »Hat jemand überlebt? Habt ihr Leute gerettet?«

»Langsam, Mann!« sagte der Seemann und befreite sich aus Gerards klammerndem Griff. »Wären wir dageblieben, wären wir mit in die Luft geflogen. Das Schiff brannte lichterloh – da kam keiner mit dem Leben davon, das schwöre ich.«

Gerard spürte, wie ihm die Knie weich wurden, dann sackten ihm die Beine weg, und er fiel zu Boden. Die *Jeanne Marie* gesunken – keiner gerettet. Seine schönste, liebste Maureen – sie war tot.

Teil III
1803–1812

Neunundzwanzigstes Kapitel
1803–1804

»Meine liebste Maureen, du bist vor einer Woche dreiundzwanzig geworden! Glaubst du nicht, es wäre an der Zeit, mit deinem jetzigen Leben Schluß zu machen?«

Anne Pettigrew, nun verheiratete Lade, saß zu Maureens Füßen und sprach eindringlich auf ihre Freundin ein. Ihr blaues Kleid verbarg kaum, daß sie schwanger war. Sie hielt Maureens Hand in der ihren, und ihr hübsches kleines Gesicht war noch genauso unschuldig wie früher, obwohl es während ihrer Schwangerschaft voller und weiblicher geworden war.

Maureen verzog unwillig ihren Mund.

Anne seufzte. Es schien unmöglich, Maureen klarzumachen, welch schlechter Ruf ihr inzwischen anhaftete. Vor drei Jahren hatte der schreckliche Cousin des verstorbenen Lord Barre Maureen das Haus ihres Gatten angeboten, da er sich entschlossen hatte, London zu verlassen. Alle waren der Überzeugung gewesen, Maureen würde nach der langen Trauerzeit ihr früheres Leben wiederaufnehmen. Aber Maureen, die sich der Londoner Gesellschaft zwei Jahre lang ferngehalten hatte, führte nun ein Leben nach ihren eigenen Vorstellungen, ohne Rücksicht auf die üblichen Konventionen. Ruhelos gab sie sich Aufregendem, Neuem und vor allem den Männern hin.

Anne war inzwischen glücklich mit Percy Lade verheiratet. Keine Tür blieb dem beliebten Ehepaar verschlossen. Und Anne verteidigte ihre Freundin, wann immer es sich ergab, aber sie konnte den Klatsch nicht verhindern, in den Maureen hineingezogen wurde. Maureens nach den bestehenden gesellschaftlichen Regeln unentschuldbares Benehmen war den meisten zu extravagant und nicht akzeptabel. Anne wußte, daß dies nicht Maureens Absicht war: Es war die Folge ihrer unglücklichen Liebe, die sie zwang, sich an allen Männern zu rächen.

Als Maureen und Dickon damals aus dem Wasser gefischt worden waren, hatte sie sich auf den Meierhof in Sussex zurückgezogen. Anne hatte sie dort besucht, gesehen, wie ihre Freundin von Tag zu Tag aufgeregter Gerard erwartete. Aber dann verging der März, ohne daß dieser gekommen wäre, und

Maureen wurde sehr unglücklich. Anne war Zeuge ihres Leides, als endgültig feststand, daß Gerard seinen Schwur gebrochen hatte.

Aber Maureen gab nicht so leicht auf. Es schien ihr unmöglich, zu glauben, daß Gerard sie vergessen haben könnte. Am ersten April hielt sie es nicht mehr aus und entschloß sich, nach Frankreich zu reisen, um den wahren Grund herauszufinden, warum Gerard nicht gekommen war. Im Gegensatz zu Anne wußte Dickon, daß nichts und niemand sie von diesem Entschluß abbringen konnte. Nicht einmal der Gedanke, wieder über das Wasser fahren zu müssen, das ihr schon einmal fast den Tod gebracht hätte, schreckte sie.

Aber diese Reise fand dennoch nicht statt. Während der Vorbereitungen erhielt Maureen einen Brief von Clarissa, aus dem hervorging, daß der Marquis de Guéridon erst kürzlich Sir John besucht habe und Clarissa sich bei ihm nach der Familie de Valle erkundigt hatte. Gerards Frau hatte einen Knaben zur Welt gebracht. Er selbst war mit Moreau in Deutschland, um den Krieg mit Österreich vorzubereiten. Nach langem Zögern hatte Gerard sich der Armee Napoleons angeschlossen, da dies die beste Möglichkeit schien, die Familienbesitztümer zurückzugewinnen und vielleicht sogar den österreichischen Baron zu finden, der für den Tod und die Entehrung seines Vaters verantwortlich war. Nach Ansicht des Marquis konzentrierte sich Gerard nur noch auf die Zukunft seines Sohnes.

> Es tut mir in der Seele weh für dich, mein liebes
> Kind. Du mußt versuchen, ihn zu vergessen . . .

hatte Clarissa geschrieben.

Danach lag Maureen drei Tage im Bett. Ohne Tränen gab sie sich ihrem Schmerz hin, verweigerte jegliche Nahrung, und Anne fürchtete schon um ihr Leben. Zu ihrer Überraschung jedoch stand Maureen am vierten Tag auf, zog sich an und verkündete, daß sie sofort nach London zurückkehren wolle. Rose mußte packen, Dickon die Pferde reisefertig machen.

»Wir haben hier viel zu viele traurige und langweilige Tage verbracht«, begründete Maureen mit gefährlich fröhlicher Stimme ihren plötzlichen Entschluß. »Es wird Zeit, daß wir in die Stadt zurückkehren und versuchen, die verlorenen Wochen wieder aufzuholen!«

Annes Bruder James, der Maureen all die Jahre weiterhin treu ergeben gewesen war, fand sich auch damit ab, daß sie nun versuchte, sich ein künstliches Glück aufzubauen und Vergnügungen nachjagte, die ihr keine Zeit zum Nachdenken, keine Zeit für Erinnerungen ließen. Maureen war reich und konnte sich alles leisten. Champagner floß in Strömen, ihre Kleiderschränke quollen über; sie besaß die neuesten Sachen, frivol ausgeschnittene Kleider, extravagante Hüte. Sie kaufte sich sogar ein neues Pferd, auf dem sie in wildem Galopp durch den Park jagte, bei Tag oder Nacht, wie es ihr gerade einfiel. Und sie hatte sich einen Liebhaber genommen – einen jungen, blonden Husaren aus dem Regiment des Prinzen von Wales. Danach einen anderen und kurz darauf den nächsten. Sie spielte ein grausames Spiel mit den Männern. Erst verführte sie sie, und wenn sie sich dann hoffnungslos in sie verliebt hatten, lachte sie ihre Bewunderer aus und bat sie höhnisch, sie nicht weiter mit ihren langweiligen Aufmerksamkeiten zu belästigen. Es kam also nicht von ungefähr, daß man ihr den Spitznamen *Barre Diamant* gegeben hatte. Der Diamant ist der kostbarste, aber auch der härteste Stein.

»Paßt dieser Name nicht gut zu meiner Lady mit dem eiskalten Herzen?« fragte James sie sarkastisch.

Mehrfach hatte er ihr einen Antrag gemacht. Maureen lehnte jedesmal, nicht unfreundlich, aber bestimmt ab, mit der Erklärung, daß sie mit ihrem Witwendasein äußerst zufrieden sei und er sich eine passendere Frau suchen solle. Für Anne blieb es ein Rätsel, warum Maureen ihren Bruder James nicht wenigstens in die lange Reihe ihrer Liebhaber aufnahm, aber sie erklärte es sich damit, daß die Freundin trotz ihrer Bitterkeit einen so treuen und ergebenen Beschützer nicht verletzen wollte. Anne hatte James versprochen, für ihn ein paar gute Worte bei Maureen einzulegen.

Nun betrachtete sie die Freundin, endlich mit ihr allein, und seufzte. Maureen war schöner denn je zuvor, ihr Gesicht erblüht in dem Leben voll Liebe, Leid und Mutterschaft. Im Gegensatz zur jetzigen Mode, das Haar in einem Nackenknoten zu tragen, hatte sie ihres in einem kleinen Dutt hoch oben aufgesteckt; lange honigfarbene Locken fielen ihr in die Stirn und über die kleinen Ohren. Sie war schlank, ihre Brüste voll, die Taille schmal, die Hüften weiblich gerundet. Ihre grünen Augen leuchteten lebenshungrig, und nur manchmal erkannte man etwas von dem Schmerz und der Qual in ihrem schönen Gesicht.

»Maureen, bitte, sei für einen Moment ernst«, bat Anne sie nun. »Ich denke ja nicht nur an dich, sondern auch an deine Tochter. Tamarisk ist jetzt fünf. Bald alt genug, um durch den Klatsch, der ihr zu Ohren kommen wird, verletzt werden zu können.«

Ernst überschattete Maureens Gesicht für einen Augenblick, aber dann lachte sie und schüttelte den Kopf.

»Aber Anne, was willst du? Ist sie nicht die beste Freundin von Prinzessin Charlotte? Vielleicht wird Charlotte eines Tages Königin von England! Tamarisk befindet sich also in bester, hörst du, bester Gesellschaft!«

Anne schüttelte den Kopf.

»Auf die Freundschaft der königlichen Familie kann man sich nicht verlassen«, sagte sie nachdenklich. »Maureen! Ich möchte mit dir über deine Zukunft sprechen. Ich weiß, daß du nicht glücklich bist, auch wenn du es aller Welt weismachen willst. Du trauerst immer noch um Gerard, das weiß ich, das weiß auch James. Aber du mußt doch einsehen, daß du mit deinem jetzigen Lebensstil das Glück niemals erzwingen kannst. Warum heiratest du nicht James? Er liebt dich. Er macht sich nichts aus deinem schlechten Ruf, ja, er würde dir ermöglichen, den dir angemessenen Platz in der Gesellschaft wieder einzunehmen. Und er mag Tamarisk. Er wäre ihr ein guter Vater. Warum also nimmst du seinen Antrag nicht an?«

»Weil ich ihn nicht liebe – niemals lieben kann!« sagte Maureen heftig. Gleich darauf tat ihr die Freundin leid, und sie strich ihr über das Haar.

»Ich mag James, Anne, das weißt du ... und er liebt mich, ja, und das ist gewiß eine Ehre ... aber ich kann ihm nichts bieten – ich bin nichts!« rief sie in verzweifelter Selbstanklage. »In mir, in meinem Innersten ist nichts – kein Herz, kein Gefühl, keine Liebe. Ich bin leer. Ich esse, ich trinke, ich denke, aber ich tue alles nur mit meinem Kopf. Sie nennen mich den Diamanten ... ich bin nicht wirklich hartherzig, Anne. Ich bin ... ich habe ... Tatsache ist, daß ich gar kein Herz habe!«

Anne sprang auf und umarmte ihre Freundin.

»Aber das ist ja nicht wahr, Maureen. Wenn es so wäre, hättest du James längst geheiratet. Du willst ihn vor dir beschützen – also kann er dir nicht ganz gleichgültig sein. Und ihm genügt das. Das hat er geschworen. Auch Tante Clarrie ist meiner Meinung. Du solltest James heiraten, Maureen. Vielleicht bekommt Tamarisk dann einen Bruder oder eine Schwester. Sieh mal, es sind so viele Vorteile. Ich glaube einfach nicht, daß du mit deinem jetzigen Leben zufrieden bist!«

Sanft befreite sich Maureen aus den Armen der Freundin. Langsam ging sie durch das Zimmer zum Fenster und blickte auf den Garten, in dem sie mit Gilbert spazierengegangen war. Ihre Augen füllten sich mit Tränen. Wie froh war sie, daß er nicht mehr lebte, nicht mit ansehen mußte, was aus ihr geworden war. Gilbert hatte sie mit der ihm eigenen Selbstlosigkeit geliebt, nicht wie Gerard, dem seine Familie, seine Pflicht und die Ehre seines Vaters wichtiger waren als die Liebe.

Nachdem Gerard seinen Schwur gebrochen hatte und nicht zum vereinbarten Rendezvous erschienen war, nahm Maureen an, daß er einen triftigen Grund dafür gehabt haben mußte. Vielleicht glaubte er sie tot, oder er war krank – Hunderte von Entschuldigungen gingen ihr durch den Kopf, weil sie die Wahrheit nicht akzeptieren wollte. Aber Clarissas Brief hatte diese Illusionen zerstört.

»Ich möchte seinen Namen niemals mehr hören!« hatte sie zu Tante Clarrie gesagt, als sie nach London zurückkehrte. »Es ist ja nicht das erste Mal, daß Gerard wegläuft. Ich verachte ihn. Ich verachte alle Männer. Sie wissen nicht, was Liebe ist.« Aber sie mußte zugeben, daß dies nicht auf alle Männer zutraf. James war freundlich, tolerant, und er bewunderte sie. Er sah gut aus, und sie mochte seine blauen Augen. Tamarisk war ihm sehr zugetan. Immer wieder fragte sie, warum sie keinen Vater habe, der mit ihr spielte und schmuste.

»Ich werde mit James reden!« sagte Maureen zu Anne. »Ich glaube zwar immer noch nicht, daß es richtig wäre ihn zu heiraten – weder für ihn noch für mich –, aber ich werde es mit ihm besprechen. Bist du nun zufrieden, kleine Anne?«

Im Herbst 1804 heiratete Maureen James Pettigrew. Sie wurden in der Kirche von Buckinghamshire getraut, da seine Eltern für die weite Reise nach London zu alt waren. Anne hatte ihren zweiten Sohn Thomas auf die Welt gebracht. Tamarisk und Annes dreijährige Tochter Emma waren die Brautjungfern. In ihren veilchenblauen Kleidern sahen sie entzückend aus. Großzügig hatte der Prinz von Wales seine Tochter als Brautjungfer angeboten, aber der König hatte es untersagt. Details von Lady Barres frivolem Lebenswandel waren ihm zu Ohren gekommen, und so sah er keine Veranlassung, ihr einen Gefallen zu erweisen.

Es war eine stille Hochzeit. Natürlich war Sir John erschienen, und Maureen hatte durchgesetzt, daß auch Tante Clarrie als *alte Familienfreundin* dabeisein konnte.

Als das Brautpaar zur Kirche hereinkam, flüsterte Sir John seiner Geliebten zu: »Es wird alles gut werden. Bald wird sie einen Haufen Kinder haben, und das wird sie beschäftigen. Glaube mir nur, Clarrie, es wird eine gute Ehe!« Warum Clarissa gerade in diesem Augenblick bitterlich zu weinen anfing, konnte er beim besten Willen nicht verstehen.

Dreißigstes Kapitel 1804–1805

Maureen hatte keine Lust, in ihren Flitterwochen zu reisen, obwohl es allgemein üblich war. Ihrem Vorschlag, diese Zeit in Finchcocks, einem Queen-Anne-Haus nahe bei Kingston zu verbringen, stimmte James ohne zu zögern zu.

Die Abende dieses Septembers waren schon recht kühl, und in den Zimmern prasselten wärmende Feuer in den Kaminen. Durch die hohen Fenster des Salons stahlen sich die letzten Strahlen der herbstlichen Abendsonne und tauchten den Raum in goldenes Licht.

»Ich hoffe, es gefällt dir?« wandte sich Maureen lächelnd an James.

James nickte, aber er streifte die neue Einrichtung des Salons nur mit einem kurzen Blick, um seine Augen sofort wieder begehrlich auf seine junge Frau zu richten.

»Doch, es ist schön«, antwortete er. »Aber ich habe auch nichts anderes von dir erwartet.«

»Oh, James! Du darfst mir nicht so schmeicheln!« sagte Maureen und rückte unmerklich ab. »Ich werde ja noch ganz eingebildet, wenn du keinen Fehler an mir entdeckst. Komm, wir wollen hinaufgehen. In einer halben Stunde ist das Essen fertig, und wir müssen uns noch umziehen.«

James folgte ihr auf dem Fuß, als sie die hübsch geschwungene breite Treppe hinaufging. Maureen fühlte seine beobachtenden Blicke, die gierig jede ihrer Bewegungen verfolgten. Verzweifelt versuchte sie das aufkommende Gefühl der Furcht zu unterdrücken. Welch ein Unsinn, sich vor ihrer Hochzeitsnacht zu ängstigen, ermahnte sie sich. Schließlich war sie keine jungfräuliche Braut mehr, sondern eine erfahrene Frau. Sie kannte sich aus. Die Begierde der Männer, in welcher Form auch immer, war ihr keineswegs fremd. Trotzdem konnte sie nicht verhindern, daß sie sich vor dem Augenblick fürchtete, da James das Bett mit ihr teilen und ihren Körper besitzen würde.

Sie hatte viele Liebhaber gehabt. Amüsiert hatte sie sich verführen lassen, ihnen vorgegaukelt, daß sie unwiderstehlich seien, um sie dann mit einem gelangweilten kleinen Gähnen zu bedenken, wenn sie nach Anerkennung und Bewunderung lechzten. Mit James war das etwas anderes. Ihn durfte sie nicht verletzen. Er bewunderte sie, und sie war nun seine Frau. Diesmal mußte sie sich fügen. Maureen wußte, daß ihr dies wahrscheinlich mißlingen würde, denn ihr Herz und auch ihr Körper sehnten sich nur nach einem: den zärtlichen Berührungen Gerards, seinen weichen Lippen, seinen sanften Händen, seiner Liebe.

Gekränkt hatte James zur Kenntnis genommen, daß Maureens Arrangements zufolge zwei Schlafzimmer hergerichtet worden waren. Ungeduldig klopfte er nun an die Verbindungstür. Rose war ihrer Herrin behilflich, das weichfließende, tunikartige Kleid überzustreifen, das Maureen für diesen Abend ausgesucht hatte. Auf Maureens Aufforderung trat James ein.

»Ich bin sofort fertig«, sagte sie mit einem Lächeln und setzte sich vor den Spiegel, damit Rose das juwelenbesetzte Band in ihrem Haar befestigen konnte. »Wie elegant du aussiehst, James!«

Sein blasses Gesicht rötete sich vor Freude über dieses Kompliment.

Maureen stand auf und küßte ihn auf die Wange. Dann schob sie ihren Arm unter den seinen und sagte: »So, jetzt bin ich fertig. Wir können hinuntergehen.«

Zu jedem Gang des vorzüglichen Menüs wurde ein anderer köstlicher Wein serviert, dem James eifrig zusprach. Seine Wangen röteten sich, und infolge seiner zunehmenden Erregung, die sich von Glas zu Glas noch zu steigern schien, starrte er kichernd und unverhohlen begierig auf seine junge schöne Frau, die ihm im weichen Kerzenschein gegenübersaß. Jahre, endlose Jahre, so schien es ihm, hatte er sie leidenschaftlich geliebt, ohne je die Hoffnung zu hegen, sie eines Tages zu besitzen. Nun war sie seine Frau geworden, und James dachte voll Dankbarkeit an seine Schwester Anne, die ein gutes Wort für ihn eingelegt hatte. Wenn Maureen ihn jetzt auch noch nicht liebte – eines Tages würde sie es tun, dessen war er sich sicher. Und was ihre vielen Liebhaber betraf, nun, das waren Männer von fragwürdigem Charakter gewesen, die es auszunutzen verstanden hatten, daß sie eine reiche und einsame Witwe war; eine Frau, deren Verstand unglücklicherweise umnebelt war, seit dieser Mistkerl Gerard de Valle sie sitzengelassen hatte. James vergaß völlig, wie gern er den jungen Vicomte einmal gehabt hatte. Er war, so sagte er sich, wie wohl auch Maureen, auf einen verdammten Franzosen hereingefallen. Nun aber war Maureen seine Frau. Alles würde sich ändern. Mit seiner innigen, starken Liebe würde er die ihre erringen, daran bestand kein Zweifel für ihn.

Kaum hatte Rose Maureens Schlafzimmer verlassen, als er es betrat. Hastig entkleidete er sich, schlüpfte aus den türkischen Hausschuhen und kletterte ungeduldig in das große Bett. Schweigend zog er Maureen das Nachthemd über den Kopf und warf sich auf ihren nackten Körper.

»Endlich! Endlich!« murmelte er heiser und betrunken. »Ich dachte schon, die Zofe würde niemals gehen!«

Seine Gier, sie zu besitzen, stieß Maureen ab. Wäre er nur ein klein wenig überlegter vorgegangen und hätte seine sonst übliche Freundlichkeit gezeigt, vielleicht hätte er damit Maureens mütterliches Herz gerührt. Aber er schien wie verwandelt, nun, da ihm das Ziel seiner langjährigen Sehnsüchte ausgeliefert war.

»Oh, James! Willst du nicht wenigstens die Kerzen löschen!« bat Maureen ihn, denn der Anblick seiner feuchten Lippen, sein vom Wein gerötetes Gesicht ekelten sie, mehr noch, die Berührung seiner heißen Hände auf ihrer nackten Haut konnte sie kaum aushalten.

»Ach was, zum Teufel mit den Kerzen!« wies James sie zurecht. »Du hast doch wirklich keinen Grund, mir gegenüber die Bescheidene zu spielen, Süße!«

Diese Anspielung auf ihre Vergangenheit ließ Maureens Körper vollends erstarren. Oh, sie wußte genau, was er dachte. Eine erfahrene Frau wie sie sollte wohl Mittel und Wege kennen, ihm diese Hochzeitsnacht so erregend und einmalig zu gestalten, daß er sie niemals vergessen würde.

»James...« bat sie noch einmal. »James... laß uns doch nichts übereilen. Wir könnten doch erst ein bißchen miteinander reden.« Sie hoffte, daß sie während dieses kurzen Aufschubs in der Lage sein würde, ihre Abneigung zu überwinden, hoffte, daß der Wunsch, ihm Vergnügen zu bereiten, von ihr Besitz ergriffe.

»Reden?« rief er. »Warum sollten wir miteinander reden? Alles, was ich von dir hören möchte, sind drei Worte... ich liebe dich... Denn hör zu, ich liebe dich wahrhaftig, meine schönste Braut... Ich begehre dich, wie ich noch nie eine Frau begehrt habe... Und jetzt endlich... endlich gehörst du mir!«

Und mit diesen Worten drang er mit Gewalt in sie ein, und sein Lustschrei übertönte das leise Stöhnen Maureens, die mit geschlossenen Augen und zusammengebissenen Zähnen das über sich ergehen ließ, was für ihn den triumphalen Ritt zum Sieg bedeutete. Tränen rannen ihr über die Wangen, und sie schmeckte das Salz auf ihren Lippen. Als sein Körper endlich schlaff zur Seite rollte, wischte sie sie heimlich mit dem Handrücken ab. Aber James hatte sie beobachtet.

»Du weinst? Warum das? War ich etwa nicht gut? Sag mir, warum du weinst!«

»Aber ich weine doch gar nicht, James!« log Maureen mit zitternder Stimme. James aber berührte ihre tränenfeuchte Wange. »Du bist unglücklich!« rief er. Er stützte sich auf seine Ellbogen, um ihr besser ins Gesicht sehen zu können. »Während ich mich für den glücklichsten Mann auf der Welt hielt!« sagte er anklagend. »Habe ich dich etwa enttäuscht?«

»Nein, James, nein. Ich schwöre es!« Mühsam preßte Maureen diese Lüge hervor. »Sprich nicht weiter, bitte. Frauen sind... sie sind immer sentimental in ihrer Hochzeitsnacht... das ist alles. Ich schwöre es dir.«

»Du lügst!« sagte er gefährlich ruhig. »Es macht Frauen doch glücklich, wenn der Mann, den sie lieben, mit ihnen schläft. Und du weinst... du weinst, weil du mich nicht liebst!«

Verzweifelt suchte Maureen nach Worten, die ihn vom Gegenteil überzeugen würden.

»Ich hätte dich niemals geheiratet, wenn ich dich nicht lieben würde!« sagte sie. »Aber es war ein so langer und aufregender Tag ... ich bin einfach müde.« Sie beugte sich zu ihm hinüber und küßte ihn auf die Wange.

Mit einem unerwartet harten Griff hielt er sie am Arm fest. »Ist das etwa der Kuß einer Geliebten? Du vergißt wohl, daß ich dein Mann bin ... nicht dein Bruder. Küß mich noch einmal ... so ... so, wie du einst deinen Franzosen ... diesen Gerard geküßt hast.«

Als Maureen diesen Namen hörte, glaubte sie zu ersticken, es war, als setze ihr Herz aus. Hilflos starrte sie James an. Sah seine anklagenden, vorwurfsvollen Blicke, wußte, daß er Unmögliches von ihr verlangte.

»Du hast mir dein Wort gegeben, James, daß wir niemals über die Vergangenheit reden würden; daß du nicht mehr von mir verlangen würdest, als daß ich deine Frau werde«, sagte sie sehr leise.

»Ich konnte ja nicht ahnen, daß meine Aufmerksamkeiten als Ehemann damit belohnt würden, daß du dabei um deinen verlorenen Geliebten weinst, oder?« sagte James bitter und sah sie an. »*Du* hast die Vergangenheit wieder hervorgezerrt, nicht ich.«

»Aber James, du weißt doch, daß Liebe sich nicht erzwingen läßt!« protestierte Maureen. »Ich gebe zu, ich denke immer noch an Gerard. Aber davon wußtest du, als wir heute heirateten. Du mußt mir helfen ... dann werde ich ihn mit der Zeit vergessen. Was ich dir heute in der Kirche versprochen habe ... ich meinte es ehrlich. Ich will dir eine gute Frau sein, aber ... aber du darfst nicht mehr von mir verlangen als ich dir geben kann. Laß diese Eifersüchteleien in unserer Hochzeitsnacht. Ich bitte dich, James. Wir wollen versuchen, glücklich zu sein.«

»*Ich* war sehr glücklich«, betonte James. »Und *ich* habe nicht den geringsten Wunsch, an diesen Schuft erinnert zu werden. Ich hasse den Gedanken, daß die Erinnerung an ihn unsere Liebe überschattet. War er denn so gut im Bett – verdammt noch mal –, daß du ihn nicht vergessen kannst?«

Mit einer Handbewegung hinderte sie ihn daran weiterzusprechen. »Ich habe keine Lust, mich mit dir darüber zu unterhalten, James, und dann deine Eifersucht ertragen zu müssen«, sagte sie bestimmt. »Ich bin jetzt deine Frau, und wenn du mich so liebst, wie du es mir immer wieder versichert hast, dann schweige jetzt.«

Der Ausdruck seiner Augen, eben noch voll Eifersucht, veränderte sich langsam. Seine Verblüffung war ihm anzusehen. James wußte, daß sein Wutanfall im Gegensatz zu dem Versprechen stand, das er ihr gegeben hatte. Er hatte ihr versichert, ihre Liebe nicht zu verlangen. Er sah ein, daß es seine Schuld war, daß er verantwortlich war für die Verstimmung, die sich so schnell in ihre Beziehung geschlichen hatte. Was ihn aber am meisten verwirrte, war die Tatsache, daß sein Versagen nicht darin bestand, Maureen nicht zu verstehen. Er verstand sich selbst nicht! So sicher war er sich gewesen, die Vergangenheit vergessen zu können. Aber nun die grausame Entdeckung, daß er Maureen nicht wirklich besessen hatte! Nicht, daß sie sich gegen ihn gewehrt hätte, aber ihr Körper hatte seine Leidenschaft nicht erwidert. Die Vergangenheit stand zwischen ihnen, wie sollte er sie dann vergessen? Seine Eifersucht erschreckte ihn. Zu seinem Entsetzen verspürte er den Wunsch, Maureen zu verletzen, mit Worten, vielleicht sogar körperlich. Ihre ruhigen Worte hatten keinerlei Wirkung auf ihn. Sie hatten ihn nicht beruhigen können. Statt dessen empfand er eine fast perverse Lust, sie zu ärgern. Ihre Wut wäre immer noch leichter zu ertragen als ihre Logik.

Und doch, er liebte sie. Er bewunderte ihren starken Charakter, seit er sie kannte. Trotzdem sehnte er sich, sie zu unterdrücken, sie ihm gefügig zu machen. Gleichzeitig fürchtete er, daß es ihm nicht gelingen könnte.

Er hatte sich eingeredet, daß er als Ehemann das Recht besitzen würde, ihren Gehorsam zu verlangen. Aber er wußte auch, daß er ihre Liebe nicht erzwingen konnte.

»Sag mir, Maureen«, sagte er nun bittend, »sag mir, was kann ich tun, damit du mich liebst?«

»Oh, James! Ich liebe dich ja! Wirklich!« rief Maureen gerührt. Er war so jung, so verletzbar. »Habe nur ein wenig Geduld. Wir werden glücklich sein. Es ist die Zukunft, die zählt, James!«

Sie küßte ihn, so wie er wollte, daß sie ihn küsse, und fühlte, wie es ihn erregte: Er zog sie an sich. Diesmal löschte er die Kerzen. In der Dunkelheit fiel es Maureen leichter, eine Leidenschaft vorzutäuschen, die sie nicht empfand, nicht empfinden konnte. Es gelang ihr, James glücklich zu machen.

Später, als James in sein eigenes Schlafzimmer gegangen war, lag sie in dem zerwühlten Bett, unendlich erleichtert, endlich allein zu sein; aber es blieb die Furcht vor dem nächsten Mal. Vielleicht war es dann nicht mehr so leicht, ihn zu täuschen. Alle – ihr Vater, Clarissa, Anne – hatten sie gedrängt, James zu heiraten, obwohl sie ihn nicht liebte und ihn nie lieben würde. Maureen traf ihre Entscheidung unabhängig von der Stimme ihres Herzens, im festen Glauben, daß sie seine körperliche Nähe würde ertragen können. James war immer freundlich, einfallsreich, stetig in seiner Bewunderung für sie, der Flirt zwischen ihnen von fast geschwisterlicher Familiärität. Wie konnte sie ahnen, daß sich dahinter eine Leidenschaft solchen Ausmaßes verbarg!

Wahrheitsgemäß erklärte sie ihm, daß sie ihn nicht liebe.

»Das macht nichts«, meinte James. »Du kannst den Ehevertrag selbst aufsetzen, Maureen. Wenn du nur einverstanden bist, meine Frau zu werden – alles andere ist nicht so wichtig.«

Aber es war wichtig. Das hatte sich jetzt herausgestellt. Maureen lag wach und starrte in die Dunkelheit ihres Schlafzimmers. Wie dumm sie gewesen war! Sie verachtete sich. Bei keinem ihrer vielen Liebhaber hatte sie je so empfunden. Niemals hatte sie dieses Gefühl gehabt, etwas falsch zu machen. Die Männer, denen sie ihre Gunst geschenkt hatte, waren meist guter Herkunft, von beschränkter Intelligenz, egoistisch, gelegentlich jedoch amüsant und vor allem ausgezeichnete Liebhaber – aber sie hatte sie verachtet. Sie machten ihr den Hof, weil sie schön und berühmt war. Und sie hatte sie in ihr Bett gelassen, ohne je die Kontrolle über sie zu verlieren. Fast unbeteiligt und kühl hatte sie sich lieben lassen und damit ihre Liebhaber erniedrigt, was diese jedoch nicht zu stören, im Gegenteil, geradezu anzustacheln schien.

Ausgerechnet James nun ebenfalls zu erniedrigen, lag nicht in ihrer Absicht. Sie war sich so sicher gewesen, ihm die Liebe vorgaukeln zu können, die er verlangte. Aber sie liebte Gerard. James hatte sich nicht täuschen lassen. Er ahnte die Wahrheit, seine Beschuldigung war richtig.

Nun entdecken zu müssen, daß der Mann, den sie geheiratet hatte, leidenschaftlich und dazu noch grenzenlos eifersüchtig war, bedeutete für Maureen einen Schock. Damit hatte sie nicht gerechnet. Seit Jahren war Gerard zwischen ihr und James nicht erwähnt worden. James hatte niemals von ihm gesprochen, aber vergessen hatte er ihn nicht. Absichtlich hatte er sie in diesem Glauben gelassen. Natürlich war anzunehmen gewesen, daß

Anne ihrem Bruder von dieser Affäre erzählt hatte, aber die heutige Anspielung auf Gerard bewies, daß James zu eifersüchtig war, als daß er es jemals vergessen würde. Maureen fühlte sich hintergangen. Dazu kam, dachte sie unglücklich, daß James damit die Erinnerung wieder wach hatte werden lassen, die Erinnerung an Gerard, die sie so verzweifelt versucht hatte aus ihrem Gedächtnis zu verbannen. Mit geschlossenen Augen dachte Maureen nun an ihn, und die harte Schale, mit der sie ihr Herz umgeben hatte, zerkrümelte. Sie fühlte sich verloren und einsam.

Ja, sie liebte ihn immer noch. Sie würde ihn ewig lieben, gleichgültig, was passierte, gleichgültig, wie er sich ihr gegenüber verhielt. Was waren die letzten Jahre ohne ihn? Ihr Versuch, sich an all den anderen Männern zu rächen, war umsonst gewesen, einfach dumm. Der Schmerz war dadurch nicht geringer geworden. Endlich sah sie es ein. Endlich war sie bereit, sich mit der Wahrheit abzufinden.

Sie würde lernen müssen, damit zu leben; sie würde lernen müssen, den Mann zu akzeptieren, den sie geheiratet hatte. Leicht war es nicht. Ihre mißglückte Hochzeitsnacht war nur der Anfang gewesen. James war ihr Mann. Würde er das nötige Verständnis aufbringen für sie? Mit seiner Hilfe konnte es trotz allem eine gute Ehe werden.

Am nächsten Morgen war James wie immer: ruhig und verständnisvoll. Seine Erklärung, daß er sie niemals mehr auf Gerard ansprechen würde, schien ernstgemeint zu sein. Aber kaum befanden sie sich im Schlafzimmer, war es ihm unmöglich, sein Versprechen zu halten. Völlig von Sinnen versuchte er wieder und wieder, Maureen zu unterdrücken, indem er von ihrem Körper Besitz ergriff, um sie damit zu zwingen, ihm auch ihr Herz zu schenken. Maureens Beteuerungen, daß sie ihm alles gab, was ihr möglich war, konnten ihn nicht beruhigen.

»Wie kannst du einen Mann lieben, der dich auf so schnöde Weise sitzengelassen hat?« fragte James sie mit vor Eifersucht verzerrtem Gesicht. »Fühlst du dich denn nicht erniedrigt? Und ich, der Mann, der dich liebt, bin ich dir nichts wert?«

»Liebster James, du weißt doch, wie sehr ich dich schätze... wie sehr ich dich mag. Ist das nicht genug? Ich habe Gerard aus meinen Gedanken verbannt. Beweist das nicht meine Ergebenheit und meinen Wunsch, dich glücklich zu machen?«

Nein, für James bewies das nichts; die Monate vergingen,

und er wurde immer eifersüchtiger. Schweigend saß er dabei, wenn ein anderer Mann es wagte, mit Maureen zu sprechen.

Ab und zu seufzte er. Wenn Maureen ihn doch nur so lieben würde, wie er sie liebte – alles wäre gut und er der glücklichste Mann auf der Welt. Wie so oft in den vergangenen Monaten fragte er sich wieder einmal, ob ein Kind etwas ändern würde. Aber sie waren nun schon fast ein Jahr verheiratet, und nichts ließ darauf schließen, daß Maureen schwanger war. Irgendeinmal hatte sie ihm erklärt, wie schwierig die Geburt von Tamarisk gewesen sei, und daß eine neue Schwangerschaft sie das Leben kosten könne. Mißtreß Sale hatte sie eindringlich davor gewarnt. Trotzdem sehnte sich James nach einem Kind. Er war kein besonders väterlicher Typ, und der Grund war auch nicht, daß er sich einen Erben wünschte – aber er hoffte, Maureen damit enger an sich zu binden.

So sehr er seine junge Frau liebte, sein Zorn auf Gerard stand dem in nichts nach. Seine Schwester Anne hatte ihm damals von Maureens Abenteuern in Frankreich, von Gerards Heirat und der darauffolgenden Trennung erzählt, aber es hatte ihn nicht weiter berührt. Bis zu seiner Verheiratung. Er war davon überzeugt gewesen, daß Maureen, wenn sie erst einmal wieder klar denken konnte – und dafür hatte sie vier Jahre Zeit gehabt –, als seine Frau Gerard de Valle vergessen würde.

Sein Haß auf den Franzosen war so groß, daß ihm nicht einmal mehr auffiel, daß er es war, der ihn wieder und wieder zum Gesprächsthema machte, nicht etwa Maureen. Ihre Beziehung litt darunter.

Als im vergangenen Jahr der Krieg gegen Frankreich erneut ausgebrochen war, hatte er sogar mit der Idee gespielt, in die Armee einzutreten und zu kämpfen. Es gehörte zu seinen Lieblingsbeschäftigungen, sich vorzustellen, dabei plötzlich auf Gerard zu treffen, der zur Armee Napoleons gehörte, wie er wußte, und ihm im Zweikampf das Herz mit dem Degen zu durchbohren.

Aber so sehr dieser Wunsch von ihm Besitz ergriff – es schien ihm weitaus gefährlicher, Maureen allein zu lassen. Seitdem sie verheiratet waren, versuchte er immer in ihrer Nähe zu bleiben. Er führte weiterhin das gemütliche Leben eines Landedelmannes, spielte Karten oder Billard, amüsierte sich auf Dinnerparties oder trieb Sport. Besonders das Golfspiel hatte es ihm angetan. Aber Maureen ließ er nicht aus den Augen.

Seine besitzergreifende Liebe, seine Potenz gingen ihr fürchterlich auf die Nerven. Sie war sich endgültig im klaren darüber, daß ihre Ehe niemals glücklich sein würde. Annes Loyalität ihrem Bruder gegenüber verhinderte, daß sie mit ihr darüber sprechen konnte. Aber Clarissa gestand Maureen, wie unglücklich sie sei.

»Du mußt wissen, Tante Clarrie, es ist nicht so, daß James mir etwas verbietet!« sagte sie zu ihr. Sie saßen nachmittags zusammen im gemütlich warmen Salon des Orchid House. Der Januar des Jahres 1805 war besonders kalt. »Und trotzdem fühle ich mich wie eine Gefangene. Als ich ihm sagte, daß ich dich heute besuchen würde, hatte er nichts dagegen. Aber spätestens heute abend muß ich dafür büßen. Bei meiner Rückkehr quetscht er mich aus wie eine Zitrone. Er stellt keine direkten Fragen, nein, er fragt nach diesem und jenem. Mit unschuldiger Miene und einem Lächeln tut er so, als ob es ihn wirklich interessiere, dabei versucht er aber eigentlich, mich hereinzulegen.«

Bei diesen Worten fröstelte es Clarissa. Sie war nun dreiundfünfzig, noch etwas fülliger als vordem, mit ein paar Falten mehr im Gesicht und fast ergrautem Haar, aber sie war immer noch so sanft und freundlich wie es ihrer Natur entsprach. Maureens Unglück ging ihr nahe, denn sie liebte das Mädchen wie ihre eigene Tochter.

»Aber wie sprichst du denn, Kind!« sagte sie. »Wieso sollte James versuchen, dich hereinzulegen? Ich verstehe gar nicht, was du damit meinst!«

»Weil er mir nicht traut!« sagte Maureen traurig. »Seine Eifersucht grenzt an Irrsinn. Selbst jetzt, in diesem Augenblick, denkt er, daß ich einen unbekannten Bewunderer treffe. Wenn ich heimkomme, feuert er seine Fragen auf mich ab, eine nach der anderen, mit einer Schnelligkeit, daß ich mich sicher verhaspeln würde. Oder er wartet einen günstigen Augenblick ab, um mich ganz überraschend etwas zu fragen. Wäre ich nicht wirklich unschuldig, würde ich mich verraten. Ich bin die Angeklagte, aus der er ein Geständnis herauspressen will. Dabei geschieht das ganz ruhig, als hätten wir ein normales Gespräch miteinander.«

Maureen seufzte.

»Weißt du, Tante Clarrie, das Tragische dabei ist, er versucht, mich zu erwischen, obwohl er darunter leiden würde wie ein Hund. Er möchte, daß ich gestehe, obwohl ein solches Geständnis ihn dem Irrsinn nahe brächte.«

Ungläubig sah Clarissa sie an.

»Was du mir da erzählst – ich kann es fast nicht glauben. Es klingt so abscheulich, so gar nicht nach James. Hast du ihm einen Grund für sein Mißtrauen gegeben?«

Maureen lächelte traurig.

»Seit wir verheiratet sind, keinen – überhaupt keinen!« antwortete sie. »Aber James kennt meine Vergangenheit. Er kann noch weniger mit der Erinnerung an Gerard leben als ich.«

Nicht einmal Clarissa konnte sie anvertrauen, was sie empfand, wenn James an ihre Schlafzimmertür klopfte und sie wußte, daß sie wieder die liebende Gattin spielen mußte. Obwohl er protestierte, hatte sie darauf bestanden, ihr eigenes Schlafzimmer zu behalten. Sein Schnarchen verursache ihr Schlaflosigkeit, hatte sie ihm erklärt. Sich ihm aber zu verweigern, verbot ihr Gewissen. Wenn er sich näherte, ballte sie die Fäuste und biß die Zähne zusammen. Meist war es ein heftiger, aber kurzer Angriff, den sie schweigend über sich ergehen ließ. Fast noch mehr fürchtete sie seine selbstanklagenden Beteuerungen danach.

»Vergib mir, vergib mir!« rief er den Tränen nahe. »Ich liebe dich so sehr, Maureen. Sag, daß du mich auch liebst. Schwöre es! Schwöre, daß du mich nie verlassen wirst!« Selbstzerstörerisch fuhr er fort, sich zu quälen, bis sie vorgab, eingeschlafen zu sein. Erst dann kehrte er tief seufzend in sein eigenes Zimmer zurück.

James' Leid war ihr nicht gleichgültig. Sie fühlte sich dafür verantwortlich, aber es gab fast nichts, womit sie ihm hätte helfen können. Sie versuchte sich zu beherrschen und nicht in Zorn zu geraten, mochte er sie zur Rede stellen, sooft er wollte. Manchmal, gab sie Clarissa gegenüber zu, fühlte sie sich verleitet, dem armen James Grund für seine Verdächtigungen zu geben; nicht, weil sie ihm untreu sein wollte, einfach, damit seine Beschuldigungen zu Recht auf sie niederprasselten.

»Das beste wäre, er hätte eine Beschäftigung«, meinte Clarissa. Maureen nickte zustimmend.

»Ich glaube, ich habe Mr. Pitt gegenüber so etwas erwähnt, denn letzte Woche hat Lord Harrowby ihm eine Stellung angeboten. *Chargé des Affaires* in Wien. Ich habe ihn gebeten anzunehmen, sogar versprochen, ihn mit Tamarisk zu begleiten.

Aber James fürchtet momentan so eine gefährliche Reise. Wahrscheinlich wird er schon deshalb auf das Angebot verzichten.«

»Aber er könnte doch schon jetzt nach Wien reisen. Du und das Kind könnten nachkommen, wenn es ungefährlicher ist«, meinte Clarissa.

Maureen seufzte.

»Ach, Tante Clarrie, da kennst du James aber schlecht, wenn du glaubst, er würde mich allein lassen. Er wird keinesfalls nach Wien gehen, wenn ich ihn nicht begleite.«

Tröstend tätschelte Clarissa Maureens Arm.

»Überlaß das nur mir!« sagte sie. »Ich werde mit deinem Vater über diese Angelegenheit sprechen. Er hat großen Einfluß auf James. Vielleicht spricht er ein, zwei Worte mit ihm. Natürlich nur, wenn es dir recht ist?«

Maureens Gesicht rötete sich vor Aufregung.

»Was gibt es Neues von Vater? Ich habe ihn die letzten drei Wochen nicht gesehen. Geht es ihm gut?«

In Clarissas Gesicht trat ein zärtlicher Ausdruck, wie immer, wenn sie von Sir John sprach. Maureen beobachtete sie und hoffte – und es war nicht das erste Mal –, daß die kranke Lady Danesfield doch endlich sterben möge, damit ihr Vater Tante Clarrie heiraten konnte. Druscilla Danesfield hatte sich ganz aus dem gesellschaftlichen Leben zurückgezogen und lebte nun in Yorkshire. Ihre andauernde Krankheit bot ihr eine willkommene Entschuldigung, Sir John allein in London zurückzulassen, und er hatte nur allzu gerne ihrem Vorschlag zugestimmt, daß sie still und zurückgezogen im Norden leben wollte. Außerdem hatte er eingewilligt, daß seine älteste Tochter Prudence ins Kloster eintrat. Er war der Ansicht, daß auch Selina nach dem Tod ihrer Mutter, gleich ihrer Schwester, sich dem religiösen Leben widmen würde. In der Zwischenzeit begleitete sie ihre Mutter und leistete ihr Gesellschaft.

Sir John genoß die Abwesenheit seiner Familie und verbrachte die meiste Zeit mit Clarissa.

Clarissa liebte Maureen wirklich wie ihre eigene Tochter. Die Sorgen, die sie sich um das Mädchen machte, waren das Einzige, was die Zufriedenheit in ihrem Leben beeinträchtigte. Es tat ihr weh, mitansehen zu müssen, was aus Maureens Leben geworden war. Sie hatte gehofft, daß die Ehe mit James ihr wenigstens etwas Glück bescheren würde. Inzwischen wußte sie, daß es ein Fehler gewesen war, Maureen zu dieser Heirat zu uberreden. Erschreckt dachte sie daran, daß sie selbst das Mädchen ermutigt hatte, James zu heiraten, obwohl sie wußte, daß sie ihn nicht liebte, obwohl sie damit ihren Prinzipien untreu geworden war. Aber vor einem Jahr schien es ihr die beste Möglichkeit für Maureen. Liebe war nicht unbedingt Voraussetzung für eine glückliche Ehe. Lisa von Eburhard, Clarissas Freundin, war ebenfalls der Ansicht gewesen, daß Maureen mit dem jungen Pettigrew einen guten Fang gemacht hatte. Sogar Sir John schloß sich dieser Meinung an. Clarissa dagegen war schon vor der Hochzeit nicht überzeugt gewesen, geschweige denn jetzt, als Maureen sich mit ihr über ihr trostloses Ehedasein unterhielt.

»Möchtest du nicht bleiben? Dein Vater kommt bald,« fragte sie Maureen, als diese mit einem ängstlichen Blick auf die Zeiger der großen Uhr aufstand.

»Es tut mir so leid, aber es geht nicht«, antwortete Maureen. »Ich habe James versprochen, nicht später als um fünf daheim zu sein. Dickon wird fahren müssen wie der leibhaftige Teufel, damit ich es noch rechtzeitig schaffe. Würdest du bitte klingeln, Tante Clarrie?«

Der Besuch bei Clarissa hatte Maureen gutgetan. So war sie in der Lage, ruhig und gelassen die Fragen ihres Gatten zu beantworten und ihn spät abends noch in ihrem Schlafzimmer zu empfangen, wobei ihr das vorgetäuschte Vergnügen diesmal nicht soviel Mühe bereitete wie sonst.

Kommt Zeit, kommt Rat, dachte sie, als James erschöpft, aber zufrieden neben ihr lag. Ich muß es nur fertigbringen nicht an Gerard zu denken.

Kaum aber hatte James das Zimmer verlassen, und Maureen war sich ihrer Einsamkeit in dem großen Bett bewußt, kehrten ihre Gedanken wie von selbst zu dem Mann zurück, den sie wirklich liebte.

Einunddreißigstes Kapitel
1805

Tatsächlich gelang es Sir John, James zu überreden nach Wien zu gehen. Ausschlaggebend war das Argument, das Maureens Vater vorbrachte: Da James nicht in die Armee eingetreten war, könne er auf diese Weise wenigstens seinem Land als Diplomat dienen.

Der Umstand, daß Napoleons Armee wahrscheinlich angreifen würde, bedeutete einen weiteren Grund für seinen Entschluß, der ihn nun, da er sich einmal dazu durchgerungen hatte, geradezu enthusiastisch stimmte. Die Reise in ein neues Land schien nicht ohne Reiz.

James hätte die Abreise sogar beschleunigt, wenn es möglich gewesen wäre, Maureen mitzunehmen. Da dies aber nicht der Fall war, forderte er ihre ständigen Beteuerungen, daß sie ihm folgen würde, sobald die Reise keine Gefahr mehr darstellte. Die wiederholten Versprechen, die sie ihm hatte geben müssen, hatten Maureen zermürbt. Sie war bereit, sofort mit ihm abzureisen, allerdings ohne ihre Tochter Tamarisk, wenn James damit einverstanden gewesen wäre.

Aber so gerne er sie bei sich gehabt hätte, ihr Leben wollte er nicht aufs Spiel setzen. Er befahl ihr daheim zu bleiben, bis man mehr über Napoleons Absichten wußte. Daheim, damit meinte er Fichcocks, für Maureen aber bedeutete es Sussex. Seit dem Frühjahr 1800 war sie nicht mehr auf dem Meierhof gewesen, aus Furcht, die dortigen Erinnerungen würden ihren Schmerz erneut anfachen. Jetzt aber sehnte sie sich nach dem kleinen Haus und auch nach der Familie Sales. Tamarisk würde sie mit sich nehmen.

Die Reise nach Sussex aber fand nicht statt, denn eine Woche nach der Abreise ihres Gatten erhielt Maureen einen Brief von Marianne de Valle. Der Inhalt des Schreibens bewog Maureen, ihre eigenen Pläne über den Haufen zu werfen und den herbeigeklingelten Dickon zu informieren, daß sie spätestens in zwei Tagen nach Frankreich, nach Compiègne, zu reisen gedenke. Ohne daß man ihm etwas hätte sagen müssen, wußte Dickon, daß diese Reise mit dem Vicomte zu tun haben müsse.

»Die Vicomtesse ist todkrank!« sagte Maureen zu ihm. »Der Arzt meint, daß sie höchstens bis zum Ende des Jahres durchhält. Gerard ist nicht daheim. Er kämpft irgendwo in der französischen Armee, und es war der Vicomtesse unmöglich, ihn zu benachrichtigen. Von seiner Frau erwähnt sie nichts. Nur, daß sie sich sehr allein fühle und sich danach sehne, mich und die kleine Tamarisk zu sehen, bevor sie . . .«

Maureen unterbrach sich, denn ihre Augen füllten sich mit Tränen. Erst jetzt wurde ihr bewußt, daß die Vicomtesse erraten hatte, daß ihre kleine Tochter Tamarisk Gerards Kind war. Da ihr treuer Freund Dickon die Wahrheit kannte, gab sie ihm den Brief.

> Bevor ich sterbe, möchte ich mein einziges Enkelkind noch einmal in den Armen halten. Gerards Tochter zu sehen, würde mir den Tod erleichtern, denn er selbst kann nicht bei mir sein. Darum bitte ich Sie inständig, Maureen, kommen Sie mit ihr so schnell wie möglich nach Compiègne.
> Dank der Hilfe General Bonapartes habe ich Papiere für Sie und das Kind bekommen, die ich diesem Brief beilege. Solange Sie diese Papiere bei sich haben, können Sie ungefährdet durch Frankreich reisen. Ich bete, daß die Umstände Sie nicht davon abhalten werden, einer sterbenden Frau diesen Wunsch zu erfüllen.
>
> Ihre, Ihnen sehr
> zugeneigte Freundin
> Marianne
> Vicomtesse de Valle

»Sie erwähnt nicht, was für eine Krankheit sie hat«, sagte Maureen, als sie ihre Stimme wieder unter Kontrolle hatte. »Wir können nur hoffen, Dickon, daß sich die Ärzte irren und sie wieder gesund wird.«

Schon eine Woche später betrat Maureen das Schlafzimmer der Vicomtesse de Valle. Die einst so schöne Frau lag in dem großen Bett, alt und elend, und Maureen wußte, als sie sie sah, daß sie sterben würde. Marianne de Valle war bis auf die Knochen abgemagert. Nur ihre dunklen, großen Augen leuchteten unverändert, als Maureen sich über sie beugte, um sie zu umarmen.

»Mein liebes Kind!« flüsterte die Vicomtesse mit einem mühsamen Lächeln. »Ich wußte, daß Sie kommen würden.« Liebevoll sah sie Maureen an. »Sie haben ja schon einmal diese Reise mit Dickon gemacht, und das war im Krieg. Diesmal hatten Sie sogar die Erlaubnis Napoleons!«

Maureen nahm sich einen Stuhl und rückte ihn neben das Bett. Sie hielt die dünnen Hände der alten Dame in ihren eigenen warmen, als wolle sie damit etwas von ihrem Leben dem kranken Körper der Vicomtesse übermitteln.

»Ich wäre schon früher gekommen, wenn Sie mich dazu aufgefordert hätten«, sagte Maureen. »Jetzt bin ich hier, und ich bleibe, solange Sie es möchten.«

Wieder lächelte die Vicomtesse.

»Sie haben sich nicht verändert, Maureen, obwohl anzunehmen ist, daß die letzten Jahre nicht ganz einfach für sie waren, mein Kind.«

»Oh, nein, ich bin kein Kind mehr!« meinte Maureen. »Ich bin jetzt fünfundzwanzig, und meine Tochter wird bereits sieben!«

Glückliche Zufriedenheit huschte über das Gesicht der Vicomtesse.

»Ich muß sie mir nachher ansehen!« sagte sie. »Aber erst möchte ich mich mit Ihnen unterhalten. Als ich Sie das letzte Mal sah, trugen Sie Männerkleidung. Es ist kaum zu glauben, daß die elegante und wunderschöne Frau, die neben mir sitzt, die kleine Maureen sein soll.«

»Ich habe Ihnen etwas mitgebracht – es ist ein Schal aus Norwich. Er wird Sie warm halten, solange Sie im Bett liegen müssen!«

»Oh, wie lieb von Ihnen!« sagte die Vicomtesse, als Maureen ihr den weichen Schal um die Schultern legte.

Aus der Dunkelheit des Zimmers näherte sich langsam eine Nonne, die die Kopfkissen aufschüttelte und ihre Patientin vorsichtig aufrichtete.

»Das ist Schwester Marie Therèse, eine der beiden lieben Nonnen, die sich um mich kümmern!« erklärte die Vicomtesse.

Die kleine rundliche Person in ihrer weißen Schwesterntracht lächelte Maureen zu.

»Madame la Vicomtesse hat sehr ungeduldig Ihre Ankunft erwartet!« sagte sie leise. »Ich bin sehr glücklich für sie, daß Sie kommen konnten.«

»Und ich, daß Madame Sie hat!« antwortete Maureen.

Liebevoll betupfte die Nonne die Stirn ihrer Patientin mit einem Tuch, das sie in lavendelduftendes Wasser getaucht hatte. Dann zog sie sich unauffällig zurück.

»Nun sind wir allein«, sagte die Vicomtesse zu Maureen. »Setzen Sie sich zu mir, Liebes. Ich hoffe sehr, daß die letzten Jahre nicht allzu schlimm für Sie waren.«

Ohne Schwierigkeiten gelang es Maureen und der Vicomtesse, ihre vormals enge Beziehung wiederaufleben zu lassen, während Tamarisk mit Rose glücklich im Park des Schlosses spielte. Offen sprach Maureen von ihrer Liebe zu Gerard, dann von den Jahren, die sie verbracht hatte, um ihren Schmerz zu vergessen; und von ihrer Ehe mit James, die sich nun als großer Fehler herausstellte.

Schweigend hörte die Vicomtesse ihr zu, und ihre Augen waren voll Traurigkeit.

»Dann wissen Sie gar nicht, daß auch Gerard Sie immer noch liebt wie früher? Er glaubte Sie tot, Maureen, ertrunken, wie all die anderen von der *Jeanne Marie*. Ein Seemann, der den Untergang des Schiffes beobachtet hatte, erzählte ihm damals, daß es keine Überlebenden gegeben habe. Und auch ich wußte lange nichts von Ihrer Rettung. Erst ein Jahr danach besuchte mich der Marquis de Guéridon und erzählte mir alles. Gerard war zu diesem Zeitpunkt bereits wieder in die Armee eingetreten.«

Maureen sprang auf und bedeckte ihre roten Wangen mit den Händen.

»Dann weiß Gerard bis heute nicht, daß ich lebe?« fragte sie atemlos, als sie die volle Bedeutung dessen begriff, was die Vicomtesse ihr erzählte.

Die alte Dame nickte. Außer sich vor Freude warf sich Maureen auf die Knie und küßte die Hände der Vicomtesse.

»Sie haben mich zur glücklichsten Frau der Welt gemacht«, rief sie. »Ich glaubte, Gerard habe mich vergessen. Ich hatte ja keine Ahnung, daß er mich tot glaubte, daß er darum sein Versprechen nicht gehalten hat – sein Besuch mußte ihm sinnlos erscheinen. Oh, wenn ich das gewußt hätte ...«

»... Sie hätten mehr an ihn glauben müssen, mein Kind«, unterbrach die Vicomtesse sie sanft. »Gerard hätte Sie nie ohne Erklärung verlassen, das hätten Sie doch wissen müssen.«

»Aber ... aber er war doch Vater geworden! Und ich dachte ...«

»Das Kind – es war ein Junge – starb schon einige Wochen nach der Geburt. Es war zu früh zur Welt gekommen, sein Überleben von Anfang an in Frage gestellt. Und die arme kleine Faustina ... es war zuviel für sie. Sie erholte sich zwar mit der Zeit, aber der Tod ihres Kindes war ein derartiger Schock für sie, daß ihr Geist verwirrt blieb. Sie weinte unaufhörlich, wollte ihre Eltern sehen, und Gerard durfte sich ihr nicht mehr nähern. Sie können sich vorstellen, wie sehr ihn das verletzte. Erst hatte Gerard Sie verloren, dann seinen Sohn. Faustina gab ihm alle Schuld. Er war sehr verzweifelt.«

»Wie grausam, ihm die Schuld zuzuschieben!« rief Maureen empört. »Als sie heiratete, mußte sie doch gewußt haben, daß zu einer glücklichen Ehe auch Kinder gehören.«

Die Vicomtesse seufzte.

»Ich fürchte, Faustina hatte keine Ahnung von dem, was auf sie zukam; von einer Ehe schlechthin. Sie war völlig unaufgeklärt. Gerard tat alles, um sie zu erfreuen. Wir beide glaubten, daß es ihr die Zeit der Schwangerschaft erleichtern würde, wenn sie sich vor der bevorstehenden Geburt nicht fürchten müßte. Wir versicherten ihr immer wieder, daß die Schmerzen, die sie dabei erleiden würde, keinesfalls unerträglich seien; daß sie sich ein oder zwei Monate nach der Geburt des Kindes wieder erholen würde. Aber wir haben nicht bedacht, daß Faustina niemals zuvor irgendwelche Schmerzen erlitten hatte. Mit falscher Fürsorge hatten ihre Eltern alles von ihr ferngehalten, was sie hätte beunruhigen können. Faustina war absolut unvorbereitet auf ein Leben außerhalb ihres Zuhauses. Es waren nicht einmal die Schmerzen an sich, sondern ihre Angst davor, die ihren Verstand verwirrte.«

»Und ...« fragte Maureen leise, »und was ist aus ihr geworden?«

»Sie lebt bei den Nonnen im Kloster von St. Germaine in Compiègne und ist dort verhältnismäßig glücklich. Am Anfang habe ich sie dort besucht, sonntags, wenn ich zur Messe ging, aber sie war wie ein verstörtes Kind. Vor mir hatte sie keine Angst ... aber davor, daß ich Gerard mitbringen würde, daß wir sie zwingen würden, wieder ins Schloß zurückzukehren. Ich habe sie dann nicht mehr besucht.«

Ernst sah sie Maureen an.

»Ich werde bald sterben!« sagte sie. »Ich weiß nicht, wieviel Zeit ich noch habe. Deshalb habe ich an Faustinas Eltern geschrieben. Da Gerard nicht hier ist, würde ihre Tochter in Kürze niemanden mehr haben, der sich um sie kümmern könnte, und es wäre das beste, sie würden sie nach Hause holen. Keiner weiß, wann Gerard heimkehren wird – wenn er noch lebt.« Sie preßte Maureens Hand. »Ich glaube, daß er lebt!« sagte sie. »Und bevor ich sterbe, werde ich ihn noch einmal sehen. Ich bete zu Gott, daß es so kommt ... weil ... ich muß ihn noch um Verzeihung bitten ... und auch Sie, Maureen.«

Maureen verstand nicht, was die alte Dame meinte.

»Verzeihung? Weswegen? Ich verstehe Sie nicht.«

»Oh, Maureen. Als er letztes Jahr heimkam, auf Urlaub, da wußte ich, daß Sie leben! Aber ich habe es ihm nicht erzählt. Er glaubte Sie tot, und es war mir, als hätte er sich endlich damit abgefunden, ein Leben ohne Sie zu führen. Jemand hatte mir erzählt, daß Sie inzwischen einen Engländer geheiratet hatten, und ich nahm an, daß auch Sie ein neues Leben begonnen hatten. Ohne Gerard. Das beste schien mir zu schweigen, die Dinge nicht noch mehr zu komplizieren. Denn ich wußte, Gerard wäre sofort nach England gereist, wenn ich ihm etwas gesagt hätte. Ich habe sehr viel darüber nachgedacht. Heute weiß ich, daß *ich* es nicht hätte entscheiden dürfen. Vergeben Sie mir, Maureen?«

Maureen zögerte nur einen kurzen Augenblick. Gerard liebte sie, aber seine Mutter hatte ihn daran gehindert, zu ihr zu reisen, indem sie ihm die Wahrheit vorenthalten hatte. Das waren die Tatsachen. Und doch – tief in ihrem Innersten wußte Maureen, daß die Entscheidung der Vicomtesse richtig gewesen war. Ihre Ehe mit James war schon schwierig genug, die schwere Erinnerung an Gerard ständiger Anlaß für James, sie zu verletzen. Wäre Gerard wirklich aufgetaucht, wer weiß, was dann Schreckliches passiert wäre. James hätte womöglich ein Duell vorgeschlagen, einer der beiden wäre getötet worden ... Und sie selbst? Sie wußte, sie wäre nicht stark genug gewesen, bei James zu bleiben, wenn Gerard zurückgekommen wäre.

Zart küßte sie die eingefallenen Wangen der Vicomtesse.

»Sie haben richtig gehandelt!« sagte sie. »Vielleicht will es das Schicksal, daß Gerard und ich niemals zusammen glücklich werden.«

Die Vicomtesse schloß die Augen.

»Wer kennt schon Gottes Wege?« murmelte sie. Nach einer kurzen Pause fügte sie hinzu: »Aber Sie haben Ihr Kind, Maureen, und das ist sehr viel. Wie geht es Ihrer kleinen Tochter?«

Maureen lächelte.

»Sie werden sie sehen. Tamarisk wartet schon ungeduldig darauf, Sie besuchen zu dürfen. Als sie geboren wurde, war sie Gerard wie aus dem Gesicht geschnitten. Ich hatte gehofft, es würde so bleiben. Aber mit der Zeit wurde sie mir immer ähnlicher. Dickon hat mir erzählt, daß ich in dem Alter genauso aussah wie sie. Vielleicht ist es ganz gut, daß sie nicht als Gerards Ebenbild durch die Welt läuft.«

Die Vicomtesse lächelte nun auch.

»Gerard hätte sich gewünscht, daß sie Ihnen ähnlich sehe«, sagte sie. »Was mich betrifft ... sie ist mein Enkelkind, und dafür liebe ich sie. Wenn ich mich ausgeruht habe, möchte ich sie gerne sehen.«

Noch an diesem Abend besuchte Tamarisk die alte Dame. Sie knickste artig und küßte die Hände der Vicomtesse. Kaum hatte diese ihr Enkelkind gesehen, sagte sie leise, damit Tamarisk sie nicht hören konnte: »Oh, bin ich glücklich. Sehen Sie denn nicht ... sie sieht aus wie mein geliebter Antoine ... die Farbe des Haares, die Bewegungen, das feine Gesicht ... genau wie mein verstorbener Mann. Oh, Maureen, nun kann ich in Frieden sterben. Gott hat mir Tamarisk geschickt, damit ich mein Leiden leichter ertragen kann.«

Es war das erste Mal, daß die Vicomtesse zugab, Schmerzen zu haben. Ihr Arzt kam sie hin und wieder besuchen und versorgte sie mit Medizin. Aber auch diese konnten die fürchterlichen Schmerzen nicht lindern, die sie für einige Stunden am Tag plagten. Nur Tamarisk gelang es, die Vicomtesse davon abzulenken und sie aufzuheitern.

Da sie nicht wußte, wie krank die alte Dame war, spielte das Kind in ihrem Zimmer, schnatterte glücklich und ohne Scheu darauflos, sang sogar auf Wunsch ein kleines Liedchen oder tanzte nach einer Melodie, die gerade in ihrem Köpfchen herumspukte. Dieserart unterhielt sie die kranke Dame, bis diese nach Maureen oder Schwester Marie Therèse klingelte, weil sie müde war.

Aus den Tagen wurden Wochen, und Maureen weilte immer noch in Compiègne. Zunehmend fiel es ihr schwerer, nicht an ihren Gatten James zu denken. Ihr Gewissen ließ ihr keine Ruhe. Ohne ihm Mitteilung von dieser Reise zu machen, war sie nach Frankreich aufgebrochen. Nicht, daß sie die Absicht gehabt hatte, ihn zu hintergehen, aber sie wußte, daß er niemals ihren Wunsch, mit der Vicomtesse zusammenzusein, verstanden hätte. Vielleicht hätte er sogar angenommen, sie habe ihn nur deshalb ermutigt nach Wien zu gehen, um nach Frankreich reisen zu können und Gerard zu suchen. Er war fähig, sich derartiges einzubilden, und es hätte ihn sicher davon abgehalten, seine neue Aufgabe als Diplomat wahrzunehmen. Vielleicht hatte James ihr inzwischen sogar geschrieben, daß sie nachkommen solle, und wartete bereits auf ihre Ankunft. Sie wußte es nicht, da sie auf dem Schloß keine Nachrichten aus England erhielt.

Ohne triftigen Grund mochte sie die Vicomtesse nicht allein lassen. Und die Möglichkeit, daß Gerard heimkehren würde, bestand außerdem. Sein oberster Vorgesetzter war benachrichtigt worden, Gerard ohne Aufschub sofort nach Hause zu schikken. Bisher war allerdings keine Antwort eingetroffen.

Manchmal fragte Tamarisk nach James und wann sie nach Österreich reisen würden, um ihn zu sehen. Ansonsten war das Kind glücklich und zufrieden in Compiègne und der Vicomtesse sehr zugetan.

»Ich möchte so gern, daß sie wieder gesund wird, Mama«, sagte sie eines Tages zu Maureen. »Aber sie hat mir gesagt, daß Gott möchte, daß sie mit ihm lebt. Ich glaube nicht, daß ich Gott sehr mag!«

Tränen waren in ihren schönen Augen, und Maureen zog das Kind an sich.

»Ich bin überzeugt davon, daß die Vicomtesse sehr glücklich ist, mit Gott zu leben. Du und ich, wir reisen bald ab, zu Papa, und dann wäre sie ganz allein, weißt du.«

»Hat die Vicomtesse denn nicht selber ein kleines Mädchen, das ihr Gesellschaft leisten könnte? Oder einen kleinen Jungen?« fragte Tamarisk.

Maureen fühlte einen Stich in ihrem Herzen. Noch nie hatte sie Gerards Namen vor seiner Tochter erwähnt, und nur zögernd sprach sie weiter.

»Die Vicomtesse hatte einen kleinen Jungen. Er heißt Gerard. Jetzt ist er erwachsen und kämpft im Krieg.«

»Oh, Mama, erzähl mir mehr von ihm!« bat Tamarisk. »Hat er hier gelebt? Gehörte ihm das Schaukelpferd? Und das Portrait im Salon, ist das er? Wann kommt er nach Hause?«

»Ich weiß es nicht!« flüsterte Maureen. »Bald, hoffe ich!«

Ihre Stimme bebte, und sie konnte nicht weitersprechen. Tamarisk war intelligent und sensibel. Wahrscheinlich würde sie am Klang ihrer Stimme bemerken, daß Gerard ihr sehr nahestand. Und da sie wie alle kleinen Mädchen ein loses Mundwerk hatte, was würde sie James erzählen?

Maureen hatte nicht vor, aus ihrer Reise vor James ein Geheimnis zu machen. Sie würde ihm davon erzählen, wenn sie ihn in Wien traf. Dann gehörte es bereits der Vergangenheit an. Die menschlichen Gründe, die sie dazu veranlaßt hatten, mußten auch James einleuchten. Und wenn nicht? Maureen war darauf vorbereitet, seinem eventuellen Ärger zu begegnen. Sie hatte schließlich kein Verbrechen begangen. Keiner konnte sie dafür verdammen, daß sie eine alte aristokratische Dame besucht hatte, die im Sterben lag, und deren Wunsch es gewesen war, sie zu sehen.

Maureen war davon überzeugt, daß einzig der Gedanke, ihren Sohn vor ihrem Tod noch einmal zu sehen, Marianne de Valle am Leben hielt.

Maureen verschob ihre Abreise um eine weitere Woche. Es war jetzt September. Jules überraschte mit der Neuigkeit, daß die französische Armee von der Küste abgezogen worden war. Als Maureen davon erfuhr, waren ihre Gefühle gemischter Natur. Einerseits freute sie sich darüber, daß damit für ihre Landsleute die Gefahr vorüber schien, andererseits war sie traurig. Nun hatte sie keinen Grund mehr, ihre Abreise aufzuschieben. Die Reise nach Wien war jetzt ungefährlich, und James würde sie sicherlich schon ungeduldig erwarten. Maureens Unruhe teilte sich der Vicomtesse mit; außerdem bemerkte sie die tiefen Augenringe, die auf schlaflose Nächte schließen ließen.

»Mein liebes Kind«, sagte sie deshalb zu Maureen. »Ich weiß, daß Sie unglücklich sind. Helfen kann ich Ihnen aber nur, wenn ich den Grund dafür kenne. Wollen Sie ihn mir nicht sagen?«

Maureen nahm die Hand der alten Dame und preßte sie an ihre Wange.

»Für mein Problem gibt es keine Lösung, Madame. Ich möchte so gerne hier bei Ihnen bleiben, aber ... jeden Tag, den ich meine Abreise verschiebe, plagt mich mein Gewissen mehr. Ich habe James geschworen, ihm nach Wien zu folgen, sobald die Reise ungefährlich sei – ja, nur aufgrund dieses Versprechens hat er die Stellung in Wien überhaupt angenommen. Aber ich gestehe, es fällt mir unglaublich schwer, Sie und Compiègne zu verlassen.«

Die Vicomtesse strich ihr sanft über das glänzende, honigfarbene Haar.

»Mein Rat ist unnötig, denn aus Ihren Worten ersehe ich, daß Sie sich bereits entschieden haben – für Ihre Pflicht!« sagte sie. »Wir müssen Abschied nehmen voneinander, aber das darf Sie nicht traurig stimmen. Sie und Ihre kleine Tochter Tamarisk, mein Enkelkind, haben mir durch Ihr Hiersein eine so große Freude bereitet. Sie ist ein schönes, entzückendes Mädchen. Ich werde weder sie noch Sie, Maureen, je vergessen. Ich liebe Sie, als wären Sie meine *belle-fille,* meine wirkliche Schwiegertochter. Ich bewundere und respektiere Ihren Mut, und ich liebe Sie für die Liebe, die Sie für meinen Sohn empfinden. Es bedeutet eine große Beruhigung für mich, daß es nach meinem Tod eine Frau gibt, die ohne zu zögern ihr Leben für ihn aufs Spiel setzen würde. Aber Sie dürfen deswegen niemals Ihre Ehre vergessen, Maureen. Sie sind zwar nicht katholisch, wie ich es bin, aber ich bin überzeugt, daß auch Sie daran glauben, daß ein Schwur vor Gott niemals gebrochen werden darf. Verstehen Sie mich, Maureen? Unter keinen Umständen dürfen Sie zulassen, daß Gerard sich von der kleinen Faustina scheiden läßt oder sich gar von ihm überreden lassen, James seinetwegen zu verlassen. Gerard ist um vieles schwächer als Sie. Vielleicht kommt sogar einmal der Augenblick, in dem die Ehre der de Valles in *Ihren* Händen liegt.«

Maureen war den Tränen nahe.

»Ich verstehe, was Sie meinen. Was immer Sie von mir wünschen, ich werde es tun. Aber meine Liebe zu Gerard werde ich niemals aufgeben.«

Auf der Stirn der Vicomtesse sammelten sich kleine Schweißperlen, und ein neuer Schmerzanfall war zu befürchten. Maureen begab sich auf die Suche nach Schwester Marie Therèse, damit diese sich um die Patientin kümmere.

Maureens Aufbruch stand bevor. Sie überreichte Jules eine größere Summe Geldes, obwohl die Vicomtesse ihr versichert hatte, daß sie dank Faustinas Mitgift keines brauche. Mit Tränen in den Augen sagte ihr der alte Diener zu, auf die Vicomtesse aufzupassen, sie zu bewachen und das Schloß in Ordnung zu halten. Falls Gerard nicht rechtzeitig genug heimkehren würde, so versprach er, solle Maureens Geld für ein angemessenes Begräbnis verwendet werden.

Dickon fuhr langsam die Auffahrt hinunter. Als sie das schmiedeeiserne Tor hinter sich hatten, fingen Rose und Tamarisk an bitterlich zu weinen. Maureen saß schweren Herzens bei ihnen, unfähig, ihren Schmerz und ihre Sorgen in Tränen umzuwandeln.

Sie wußte, daß sie Marianne de Valle zum letzten Mal gesehen hatte.

Zweiunddreißigstes Kapitel
1805

Nach ihrer Rückkehr fand Maureen einen Brief von James vor, des Inhalts, daß er befürchte, der Krieg zwischen Österreich und Frankreich stünde kurz bevor, und er bitte sie, schnell nach Wien zu kommen, wobei es ihm ratsam erschien, Tamarisk nicht mitzubringen.

> ... Ohne Zweifel kann ich für deine Sicherheit sorgen, aber nach reiflicher Überlegung halte ich es für nicht empfehlenswert, das Kind bei uns zu haben. Ich weiß, wie schwer es dir fällt, dich von Tamarisk zu trennen, aber es ist in ihrem Interesse. Ich sehne mich nach dir. Wien ist eine wunderschöne Stadt, die dir gefallen wird. Trotzdem ich bis über den Kopf mit Arbeit eingedeckt bin, vermisse ich dich und deine Gesellschaft. Ich erwarte ungeduldig deine Ankunft.
> Geliebte, komm schnell ...

Der Brief endete mit der Bitte, ihm sein Gewehr mitzubringen, da die Jagd im Wienerwald mit zum Schönsten gehöre.

Fast zur gleichen Zeit erreichte Maureen ein zweiter Brief, eine Einladung für Tamarisk, die nächste Zeit bei Prinzessin Charlotte im *Warwick House* zu verbringen. Anscheinend hatte die kleine Prinzessin ihren Wunsch endlich beim König durchgesetzt. Maureen wußte, daß sie sich somit um Tamarisk keine Sorgen zu machen brauchte. Rose würde ihre kleine Tochter ins *Warwick House* begleiten.

Rose und Dickon waren fest entschlossen, eines Tages zu heiraten, aber der richtige Augenblick schien bis jetzt noch nicht gekommen zu sein, da Dickons Treue Maureen gegenüber es verhinderte, daß er diese sehr persönliche Angelegenheit regelte. Für ihn stand fest, daß er Maureen nach Wien begleiten würde. Selbst wenn sie ihm befohlen hätte, in England zu bleiben, er hätte nicht gehorcht, so ergeben war er seiner Herrin.

»Ich gehe dahin, wo auch du hingehst!« sagte er einfach. »Die österreichischen Franzosen sind bestimmt nicht besser oder schlechter als die französischen Franzosen.«

Tamarisk, die seine Bemerkung gehört hatte, klatschte in die Hände und lachte.

»Aber Dickon!« sagte sie. »Du sprichst ja so, als ob du die Franzosen nicht mögen würdest. Dabei hast du selbst mir erzählt, wie gern du den alten Jules hast. Und du weißt sehr genau, daß Rose und ich keine ruhige Minute hätten, wenn wir nicht wüßten, daß du Mama nach Wien begleitest!«

Als Maureen und Dickon nach der langen Reise, die ohne Zwischenfälle verlaufen war, in Wien ankamen, richtete sogar James ein paar dankbare Worte an Dickon.

»Ich wußte meine Frau in sicherer Obhut, da du sie begleitet hast.« Allerdings gestand er Maureen, als er ihr in ihr Zimmer folgte, zwischendurch des öfteren bedauert zu haben, daß er ihr geraten hatte, so schnell wie möglich nach Wien zu kommen.

»Gerüchte sind im Umlauf, daß die französischen Armeen sich Ulm nähern. Die Preußen sind überredet worden, ihre Neutralität aufzugeben. Die österreichische Armee unter General Mack verteidigt Ulm. Man kann nur hoffen, daß die Preußen rechtzeitig genug dort ankommen, denn wenn Mack unterliegen sollte ...«

Aber der Anblick seiner Frau, die trotz der erschöpfenden Reise wunderschön war, ließ James den Krieg schnell vergessen. »Du kannst mich gar nicht so sehr vermißt haben, wie ich dich vermißt habe!« sagte James erregt. »Wie oft habe ich daran gedacht, daß ich verrückt gewesen sein muß, dich in England allein zurückzulassen.«

Maureen erwiderte seinen Kuß, entschlossen, sein herzliches Willkommen keinesfalls zu untergraben.

»Ich habe dir so viel zu erzählen«, sagte sie, als sie sich vor den Spiegel des Schminktischchens setzte, um ihr Haar zu kämmen. »Aber das hat Zeit. Erst möchte ich das wunderschöne Haus anschauen, das du für mich gefunden hast.«

James hatte sich alle Mühe gegeben. Das im gotischen Stil erbaute Palais lag in der ruhigen, schattigen Lienzer Straße und war mit schweren, dunklen, geschnitzten Möbeln eingerichtet. Maureen unterdrückte ihr Mißfallen, da James ängstlich auf ihre Bewunderung hoffte, und lobte ihn, ein so passendes Domizil für sie beide gefunden zu haben.

»Ich nehme an, daß es dein Beruf mit sich bringt, daß wir viele Gäste haben werden. Es ist schön, daß das Haus groß genug dafür ist. Erzähl mir etwas von deiner Arbeit, James. Ist sie interessant? Hast du viele neue Freunde?«

James verspürte keine Lust, über seine Arbeit zu sprechen. Erst einmal sollte Maureen ausschließlich ihm gehören, mindestens eine Woche lang, erklärte er ihr. Sie hatten sich so lange nicht gesehen.

»Dann kannst du mir Wien zeigen!« stimmte Maureen zu.

James war derart guter Laune, daß Maureen meinte, der Augenblick sei günstig, ihm so ganz nebenbei von ihrem Besuch in Frankreich zu berichten. James hörte schweigend zu, ohne sie zu unterbrechen. Maureen erzählte ihm von der schweren Krankheit der Vicomtesse und von dem Brief, in dem sie sie gebeten hatte, sie vor ihrem Tod noch einmal zu besuchen.

»Ich hatte keine Ahnung, daß sie dich so gerne mag! Von dir zu verlangen, in diesen gefährlichen Zeiten zu reisen!« sagte James und starrte Maureen über den Eßtisch hinweg an.

»Sie hat es nicht verlangt, James«, antwortete Maureen und überhörte geflissentlich den Vorwurf in seiner Stimme. »Sie stirbt. Du weißt, Sterbende haben oft die merkwürdigsten Wünsche. Nein, sie hat es nicht verlangt, aber mich inständig darum gebeten, und ich hatte das Gefühl, daß ich ihr diesen Wunsch erfüllen müßte. Außerdem … es war nicht gefährlich. Die Vicomtesse hatte Papiere für uns besorgt.«

»Für uns?« fragte James gedehnt und stocherte mißmutig in seinem Essen. »Willst du damit sagen, daß du Tamarisk mitgenommen hast?«

Maureen wurde das Herz schwer. Wieder einmal wurde ihr bewußt, daß sie nun, da sie mit James verheiratet war, gezwungen war, Rechenschaft über ihre Unternehmungen abzulegen. Mit Mühe unterdrückte sie die in ihr aufkommende Wut und sprach ruhig weiter, erklärte geduldig, daß die Vicomtesse

Kinder über alles liebe, daß sie, Maureen, gedacht habe, für Tamarisk sei es eine nützliche Erfahrung, in ein fremdes Land zu reisen und dort ihr Französisch zu verbessern.

Schweigend beendete James sein Essen, wartete, bis abgeräumt worden war und entließ die Diener.

»Ich glaube zwar nicht, daß sie Englisch sprechen«, sagte er zu Maureen, »aber vielleicht verstehen sie doch das eine oder andere Wort. Es ist besser, wir besprechen unsere Privatangelegenheiten nicht in ihrer Gegenwart. Aber was ich dich fragen wollte ... warum hast du mir nichts von deiner Reise nach Frankreich geschrieben? Ich glaubte dich in Sussex!«

»Oh, James!« protestierte Maureen, da sie seinen beschuldigenden Ton nicht ertragen konnte. »Es war mir klar, daß mein Besuch in Compiègne dich mißtrauisch machen würde ... daß du glauben würdest, es ginge um Gerard de Valle. Das beste schien mir zu warten, bis ich dich sehe, damit ich dir alles erklären kann. Glaube mir, ich wollte dir vor allem unnötige Sorgen ersparen.«

Ihre Rücksichtnahme auf seine Gefühle versöhnten James. Er stand auf und kam um den Tisch herum. Dann stellte er sich hinter sie und küßte sie aufs Haar. »Es war ganz richtig so!« sagte er und legte seine Hände auf ihre Schultern. »Ich wäre vielleicht eifersüchtig gewesen. Laß uns nicht mehr davon sprechen. Habe ich dir schon gesagt, wie wunderschön du bist? Das Grün deines Kleides paßt genau zu deinen Augen. Meine süße, meine unwiderstehliche Maureen.«

Ohne Widerspruch ließ sie sich von ihm nach oben führen. Sein Verlangen, sie zu besitzen, war so groß, daß er sie gerne selbst entkleidet hätte, aber Gretchen, die Zofe, wartete bereits mit roten Wangen und einem Lächeln, ihrer neuen Herrin behilflich zu sein.

Gezwungenermaßen zog sich James in sein Zimmer zurück, kaum noch in der Lage, seine Ungeduld zu bezähmen.

Maureen war nach der wochenlangen Reise erschöpft und sehnte sich nur nach einem: nach Schlaf. Im Gegensatz zu ihrem Gatten verspürte sie keinerlei Verlangen danach, sich mit ihm zu vereinigen. Aber sie wußte, daß sie erst dann Ruhe finden würde, wenn James ihren Körper besessen hatte, und so erwartete sie resigniert sein Kommen.

Unbeteiligt, als sei sie nicht sie selbst, beobachtete sie die Gier, mit der James sie nach der langen Trennung nahm. Glücklicherweise war er so sehr in sein eigenes Verlangen verstrickt, daß er von ihr nicht mehr forderte als ihren Willen, ihn zu befriedigen. Es brauchte kaum mehr als ein paar geflüsterte Worte, die Liebkosung seines heißen Gesichtes und die Beteuerung, wie froh sie war, ihn wiederzusehen; zufrieden rollte er seinen schweren Körper von dem ihren herunter.

Was hier geschah, hatte nichts mit Maureens Sehnsucht nach Gerards Nähe, seinem Körper zu tun; nichts mit ihren Gefühlen, die sie für den Vicomte aufbewahrte. Während James von ihrem Körper Besitz ergriff, dachte sie auch nicht an ihre verlorene Liebe, einzig daran, daß ihr Gatte möglichst schnell seinen Höhepunkt erreichen sollte, damit sie wieder sich selbst gehörte. Sie hatte Mitleid mit James, denn nur sie wußte, wieviel sie ihm wirklich vorenthielt.

James war glücklich und zufrieden. Maureens Schönheit erfüllte ihn mit berechtigtem Besitzerstolz und, bei Hof schon etabliert, wollte er sie möglichst schnell vorführen. Die Einwohner Wiens schienen sich kaum um den Krieg zu kümmern: Im Freihaus-Theater herrschte reger Besucherandrang, die *Zauberflöte* wurde aufgeführt; die Gärten und Parkanlagen waren überfüllt von Spaziergängern; im Gasthaus *Zum weißen Schwan* trank man ein Gläschen Wein oder eine Tasse duftenden Kaffees in einem der herrlichen Kaffeehäuser. Am Eingang der Spanischen Hofreitschule drängten sich die Leute, um die berühmten Lippizaner zu bewundern.

Maureen verbrachte soviel Zeit als möglich außer Haus, nachdem sie sich überzeugt hatte, daß das Personal auch ohne sie zu Rande kam. Zusammen mit Dickon erforschte sie Wien, wie es ihr Herr Mehler, ihr früherer Klavierlehrer, einst geschildert hatte. Ausführlich berichtete sie ihm in einem langen Brief von den Konzerten, die sie besuchte. James war völlig mit Arbeit eingedeckt, so daß er nicht, wie er es vorgehabt hatte, eine Woche freinehmen konnte. Maureen blieb sich selbst überlassen, und sie genoß es. Einen ganzen Tag verbrachte sie im Stephansdom, der sie sehr beeindruckte, ein anderes Mal besuchte sie die Peterskirche, in der, welch glücklicher Zufall, der Chor gerade das Benedictus sang. Maureen wünschte, daß nicht nur Herr Mehler, sondern auch Clarissa diese Freuden mit ihr zusammen genießen hätte können. Aus einem inneren Drang heraus kniete sie vor der Madonna nieder und flüsterte ein Gebet für die Vicomtesse und eines für Gerard.

Trotz des kalten Wetters ließ sie sich von Dickon rund um die alten Stadtmauern fahren, bis hinaus nach Schönbrunn. Und sie besuchten den Prater, den Hirschgarten; es waren angenehme Tage für Maureen in Wien.

Dreiunddreißigstes Kapitel
1805

Die nächsten vierzehn Tage vergingen wie im Flug. Dann überraschte James Maureen mit einer Einladung, von der er geradezu stolz berichtete. Baron Stern erwartete sie in seinem Palais zu einer Dinnerparty.

»Du erinnerst dich vielleicht an ihn. Ich habe ihn dir letzte Woche vorgestellt. Der Baron legt großen Wert darauf, uns bei sich zu sehen; vor allen Dingen dich, natürlich«, fügte er ein wenig eifersüchtig hinzu. »Ich hoffe, du hast keine anderen Pläne, Liebste, und wir können zusagen. Eine nicht unwichtige Persönlichkeit, der Baron. Vielleicht könnte er für mich von Nutzen sein. Er hat großen Einfluß auf den Kaiser.«

Maureen freute sich auf diesen Abend besonders, weil, wie James ihr erzählte, der Baron ein leidenschaftlicher Kartenspieler war. Höchstwahrscheinlich ergab sich endlich wieder einmal die Gelegenheit für sie, Pharo zu spielen, was sie seit einem Jahr nicht mehr getan hatte, da James dieses Spiel nicht mochte.

Natürlich erinnerte sie sich an Baron Stern: einen grauhaarigen österreichischen Aristokraten mit kleinen, aber wachen braunen Augen; ein besonders höflicher und geistreicher Mann, der mit einer molligen, fast unscheinbaren Frau verheiratet war, die aber den typischen Wiener Charme ausstrahlte. Das Ehepaar gehörte zu den engen Freunden des Kaisers und der Kaiserin. Eine Einladung, so erklärte James ihr stolz, bedeutete eine große Ehre, und Maureen nahm sich vor, sich von ihrer besten Seite zu zeigen.

Das tiefausgeschnittene, weißsilberne Kleid, mit reicher Stickerei verziert, das sie für diesen Anlaß wählte, war beeindruckend.

»Du siehst bezaubernd aus«, sagte James bewundernd, als sie die Treppe herunterkam. »Heute abend werden mich alle beneiden.«

Maureen lächelte.

»Es freut mich, daß ich dir gefalle, James!« sagte sie und nahm die langen weißen Handschuhe, die Gretchen ihr reichte. »Und sieh nur, wie hübsch deine Geschenke dazu passen!« Sie berührte die schweren silbernen Ohrgehänge und den entzückenden kleinen Fächer. »Beides ist wie gemacht für dieses Kleid.«

Gretchen gab ihr nun noch das Abendtäschchen, das sehr schwer zu sein schien, wie James bemerkte. Erstaunt fragte er, was Maureen denn da mit sich herumtrage.

»Goldstücke natürlich!« erwiderte Maureen lachend. »Falls ich heute abend wirklich die Gelegenheit haben sollte, Karten zu spielen – ich muß doch für meine Verluste aufkommen.«

James irritierte das. Er war ein sehr vermögender Mann, und die finanzielle Unabhängigkeit seiner Frau war ihm unangenehm. Unter der Anleitung ihres Vaters hatte Maureen sehr schnell gelernt, die Erbschaft, die Gilbert Barre ihr hinterlassen hatte, zu verwalten. Zu dem Zeitpunkt, als James sie heiratete, kannte sie sich in Finanzdingen so gut aus, daß sie ohne die Beratung ihres Mannes auskam, was ihn verärgerte. Sein Stolz verbot ihm, ihr Vermögen dem seinen zuzuordnen, wie es sein Recht gewesen wäre. Mit der Zeit, so hoffte er, würde sie ihn von selbst dazu auffordern, ihre Finanzen zu regeln, wie es auch in anderen Ehen üblich war. Aber bis jetzt deutete nichts darauf hin, daß Maureen gewillt war, ihre Unabhängigkeit diese Dinge betreffend aufzugeben.

Aber sein Ärger war nur von kurzer Dauer, denn die Schönheit seiner Frau an diesem Abend war überwältigend. Sie erregte ihn über alle Maßen, und wären sie nicht eingeladen gewesen ... Aber die Kutsche wartete bereits.

Die Sterns lebten in einem wunderschönen Barock-Palais in der Rothenturmstraße, nahe dem Stephansdom; James und Maureen kamen erst an, als alle anderen Gäste bereits anwesend waren. Dickon hatte sich verfahren.

Fast sofort wurde zum Essen gebeten, und es blieb ihnen keine Zeit, sich mit den anderen Gästen bekannt zu machen. Die Speisenfolge war erlesen und typisch wienerisch: Fischsuppe, gebratenes Wild, Gans mit warmem Kraut und duftenden Knödeln.

Gleich nach dem Essen, das mehrere Stunden in Anspruch genommen hatte, eilte James an Maureens Seite. Die bewundernden Blicke, mit denen seine schöne junge Frau bedacht wurde, erregten seine Aufmerksamkeit, und eifersüchtig, wie er war, entschloß er sich, sie nicht aus den Augen zu lassen. Maureen dagegen hatte gar nicht die Absicht zu flirten, weil sie bemerkte, daß der Baron bereits mehrere Herren ins Spielzimmer bat. James forderte er ebenfalls auf, an einer Partie Pharo teilzunehmen.

»Ich spiele fast nie Karten!« erwiderte James und fügte dann zu Maureens Freude hinzu: »Aber meine Frau spielt sehr gerne. Es würde ihr sicher Vergnügen bereiten ... aber ich warne Sie ... sie ist keine ungefährliche Gegnerin.«

Baron Stern verbeugte sich höflich.

»Wenn es der Wunsch von Madame ist, warum nicht?« sagte er freundlich, obwohl er keineswegs die Absicht gehabt hatte, Damen beim Spiel zuzulassen. Er war ein fanatischer Kartenspieler, der diesem Zeitvertreib mit ernster Hingabe frönte. Außerdem hatte er gerade heute abend einen Gast, der um hohe Einsätze zu spielen pflegte, wie der Baron wußte. Er kannte zwar diesen Herrn nicht näher, wußte aber, daß er extrem vermögend sei: Baron von Gottfried. Es war also vorauszusehen, daß es ein spannendes Spiel werden würde.

Dennoch fühlte sich Baron Stern außerstande, Maureen ihren Wunsch abzuschlagen. Ganz Wien sprach von der berückenden Schönheit der jungen Engländerin, und es waren bereits Rivalitäten entstanden, wer die Gunst genießen würde, sie als Gast begrüßen zu dürfen. Baron Stern und seine Gemahlin waren überaus glücklich, daß Maureen heute abend bei ihnen weilte.

Galant nahm der Baron Maureens Arm und führte sie in das Spielzimmer. Die Herren erhoben sich, als der Baron sie vorstellte. Das Spiel hatte noch nicht begonnen. Maureen versuchte sich zu erinnern, wo sie den Namen Gottfried schon einmal gehört hatte, und plötzlich fiel es ihr ein. Erst vor wenigen Wochen hatte die Vicomtesse diesen Namen im Zusammenhang mit dem Tod von Gerards Vater erwähnt: das war der Mann, der Antoine de Valle auf dem Gewissen hatte! Obwohl der Baron älter geworden war, erkannte Maureen ihn nun, sich an die Beschreibung der Vicomtesse erinnernd.

Ihre Wangen röteten sich vor Aufregung. Der Baron erklärte es sich damit, daß sie sich wohl bewußt geworden war, die einzige Dame im Zimmer zu sein. Baron Gottfried hatte sich bei Tisch genauestens informiert. Er wußte deshalb, daß es sich bei James um einen sehr vermögenden englischen Aristokraten handelte, dessen Frau ebenfalls sehr reich war, da ihr erster Mann ihr eine großzügige Erbschaft hinterlassen hatte. Als er dies in Erfahrung gebracht hatte, nahm sich Baron von Gottfried vor, James beim Kartenspiel eine größere Summe abzuknöpfen. Er mußte lächeln. Mit Maureen würde ihm das noch leichter gelingen; Frauen hatten keinen Kartenverstand, das wußte er aus Erfahrung. Aufmerksam beobachtete er sie. Dumm war diese elegante Engländerin nicht, stellte er fest. Trotzdem, ihr typisch weibliches Benehmen voll Koketterie, als das grüne Tuch aufgelegt wurde und ihr gegenüber ein junger Captain Platz nahm ... – es sollte nicht zu schwer sein, sie um eine größere Summe zu erleichtern.

Innerlich rieb er sich die Hände. Das nannte er einen glücklichen Zufall. Hoffentlich würde es nicht zu lange dauern, bis ihm die Aufgabe zufiel, die Karten zu mischen und auszuteilen: er war sehr geschickt darin und wußte genau, wie er es machen mußte, damit er gewann. Außerdem hoffte er, Maureen werde nicht aufgeben, auch wenn sie verlor, was für ihn außer Frage stand. Sicherlich würde dann dieser Dummkopf von Ehemann, der sie so offensichtlich bewunderte, den Haufen Goldstücke, den sie vor sich liegen hatte, ersetzen.

Seine Geistesgegenwart und seine Menschenkenntnis hatten den Baron den größten Teil seines Lebens recht gut ernährt. Sein Vater hatte ihm riesige Güter, aber so gut wie kein Geld hinterlassen, was ihn dazu brachte, ohne allzu schlechtes Gewissen das Leben eines Spitzbuben zu führen. Viele Möglichkeiten des Geldverdienens boten sich ihm nicht. Die Unsummen, die er brauchte, um sein Schloß und seine Ländereien zu finanzieren, waren nicht so leicht zu beschaffen. Darum reiste er in Europa umher, wobei er die Länder vermied, die gerade in den Krieg verwickelt waren, und verdiente sein Geld als Falschspieler. Nur einmal wäre er fast erwischt worden, aber damals war er klug genug gewesen, die Schuld auf einen anderen abzuwälzen. Das dann stattfindende Duell hatte den Tod irgendeines französischen Vicomtes zur Folge gehabt, und er hatte das Land so schnell wie möglich verlassen, in der Gewißheit, daß mit der Zeit Gras über diese Geschichte wachsen würde.

Bis vor kurzem hatte er es nicht gewagt, seinen guten Ruf in

Österreich zu riskieren, aber akuter Geldmangel bewog ihn nun, bei den Reichsten der Wiener Gesellschaft ab und zu ein Spielchen zu wagen, in der Annahme, daß dies ziemlich ungefährlich war. Er war lange nicht in der Hauptstadt gewesen, aber dank seines Ansehens unter seinen Landsleuten bedeutete es keine Schwierigkeiten, den richtigen Leuten die entsprechenden Einladungen abzujagen. Baron Stern zählte zu seinen jüngsten Bekanntschaften, und es schien ihm, daß sie sich als äußerst gewinnbringend herausstellen würde.

Maureen interessierte der junge, eifrige Captain, der ihr gegenüber saß, nicht im geringsten, aber um den Baron zu täuschen, gab sie sich weibchenhaft und kokett. Es bestand kein Zweifel für sie, daß es sich um den Mann handelte, den die Vicomtesse ihr beschrieben hatte.

»Sie waren schon in England, Sir, nicht wahr?« wandte sie sich lächelnd an den Baron. »Wie hat Ihnen unser Land gefallen? Und in Frankreich waren Sie auch schon? Wie interessant! War das vor der Revolution?«

Ohne zu zögern nannte er ihr das Jahr – 1782. Seitdem war er nicht mehr nach Paris zurückgekehrt.

Maureens Herzklopfen verstärkte sich, je mehr Einzelheiten sie erfuhr, die zu dem Bild jenes Mannes paßten, den Gerard finden wollte. Ihre Wangen röteten sich vor Aufregung. Absichtlich verlor sie Spiel um Spiel.

»Oh, wie dumm von mir! Jetzt habe ich schon wieder verloren«, sagte sie und kicherte.

Die anwesenden Herren gerieten in Verlegenheit, mit Ausnahme des Barons von Gottfried. James, der hinter ihrem Stuhl stand, um das Spiel zu beobachten, drängte zum Aufbruch. Auch Baron Stern, dem Gastgeber, wäre es lieb gewesen, sie hätte das Spiel aufgegeben. Aber Maureen lächelte unschuldig in die Runde.

»Aber es macht mir nichts aus, zu verlieren!« rief sie. »Vielleicht habe ich doch noch Glück. Und wenn nicht? . . . Sagt man nicht: Pech beim Spiel, Glück in der Liebe?«

Das Spiel ging weiter. Maureen gewann zwei Runden. Kindisch klatschte sie in die Hände.

»Habe ich es nicht gesagt? Das Blatt hat sich gewendet! Dann kann ich auch mehr riskieren, nicht wahr, James?«

Unruhig entfernte sich James vom Spieltisch. Was war los mit Maureen? Er kannte sie kaum wieder: so kindisch, so dumm, wie eine Anfängerin benahm sie sich, dabei wußte er doch, daß sie eine überlegte und gewitzte Spielerin war.

Baron von Gottfried war sich seiner Sache äußerst sicher. Er wartete einen günstigen Augenblick ab und bat den Gastgeber um Übertragung der Aufgabe, die Karten mischen und austeilen zu dürfen, was ihm erlaubt wurde.

Damit hatte er erreicht, was er wollte. Nun kam es darauf an! Er kannte als einziger die Reihenfolge der Karten, auf die die einzelnen Spieler setzten, wenn sie aufgedeckt wurden. Er war ein Experte. Allerdings hatte seine Fingerfertigkeit mit dem Alter nachgelassen, da ihn die Gicht plagte.

»Wie Sie wollen, Madame«, erwiderte er nun auf Maureens Wunsch, die Einsätze zu erhöhen. »Jedoch ...« In gutgespieltem väterlichen Ton fügte er die Warnung hinzu, nicht allzu viel zu riskieren.

»Aber, aber ...« protestierte Maureen kichernd. »Wer mehr riskiert, hat auch mehr Spaß, oder nicht, Baron? Ich bin mutig ... fünfzig Goldstücke ... die setze ich auf einmal!«

Der Baron hüstelte. Verdammt, er hatte keine Chance, die nächste Karte in der Hand zu verbergen, denn dieses dumme Weib beobachtete ihn über ihren Fächer hinweg, als hinge ihr Leben von seinen Bewegungen ab.

Maureens Spieleifer wirkte ansteckend. Der junge Captain, Baron Stern und sogar der spanische Edelmann, der es bisher unter seiner Würde gehalten hatte, in einem privaten Spiel hoch zu setzen, erhöhten ihre Einsätze.

Baron von Gottfried deckte die oberste Karte auf. Herz Sieben! Das tat weh. Nur der Captain verlor an ihn. Sein Gastgeber, der Spanier und Maureen gewannen. Schweißperlen erschienen auf seiner Stirn.

»Oh, Sie Armer!« rief Maureen mitfühlend. »Aber machen Sie sich nichts daraus, Baron. Ich bin sicher, daß Sie bald alles zurückgewinnen.«

Aber Baron von Gottfried gewann nicht. Immer größer wurde der Haufen Goldstücke, der sich vor Maureen ansammelte. Er schwitzte. Die anwesenden Herren lachten und gratulierten Maureen. Sie drängten sie, noch höhere Einsätze zu wagen.

Schon nach einer halben Stunde hatte der Baron alles verloren, was er mitgebracht hatte. Er bezahlte bereits mit Schuldscheinen. Obwohl die Engländerin ihn ununterbrochen beobachtete, entschloß er sich, einen Trick zu riskieren.

»Oh, Baron, ich fürchte, die Karten kleben bereits aneinander. Ich glaube, da sind zwei auf einmal umgedreht worden, oder nicht?« sagte Maureen mit unschuldigem Liebreiz.

Stammelnd brachte er seine Entschuldigungen vor für das Versehen, das anscheinend passiert war. Die Stimmung der Spieler richtete sich nun gegen ihn. Sein Vorschlag aufzuhören, wurde niedergebrüllt.

»Sie werden doch jetzt nicht aufgeben, mein lieber Baron!« sagte Maureen freundlich, als sie seinen letzten Schuldschein zu ihren Gewinnen legte. »Ich habe Ihnen so viel Geld abgenommen. Es wäre mir sehr peinlich, wenn Sie sich nicht wieder etwas davon zurückholen würden. Bisher hatte ich das Glück gepachtet. Sie werden sehen, das Blatt wendet sich zu Ihren Gunsten.«

»Das ist nur fair«, rief der junge Captain. »Also los, Baron, machen Sie weiter.«

Baron von Gottfried verlor die Nerven und war nahe daran, sich zu vergessen. Er hatte viel getrunken. Endlich begriff er, daß die wunderschöne Engländerin eine vorzügliche Spielerin war. Aus einem ihm unbekannten Grund versuchte sie ihn zu ruinieren. Der Gedanke, es könne sich bei ihr um eine Betrügerin handeln, die seine Tricks durchschaute, flößte ihm Angst ein. Es schien ihr ausgesprochenes Vergnügen zu bereiten, ihn derart intensiv zu beobachten, daß er unmöglich seine gewohnte Methode anwenden konnte.

Die Vorstellung, daß eine Frau ihn zum Narren hielt, verleitete ihn weiterzuspielen, statt seine Verluste zu akzeptieren. Nach einer weiteren halben Stunde wußte er, daß er alles verloren hatte.

Mit aschgrauem Gesicht erhob er sich. Maureen stand ebenfalls auf.

»Verzweifeln Sie nicht, Baron!« sagte sie. »Ich versichere Ihnen, daß es nicht in meiner Absicht lag, Sie zu ruinieren. Ich habe eine Idee ...« Mit einem entzückenden Lächeln wandte sie sich an die Herren, die sie teils mit Bewunderung, teils mit Erstaunen ansahen: »... ich werde dem armen Baron noch eine Chance geben. Vielleicht gewinnt er alles zurück.«

Sie nahm ein Paket Karten auf. »Wenn der Baron die höhere Karte zieht, bekommt er alles von mir zurück, was er verloren hat.«

Die Herren klatschten in die Hände. Das war endlich einmal

ein Spielabend, an den man sich erinnern würde. Sie bewunderten Maureens Fairneß, wenngleich sie nicht verstanden, warum diese schöne Frau ihren Gewinn riskierte.

»Und was passiert, wenn der Baron verliert?« rief einer.

»Geld habe ich keines mehr«, sagte der Baron heiser. »Nur noch mein Schloß und meine Ländereien!«

Tief in seinem Innersten aber fühlte er sich erleichtert. Diese Engländerin war eben doch dumm. Da sie abgehoben hatte, konnte er nun dieses Spiel mit fast hundertprozentiger Sicherheit gewinnen, indem er seinen gewohnten Trick anwandte.

»Einverstanden«, sagte er und unterdrückte nur mit Mühe seine Erregung.

Er nahm die Karten, die Maureen in der Hand gehabt hatte, und mischte. Mit einem spitzbübischen Lächeln legte er das Paket vor sie.

»Damen haben den Vortritt, denke ich!« sagte er ruhig.

»Aber ich mag die blauen Karten nicht!« rief Maureen. »Ich möchte lieber die roten mit dem goldenen Rand. Ich bin sicher, das sind diejenigen, die mir heute Abend Glück gebracht haben!«

Ohne seine Zustimmung abzuwarten, nahm sie das Paket mit den roten Karten und mischte es. Mit einem Lächeln hob sie ab. Es war die Karo-Neun.

Die Herren hielten den Atem an. Diese Karte mußte nicht unbedingt den Sieg bedeuten. Maureen schob das Paket dem Baron zu.

»Jetzt sind Sie an der Reihe!« sagte sie. »Nur Mut, Monsieur!« Mit zitternden Händen hob der Baron ab. Das Gelächter der Anwesenden zeigte ihm, daß er verloren hatte, bevor er noch die Karte angesehen hatte. Es war die Pik-Sechs.

»Oje!« sagte Maureen und sah sich hilflos um. »Das tut mir aber leid, Baron. Gehen Sie nicht ...« fügte sie hinzu, als er sich entfernen wollte. »Es wäre mir ein Vergnügen, wenn Sie mir noch etwas von Ihrer Zeit schenken würden ... ich möchte gerne ungestört mit Ihnen sprechen!«

Baron Stern sprang auf. Morgen würde ganz Wien die Geschichte wissen. Einige der Gäste drängten sich bereits ins Spielzimmer. Auch James war dabei.

»Ich glaube, es ist Zeit für uns zu gehen, Maureen!« sagte er. Das ungeheuerliche Glück seiner Frau hatte sich bereits herumgesprochen. Er hatte Angst, was sie als nächstes tun würde. Ihr Benehmen erschien ihm höchst merkwürdig.

»Natürlich, James!« antwortete sie. »Ich hatte keine Ahnung, daß es schon so spät ist. Wir gehen sofort – nur, ich muß noch kurz mit dem Baron sprechen. Wenn du willst, kannst du mit uns kommen.«

James folgte ihr und dem Baron in die Bibliothek. Er konnte sich beim besten Willen nicht vorstellen, was sie vorhatte. Er wußte nur, daß ihr seltsames Benehmen ganz im Gegensatz zu ihrer sonstigen Art stand.

Baron Stern rückte für seinen zitternden Landsmann den Stuhl hinter dem mit Leder bezogenen Schreibtisch zurecht. Er fragte sich, ob Maureen vorhatte, sich die Schulden, die Baron von Gottfried bei ihr hatte, schriftlich bestätigen zu lassen. Er legte Feder, Tinte und Papier bereit. Dann verließ er den Raum.

Maureen setzte sich dem unglücklichen Baron gegenüber, James nahm in einem Sessel nahe der Tür Platz.

»Ich bin ruiniert... absolut ruiniert!« sagte der Baron mit einer Hoffnungslosigkeit ausdrückenden Gebärde. »Haben Sie kein Mitleid, Madame?«

»Nicht mehr und nicht weniger, als Sie es hatten, damals, als Sie Antoine de Valle ruinierten!« antwortete Maureen mit harter Stimme. »Denn das waren doch *Sie*, Baron von Gottfried, nicht wahr? Sie haben ihn zuerst ruiniert und dann getötet!«

»Antoine de Valle?« wiederholte der Baron stupide.

»Jawohl, Sir. Ihrem eigenen Zugeständnis zufolge waren Sie im Jahr 1782 in Paris. Während dieses Aufenthaltes spielten Sie mit einem jungen französischen Vicomte Karten. Nicht damit zufrieden, daß Sie ihn ruiniert hatten, verdrehten Sie die Wahrheit derart, daß es so aussah, als hätte er beim Spiel betrogen. Aus diesem Grund forderte er sie zum Duell, wobei Sie ihn töteten. *Sie* hatten auch kein Mitleid!«

Aus dem Hintergrund protestierte James ängstlich:

»Hast du Beweise dafür, Maureen? Wenn nicht...«

»Ich brauche keinen Beweis!« sagte Maureen. »Denn der Baron wird alles gestehen. Nicht wahr, Baron? Und der Grund, warum er es tun wird, ist denkbar einfach, James... es ist sozusagen ein Tauschgeschäft... ich bekomme das Geständnis und er sein Schloß und seine Ländereien. Habe ich mich klar genug ausgedrückt, Baron?«

Der Betrüger schien einer Ohnmacht nahe. Mit totenblassem Gesicht klammerte er sich an die Lehnen des Stuhls. Er starrte Maureen an, als habe sie ihn hypnotisiert.

»Aber ... aber wenn ich Ihnen ein solches Geständnis gebe ...« murmelte er, »... sie könnten mich ins Gefängnis stecken ... ich bin alt ... nicht mehr gesund ... das würde ich nicht überleben ...«

»Ich habe nicht vor, das Geständnis für solch einen Zweck zu verwenden!« unterbrach Maureen ihn. »Und ich glaube auch nicht, daß es die Witwe des Vicomte vorhat oder ihr Sohn, Gerard de Valle. Ich kann mir nicht vorstellen, daß dies ihre Absicht ist – außer ihnen oder mir kommt zu Ohren, daß Sie noch einmal, nur ein einziges Mal versuchen, sich mit Ihren Betrügereien zu bereichern.«

»Dann haben Sie ja doch Mitleid mit mir!« rief der Baron und wollte sich ihr zu Füßen werfen.

Maureen wich angeekelt zurück.

»Schreiben Sie!« befahl sie. »Und zwar in Französisch, damit ich mich mit meinen eigenen Augen überzeugen kann, daß Sie mich nicht hereinlegen!«

Zitternd begann der Baron zu schreiben. Sein schwerer Atem und das Kratzen der Feder waren die einzigen Geräusche in der Bibliothek. Maureen sah ihm über die Schulter, als er unterzeichnete.

»Das Geld, das ich gewonnen habe, bekommt die Familie de Valle«, sagte sie und nahm das Schriftstück. »Es ist nur ein geringer Ausgleich für die Leiden, die ihr beschert waren. Ich hoffe, daß Sie ebenso leiden werden, Baron. Gute Nacht – und angenehme Träume!«

Sehr spät in dieser Nacht beschuldigte James Maureen, daß sie zu hart gegen den Mann vorgegangen sei. Maureen widersprach ihm heftig:

»Ich gebe zu, es ist kein sehr feiner Charakterzug!« sagte sie, als sie ihr pralles Abendtäschchen in der Schublade verstaute. »Aber ich lasse weder mich noch meine Freunde verletzen, ohne das zu rächen. So bin ich nun mal, und ich kann es nicht ändern, James!«

»Ganz Wien wird morgen davon reden!« seufzte James. »Ich wage mir kaum vorzustellen, was sie über dich erzählen werden!«

Maureen sah ihn voll Verachtung an.

»Ist es dir so wichtig, was Fremde über mich reden? Noch dazu in einem fremden Land? Ich habe mich korrekt verhalten.

Der Meinung war auch Baron von Stern. Außerdem – nur wir wissen von dem Geständnis, niemand sonst. Alle anderen wissen nur, daß ich auf das Schloß und die Ländereien des Barons verzichtet habe. Meine großzügige Haltung wird Anerkennung finden.«

»Je weniger darüber gesprochen wird, desto besser!« meinte James und bat Maureen gleichzeitig, leiser zu sprechen, damit die Bediensteten nichts mitbekamen. »Und was willst du jetzt mit diesem Geständnis machen?«

»Dickon soll es morgen nach Frankreich bringen!« antwortete Maureen. »Die Vicomtesse wird nicht mehr lange leben, James ... wenn sie nicht bereits tot ist. Das hier ...« sie hielt das Schriftstück in die Höhe, »... das hier gibt ihr die Möglichkeit, in Frieden zu sterben.«

James gewann den Eindruck, daß seine Frau sich wirklich Sorgen um die Vicomtesse machte, nicht etwa um seinen Rivalen Gerard, wie er gefürchtet hatte. Er entschloß sich darum, die Sache auf sich beruhen zu lassen. Insgeheim bewunderte er Maureens Mut, obwohl es ihm unangenehm war, daß sie die Aufmerksamkeit auf solche Art auf sich gelenkt hatte. Aber sie hatte Baron von Gottfried entlarvt. Als James zu Bett ging, hoffte er, die Affäre möge damit ihren Abschluß gefunden haben.

Baron von Gottfried aber fand in dieser Nacht keinen Schlaf. Nur mühsam erholte er sich von dem Schock dieses Abends. War er anfangs auch erleichtert gewesen, daß die Engländerin nur dieses Geständnis haben wollte, daß sie nicht vorhatte, ihn einsperren zu lassen, jetzt empfand er nur noch Wut. Er war erniedrigt worden, und noch dazu von einer ... von einer Frau! Geldgierig, wie er war, stellte er sich vor, wie diese dumme Person vor ihrem prall gefüllten Abendtäschchen sitzen mochte. All die schönen Goldstücke! Und dazu noch seine Schuldscheine! Dabei brauchte sie sein Geld nicht. Und er? Er hatte keinen Pfennig mehr, gerade noch genug, um das Hotelzimmer und seine Heimreise zu bezahlen. Er war ein ruinierter Mann.

Im Morgengrauen klingelte er nach seinem Diener Georg, einem Spitzbuben, der seinem Herrn in nichts nachstand, und auf den er sich verlassen konnte. Vor Jahren hatte von Gottfried ihn vor dem Gefängnis bewahrt und ihn als Diener engagiert. Es gab nichts, was Georg nicht für seinen Herrn getan hätte, nicht einmal vor einem Mord würde er zurückschrecken.

Nicht daß es Mord war, was der Baron jetzt im Schilde führte. Er wollte lediglich herausfinden, wo dieses verdammte englische Pärchen wohnte; was es unternahm, wer die Diener waren; und er wollte einen Plan des Hauses.

Der häßliche Georg grinste schlau. Die Ereignisse dieses Abends waren ihm bekannt; mit Tränen des Zorns hatte sein Herr ihm davon berichtet.

Offensichtlich hatte der Baron sich jetzt wieder erholt. Mit klarem Verstand überlegte er, wie er sich sein Eigentum zurückholen konnte. Georg war nur zu gerne bereit, diese Aufgabe zu übernehmen, aber dies schien dem Baron zu gefährlich. Er wußte, daß James sich gerade in Wiener Neustadt aufhielt, wo er die Militärakademie besuchte. Diese Information verdankte er einem Diener von James, der für ein weiteres Geldstück noch hinzufügte, daß der Engländer über Nacht ausbleibe. Das bewog den Baron zu dem Entschluß, Maureen in eigener Person aufzusuchen.

Maureen war James' Abwesenheit willkommen. Sie nutzte die seltene Gelegenheit, in Ruhe einen langen Brief an Tamarisk zu schreiben, als ein Diener ihr die Nachricht überbrachte, ein Herr wünsche sie zu sehen, und zwar in einer dringenden Angelegenheit.

Maureen sah auf die Uhr.

»Um diese Zeit! Wer ist es?« fragte sie. »Hat er nicht seinen Namen genannt?«

Der Diener schüttelte den Kopf.

»Nein, Milady, das wollte er nicht. Er sagte nur, es ginge um Leben oder Tod.«

Maureen zögerte. Bis auf das österreichische Hauspersonal war sie allein. Dickon war heute morgen nach Frankreich aufgebrochen. Da es zu gefährlich war, durch das Land zu reisen, hatte er sich entschlossen, mit dem Boot die Donau hinaufzufahren und über die Schweiz nach Frankreich einzureisen. Dieser Weg war zwar länger, aber auch ungefährlicher, soweit dies für einen Engländer zutraf, der, wurde er gefangen, als Spion sofort erschossen werden durfte. Sollte Dickon etwas passiert sein? Selbst wenn, es war unwahrscheinlich, daß sie so schnell davon erfahren würde.

Trotzdem – der späte Besucher mußte mit Dickon zu tun haben, dachte sie und ließ ihn hereinbitten.

Ihre Überraschung war nicht gespielt, als der Diener Baron von Gottfried in den Salon führte. Um sie nicht zu verängstigen, küßte dieser ihr mit vollendeter Höflichkeit die Hand und dankte ihr für die Freundlichkeit, ihn zu so später Stunde noch zu empfangen.

»Nennen Sie mir den Grund Ihres Kommens!« sagte Maureen kühl, denn sie konnte sich beim besten Willen nicht vorstellen, was der Baron von ihr wollte.

»Es ist sozusagen eine private Angelegenheit!« antwortete der Baron mit einem Blick auf den wartenden Diener. »Ich versichere Ihnen, es ist sehr wichtig. Für Sie und auch für mich!«

Nur zögernd entließ sie den Diener, in der Hoffnung, daß dies die Dinge beschleunigen würde. Sie mißtraute dem Baron, andererseits sah sie keinen Grund, sich zu fürchten.

»Nun? Was gibt es so Dringendes? Fassen Sie sich kurz, denn dies ist kaum eine angemessene Stunde, Besuche zu empfangen.«

»Ich bitte sehr um Entschuldigung, Verehrteste!« sagte der Baron. Nur mit Mühe gelang es ihm, ein selbstgefälliges Lachen zu unterdrücken, da Maureen so leicht in seine Falle gegangen war. »Wie ich schon Ihrem Diener sagte – es ist eine Angelegenheit ... es geht um Leben und Tod! Um präzise zu sein ... um Ihren Tod, Madame!«

Ruhig holte er eine Pistole unter dem Mantel hervor und richtete sie auf Maureen.

»Sie werden mir jetzt mein Geständnis zurückgeben!« sagte er leise. Die Drohung in seiner Stimme war nicht zu überhören. »Außerdem meine Schuldscheine und mein Geld! Haben Sie das verstanden?«

Im ersten Augenblick war Maureen nahe daran, in Panik auszubrechen, aber sie riß sich zusammen. Diesem widerwärtigen Teufel würde sie nicht zeigen, wie sehr sie sich vor ihm fürchtete.

»Sie müssen verrückt sein, Baron!« sagte sie ruhig. »Ich brauche nur zu schreien ... meine Diener sind sofort zur Stelle.«

Der Baron lachte.

»Papperlapapp! Ihr Gatte ist verreist – er wird die Schreie nicht hören. Und die Diener? Glauben Sie, daß ich zögern würde, sie zu erschießen? Sie scheinen immer noch anzunehmen, daß wir hier ein kleines Spiel inszenieren ... aber es ist kein Spiel, darf ich Ihnen versichern, es ist bitterer Ernst!«

Maureen bekam es mit der Angst zu tun. Das war kein Bluff – der Baron wußte von James' Abwesenheit.

»Wenn Sie mich oder einen meiner Diener töten, Baron, dann bedeutet das für Sie die Guillotine. Ich glaube nicht, daß Sie mich erschießen werden!«

Wieder lächelte der Baron. Maureens Angst begann ihm Spaß zu machen.

»Aber, aber Madame! Mich würde niemand mit Ihrem Tod in Verbindung bringen. Zu dieser unpassenden Stunde! Ihre Diener haben mich nicht erkannt. Niemand hat gesehen, wie ich das Haus betreten habe. Und selbst, wenn die Polizei eine Beschreibung von mir bekäme – ich habe genügend Leute, die bezeugen könnten, daß ich schon heute nachmittag nach Hause gereist bin. Das Hotelpersonal zum Beispiel. Und mein Diener ist auch bereits auf dem Weg nach Hause ... mit unserer Kutsche, in der eine entzückende Imitation meiner selbst sitzt.« Selbstzufrieden fuhr er fort: »Wir haben an alles gedacht. Mein Diener hält an den verschiedenen Gasthäusern auf seinem Weg. Leider fühlt sich Baron von Gottfried nicht wohl und kann die Kutsche nicht verlassen, Sie verstehen? Es wird ihm sogar Cognac gebracht. Das Trinkgeld für diese Fürsorge ist angemessen. Aber genug davon. Ich glaube, ich konnte Sie überzeugen, daß es höchst unwahrscheinlich ist, daß ich als Ihr Mörder Bekanntschaft mit der Guillotine mache. Außerdem nehme ich dieses Risiko gerne auf mich. Ich will Ihre Zeit nicht unnötig in Anspruch nehmen – geben Sie heraus, was mir gehört!«

Das war ein fein ausgeklügelter Plan, dachte Maureen fast bewundernd. Aber eines konnte der Baron natürlich nicht wissen.

»Leider kann ich Ihren Wunsch nicht erfüllen, Sir«, sagte sie deshalb ruhig. »Mein Diener ist bereits auf dem Weg nach Frankreich; mit Ihren Schuldscheinen und Ihrem Geständnis! Ihr phantastischer Plan fällt ins Wasser, Monsieur le Baron! Ihre Spione haben Ihnen anscheinend nicht alles berichtet!«

Unglauben breitete sich auf dem Gesicht des Barons aus. »Sie sind sehr geistesgegenwärtig, Madame, aber Sie lügen! Ich warte keine Minute länger, dann schieße ich!«

»Dann müssen Sie mich eben erschießen!« sagte Maureen mit vorgetäuschter Ruhe. »Aber Ihr Geständnis und Ihre Schuldscheine bekommen Sie deswegen doch nicht. Ich gebe Ihnen mein Wort, es ist nichts mehr hier!«

Wutverzerrt starrte der Baron sie an.

»Vielleicht nicht in diesem Zimmer, dann eben in Ihrem Schlafzimmer!«

Maureen zuckte mit den Schultern.

»Auch dort nicht, ich schwöre es. Aber wenn Sie möchten, überzeugen Sie sich doch selbst!«

Diese Entwicklung der Dinge sagte dem Baron nicht zu. Offensichtlich versuchte Maureen ihn mit dieser Taktik hinzuhalten – vielleicht in der Hoffnung, einer der Diener würde aufmerksam, wenn sie nach oben gingen.

Lächelnd zeigte er mit der Pistole zur Tür.

»Sie werden mir den Weg zu Ihrem Schlafzimmer zeigen! Ich bin direkt hinter Ihnen.« Nachdrücklich stieß er ihr die Pistole in den Rücken. »Sollten wir einen Ihrer Diener treffen, werden Sie ihm sagen, daß niemand vom Personal mehr gebraucht wird. Haben Sie verstanden?«

»Sie wagen es nicht, mich zu töten!« sagte Maureen, aber sie wußte, daß er es tun würde. Um jeden Preis. Er war ein Spieler, und er spielte mit dem höchsten Einsatz. Eine logische Erklärung, daß er sie töten wollte, gab es nicht, nachdem sie ihm gesagt hatte, daß sich nichts mehr im Haus befand. Das gescheiteste war, ihn das Haus durchsuchen zu lassen.

Maureen tat, was er angeordnet hatte. Die überraschten Diener glaubten ihren Augen nicht zu trauen, als sie sahen, wie diese schöne Frau den alten häßlichen Mann nach oben führte. Auf ihren Befehl zogen sie sich zurück. In Abwesenheit des Ehemannes einen Liebhaber zu empfangen, war nichts Ungewöhnliches, aber einen so häßlichen ...

Der Baron durchsuchte ungeduldig James' Schlaf- und Ankleidezimmer. Dann ihr eigenes.

»Wo zum Teufel haben Sie das Zeug versteckt?« rief er nun außer sich vor Wut und Enttäuschung.

»So beherrschen Sie sich doch! Warum *sollte* ich es verstecken? Ich wußte ja nichts von Ihrem Kommen. Wenn ich es allerdings gewußt hätte, hätte ich auch meinen Schmuck versteckt, das können Sie mir glauben!«

Ihre logischen Argumente waren einleuchtend genug, und von Gottfried fing an zu glauben, daß der Diener wirklich nach Frankreich abgereist sei. Mit zitternden Händen wühlte er in ihrem Schmuck. Das war ein kleines Vermögen, schätzte er.

»Nun ja, das dürfte nur gerecht sein ... wenn ich den Schmuck mitnehme!« rief er.

Mit der einen Hand hielt er immer noch die Pistole auf Maureen gerichtet, mit der anderen stopfte er die Juwelen in einen Kopfkissenüberzug.

Plötzlich hielt er inne. Von unten hörte man Geräusche. Dann eine wütende Stimme.

»Verdammt noch mal, wo seid ihr denn alle? Was ist hier eigentlich los?«

»Das ist James!« hauchte Maureen, als sie die Stimme erkannte.

Der Baron wurde leichenblaß. Daß dieser Dummkopf von Ehemann zurückkehren würde, damit hatte er nicht gerechnet. Es war nicht schwer zu erraten, warum James so wütend war. Die Diener hatten ihn unterrichtet, daß seine Gattin Herrenbesuch hatte.

Der Baron ließ den Kissenüberzug fallen. Mit der Pistole in der Hand löschte er das Licht. So gut es ging, versteckte er sich hinter den schweren Portieren vor dem Fenster.

Maureen hatte Angst um James, nicht um sich selbst. Schweigend verharrte sie, als er ins Zimmer gestürzt kam. Eifersüchtig, nahe dem Irrsinn, hatte er seinen Degen gezückt. Im Licht der hochgehobenen Lampe sah er das zerwühlte Bett.

»Wo ist er?« schrie er. »Glaube nicht, daß du mich belügen kannst, du verdammte Hure. Wo ist dein Liebhaber?«

James schlug die Bettdecke zurück; er suchte unter dem Bett. Von Minute zu Minute steigerte sich sein Haß. Mit dem Degen durchstieß er die Bettvorhänge, während Maureen ihn still vor Entsetzen beobachtete.

»Er ist hier, ich weiß es!« schrie er aufgebracht. Rücksichtslos stieß er Maureen beiseite und ging auf das Fenster zu.

»Nein, James, nein!« rief Maureen warnend. »Er hat eine Pistole. Er wird schießen, James . . . James . . .«

James schien sie nicht zu hören. Maureen versuchte, sich zwischen ihn und den Vorhang zu werfen, aber James stieß sie grob zu Boden und schlug auf die Vorhänge ein.

Die Explosion eines Schusses erfüllte den Raum. James schrie auf und sank zu Boden. Voll Entsetzen sah Maureen, daß er am Bein getroffen worden war.

Mutig rannte sie zum Fenster und zog die Vorhänge auf.

Wie eine Tigerin war sie bereit, James mit bloßen Händen zu verteidigen. Aber es war nicht mehr nötig; der Degen ihres Gatten hatte sein Ziel nicht verfehlt. Mit glasigen, weitaufgerissenen Augen starrte sie der Baron an. In seiner Brust steckte der Degen. Von Gottfried war tot.

Der Raum füllte sich mit Dienern. Eine der Zofen bekam einen hysterischen Anfall. Maureen kniete sich nieder, riß die blutdurchtränkte Hose ihres Mannes auf. Der Verletzte stöhnte. Oberhalb der Wunde band Maureen das Bein ab; das Bluten hörte auf.

»Einen Arzt, schnell!« befahl sie. »Den besten ... er muß sofort kommen. Es geht um Leben oder Tod. So macht doch ...«

Als der Arzt erschien, lag James in Maureens Bett. Maureen saß bei ihm und wischte ihm den Schweiß von seiner Stirn. Die Diener warteten mit kochendem Wasser, saubere Bandagen aus Leinen lagen bereit.

Professor Spiegel war ein großer grauhaariger Mann. Bewundernd sah er Maureen an. Die meisten Damen, die er kannte, konnten den Anblick von Blut nicht ertragen. Sie zogen es vor, in Ohnmacht zu fallen.

Er legte seinen Mantel ab und krempelte die Ärmel seines Hemdes hoch.

»Ihr Mann hat es wahrscheinlich Ihnen zu verdanken, wenn er am Leben bleibt. Er wäre verblutet, hätten Sie das Bein nicht abgebunden.«

Kopfschüttelnd untersuchte er die Wunde.

»Sieht verdammt schlecht aus!« murmelte er. »Die Kugel hat den Knochen zersplittert. Wir müssen das Bein amputieren, sonst stirbt er.«

Entsetzt hatte James diese Diagnose gehört. Mit fiebrigen Augen starrte er auf den Professor.

»Dann will ich sterben!« preßte er durch die zusammengebissenen Zähne. »Lieber sterben als ... als Krüppel weiterleben. Hast du mich verstanden, Maureen? Niemals, niemals werde ich meine Zustimmung zur Amputation geben!«

Vierunddreißigstes Kapitel
1805

Maureen hastete durch die verschneiten Straßen Wiens. In der Apotheke hatte sie Medikamente für James besorgt.

Das Jahr ging zu Ende. Vor einigen Tagen war Tamarisk sieben Jahre alt geworden. Maureen war deprimiert. Wann würde sie ihre kleine Tochter wiedersehen? Die politische Entwicklung zwang sie, in Wien zu bleiben. Nach der Niederlage der Österreicher bei Ulm und Austerlitz hatten die Franzosen die Hauptstadt besetzt. Am ersten Weihnachtstag war der Vertrag von Preßburg unterzeichnet worden.

Napoleons Armee war in weniger als einem Monat durch Frankreich nach Bayern einmarschiert. Gerüchten zufolge waren fünfzigtausend Gefangene gemacht worden. Noch bevor diese Nachricht Wien erreichte, war die französische Armee bereits in der Stadt; siebzig Meilen nördlich von Wien erlitt das österreichisch-russische Heer eine weitere Niederlage.

Wieder einmal hatte der kleine Franzose gesiegt, obwohl der Feind zahlenmäßig in der Übermacht gewesen war. Hoffnungslosigkeit bemächtigte sich der Menschen; an sofortige Rache dachte keiner. Es waren traurige Festtage.

Maureen machte sich Sorgen um James. Sein Gesundheitszustand war beängstigend. Baron Stern und seine Frau, Baronin Anna, unterstützten sie, soweit es ihnen möglich war, und Maureen war ihnen sehr dankbar dafür. In einer ruhigen Minute hatte Maureen Baron Stern die ganze Geschichte erzählt, die schließlich zur Entlarvung Baron von Gottfrieds geführt hatte. Baron Stern bestand darauf, daß er zumindest teilweise schuld an diesem Vorfall war, da er so unvorsichtig gewesen war, diesen Betrüger in sein Haus einzuladen; letztlich war James' Verwundung ebenfalls eine Folge dieses Abends. Mit Hilfe des britischen Botschafters sorgte er dafür, daß weder Maureen noch James für den Tod dieses Spitzbuben verantwortlich gemacht wurden. Von Gottfried wurde auf seine Veranlassung hin in Braunau, wo sich seine Besitztümer befanden, begraben.

Baronin Anna bedeutete für Maureen ebenfalls eine große

Hilfe. Sie war eine gutherzige und freundliche Frau, die jeden Nachmittag einige Stunden bei dem kranken James verbrachte, damit Maureen wenigstens dann an die frische Luft kam.

James hatte sich inzwischen zwar von dem Schock erholt, aber seine Wunde bereitete ihm große Schmerzen, und die Angst, er könne sein Bein verlieren, raubte ihm fast den Verstand.

Nur mit Mühe hatte sich Professor Spiegel überreden lassen, die endgültige Entscheidung noch einige Tage aufzuschieben. Seiner Ansicht nach war eine Amputation nicht zu vermeiden. James war ein sehr schwieriger Patient. Inzwischen war ihm allerdings klar, daß Maureen keine Schuld an dem Vorfall in ihrem Schlafzimmer traf; mißtrauisch, wie er war, hatte er angenommen, sie habe seine Abwesenheit für ein Schäferstündchen genutzt. Dieser Verdacht hatte ihn bewogen, so früh heimzukehren.

»Aber wie kommst du dazu, so etwas anzunehmen, James?« hatte Maureen ihn eher überrascht als verärgert gefragt. »Du weißt doch, daß ich so gut wie niemanden kenne in Wien ... davon abgesehen ... habe ich dir nicht bei unserer Eheschließung mein Wort gegeben, daß nichts Derartiges passieren würde? Wie konntest du mich solcher Dinge verdächtigen?«

»Ich weiß, ich weiß!« rief James. »Aber du bist so schön, Maureen. Jeder Mann, der dich kennt, muß dich begehren!«

»Angenommen, was du da sagst, ist wahr ... das heißt doch noch lange nicht, daß ich es möchte. Laß uns ehrlich miteinander sein, James, damit in Zukunft nicht wieder so etwas Entsetzliches passiert. Es gibt nur einen einzigen Mann, für den ich eventuell meinen ehelichen Schwur brechen würde ... du weißt, wen ich meine ... es ist unnötig, seinen Namen auszusprechen.«

Langsam ging sie zum Fenster. Ihr Blick schweifte über den verschneiten Garten.

»Wenn du ehrlich bist, James ... dann mußt du zugeben, daß ich dich noch nie belogen habe. Als wir heirateten, wußtest du, daß ich dir nie ganz gehören kann. Ich wünschte, es wäre mir möglich ... ich wäre bereit, mein gesamtes Vermögen zu opfern, wenn ich damit die Vergangenheit vergessen könnte. Du und dein ständiges Mißtrauen machen es mir unmöglich. Du kannst Gerard nicht vergessen! Und damit bewirkst du, daß ich es auch nicht kann.«

James verstand Maureens Worte. Nur allzugern hätte er ihr geglaubt. Wie aber sollte er die Eifersucht tief in seinem Innersten verdrängen? Er wollte es so gern, denn er merkte genau wie Maureen, daß gerade diese Eifersucht es war, die ihre Ehe langsam aber stetig kaputtmachte. Wahrscheinlich war es ihm wirklich nicht möglich, dachte Maureen. Ihre einstige Zuneigung ihm gegenüber hatte sich in Mitleid verwandelt; aus Mitleid saß sie Stunde um Stunde an seinem Bett.

Die Vorstellung, sein Bein zu verlieren, stürzte James in tiefe Verzweiflung. Unablässig forderte er Maureens Nachsicht, ihre Geduld, ihre Liebe. Er war kein mutiger Mann. Wiederholt ängstigte er sie mit der Drohung, seinem Leben ein Ende zu machen, falls das Bein wirklich amputiert werden müsse. Für Maureen bedeutete dies eine große seelische Belastung.

Das Schneetreiben wurde dichter. Maureen fröstelte. Sie beschleunigte ihre Schritte, denn bald würde es dunkel werden. Den Diener, der sie in die Apotheke begleitet hatte, hatte sie zurückgeschickt, obwohl es gegen alle Regeln verstieß, daß eine Dame ohne Begleitung ausging. Sie wollte allein sein. Ja, wenn Dickon sie begleitet hätte... Er war der einzige, dessen Gegenwart sie im Augenblick ertragen konnte. Aber Dickon war von seiner Reise nach Frankreich nicht zurückgekehrt. Sie wußte nicht einmal, ob er überhaupt bis Compiègne gekommen war. Vielleicht war ihm etwas zugestoßen? Was war mit der Vicomtesse? Und mit Gerard? Hatte er ihn im Schloß angetroffen? Fragen über Fragen. Die Ungewißheit quälte sie.

Die Straße schien wie ausgestorben. In einem dunklen Torweg saß ein Bettler, der ihr bittend die fast erfrorene Hand entgegenstreckte. Mitleid überkam sie. Sie gab ihm einige Münzen, hastete weiter. Ein österreichischer Soldat überquerte auf Krücken die Straße. Maureen mußte an James denken. Wenn sein Bein wirklich amputiert werden mußte, so dachte sie, war es ihre Pflicht dafür zu sorgen, daß er so wenig wie möglich darunter leiden mußte. Sie wollte sich ganz dieser Aufgabe widmen, er tat ihr so leid...

Ein eiskalter Wind wirbelte den lockeren Schnee auf. Mit gesenktem Kopf und in Gedanken verloren hastete sie weiter. Plötzlich stieß sie mit einem Mann zusammen. Es war ein Soldat, in der Uniform eines französischen Offiziers, der sie gerade noch auffangen konnte. Verlegen richtete Maureen sich auf, um sich zu entschuldigen. Der Soldat starrte sie an.

Überraschung, Verwirrung und Ungläubigkeit waren in seinem Blick.

»Gerard!« flüsterte Maureen, einer Ohnmacht nahe. Aber das war doch nicht möglich. Sie mußte träumen. »Das gibt es nicht!« flüsterte sie.

Aber als sie seine Arme um sich spürte, hörte, wie er ihren Namen rief, da wußte sie, es war kein Traum – es war ein Wunder, aber Wirklichkeit.

Maureen lachte und weinte, wußte weder ein noch aus.

»Oh, Gerard! Gerard!« sagte sie leise. »Ist es wirklich wahr? Bist es wirklich du?«

Tränen waren in seinen Augen, so glücklich war er. »Meine liebste Maureen, *mon amour, mon petit écureuil*! Ich kann es kaum glauben ... und wie schön du bist!«

»Oh, Gerard!« sagte sie wieder außer sich vor Freude und Glück. »Du bist hier, du bist wirklich hier!«

»Ich bin es wirklich. Ein Geist würde nicht so frieren wie ich es tue. Gibt es hier nicht irgendeinen Platz, an dem es wärmer ist als in dieser gottverlassenen Straße? Ein Kaffeehaus? Ein Restaurant oder ein Hotel?«

»Aber ja, Liebster, ganz nah von hier gibt es ein Kaffeehaus. Gleich um die Ecke. Auch wenn wir dort nicht allein sind, aber wenigstens ist es warm.«

Nach wenigen Minuten saßen sie nebeneinander und hielten sich an den Händen, ihre Blicke ineinander vertieft. Sie bemerkten nicht einmal, wie der Ober ihnen den Kaffee servierte. Bevor Maureen ihm von ihrem Besuch in Compiègne erzählte, versuchte sie herauszufinden, ob er bereits von der Krankheit seiner Mutter wußte. Gerard berichtete von seinen Abenteuern, und es war offensichtlich, daß er nichts von den letzten Ereignissen in Compiègne wußte.

Im vergangenen Sommer war er nach Bayern abkommandiert worden. Rußland wurde finanziell von den Engländern unterstützt und verbündete sich mit Österreich, um Napoleon zu bekämpfen. Gerards Aufgabe bestand darin, die Stärke und Kraft des Feindes auszukundschaften und seine Ermittlungen an seinen Vorgesetzten weiterzumelden. Dabei war er mit einem russischen Soldaten zusammengestoßen. Mit einer leichten Armverletzung wurde er gefangengenommen. Als Offizier wurde er verhältnismäßig gut behandelt, seine Wunde heilte. Vor einigen Monaten hatten ihn die Franzosen befreit. Gerard schloß sich seinen Befreiern an und kämpfte bei Ulm. Nun hatte er Urlaub bekommen. Dem besetzten Wien stattete er nur einen kurzen Besuch ab, bevor er heimreiste.

»Und nun finde ich *dich* hier!« beendete er seinen Bericht. »*C'est incroyable!*« Zärtlich sah er Maureen an. »Und du bist noch schöner als in meiner Erinnerung!«

Tatsächlich sah Maureen in ihrem dunkelgrünen Samtmantel entzückend aus. Fast scheu berührte er eine Locke ihres honigfarbenen Haares, ließ sie durch seine zitternden Finger gleiten.

»*Je t'aime! Je t'aime!*« flüsterte er dabei.

»Ich liebe dich auch, Gerard!« flüsterte Maureen zurück. Niemand kümmerte sich um sie. Die Kaffeehausbesucher diskutierten aufgeregt die Niederlage und die unglückliche Zukunft ihres Landes. Sie hatten keine Augen für das Liebespaar.

Maureen wußte nicht, wie sie Gerard beibringen sollte, daß seine Mutter krank sei. Es fehlte ihr der Mut dazu, denn sie wußte, es würde seine sofortige Abreise nach Compiègne zur Folge haben.

»Erzähl mir von dir!« sagte Gerard. »Ich möchte alles wissen. Ich kann es kaum glauben, daß du am Leben bist. Wie kommt es, daß du den Untergang der *Jeanne Marie* überlebt hast? Es scheint mir wie ein Wunder. Und Dickon?«

Kurz berichtete Maureen ihm von den Ereignissen des letzten Jahres. Daß sie angenommen habe, Gerard wüßte sie am Leben; ihre Verzweiflung darüber, daß er seinen Schwur gebrochen hatte und im März nicht nach Sussex gekommen war; nur zögernd berichtete sie von ihrer Reaktion, als sie annehmen mußte, er habe sie verlassen.

Gerard war außer sich, als er die Wahrheit erfuhr. Er machte seiner Mutter bittere Vorwürfe, weil sie ihm verschwiegen hatte, daß Maureen noch am Leben war.

»Du darfst nicht so hart sein, Gerard!« verteidigte Maureen die Vicomtesse. »Sie hat es gut gemeint. Sie glaubte, indem sie es tat, daß es für dich das Beste war. Vielleicht hatte sie sogar recht. Du bist immer noch verheiratet, und ich bin die Frau von James Pettigrew. Vielleicht hättest du die arme kleine Faustina verlassen, wenn du gewußt hättest, daß ich lebe. Und ich . . .«

»Und du hättest kaum den treuen James geheiratet!« sagte Gerard. »Bist du glücklich mit ihm? Er hat dich immer geliebt, ich weiß das. Ist er lieb zu dir? Und unser Kind? Wie geht es unserer kleinen Tochter?«

»Sie ist gar nicht mehr so klein, Gerard. Tamarisk ist vor einer Woche sieben geworden.«

Mütterlich stolz berichtete sie ihm von seiner Tochter, zeigte ihm die Miniatur von Tamarisk, die sie um ihren Hals trug.

Gerard lächelte.

»Sie sieht genauso aus wie du ... wie das kleine Mädchen, das ich das erste Mal in Sussex traf ... in das ich mich auf der Stelle verliebte, was mich so verwirrte, daß ich hinfiel!«

Lachend erinnerten sie sich an ihre gemeinsame Vergangenheit. Die Zukunft, sogar die Gegenwart war vergessen. Für einen kurzen Augenblick waren sie glücklich. Dann wollte Gerard wissen, warum Maureen in Wien war.

Verzweifelt versuchte Maureen den Kloß, den sie im Hals hatte, herunterzuschlucken. Sie mußte es ihm sagen, auch wenn sie ihn damit unglücklich machte.

Zögernd und vorsichtig berichtete sie Gerard die Ereignisse der letzten Monate. Gerard unterbrach sie nicht, aber als sie ihm von der Krankheit seiner Mutter erzählte, hielt er den Atem an. Ihr Bericht von dem Kartenspiel, der Entlarvung Baron von Gottfrieds und dem erpreßten Geständnis verleitete ihn zu einem kurzen Lächeln. Aber als sie ihm von den fatalen Folgen erzählte, war er entsetzt.

»Meinetwegen warst du in Gefahr!« rief er. »Der Gedanke daran macht mich krank. Und der arme James! Es ist furchtbar!«

»Wenn er nur nicht so mißtrauisch gewesen wäre«, sagte Maureen traurig. »Wenn er mir die Möglichkeit gegeben hätte ... die Möglichkeit einer Erklärung ... aber für ihn bestand kein Zweifel, daß ich einen Liebhaber in meinem Zimmer versteckt hatte.«

Unglücklich berichtete sie von der Eifersucht ihres Mannes. Gleichzeitig entschuldigte sie ihn so gut sie konnte:

»Als James mich heiratete wußte er, daß ich viele Liebhaber gehabt hatte. Ich glaubte, es mache ihm nichts aus. Aber ich habe mich getäuscht. Eigentlich habe ich immer nur dich geliebt ... diese anderen ... sie bedeuteten mir nichts, gar nichts. Kannst du das verstehen?«

»Oh, Liebste. Ich habe kein Recht, dich zu verurteilen. Ich war es ja, der dich so weit gebracht hat. Als ich hörte, daß du ertrunken seist ... niemals hätte ich mich auf das Wort des Matrosen verlassen dürfen, hätte nachforschen sollen ... Es war entsetzlich für mich ... ich glaubte dich verloren, für immer ... Dann kam der Frühling – die Erinnerung an dich ... mein Herz schmerzte. Dann starb mein kleiner Sohn, und die arme Faustina wandte sich gegen mich. Ich konnte es einfach nicht mehr aushalten in Compiègne, verstehst du? Ich ging zur Armee und hoffte, ich gebe es ehrlich zu, daß ich getötet würde. Ich wollte nicht mehr leben ... du, meine einzige Liebe, warst tot ... was sollte ich noch auf dieser Welt.«

»Und nun haben wir uns getroffen, nur um ... um uns wieder zu verlassen!« stammelte Maureen weinend. »Du mußt sofort nach Compiègne reisen. Und ich hoffe zu Gott, daß du nicht zu spät kommst!«

»Und du kommst mit mir!« sagte Gerard drängend. »Ich kann dich nicht verlassen, Maureen. Nicht noch einmal. Es ist mir egal, was die Leute denken, selbst meine Ehre kann mir gestohlen bleiben ... wir dürfen uns nicht wieder trennen!«

Maureen hielt den Atem an. In diesem Augenblick fühlte sie sich sehr schwach. Ihr wahres Selbst drängte danach, ihrer Liebe nachzugeben ... sie kam sich vor wie in einem wunderschönen Traum ... bis plötzlich ein Bild diesen Traum verdrängte: James, der arme James, der in diesem Augenblick auf sie wartete, seine Augen, die ruhelos die Zeiger der Uhr beobachteten ... Sie fröstelte.

»Ich kann James nicht verlassen!« flüsterte sie. »Ich kann es nicht, Gerard. Sein Bein muß höchstwahrscheinlich amputiert werden; diese Vorstellung raubt ihm fast den Verstand. Wenn ich ihn gerade jetzt verlasse ...«

»Wenn er dich wirklich liebte, würde er dich freigeben«, sagte Gerard. »Dein Glück müßte ihm das Wichtigste sein, wichtiger als sein eigenes.«

»Ich weiß es nicht, Gerard. Ich weiß nur eines ... ich kann ihn nicht bitten, mich gehen zu lassen ... nicht jetzt ...«

Gerard schwieg. Dann sagte er: »Und wenn er sterben würde? Dann würdest du doch mit mir kommen?«

»Das weißt du doch, Gerard!«

»Und wenn er am Leben bleibt?« fragte Gerard so leise, daß sie ihn kaum verstand.

»Dann – dann muß ich bei ihm bleiben! Ich muß! – Ich weiß nicht, wann wir nach England zurückkehren können. Wahrscheinlich werden wir noch einige Monate in Wien bleiben müssen. Gerard! Vielleicht ... ich meine, da ich nicht mit dir nach Compiègne kommen kann... Würdest du wieder nach Wien kommen?«

»Das schwöre ich!« sagte Gerard sofort. Unruhig beobachtete er, wie Maureen auf die Uhr sah. Verzweifelt ergriff er ihre Hände: »Du gehst doch nicht jetzt, oder?« rief er.

Maureen biß sich auf die Lippen. »Ich muß, Gerard. Ich habe mich sowieso schon verspätet, und James wird bereits in einem Zustand sein, der... Aber vielleicht ist es mir möglich, heute abend zu entwischen... Rose würde mir dabei helfen. Wo wohnst du, Gerard? Im Hotel?«

Gerard nickte mit klopfendem Herzen. »Ich werde um zehn Uhr in der Kutsche vor deinem Haus warten.«

»James nimmt normalerweise ein Schlafmittel. Ich sitze bei ihm, bis er eingeschlafen ist. Dann komme ich, Gerard. Rose kann meine Stelle im Krankenzimmer einnehmen.« Für einen Augenblick schwieg sie. »Wenn James gesund wäre, würde ich ihn niemals derart hintergehen!« sagte sie traurig. »Ich würde ihm gestehen, daß ich dich zufälligerweise getroffen habe, daß ich mit dir ginge. Es wäre mir egal, wenn er mich dafür hassen würde. Und was kümmert mich mein Ruf! Aber ich darf nicht ehrlich sein, solange er so krank ist. Verstehst du das, Gerard?«

Gerard sah sie voller Liebe an.

»Du bist nicht nur wunderschön, du bist mutig, tapfer und freundlich. Ich liebe dich dafür. Und nun komm, ich begleite dich nach Hause!«

Noch am selben Abend lag sie an seiner Brust, in seinen Armen, vollkommen glücklich. Vergessen war das scheußliche Gefühl, das sie hatte, als sie sich durch die Gartenpforte schlich und im Dunkeln zu Gerards wartender Kutsche rannte. Vergessen war auch das schmerzerfüllte Gesicht ihres Gatten James, der verlangte, daß sie mit ihrer kühlen Hand seine fieberheiße Stirn kühle. Ja, Maureen verdrängte in diesem Augenblick sogar die Erinnerung an ihre kleine Tochter, die ohne ihre Eltern in England lebte und sich vielleicht aus Sehnsucht nach ihr in den Schlaf weinte.

Es gab nur Gerard – den Mann, den sie mit jeder Faser ihres Körpers liebte; dessen Berührungen ihr nacktes Fleisch elektrisierten, wie es nie ein anderer Mann fertiggebracht hatte. Und sie fühlte, daß es ihrem Liebsten mit ihr ebenso ging. Seine Hände, seine Lippen berührten sie überall – ihr Gesicht, ihr

Haar, ihren Hals, ihre Brüste, ihre Scham. Trotzdem er sie begehrte, suchte er nicht nur sein eigenes Vergnügen. Zärtlich und liebevoll brachte er sie zum Höhepunkt, zögerte seinen hinaus, bis auch sie soweit war. Danach lagen sie einander in den Armen, liebkosten und küßten sich und flüsterten miteinander, als gäbe es nichts Wichtigeres auf der Welt als diese kleinen Beteuerungen ihrer Liebe.

Vor dem Hotel lag der leere Karlsplatz. Es schneite unaufhörlich weiter, und die Spuren der Kutschenräder und Fußgänger verschwanden langsam unter den weich fallenden Flocken. Die Zeiger der Uhr am Turm der Karlskirche wanderten unaufhaltsam weiter. Dann schlug es fünf Uhr. Schmerzerfüllt dachte Maureen daran, daß sie sich trennen mußten. Zärtlich sah sie Gerard an, streichelte seine Wange. Das Herz wurde ihr schwer. Warum muß das alles so sein, fragte sie sich verzweifelt. Aber sie hatte keine Wahl.

»Schwöre mir, daß du zu mir zurückkommen wirst, Gerard! Alles will ich ertragen, alles ... aber du mußt mir versprechen, daß du wiederkommst, bitte, Liebster, schwöre es mir!«

Gerard zog sie an sich.

»Ich komme zu dir zurück! Ich schwöre es! Hab' keine Angst, *mon amour.*« Sanft küßte er ihre Augen, ihre Wangen, ihre Lippen. »Ich weiß jetzt auch, was ich tun werde. Nach dem Tod meiner Mutter bringe ich Faustina zurück zu ihren Eltern nach Neapel. Dort wird sie glücklicher sein. Dann komme ich zu dir zurück. Und selbst, wenn man mir sagt, du seist tot, ich werde so lange suchen, bis ich dich finde. Niemals mehr werde ich Gerüchten glauben.«

Tränen des Glücks stahlen sich in Maureens Augen.

Aber es war Zeit für sie. Sie durfte sich nicht verspäten. Um James vor der Wahrheit zu verschonen, trennte sie sich von Gerard; das Risiko, doch noch entdeckt zu werden, wollte sie nicht eingehen.

»Ich muß gehen!« sagte sie. »Hilf mir, Gerard!« Weinend fügte sie hinzu: »Versuche mich nicht daran zu hindern. Ich bin nämlich nicht so tapfer, wie du meinst.«

Eine halbe Stunde später saßen sie nebeneinander in der Kutsche. Sie hielten sich an den Händen, und Gerard war außerstande, seine Tränen zurückzuhalten. Gerard war nicht eifersüchtig auf James, noch haßte er ihn dafür, daß Maureen seinetwegen nicht mit ihm kommen konnte. Er hatte Mitleid mit James. Mit einer Frau verheiratet zu sein, die man liebte, von der man aber wußte, daß ihr Herz einem anderen gehörte – es mußte entsetzlich sein. Und doch, so war es. Maureen gehörte ihm, und er gehörte ihr. Gerard wußte, daß sie niemals aufhören würden einander zu lieben.

Die Überzeugung stärkte ihn. Es war ihm möglich, einen letzten Abschiedskuß auf Maureens kalte Lippen zu hauchen; er lächelte sogar, als sie sich noch einmal umwandte, bevor sie durch die Gartenpforte verschwand.

Gerard ließ die Kutsche noch einige Minuten warten. Es war kalt, die Straße wie ausgestorben. Die Pferde stampften ungeduldig, ihre Nüstern dampften in der frostkalten Luft. Der Himmel hinter den Dächern wurde bereits hell. Bald würde er seine unglückliche Reise fortsetzen. Er hoffte nur, daß seine Mutter noch am Leben war, wenn er Compiègne erreichte. Gerard beobachtete den Schein einer Lampe im ersten Stock des Hauses und wußte, Maureen war sicher in ihr Schlafzimmer gelangt.

Obwohl es keinen Grund mehr gab, noch länger zu warten, Gerard tat es. Langsam erwachte die Stadt. Aus den Kaminen stiegen Rauchwolken, Lichter wurden angezündet. Manche Menschen gingen bereits tief vermummt zur Arbeit. Sein Kutscher saß frierend und hustend auf seinem Sitz und versuchte sich mit heftigen Armbewegungen zu erwärmen.

Gerard befahl ihm loszufahren. Er lehnte sich zurück, hörte den Knall der Peitsche, die Pferde zogen an, froh, sich Bewegung verschaffen zu können. Gerard sah nicht zurück. Traurig dachte er an die bevorstehende Reise, die ihn wieder einmal von der geliebten Frau trennte.

Fünfunddreißigstes Kapitel
1806

»Sind Sie wirklich sicher, daß Sie hierbleiben wollen?« fragte Professor Spiegel Maureen. »Ich könnte mir vorstellen ... nun, es ist kein besonders schöner Anblick ...«

Die Entscheidung war gefallen; die Amputation wurde vorgenommen. Draußen war es dunkel, der Himmel verhangen. Im Schlafzimmer des Patienten brannte das Feuer im Kamin, und es war notwendig, alle Lampen anzuzünden, damit der Arzt genügend Licht hatte für die Operation.

»Mein Mann möchte, daß ich bei ihm bin!« antwortete Maureen ruhig. »Sie brauchen keine Angst zu haben, Professor, ich werde Ihnen nicht im Weg sein.«

Professor Spiegel nickte anerkennend. Es war bekannt, daß gerade die Engländer besonders tapfer waren; nun würde es sich herausstellen, ob das auf ihre Frauen ebenfalls zutraf. Maureen tat ihr Bestes für James. Geld spiele keine Rolle, hatte sie dem Arzt erklärt, der daraufhin einen fähigen Kollegen bat, ihm zu assistieren. Nach reiflicher Überlegung wurde beschlossen, James erst nach der Operation schmerzlinderndes Opium zu verabreichen. Zwei Diener standen am Kopfende des Bettes, um den Patienten festzuhalten, wenn das Glied abgetrennt wurde. Mochte der Arzt auch noch so vorsichtig zu Werke gehen, der Patient sich als noch so tapfer erweisen, die Möglichkeit, daß James sich rasender Schmerzen wegen aufbäumte, bestand. Es hatte schon Fälle gegeben, bei denen zwei Männer nicht ausgereicht hatten, den Patienten zu bändigen. Im Krankenhaus allerdings wurden die Patienten bei solchen Operationen am Tisch festgebunden, vor allem jene, bei denen man sich nicht darauf verlassen konnte, daß sie die Tapferkeit eines Gentleman besaßen. Ein Mann wie James Pettigrew hätte einen solchen Vorschlag als Beleidigung empfunden.

James fühlte sich alles andere als wohl. Es war ihm sehr ernst gewesen, als er sagte, daß er vorzöge zu sterben, denn als Krüppel weiterzuleben. Aber Maureens Einfluß hatte bewirkt, daß er schließlich der Operation zustimmte, allerdings in der Hoffnung, dabei zu sterben.

Nun war es soweit. Mit aschgrauem Gesicht umklammerte er Maureens Hand, damit sich etwas von ihrer Ruhe auf ihn übertrüge. Er war fest entschlossen, nur sie während der Prozedur anzusehen, hoffend, daß er dieserart die Schmerzen stillschweigend ertragen könne.

»Wenn du bei mir bleibst, werde ich dich nicht enttäuschen!« hatte er am frühen Morgen versprochen. Der Gedanke, daß Maureen leiden könnte, kam ihm nicht.

Glücklicherweise war Professor Spiegel ein qualifizierter Mann, von dem behauptet wurde, daß er Amputationen so schnell wie kein anderer durchführe.

Die beiden Ärzte krempelten die Ärmel hoch und banden sich saubere, weiße, gestärkte Leinenschürzen um. Der jüngere der beiden bereitete die Instrumente vor: eine Knochensäge, ein langes Messer, Nadeln, Faden, Tupfer und Binden. James wurde auf den Tisch gelegt. Professor Spiegel überzeugte sich, daß nichts fehlte und sah auf die Uhr.

»Ich glaube, wir können beginnen«, sagte er.

Im Raum befanden sich nun mehrere Diener; sie waren für die notwendigen Handgriffe eingeteilt. Einer, der das amputierte Bein in Empfang nahm, ein anderer, um das Blut aufzuwischen, damit der Arzt nicht ausrutschte, ein dritter verabreichte James eben in diesem Augenblick ein herzstärkendes Getränk.

Maureen stand neben James und hielt ihm die Hand. Sie litt mit ihm. Nur zu gut erinnerte sie sich daran, was für Schmerzen sie bei der Geburt von Tamarisk hatte aushalten müssen. Wenn auch die Operation sehr viel kürzer dauern würde, die Schmerzen waren mindestens ebenso schlimm, wenn nicht noch größer.

»*Attention! Ne bougez pas, monsieur!*« ordnete Professor Spiegel an, dessen Französisch sehr viel besser als sein Englisch war.

Die Diener hielten den zitternden Körper des Patienten fest. Der Arzt setzte das Messer an und schnitt sicher und rasch durch das Fleisch. James stöhnte durch die zusammengebissenen Lippen. Seine Finger umklammerten Maureens Hand.

»Bald ist es vorbei!« beruhigte sie ihn. »Nur Mut, James, es dauert nicht mehr lange.«

»Zwirn«, kommandierte Professor Spiegel. Sein Assistent reichte ihm das Gewünschte. Geschickt band der Arzt damit die Blutgefäße ab.

Das schreckliche Geräusch der Knochensäge ging Maureen durch und durch. James stöhnte, seine Lippen waren grau vor Entsetzen. Mit ihrer freien Hand tupfte Maureen ihm vorsichtig den Angstschweiß von der Stirn.

Einer der Diener fiel in Ohnmacht und wurde von einem anderen aus dem Zimmer gezerrt.

»*C'est finis, madame! Je suis bien content!*« hörte Maureen zu ihrer Erleichterung die Stimme des Arztes. Sein Kollege verband gerade den Beinstumpf.

Der Professor lächelte Maureen beruhigend zu.

»Alles gutgegangen!« informierte er sie. »Ihr Mann war sehr tapfer... Sie aber auch, Madame! Die schlimmste Gefahr ist vorbei. Aber ich werde Ihren Mann trotzdem noch schröpfen, als Vorbeugung gegen eine Infektion. Alles weitere ist eine Sache der Geduld, bis die Wunde verheilt ist.«

»Haben Sie mein Bein abgenommen?« fragte James mit vor Schmerzen entstellter Stimme. »Es tut verdammt weh!«

»Das ist normal«, sagte der Professor freundlich. »Den meisten geht es so... sie fühlen auch nach der Amputation Schmerzen in dem abgetrennten Glied. Sie bekommen jetzt etwas Opium, und dann geht es Ihnen bald besser.«

James wurde ins Bett gelegt, die Diener räumten auf. Bald darauf war der Patient eingeschlafen. Maureen bat die beiden Ärzte in den Salon und servierte ihnen Erfrischungen.

Als Maureen ins Krankenzimmer zurückkehrte und James sie erkannte, streckte er seine Hand nach der ihren aus und hielt sie fest. Sein Gesicht war totenblaß. Das Opium tat seine Wirkung. Er war nur halb bei Bewußtsein.

»Geh nicht fort!« bat er. »Ich brauche dich.«

»Ich bleibe ja hier, hab keine Angst!« versprach Maureen. Beruhigt schloß James seine Augen und döste hinüber. Maureen aber dachte an Gerard. Sie konnte es einfach nicht verhindern. Selbst in diesem Augenblick mußte sie an den Geliebten denken. Wo war er jetzt? Bis Compiègne konnte er noch nicht gekommen sein, obwohl er sich entschlossen hatte, nicht mit der Kutsche, sondern per Pferd seine Reise zu machen, weil dies schneller ging. Aber es war Winter. Das einzig Beruhigende war, daß Gerard keinem Feind begegnen würde, da er durch von Napoleon besetztes Gebiet ritt. Aber auch so gab es genügend Gefahren: herumstreunendes Gesindel, Straßenräuber, Halsabschneider. Gerard mußte sich vorsehen.

Wenn ich nur bei ihm wäre, dachte Maureen. Sie erinnerte sich an ihren gemeinsamen Ritt von Compiègne zur Küste. Auch der treue Dickon war dabeigewesen, immer aufmerksam und auf Überraschungen gefaßt. Wie schön war das gewesen, obwohl sie beide wußten, daß ihre Trennung kurz bevorstand.

Gerard hatte geschworen, so bald wie möglich zu ihr zurückzukommen. Der Gedanke daran war es, der Maureen nicht verzweifeln ließ. Dennoch – es würde Monate dauern. Vielleicht ist es ganz gut so, dachte sie und betrachtete voll Mitleid den Beinstumpf ihres Gatten, dessen Konturen sich unter der Bettdecke abzeichneten. James brauchte sie mehr als je zuvor. Sein Lebenswille war gebrochen. Es war ihre Pflicht, ihn davon zu überzeugen, daß sein Leben nicht seinen Sinn verloren habe. Es würde nicht leicht sein, das wußte sie. Vor allem war es nicht der Zeitpunkt, sich in Gedanken zu verlieren, wie gerne sie mit Gerard zusammen wäre.

Maureens Entschluß, James beizustehen und zu helfen, wurde in den folgenden Wochen einer harten Probe unterworfen. Vier Tage nach der Amputation war James sich seiner mißlichen Lage völlig bewußt. Aufopfernd und geduldig saß Maureen bei ihm; die Stunden schienen ihr endlos. Immer wieder sprach er davon, daß er lieber tot wäre, daß er ihr keineswegs übelnähme, wenn sie seinen Anblick nicht ertragen könne – er selbst war kaum in der Lage, die Tatsache zu akzeptieren, daß sein Bein fehlte. Was war er denn? Ein halber Mann!

Am fünften Tag nach der Operation erlaubte ihm Professor Spiegel, das Bett zu verlassen. Anfangs widersetzte sich James. Seine Ausrede, er fühle sich nicht kräftig genug, ließ der Arzt jedoch nicht gelten. Und tatsächlich hatte die Anordnung des Professors den erwünschten Erfolg: So kurz und anstrengend diese ersten Bemühungen waren, James entdeckte, daß er sich erholen, ja, mit Gewißheit innerhalb seiner Möglichkeiten beweglich sein würde. Sein Lebenswille kehrte zurück, und als ihm am zehnten Tag nach der Operation die Fäden gezogen wurden, ertrug er die Schmerzen tapfer und in bester Laune. Professor Spiegel verabschiedete sich; seine Aufgabe war erfüllt.

Endlich traf Nachricht ein von Maureens Vater, von Clarissa und Tamarisk. James erhielt außerdem einen Brief seiner Schwester Anne.

Sir John berichtete hauptsächlich über die politische Entwicklung und den Tod Lord Nelsons. Clarissas Brief freute Maureen besonders, denn nach so langer Zeit erfuhr sie endlich etwas über ihre Tochter:

> ... Tamarisk wird von Tag zu Tag hübscher. Sie erinnert mich sehr an dich, als ich dich das erste Mal sah. Es scheint eine Ewigkeit her zu sein. Dein Vater und ich haben uns sehr über deinen Brief gefreut, aus dem hervorging, wie gut es euch in Wien geht. Tamarisk fragt ständig nach euch und wann sie euch wiedersehen wird. Aber dein Vater meint, daß dies wohl noch eine Zeitlang dauern wird; Schuld daran ist wieder einmal dieser schreckliche Napoleon. Ich hoffe inständig, daß ihr in Wien in Sicherheit seid. Der Gedanke, daß James und Dickon dich beschützen, tröstet mich ...

Maureen gab diesen Brief nicht an James weiter; nur die Stellen, die Tamarisk betrafen, las sie ihm vor. Clarissas Erwähnung, die sich auf James als Beschützer bezog, könnte ihn verletzen.

James erholte sich langsam, aber merkbar. Je besser er sich nun körperlich fühlte, desto stärker wurde auch sein Verlangen nach Maureen. Innerlich glaubte Maureen sich darauf vorbereitet, ihren ehelichen Pflichten nachzukommen, da sie wußte, wie wichtig dies für James war. Wenn sie sich ihm verweigerte, mußte er annehmen, daß sie es tue, weil er ein halber Krüppel war.

An der unerfreulichen Szene, die ihrem ersten Beisammensein folgte, war Maureen jedoch nicht schuld. Die Vorstellung, im Bett zu versagen, irritierte James derart, daß er nicht in der Lage war, das zu vollziehen, was er sich so sehnlichst wünschte. Wieder und wieder versuchte er, der Verzweiflung nahe, seine Männlichkeit zu beweisen. Liebevoll versuchte Maureen ihm zu helfen, ihm zu versichern, daß es – auch nach Ansicht Professor Spiegels – nur eine Frage der Zeit sei; ihre Beteuerungen blieben ohne Effekt. James weinte bitterlich über sein Versagen.

»Wir müssen Geduld haben, James«, versuchte Maureen ihn zu beruhigen. »Schau, die Operation war erst vor einigen Monaten. Du mußt dich erst richtig erholen. Ich bin überzeugt, in ein, zwei Wochen fühlst du dich kräftiger. Ich bin ganz sicher!«

In den folgenden Monaten versuchte James es immer wieder, seine Männlichkeit und Potenz unter Beweis zu stellen. Mit Entsetzen wurde ihm klar, daß er seine geliebte Maureen niemals mehr würde besitzen können.

Sechsunddreißigstes Kapitel 1806–1807

Kaum drei Tagesreisen von Wien entfernt wurde Gerard von einer Bande Deserteure überfallen. Sie gehörten zur Schwadron der besiegten Pavolgradhusaren. Die Männer versteckten sich in einem abgelegenen Farmhaus; einige Soldaten waren verwundet. Sie fürchteten sich nicht nur vor den siegreichen Franzosen, sondern auch vor ihren Alliierten – viele Österreicher mochten die Russen nicht.

Die Männer lebten in Angst und Verzweiflung, und sie waren hungrig. Es war ein bunt zusammengewürfelter Haufen, der nicht in der Lage gewesen war, zu dem eigenen Regiment zurückzufinden. Ohne es zu wissen, waren die Männer weiter nach Westen marschiert. Aus Hunger überfielen sie Bauernhöfe und ängstigten die Bauern mit ihren Musketen, ihrem verwahrlosten Aussehen und ihren verdreckten Uniformen.

Unglücklicherweise suchte Gerard eben in diesem Farmhaus Schutz vor einem heftigen Schneesturm. Mit aufgepflanztem Bayonett empfingen ihn die Männer. Sie nahmen ihm seine goldene Uhr und sein Geld ab, ja, sie rissen ihm sogar die warmen Kleider vom Leib, uneinig, ob sie ihn töten sollten oder nicht.

Ein Mann, Nikolai Kuragin, der intelligenter zu sein schien als seine Kameraden, plädierte dafür, Gerard am Leben zu lassen.

»Er sagt, er sei ein Vicomte – mag sein, daß das nicht stimmt, aber ohne Zweifel ist er von nobler Herkunft. Darum also eine vorzügliche Geisel!« argumentierte er.

Des weiteren, so erklärte er, stelle das Leben eines Offiziers und Gentleman einen gewissen Wert dar. Schließlich befanden sie sich auf feindlichem Territorium. Falls sie von den Franzosen gefangen würden, konnten sie ihr Leben vielleicht mit Gerards Hilfe retten. Falls sie es aber schafften, ihr eigenes Land zu erreichen: die Gefangennahme eines französischen Offiziers würde sie vielleicht vor der Bestrafung retten, die für Deserteure galt, denn sie konnten ihren Vorgesetzten weismachen, daß sie bei Gerards Verfolgung ihr Regiment aus den Augen verloren hatten.

Zwei Tage lang wußte Gerard nicht, was mit ihm geschehen würde. Nach heftigen Diskussionen entschlossen sich die Männer schließlich, ihn am Leben zu lassen. Unbewaffnet bedeutete er keine Gefahr für sie, und vielleicht würde sich seine Gefangennahme wirklich noch als nützlich erweisen. Was sie beschäftigte waren Sorgen anderer Natur. Es war bitterkalt und sie waren hungrig. Mit Hilfe der Karte, die sie Gerard abgenommen hatten, wanderten sie weiter Richtung Norden und hofften, ihre Heimat Rußland zu erreichen.

Gerard verhielt sich passiv und vermied jegliche Provokation, in dem Wissen, daß es für sein Leben keine Garantie gab. Ohne Gegenrede fügte er sich dem Befehl, die Männer nach Rußland zu begleiten, in der Hoffnung allerdings, daß sich ihm auf dieser Reise die Möglichkeit der Flucht bieten würde. Zum jetzigen Zeitpunkt wurde er Tag und Nacht streng bewacht. Mit einem Seil hatte man ihm die Hände gebunden, und das andere Ende wurde jeweils am Gürtel seines Bewachers befestigt. Die Männer hatten sich Pferde besorgt. Die gestohlenen Tiere waren ausgemergelt, aber besser als nichts. Gerard durfte sein eigenes, in Wien gekauftes Pferd reiten, da es den Infanteristen, die fast alle noch nie im Sattel gesessen hatten, zu temperamentvoll erschien.

Nikolai Kuragin hatte sich selbst zum Führer ernannt. Er war der einzige, der Französisch sprach, und es bereitete ihm kindliches Vergnügen, mit seinen Kenntnissen so oft wie möglich zu protzen. Meistens ritt er neben Gerard und erzählte seine Abenteuer während der Schlacht bei Austerlitz.

Nikolai war ein grober Kerl ohne jegliche Erziehung, aber er war kein wirklich böser Mensch. Da Gerard sich geweigert hatte, sein Wort als Gentleman zu geben, keinen Fluchtversuch zu unternehmen, blieb er weiterhin Tag und Nacht gefesselt. Ansonsten wurde er nicht besser oder schlechter behandelt als einer von ihnen. Es wurde ihm nicht erlaubt, sich zu rasieren, und waschen durfte er sich nur, wenn sie es auch taten, was selten vorkam. Ab und zu überfielen sie Bauernhäuser und forderten mit vorgehaltener Pistole Wein, Essen und Kleidung, was sie untereinander aufteilten.

Für Gerard bot sich keine Fluchtmöglichkeit. Er haderte mit dem Schicksal, das seine Reise nach Compiègne zu seiner sterbenden Mutter verhindert hatte, und er versuchte Nikolai zu überreden, ihn aus diesem schwerwiegenden Grunde laufenzulassen.

»Wenn's nach mir ginge«, sagte dieser freundlich, »ich würde dich schon weglassen. Aber die anderen ... die haben Angst, was mit ihnen gemacht wird, wenn wir heimkommen. Du bist der einzige Beweis, daß wir keine gewöhnlichen Deserteure sind ... das heißt, wir sind es natürlich, aber wir wären schön dumm es zuzugeben!« fügte er grinsend hinzu.

Mitte März endlich überschritten sie die Grenze nach Rußland. Gerard sah genauso ungepflegt aus wie die Männer, die ihn gefangengenommen hatten. Sein wettergegerbtes Gesicht bedeckte ein langer Bart, seine Haare waren verfilzt, Hände und Fingernägel verdreckt. Er sah keineswegs aus wie ein französischer Vicomte, und seine Behauptung, daß er es sei, wurde an der Grenze von den Russen mit Gelächter quittiert. Da er weder Uniform noch Papiere besaß, um sich auszuweisen, galt er nicht einmal als Kriegsgefangener. Selbst Nikolai konnte die Russen nicht davon überzeugen. Sie betrachteten ihn als französischen Spion. Die Behandlung war dementsprechend. Mit Gewehrkolben schlugen sie auf ihn ein, um ein Geständnis zu erzwingen. Nikolai eilte Gerard zu Hilfe, obwohl er selbst sich in einer sehr mißlichen Lage befand.

Später konnte sich Gerard an die Ereignisse kaum erinnern. Nikolai erzählte ihm, daß sie beide fast bewußtlos geschlagen worden waren. Pjotr, Stefan und die anderen fünf Deserteure wurden in ein nahes Lager gebracht, Nikolai und Gerard gefesselt weiterverfrachtet und ins Gefängnis gesteckt. Als vermeintliche Spione erwarteten sie dort ihren Prozeß.

Gerard sah entsetzlich aus, sein Gesicht war der vielen Wunden wegen verschwollen, und er war fast nicht mehr zu erkennen.

»Ich verstehe das nicht ... warum du auch, Nikolai?« fragte er mühsam, da jede Bewegung schmerzte.

»Warum? Weil es alle Idioten sind!« antwortete Nikolai.

»Nein, weil du mir geholfen hast!« jammerte Gerard.

Nikolai grinste.

»Ja glaubst du denn, ich stehe tatenlos dabei, wenn diese Wilden einen unschuldigen Mann zu Brei schlagen? Aber warte nur ab. Ich hole dich hier schon raus, und es wird nicht lange dauern, das verspreche ich dir!«

Derart versuchte er Gerard aufzumuntern, obwohl er genau wußte, daß sie beide, wenn Gerards Identidät unbewiesen blieb, kaum Hoffnung haben konnten, das Gefängnis als Lebende zu verlassen.

Inzwischen pflegte Maureen in Wien ihren Gatten mit aufopfernder Fürsorge. Professor Spiegel war mit dem Zustand seines Patienten sehr zufrieden. Seiner Meinung nach würden James und Maureen im Juni nach England zurückkehren können. Auch diesmal war es Baron Stern, der Maureen dabei half, nachzuforschen, ob es möglich war, durch Frankreich heimzureisen. Maureens Wunsch, die nötigen Papiere betreffend, zeigten sich die Verantwortlichen aufgeschlossen.

Der Zar hatte sich in Geheimverträgen verpflichtet, mit Napoleon die Kontinentalsperre gegen England betreffend gemeinsame Sache zu machen und Dänemark, Schweden, Portugal und Österreich zu zwingen, jeglichen Handel mit England einzustellen. Napoleon war überzeugt, daß England nicht wagen würde, seine Friedensvorschläge abzulehnen, da er Österreich und Preußen bereits niedergezwungen hatte und Rußland nun sein Verbündeter war. Überdies war sein bedeutendster Gegner, der englische Schatzkanzler William Pitt, gestorben. Die französischen Verantwortlichen in Wien sahen daher keinen Grund, der Engländerin die Heimreise zu verbieten. Lady Barre war bekannt dafür, daß sie viele einflußreiche Freunde und Verbindungen besaß. Dies konnte sich in Zukunft, wenn zwischen ihren Ländern Frieden herrschte, als nützlich erweisen. Unbesorgt konnte man Maureen und ihren verkrüppelten Gatten abreisen lassen; es kostete nicht einmal etwas. So wurden die nötigen Papiere vorbereitet und Ende Mai unterzeichnet.

Seit Gerards Abreise nach Compiègne waren vier Monate vergangen. Dickon war mit traurigen Nachrichten nach Wien zurückgekehrt. Vierundzwanzig Stunden nach seiner Ankunft in Schloß Boulancourt war die Vicomtesse gestorben. Dickon aber hatte ein heftiges Fieber befallen, und seiner Schwäche wegen war er gezwungen, einen weiteren Monat in Compiègne zu bleiben. Während dieser Zeit gab es von Gerard kein Lebenszeichen. Als Maureen dies vernahm, befiel sie panische Angst, die sich von Tag zu Tag steigerte. Was hatte Gerard so lange aufgehalten? Hoffentlich war ihm nichts zugestoßen! Setzte man voraus, daß er Compiègne inzwischen erreicht hatte – zu spät, um seine Mutter noch zu sehen –, dann war er wahrscheinlich bereits auf dem Rückweg zu ihr. Aber würde er nach Wien kommen? Oder nahm er vielleicht an, daß sie mit James bereits nach England abgereist war, da inzwischen so viel Zeit vergangen war? Beide Möglichkeiten kamen in Frage. Es fiel Maureen schwer, einen Entschluß zu fassen. Sollte sie sofort nach England abreisen? Oder aber ihre Abreise verschieben, falls Gerard nach Wien kam?

Ihre Sehnsucht nach Tamarisk und der resignierende James waren es, die schließlich zur Entscheidung führten. Die Heimreise wurde beschlossen. Maureen hoffte sehr, daß James sich in der Heimat besser erholen würde.

Zu ihrer großen Enttäuschung mußte sie feststellen, daß dies nicht der Fall war. James blieb verdrießlich, und nur Tamarisk gelang es hin und wieder, ein Lächeln in sein Gesicht zu zaubern.

Ihre wenigen freien Stunden verbrachte Maureen im Orchid House bei Clarissa. Manchmal leistete ihnen Sir John Gesellschaft. Sie saßen im Garten unter dem Magnolienbaum und unterhielten sich. Maureen taten diese Stunden der Entspannung sichtlich gut. In ihrem Haus in Finchcocks lebte sie isoliert; da war nur James, dessen Blicke sie überallhin verfolgten; dessen Forderung nach Liebe und Aufmerksamkeit ihre Kräfte überbeanspruchte. Obwohl sie alles tat, was in ihrer Macht stand, es schien nie genug zu sein.

Für James war eine Holzprothese angefertigt worden, die ihm das Leben erleichtern sollte. Aber da er vorgab, daß es ihn schmerze sie zu tragen, saß er meist in seinem Lehnstuhl. Hin und wieder las er die *London Post*, hauptsächlich aber saß er nur einfach da und beobachtete Maureen bei ihren hausfraulichen Verrichtungen.

»Ich habe nicht einmal den Eindruck, daß er sich mit mir unterhalten möchte!« gestand sie Clarissa, die die einzige war, mit der sie über James sprechen konnte. »Er sitzt einfach da und verfolgt mich mit seinen Blicken. Manchmal kommt es mir vor, als sei er mein Kerkermeister... und ich die Gefangene, die er nicht aus den Augen lassen darf, da sie sonst entfliehen könnte... Ich weiß, daß ich das eigentlich nicht sagen dürfte, aber...«

Tröstend legte Clarissa ihren Arm um Maureen.

»Ich verstehe dich sehr gut, mein Kind, und es ist sicher nicht leicht für dich, aber Krankheiten verändern die Menschen oft auf merkwürdige Weise. Schließlich sind erst neun Monate vergangen seit dieser schrecklichen Operation. Hab' noch etwas Geduld... wenn James sich wieder wirklich erholt hat, wird sich auch sein seltsames Benehmen ändern.«

Maureen seufzte.

»Es scheint, daß das Schicksal es nicht besonders gut mit mir meint. Gerard und ich... Oh, Tante Clarrie, wenn ich nur wüßte, wo er ist! Wenn er Compiègne erreichte, nachdem Dickon abgereist war... er wäre längst wieder bei mir, wenn ihm nichts zugestoßen ist! Ich habe solche Angst, daß er tot ist und ich ihn niemals wiedersehe.«

»Wenn Gerard wirklich nicht mehr am Leben wäre, dann wüßtest du es in deinem Innersten«, beruhigte Clarissa sie. »Aber da du manchmal daran glaubst, daß er noch lebt... dann ist es sicher so.«

Wie immer schaffte es Clarissa, Maureen zu beruhigen und ihr neuen Mut einzuflößen.

»Wie spät ist es denn?« fragte Maureen plötzlich, sich an James erinnernd.

Es war noch nicht fünf. Sie hatte also noch Zeit.

»Erzähl mir von Dickon«, forderte Clarissa sie auf. »Rose und er... steht immer noch kein Hochzeitstermin fest?«

»Vielleicht heiraten sie nächstes Frühjahr!« antwortete Maureen. »Eigentlich ist es irgendwie meine Schuld, daß sie immer noch nicht Mann und Frau sind. Dickon hat meinetwegen den Termin wieder und wieder verschoben. Du kennst ihn ja, Tante Clarrie, und du kennst seine Ergebenheit mir gegenüber, aber irgendwie belastet es mich, daß er sein Glück so von mir abhängig macht. Zweimal in diesem Jahr reiste er für mich nach Frankreich, um Neues über Gerard zu erfahren. Du weißt ja, daß ich James nicht allein lassen kann, sonst führe ich selbst nach Compiègne. Im Dezember wird Dickon die Reise ein drittes Mal machen. Wenn Gerard dann immer noch nicht zu Hause ist, müssen wir, glaube ich, den Tatsachen ins Auge sehen und annehmen, daß er tot ist.«

»Ja, Dickon ist wirklich ein treu ergebener Diener, mehr noch, ein Freund!« sagte Clarissa ablenkend. »Als ich ihn heute sah ... ich war überrascht, wie gut er aussah.«

Maureen lächelte.

»Dickon ist so stark wie ein Bär!« meinte sie lachend. »Tamarisk jedenfalls beschreibt ihn so. Sie bewundert ihn.«

Clarissa fragte sich, ob Maureen es nicht bedauerte, daß aus ihrer Ehe mit James keine weiteren Kinder hervorgegangen waren, aber sie war zu taktvoll, die Frage laut zu äußern. Maureen hatte vor kurzem angedeutet, daß ihre Ehe seit dem Unfall in Wien nicht mehr vollzogen wurde; dazu kam, daß Clarissa Zeuge der schweren Geburt von Tamarisk gewesen war und sich noch sehr gut an den Rat der lieben Mutter Sales erinnerte, keine weitere Schwangerschaft zu riskieren.

Maureen stand auf und sammelte ihre Päckchen ein.

»Ich muß jetzt leider gehen«, sagte sie mit Bedauern in der Stimme, »aber ich komme nächste Woche wieder! Und bist du so lieb, Vater zu sagen, daß James und ich hoffen, ihn mit dir bald bei uns zum Dinner zu sehen?«

Clarissas nächster Besuch aber hatte einen anderen Grund. James war krank.

Zuerst nahm man an, es handle sich um eine Erkältung. Maureen sorgte dafür, daß er sich wieder zu Bett begab. Trotz bester Pflege stieg das Fieber. Schlimmer noch, James spuckte Blut.

Maureen wandte sich an Dr. Willis, einen sehr guten Arzt, den auch der König konsultierte. Dr. Willis zögerte anfangs, eine exakte Diagnose zu stellen, aber zwei Wochen nach der ersten Untersuchung äußerte er auf Maureens drängende Frage, daß James die Schwindsucht habe. Um nichts unversucht zu lassen, holte Maureen Dr. Warren, um auch dessen Meinung zu hören. Er stellte dieselbe Diagnose. Es bestand wenig Hoffnung, daß James überleben würde.

Das Jahr ging seinem Ende zu. James' Zustand verschlechterte sich von Tag zu Tag. Er bestand darauf, nur von Maureen versorgt und gepflegt zu werden. Und obwohl sie ihm immer wieder erklärte, daß Hoffnung auf Gesundung bestünde: James hatte sich irgendwie damit abgefunden, daß sein Ende nahte.

Maureen tat alles in ihrer Macht Stehende, um das Leben ihres Mannes zu retten. Ihr größter Feind dabei waren, wie der Arzt ihr erklärte, die Depressionen, die James seit seiner Operation niemals verlassen hatten.

Inzwischen lebte auch Anne in Finchcocks, um Maureen zu helfen, wo sie nur konnte. Die Ärzte empfahlen einen Aufenthalt am Meer, und Clarissa und Maureen brachten James nach Hastings. Dort blieben sie einen Monat. Es trat keine Besserung ein. Um die Weihnachtszeit kehrten sie nach Finchcocks zurück.

Tamarisk, die James sehr gerne mochte, war von seinem Aussehen entsetzt. Er war nur noch ein Schatten seiner selbst. Tamarisk war sehr traurig, um so mehr, als sie dem Getuschel der Angestellten entnehmen mußte, daß ihr Stiefvater bald sterben würde.

Eines Nachts, kurz vor ihrem achten Geburtstag, klammerte sie sich an Maureen, als diese sich über ihr Bett beugte, um gute Nacht zu sagen.

»Oh, Mama! Warum sterben alle meine Väter?« fragte sie mit Tränen in den blauen Augen.

Der Erschöpfung nahe konnte auch Maureen ihre Tränen nicht zurückhalten. Das Kind konnte ja nicht wissen, wie wahr ihre Worte waren. Erst der arme Gilbert, der Tamarisk seinen Namen gegeben hatte. Nun James. Und was war mit Gerard, dem wirklichen Vater ihrer kleinen Tochter? Mußte sie nicht auch um ihn fürchten? War er nicht vielleicht auch schon tot?

»Vielleicht wird Onkel James bald wieder gesund!« versuchte sie Tamarisk zu trösten.

Aber James starb am ersten Tag des neuen Jahres; fast genau acht Jahre, nachdem Maureen Tamarisk zur Welt gebracht hatte.

Siebenunddreißigstes Kapitel
1807

Die Trauerzeit verbrachte Maureen in Finchcocks. Sie genoß die Ruhe und selbstgewählte Zurückgezogenheit und widmete sich liebevoll ihrer kleinen Tochter Tamarisk.

Der Verlust ihres Gatten schmerzte sie, obwohl das letzte Jahr ihres Zusammenlebens die Hölle gewesen war. Clarissa wußte als einzige, wie unendlich schwer es Maureen gehabt hatte. James' körperliche Behinderung war auch für sie eine große Belastung gewesen, um so mehr, als es ihr trotz aller Fürsorge und Mühe nicht gelungen war, in ihm den Willen zu leben zu erwecken. Der Mißerfolg ihrer Bemühungen stimmte Maureen sehr traurig.

Annes Versicherungen, keine Frau hätte aufopfernder, pflichtbewußter und liebevoller für ihren Mann gesorgt als sie, konnten Maureen nicht darüber hinwegtäuschen, daß sie irgendwie versagt hatte, denn geliebt hatte sie James niemals.

Die Erinnerung an seine unsteten Augen, die sie beobachtet und verfolgt hatten, würde nicht so leicht auszulöschen sein. Irgendwie fühlte sie sich schuldig an seinem Tod, da sie ihm nie das gegeben hatte, wonach er so dringend verlangte.

Dank ihrer Jugend kam Tamarisk verhältnismäßig schnell über den Tod ihres Stiefvaters hinweg. Ohne Schwierigkeit konzentrierte sie ihre kindliche Zuneigung auf Sir John, ihren Großvater, der seit dem Tod von James häufig in Finchcocks erschien. Sir John liebte seine kleine hübsche Enkelin. Es bereitete ihm ungeheueres Vergnügen, sie auf seinen Knien zu schaukeln und mit ihr zu scherzen.

»Ich bin ein geschlagener Mann«, pflegte er zu sagen. »Nichts als dumme Frauen sind um mich herum!«

Lachend kraulte Tamarisk in seinem Backenbart.

»Trotzdem liebst du uns, Großvater! Sonst würdest du uns ja nicht besuchen kommen.«

»Schon, aber ... eigentlich habe ich mir von deiner Mutter immer einen kräftigen, mutigen Enkelsohn gewünscht. Nimm zum Beispiel den jungen Master Lade ... wie gut der reiten kann ...« neckte er sie weiter.

Tamarisk bearbeitete ihn mit ihren kleinen Fäusten.

»He, du weißt ganz genau, daß ich besser bin als Harry. Komm, laß uns zusammen ausreiten, dann wirst du schon sehen ... ich bin ebenso mutig wie ein Junge!«

Sir John gab vor, es nicht zu glauben, aber er zog sich um und begleitete Maureen und das kleine aufgeregte Mädchen hinunter zum kleinen Turnierplatz, der nach Dickons Anweisungen angelegt worden war.

Bewundernd beobachtete er seine Enkeltochter, die ohne Furcht die höchsten Hindernisse nahm.

»Ganz deine Tochter!« sagte er zu Maureen, und es war ihm deutlich anzumerken, wie stolz er war.

Und doch – Maureen wußte, daß sie ihren Vater enttäuscht hatte. Seinen Wunsch nach einem Enkelsohn hatte sie nicht erfüllt. Es war ihr klar, daß er erwartet hatte, daß aus ihrer Ehe mit James Kinder hervorgingen, obwohl er dieses Thema nie berührt hatte. Sie selbst war froh, keine weiteren Kinder zu haben. So würde es leichter für sie sein, diese wenigen, aber anstrengenden Jahre ihrer Ehe zu vergessen, einer Ehe, die sie niemals hätte eingehen dürfen. Für sie stand fest, daß sie nicht mehr heiraten würde, denn sie wußte nun, daß es ihr unmöglich war, das zu geben, was in einer solchen Verbindung verlangt wurde. Gerard war und blieb ihre einzige Liebe.

Maureen war nun siebenundzwanzig und schöner denn je. Verständlich, daß sie nicht lange ohne Verehrer blieb. Ihr bisheriges Leben hatte ihr Gesicht geprägt; es drückte Mut und Bestimmtheit aus, manchmal eine gewisse Traurigkeit. In ihren schönen Augen funkelte immer noch die Lebensfreude, und die zarten Lachfältchen um ihren Mund verrieten ihren Sinn für Humor. Aber nur selten ging sie aus sich heraus. Ihre Bewunderer bemühten sich umsonst, ihr Innerstes zu entdecken, was ihnen die Möglichkeit gegeben hätte, diese faszinierende Frau zu beherrschen und sich gefügig zu machen.

Wieder einmal gab Maureen Anlaß zu Klatsch. Der *Barre Diamant* war wieder aufgetaucht, wenngleich unter anderen Aspekten. Vor ihrer Ehe war Maureen dafür bekannt gewesen, mit vielen Männern zu schlafen, ohne sie zu lieben, nun ging ihr der Ruf voraus, viele Männer zu lieben, mit ihnen aber nicht zu schlafen.

Baronin von Eburhard, die für die Sommermonate ein Haus in Brighthelmstone gemietet hatte, lud Maureen und ihre

Tochter Tamarisk ein, den ganzen Monat August bei ihr zu verbringen. Der schon etwas ältere Baron hatte sich aus dem gesellschaftlichen Leben zurückgezogen und blieb deshalb in London zurück. Sir John fuhr mit Clarissa nach Schottland zur Entenjagd. Maureen und Tamarisk, die somit frei waren, nahmen die Einladung Lisa von Eburhards gerne an.

Die lebenslustige Lisa hatte viele Freunde bei Hof, von denen sich die meisten zur Geburtstagsfeier des Prinzen ebenfalls in Brighthelmstone eingefunden hatten. Maureens Anwesenheit hatte sich binnen kurzem herumgesprochen. Für all die Klatschmäuler eine willkommene Abwechslung nach all den Jahren ihrer Abwesenheit bei gesellschaftlichen Veranstaltungen. Maureen gab Anlaß zu vielen Spekulationen. Würde sie das Andenken an ihren letzten Mann in Ehren halten? Man nahm allgemein an, daß James ein guter, wenngleich auch strenger Ehemann gewesen sein mußte, da es ihm allein gelungen war, Maureens wildes, extravagantes Leben, das sie vor der Verehelichung mit ihm geführt hatte, zu beenden. Wie würde Maureen, so fragte man sich, nun, da sie wieder frei war, reagieren? Immerhin bestand die Möglichkeit, so munkelte man, daß Maureen, jung und von vollendeter Schönheit, den Verlockungen nicht würde widerstehen können. Lisa von Eburhard würde ihr bei eventuellen Eskapaden kaum im Wege stehen.

An männlichen Besuchern mangelte es im Haus der Baronin nicht, doch wurde auf Konventionen anscheinend Rücksicht genommen, jedenfalls war von den Angestellten nichts Gegenteiliges zu erfahren.

Zu den Besuchern zählte auch John William Ward, der, obwohl drei Jahre jünger als Maureen, bereits Mitglied des Parlaments war. Ein eigentlich scheuer Mann, gelegentlich ein wenig exzentrisch, aber klug und bedacht.

Er hatte kaum eine Stunde in Maureens Gesellschaft verbracht, als er feststellte, wie sehr diese Frau ihn faszinierte. Es war nicht so sehr ihre Schönheit, die ihn beeindruckte, eher ihre Intelligenz, ihre schnelle Auffassungsgabe und ihr Witz. Nach einer Woche gehörte er zu den täglichen Besuchern im Haus der Baronin, und nach zehn Tagen machte er Maureen eine Liebeserklärung.

Maureens Interesse dagegen war rein platonischer Natur, obwohl sie sich in seiner Gesellschaft wohl fühlte. Taktvoll wies sie ihn darum darauf hin, daß seit dem Tod ihres Gatten noch nicht einmal ein Jahr vergangen war und sie nicht die Absicht habe, je wieder zu heiraten. Klugerweise ließ sie ihren Verehrer in dem Glauben, daß sie James über alle Maßen geliebt habe und aus diesem Grund nicht wünsche, sich wieder zu verehelichen. Trotzdem besuchte John Ward Maureen auch weiterhin; er zeigte sich von seiner besten Seite und war ein unterhaltender und amüsanter Gesprächspartner.

Lisa kümmerte sich rührend um Maureen. Sie nahm sie mit, als sie den Prinzen von Wales in seinem Pavillon besuchte, wo sie herzlich empfangen wurden. Mit Vergnügen erinnerte sich der Prinz an ihre erste Begegnung auf der großen Abendgesellschaft, die Maureen damals mit dem seligen Gilbert gegeben hatte.

Erfreut zeigte der Prinz Maureen seinen Pavillon, der sich seit ihrem letzten Besuch sehr verändert hatte. Neu war eine chinesische Galerie, die extra für den Zweck erbaut worden war, die kostbarsten Tapeten zu zeigen, die der Prinz als Geschenke erhalten hatte. Neu war ebenfalls ein großer Kasten aus buntem Glas, in dem chinesische Insekten, Früchte und Blumen ausgestellt waren. Besonders stolz war der Prinz auf sein chinesisches Porzellan sowie die erlesenen Bambusmöbel, Laternen und Uniformen.

Neben dem Pavillon wurden neue Ställe und eine Reithalle errichtet. Der Prinz hoffte, so erklärte er Maureen, daß die Arbeiten im nächsten Jahr beendet sein würden. Die Fertigstellung hatte sich verzögert, weil es nicht möglich gewesen war, genügend Bauholz aufzutreiben, da die Franzosen die kontinentalen Häfen blockiert hatten.

»Außerdem«, gab der Prinz zu, »bombardieren mich die Handwerker, die ich noch nicht bezahlt habe, mit Briefen. Trotzdem – ich hoffe, im nächsten Jahr ist alles fertig.«

Auch Brighthelmstone hatte sich verändert. Bei einer Ausfahrt mit Lisa und Tamarisk bemerkte Maureen die vielen hübschen neuen Häuser, die inzwischen gebaut worden waren. Manchmal begleitete sie auf diesen Ausfahrten ein Neffe der Eburhards, ein gutaussehender Mann, etwa siebenunddreißig Jahre alt, und wie John Ward Mitglied des Parlaments. Auch er war von Maureen sehr beeindruckt, und zwischen ihm und John Ward entstand eine Art Wettbewerb um die Gunst der Angebeteten. Thomas Creavey wie auch Ward gaben sich alle Mühe,

Maureens Herz zu erweichen; sie besuchten sie so oft wie möglich, schickten Blumen und verwöhnten sogar die füllige Lisa mit schmeichelnden Komplimenten, um vielleicht durch diese schneller zum Ziel zu kommen.

Lisa mochte Maureen sehr gern, und es bereitete ihr sichtliches Vergnügen, die Bemühungen der beiden Verehrer zu beobachten. Sie liebte Intrigen, ob sie selbst darin verwickelt war oder nur ihre Freunde. Sie empfand es als Glück, daß Maureen zweimal Witwe geworden war, bevor sie dreißig war, und somit noch alle Chancen hatte. Eifersucht kannte die Baronin nicht; sie wünschte Maureen von Herzen das Beste. Deshalb enttäuschte es sie etwas, daß Maureen ihre Verehrer in keiner Weise ermutigte, obwohl sie zu beiden gleichbleibend charmant und freundlich war.

»Welcher gefällt dir besser, Liebste?« fragte sie Maureen, als sie das riesige Blumenbouquet hereinbrachte, das gerade abgegeben worden war.

»Ich mag sie beide!« antwortete Maureen lächelnd. »John ist der ernstere, intelligent, und ganz sicher ist er der intelektuellere. Thomas dagegen ist ungeheuer amüsant. Wenn man mit ihm zusammen ist, ist es immer lustig. Findest du nicht auch?«

Da sich Thomas aber beim Prinzen befand, war es John Ward, der Maureen, Tamarisk und die Baronin bei ihrer Ausfahrt begleitete. Die Kirchenglocken läuteten, von den im Hafen liegenden Schiffen wurde Salut geschossen, und die Musikkapelle der Stadt spielte ohne Unterlaß: an diesem Tag fanden die Geburtstagsfeierlichkeiten für den Prinzen statt. Tamarisk war aufgeregt, daß sie dabeisein durfte. Mit hochroten Wangen stieß sie immer wieder kleine Begeisterungsschreie aus, die in dem herrschenden Trubel und Lärm aber kaum auffielen.

Lisa hatte der Dienerschaft befohlen, ein Lunch-Picknick zum White Hawk Hill zu bringen, wo bereits viele Kutschen in einer langen Reihe hielten, um den Besitzern den besten Blick auf das Schauspiel zu garantieren.

Nach der großen Parade fuhren sie nach Hause, wo sich Maureen für den Ball ankleidete. Ausnahmsweise durfte Tamarisk ihr dabei zusehen. Schweigend saß sie dabei, als Rose ihrer Mutter beim Anlegen der Robe behilflich war, was endlos lange zu dauern schien. Endlich war es soweit. Mit aufgerissenen Augen starrte Tamarisk auf ihre schöne Mutter, die nun aussah wie eine Märchenprinzessin. Maureen trug ein weißes Satinkleid, ihre lange Schleppe war mit smaragdgrünem Samt eingefaßt. Die kostbare Goldstickerei blinkte und funkelte im Kerzenschein.

»Wenn ich meinen Hofknicks vor Seiner Königlichen Hoheit mache«, sagte Maureen zu ihrer kleinen Tochter, »dann hoffe ich nur, daß nichts schiefgeht. Es wäre entsetzlich für mich zu stolpern ... das Diadem würde herunterfallen und dem Prinzen vor die Füße rollen. Stell dir das vor! Ich habe immer ein bißchen Angst vor so etwas.«

»Oh, Mama! Das wäre ja furchtbar! Aber es passiert bestimmt nicht. Dir nicht! Du bist bestimmt die Schönste auf dem Ball. Ich bin ganz sicher!«

»Wie lieb von dir, das zu sagen, mein Kleines. Aber nun lauf und sage der Baronin gute Nacht. Und dann schnell ins Bett. Es ist schon sehr spät, und wenn du nicht gleich schlafen gehst, bist du morgen früh zu müde, um zuzuhören, wenn ich von meinen Erlebnissen erzähle.«

Der Ball war tatsächlich eines der eindrucksvollsten gesellschaftlichen Ereignisse des Jahres. Mindestens fünfhundert Gäste waren der Einladung gefolgt; sie saßen an langen, mit Blumengestecken geschmückten Tischen und erfreuten sich an dem köstlichen Menü. Der Prinz von Wales war festlich gekleidet, und seine imposante Erscheinung fand vollen Beifall, als er um Viertel nach neun erschien. Ehrengäste waren an diesem Abend die Mitglieder der französischen Königsfamilie, die im Exil lebte.

»Es mag Ihnen merkwürdig vorkommen, daß ich gerade jetzt daran denke«, sagte Maureen zu ihrem Begleiter, »wie viele Menschen nicht das Glück haben, reich geboren zu werden.«

»Ja, ja, die Armen«, stimmte ihr John Ward zu. »Seitdem die neuen Getreide-Gesetze in Kraft sind, gibt es Tausende, die bei der geringen Unterstützung fast verhungern.«

»Vor allem die Besitzer kleiner Weizenfelder und die Farm-Arbeiter leiden darunter«, sagte Maureen. »Die Landbesitzer und reicheren Bauern dagegen haben das Benefiz.«

»Und nicht zu vergessen all jene im Norden«, erinnerte John Ward sie. »Sogar Frauen und Kinder arbeiten in den Minen,

Gießereien und neuen Fabriken. Für einen Hungerlohn, und meist müssen sie unter den schrecklichsten Bedingungen arbeiten.«

»Vielleicht werde ich Sie später einmal um Hilfe für diese armen Leute bitten«, sagte Maureen.

»Scheuen Sie sich nicht, es zu tun,« antwortete er ernst.

Nach dem Essen zogen sich die Damen zurück, um sich frisch zu machen, bevor im großen Ballsaal getanzt wurde. Die Baronin lächelte Maureen verschmitzt zu.

»Der junge John Ward ist ganz offensichtlich bis über beide Ohren verliebt in dich«, sagte sie und fügte hinzu: »Wahrscheinlich, das glaube ich wenigstens, wird er sich noch heute Nacht erklären, Maureen. Willst du ihn nicht erhören?«

Maureen schüttelte den Kopf.

»Nein, niemals!« sagte sie ehrlich. »Ich werde nicht mehr heiraten.«

»Nun ja, mag sein, daß es sich auch als Witwe recht lustig leben läßt. Da du genügend Geld hast, brauchst du keinen Mann, der dich erhält, und an Bewunderern wird es dir niemals fehlen.«

Schon im Ballsaal schienen sich die Worte der Baronin zu bewahrheiten; es gab keinen Tanz, zu dem Maureen nicht aufgefordert wurde. Ob es sich um Thomas Creavey oder John Ward handelte oder um all die anderen Männer, die ohne Begleitung den Ball besuchten, Maureen war zu allen gleich nett.

Es war bereits vier Uhr morgens, als Maureen endlich, erschöpft, aber vergnügt, in ihr Bett kletterte, um kurz darauf wieder aufzustehen und das Fenster zu öffnen, da sie die Luft im Zimmer als stickig empfand.

Gedankenverloren stand sie am offenen Fenster und betrachtete den herrlichen Mond, während die leichte Brise vom Meer in ihren Haaren spielte. Unwillkürlich mußte sie an Gerard denken. Ob er noch lebte? Man wußte es nicht. Dickons letzte Reise nach Compiègne war so erfolglos gewesen wie die vorangegangenen. Der alte Jules lebte nun zurückgezogen in einem kleinen Bauernhaus, das zum Besitz seines Herrn gehörte. Auch er hatte nichts von oder über Gerard gehört. Jules war ebenfalls der Ansicht, daß sein Herr nicht mehr lebte.

Als Maureen sich wieder unter die Decke kuschelte, überkam sie plötzlich das sichere Gefühl, daß Gerard, obwohl alles dagegen sprach, doch noch lebte; daß er eben in diesem Augenblick den selben Mond betrachtete und an sie dachte.

Plötzlich hörte sie leise Schritte im Flur vor ihrer Tür. Mit angehaltenem Atem beobachtete sie, wie sich der Türgriff langsam bewegte und die Tür sich knarrend öffnete. Ängstlich dachte sie an die kleine Pistole in der Schublade des Tischchens neben ihrem Bett. Seit dem Vorfall mit Baron von Gottfried besaß sie diese Pistole, um sich im Notfall verteidigen zu können. Ganz langsam streckte sie ihren Arm aus, um die Schublade zu öffnen, als sie in der Dunkelheit die kleine helle Gestalt erkannte, die nun an ihr Bett trat. Es war ihre Tochter.

Tamarisk kletterte ins Bett und berührte sanft ihre Mutter. »Mama, bist du wach?« flüsterte sie.

Maureen lächelte.

»Nein, ich schlafe tief und fest und ich träume, daß mir meine Tochter einen nächtlichen Besuch abstattet!« flüsterte Maureen zurück.

Als Tamarisk die Worte ihrer Mutter hörte, lachte sie glücklich. »Ich konnte einfach nicht schlafen«, erklärte sie. »Und ich war so allein!«

»Und wie hast du dich hierhergeschlichen?« fragte Maureen, denn das Zimmer ihrer Tochter lag im obersten Stockwerk neben dem ihrer Erzieherin.

»Mistreß Payne schläft tief und fest«, antwortete sie und preßte Maureens Hand. »Sie schnarcht lauter als ein Drache«, erklärte sie kichernd. »Darum konnte sie mich nicht hören, obwohl ich direkt an ihrem Kopf vorbeigeschlichen bin.«

»Mistreß Payne wird sehr ärgerlich sein, wenn sie davon erfährt«, sagte Maureen zu ihrer Tochter.

»Du wirst es ihr doch nicht erzählen, Mama?« Nach einer kleinen Pause fügte sie hinzu: »Ich möchte so gern eine Geschichte hören. Erzählst du mir etwas? Etwas darüber, als du noch ein kleines Mädchen warst.«

»Über Dickon und die Farm?« fragte Maureen, denn sie wußte, daß ihre Tochter die Owlett Farm und die Familie Sale sehr gerne mochte.

Tamarisk aber schüttelte den Kopf.

»Nein, nein, Mama. Lieber über den jungen Franzosen, du weißt schon, den, der eine weiße Stute hatte, die Colombe hieß. Diesen Edelmann, den du geliebt hast, als du noch ein Mädchen warst, der aber dann fortritt und nicht mehr wiederkam.«

Maureen bekam Herzklopfen.

»Viel mehr gibt es über ihn nicht zu erzählen«, sagte sie mit Mühe, im Versuch, ruhig zu bleiben.

»Doch, Mama, viel mehr!« protestierte Tamarisk. »Dickon hat mir erzählt, daß er braune Locken hatte und braune Augen. Dickon sagt auch, daß er so gut reiten konnte wie er selbst, und du weißt, wie gut er es kann! Rose meint, er sei der schönste Mann gewesen, den sie je gesehen hat. Ich wünschte, ich wäre damals schon auf der Welt gewesen und hätte ihn sehen können. Dickon hat gesagt, daß du ihn vielleicht geheiratet hättest, wenn er nach England zurückgekommen wäre. Aber als er nicht aus dem Krieg zurückkehrte, hast du Papa geheiratet!«

»Ja, das stimmt alles!« sagte Maureen. »So wurde ich Lady Barre, und deshalb bist du Tamarisk Barre!«

»Dickon hat mir auch erzählt, daß du während der Revolution nach Frankreich gereist bist, um diesen Edelmann zu finden. Er hieß Gerard. Du warst sehr mutig, Mama. Du hast Dickon sogar das Leben gerettet, als er von den Wölfen angefallen wurde!«

»Dickon und du, ihr scheint euch über eine Menge Dinge zu unterhalten«, meinte Maureen ein wenig überrascht.

»Ja, das tun wir, wenn wir zusammen ausreiten!« sagte Tamarisk. »Mama, soll ich dir ein Geheimnis verraten?«

»Wenn du ein Geheimnis ausplauderst, dann ist es keines mehr!«

»Das stimmt schon, aber wenn ich es *dir* erzähle, das ist doch etwas anderes, oder? Es ist nämlich ... ich habe der Vicomtesse damals versprochen, niemandem von dem Geschenk, das sie mir machte, zu erzählen, aber ich glaube ... du warst damit nicht gemeint, denn sie hat dich sehr geliebt, Mama.«

»Ich sie auch!« bestätigte Maureen.

»Sie war Gerards Mutter!« erklärte Tamarisk. »Und sie hat mir so viel von ihm erzählt ... und von den Sachen, die er angestellt hat, als er ein kleiner Junge war ... und dann ... dann hat sie mir dies hier gegeben!«

Maureen bekam etwas in die Hand gedrückt. Sie setzte sich auf und zündete eine Kerze an. Erstaunt betrachtete sie das kleine goldene Herz, das ihre Tochter ihr gegeben hatte. Noch bevor sie das Medaillon öffnete, wußte sie, daß es ein Bild von Gerard enthielt.

»War er nicht ein hübsches Kind?« fragte Tamarisk. »Noch viel schöner als Thomas!«

»Oh, Tamarisk, du hast dies die ganze Zeit über gehabt und ich wußte nichts davon?« murmelte Maureen, aber es klang nicht vorwurfsvoll.

»Ich wollte es dir immer zeigen, aber ich wußte nicht genau, ob es der Vicomtesse recht gewesen wäre«, erklärte Tamarisk. »Heute nacht, als ich nicht schlafen konnte, habe ich darüber nachgedacht, und dann sagte ich mir, daß sie sicher nichts dagegen hätte. Was glaubst du, Mama?«

»Nein, Liebling, sie hätte bestimmt nichts dagegen«, sagte Maureen und löschte schnell die Kerze, damit Tamarisk nicht die Tränen sehen sollte, die ihr in die Augen traten. »Du mußt besonders gut aufpassen auf dieses Geschenk, Tamarisk. Die Vicomtesse hat dir das Liebste geschenkt, was sie besaß.«

»Das weiß ich, Mama...« murmelte Tamarisk schläfrig. »Das kleine Bild von mir... du paßt ja auch so gut darauf auf...«

Zärtlich strich Maureen ihrer schlafenden Tochter die goldenen Locken aus der Stirn. Dann ließ sie ihren Tränen freien Lauf. Als sei es erst gestern gewesen, erinnerte sie sich an den Augenblick, als sie Gerard in den verschneiten Straßen Wiens getroffen hatte. Deutlich sah sie sein Gesicht, seine leuchtenden Augen vor sich, als sie ihm das Bild seiner, ihrer gemeinsamen Tochter gezeigt hatte.

Achtunddreißigstes Kapitel
1807

König Friedrich Wilhelm von Preußen schloß in den Jahren 1803 bis 1806 sechs verschiedene Bündnisse. In diesem Sommer schließlich verbündete er sich mit England, Sachsen, Rußland und Schweden. Die Große Koalition war gebildet. Dann stellte er Napoleon ein Ultimatum, seine Truppen vom Rhein abzuziehen, da Preußen ihm sonst den Krieg erklären würde.

Napoleon aber vernichtete die Preußische Armee in den Schlachten bei Jena und Auerstädt; nach diesem Sieg griff er die Russen an, was deren Niederlage bei Friedland zur Folge hatte.

Zar Alexander war gezwungen, Frieden zu schließen, und im Juli des Jahres 1807 trat der Vertrag von Tilsit in Kraft. Dieser Friedensvertrag ermöglichte Gerards Freilassung aus dem dreckigen Gefängnis, in dem er seit über einem Jahr saß. Ausgerechnet Nikolai Kuragin, der Mann, der ihn damals gefangengenommen hatte, rettete ihn vor dem sicheren Tod, denn das Gesindel in dem von Ratten verseuchten Gefängnis hätte einer fauligen Brotkruste wegen nicht gezögert, Gerard umzubringen. Nikolai aber, aus ärmlichsten Verhältnissen stammend, hatte schon sehr früh gelernt, für sich zu sorgen und sich zu verteidigen. Das war Gerards Rettung. Das Gefängnis war überfüllt; Mörder, Diebe, Bettler und auch einige Unschuldige warteten auf ihre Prozesse, die nie stattfinden würden. Besucher durften keine empfangen werden; es bestand keinerlei Kontakt zur Außenwelt. Kein Mensch scherte sich um diese Männer. Ab und zu wurden einige der Schlimmsten abgeholt und im Hof hingerichtet; auf diese Art wurde Platz für neu eingelieferte Gefangene geschaffen.

Die bittere Kälte auf der langen Reise nach Rußland hatte Gerards Gesundheit nicht geschadet, doch bereits zwei Wochen nach seiner Gefangennahme befiel ihn heftiges Fieber. Das abgestandene, stinkende Wasser, das man ihnen zu trinken gab, hatte es verursacht. Nikolai erwies sich als echter Freund. Er pflegte und beschützte Gerard, den er mochte und respektierte. Die Mitgefangenen erkannten sehr schnell, daß es besser war, sich nicht mit dem bulligen, starken Russen anzulegen. Flüsternd erzählten sie sich, daß Nikolai in der Lage war, einem mit einer Hand das Genick zu brechen, und es bestanden kaum Zweifel, daß er es tun würde, wenn er herausgefordert wurde.

Aus Furcht und Respekt erkannten sie ihn als ihren Anführer an. Selbst die Wächter, die ihre Gefangenen wie Tiere behandelten, hatten einigermaßen Respekt vor ihm. Jedenfalls getrauten sie sich nicht, ihn zu schlagen oder zu treten, wie sie dies mit den anderen dem Verhungern nahen Gefangenen taten. Einen Wächter konnte Nikolai sogar von Gerards Geschichte überzeugen, der todkrank und fiebernd seinem Ende entgegensah.

»Das ist ein Aristokrat, du Idiot!« schrie Nikolai den Wächter an. »Alle Aristokraten haben Verwandte ... überall, nicht nur in ihrem eigenen Land. Dieser Mann hier hat einen Onkel in

Petrograd ... einen Prinzen! Kapierst du? Er ist verheiratet mit einer Prinzessin aus Neapel. Glaubst du, diese Leute werden nichts gegen diejenigen unternehmen, die ihn sterben lassen? Der Vicomte braucht Medizin, warme Decken, heiße Suppe. Du kannst das alles besorgen. Also tu das! Dann kann ich seinen Verwandten erzählen, daß du, Leo Petrovsky, wenigstens versucht hast, ihm das Leben zu retten, selbst wenn er trotzdem sterben sollte.«

Furchtlos wie er war, verstand Nikolai es, den Mann einzuschüchtern und ihn davon zu überzeugen, daß es besser für ihn war, einige Sachen in die Zelle zu schmuggeln, als nichts zu tun, was den Tod des Franzosen zur Folge haben konnte. Nikolai garantierte sogar, daß es wegen dieser Bevorzugung zu keinem Kampf in der Zelle kommen würde. Und er hielt Wort. Näherte sich einer der ausgemergelten Gestalten, wenn er Gerard heiße Suppe einflößte, beförderte er ihn mit einem einzigen Hieb seiner Faust in eine Ecke der Zelle. Bald versuchte keiner mehr, sich den beiden zu nähern. Obwohl Nikolai selbst vor Hunger fast umkam, nahm er sich nie etwas von dem, was für Gerard hereingeschmuggelt wurde.

Gerard wußte genau, wem er sein Leben verdankte, als er endlich auf dem Weg der Besserung war.

»Sollte ich hier jemals rauskommen, dann werde ich mich erkenntlich zeigen«, sagte er zu Nikolai.

»Wir kommen hier raus, so wahr ich Nikolai heiße!« grunzte dieser. »Und wenn du wirklich für mich etwas tun willst ... vielleicht könnte ich dein Diener werden? Das Leben in der Armee stinkt mir. Ich würde viel lieber in privaten Diensten stehen ... bei einem Mann wie dir!«

Gerard war überrascht und dankbar. Ohne zu zögern sicherte er Nikolai zu, ihn bei sich zu behalten, falls ihnen die Flucht gelänge. Aber dazu waren allerlei Vorbereitungen nötig.

Erst nach einigen Monaten gelang es ihnen, den Wächter Leo Petrovsky dazu zu bringen, Papier, Tinte und Feder zu beschaffen. Petrovsky, der selbst nicht schreiben konnte, war gespannt, ob Gerard diese Kunst wirklich beherrschte. Schon nach kurzer Zeit hielt er den Brief des Franzosen in der Hand.

»An wen ist dieser Brief?« fragte er, da er nicht lesen konnte.

»An den französischen Gesandten«, informierte Gerard ihn. Verächtlich spuckte Leo Petrovsky aus und gab den Brief zurück.

»Wissen Sie denn nicht, daß wir Krieg mit Napoleon führen? Man wird mich für einen Spion halten, wenn ich diesen Brief an einen Franzosen weiterleite!«

Drei Monate befand sich Gerard nun in Gefangenschaft. Wie sollte er wissen, was draußen in der Welt vorging? Ungeduldig bat er den Wächter, ihm mehr zu erzählen.

Viel war es nicht, was der Mann wußte. Er hatte gehört, daß der König von Preußen nach seiner Niederlage in Rußland um Asyl gebeten hatte; daß Napoleon seinen Bruder Joseph zum König von Neapel und Sizilien ernannt hatte; außerdem wurde gemunkelt, daß der unersättliche Napoleon bereits nach der Türkei schielte; in der Ukraine konzentrierte sich eine große russische Armee, um die Grenzen zu verteidigen.

»Mag sein, daß dieser Mistkerl schon sehr nahe ist, aber er wird niemals seine Füße auf russischen Boden setzen! Darum«, sagte er und deutete mit dem Kopf auf Gerards Brief, »darum könnten wir das hier genauso gut auf den Mond schicken!«

Obwohl Feder und Tinte in der Zelle zurückblieben, konnte Gerard keine Briefe mehr schreiben. Papier gab es keines mehr, und Leo Petrovsky weigerte sich, welches zu beschaffen. Die Tinte benützte Gerard, um an der Zellenwand eine Art Kalender zu führen. Die Wochen vergingen. Schließlich war Gerard wieder gesund, seine Kraft und natürliche Autorität kehrten zurück. Bis zu einem gewissen Grad war er jetzt in der Lage, die Verhältnisse in der Zelle zu verbessern.

Mit Nikolais Hilfe sorgte er dafür, daß Jagd auf Ratten und anderes Ungeziefer gemacht wurde. Sie kontrollierten die Essensausgabe; jeder bekam gleich viel, nur die Kranken wurden mit größeren Portionen bedacht. Die Besitztümer der Sterbenden wurden aufgeteilt, aber religiöse Amulette durften ihnen nicht weggenommen werden. Um die Eintönigkeit ihres miserablen Lebens zu durchbrechen, erzählte Gerard den Männern Geschichten. Er hatte inzwischen Russisch gelernt und lehrte sie nun seinerseits englische und französische Wörter. Erfolglos blieb sein Versuch, ihnen lesen und schreiben beizubringen, da dies ohne Material nicht möglich war. Der Kalender wurde täglich geführt. An den Sonntagen sprach man die Gebete, die jeder kannte.

Im ganzen Gefängnis sprach man nun von dem französischen Gefangenen, dessen günstiger Einfluß auf seine Mitgefangenen auffiel. Sogar der Direktor hörte davon, und obwohl er sich am liebsten auf seinen Papierkram konzentrierte und mit dem stinkigen Gefängnis nichts zu tun haben wollte, wurde er neugierig. Er ordnete an, daß Gerard zu ihm gebracht wurde. Als Leo Petrovsky diese Nachricht überbrachte, war Nikolai außer sich vor Freude.

»Jetzt kannst du endlich erzählen, wer du bist!« sagte er. »Sicher werden wir heute abend freigelassen!« Gerard, der sich herrichtete so gut es ging, war sich keineswegs so sicher.

»Es wird nicht leicht sein, ihn davon zu überzeugen, daß ich ein Vicomte bin – so, wie ich aussehe!« sagte er zweifelnd.

Seine Furcht bestätigte sich. Der Direktor, ein Oberst a. D., mit besten Kenntnissen militärischer Dinge, aber wenig Vorstellungsvermögen, betrachtete den schmutzigen, blassen Gefangenen mit Mißfallen. Trotzdem erlaubte er ihm, seine Geschichte vorzutragen. Zu seiner Überraschung stellte er fest, daß Gerard ein Französisch sprach, das nur in höchsten Kreisen üblich war. Er folgerte daraus, daß es sich bei diesem Mann nicht um einen gewöhnlichen französischen Soldaten handeln konnte; dieser Franzose war ein Spion!

»Als Sie hier ankamen, trugen Sie die Kleidung eines Bauern«, sagte er überheblich. »Sie geben aber vor, Soldat zu sein! Wo ist Ihre Uniform, frage ich Sie!«

Geduldig erklärte Gerard ihm die Ereignisse seit seiner Abreise aus Wien. Bei der Erwähnung dieser Stadt zuckte der Direktor zusammen. Eben dort hatte er bei der russischen Niederlage seinen Sohn verloren. Sein Gesicht verhärtete sich, als ihn die Erinnerung daran überkam. Kühl sah er Gerard an.

»Diese Geschichte klingt doch ziemlich unwahrscheinlich, das müssen Sie zugeben!« bemerkte er. »Jeder anständige Russe, der Sie nach der Schlacht getroffen hätte, hätte Sie auf der Stelle umgebracht. Tod den Franzosen, das ist meine Devise.«

Innerlich begann Gerard diese Begegnung zu verfluchen. Er würde nicht nur nicht freigelassen werden – jetzt sah es sogar so aus, als ob er hingerichtet würde.

»Sir, wenn sich Ihr Land nicht mit Frankreich im Krieg befände, wäre es ein leichtes für Sie, sich davon zu überzeugen, daß ich wirklich der Vicomte de Valle bin, zur französischen Armee gehöre und dieser als Captain gedient habe!« sagte er stolz. »Sie scheinen sich nicht über die momentane politische Lage im klaren zu sein«, antwortete der Direktor. »Nach unserer Niederlage bei Friedland haben wir mit Ihrem Land einen Waffenstillstand geschlossen. Gerade jetzt verhandelt der Zar mit Napoleon in Tilsit über einen Friedensvertrag.«

»Dann, Sir, kann ich Sie nur inständig bitten, die Ermittlungen anzustellen, die Sie für nötig halten, um meine Identität zu klären. Mich hier bis an mein Lebensende festzuhalten, bringt Ihnen keinen Vorteil. Sollte der Krieg tatsächlich vorbei sein, dann kann ich Ihnen versichern, daß ich großen Einfluß habe, und ich gebe Ihnen mein Wort als Gentleman, daß es für Sie von Vorteil sein soll, wenn Sie etwas unternehmen, was zu meiner Freilassung führt.«

Er sah, daß seine vorsichtig gewählten Worte auf den Direktor Eindruck machten.

»Ihre Nachforschungen würden nicht viel von Ihrer Zeit beanspruchen«, fügte er hinzu, »und ich versichere Ihnen, daß meine Dankbarkeit dafür Sie gewiß zufriedenstellen wird.«

Der Direktor war beeindruckt. Er selbst war kein reicher Mann – sein bescheidenes Vermögen verdankte er seiner preußischen Gattin, und es war durch die ständigen Kriege völlig aufgebraucht. Ein paar Nachforschungen über diesen Gefangenen anzustellen, würde ihn wirklich nicht viel kosten.

»Ich werde tun, was ich kann«, versprach er Gerard, bevor dieser in seine Zelle zurückgebracht wurde.

Ein weiterer Monat verging, ohne daß etwas geschah. Gerard hatte die Hoffnung bereits aufgegeben, als Leo Petrovsky ihm seine Freilassung ankündigte.

Bei ihrer zweiten Begegnung war der Direktor wie verwandelt. Er nahm Gerard mit sich nach Hause, ließ ihm ein Bad herrichten und gab ihm sogar einen seiner eigenen Anzüge. Er widersprach nicht einmal dem Wunsch Gerards, Nikolai Kuragin freizulassen, da er diesen als Diener zu engagieren gedenke, wie es einem Mann in seiner Position zukam.

»Aber selbstverständlich, lieber Vicomte«, stimmte er Gerard zu. Nun, da er wußte, daß sein Gefangener wirklich ein Aristokrat war, benahm und äußerte er sich dementsprechend und entschuldigte sich wieder und wieder für die Vorfälle, die sich während Gerards Aufenthalt ereignet hatten. Er überreichte ihm sogar einen Beutel mit Gold, um Pferde zu kaufen und die anderen Ausgaben für sich und Nikolai zu bestreiten.

»Selbstverständlich können Sie sofort nach Frankreich zurückkehren, Monsieur.«

Gerard lächelte grimmig und unterzeichnete einen Schuldschein zugunsten des Direktors.

»Ich habe Ihnen mein Wort gegeben, daß ich mich für meine Freiheit erkenntlich erweisen würde«, sagte er, als er das Papier überreichte. »Inzwischen bedanke ich mich für Ihre Gastfreundschaft, obwohl ich gestehen muß, daß ich Ihnen die unwürdigen Zustände in Ihrem Gefängnis nicht verzeihen kann. Kriminelle, sogar Halsabschneider und Banditen sind trotz alledem Menschen, wenn Sie mir erlauben, das zu sagen. In meiner Heimat wird nicht einmal das Farm-Vieh so schlecht behandelt!«

Ärgerliche Röte überzog das Gesicht des Direktors.

»Was uns Russen betrifft, mein lieber Vicomte, so kann ich sagen, daß wir uns nicht die barbarische Unterhaltung gönnen, unsere Aristokraten zu guillotinieren«, antwortete er schlagfertig. »Ich bedauere, daß Ihnen die Behandlung in meinem Gefängnis nicht zusagte. Aber das hätten Sie schließlich selbst vermeiden können – wenn Sie sich hätten ausweisen können, als Sie hier ankamen.«

Gerard verspürte keine Lust, dieses sinnlose Gespräch fortzusetzen. Trotz allem hatte er seine Freilassung diesem Mann zu verdanken. Sein einziger Wunsch war, so schnell wie möglich abzureisen.

Nikolai Kuragin nahm ihrer beider Entlassung überraschend ruhig hin.

»Es mußte einfach so kommen«, sagte er, als sie zum nächsten Händler aufbrachen, um Pferde zu kaufen. »Schon als ich dich das erste Mal sah, wußte ich, daß meine Zukunft irgendwie mit dir zu tun haben würde. Und obwohl mein Plan nicht so ganz geklappt hat...« sagte er freundlich grinsend, »...mir tut es nicht leid. Was hat es mich schon gekostet? Anderthalb Jahre in einem stinkigen Loch, na und?«

»Mich hat es mehr als das gekostet«, antwortete Gerard ruhig. »Es besteht kaum noch Hoffnung, daß meine Mutter noch lebt. Ich werde darum über Wien nach Frankreich zurückreisen. In Wien gibt es jemanden, den ich unbedingt sehen möchte, sehen muß...«

Nikolai sah seinen neuen Herrn von der Seite an.

»Vielleicht die Lady, deren Namen du gerufen hast, als du im Fieber lagst? Es geht mich ja nichts an, und ich habe auch kein Recht, mehr Fragen zu stellen...obwohl...ich hoffe, du betrachtest mich immer noch als deinen Freund.«

»Natürlich tue ich das«, antwortete Gerard einfach. »Du hast mir das Leben gerettet, Nikolai Kuragin.«

Trotz ihres langen gemeinsamen Aufenthaltes im Gefängnis wußte Nikolai wenig über Gerards Privatleben. Überrascht erfuhr er nun von dessen junger Frau, die seit der Geburt ihres Kindes in geistiger Umnachtung im Kloster von Compiègne lebte. Gerard konnte nicht wissen, daß Faustinas Eltern sie inzwischen zurück nach Neapel geholt hatten.

Drei weitere Enttäuschungen blieben ihm nicht erspart: Maureen und James waren bereits vor über einem Jahr nach England zurückgekehrt; seine Mutter war gestorben, und der arme alte Jules hatte auch nicht überlebt.

Schloß Boulancourt war verschlossen, die Diener waren verschwunden. Ein einziger Mann bewachte das Schloß, ein Gärtner, den Gerard nicht kannte, weil er in seiner Abwesenheit angestellt worden war. Nur mit Mühe gelang es ihm, dem Mann klarzumachen, wer er war. Über Faustina konnte der Gärtner ihm nichts berichten.

Deprimiert ritt Gerard nach Compiègne zum Kloster, wo er von der Mutter Oberin über Faustinas Schicksal erfuhr.

»Kurz vor dem Tod Ihrer lieben Mutter«, informierte ihn die Nonne, »kamen die Eltern Ihrer Frau auf Besuch. Die Vicomtesse hatte ihnen geschrieben, daß die kleine Faustina bei uns lebte und sie selbst bald sterben würde, daß es außerdem fraglich war, ob Sie noch lebten, und daß sie es daher für das beste hielte, wenn die Eltern ihre Tochter wieder zu sich nähmen. Letzten Sommer ist Ihre Frau mit ihren Eltern nach Neapel abgereist.«

Gerard übergab der Mutter Oberin eine großzügige Spende für das Kloster, bedankte sich bei ihr für die Pflege seiner Frau und verabschiedete sich.

Er war tief betroffen. Napoleons Bruder Joseph war nun König von Neapel. Im August letzten Jahres, als er selbst in Gefangenschaft war, hatte Joseph Bonaparte den Feudalherren die Gerichtsbarkeit abgesprochen, außerdem hatte er die Leibeigenschaft abgeschafft und das Land der Feudalherren unter den Bauern aufgeteilt, die es nun selbst bearbeiteten. Bei seinem kurzen Besuch in Wien hatte Baron Stern ihn davon informiert, daß der König in Sizilien Zuflucht gesucht hatte. Es war daher sehr wahrscheinlich, daß Faustinas Eltern, der Prinz und die Prinzessin Monte-Gincento, alles verloren hatten und möglicherweise mit ihrer Tochter ebenfalls in Sizilien Zuflucht gesucht hatten.

Am liebsten wäre Gerard sofort nach England aufgebrochen, um Maureen zu sehen, um ihr zu erklären, warum es ihm unmöglich gewesen war, sein Versprechen zu halten, das er ihr in jener Nacht in Wien gegeben hatte. Seine Sehnsucht nach ihr quälte ihn unsagbar und überschattete das Glücksgefühl der wiedererlangten Freiheit. Aber der letzte Brief seiner Mutter, überreicht von dem Priester, der ihr die letzte Ölung gegeben hatte, bewog ihn wieder einmal, zuerst seine Pflicht zu erfüllen.

> ... dein Schwiegervater ist sehr in Sorge, die Zukunft seines Landes betreffend. Um seine Feindschaft gegenüber Napoleon unter Beweis zu stellen, ließ König Ferdinand die Bücher von Voltaire öffentlich verbrennen. Prinz Monte-Gincento glaubt, es sei nur eine Frage der Zeit, daß es zum Vertragsbruch zwischen Frankreich und Neapel komme.
> Der Prinz ist ein sehr intelligenter Mann, Gerard, und seine Furcht vor einem neuerlichen Krieg sicher nicht unbegründet. Er fürchtet um die Sicherheit seiner Frau und seiner Tochter Faustina. Falls du zurückkehrst – und ich bete zu Gott, daß es so sein möge –, ist es deine Pflicht, dich um deine Frau zu kümmern. Leider muß ich hinzufügen, daß sich ihr Gesundheitszustand nicht gebessert hat, und mein Arzt hat wenig Hoffnung, daß dies in Zukunft geschehen wird ...

Des weiteren schrieb die Vicomtesse von ihrer Liebe für ihren einzigen Sohn, und außerdem versicherte sie Gerard, daß sie nun, nachdem sie von Maureen das Geständnis Baron von Gottfrieds erhalten habe, ruhigen Herzens ihr Ende erwarte.

> ... Maureen hat großen Mut bewiesen. Ihre Liebe für dich und ihre Treue sind unerschütterlich. Ich weiß, wie sehr du dich nach ihr sehnst, aber ich muß dich daran erinnern, daß es deine Pflicht ist, dich um deine Frau zu kümmern, wiewohl ich weiß, wie schwer dir das fallen mag, weil Maureen diejenige ist, die du liebst. Mein geliebter Sohn, ich vertraue darauf, daß du das Richtige tun wirst ...

»Wir müssen nach Neapel!« sagte Gerard mit grimmig entschlossenem Gesicht zu dem wartenden Nikolai. »Vielleicht befindet sich meine Frau in Lebensgefahr ... wir reisen so schnell wie möglich ab!«

Aber erst Ende des Jahres 1807 erreichten Gerard und Nikolai ihr Ziel. Ihre lange Reise führte sie durch die Schweiz, dann durch ganz Italien, wo Napoleon in Florenz und Rom das französische Regime etabliert hatte.

Das Land hatte sich verändert, seit Gerard vor neun Jahren hier gelebt hatte. Es gab nur noch drei große Klöster, die von Joseph Bonaparte nicht verkauft worden waren. Der Verkauf der übrigen zweihundertunddreizehn hatte ihm dazu verholfen, seine Schulden zu bezahlen.

Gerard gab Nikolai gegenüber zu, daß die von Joseph Bonaparte herbeigeführten Veränderungen tatsächlich Vorteile aufwiesen, vor allem für die fünf Millionen Armen, die jetzt unter besseren Bedingungen lebten.

Der Palast der Monte-Gincentos diente nun Mitgliedern der Regierung als Büro; Joseph, ein Kunstnarr, hatte dafür Sorge getragen, daß er unzerstört blieb, und sogar die kostbaren Vorhänge und Teppiche waren noch vorhanden, wenngleich die erlesenen Möbel durch praktische Schreibtische ersetzt worden waren.

Gerard erfuhr, daß die einstigen Besitzer tatsächlich nach Sizilien geflohen waren. Näheres war nicht in Erfahrung zu bringen, was Gerard aufs tiefste deprimierte.

»Und was machen wir jetzt? Reisen wir nach Sizilien?« fragte Nikolai. »Wenn ja ... wie sollen wir das anstellen? Du bist Franzose, und die Briten ...«

Es war Gerard unmöglich, eine präzise Antwort zu geben. Aber trotz der scheinbaren Aussichtslosigkeit ihres Unternehmens versorgten sie sich mit frischen Pferden und ritten zu einer Stelle, von wo aus die Insel durch die Meerenge von Messina in kürzester Zeit zu erreichen war.

Auch hier gab es, wie damals in England, Männer, die für eine angemessene Summe bereit waren, mit ihren Booten Fremde überzusetzen. Gerard machte einen jungen Fischer ausfindig, den er beauftragte, einen Brief nach Palermo zu bringen, dort auf Antwort zu warten und mit dieser zu Gerard zurückzukehren.

Es verging mehr als eine Woche, ohne daß der Mann zurückgekommen wäre. Nikolai hatte den Verdacht, der Mann habe das Geld genommen, und sie würden ihn nie wiedersehen. Gerard beruhigte ihn, da seiner Ansicht nach kein Fischer sein Zuhause und seine Familie unbeschützt zurücklassen würde.

Gerards Annahme bestätigte sich, aber die Nachrichten, die der junge Fischer vom Hof in Palermo zurückbrachte, waren furchtbar. Die Kutsche der Monte-Gincentos war von Banditen überfallen worden, als der Prinz und die Prinzessin ihre Tochter in ein Kloster in den Bergen begleiteten, wo sie hofften, daß ihre Tochter Ruhe finden sollte. Alle Insassen der Kutsche wurden ausgeraubt und ermordet.

Gerard war aufs höchste bestürzt. In seiner Vorstellung quälten ihn grausame Bilder.

»Meine Frau war so zart, so furchtsam!« sagte er immer wieder zu Nikolai. »Der Gedanke, welch grausamen Tod sie erlitten haben muß, macht mich wahnsinnig. Wenn ich nur wüßte, daß es wenigstens ein schneller Tod war!«

Nikolai hatte genügend Erfahrung mit solchen Banditen und Halsabschneidern; er war sicher, daß die Männer nicht besonders schonungsvoll mit den Frauen umgegangen waren, bevor sie sie töteten. Aber diese Gedanken äußerte er nicht, im Gegenteil, er versuchte Gerard so gut es ging zu trösten.

»Sie haben ihren Frieden jetzt; und sicher sind sie im Himmel, wo ihnen nichts mehr geschehen kann.«

Behutsam erinnerte er Gerard an Faustinas Geisteszustand und wies darauf hin, daß diese wahrscheinlich kaum etwas von den Vorgängen begriffen habe.

»In den letzten zwei Jahren habe ich mein Kind, meine Mutter, meine Frau und meinen treuen Jules verloren!« rief Gerard bitter. »Ich kann nicht mehr!«

»Und was ist mit der englischen Lady, die wir versuchten in Wien zu finden?« erinnerte ihn Nikolai. »Der Baron erzählte doch, daß sie lebt und gesund ist. Sie ist in England.«

Maureen! Gerard mußte sich eingestehen, daß er sie in seinem Schmerz und seiner Trauer vergessen hatte. Zuviel Schreckliches war passiert in der letzten Zeit. Aber Nikolai hatte recht. Maureen, die Frau, die er über alles liebte, sie war am Leben!

»Mach die Pferde fertig, Nikolai!« sagte er entschlossen. »Wir reisen nach England ... noch heute ... ich muß Maureen und meine kleine Tochter finden!«

Maureen! Sie war die einzige, die ihm helfen konnte. Nacht für Nacht plagten ihn die schrecklichsten Alpträume, das grauenvolle Bild der blutüberströmten Faustina marterte ihn. Nur Maureen war in der Lage, ihn all das vergessen zu lassen, was ihm den Schlaf raubte. Seine geliebte Maureen!

Neununddreißigstes Kapitel
1808

Im Februar des Jahres 1808 erreichte Gerard endlich die französische Grenze. Napoleons Truppen marschierten über die Pyrenäen, auf ihrem Weg nach Madrid.

Wie der Zufall es wollte, verbrachten Gerard und Nikolai die Nacht in einem Wirtshaus am Fuße des Gebirges, wo sie auf den Colonel von Gerards Regiment trafen. Der Colonel verzehrte gerade ein deftiges Abendessen und wartete auf den Befehl zum Aufbruch.

Er erkannte Gerard auf der Stelle und ließ ihn unter Arrest stellen, denn in seinen Augen handelte es sich bei dem jungen Vicomte um einen Deserteur. Ihn vom Gegenteil zu überzeugen, kostete Gerard viel Zeit und Geduld. Wohl oder übel mußte der Colonel Gerards Erklärungen über dessen Gefangennahme durch russische Soldaten und seinen Aufenthalt in dem russischen Gefängnis akzeptieren, da er momentan nicht in der Lage war, Nachforschungen über Gerards Freilassung anzustellen.

»Wie ich sehe, sind Sie bester Gesundheit!« meinte er. »Also einsatzbereit! Ich brauche einen Offizier, denn einer meiner Männer ist auf dem Weg hierher krank geworden. Sie sehen, der Zufall hat Sie mir genau im richtigen Augenblick geschickt.«

Auf diese Weise wurde Gerard in den Krieg der Engländer und Franzosen auf der Pyrenäen-Halbinsel verwickelt. Sein Ersuchen um einen kurzen Urlaub wurde kurzerhand abgelehnt. Offensichtlich vermutete der Colonel, daß Gerard diesen Wunsch aus Feigheit vor den kommenden Schlachten geäußert hatte. Die Reise nach England blieb folglich ein Traum. Nikolai und er selbst wurden in Uniformen gesteckt und mit Waffen versehen. Gerard gehörte wieder zu seinem früheren Regiment. Und es war Krieg. Als Gerard damals das erste Mal mit Napoleons großer Armee in den Krieg zog, waren es die Österreicher und die Preußen gewesen, gegen die es zu kämpfen galt. Damals hatte er es freiwillig getan. Aber diesmal war es anders. Es lag niemals in Gerards Absicht, gegen die Engländer zu kämpfen oder gar gegen Karl, den Bourbonen-König auf Spaniens Thron, einen Cousin Ludwigs XVI., dem letzten König seiner Heimat Frankreich.

Aber Napoleon war fest entschlossen, Spanien zu erobern. Zu lange schon hatten sich die Spanier gegen seine anti-päpstliche Haltung gewehrt und einer französischen Invasion widerstanden. Im letzten Jahr hatte Napoleon die Spanier gezwungen, in Fontainebleau einen Vertrag zu unterzeichnen, in dem ihm Unterstützung im Kampf gegen Portugal zugesagt wurde. Obwohl die Besetzung Portugals verhältnismäßig problemlos geschehen war und der König von Portugal Zuflucht in Brasilien suchen mußte, war Napoleon nun um so entschlossener, den Bourbonen-König und Königin Marie-Louise zu vertreiben.

Es blieb Gerard nichts anderes übrig, als mit seinem Regiment vorzurücken. Sie überquerten die Pyrenäen und bemächtigten sich der Grenzbefestigungen trotz starken Widerstandes. Bald darauf waren sie in Madrid. König Charles gab es auf, das Leben seines Premierministers Godoy zu retten. Die gesamte spanische Königsfamilie wurde nach Bayonne gelockt und genötigt, auf ihre Rechte zu verzichten. Den frei gewordenen Thron nahm Napoleons Bruder Joseph ein, der seine Fähigkeiten schon in Neapel unter Beweis gestellt hatte.

Nachdem der Kampf vorbei war, versuchte Gerard erneut, bei seinem Vorgesetzten die Erlaubnis für seine Heimreise zu bewirken. Obwohl sein Ersuchen mit Empfehlungen weitergeleitet wurde, passierte nichts. Statt daß man ihn aus der Armee entließ, wurde er nach Portugal geschickt, wo am 12. Juli der englische General Wellesley mit einer dreißigtausend Mann starken Armee in Mondego angekommen war.

Nur Nikolai gegenüber gab Gerard zu, wie schwer es ihm fiel, gegen die Engländer zu kämpfen, die nun in Vimeiro standen.

»Ich bin in einer englischen Schule erzogen worden. Zwei Jahre lang war ich der Schützling eines Engländers. Mehr noch, die Frau, die ich liebe, ist Engländerin, und ich habe viele Freunde in diesem Land!«

Aber die einzige Chance hätte bedeutet zu desertieren, und so sehr Gerard auch mit den Engländern sympathisierte, den Namen de Valle wollte er nicht entehren.

Am 21. August rückten Gerard und Nikolai, unter dem Kommando des französischen Generals Junot, gegen die Engländer vor, die sie in Vimeiro erwarteten.

Die Methode, wie Napoleon vorging, war Gerard aus früheren Schlachten bekannt. Er schickte seine *tirailleurs* vor, deren Aufgabe es war, die feindlichen Linien zu verwirren. Somit fielen sie leicht der Infanterie zum Opfer.

Diese Taktik war bisher immer erfolgreich gewesen. Aber diesmal war der englische General darauf vorbereitet und postierte seine eigenen leichten Brigaden am Fuße des Berges.

Die Franzosen liefen direkt in das Gewehr- und Kartätschenfeuer und in die Infanterie, die hinter dem Berg versteckt gewartet hatte.

Gerard kämpfte im rechten Flügel unter General Laborde. Was ihn erschreckte, waren die in dichten Reihen aufgestellten Engländer, die aus allen Rohren feuerten. Nikolai hinter ihm schrie auf. War er verwundet? Gleichzeitig hörte Gerard die Kommandos seines Generals, der versuchte, seine Männer zusammenzuhalten, die wie verschreckte Schafe zum Fuße des Berges zurückeilten.

»Verdammt, das ist wie in Austerlitz!« fluchte der glücklicherweise nur leicht verletzte Nikolai an Gerards Seite, während sie vor den englischen Bajonetten flüchteten.

Die Sanitäter waren damit beschäftigt, die Verwundeten zu versorgen, die sich noch in Sicherheit hatten bringen können. Gerard verband Nikolais Arm.

Beide beobachteten das Vorrücken frischer französischer Streitkräfte, die jedoch ebenfalls von den Engländern abgewehrt und zurückgedrängt wurden.

Vom Sattel des Berges wurden drei französische Brigaden ins Tal abgedrängt. Gerard wurde befohlen, ihnen mit seiner Kompanie zu Hilfe zu eilen.

Für kurze Zeit konnten sie ihre Stellung behaupten, doch dann zwang der englische General sie mit der bereits erprobten Taktik, zurückzuweichen. Die Männer der französischen Infanterie flohen entsetzt über die blutbespritzten Felsen.

Die Soldaten verspürten keine Lust mehr zu kämpfen. Augenscheinlich bestand an ihrer Niederlage kein Zweifel mehr. Die Überlebenden begannen sich Richtung Osten abzusetzen. Aber Gerard blieb zurück, da er seinen Freund Nikolai vermißte. Ein Kamerad berichtete, daß er beobachtet habe, wie Nikolai beim letzten Angriff gestürzt sei. Ob tot oder nur verwundet, konnte er nicht sagen.

Gerard versteckte sich in einer Scheune außerhalb von Vimeiro. Durstig und erschöpft wartete er die Dunkelheit ab.

Unbemerkt kehrte er zum Schlachtfeld zurück. Das Stöhnen der Verwundeten in den Ohren, humpelte er unter Aufwand seiner letzten Kräfte vorwärts . Ab und zu hörte er Hilferufe in französischer und englischer Sprache.

Während er sich von Mann zu Mann vorwärts tastete, rief er leise Nikolais Namen. Im Mondlicht sah er die vielen Toten und Verwundeten, deren Stöhnen in der Nacht widerhallte. Gerard zwang sich, jedem ins Gesicht zu sehen, in der Hoffnung, Nikolai zu entdecken.

Es bestand kaum Aussicht ihn zu finden, aber plötzlich hörte er seinen Namen.

»*Well, mon vieux!*« sagte er heiser, als er den Gesuchten endlich fand, der auch nur am Bein verletzt war: »Deine Verwundung ist sicher sehr schmerzhaft, aber du wirst nicht daran sterben. Also, los. Mann, steh auf! Laß uns bloß hier verschwinden!«

»Ich kann nicht!« stöhnte Nikolai. »Laß mich hier und bring dich selbst in Sicherheit. Du kannst ja doch nichts für mich tun! Laß mich in Frieden sterben!«

»Dasselbe habe ich auch einmal zu dir gesagt!« erinnerte Gerard ihn, während er Nikolai aufrichtete. »Aber du hattest ja andere Pläne mit mir. Erinnerst du dich, wie du mir diesen gräßlichen Schweinefraß eingeflößt hast, damals?« Ermunternd sprach er weiter auf Nikolai ein, bis er ihn dazu gebracht hatte, aufzustehen.

»Ich denke nicht daran, diese Hölle ohne dich zu verlassen!« sagte er, als Nikolai fast wieder zusammenbrach. »Wenn du also nicht meinen Tod auf deinem Gewissen haben willst, dann gehst du jetzt mit mir. Es wird bald Tag. Die Engländer werden uns entdecken, uns gefangennehmen, und dann sind wir wieder für zwei Jahre in einem stinkenden Gefängnis!«

Tatsächlich schaffte es Gerard, seinen Freund und Diener Nikolai in Sicherheit zu bringen.

Schon im November war Nikolai wieder gesund, und nur

zwei Narben erinnerten an die Schlacht von Vimeiro. Im Dezember waren sie in Madrid, und bereits im Februar des folgenden Jahres waren sie wieder in eine Schlacht verwickelt, die diesmal siegreich verlief. Im November endlich hatten die Franzosen ganz Andalusien bis auf Cadiz erobert.

»Ich hoffe zu Gott, daß nun ein Ende ist und wir endlich heim dürfen!« sagte Gerard zu Nikolai.

Mehr als alles in der Welt wollte er endlich Maureen wiedersehen.

Nach ihrem Aufenthalt in Brighthelmstone bei Lisa von Eburhard kehrte Maureen nach Finchcocks zurück. Noch schrieb man das Jahr 1807. Bis zum Frühjahr des darauffolgenden Jahres widmete sie sich ihrer kleinen Tochter Tamarisk, die inzwischen zehn Jahre alt geworden war. Die beiden hatten viel Spaß miteinander; jeden Tag ritten sie zusammen aus, und nach den Unterrichtsstunden spielten sie abends *backgammon* – ein Spiel, das Tamarisk faszinierte und das sie sehr gut beherrschte.

Für Maureen vergingen die Tage sehr schnell. Einmal in der Woche besuchte sie Clarissa; mit ihr und ihrem Vater, Sir John, oder mit John Ward oder Thomas Creavey besuchte sie Konzerte, oder sie gingen in die Oper. Beide Verehrer buhlten immer noch um ihre Gunst, obwohl Maureen ihnen klar und deutlich erklärt hatte, daß sie keinen von beiden zu heiraten gedenke, was diese Herren jedoch nicht davon abhielt, sie weiterhin zu besuchen, wann immer es ihre Pflichten ihnen erlaubten. Demzufolge hörte der Klatsch nicht auf, daß sie doch eines Tages einen der beiden zu ihrem dritten Ehemann machen würde.

Die Baronin tat ihrerseits ihr Möglichstes, um für Maureen einen Mann zu finden. Sie war sehr enttäuscht, daß ihr dies nicht gelang, ja, daß Maureen sich nicht einmal einen Liebhaber zulegte.

»Es ist nicht gut für eine Frau, allein zu leben!« mahnte sie. Die Vorstellung, daß Maureen mit ihrem jetzigen Leben zufrieden war, schien ihr absurd.

Im Sommer des Jahres 1808 bekam Tamarisk eine Einladung von Anne Lade, die Ferien mit ihr und allen Kindern in einem Haus am Meer, das sie gemietet hatte, zu verbringen. Maureen stimmte gerne zu, da sie der Ansicht war, die Gesellschaft anderer Kinder – wie auch die Seeluft – würden Tamarisk guttun.

»Ich werde diese Gelegenheit benutzen, nach Sussex zu reisen«, sagte sie zu Clarissa. »Du weißt ja, wie lange ich nicht mehr dort war. Ich werde Dickon und Rose mitnehmen.«

Clarissa fühlte sich nicht wohl in letzter Zeit. Ihre geschwollenen Füße und Knöchel machten ihr zu schaffen.

»Wenn es mir besserginge, würde ich dich gerne begleiten«, sagte sie.

Sie fürchtete, daß Maureen, allein in dem Haus, das so viele Erinnerungen an ihre verlorene Liebe barg, unter Depressionen leiden könnte. Zwar sprach Maureen niemals von Gerard de Valle, aber für Clarissa gab es keinen Zweifel: vergessen hatte sie ihn nicht. Sie selbst glaubte, daß der junge Mann tot sei, und sie hoffte, daß auch Maureen sich mit der Zeit mit dieser Tatsache abfinden würde. Wie auch ihre Freundin Lisa, war sie der Ansicht, daß es für Maureen das beste wäre, sich wieder zu verheiraten, allerdings mit etwas mehr Glück als das letzte Mal.

Maureen jedoch dachte nicht im geringsten an eigene Ehepläne, als sie mit Dickon nach Alfriston reiste. Sie hatte vor, dort endlich die Heirat zwischen Dickon und Rose zu arrangieren, denn sie war sich sehr wohl bewußt, daß die beiden nur ihretwegen noch immer nicht verehelicht waren. Dickon war jetzt zweiunddreißig, Rose fast dreißig. Rose wünschte sich eine große Familie, das wußte Maureen, und deshalb durfte die Hochzeit nun nicht mehr hinausgezögert werden.

Rose war schon drei Tage zuvor mit der Postkutsche zum Meierhof gereist, um alles vorzubereiten.

Es war bereits spät, als Maureen und Dickon sich dem hübschen Ort *Forest Row* näherten. Sie hatten vor, im alten Gasthaus zu Abend zu essen, den Pferden somit eine Ruhepause zu gönnen, bevor sie ihre Reise durch die Wälder von Ashdown über Lewes nach Alfriston fortsetzten.

»Ist noch ein ganz schönes Stück Weg, das wir vor uns haben«, sagte Dickon, als sie vor dem Gasthaus hielten. »Und es ist schon recht dunkel!«

»Du fürchtest dich doch nicht etwa, Dickon, oder?« fragte Maureen ihn neckend.

»Nicht mehr und nicht weniger als du«, antwortete dieser, »aber trotzdem, wer weiß . . .«

Nach dem Essen setzten sie ihre Reise fort. Die Nacht war lau, und der Mond schien so hell, daß Maureen durch das Kutschenfenster die sanfte Landschaft an sich vorüberziehen sah.

Glücklich und zufrieden beobachtete sie einen äsenden Rehbock, dessen Silhouette sich deutlich vor dem hellen Himmel abzeichnete. Als Dickon die Kutsche mit einem plötzlichen Ruck zum Halten brachte, verschwand er in der Dunkelheit des Waldes.

Überrascht lehnte sich Maureen aus dem Fenster, um die Ursache ihres Aufenthalts zu erforschen. »Was ist los?« rief sie. Da sah sie den Schatten eines Reiters.

»Halt!« rief dieser und richtete seine Pistole, deren Griff im Mondschein glänzte, auf sie. »Überfall!«

Trotz der auf sie gerichteten Waffe bemerkte Maureen den großen schwarzen Hengst, auf dem der Mann saß, und dessen Flanken schaumbedeckt dampften.

»Sie haben ihn zu scharf geritten!« wies sie den Reiter automatisch zurecht, ohne ihre mißliche Situation zu bedenken. »Sehen Sie nur, wie erschöpft das Tier ist! Sie sollten sich schämen, Sir!«

Einen Augenblick lang herrschte absolutes Schweigen, dann wurde die Tür der Kutsche aufgerissen. Angesichts der auf sie gerichteten Pistole kam Maureen dem Befehl auszusteigen sofort nach. Sie sah zu Dickon hinüber, der bemüht war, die Pferde ruhigzuhalten. Er konnte ihr nicht helfen, dessen war sie sich bewußt. Obwohl sie selbst nie in eine derartige Situation geraten war, kannte sie viele Geschichten über Straßenräuber. Teils fürchtete sie sich, teils war sie verärgert. Merkwürdigerweise fühlte sie sich zur gleichen Zeit seltsam erregt von diesem unerwarteten Abenteuer.

Der Mann vor ihr nahm die Kapuze seines Mantels ab. Vor sein Gesicht hatte er ein dreieckig gefaltetes Seidentuch gebunden. Dunkle Locken fielen ihm in die Stirn. Über Maureens Schulter sah er in die Kutsche.

»Ich bin allein!« sagte Maureen ruhig.

Mißtrauisch sah er sie an. Es kam selten vor, daß eine Dame von Rang alleine reiste. Dann lachte er laut.

»Um so besser! Dann wollen wir keine Zeit verlieren, Milady. Übergeben Sie mir Ihre Juwelen und Ihren Geldbeutel.«

»Und wenn ich das nicht tue?«

»Pscht!« sagte Dickon warnend, aber Maureen schien ihn nicht zu hören. Sie war jetzt wirklich ärgerlich.

»Dann muß ich Sie und Ihren Diener erschießen!« sagte der Straßenräuber.

Maureen war von seiner angenehmen Stimme überrascht, als er diese Drohung aussprach.

»Wenn Sie ein Gentleman wären, würden Sie eine allein reisende Frau kaum angreifen. Und doch schien es mir, als ob ... aber nun zweifle ich an Ihrer guten Herkunft, denn nur Feiglinge verstecken Ihr Gesicht, so wie Sie es tun, Sir!«

Maureen fragte sich später, was sie eigentlich veranlaßt hatte, den Straßenräuber dazu zu bringen, sein Gesicht zu zeigen. Die Wirkung auf sie, als er es tat, war im wahrsten Sinne des Wortes umwerfend. Zum ersten Mal in ihrem Leben wurde Maureen ohnmächtig. Dickon rannte sofort herbei, was zur Folge hatte, daß die Pferde, nun, da sie nicht mehr festgehalten wurden, ausrissen.

Der Straßenräuber zögerte einen Augenblick, dann drückte er seinem eigenen Pferd die Sporen in die Flanken und verfolgte sie. Als er mit den Kutschenpferden zurückkam, war Maureen aus ihrer Ohnmacht erwacht und lehnte, auf Dickons Arm gestützt, am Straßenrand. Ihr Gesicht war leichenblaß. Einen Moment lang hatte sie geglaubt, in dem Straßenräuber Gerard de Valle zu erkennen. Aber Dickon hatte ihr versichert, daß dieser Mann nur eine phantastische Ähnlichkeit mit Gerard hatte.

Als der Räuber zurückkam, zwang sich Maureen, ihm voll ins Gesicht zu sehen. Tatsächlich hatte er die gleichen dunklen Haare, die gleichen dunklen Augen wie Gerard; seine Nase war ebenso gerade – die Ähnlichkeit verblüffend! Nur der Mund und das Kinn waren anders, kräftiger und ausgeprägter.

»Ich muß mich für meine Schwäche entschuldigen«, sagte sie ruhig, als der Räuber Dickon die Pferde zurückgab. »Und ich muß mich bei Ihnen bedanken, daß Sie mir die Kutsche zurückgebracht haben. Aber ich nehme an, daß Sie bereits an sich gebracht haben, was Sie wollten!«

»Nein, Milady, das habe ich nicht getan. Aber da Sie sich wieder erholt zu haben scheinen, fände ich es ganz richtig, wenn Sie mir nun gehorchen würden!«

Nur mit Mühe wandte Maureen ihren Blick ab. Sie ging auf die Kutsche zu, hielt plötzlich inne. Diese Ähnlichkeit mit Gerard war geradezu unheimlich. Er war es nicht ... und dennoch ...

»Wären Sie so liebenswürdig, Sir, mir Ihren Namen zu nennen!« fragte sie gegen ihren Willen.

»Ich sehe zwar keinen Grund dafür, aber da Sie sich wirklich dafür zu interessieren scheinen... Gideon Morris, zu Ihren Diensten!« sagte er und deutete auf seinem Pferd sitzend eine Verbeugung an. »Und dürfte ich dann auch Ihren Namen erfahren, Ma'am?«

Offensichtlich hatte sie seine Neugierde erweckt. Ihre Schönheit und vor allem ihr Mut beeindruckten ihn. Die meisten Damen, die ihm bei seinen Überfällen begegnet waren, benahmen sich entweder wie hysterische Ziegen, oder sie verkrochen sich kreischend und heulend in ihren Kutschen. Die Intensität ihres forschenden Blickes jedoch war ihm ein Rätsel.

»Warum starren Sie mich so an, Ma'am?« fragte er. »Glauben Sie, wir haben uns schon einmal getroffen?«

»Nein!« antwortete Maureen. »Aber Sie sehen jemandem ähnlich, den ich einst kannte.«

Sie wandte sich ab und kletterte in die Kutsche, um mit ihrem Täschchen und ihrer Schmuckkassette wieder aufzutauchen.

Der Straßenräuber stieg vom Pferd, das am Straßenrand zu grasen begann. In der einen Hand die Pistole, nahm er mit der anderen Maureen ihr Täschchen ab und stopfte es, ohne sich des Inhalts zu versichern, in die Satteltasche.

»Und die Schmuckkassette!« befahl er, als er bemerkte, wie Maureen zögerte.

»Es befinden sich nur Andenken darin, von denen ich mich nicht trennen möchte – auch auf die Gefahr hin, daß ich dafür sterben muß!« sagte sie ruhig. »Der effektive Wert ist nicht sehr groß, aber ... es sind kostbare Erinnerungen für mich. Darf ich sie behalten?«

»Zeigen Sie mir diese *Erinnerungen*!« forderte Gideon Morris nachgiebig auf Maureens Bitte, die sie mit weicher Stimme vorgebracht hatte.

Maureen öffnete die Kassette und entnahm ihr die drei Andenken, die ihr so viel bedeuteten: Gerards Wappenring, das Amulett mit der Miniatur von Tamarisk und das Amulett, das Gerards Mutter Tamarisk geschenkt hatte, mit dem Bildnis des jungen Vicomte.

Gideon Morris betrachtete die Schmuckstücke, dann Maureen, und seine Augen verengten sich.

»Sie sagten, daß diese Stücke keinen Wert darstellen – aber sie sind aus Gold!« Amüsiert bemerkte er Maureens blitzende Augen und fügte hinzu: »Wenn diese Dinge für Sie so kostbar sind ... was würden Sie mir als Ersatz dafür anbieten?«

Stolz hob Maureen ihren Kopf.

»Ich bin eine sehr reiche Frau. Außerdem stehe ich zu meinem Wort. Erlauben Sie mir, diese mir lieben Andenken zu behalten, und ich werde Ihnen dafür hundert Guineas übersenden, sobald ich das Geld von London bekomme.«

»Hundert Guineas?« wiederholte er. »Das ist nicht besonders viel Geld für eine reiche Frau, oder?«

»Es ist viel mehr, als diese Stücke Ihnen bedeuten können!« antwortete Maureen. »Aber bitte, nennen Sie mir Ihren Preis, Sir, und wenn er angemessen ist, werde ich zustimmen.«

Gideon Morris lächelte, und mehr noch als zuvor war Maureen von seiner Ähnlichkeit mit Gerard betroffen.

»Angenommen ... *Sie* wären der Preis!«

Trotz des Lächelns erkannte Maureen, wie ernst es ihm war mit dem, was er da sagte, und ihre Wangen röteten sich.

»Verspotten Sie mich nicht, Sir!« sagte sie. »Ich bin bereit, Ihnen zweihundertundfünfzig Guineas zu geben, und keinen Pfennig mehr.« Sie überreichte ihm die Kassette und fügte verächtlich hinzu: »Ein oder zwei Guineas mehr oder weniger spielen wohl keine Rolle, wenn man bedenkt, was die anderen Sachen in der Kassette wert sind. Ich denke doch, daß damit Ihre Gier befriedigt ist!«

Schweigend nahm er ihr die Kassette ab, ohne sie zu öffnen. Dann hielt er ihr die Kutschentür auf.

»Wenn Sie die Güte hätten einzusteigen, würde ich Sie an den Ort, zu dem Sie wollen, begleiten«, sagte er.

Maureens Protest, daß sie keinerlei Begleitung wünsche, entlockte ihm ein neuerliches Lächeln.

»Aber, Ma'am, ich möchte doch wissen, wo ich mir meine zweihundertundfünfzig Guineas abholen kann!« sagte er. »Ich gebe Ihnen zwei Wochen, um das Geld zu besorgen.«

Dickon spannte die Pferde an, wie es ihm befohlen wurde. Er tat es mit einem furchterregenden Blick, die Reitpeitsche in seiner Hand, und der Straßenräuber Gideon Morris, der seine Pistole hatte einstecken wollen, tat es nicht.

Er begleitete Maureen und Dickon bis zu dem Weg, der zum Meierhof führte, und verschwand dann leise und unauffällig in der Dunkelheit der Nacht.

Vierzigstes Kapitel
1808

Die folgenden vierzehn Tage vergingen, ohne daß der Räuber gesehen wurde, noch hörte man von ihm.

»Er wird nicht wiederkommen!« meinte Dickon, als er Maureen kurz vor dem Dunkelwerden noch auf einem Gang durch den Garten begleitete. Dieser Augusttag war besonders schwül gewesen, und obwohl die Abendkühle etwas Erleichterung brachte, brannte Maureens Haut heiß unter dem dünnen Baumwollkleid. Dickon hatte vorausgesagt, daß es Sturm geben würde, und tatsächlich rasten dunkle Wolken über das helle Rund des Mondes. Ein leiser Lufthauch kam auf. Maureen begann nun doch zu frösteln.

»Vielleicht hast du recht, Dickon!« sagte sie nachdenklich. »Hierher zu kommen, sich in Gefahr zu begeben, wäre verrückt, nicht wahr? Er muß doch annehmen, daß ich das Haus bewachen lasse und er gefangengenommen wird. Wegen der paar Guineas Freiheit und Leben zu riskieren, wäre sinnlos. Außerdem hat er in jener Nacht genügend *verdient*!«

Maureen dachte sehr oft an den seltsamen Wegelagerer. Die Ursache war nicht, daß er sie um ein kleines Vermögen gebracht hatte – es war seine Ähnlichkeit mit Gerard, die ihr Innerstes aufwühlte. Nur ungern gestand sie sich ein, daß sie sich danach sehnte, in dieses Gesicht zu schauen, dieses Gesicht, dessen Züge denen Gerards, ihrer verlorenen Liebe, zu gleichen schienen.

Dickon war weitaus betroffener über den Raubüberfall als Maureen. Bei dem Gedanken, wie er hilflos hatte zusehen müssen, packte ihn die Wut. Er machte sich Vorwürfe, daß er seine Pistole nicht früh genug zur Hand gehabt hatte, um den Mann sofort zu erschießen.

Maureen hatte alles versucht, ihn von seinen Selbstvorwürfen zu befreien; sie bestand darauf, daß er mit Rose zum Priester ging, um das Aufgebot zu bestellen; sie begleitete beide zur Owlett Farm, wo sie die Verlobung feierten und Pläne für die Hochzeit schmiedeten, die am ersten Samstag nach dem Einbringen der Ernte stattfinden sollte.

Aber obwohl Maureen mit all diesen Vorbereitungen sehr

beschäftigt war – nachts, wenn sie allein in ihrem Bett lag, hatte sie genügend Zeit, ihren Gedanken freien Lauf zu lassen. Sie dachte an Gideon Morris, dessen Rückkehr sie fürchtete, doch gleichzeitig herbeisehnte.

Als Maureen sich in ihr Schlafzimmer zurückzog, waren Dickon, Rose und die beiden anderen Diener, die noch aus der Zeit Master Glovers stammten und jetzt als Koch und Gärtner fungierten, längst zu Bett gegangen. Eine seltsame Unruhe befiel Maureen, und sie entschloß sich, aus der Bibliothek ein Buch zu holen und noch ein wenig zu lesen.

Mit der Lampe in der Hand ging sie leise die Treppe hinunter und versuchte, in den Regalen ein Buch zu finden, das ihr zusagte, als plötzlich Lichtschein von draußen hereindrang. An den hohen Glastüren, die in den Garten führten, hörte sie ein Klopfen. Kurz darauf sah sie einen Mann, der sie anstarrte. Unwillkürlich hielt sie den Atem an. Sie erkannte ihn sofort. Es war Gideon Morris, der Straßenräuber. Einen Augenblick lang zögerte sie. Sie hatte keine Waffe, und sie war nur mit ihrem Nachthemd bekleidet. Die Tür zu öffnen wäre heller Wahnsinn! Und doch ging sie bereits darauf zu. Draußen stürmte und regnete es. Als der Räuber hereinkam, blähte der Wind die Vorhänge.

»Es sieht fast so aus, als hätten Sie mich erwartet!« sagte er, seinen Blick bedeutungsvoll auf ihr Nachthemd gerichtet. Maureen raffte das Hemd zusammen, um ihre Blöße einigermaßen zu bedecken. Er lächelte sie an.

»Im Gegenteil, Sir! Aber wie dem auch sei, das Geld ist oben. Wenn Sie sich ein oder zwei Minuten gedulden wollen, werde ich es holen!«

Langsam kam er auf sie zu.

»Das brauchen Sie nicht. Ich bin nicht des Geldes wegen hier!«

Maureen bemerkte, daß er etwas unter seinem Mantel verbarg. In der Annahme, es handle sich dabei um seine Pistole, wich sie instinktiv zurück.

»Ich habe keine Waffe!« bemerkte er lächelnd. »Überrascht Sie das, Ma'am?«

»Ja, sehr sogar!« gab Maureen ehrlich zu. »Die Diener ... ich brauche nur zu schreien, und ...«

»Nein, das werden Sie nicht tun«, unterbrach er sie, »denn ich bin hier, um Ihnen dies zurückzugeben!« Er gab ihr die unter seinem Mantel versteckte Schmuckkassette. »Es ist noch alles drin. Sehen Sie nur nach!«

Ungläubig sah Maureen ihn an.

»Das verstehe ich nicht! Was bedeutet das alles?«

Gideon Morris schüttelte den Kopf.

»Ich habe sehr viel nachgedacht seit unserer Begegnung, und da ist mir klargeworden: Ihr Geld interessiert mich nicht. Ich will Sie!«

Die Bestimmtheit, mit der er das sagte, ließ Maureen keinen Augenblick daran zweifeln, daß er es ernst meinte. Mit Mühe verbarg sie ihre Angst.

»Sie würden mir Gewalt antun?« fragte sie verächtlich. »Wie komisch! Ich war beinahe soweit zu glauben, Sie seien doch ein Gentleman.«

»Nicht Gewalt!« murmelte er und nahm sie in seine Arme. »Ich kenne die Frauen ... ich setze mein Leben aufs Spiel ... weil ich glaube, daß Sie mich ebenso begehren, wie ich Sie begehre!«

Verzweifelt versuchte sich Maureen aus seiner Umarmung zu lösen, aber er ließ sie nicht frei, und seine Augen ... die Augen, die denen Gerards so unheimlich ähnlich waren ... waren ihr ganz nah ... sahen sie an.

»Nein!« flüsterte sie. »Nein!«

Ohne auf ihre Worte zu achten, küßte er ihre Lippen, preßte seinen Mund auf den ihren. Einer wilden Katze gleich biß sie zu, schmeckte das Blut. Aber er ließ sie nicht los. Mit dem einen Arm hielt er sie fest, mit dem anderen zerriß er den weichen Stoff ihres Hemdes. Ihre bloßen Brüste waren seinen Blicken ausgesetzt.

»Lassen Sie mich!« preßte sie mühsam hervor und zerkratzte ihm das Gesicht. Es schien ihn nicht zu stören. Im Gegenteil, er lächelte sie an, sah ihr in die Augen.

Hilflos spürte Maureen ihren Widerstand hinschmelzen. Vor zehn Jahren hatten sie und Gerard sich hier geliebt, in eben diesem Zimmer, leidenschaftlich und voller Hingabe. Waren wirklich zehn Jahre vergangen? Maureen meinte zu spüren, wie sie endlich wieder in Gerards Armen lag.

Immer noch in seinen Armen, sank sie zu Boden.

»Gerard! Gerard!« flüsterte sie.

Wie im Traum nahm sie wahr, wie der Mann sein weißes Hemd auszog, sah seine goldbraune Brust, die Muskeln, seinen kräftigen Körper im sanften Schein der Lampe. Langsam entkleidete er sie, bis sie völlig nackt vor ihm lag.

Hätte er gesprochen, wäre sie wahrscheinlich aus ihrem Traum erwacht, hätte gemerkt, daß er nicht der war, für den sie ihn halten wollte, sondern ein Fremder, ein Dieb, vielleicht sogar ein Mörder. Aber Gideon Morris war ein Mann der Tat und nicht der schönen Worte. Er ignorierte ihren gemurmelten Protest, ihre abwehrenden Hände – er drang in sie ein und nahm sie. Wie von selbst paßte sie sich seinem Rhythmus an, vergaß alles außer ihrem sehnsüchtigen Wunsch, besessen zu werden und zu besitzen, vereinigte sich mit ihm, und ihrer beider Leidenschaft schwemmte sie zum herrlichen Höhepunkt. Er blieb in ihr. Weder Maureen noch er bewegten sich. Erst nach einer Weile verlagerte er sein Gewicht und legte sich neben sie. Er sah sie an.

»Du hast mich Gerard genannt!« sagte er. »Ist das der Mann, den du liebst?«

Maureen schloß ihre Augen. Langsam wurde ihr bewußt, was sie getan hatte.

»Sag mir«, murmelte er, »sag mir, liebst du diesen Gerard?«

Ihr Schweigen war ihm Antwort genug. Er langte nach ihrem Nachthemd und zog es ihr an. Diese unerwartete Bewegung ließ sie weinen.

Er wartete einen Augenblick, dann sagte er:

»Hör auf damit! Du liegst hier und weinst um einen anderen! Das spricht nicht für mich!«

»Du hast kein Recht, mir vorzuschreiben, was ich tun oder nicht tun soll!« rief Maureen und sprang auf. Sie sah ihn an. »Du hast mich vergewaltigt, dafür könnte ich dich hängen lassen!«

Auch er stand auf. Mit ironischem Lächeln zog er sich langsam seine Hosen an.

»Wenn das eine Vergewaltigung war, dann würde mich allerdings interessieren, dich noch einmal zu nehmen, diesmal mit deiner Zustimmung!«

Gegen ihren Willen mußte Maureen lächeln. Es war ja wahr, sie war willig genug gewesen. Sie ging hinüber zu dem kleinen, mit Leder bezogenen Tischchen, auf dem eine Karaffe mit Madeira stand. Langsam schenkte sie zwei Gläser voll und reichte ihm eines. Neugierig sah sie ihn an.

»Deiner Sprache nach bist du kein hergelaufener Lump, sondern guter Herkunft«, sagte sie. »Dein Beruf jedoch ist nicht der eines Gentleman!«

Er setzte sich auf das Sofa und schlug die Beine übereinander. Er sah sehr zufrieden aus.

»Mein Anspruch auf gute Herkunft ließe sich mit dem deinigen vergleichen!« stellte er sachlich fest. »Ich gebe zu, daß ich mich genauestens über dich informiert habe, also hast du auch das Recht, über mich Bescheid zu wissen!«

Konsterniert ließ sich Maureen in den Stuhl ihm gegenüber sinken.

»Du hast über mich Nachforschungen angestellt?« fragte sie ungläubig. »Und wieso, und wie, wenn ich fragen darf!«

Er zuckte mit den Achseln.

»Wie, ist völlig unwichtig. Ich weiß, daß du Sir John Danesfields uneheliches Kind bist; daß deine Mutter starb, als du sechs Jahre alt warst; daß du bei Bauern aufgewachsen bist, von einem gewissen Master Glover unterrichtet und dann nach London geholt wurdest, dort mit der Mätresse deines Vaters lebtest und den alten Lord Barre geheiratet hast!«

»Na und, nichts davon spricht gegen mich, oder?« meinte Maureen und fügte hinzu: »Etwas, was man von dir nicht behaupten kann, Sir!«

Er leerte sein Glas und reichte es ihr, damit sie es wieder fülle. »Darüber kannst du erst urteilen, wenn du mehr über mich weißt!« antwortete er ruhig. »Ich heiße Gideon Morris, das weißt du bereits. Ich bin einunddreißig. Wie du, wurde ich unehelich geboren. Aber im Gegensatz zu dir wuchs ich in verhältnismäßigem Reichtum auf. Mein Vater nahm mich schon kurz nach meiner Geburt zu sich. Man ließ mir die beste Erziehung angedeihen. Obwohl die Frau meines Vaters mir nicht besonders zugetan war, glaubte ich, sie sei meine Mutter. Erst bei dem plötzlichen und unerwarteten Tod meines Vaters erfuhr ich die Wahrheit. Mein Vater hatte sich nicht offiziell um meine Adoption gekümmert, und seine Frau schickte mich deshalb zu meiner richtigen Mutter zurück, einer Magd, die auf einer Farm meines Vaters arbeitete.«

Seine Stimme wurde bitter und sein Gesichtsausdruck ernst. »Ich war dreizehn zu diesem Zeitpunkt. Über Nacht praktisch lernte ich das andere Extrem kennen: die Armut! Dazu kam, daß meiner Mutter mehr als ein Unglück zugestoßen war, womit ich dich aber im Moment nicht langweilen will. So fing mein Leben als Ausgestoßener an. Ich nahm den Kampf auf – es ging um das Überleben meiner Mutter, der armen Frau, und meiner selbst. Zuerst wurde ich ein Dieb, dann ein Taschendieb, danach Schmuggler und schließlich Straßenräuber. Heute bin ich reicher, als selbst mein Vater es war. Meistens lebe ich in London unter falschem Namen. Mein Ruf ist ausgezeichnet. Keiner hat bisher versucht, meine etwas obskure Herkunft auszuforschen.«

Maureen atmete tief aus. Diese Geschichte war phantastisch! So unglaubwürdig sie auch klang, sie hatte etwas Überzeugendes. »Wenn du so reich bist, wie du sagst«, meinte sie nachdenklich, »warum bist du dann immer noch Räuber?«

Er lachte.

»Weil es mir Spaß macht. Das ist der einzige Grund. Obwohl ich die Gesellschaft gezwungen habe, mich anzuerkennen – das Leben in London ist langweilig. Die Aufregung, die Gefahr – all das fehlt mir. Außerdem reizt es mich, diejenigen auszurauben, die mir einst meine Jugend, meine Mutter, ihr Leben genommen haben. Es ist sozusagen die ausgleichende Gerechtigkeit, findest du nicht?«

»Gleiches mit Gleichem vergelten? Ist es das, was du meinst?«

»Aber nein, so ist es nicht. Zum Beispiel habe ich dir deine Juwelen zurückgebracht, weil ich es unwürdig fand, jemanden zu berauben, der sich seinen Reichtum so schwer wie ich selbst erkämpft hat.«

Er stand auf und kam auf Maureen zu, faßte sie unters Kinn und zwang sie, ihn anzusehen.

»Nach einigem Nachdenken schien es mir absurd, daß eine so schöne, so leidenschaftliche Frau wie du, bereits mit sechzehn an einen alten Mann verheiratet wurde. Heute weiß ich erst, *wie* absurd es ist, nachdem ich mit dir geschlafen habe!«

Maureen stieß seine Hand weg.

»Ich würde dich sehr bitten, nun, nachdem du deinen Willen hattest, zu gehen!« sagte sie kalt. »Ich glaube, wir sind quitt!«

Er nahm seinen Mantel und hängte ihn sich um.

»Ich gehe, weil du es willst!« sagte er. »Aber ich komme zurück, Maureen!«

Bei der Nennung ihres Vornamens wurde Maureen noch ärgerlicher.

»Das würde ich an deiner Stelle nicht tun!« sagte sie. »Das nächste Mal werden meine bewaffneten Diener auf dich warten und dich erschießen. Habe ich mich klar ausgedrückt?«

Statt einer Antwort zog er sie an sich und küßte sie leidenschaftlich.

»Schon die nächste Nacht wirst du so ungeduldig erwarten wie ich es tue!« meinte er noch, bevor er durch die Flügeltüren verschwand.

Maureen kehrte in ihr Schlafzimmer zurück. Obwohl sie geglaubt hatte, kein Auge zutun zu können, schlief sie sofort ein. Sie erwachte erst, als Rose um neun Uhr mit dem Frühstück erschien und die Vorhänge aufzog. Der Himmel war blau und wolkenlos.

»Wären nicht überall Pfützen, man könnte annehmen, es hätte gar nicht geregnet und gestürmt heute nacht, Ma'am!« bemerkte sie. »Es ist wunderschön heute.«

Nachdem Rose gegangen war, legte sich Maureen in die Kissen zurück und betrachtete träumerisch die Wipfel der Bäume draußen im Garten. Sie war glücklich wie seit Jahren nicht. Die Nacht mit Gideon Morris schien ihr wie ein Traum – Die Erinnerung an ihre eigene Lust aber belehrte sie eines Besseren. Außerdem gab es Beweise: das zerrissene Nachthemd, die Bißwunden in ihren Schultern, die wunden Lippen – nein, das war kein Traum gewesen. Der Räuber war zurückgekommen. Er hatte mit ihr geschlafen und war wieder verschwunden.

Maureen sprang aus dem Bett und rannte zu dem Tischchen hinüber, auf dem die Schmuckkassette stand, die Rose bis jetzt glücklicherweise noch nicht bemerkt hatte.

Sie öffnete den Deckel, und siehe da: alles war vorhanden. Gideon Morris hatte nichts gestohlen.

Ohne recht zu wissen warum, verbarg Maureen die Kassette ganz hinten in ihrem Garderobenschrank, wo Rose sie wahrscheinlich nicht entdecken würde. Tatsache war, daß sie niemandem gestehen wollte, daß Gideon Morris zurückgekommen war. Jedenfalls jetzt noch nicht. Würde sie es zugeben, gäbe es kein Ausweichen auf Dickons Fragen. Maureen aber schämte sich, ihm von dem Geheimnis der vergangenen Nacht zu berichten; ihn anzulügen war ihr ebenso unmöglich, wie Gideon Morris der Vergewaltigung zu beschuldigen. Es war das erste und einzige Mal, daß sie vor Dickon ein Geheimnis hatte.

Den ganzen Tag über fühlte sich Maureen hin und her gerissen zwischen der Überzeugung einerseits, den Räuber nie mehr sehen zu wollen, ihrer Sehnsucht andererseits, wieder und wieder von ihm besessen zu werden; sich vorzustellen, es seien Gerards Küsse, seine Arme, die sie umfingen, seine zärtlichen Augen, mit denen er sie streichelte. Sie war sich selbst zuwider und dennoch voll Verlangen und Sehnsucht. Das einzig Richtige wäre, Dickon zu berichten, daß der Räuber zurückgekommen war – was wirklich geschehen war, mußte sie ja nicht erwähnen – und, daß er gedroht habe, wieder zu kommen. Dickon würde sich bewaffnen und sie bewachen. Gideon Morris hätte keine Chance, sich ihr zu nähern.

Aber sie tat nichts dergleichen. Statt dessen schickte sie Dickon unter einem Vorwand zur Owlett Farm, wobei sie genau wußte, daß er erst am nächsten Tag zurückkehren würde.

Kaum hatte Dickon den Meierhof verlassen, da bereute sie bereits ihren Entschluß. Ich muß verrückt sein, dachte sie und schämte sich ihrer eigenen Schwäche.

Aber alle Selbstvorwürfe brachten ihr keine Erleichterung. Unruhig sah sie immer wieder auf die Zeiger der Uhr, dem Zeitpunkt entgegenfiebernd, den sie herbeisehnte und gleichzeitig fürchtete.

Damit die Zeit schneller verginge, ritt sie aus, wobei sie anfangs ziellos herumgaloppierte, dann aber das Pferd langsam seinen Weg nach Hause finden ließ.

Zur Dämmerstunde war sie unentschiedener als zuvor. Einer plötzlichen Eingebung folgend, lud sie ihre kleine Pistole und versteckte sie in der Bibliothek unter einem Kissen, in der Absicht, ihren Besucher zu erschießen. Dann aber fand sie sich, wie sie die Flügeltüren aufschloß, damit er ohne Schwierigkeiten hereinkommen konnte.

Um zehn Uhr endlich erschien Gideon Morris, so lautlos wie er die Nacht zuvor verschwunden war. Maureen saß in einem Stuhl über ein Buch gebeugt, dessen Inhalt sie so wenig interessiert zu haben schien, daß sie darüber eingeschlafen war. Sie bemerkte ihn erst, als sie seinen Kuß auf ihrem Haar spürte. Mit klopfendem Herzen drehte sie sich um und sah ihn an. Es war Gerard! Und doch – er war es nicht. Gideon war größer, kräftiger und entschiedener. Als sei sie ein kleines Kind, hob er sie aus dem Sessel und preßte sie an sich. Sie spürte das heftige Pochen seines Herzens an ihrem eigenen. Ohne zu sprechen öffnete er die Knöpfe ihres Kleides. Der Gedanke, daß er viel Übung darin haben mußte, so fingerfertig und erfahren er sich dabei anstellte, überkam sie. Aber nur für einen kurzen Augenblick, denn seine Zärtlichkeiten erweckten eine Sehnsucht in ihr, die jegliche Bemühung ihres Verstandes lahmlegte.

Als wolle er ihr beweisen, daß sie sich ihm auch gestern freiwillig hingegeben habe, küßte und liebkoste er sie mit einer Sanftheit, der sich ihr Körper nicht verschließen konnte. Er drängte sie nicht; er wartete, bis sie selbst ihr Verlangen zeigte und das seine erwiderte, was ihn noch mehr zu erregen schien. Schweigend und heftig nahm er sie, und ihrer beider stoßweiser Atem war das einzige, was im Raum zu hören war. Viel später begriff Maureen mit Erschrecken ihr merkwürdiges und unerklärliches Benehmen. Der Mann neben ihr war nicht Gerard! Deutlich wurde Maureen sich dieser Tatsache bewußt. Er war ein Fremder, skrupellos, ohne Ehrgefühl und ohne Achtung vor dem Gesetz; ein Mann, den sie weder respektieren noch lieben konnte. Und doch – das Verlangen ihres Körpers nach ihm war da; sie begehrte ihn so sehr, wie sie einst Gerard begehrt hatte. Maureen war sich selbst gegenüber ehrlich genug, dies zuzugeben.

Sie erinnerte sich an all die Liebhaber, die sie gehabt hatte. Ohne Skrupel hatte sie mit ihnen geschlafen; kühl und distanziert, indifferent wie ein Beobachter, ohne daß ihr Körper wirklich dabei beteiligt gewesen zu sein schien.

Mit Gideon Morris war das ganz anders, und der Gedanke, nicht zu wissen, warum es so war, beunruhigte sie.

Wie die Nacht zuvor, gab er ihr das Kleid, damit sie ihren Körper bedecke. Maureen stand auf, goß Wein in zwei Gläser, während er sich ankleidete. Gideon zog sie neben sich auf das Sofa und lachte, als er merkte, wie ihr Widerstand erwachte.

»Es wird Zeit, daß du merkst, daß wir beide zusammengehören!« sagte er, und es war das erste Mal, daß er an diesem Abend sprach.

»Du bist ja verrückt!« rief Maureen. »Ich gehöre niemandem, keinem Mann!«

Sein Blick brachte sie zum Schweigen.

»Du hast mir gehört, ich habe dich besessen und du mich. Du kannst unsere Liebe füreinander nicht einfach verleugnen«, sagte er. »Schon seit langem suche ich nach einer Frau wie dich. Nun habe ich sie gefunden, und ich habe nicht vor, dich wieder aufzugeben. Sei ehrlich . . . das willst du auch gar nicht! Du brauchst mich genauso, wie ich dich brauche.«

Maureen schwieg. Entsetzt stellte sie fest, daß er die Wahrheit sprach. Ja, sie brauchte ihn. Sie war sinnlich und leidenschaftlich, und es war lange her, sehr lange, daß sie Erfüllung gefunden hatte. Ja, ihr Körper verlangte nach ihm; dem Straßenräuber Gideon Morris, dem es gelungen war, in ihr etwas aufzubrechen, was sie längst verschüttet glaubte. Aber sollte sie das zugeben?

»In ein, zwei Tagen kehre ich nach London zurück!« sagte sie, wie um sich selbst zu beruhigen. »Wir werden keine Gelegenheit haben uns zu sehen. Tatsächlich will ich es auch gar nicht.«

Er lachte und küßte sie langsam und bedeutungsvoll. Ihr Körper erbebte, und er lachte wieder.

»Lügen passen nicht zu dir, meine Liebste!« sagte er zärtlich. »Außerdem ... außerdem weiß ich, daß deine Zofe und dein Diener heiraten werden ... in zwei Wochen ... hier! Ich habe sogar vor, bei der Hochzeit dabeizusein!«

Ungläubig starrte Maureen ihn an.

»Woher weißt du das alles?« fragte sie atemlos.

»Oh, man erfährt alles mögliche, wenn man sich Mühe gibt ... ein Silberstück hier und da ... die Leute lieben den Klatsch, das weißt du doch. Gestern war ich in Alfriston und habe mich ein wenig umgehört. Dir ist wahrscheinlich gar nicht klar, welche Gefühle ich für dich empfinde!«

»Ich möchte es auch nicht wissen«, unterbrach ihn Maureen, aber er lächelte und sprach weiter: »Schon in der ersten Nacht, als ich deine Kutsche aufhielt, hast du mich fasziniert! Seit damals gehst du mir nicht aus dem Sinn. Du bist wunderschön, Maureen. Aber nicht nur das ... du bist anders als alle Frauen, die ich gekannt habe ... von allen bist du die Aufregendste! Du hast keinen Liebhaber, aber ohne Zweifel sehr viele Bewunderer. Du und ich, wir mußten uns treffen. Das Schicksal hat es so gewollt!«

»Das ist ganz und gar nicht richtig!« antwortete Maureen. »Du bist mir nicht wichtig. Es ist mir egal, ob ich dich wiedersehe oder nicht. Und was deine Gefühle für mich betrifft ... nun, ich würde dir empfehlen, sie schnellstens zu vergessen. Es ist wahr, daß ich keinen Liebhaber habe, aber nur, weil mein Herz einem bestimmten Mann gehört.«

In Gideons braune Augen trat ein gefährlicher Ausdruck.

»Gerard!« meinte er kurz und lachte dann. »Du liebst also diesen Mann! Und was ist mit ihm? Anscheinend liebt er dich nicht in demselben Maß, sonst wäre er hier. Bei dir! Ich aber bin hier, meine schönste Maureen. Ich bin jung, kräftig, männlich, und ich begehre dich. Und heute nacht habe ich dich zu der Meinigen gemacht!«

Er stand auf, nahm seinen Mantel, küßte ihre Hand und deutete eine übertriebene Verbeugung an.

»Du wirst mich bald wiedersehen!« sagte er und verschwand lautlos in der Dunkelheit des Gartens.

Maureen war sich nicht im klaren, ob dies ein Versprechen oder eine Drohung hatte sein sollen. Eines aber war gewiß: sie würde ihn wiedersehen!

Einundvierzigstes Kapitel
1808

In den nächsten Wochen war Maureen vollauf damit beschäftigt, alles für die Hochzeit vorzubereiten. Gideon Morris war nicht mehr aufgetaucht.

Maureen war darüber erleichtert. Sie sagte sich, daß sie sich mit dem Fremden nur deshalb eingelassen habe, weil er Gerard so ähnlich sah, obwohl sie trotzdem nicht abstreiten konnte, daß sie verrückt gewesen sein mußte. Sie nahm sich vor, nach London zurückzukehren, sobald Rose und Dickon nach Brighthelmstone aufgebrochen waren, um dort ihre kurzen Flitterwochen zu verbringen. Dort konnte sie am ehesten vergessen, was geschehen war.

Doch trotz ihrer Erleichterung über das Verschwinden des Räubers ertappte sie sich dabei, wie sie abends dasaß, an ihn dachte und lauschte, ob sie nicht seine Schritte hörte. Daß er sie so schnell vergessen hatte, kränkte ihre weibliche Eitelkeit, doch schließlich nahm sie seine Abwesenheit als gutgemeinten Beschluß, ihr Schicksal betreffend, hin.

Daher kam es für sie völlig unerwartet, als er plötzlich in der kleinen Kirche von Alfriston auftauchte und sich schweigend neben sie setzte, kurz bevor Rose, ganz in Weiß, am Arm ihres Vaters im Mittelgang erschien. Gideons Erscheinen blieb unbemerkt, da alle die Braut erwarteten. Die Kirche war, Maureens

Anordnungen zufolge, mit herrlichen Sommerblumen geschmückt. Der Pfarrer in der schwarzen Soutane und der weißen Perücke erwartete das Brautpaar. Die Stimmung war feierlich, die Eingeladenen sonntäglich festlich gekleidet.

»Ich konnte nicht früher kommen«, flüsterte Gideon Maureen ins Ohr. »Ich wurde in London aufgehalten!« Aus seinem Blick sprach Bewunderung. Mit dem hübschen Strohhut und den geröteten Wangen sah Maureen entzückend aus. »Ich muß sagen, du siehst angezogen fast ebenso schön aus wie nackt!« sagte er und fügte hinzu: »Hast du geglaubt, ich hätte dich vergessen?«

»Ich habe überhaupt nicht an dich gedacht!« log Maureen.

Inzwischen hatte die Hochzeitszeremonie begonnen und machte jede weitere Unterhaltung unmöglich.

Gideon war modisch gekleidet, sein dunkles Haar ungepudert und kurz geschnitten. Maureen erkannte in diesem eleganten Mann kaum den Räuber. Und das war gut so, dachte sie, denn er hatte offensichtlich vor, mit zum Meierhof zu kommen, wo im Garten für das Hochzeitspaar und die Gäste ein Büfett aufgebaut worden war. Dickon würde ihn nicht wiedererkennen, so verändert sah er aus.

Das Wetter meinte es gut mit ihnen, als sie in den Kutschen beim Meierhof ankamen. Der Himmel war strahlendblau, und die Septembersonne schien warm. Die Sales-Familie war erschienen, ebenso die gesamte Verwandtschaft von Rose, wie auch Freunde und Nachbarn der Sales. Und alle brachten dem Hochzeitspaar ein kleines Geschenk.

»Also, ein zweites Mal heirate ich nicht«, sagte Dickon grinsend, als Maureen ihm gratulierte. »So viel Getue wegen nichts und wieder nichts. Das sind ja mindestens zweihundert Menschen hier!«

»Wirst du wohl still sein!« ermahnte ihn Rose errötend. »Beschwerst dich, wo doch Milady das alles für uns arrangiert hat.«

Maureen lachte.

»Jetzt, da er ein verheirateter Mann ist, werden wir ihn *Master* Dickon nennen müssen!« sagte sie.

»Und ich werde ihm gehorchen müssen!« meinte Rose und fügte dann hinzu: »Wenn ich will natürlich nur.«

Noch vor Sonnenuntergang war der gebratene Ochse verzehrt, waren die Aale-Kessel geleert. Erwachsene und Kinder tanzten zu den Weisen, die Rob, der Fiedler, zum besten gab.

Nach und nach löste sich die Gesellschaft auf. Maureen hatte darauf bestanden, daß Dickon und Rose in ihrer Kutsche nach Brighthelmstone fahren sollten, und nach einem herzlichen Abschied brachen sie auf. Mit aufgeregt geröteten Wangen knickste Rose und küßte Maureens Hand.

»Es fehlt mir an Worten, mich bei Ihnen zu bedanken, wie schön Sie die Hochzeit für mich und Dickon arrangiert haben.« Flüsternd fügte sie hinzu: »Und wir beide möchten, daß sie dem noblen Herrn aus London unseren Dank sagen, der so großzügig zu uns war. Dickon meint, daß das Geld, das er uns gab, reichen würde, den Pavillon zu kaufen, wenn wir es wollten.«

Maureen schwieg. Verwirrt dachte sie an den Mann, der den ganzen Tag nicht von ihrer Seite gewichen war. Sein Hochzeitsgeschenk war großzügig und nobel, und obwohl es sich dabei sicherlich um gestohlenes Geld handelte, war Maureen darüber überrascht, denn er hatte keinerlei Grund, den beiden diese Freude zu machen. Wenn Rose und Dickon wüßten, wer dieser *Herr* in Wirklichkeit war! Nichts als ein gewöhnlicher Dieb!

Gleich nach dem Aufbruch des jungen Paares wollte Maureen sich ums Aufräumen kümmern, aber das war unnötig, da Rose und Dickon noch alles arrangiert hatten. Patty und Anna Sale halfen dem alten Koch abwaschen. Die jungen Männer räumten bereits den Garten auf. Als die Dunkelheit hereinbrach, war alles getan, und auch der letzte Gast hatte sich verabschiedet. Maureen war irgendwie froh, daß Gideon da war.

»Es war sehr nett von dir, wie du für deine Diener diese Hochzeit arrangiert hast!« sagte er. »Es gibt nicht viele Damen, die das getan hätten.«

»Tatsächlich haben die wenigsten so ergebene und treue Diener, wie ich sie habe«, antwortete Maureen. »Komm, wir gehen hinein und setzen uns noch ein wenig hin. Ich kann mich kaum mehr auf den Beinen halten!«

Gideon schien weder die Hitze noch das Drumherum der Hochzeit viel ausgemacht zu haben. Wein trinkend saßen sie beieinander. Heimlich beobachtete Maureen ihn. Unvorstellbar, daß dies derselbe Mann war, der eines Nachts zu ihr gekommen war, im festen Willen sie zu besitzen. Elegant und mit den besten Manieren saß er bei ihr, und sie unterhielten sich so gesittet, als befänden sie sich auf einer Londoner Gesellschaft.

Interessiert lauschte sie seiner Erzählung und erfuhr so etwas von seiner Kindheit.

Seine Mutter war dem Verhungern nahe gewesen, als er damals mit dreizehn zu ihr gebracht wurde, erzählte er Maureen. Er hatte einige Zeit gebraucht, um sich daran zu gewöhnen, daß er wirklich ihr Kind war. Hatte er bisher in der feinsten Gesellschaft verkehrt, so mußte er nun feststellen, daß seine eigene Mutter nicht mehr war als eine Magd, die sich auch so benahm, etwas, was ihm bis dahin absolut fremd gewesen war.

Es dauerte einige Tage, bis sie seine Zuneigung gewann. Um so erschreckender waren ihm ihre Erzählungen, die ihm klarmachten, wieviel Entsetzliches sie durchgemacht hatte. Nach seiner Geburt war sie aus der Dorfgemeinschaft ausgestoßen worden, mehr noch, man beschuldigte sie der Hexerei. Trotz ihres unehelichen Kindes behielt sie ihre Stellung, aber irgendwann im Sommer begannen die Klatschereien. Eine alte Frau behauptete, von ihr mit Kräutern geheilt worden zu sein, die sie selbst ohne Erfolg angewandt habe. Andere berichteten, daß ihr immer eine schwarze Katze folgte, wahrscheinlich ein verstorbener Verwandter. Der Farmer selbst, der einst erfolglos versucht hatte, sie zu verführen, verbreitete das Gerücht, daß es ihm unmöglich war seine Pferde zu reiten, wenn sie in der Nähe war.

»Fast hundert Jahre ist es her, daß der letzte Fall von Hexerei vor Gericht kam«, sagte Gideon mit harter Stimme. »Aber diese Dorfbewohner verdammten meine Mutter, als ob sie ein Recht dazu hätten. Sie verlor ihre Stellung. Ihre eigene Familie wandte sich von ihr ab. Als ich zu ihr kam, damals, lebte sie allein in einer verfallenen Holzhütte außerhalb des Ortes. Eine arme Einsiedlerin. Die Kinder warfen mit Steinen nach ihr, und die Frauen schrieen ihr *Hexe* nach. Es war entsetzlich.«

»Oh, wie furchtbar«, sagte Maureen. »Wie schrecklich für sie und auch für dich.«

»Von meiner armen Mutter glaubte man, daß sie mit dem Teufel im Bunde sei. Dabei war sie so jung, so hilflos und so allein. Niemand hat versucht, ihr zu helfen.«

»Bis du gekommen bist!« sagte Maureen weich. Endlich begann sie etwas von dem zu verstehen, was in diesem Mann vorging.

»Die Dorfkinder haben mich mit Steinen beworfen und mir *Hexenbalg* nachgerufen. Zuerst versuchte ich mit meinen Fäusten dagegen anzugehen, aber sie schlossen sich zu Banden zusammen. Also entschloß ich mich, mit dem Kopf statt mit den

Fäusten zu kämpfen. Nachts kroch ich aus unserer Hütte und stahl – zuerst nur Nahrungsmittel, denn wir waren dem Verhungern nahe. Dann Geld – alles, was nicht weggeschlossen war. Manchmal war ich nahe daran, erwischt zu werden. Ich brachte mir bei, mich so leise wie eine Katze zu bewegen; ich zog dunkle Sachen an, damit man mich nachts nicht entdecken konnte, ich lernte sehen, ohne selbst gesehen zu werden.«

Gideon streckte die Beine weit von sich und lächelte Maureen zu, die eine Öllampe anzündete.

»Es dauerte nicht lange, und ich lernte Schmuggler kennen, denen ich mich anschloß. Endlich besserten sich unsere Verhältnisse. Ich konnte sogar ein kleines Haus nahe East Grinstead kaufen. Dort zogen wir hin. Unter neuen Namen lebten wir dort.«

»Hast du denn nicht daran gedacht, deinen ... deinen *Beruf* zu wechseln? Etwas Anständiges zu werden?« forschte Maureen.

»Welche Chance hatte ich denn?« antwortete Gideon. »Wir waren nun zwar nicht mehr arm, aber reich waren wir auch nicht. Davon abgesehen, in der Gesellschaft war kein Platz für mich. Wie sollte ich den Beweis dafür erbringen, daß ich der Sohn eines Gentleman war? Und als Arbeiter dahinzuvegetieren, dazu hatte ich keine Lust.«

»Du hast es sehr schwer gehabt!« stimmte Maureen ihm zu.

»Inzwischen war ich vierundzwanzig«, fuhr Gideon fort. »Ich kaufte mir Bücher und las viel, um mein Wissen zu erweitern. Aber ich schmuggelte auch weiterhin. Dabei befreundete ich mich mit einem gewissen William Beatson, einem Adoptivsohn eines Banditen mit dem Namen Joseph. Sie ernährten sich damit, indem sie Kutschen überfielen. Manchmal nahmen sie mich mit, und es wurde mir klar, daß man auf diese Weise viel schneller reich wurde als mit meiner bisherigen Tätigkeit.«

Mit einem schiefen Lächeln sah er Maureen an.

»Das Schicksal muß es trotz allem gut mit mir gemeint haben. Ich bin des öfteren dem Tod nur um Haaresbreite entronnen. Einmal war es besonders gefährlich. Die Beatsons entschlossen sich, die Postkutsche zu überfallen, während sie durch Forest Row fuhr. Es wurde bestimmt, daß ich mitmachen sollte. Dann allerdings fiel meine Mutter die Stiege hinunter und brach sich das Bein, so daß ich einen Arzt holen mußte. Ich konnte die Verabredung nicht einhalten.«

Mit großen Augen sah Maureen ihn an.

»Ich habe davon gehört«, sagte sie. »Dickon erfuhr von dem Überfall in Alfriston. Die Beatsons hatten sich in einer Wiese versteckt, nicht wahr?«

Gideon nickte.

»Richtig. Dem Kutscher haben sie nichts getan, sie nahmen nur die Postsäcke an sich. In einem nahen Kornfeld versteckten sie sich und öffneten die Säcke. Es handelte sich immerhin um die runde Summe von 14 000 Pfund. William und sein Vater nahmen das meiste mit. Übrig blieben etwa 900 Pfund, die eine Woche später von zwei Bauern beim Abernten des Feldes gefunden wurden.«

Maureen nickte. Sie kannte die Geschichte von Dickon.

»Es gab ein Mordsgeschrei damals über diesen dreisten Überfall, und die Räuber wurden schließlich in Liverpool gefangen, glaube ich, oder?«

Gideon nickte.

»In Horsham warteten sie auf ihren Prozeß«, sagte er. »Ich habe sie dort besucht, wobei William mir von einem Fluchtplan erzählte. Beinahe wäre es ihm gelungen, aber dann fingen sie ihn wieder ein. Der Prozeß fand im folgenden März statt, und im April wurden sie gehängt. Viele Leute versammelten sich um den Galgen, um zuzusehen, aus Sensationslust. Auch ich war dort, aber nur, um den Toten die letzte Ehre zu erweisen. Diese Männer waren nicht grausam. Sie verdienten den Tod genausowenig wie ich. Wäre nicht das mit meiner Mutter passiert, ich hätte ebenfalls am Galgen landen können.«

Maureen schwieg. Sie fühlte, wie betroffen Gideon noch immer über den Tod seiner Freunde war. Glücklicherweise, so dachte sie, war er diesem Schicksal durch einen Zufall entkommen.

»Aber du riskierst ja immer noch dein Leben«, sagte sie schließlich. »Nur so zum Spaß! Es fällt mir schwer, das zu verstehen.«

»Vielleicht könntest du mich besser verstehen, wenn du wüßtest, wie aufregend es ist, sich in Gefahr zu begeben, und dein Überleben nur von deiner eigenen Schnelligkeit und Geistesgegenwart abhängt. Gefahr bedeutet für mich das Leben. Jedesmal, wenn ich einen Überfall mache, geht es mir so. Das Risiko reizt mich. Ich könnte erschossen werden, bevor ich die Chance habe, zur Pistole zu greifen.«

»Hast du viele Menschen umgebracht?« fragte Maureen neugierig.

»Glücklicherweise war das nie notwendig. Ich bin kein Mörder. Ja, ich bin mir nicht einmal sicher, ob ich dazu würde, selbst wenn es sich als notwendig erweisen würde. Aber oft genug wurde auf mich geschossen, wenn ich mit meiner Beute davonritt.«

Seine Erregung übertrug sich auf sie. Ihre alte Abenteuerlust erwachte.

»Wenn du ein Mann wärst, würde ich dich mitnehmen«, sagte Gideon lachend. »Du würdest schon sehen, wie aufregend es ist. Aber du bist eine Frau – die schönste, die ich kenne. Also laß uns etwas anderes machen, etwas was ebenso aufregend, aber weitaus sicherer ist. Ich denke da an etwas Bestimmtes. Was meinst du dazu?«

Maureen wollte schon widersprechen, aber dann ... warum eigentlich? Das Haus war leer, die alten Diener längst zu Bett gegangen. Als Gideon sie in die Arme nahm, vergaß sie ihre Müdigkeit, und seine Ausstrahlung übermannte sie.

Er hob sie auf und trug sie die Treppen hinauf in ihr Schlafzimmer, wo er sie auf das große Bett legte. Obwohl sie hier mit Gerard geschlafen, sie sich hier geliebt hatten, bereitete es ihr keine Gewissensbisse, sich eben hier mit dem Mann zu vereinen, der ihm so ähnlich sah und nach dem sie sich die vergangenen zehn Tage gesehnt hatte.

Wie immer nahm er sie, ohne mit ihr zu sprechen, einzig darauf bedacht, ihr und sich selbst Vergnügen und Lust zu bereiten. Eigentlich, so gestand sie sich ein, war es mit Gideon noch schöner, noch vollkommener als mit Gerard; ein sinnliches Vergnügen, momentane Lust, ohne die Komplikationen der Liebe. Wenn sie mit Gerard geschlafen hatte, dann nie, ohne bereits den Schmerz der bevorstehenden Trennung zu fühlen, diesen qualvollen Schmerz, der ihr Herz marterte, wann immer er bei ihr war.

Gideon war ein sehr guter Liebhaber, sensibel und zärtlich, und doch ließ er sie nie im Zwiefel, daß er der Herr war, was sie zu ihrer eigenen Überraschung äußerst befriedigte. Gideon veränderte Maureens Leben. Tagsüber war sie allein, aber glücklich und zufrieden. Sie schrieb lange Briefe an Tamarisk, hielt das Haus in Ordnung, vergnügte sich auf langen Ausritten, machte Spaziergänge oder besuchte die Sales. Kaum brach die Dunkelheit herein, packte sie eine seltsame Erregung, denn Gideon kam nun jeden Abend, schlüpfte durch die unverschlossene Tür in ihr Schlafzimmer, ohne daß er eine Kerze oder Lampe brauchte, um seinen Weg zu finden. Bei Morgengrauen verließ er das Haus so lautlos, wie er gekommen war.

Maureen wußte wohl, daß dies nicht ewig so weitergehen konnte. Für diese Beziehung gab es keine Zukunft, obwohl sie bemerkte, daß Gideon sie wirklich liebte. Sie mußte etwas unternehmen, bevor er ihr seine Liebe erklärte, entschied sie, denn sie wollte ihn nicht verletzen, indem sie ihm dann sagen mußte, daß sie ihn nicht liebte, ihn niemals würde lieben können – für sie gab es nur einen Mann, und das war Gerard. Also entschloß sie sich, nach London zurückzukehren.

»Du wirst zurückkommen!« meinte Gideon, als sie ihm von ihrem Entschluß abzureisen berichtete. »Ganz sicher. Ich werde auf dich warten!«

»Ich bitte dich inständig, es nicht zu tun«, bat Maureen ihn. »Du mußt doch verstehen, daß es mit uns beiden nicht weitergehen kann. Ich habe eine Tochter und muß deshalb auf meinen Ruf achten. Es war eine schöne Zeit mit dir, Gideon, aber wir müssen Schluß machen. Wenn du wirklich etwas für mich empfindest, dann versuche nicht, mich zu bewegen, in Sussex zu bleiben.«

Gideon ließ sie ohne Widerspruch gehen. Als sie ihre Abreise vorbereitete, dachte sie darüber nach, warum er sich so nachgiebig gezeigt hatte. Vielleicht, so sagte sie sich, kannte er sie gut genug, um zu wissen, wie sehr es sie reizte, daß er nicht versucht hatte, sie von ihrem Entschluß abzubringen. Falls das seine Absicht war, so erreichte er damit genau, was er wollte.

Clarissa ging es inzwischen gesundheitlich viel besser. Herzlich hieß sie Maureen willkommen.

»Du siehst gesund und zufrieden aus, Maureen«, sagte sie und umarmte sie. »Deine Entscheidung, in Sussex Ferien zu machen, war wohl richtig. Gute Landluft ist immer noch die beste Erholung.«

Tamarisk kehrte aus Worthing zurück, und Maureen gab aus diesem Anlaß eine kleine Abendparty, zu der auch Clarissa und ihr Vater eingeladen waren. Es war viel passiert in ihrer Abwesenheit von London, und Sir John berichtete ihr von den wichtigsten Ereignissen.

Interessiert lauschte Maureen seiner Erzählung über die Heldentaten der britischen Armee in Portugal unter General Wellesley. »Im letzten April wurde er Lieutenant-General, und ich muß sagen zu Recht. Er hat sich als sehr tapferer Mann herausgestellt, vor allem bei der Schlacht bei Vimeiro; die Franzosen hatten es ganz schön schwer mit ihm. Dabei ist er noch nicht mal vierzig; sicherlich der jüngste Lieutenant-General unserer Armee.«

»Also ist Napoleons Armee nicht unschlagbar?« fragte Maureen.

»Genau! Man sagt, er habe allein in Spanien bei Baylen dreiundzwanzigtausend Mann verloren. Manche meinen sogar, daß dies der erste Schritt zum Zerfall seines Imperiums sei, aber ich glaube, das ist zu optimistisch gedacht. Er hat es immerhin geschafft, seinen Bruder Joseph zum König von Spanien zu machen und Spanien zum Königreich im französischen Imperium. Dieser Mann ist gefährlich! Man sollte ihn keinesfalls unterschätzen.«

»Und was wurde aus König Karl und seiner Gemahlin?« fragte Maureen neugierig.

»Dem Gerücht zufolge hat Napoleon ihnen Asyl in Frankreich geboten – im Palast von Compiègne.«

Fast sofort bedauerte Sir John seine unbedachte Erwähnung dieser Stadt. Auf Maureens Wangen erschienen hektische Flecken. Ihr Vater hatte vergessen, daß dies die Heimat von Gerard de Valle war, dem Jungen, den Maureen immer noch liebte.

Glücklicherweise wurde nun zu Tisch gebeten, und die Peinlichkeit eines weiteren Gesprächs blieb ihm erspart.

Dickon und Rose kehrten von ihren Flitterwochen zurück, und das Leben in Finchcocks normalisierte sich wieder.

Thomas Creavey und auch John Ward besuchten Maureen wie ehedem. Jeder von ihnen schwor, daß die Zeit ohne sie unerträglich gewesen sei, und obwohl Maureen ihre Gesellschaft schätzte, begannen ihr die beiden Verehrer doch auf die Nerven zu gehen. Mit viel Geduld und Takt verwandelte sie die amourösen Intentionen dieser treuen Bewunderer in eine rein platonische Freundschaft.

Bis zum Ende des Jahres verlief ihr Leben so ohne Zwischenfälle. Die Lades kamen zu Tamarisks Geburtstag auf Besuch und verbrachten auch die Weihnachtstage in Finchcocks. Zum

Jahreswechsel gab Maureen einen großen Ball, zu dem sie viele Freunde einlud. Natürlich auch Lisa von Eburhard.

Die Baronin, die Maureen viele Monate lang nicht gesehen hatte, betrachtete sie wissend.

»Sie sehen so entzückend aus, meine Liebe«, flüsterte sie ihr zu, »daß ich den Verdacht habe, Sie haben nun doch einen Liebhaber, trotz Ihrer damaligen Einstellung in Brighthelmstone.«

Bei dem Gedanken an Gideon Morris errötete Maureen unwillkürlich. Sie war sehr verärgert darüber, denn sie hatte ihn beinahe schon vergessen, obwohl sie sich hin und wieder dabei ertappte, bei offiziellen Gelegenheiten nach ihm Ausschau zu halten.

Aber erst im März des Jahres 1809 sah sie ihn wieder. Sie saß in der Loge der Baronin, mit der sie die Oper besuchte, und als sie ihre Blicke wandern ließ, glaubte sie ihn plötzlich in der gegenüberliegenden Loge zu erkennen. Trotz ihres Herzklopfens bemühte sie sich mit ruhiger Stimme, wie nebenbei Lisa zu fragen, ob sie den Gentleman kenne, der neben Lady Esther Ingram saß, die wiederum eine Freundin der Baronin war.

»Aber natürlich kenne ich den Gentleman«, antwortete Lisa. »Das heißt, ich persönlich habe nie seine Bekanntschaft gemacht, aber ich habe viel von ihm gehört. Sein Name ist Sir Peregrine Waite, und er ist ein Freund des schönen Brummel – wahrscheinlich also einer dieser Dandys, die den ganzen Tag damit verbringen, ihr eigenes gutes Aussehen zu bewundern. Nun, ich gebe zu, er sieht wirklich phantastisch aus, aber ich habe gehört, er sei ein furchtbarer Geck – also keinesfalls *dein* Geschmack, meine Liebe!« Etwas leiser fügte sie hinzu: »Er soll sehr reich sein, Junggeselle, soweit ich weiß. Die Damen seiner Bekanntschaft erzählen, er sei sehr weibisch, und darum habe er nichts übrig für eine Frau oder eine Geliebte!«

Nur mit Mühe konnte Maureen ihr Lachen zurückhalten. Gewiß, Gideon hatte ihr erzählt, daß er in London ein anderes Leben führte, aber daß er die Rolle eines Weichlings spielte, davon hatte er nichts gesagt. Maureen war höchst amüsiert. Welch ein Gegensatz. Sie erinnerte sich sehr gut an seine beachtenswerte Männlichkeit, und sie war fast verleitet, ihn auf ihre Anwesenheit hier aufmerksam zu machen. Doch sie verdrängte diesen Wunsch und verbarg ihr Gesicht hinter ihrem Fächer, damit er sie nicht erkennen konnte, falls sein Blick in ihre Richtung fiel. Er war so nah. Ihr Herz klopfte, und nur mit Mühe unterdrückte sie die Erregung, die er in ihr auslöste. Trotzdem lehnte sie höflich ab, als die Baronin ihr anbot, sie Sir Peregrine vorzustellen.

»Sie haben ganz recht, meine liebe Baronin, er ist wirklich nicht nach meinem Geschmack!« log sie.

Auf dem Heimweg beschloß sie, während dieses Sommers nicht nach Sussex zu reisen.

Die Lades luden Tamarisk wiederum ein, den Sommer bei ihnen am Meer zu verbringen, und das Mädchen war darüber so erfreut, daß Maureen es ihr nicht abschlagen wollte. Zur selben Zeit erwartete Rose ihr erstes Baby, das in Kürze zur Welt kommen sollte. Maureen bestand darauf, daß Dickon sie zur Owlett Farm begleiten und erst nach ein oder zwei Wochen mit der jungen Mutter und dem Kind nach Finchcocks zurückkehren sollte.

Clarissa fuhr mit Sir John nach Schottland auf Entenjagd, wie schon im letzten Jahr. Maureens Vater war nun Mitte sechzig, aber gesund, und nichts sprach dagegen. Die Baronin war bereits nach Brighthelmstone abgereist. Es gab niemanden, dessentwegen Maureen in London hätte bleiben müssen, trotzdem unterdrückte sie ihre aufkommende Sehnsucht nach dem Meierhof. Dann aber passierte etwas Unvorhergesehenes.

Maureen war zum Tee eingeladen, bei Mistreß Elisabeth Frey, einer Freundin, die außerhalb Londons in St. Mildred Court lebte. Als Maureen pünktlich zu dieser Verabredung erschien und der Butler sie einließ, erfuhr sie von diesem, daß ihre Freundin nicht da sei, da sie etwas Dringendes zu erledigen gehabt habe. Sie wurde in die Bibliothek gebeten, um dort die Ankunft der Gastgeberin zu erwarten.

Draußen war es heiß und schwül, und Maureen stellte sich ans offene Fenster, um etwas Luft zu schnappen. Plötzlich sah sie eine Kutsche vorfahren, von der sie glaubte, daß es die ihrer Freundin sei. Es war jedoch nicht Elisabeth, die ausstieg, sondern Gideon Morris, den Maureen trotz des tief ins Gesicht gezogenen Hutes sofort erkannte.

Gideon machte keine Anstalten, auf das Haus zuzukommen, im Gegenteil, er ging ein paar Schritte hinunter zur Straße, bis er auf einen im Schmutz spielenden Bengel traf. Zu Maureens Erstaunen gab er dem Kind ein Silberstück, das ihm darauf willig zur Kutsche folgte. Dort holte Gideon ein Paket heraus, das er dem Bengel überreichte, und dann zeigte er deutlich auf das Haus. Der Junge ging darauf zu und zog an der Klingelschnur. In diesem Moment sprang Gideon wieder in die Kutsche und befahl dem Kutscher abzufahren.

Maureen wußte nicht, was sie von dieser Begebenheit halten sollte. Sobald Mistreß Frey sie begrüßt und sich für ihre Verspätung entschuldigt hatte, fragte sie nach dem seltsamen Besucher.

Verlegen nestelte Elisabeth an ihrem Hut, nahm ihn dann ab und entließ den Diener.

»Ich glaube, ich kann Ihnen mein Geheimnis anvertrauen«, sagte sie leise. »Bis jetzt weiß kein Mensch davon.« Mit einem Blick versicherte sie sich, daß sie auf Maureens Vertrauen bauen konnte.

»Am besten erzähle ich diese merkwürdige Geschichte von Anfang an«, sagte Elisabeth. »Es ist sehr lange her, Maureen, ich war damals etwa neun Jahre alt und lebte mit meinem Vater und meinen Brüdern und Schwestern in Norwich. Eines Tages kam ein Freund meines Vaters, Sir Frederick Morris, zu uns auf Besuch. Er brachte seinen Sohn mit, der etwa zwölf gewesen sein muß. Beide verbrachten etwas mehr als eine Woche bei uns, bevor sie nach London zurückkehrten.«

Sie unterbrach sich, da der Diener eisgekühlte Limonade servierte. Erst nachdem er das Zimmer verlassen hatte, fuhr sie fort:

»Kurz nach diesem Besuch starb Sir Frederick Morris. Was aus seinem Sohn geworden war, erfuhr ich erst sechs Jahre später durch einen unglücklichen Zufall. Ich war zu dieser Zeit in London. Das war, als der Prinz von Wales heiratete. Mit meiner Erzieherin machte ich einen Spaziergang im St. James Park. Dabei wurde mir mein Täschchen von einem Taschendieb entwendet. Meine Erzieherin schrie wie am Spieß, und der Dieb wurde von einem Passanten eingefangen. Der junge Mann, der mich bestohlen hatte, war Gideon Morris. Sie können sich sicherlich meine Überraschung und mein Entsetzen vorstellen, als ich ihn erkannte. Ich hatte keinen Zweifel, daß er es war, obwohl er halb verhungert schien und nur in Lumpen gekleidet war.«

Obwohl Maureen Gideons Kindheit bekannt war, machte sie das überraschte Gesicht, das Elisabeth erwartete.

»Es war furchtbar!« seufzte diese. »Meine Erzieherin und der

Gentleman, der den Jungen eingefangen hatte, bestanden darauf, ihn dem Gericht zu übergeben. Aber ich begann zu weinen und bat, ihn laufenzulassen. Wahrscheinlich hatte meine Erzieherin Angst, daß sie meiner Hysterie wegen das Ereignis verpassen würde, dessentwegen wir hergekommen waren ... jedenfalls unterstützte sie meinen Wunsch, und Gideon Morris verschwand in der Menge. Danach habe ich ihn einige Jahre nicht mehr gesehen. Allerdings erkundigte ich mich bei meinem Vater über ihn, und so erfuhr ich, daß er nach dem plötzlichen Tod seines Vaters zu seiner Mutter zurückgeschickt wurde, einer Magd, die in ärmsten Verhältnissen lebte. Mehr wußte mein Vater nicht. Ich erzählte nichts davon, daß er augenscheinlich ein Dieb geworden war. Außerdem dachte ich nicht, daß ich ihn jemals wiedersehen würde.«

»Aber Sie haben ihn wiedergesehen?« fragte Maureen.

»Nein, nicht direkt. Er hat mir geschrieben. Ich lebte in London und war mit meinem lieben Joseph verheiratet. Irgendwie hatte Gideon Morris herausgefunden, wo ich mich befand und daß ich mich um die Armen kümmerte. Jedenfalls schickte er mir durch einen Boten einen Beutel voll Gold. Das Geld sollte ich verwenden, wie ich wollte. Außerdem dankte er mir für das Mitleid einem kleinen Jungen gegenüber, der mir einmal mein Täschchen gestohlen habe!«

Maureen atmete erleichtert auf. Sie war stolz auf Gideon. Offensichtlich war er doch kein so großer Lump, wie das sein *Beruf* erwarten ließ.

»Ich weiß, ich sollte dankbar sein!« fuhr Elisabeth fort und schüttelte den Kopf. »Aber ich fürchte, der junge Mann ist ein Dieb geblieben. Ein sehr erfolgreicher, wie ich annehmen muß, denn die mir von ihm zugesandten Päckchen werden größer und größer, und was den Inhalt betrifft ... gelegentlich sind Uhren, Juwelen, Schnupftabakdosen und ähnliches dabei ... Dinge, die ich unmöglich behalten kann, und was noch schlimmer ist, ich kann sie auch nicht verkaufen!«

Maureen lächelte.

»Ich nehme an, daß Sie diese ... diese Dinge auch nicht zurückgeben können, da Sie die Bestohlenen nicht kennen. Es bleibt Ihnen also nur die Möglichkeit sie wegzuwerfen, oder?«

»Bitte machen Sie keine Witze darüber, Maureen. Es ist wirklich ein ernsthaftes Problem für mich, denn Gideon Morris legt tatsächlich eine Liste bei, aus der ich die Namen der

Bestohlenen entnehmen kann. Natürlich gebe ich alles den rechtmäßigen Besitzern zurück. Alle haben mir erzählt, daß sie kurz zuvor von einem Straßenräuber ausgeplündert wurden.«

»Dann ist aus Ihrem kleinen Dieb von einst also ein Straßenräuber geworden?« bemerkte Maureen.

Elisabeth nickte.

»Natürlich verlange ich nichts dafür, daß ich das Gestohlene zurückgebe. Aber die Menschen sind derart dankbar, all das zurückzubekommen, was sie für immer verloren glaubten... die Spenden für meine Armen sind dementsprechend großzügig. Wenn mein Mann davon wüßte, er wäre entsetzt über mich; er würde keine Ruhe geben, bis man Gideon Morris eingefangen hätte. Diese ganze Affäre muß darum wirklich unter uns bleiben!«

Maureen stand auf und küßte ihre Freundin auf die Wange.

»Ich glaube nicht, daß Ihr Gideon wirklich ein Schurke ist«, sagte sie. »Abgesehen davon, tun Sie nichts Falsches, Elisabeth – im Gegenteil, es kommt ja den Armen zugute. Ich würde genauso handeln. Sie sind eine sehr kluge Frau. Und was Gideon Morris betrifft – sein Schicksal liegt in den Händen Gottes, und so sollte es bleiben.«

Maureens Urteil aber fiel zugunsten Gideons aus. Mit keinem Wort hatte er ihr gegenüber erwähnt, daß seine Missetaten den Armen zugute kamen.

»Ich weiß nicht, irgendwie belastet es mich, mit einem Straßenräuber verbündet zu sein«, sagte Elisabeth seufzend.

Maureen verabschiedete sich von ihrer Freundin.

»Wir werden uns nicht so schnell wiedersehen«, sagte sie, »denn ich habe mich entschlossen, den Sommer in Sussex zu verbringen. Die Landluft wird mir guttun!«

Aber es stand außer Zweifel, daß sie nicht der guten Landluft wegen diesen plötzlichen Entschluß gefaßt hatte.

Zweiundvierzigstes Kapitel
1809

»Ich wußte ja, daß du zurückkommen würdest!«

Lächelnd sah er ihr in die Augen. Maureen war vor zwei Tagen auf dem Meierhof angekommen. Gideon Morris hatte keine Zeit verloren. Wie früher schon war er durch die unverschlossene Tür hereingeschlüpft und zu ihr gekommen. Nicht als Dandy der Londoner Gesellschaft, nein, er sah so aus, wie sie ihn das erste Mal gesehen hatte: Hosen und ein einfaches weißes Hemd unterstrichen seine verblüffende Ähnlichkeit mit Gerard. Wie zuvor war Maureen zutiefst betroffen davon.

»Eigentlich hatte ich es gar nicht vor!« wies sie ihn seiner Selbstsicherheit wegen zurecht.

»Darüber mußt du mir mehr erzählen«, sagte er. Er nahm sie in die Arme und küßte sie leidenschaftlich. Sein Drängen war unmißverständlich.

Maureen versuchte ihn abzuwehren. »Nein! Ich möchte nicht...«

Küssend trug er sie in seinen starken Armen nach oben, damit jeden Protest ihrerseits übergehend.

»Ich will nicht... ich verbiete dir...«

Als habe er ihre Worte nicht gehört, entkleidete er sie rasch und ungeduldig, ohne daß es ihn störte, wie sehr ihr dünnes Kleid dabei in Mitleidenschaft gezogen wurde. Erst als sie in ihrer schönen Nacktheit vor ihm lag, ließ er sie los.

»So, und nun sag mir, daß ich gehen soll...«

Maureen sagte es nicht. Statt dessen breitete sie ihre Arme aus, zog ihn auf sich, preßte seinen Körper an den ihrigen und überließ sich der Leidenschaft, die er in ihr entflammte. Nachdem sie sich geliebt hatten, lag sie zufrieden in seinen Armen. Mit zärtlichem Blick sah er sie an.

»Seit dein Diener und seine kleine hübsche Frau auf der Owlett Farm sind, habe ich auf dich gewartet. Ich wußte, du würdest kommen.«

»Ach ja, deine Fähigkeit, Dinge auszuspionieren, hatte ich ganz vergessen!« antwortete Maureen ein wenig ärgerlich. Gideon lachte.

Sanft küßte er ihre bloßen Schultern. »Gib zu, so gefalle ich dir. Meine Frechheit imponiert dir!«

»Da hast du sogar recht«, gab Maureen zu. »Jedenfalls vermag ich mir nicht vorzustellen, mit dem geckenhaften Kerl in Goldhosen schlafen zu wollen, den ich in London sah, als er Lady Esther Ingram umgirrte!«

Gideons dunkle Augen leuchteten amüsiert auf.

»Dann hast du mir also auch nachspioniert!« beschuldigte er sie. »Das muß in der Oper gewesen sein. Denn das war das einzige Mal, wo ich diese dumme Person begleitete. Da hast du mich gesehen, nehme ich an. Aber ich habe dich nicht gesehen!«

»Das war auch meine Absicht!« Maureen lächelte. »Außerdem habe ich dich noch einmal gesehen, Gideon!«

Sie gestand ihm, an jenem Tag bei Elisabeth Fry gewesen zu sein, als er dort ein Päckchen abgab.

Gideon erzählte ihr daraufhin etwas, was selbst Elisabeth nicht wußte: Als er sie damals im St. James Park beraubt hatte, erkannte er in ihr eine der Gurney-Töchter. Durch Zufall erfuhr er von ihrer Heirat mit Joseph Fry, von ihrem Aufenthalt in London, und er fand heraus, wo sie wohnte. Die Päckchen waren sein Dank an ihre Freundlichkeit, und gleichzeitig dienten sie zur Unterstützung der Armen, die ihm aus verständlichen Gründen besonders am Herzen lagen.

»Und trotzdem führst du das Leben eines Verdammten!« beschuldigte Maureen ihn. »Wenn ich mir vorstelle, die arme Elisabeth würde uns hier so sehen! Sie fiele aus allen Wolken.«

Aber Maureen war ehrlich genug, sich einzugestehen, daß gerade sein aufregendes Leben sie faszinierte.

Gideon war sich dessen bewußt.

»Ich wette, dir würde ein solches Abenteuer auch Spaß machen!« sagte er eines Nachts. »Wie schade, daß du eine Frau bist. Du könntest mich sonst morgen begleiten. Ohne Zweifel sind bereits viele in ihren Kutschen unterwegs, um bei den Lewes Rennen dabeizusein.«

»Ich könnte mich ja verkleiden!« sagte sie und erinnerte sich, wie sie damals als Mädchen in Männerkleidung mit Dickon zusammen den abenteuerlichen Ritt nach Compiègne unternommen hatte. »Unter einem Mantel würde mich niemand als Frau erkennen«, sagte sie aufgeregt. »Laß mich mit dir gehen, Gideon, bitte! Ich werde dir nicht im Weg sein.«

»Ich hätte dich nicht so neugierig machen dürfen. Das war falsch von mir«, antwortete Gideon abwehrend. »Selbst der klügste Räuber ist immer in Gefahr, mag sein Pferd auch noch so schnell sein. Wir werden vielleicht erschossen, oder schlimmer noch, verhaftet. Das bedeutet den Galgen, Maureen! Ich würde nicht gerne zusehen, wie sie dich hängen!«

»Das müßtest du gar nicht, denn dich würden sie zuerst hängen!« antwortete Maureen schlagfertig. Sie richtete sich auf und sah Gideon an. »Ich fürchte den Tod nicht, verstehst du? Das sage ich nicht so hin, es ist so. Früher, vor sehr langer Zeit, da fand ich das Leben lebenswert. Aber heute ... der Mann, den ich wirklich liebte, den ich immer lieben werde ... er ist wahrscheinlich tot. Sicher sogar. Und ein Leben ohne ihn ... man existiert, das ist alles. Ich bin darauf vorbereitet, mein Leben zu riskieren.«

»Du darfst nicht mit dieser Gleichgültigkeit über den Tod sprechen«, wies Gideon sie ernst zurecht. »Und was den Mann betrifft, den du einst liebtest ... kein Mann, hörst du, kein Mann auf dieser Welt ist es wert, daß du seinetwegen auf dein Leben verzichtest ... aber genau das tust du, Maureen, Tag für Tag, wenn du ihm nachtrauerst ... Er kann es nicht wert sein! War er gewillt, deinetwegen auf etwas zu verzichten? Sein bisheriges Leben aufzugeben für dich? Nein! Denn sonst hättest du ihn geheiratet! Nein, nein ...« wehrte er ab, als Maureen versuchte, ihn zu unterbrechen, »... deine Vergangenheit interessiert mich nicht, davon will ich nichts hören ... sie gehört dir allein ... Aber ich verdamme diesen Mann, der so besitzergreifend dein Leben zerstört, sei es durch seinen Tod oder damit, daß er dich allein gelassen hat ... Er hat einfach kein Recht dazu! Wenn du mich liebtest ... ich würde dich niemals verlassen!«

»Mag sein, daß du recht hast. Vielleicht hat Gerard mich nicht so geliebt wie ich ihn. Trotzdem ... ich kann ihn nicht vergessen. Ohne ihn gibt es für mich keine glückliche Zukunft.«

»Zukunft! Zukunft!« sagte Gideon barsch. »Denk an heute. Heute findet das Leben statt. Du lebst jetzt, in diesem Augenblick! Dein Körper lebt, wenn ich ihn küsse, ihn streichle, dich in meinen Armen halte, meine schönste Maureen. Und auch dein Herz wird leben, wenn du ihm nur die Chance dazu gibst!«

Vieles, von dem, was er da sagte, stimmte. Maureen wußte das, und doch konnte sie ihm nicht in allem zustimmen. Was

Gideon nicht verstand – sie konnte ihr Herz nicht mit ihrem Willen beherrschen.

Schließlich überredete sie Gideon dazu, sie bei dem morgigen Überfall mitzunehmen. Er selbst würde sich um ein Pferd für sie kümmern, temperamentvoll und ausdauernd, denn solchen Fähigkeiten würde man vielleicht sein Leben verdanken. Daß sie eine hervorragende Reiterin war, die auch mit der Pistole umzugehen verstand, wußte Gideon bereits.

Je mehr sie sich über den Plan unterhielten, desto aufgeregter wurde Maureen. Sie mußte Hosen, Mantel und Hut besorgen. Die Sachen mußten in einem Paket verschnürt werden, da sie bereits mittags aufbrechen wollten. Den Dienern würde sie mitteilen, daß sie zur Owlett Farm reite, gegebenenfalls dort noch zu Abend esse, sie sich daher um sie keine Sorgen zu machen brauchten, falls sie später nach Hause käme.

Damit wäre ihre Abwesenheit erklärt, und sie konnte Gideon bei der Mühle treffen, etwa eine Meile vom Meierhof entfernt, dort ihre Kleidung und das Pferd wechseln und aufbrechen, ohne daß jemand etwas bemerken würde.

»Bist du ganz sicher, Maureen, daß du dich auf dieses Abenteuer einlassen willst?« versicherte sich Gideon noch einmal, bevor er sie verließ. »Es ist nicht ohne Risiko! Tatsächlich bedrückt mich der Gedanke...«

»Du selbst hast mir doch klargemacht, für den Augenblick zu leben«, unterbrach ihn Maureen mit leuchtenden Augen. »Was schert mich das Gestern und das Übermorgen!«

Ernst und ohne zu lächeln nahm er sie in seine Arme und küßte sie ein letztes Mal.

»Wenn dir etwas passiert... ich würde es mir nie vergeben!« sagte er eindringlich. »Ich... ich mag dich sehr gern, Maureen...« Verzweifelt suchte er nach den richtigen Worten. »... Noch nie habe ich einer Frau gesagt, daß ich sie liebe. Tatsächlich habe ich niemals für eine Frau das empfunden, was ich für dich empfinde. Ich weiß nicht einmal, ob es Liebe ist. Als meine Mutter starb, schwor ich mir, niemals irgendeinem Menschen zu trauen, und nun... ich kann ohne dich nicht sein. Selbst wenn du nicht hier bist, ich denke Tag und Nacht an dich.«

Maureen versuchte ihn am Weiterreden zu hindern, aber er fuhr fort: »Nein, laß mich davon sprechen... ich muß dir das sagen, obwohl ich weiß, daß dein Herz einem anderen gehört...

Und wenn es das nicht wäre, so ist mir wohl bewußt, daß ich nicht verlangen kann, die Liebe eines Räubers zu erwidern. Trotzdem glaube ich, zwischen uns ist mehr, als wir zuerst wahrhaben wollten. Wir sind sehr unterschiedlich, und doch gleichen wir uns. Wie ich würdest du alles daransetzen, deinen Willen durchzusetzen, wenn es dir wichtig genug erscheint. Ist es nicht so, Maureen?«

Sie nickte.

»Irgendwie gehören wir einander!« sagte Gideon ruhig. »Wahrscheinlich, weil du nur mit mir so sein kannst, wie du wirklich bist: wild, leidenschaftlich, willensstark und hartnäckig. Oh, natürlich kannst du die feine Dame der Gesellschaft spielen wie ich den Dandy, und die Menschen lassen sich gerne von uns betrügen. Aber dahinter verbirgt sich das Echte, das Natürliche. Bei dir, wie bei mir.«

Maureen verstand, was er meinte, und dennoch ... für sie bedeutete eine Gleichheit des Charakters, des Naturells noch lange nicht die Voraussetzung für das seltsamste Gefühl – für die Liebe. Gideon Morris wußte eine Menge über sie, sogar über ihr wahres Ich. Sie dagegen nur wenig über ihn. Er war stärker als sie, ohne Zweifel. Egal, wie sehr sie ihn schätzen und lieben mochte, niemals würde sie in der Lage sein, ihn um den Finger zu wickeln. Niemals würde er sie etwas tun lassen, was ihm nicht paßte. Sie fühlte sich hingezogen zu ihm, er faszinierte sie – aber lieben konnte sie ihn nicht.

Gideon, der Wegelagerer, unterschied sich nur wenig von Gideon, dem Liebhaber. Als sie einander bei dem vereinbarten Treffpunkt trafen, machte er ihr klar, daß er derjenige war, der befahl und sie diejenige, die gehorchen mußte, sofort und ohne Fragen zu stellen.

Die von ihm mitgebrachte Stute Amabel war ein Rassepferd. Maureen streichelte ihr über das seidige, trockene Fell.

»Sie ist zwar klein im Wuchs«, sagte er, als er ihren Blick auf seinen großen Hengst bemerkte, »aber schnell wie ein Pfeil. Sie kommt aus einem italienischen Stall, sensibel und weich zu reiten.«

Maureen wechselte ihre Kleidung, und Gideon half ihr in den Sattel. Sie merkte sofort, warum er so liebevoll von der kleinen Stute gesprochen hatte. Aufgeregt tänzelte das Pferd, aber es reagierte sofort auf Maureens Schenkeldruck.

Als sie Richtung Firle Beacon aufbrachen, schien die Sonne, und der Himmel war blau und wolkenlos. Sie ließen die Pferde galoppieren. Der Geruch von getrocknetem Heu und wildem Thymian lag in der Luft. Gelegentlich trafen sie auf eine Schafherde. Außer ihrem eigenen Atem und dem Zwitschern der Vögel über ihren Köpfen war nichts zu hören.

»Es ist so wunderschön hier und wild, so ganz anders als in London«, sagte Maureen, als sie die Pferde in Schritt fallen ließen. »Es wundert mich, daß irgend jemand in der überfüllten Stadt lebt.«

Maureen wies Gideon auf die Ähnlichkeit seines Hengstes mit dem schwarzen Rappen ihres Vaters hin, den er früher geritten hatte.

»In der Dunkelheit ist ein schwarzes Pferd sehr praktisch!« sagte Gideon grinsend.

Nach zehn Meilen erreichten sie Falmer, eine kleine Ortschaft. Außerhalb banden sie die Pferde an einen Baum und versteckten sich hinter Ginsterbüschen.

Gideon lag auf dem Rücken. Er zog Maureen zu sich herunter. Mit einem Lächeln sah er sie an.

»Mag sein, daß du mit einem Mantel und einem Hut aussiehst wie mein männlicher Komplice, aber in diesem Augenblick siehst du, abgesehen von deinen Hosen, immer noch aus wie die begehrenswerteste Frau!«

Leidenschaftlich küßte er sie.

»Und du fürchtest dich nicht ein bißchen vor dem, was wir vorhaben?« neckte er sie. Heftig verneinend schüttelte sie den Kopf.

»Überhaupt nicht! Ich bin nur aufgeregt. Es wird doch kein Blutvergießen geben, oder?«

»Ich gebe dir mein Wort darauf, daß ich nicht schießen werde – jedenfalls nur, wenn sie auf uns zuerst schießen.«

Plötzlich durchbrach ein Geräusch die Stille der Natur. Eine Kutsche. Auf ihrem Weg von Lewes nach Brighthelmstone. Ihre Räder knarrten auf der staubigen Straße. Wackelnd und quietschend näherte sie sich ihnen auf der holprigen Straße. Fragend sah Maureen ihn an. Bewegungslos beobachtete er, wie die Kutsche an ihnen vorbeifuhr.

»Ich habe es auf die letzte Kutsche abgesehen!« erklärte er. »Die Rennen sind wahrscheinlich schon vorbei. Eine Kutsche nach der anderen wird jetzt vorbeifahren. Wenn wir die ersten überfallen, gehen wir das Risiko ein, von den nachfolgenden erwischt zu werden.«

Kaum hatte er dies gesagt, fuhr wirklich die zweite, dann eine dritte Kutsche vorbei.

»Früher, bevor der Prinz von Wales aus Brighthelmstone einen Treffpunkt der feinen Gesellschaft gemacht hat, kam kaum jemals jemand auf dieser Straße entlang«, erzählte Gideon ihr. »Es ist höchste Zeit, daß sie die Straße richten. Bei diesen vielen Löchern werden die Insassen der Kutschen ganz schön durchgeschaukelt.«

»Und sie garen wie ein Pudding im Dampfbad!« lachte Maureen. Immer mehr Kutschen fuhren nun vorbei. Maureen wurde immer aufgeregter. Endlich tauchten sie nur noch vereinzelt auf. Gideon stand auf und half Maureen auf die Beine. Er zog seinen Mantel an, setzte den Hut auf und band sich ein Tuch vor das Gesicht. Maureen wies er an, das gleiche zu tun.

»Was auch passiert, sag kein Wort!« warnte er sie. »Überlaß das Reden mir! Wenn ich dir das Zeichen zum Aufbruch gebe, dann reite wie der Teufel. Laß dich durch nichts aufhalten. Ich werde nicht weit hinter dir sein.«

Er nahm seine Pistolen aus der Satteltasche und überprüfte sie sorgfältig. Dann half er Maureen auf ihr Pferd und saß selbst auf.

Maureen konnte jetzt die Straße gut überblicken. Sie sah die einzelne Kutsche, die sich ihnen näherte. Sie wurde von sechs Pferden gezogen und von einem Reiter begleitet. Gideon versteckte seine Pistolen und nickte Maureen grinsend zu. »Diese nehmen wir!« sagte er. »Sie scheint jemand Wichtigem zu gehören, und wenn er nicht sein ganzes Geld bei den Rennen verloren hat, machen wir gute Beute.«

Kurz bevor sich die Kutsche mit ihnen auf gleicher Höhe befand, gab Gideon seinem Pferd die Sporen und ritt auf die Straße. Maureen tat es ihm gleich. Erschrocken sah der Kutscher die beiden Straßenräuber auftauchen; nur mit Mühe brachte er die Kutsche zum Stehen; dann warnte er den begleitenden Reiter. Dieser stieg ab und hielt sein Pferd am Zügel. Entsetzt starrte er in die Mündung von Gideons Pistole.

Die Ledervorhänge am Kutschenfenster wurden zurückgezogen. Ein rotgesichtiger, schwerer Gentleman lehnte sich heraus. »Zum Teufel auch! Was ist hier los?« wollte er wissen.

»Öffnen Sie die Tür, und kommen Sie heraus«, befahl Gideon

mit leiser und rauher Stimme. »Sie und Sie...«, er deutete auf den Kutscher und den begleitenden Reiter, »...Sie bewegen sich nicht von der Stelle, sonst muß ich schießen!«

Dem Gentleman war der Hut vom Kopf gerutscht, eine glänzende Glatze wurde sichtbar. Sein Gesicht war rot vor Zorn.

»Verdammtes Räubergesindel!« rief er. »In der Hölle sollt ihr schmoren. Von mir bekommt ihr keinen Penny!«

Gideon bewegte sich mit seinem Pferd auf den Mann zu.

»Ihre Diener werden bereits von Pistolen in Schach gehalten. Und meine zeigt genau auf Sie. Also heraus mit Ihnen, und zwar schnell!«

»Diebe, Teufelspack!« explodierte der Mann, aber er stieg aus der Kutsche und trat auf die Straße. Ihm folgte eine mit Juwelen behangene ältere Frau, die beim Anblick des maskierten Gideon mit der Pistole schreiend in die Kutsche zurückfiel. »Ihr Geld und Ihre Juwelen, Sir!« befahl Gideon.

In Anbetracht seiner hoffnungslosen Lage begann der Mann an seinem Gürtel herumzufingern, dessen Knoten er seiner zitternden Finger wegen jedoch nicht lösen konnte. Gideon beugte sich vom Pferd und durchschnitt den Gürtel. Wie eine Fontäne fielen die Goldstücke in den Staub.

Gideon nickte Maureen zu, die vom Pferd stieg und die Goldstücke einsammelte. Gideon erleichterte währenddessen den Mann um seine Uhr und die Juwelen, auch um die seiner Frau, die völlig hysterisch nach ihrer Perlenkette griff und diese aus dem Kutschenfenster in Gideons Hände warf.

»Nehmen Sie nur! Sie ist ein Vermögen wert, aber lassen Sie mir mein Leben, Sir!«

Maureen war wieder auf ihr Pferd gestiegen; Gideon senkte die Pistolen.

»Fahr zu!« befahl er dem Kutscher und grinste, während der Beraubte wie eine nasse Katze in die Kutsche zurückkletterte. »Der Teufel soll Euch holen!« rief sein Opfer in einem letzten Versuch, seine Ehre zu retten. Aber Gideon hatte bereits gewendet, Maureen nur wenige Schritte vor ihm, setzten sie über die Hecke und verschwanden hinter den Büschen.

Im vollen Galopp ritten sie, bis die Straße außer Sicht war. Sie ließen die Pferde in Schritt fallen; Gideon nahm seine Maske ab und lachte, als er Maureens vor Aufregung gerötete Wangen sah.

»Anscheinend hat dir unser Abenteuer Spaß gemacht!« meinte er. Dann hielt er an und hob Maureen aus dem Sattel.

»Dieses Mal war es einfach. Es ist nicht immer so. Einmal, zum Beispiel, habe ich eine sehr eigensinnige Dame bei einem solchen Überfall getroffen. Sie war wunderschön. Nicht einmal vor meiner Pistole hatte sie Angst!«

Maureen lachte atemlos.

»Willst du dir nicht die Beute ansehen?« fragte sie. »Ich denke, in deinen Satteltaschen befinden sich die wertvollsten Dinge.«

»Das Wertvollste für mich bist du!« sagte er, hob ihr Gesicht hoch und küßte sie auf den Mund.

Zufrieden ritten sie nach Hause. Als sie die Mühle erreichten, lag bereits Nebel über dem Wasser, und ein bleicher Mond erschien hinter den Bäumen.

»Ich muß die Pferde in ihren Stall bringen!« sagte Gideon, als Maureen sich umzog. »Danach komme ich dann zu dir, Maureen.«

Er fragte nicht, ob sie es wollte. Er schien zu wissen, daß dies so war.

Auf das, was sie zu Hause erwartete, war Maureen nicht vorbereitet.

Während des Tages hatte Rose einem Sohn das Leben geschenkt und Dickon war von der Farm herübergekommen, um ihr die gute Nachricht zu überbringen. Als die Diener ihm berichteten, Maureen sei zur Farm geritten, nahm er an, daß er sie verpaßt habe und ritt sofort wieder los. Natürlich fand er sie nicht. Niemand hatte sie gesehen. Angst befiel ihn, es könne ihr etwas zugestoßen sein. Er bat seine Mutter und seine Schwestern, gut auf Rose aufzupassen, und machte sich mit seinen Brüdern und zwei Arbeitern auf die Suche nach ihr.

Nur durch einen glücklichen Zufall wurden Maureen und Gideon nicht von ihnen entdeckt. Aber als Dickon Maureen in der Dunkelheit den Meierhof erreichen sah, machte er sich Sorgen. Ihr Haar war zerzaust, das Kleid verdrückt, die Schuhe verschmutzt.

»Wo warst du denn?« rief er und rannte auf sie zu. »Du sollst doch nicht allein ausgehen. Ich bin fast verrückt vor Angst um dich gewesen!«

»Oh, Dickon!« rief Maureen, und ihr Schuldbewußtsein

regte sich. »Es tut mir so leid, daß ich dir Sorgen gemacht habe. Aber es ist alles in Ordnung!«

»Neun Uhr ist es schon!« rief Dickon. »Seit Mittag bist du fort. Jedenfalls hat der Koch so etwas gesagt!«

Maureen entschloß sich, Dickon die ganze Geschichte zu erzählen. Ihm nur zu sagen, sie sei mit einem Gentleman ausgeritten, hatte keinen Zweck. Natürlich würde er sich zu Recht fragen, warum dieser sie dann nicht heimbegleitet habe; warum sie nicht ihr eigenes Pferd geritten hatte; und warum sie dann keine Reitkleidung trug. Davon abgesehen haßte sie es, gerade Dickon belügen zu müssen. Er sollte alles wissen.

Sie bat ihn in die Bibliothek. Dort erzählte sie ihm von ihrer zweiten Begegnung mit Gideon Morris, die im weiteren Verlauf zu einer engen Beziehung geführt habe und trotz ihrer Bemühungen, ihn in London zu vergessen, diesen Sommer neu aufgelebt war. Dickons Gesichtsausdruck schockte Maureen.

»Ich weiß, es klingt verrückt ... es mag auch falsch sein, was ich tue«, rief sie, »aber vielleicht verstehst du mich besser, wenn ich dir erkläre, daß Gideon Morris kein wirklich schlechter Mann ist. Was er den Reichen wegnimmt, kommt den Armen zugute. Mistreß Fry sorgt dafür. Sieh mich nicht so an, ich bitte dich!«

Nach längerem Schweigen antwortete Dickon seltsam hart: »Eigentlich geht es mich ja auch nichts an!«

»Dickon, bitte!« Maureen konnte den unglücklichen Ausdruck in seinen Augen kaum ertragen. Schließlich hatte er sie sein ganzes Leben lang geliebt, mehr noch, er hatte sie respektiert. Der Gedanke, daß er letzteres nicht mehr tun würde, war ihr grauenvoll. »Bitte, versuch mich doch zu verstehen. Ich bin glücklich, hörst du! Seit langem war ich nicht mehr so glücklich ... seit ... seit ich mit dem Vicomte in Wien war, und selbst dann ... ich konnte nicht wirklich zufrieden sein, ich wußte ja, daß ich mich wieder von ihm trennen mußte. Dickon, heute habe ich gelebt ... endlich wieder gelebt ... mit jeder Faser meines Körpers ... Dieses Abenteuer, es war so aufregend ... ich kann es dir nicht beschreiben ... Aber eines kann ich dir versichern: ich befand mich nicht in Gefahr! Gideon – Mr. Morris – hat auf mich aufgepaßt.«

Dickon überlegte. Offensichtlich war Maureen glücklich, der Ausdruck ihrer Augen, ihre Lebhaftigkeit – er hatte sie lange nicht mehr so glücklich gesehen. Und eigentlich war das die

Hauptsache, dachte er liebevoll, nur das zählte, und daß ihr nichts passierte. Wenn dieser Straßenräuber wirklich der Gentleman war, als den sie ihn beschrieb...«

»Ich denke, es hat keinen Sinn, dir zu sagen, daß man sich nicht mit einem Räuber einläßt!« sagte er und grinste sie an. Maureen seufzte erleichtert.

»Du brauchst dir keine Sogen zu machen. Mein Räuber ist wirklich ein verläßlicher Mann. Er kann auf mich aufpassen, genau wie du, Master Dickon!«

Erst jetzt fiel ihr ein, nach dem Grund seines Hierseins zu fragen. Als sie die Neuigkeit hörte, bestand sie darauf, eine Flasche Champagner zu öffnen und auf die Gesundheit seines Sohnes zu trinken.

»Wenn dein Sohn nur halb so gut gerät wie du, Dickon, dann hast du allen Grund, stolz auf ihn zu sein!« sagte sie.

Als Gideon später zu ihr kam, war er sehr glücklich darüber, daß er ihre Beziehung nicht länger geheimhalten mußte.

»Endlich kann ich dich besuchen wann ich will, ohne diese dumme Geheimnistuerei«, sagte er. »Es hat mir immer mißfallen, mich wie ein gemeiner Dieb in dein Haus schleichen zu müssen!«

Warum Maureen so großen Wert auf Dickons Meinung legte, verstand er aber erst, als sie ihm von ihrer Kindheit auf der Owlett Farm erzählt hatte.

In seinen Augen lag Bewunderung und Zustimmung. »Es gibt nicht viele Frauen von deinem Rang, die sich ihren Freunden aus Kindertagen gegenüber so loyal verhalten würden«, meinte er. Plötzlich lachte er.

»Ich habe da eine Idee. Wenn dein Dickon zustimmt, können wir seinem Kind ein anständiges Taufgeschenk machen. Bei der heutigen Beute war eine einmalig hübsche Uhr. Was hältst du davon, Maureen? Es ist höchst unwahrscheinlich, daß der Kleine den rechtmäßigen Eigentümer je treffen wird.«

Maureen blieb noch einen Monat in Sussex. Sie begleitete Gideon auf drei weiteren Überfällen. Eigentlich wäre sie gerne noch länger geblieben. Aber Gideons Zuneigung wurde von Tag zu Tag intensiver. Zu Recht nahm sie an, daß er sie bald bitten würde, seine Frau zu werden. Das wollte sie auf jeden Fall vermeiden, da ihre jetzige Beziehung sie völlig zufriedenstellte. Gideon war ein idealer Geliebter; sie liebten sich oft, doch trotz aller Leidenschaft vermieden sie es, das Wort *Liebe* auszusprechen.

»Ich kehre nach London zurück!« sagte sie deshalb eines Tages zu ihm.

Überraschte Gideon dies, so ließ er es sich jedenfalls nicht anmerken.

»Warum auch nicht! Der Sommer ist fast vorbei. Doch, deine Entscheidung ist richtig. Sag mir den Tag, an dem du reisen willst, damit ich meine Vorbereitungen treffen kann, dich zu begleiten!«

Maureen war nahe daran, ihm zu widersprechen, aber sie sah die Entschlossenheit in seinem Gesicht und schwieg.

Sie hätte wissen müssen: Gideon Morris war nicht der Mann, der so leicht aufgab.

Dreiundvierzigstes Kapitel
1809–1812

»Bei Gott, ich kann nicht verstehen, warum Sie diesen Einfaltspinsel eingeladen haben!« bemerkte Thomas Creavey und deutete auf Gideon Morris. »Schließlich kann Ihr Vater ihn noch weniger leiden als ich!«

Maureen lächelte. Ihr Blick wanderte quer durch den Salon ihres Hauses in Finchcocks bis hin zu dem extravagant gekleideten Gecken; ihrem Räuber! Wie ein aufgeputzter Pfau sah er aus! Nur mit Mühe hielt sie ihr Lachen zurück und antwortete so ernst es ihr möglich war:

»Aber Thomas! Ich finde Sir Peregrine Waite sehr unterhaltend! Und wie ich sehe, ist Lisa von Eburhard, meine liebe Freundin, derselben Ansicht. Er versteht es mit den Damen umzugehen, finden Sie nicht?«

»Dieser eingebildete Laffe!« murmelte Thomas angeekelt.

»Sie sind doch wohl nicht eifersüchtig auf einen solchen Mann, Thomas, oder?« meinte sie neckend.

Doch sie wußte genau, daß es Thomas ebenso wie John Ward immens störte, Gideon so oft in Finchcocks zu sehen. Tatsächlich hatte er sich nicht davon abbringen lassen, sie nach London zu begleiten, und er besuchte sie sooft wie möglich. Es stimmte, ihr Vater konnte ihn nicht leiden. Aber Clarissa wie auch Lisa fanden ihn sehr unterhaltend. Gideons übertriebene Höflichkeit, seine entzückenden Komplimente hatten Erfolg.

Am liebsten mochte ihn Tamarisk, die ihn geradezu heftig verteidigte. So erzählte sie ihrem Großvater, Sir Peregrine sei in Wirklichkeit ganz anders, ja, er sei mutig und furchtlos, er könne reiten wie ein Teufel, sogar besser als Dickon! Glücklicherweise nahm keiner die Worte des Kindes ernst. Daß sie Gideon mochte, sei wohl dem Umstand zuzuschreiben, daß er ihr immer etwas mitbrachte. Tamarisk war intelligent genug, von ihren Eskapaden mit Sir Peregrine nur noch dann zu erzählen, wenn Dickon und Maureen anwesend waren und Gideon sich so gab, wie er wirklich war.

Als sich endlich die letzten Gäste verabschiedet hatten und Gideon in Maureens Schlafzimmer kam, versuchte diese ernsthaft mit ihm darüber zu sprechen.

»Könntest du nicht aufhören den Dandy zu spielen?« bat sie ihn. »Keiner meiner Freunde versteht, warum ich dich einlade oder dir erlaube, mich bei gesellschaftlichen Anlässen zu begleiten!«

»Ich verspreche dir, in dem Augenblick damit aufzuhören, wenn du mich heiratest!« erwiderte er. Instinktiv vermied er es, wirklich ernsthaft über die Zukunft zu sprechen. Wohl machte er ab und zu Bemerkungen über eine eventuelle Heirat, aber eher scherzhaft und wie nebenbei, als läge es nicht wirklich in seiner Absicht. Auch Tamarisk gegenüber schlug er diesen leichten Ton an.

»Ich habe deiner Mama gesagt, daß es an der Zeit wäre, dir einen neuen Papa zu besorgen. Glaubst du nicht auch, daß ich der Richtige wäre? Stell dir nur vor, was für einen gutaussehenden Bräutigam ich abgäbe! Was meinst du Tammy, wenn deine Mam und ich heiraten noch bevor das Jahr um ist?«

Tamarisk konnte ihre Freude über diese Aussicht nicht verbergen. Aber da schüttelte er den Kopf und sagte seufzend:

»Ich glaube, deine Mama will es nicht. Sie hat Angst davor, ich könnte sie ausstechen, obwohl sie so schön ist. Aber sie möchte alle Bewunderung für sich allein – der Gedanke, man könnte auch mich bewundern . . .«

»Ach, du willst mich nur aufziehen!« lachte Tamarisk. »Ich

weiß genau, daß es dir nichts ausmacht, daß Mama schöner als eine Prinzessin ist. Gib es doch zu! Du mußt dich nur sehen, wenn du in ihrer Begleitung bist! Ganz stolz siehst du dann aus!«

»Das ist nur, weil sie gut zu mir paßt!« mockierte sich Gideon. Gideons Art, anscheinend nichts ernst zu nehmen, verleitete Maureen anzunehmen, daß dem wirklich so war.

Sir John allerdings beschwerte sich bei Clarissa über Maureen. »Wie kann sie nur so viel Zeit mit diesem Laffen verbringen?« erboste er sich.

»Darüber brauchst du dir, glaube ich, keine Sorgen zu machen«, meinte Clarissa. »Meiner Ansicht nach ist es eine rein platonische Beziehung. Und genau deshalb macht sie ihr Freude. Anders als Mister Ward und Mister Creavey, vor denen sie sich dauernd in acht nehmen muß. Davon abgesehen ... sie wird auch diesen Sommer in Sussex verbringen. Und dort ist sie vor den Aufmerksamkeiten eines Sir Peregrine absolut sicher!«

Sir John seufzte. Seine Tochter bereitete ihm Sorgen seit dem Tod ihres letzten Gatten. Sie war so unabhängig! Warum zog sie sich immer aufs Land zurück? Wie sollte sie da einen neuen Ehemann finden?

Hätte er von Gideons Besuchen auf dem Meierhof gewußt, er wäre sicher ganz krank vor Kummer geworden, ganz zu schweigen von den Überfällen, an denen sich Maureen beteiligte.

Maureen dagegen war zufrieden mit ihrem jetzigen Leben, so merkwürdig es auch war. Das Jahr 1810 verging wie im Fluge. Bevor sie nach Sussex abreiste, hörte sie, daß Napoleon die achtzehnjährige Marie-Louise aus dem Hause Habsburg geheiratet hatte. Den Berichten zufolge war die Hochzeit im Palast von Compiègne gefeiert worden. Maureen war es klar, daß, wenn diese Nachrichten von Frankreich bis hierher drangen, sie auch von Gerard gehört hätte, wenn er noch am Leben war. Folglich mußte sie annehmen, daß er tot war. Trotzdem – sie wollte nicht daran glauben, daß sie ihn niemals wiedersah.

Sie und Gideon waren bereits in Sussex, als der König im August erneut ernsthaft krank wurde. Seine Lieblingstochter Amelia wurde ebenfalls krank und starb im Oktober. Dies war mit ein Grund, warum sich der Gesundheitszustand des Königs eher noch verschlechterte und er im November in die Zwangsjacke gesteckt werden mußte. Er war jetzt dreiundsiebzig und fast blind.

Als daher im Februar des darauffolgenden Jahres der Prinz von Wales zum Regenten erklärt wurde, überraschte das niemanden.

Thomas Creavey wie auch John Ward waren bei diesem wichtigen Ereignis dabei.

»Die Zeremonie fand im großen Salon des *Carlton House* statt«, erzählte John der aufgeregten Tamarisk und ihrer Mutter. »Es war sehr festlich.«

»Und war Prinzessin Charlotte auch dabei?« forschte Tamarisk. John Ward lachte.

»Sozusagen, wenn auch nicht direkt«, meinte er. »Sie ritt im Garten auf und ab und manchmal sah sie durchs Fenster herein.«

Im Juli wurde der arme König wahnsinnig. Prinzessin Charlotte schickte man nach Bognor und Tamarisk begleitete sie.

Maureen und Gideon verbrachten den heißen Sommer gemeinsam in Sussex. Meist lebten sie zurückgezogen und gaben sich dem süßen Nichtstun hin, manchmal aber unternahmen sie ihre gefährlichen Eskapaden. Im Oktober kehrte Maureen nach Finchcocks zurück. Tamarisk erhielt eine Einladung für eine Party, die die Herzogin von York gab. Zweifelsohne hatte Charlotte dies veranlaßt, die nun bereits fünfzehn Jahre alt war. Die Herzogin war ihre Tante.

In dem neuen Kleid, das Tamarisk für diesen Anlaß bekommen hatte, sah die nun fast Dreizehnjährige erwachsen und hübsch aus. Um den Hals trug sie das goldene Kettchen mit dem Amulett, das Gerards Mutter ihr geschenkt hatte.

Ich wünschte, ihr Vater könnte sie so sehen! dachte Maureen und es gab ihrem Herzen einen Stich.

Zu Weihnachten wurde Tamarisk dann endlich dreizehn Jahre alt. Maureen gab eine Party für sie in Finchcocks, zu der teils Kinder, teils Erwachsene eingeladen waren. Tamarisk war, abgesehen von ihrer Hübschheit, ihrer Intelligenz und Lebendigkeit wegen bei allen sehr beliebt. Um ihrer Tochter eine besondere Freude zu machen, hatte Maureen dafür gesorgt, daß die Kapelle auch die neuesten Walzer spielte. Maureen bekam an diesem Tag drei Heiratsanträge.

Freundlich, aber bestimmt, erklärte Maureen Thomas und John, daß sie nicht die Absicht habe, sich wieder zu verheiraten.

Mit Gideon war es weitaus schwieriger. Als sich die letzten Gäste verabschiedet hatten und sie endlich im Bett lagen, war

Gideon das erste Mal seit sie ihn kannte anders als sonst. »Die letzten dreieinhalb Jahre sind wir nun ein Liebespaar!« sagte er und preßte seinen zitternden Körper an den ihren. »Ich glaube, wir kennen uns sehr gut. Du mußt gemerkt haben, wie sehr ich dich liebe, Maureen. Ich würde für dich sogar mein Räuberleben aufgeben, wenn ich dich damit erfreue. Bitte, werde meine Frau!« bettelte er.

Maureen wollte ihn unterbrechen, aber er legte ihr seinen Finger zärtlich auf die Lippen.

»Ich bin noch nicht fertig. Es mag dich vielleicht überraschen, aber mir ist es sehr ernst. Ich mache mir Sorgen um dich. Stell dir vor, deine Tochter, dein Vater oder die liebenswerte Clarissa fänden alles über unsere Beziehung heraus! Maureen, heirate mich! Ich weiß, du denkst, du gehörst immer noch deinem früheren Geliebten ... aber das kann doch nicht ewig so weitergehen! Willst du nicht deine Zukunft in meine Hände legen?«

Maureen schwieg. Unsicherheit befiel sie. Sie verstand Gideon so gut. Auch ihr waren die Heimlichkeiten, die Lügen zuwider. Außerdem – hatte er nicht recht mit allem, was Gerard betraf? »Wenn ich wirklich überzeugt sein könnte ..., daß Gerard tot ist ...» murmelte sie.

Gideon reagierte sehr ärgerlich.

»Dann erlaube mir, ihn zu suchen!« sagte er. »So kann es nicht weitergehen. Ich teile dich mit einem Geist. Ich liebe dich, Maureen – das Gute und das Schlechte an dir. Du magst mich doch auch, oder? Wir haben so vieles gemeinsam!«

Ja, dachte Maureen, das stimmte. Gideon ließ ihr jegliche Freiheit. Es gab kaum Männer, die die Unabhängigkeit einer Frau akzeptierten. Nur im Schlafzimmer pochte er auf seine männliche Vorherrschaft. Obwohl sie nun schon drei Jahre zusammen waren, hatte ihre Leidenschaft nicht nachgelassen, sie war im Gegenteil intensiver geworden.

»Gib mir noch ein wenig Zeit!« bat sie ihn. »Ich sage nicht absolut nein, Gideon. Nur im Moment bin ich noch nicht so weit, dich zu heiraten. Laß mir Zeit, bitte.«

Widerwillig hatte er zugestimmt, daß sie nicht mehr darüber reden wollten.

»Aber du reist doch auch dieses Jahr auf den Meierhof?« erkundigte er sich ängstlich, als er erfuhr, daß die Lades sie und Tamarisk nach Bognor eingeladen hatten.

»Natürlich!« beruhigte Maureen ihn lächelnd. So sehr sie

ihre Tochter und deren Wunsch nach der Gesellschaft der fünf Lade-Kinder verstand, sie selbst verband wenig mit Anne, die sehr mütterlich geworden war. »Natürlich«, sagte sie noch einmal und kuschelte sich in Gideons Arme. »Unsere Abenteuer erregen mich auf eine Art und Weise wie das, was du gerade tust!«

»Du bist unwiderstehlich!« rief Gideon. Lustvoll genoß er ihre Hingabe.

Unerwarteterweise war der Sommer des Jahres 1812 eher kühl; nur gelegentlich schien die Sonne so warm, wie sie es gewöhnt waren. Meist war der Himmel grau und verhangen; der feine, andauernde Nieselregen hielt sie davon ab, auf Beutezüge zu gehen. Statt dessen genossen sie die Ruhe des Hauses, spielten *backgammon* oder Karten oder lasen.

Manchmal las Gideon ihr aus der Zeitung vor, die ihnen von London geschickt wurde, während Maureen sich mit einer Stickerei beschäftigte. Oder sie spielte Klavier und Gideon sang dazu. Er hatte einen schönen Bariton. Wenn es nicht regnete, ritten sie aus, kehrten hin und wieder im Gasthaus zum weißen Pferd ein. Alles in allem führten sie ein ungewöhnlich häusliches Leben.

Dickon, Rose und das Baby wohnten in den neu hergerichteten Räumen über dem Stall. Falls ihnen Gideons Anwesenheit mißfiel, so zeigten sie es jedenfalls nicht. Tatsächlich war Dickon froh darüber, daß das scheußliche Wetter Maureen und ihren Geliebten daran hinderte, sich auf gefährliche Abenteuer einzulassen.

Aber auf die Dauer begann Maureen und Gideon das ruhige Leben auf die Nerven zu gehen. Im Morgengrauen des ersten wirklich warmen Augusttages entschlossen sie sich kurzerhand zu einem Überfall. Als die Vorbereitungen getroffen waren, ritten sie nach Chailey Common.

Das war weit genug von Alfriston èntfernt, meinte Gideon, und es schien unwahrscheinlich, daß sie jemand erkennen würde.

Um zwei Uhr erreichten sie den Ort ihrer Wahl. Sie waren langsam geritten, damit die Pferde nicht zu müde waren, falls eine schnelle Flucht nach dem Überfall nötig sein sollte.

Die Landschaft flimmerte in der Hitze; auf der staubigen Straße war weit und breit niemand zu entdecken.

»Und gestern haben wir uns noch über die Kälte aufgeregt«, bemerkte Gideon und reichte ihr die kleine Flasche mit Wein, damit sie ihren Durst löschte. »Vielleicht sollten wir uns unter diesen Baum legen und warten, bis es kühler wird!«

Aber bevor Maureen ihre Meinung äußern konnte, vernahmen sie das Rattern von Kutschenrädern. Sofort saßen sie beide auf, maskierten sich und warteten, bis die Kutsche mit ihnen auf der gleichen Höhe war. Dann brachen sie hinter den Büschen hervor. Als der Kutscher die beiden Straßenräuber sah, brachte er die Kutsche sofort zum Halten. Der Gentleman im Innern des Wagens allerdings hatte keine Lust, sich so schnell zu ergeben. Mit rotem Gesicht und einer Pistole, mit der er wild in der Gegend herumfuchtelte, stieg er aus.

Ungläubig starrte Maureen ihn an. Fast hätte sie vor Schreck laut aufgeschrien. Ihr Opfer war ausgerechnet Sir John Danesfield, ihr eigener Vater!

Auch Gideon mußte ihn erkannt haben. Schweigend saß er auf seinem Pferd.

Hinter ihm erschien Clarissa, die furchtlos die Kutsche verließ, um dem Geliebten beizustehen.

»Bitte, John paß auf!« warnte sie ihn. »Diese Männer kennen keine Gnade. Sie werden dich erschießen!«

Endlich war Gideon in der Lage zu sprechen. Mit verstellter, leiser Stimme befahl er ihnen weiterzufahren.

»Wir haben Sie verwechselt«, sagte er. »Fahren Sie weiter!« Sir John machte keine Anstalten, in die Kutsche zurückzuklettern. Aber Clarissa zog ihn am Ärmel.

»Laß uns fahren!« bat sie und versuchte ihn mit sich zu ziehen. Als dieser sich immer noch nicht bewegte, fiel sie gekonnt in Ohnmacht.

Instinktiv wollte Maureen ihr zu Hilfe eilen, aber Gideon, der das bemerkt hatte, griff in die Zügel Amabels und versetzte ihr gleichzeitig mit der Reitpeitsche einen Hieb. Da kam Leben in die Stute. Mit einer plötzlichen Bewegung, bei der Maureen fast aus dem Sattel fiel, brach sie aus und galoppierte davon, Gideons Hengst dicht auf den Fersen.

Einige Meilen ritten sie schnell und zügig. Enttäuschung lag in seinem Gesicht, als er sich Maureen zuwandte.

»So ein Pech!« sagte er atemlos. »Ausgerechnet . . . wie zum Teufel kommen *die* hierher!«

»Gideon! Sie sind auf dem Weg zu mir. Sie wollen mich

besuchen!« unterbrach Maureen ihn. »Wir müssen sofort nach Hause... Wenn wir ankommen, tun wir am besten ganz harmlos. Tante Clarrie hat mich so merkwürdig angesehen. Vielleicht hat sie mich erkannt. Ich bin mir nicht ganz sicher.«

Mehr zu sagen war nicht nötig. So schnell sie konnten ritten sie nach Hause.

Als die Kutsche Sir Johns ankam, saß Maureen in einem blütenweißen Kleid und hübsch frisiert im Garten, wo sie mit dem nun dandyhaft gekleideten Gideon Tee trank.

Dickon, der ihre übereilte Ankunft wohl bemerkt hatte und auch die Ursache dafür zu kennen schien, hatte geschworen, auf eventuelle Fragen zu antworten, daß beide den Meierhof den ganzen Tag über nicht verlassen hatten.

Sir John war maßlos erregt über den Vorfall.

»Banditen haben uns überfallen. Diese Räuber! Diese Diebe! Verdammtes Gesindel!« schrie er außer sich.

Clarissa dagegen verhielt sich sehr ruhig und lenkte das Gespräch auf den Grund, weshalb sie hier waren. Lady Danesfield war tot.

Das Ablenkungsmanöver gelang. Sir John berichtete, daß seine Frau in den letzten Jahren sehr zurückgezogen gelebt hatte. Aber als es zum Streik kam, war sie pflichtbewußt zu den Fabriken ihres Vaters geeilt, da sie dem Vorarbeiter nicht traute.

»Der Mann warnte sie, aber sie wollte nicht auf ihn hören!« bemerkte Sir John. »Wie ihr wahrscheinlich wißt, wurden in letzter Zeit die Fabriken mehrfach beschossen, die Maschinen zerstört. Sogar Soldaten wurden schon eingesetzt, um die Revolution niederzukämpfen. Meine Frau befand sich gerade in einer der Fabriken, die angegriffen wurde. Selbst die bewaffneten Wachen konnten ihr nicht helfen. Sie wurde getötet.«

»Zum Glück war Selina nicht dabei«, erklärte Clarissa. »Sie ist bei ihrer Schwester im Kloster.«

Endlich war ihr Vater frei, um Clarissa zu heiraten, dachte Maureen. Aber davon sprach keiner der beiden. Clarissa bat Maureen, mit ihr ein paar Schritte zu gehen, und Maureen meinte, daß sie vielleicht mit ihr darüber würde sprechen wollen.

Aber darin irrte sie sich.

»Du weißt sicher, daß ich dich trotz deiner Verkleidung erkannt habe!« sagte Clarissa ruhig, als sie allein waren. »Und für mich besteht kein Zweifel, daß es sich bei dem zweiten

Straßenräuber um Peregrine Waite handelt.« Sie sah bleich und ängstlich aus. »Erst jetzt verstehe ich vieles. Aber warum, mein liebes Kind, warum führst du so ein Leben? Wenn dein Vater davon wüßte! Ich muß annehmen, daß du diesem schrecklichen Mann hörig bist!«

Trotz ihrer mißlichen Lage lächelte Maureen.

»Liebste Tante Clarrie!« sagte sie. »Du weißt sehr gut ... es gibt keinen Mann, der mein Leben beeinflussen kann. Ich habe Gideon – für dich Peregrine Waite – gebeten, mich mitzunehmen.« Sie sah Clarissa voll ins Gesicht.

»Versuche mich zu verstehen!« bat sie. »Gideon ist ganz anders als du denkst. Ich werde dir die Geschichte erzählen ... unsere Geschichte. Vielleicht verstehst du mich dann besser!«

Sie setzten sich beide auf die Gartenbank. Clarissa faltete die Hände und hörte Maureen mit ausdruckslosem Gesicht zu. Dann nahm sie Maureens Hände in die ihren und sagte eindringlich:

»Du glaubst, daß der Mann keinen Einfluß auf dich hat, aber das ist nicht richtig, Kind. Seine Ähnlichkeit mit Gerard hat dich verwirrt, daß du nicht mehr weißt, was du tust. Du glaubst, du liebst diesen Mann, du glaubst, du brauchst ihn. Aber das ist ein Irrtum. Es ist nicht Gideon Morris, den du brauchst, respektierst, begehrst ... Es ist Gerard de Valle!«

Maureen seufzte.

»Selbst, wenn du recht hast, Tante Clarrie ... obwohl ich nicht glaube, daß es so ist ... was bleibt mir? Gerard? Ich habe die Hoffnung aufgegeben, ihn je wiederzusehen!«

Clarissa holte tief Luft und brachte aus ihrer Tasche einen Brief zutage, den sie Maureen gab.

»Er ist von dem Marquis de Guéridon!« erklärte sie. »Er hat Nachricht von Gerard – in der Tat, eine Botschaft von Gerard an dich!«

Aus Maureens Gesicht wich alle Farbe.

Sie fiel zu Boden. Es war das zweite Mal in ihrem Leben, daß sie ohnmächtig wurde.

Nach einigen Minuten richtete sie sich wieder auf. Clarissa beugte sich über sie und hielt ihr das Riechfläschchen unter die Nase. Maureen nahm den Brief des Marquis zur Hand. Die Farbe kehrte auf ihre Wangen zurück, die vor Aufregung brannten.

»Oh, Tante Clarrie! Er lebt!« rief sie. Sie hatte völlig

vergessen, daß Clarissa den Inhalt des Schreibens bereits kannte. »Der Marquis schreibt, daß Gerard die letzten Jahre in Spanien und Portugal gekämpft hat. Er konnte nicht zu mir kommen. Erst jetzt hat er den Marquis getroffen. Tante Clarrie? Verstehst du? Gerard lebt!«

Sie sprang auf und umarmte Clarissa überschwenglich.

»Und er liebt mich immer noch!« rief sie. Wäre nicht der Krieg gewesen, dann wäre er hier bei mir. Gott, bin ich glücklich. Ich könnte sterben vor Glück. Warum hast du mir den Brief nicht schon früher gegeben? Bist du nicht glücklich für mich?«

Clarissa aber lächelte nicht. Sie solle nicht zuviel Hoffnung haben, warnte sie sie und bat sie den Brief zu Ende zu lesen. Ängstlich starrte Maureen sie an, als sie weiterlas.

»Er kämpft gegen Rußland! Mit Napoleons Großer Armee!« flüsterte sie. Ungeduldig suchte sie nach dem Datum des Briefes.

»Juni! Er ist im Juni geschrieben worden!« stöhnte sie. »Dann ist Gerard bereits auf dem Weg!«

Liebevoll nahm Clarissa Maureens Hände in die ihren.

»Ich fürchte, das ist noch nicht alles!« sagte sie. »Als dieser Brief ankam, habe ich für dich einige Nachforschungen angestellt, was diesen Feldzug betrifft. Ich habe Informationen, daß die Große Armee bereits vor Moskau steht und daß die Russen die Stadt mit allen Mitteln verteidigen werden. Es wird ein blutiger Kampf werden, fürchte ich. Gerard kommt vielleicht nicht zurück, Maureen. Ich will dir nicht die Hoffnung nehmen, aber du sollst darauf vorbereitet sein.«

Moskau! dachte Maureen. Wie weit weg das war. Verzweifelt versuchte sie sich an das zu erinnern, was ihr Lehrer ihr über Rußland erzählt hatte. Hastig stand sie auf und zog die füllige Clarissa hinter sich her. In der Bibliothek stand Master Glovers Globus! Ungeduldig drehte sie die große Weltkugel, bis sie es endlich fand. Moskau. Da.

»Aber das ist doch Wahnsinn! So weit nach Rußland vorzustoßen! Bald wird es Winter!« sagte sie leichenblaß. »Napoleon muß verrückt sein! Ich erinnere mich, was Master Glover mir über den russischen Winter erzählt hat. Er soll furchtbar sein. Sicher zieht Napoleon seine Armee zurück!«

Aber sie glaubte selbst nicht daran. Napoleon war ehrgeizig, und er hielt sich für unbesiegbar. Falls er Rußland erobern wollte, falls dies sein Ziel war dann würde er sich davon nicht abbringen lassen. Wahrscheinlich befand sich Gerard bereits in Lebensgefahr. Aber sie mußte ihn wiedersehen! Es gab nur eine Möglichkeit!

»Maureen, was hast du vor?« rief Clarissa entsetzt, als sie Maureens entschlossenes Gesicht sah. »So beruhige dich doch ...«

»Wie kann ich beruhigt sein?« unterbrach sie Maureen. »Jetzt, wo ich weiß, daß Gerard lebt! Ich muß ihn sehen. Ich liebe ihn, Tante Clarrie, ich habe ihn immer geliebt. Wo er auch sein mag und was immer er gerade tut, ich muß zu ihm ...«

»Aber Maureen!« sagte Clarissa ängstlich. »Du hast den Verstand verloren ... Gerard ... es liegen Tausende Meilen zwischen euch ...«

Maureen hörte nicht mehr zu. Erregt zog sie an der Klingelschnur. Als Rose erschien, bat sie diese, Dickon so schnell wie möglich zu ihr zu schicken.

»Maureen!« versuchte Clarissa es noch einmal.

Als Dickon endlich erschien, lief Maureen ihm entgegen.

»Dickon!« rief sie atemlos. »Dickon, gerade habe ich gehört, daß Monsieur le Vicomte lebt! Hörst du, er lebt! Du bist der einzige, der mich verstehen wird. Ich muß zu ihm! Es ist eine lange, lange Reise, und sie ist nicht ungefährlich, aber ich muß es tun.« Clarissa versuchte zu protestieren.

»Du wirst doch sicher nicht ohne mich reisen, oder?« sagte Dickon grinsend. »Ich gehe mit dir, wohin es auch sei!«

»Gut, sehr gut!« meinte Maureen. »Dann will ich dir sagen, wohin unsere Reise geht ... nach Rußland!«

Vierundvierzigstes Kapitel
1812

Am 24. Juni 1812 überschritt Napoleon mit 450000 Mann der Grande Armée den Njemen und drang in das Innere Rußlands ein. Da die Russen sich defensiv verhielten und nur Rückzugsgefechte lieferten, erreichte Napoleon Mitte August schon Smolensk, wo er den Russen eine siegreiche Schlacht lieferte. Maureen und Dickon verbrachten die Nacht in einem Gasthof nahe dem Flüßchen Njemen, der die Grenze zwischen Preußen und Rußland bildete. Der Wirt warnte sie, ihre Reise fortzusetzen.

»Deserteure und Verwundete kommen von der Front zurück!« informierte er die schöne Frau, die er für eine Französin aus Compiègne hielt. »In den letzten Wochen kamen viele hier vorbei und bettelten um Nahrungsmittel. Als Napoleon im Juni hier mit seiner Grande Armée durchmarschierte, ließ er uns gerade das Notwendigste zum Überleben. Alles andere brauchte er als Vorräte für seine Soldaten.«

»Warum desertieren so viele, wenn die Schlacht bei Smolensk doch siegreich war?« fragte sie den Wirt.

Der zuckte mit den Achseln.

»Die Männer kamen von weit her. Höchstens ein Drittel der Soldaten sind Franzosen. Es ist nicht ihr Krieg, sondern unserer. So haben sie wenig Lust, gegen Rußland zu kämpfen. Davon abgesehen haben die meisten, und das ist gar nicht lange her, *gegen* Napoleon gekämpft.«

»Glauben Sie, daß Napoleons Soldaten bald zurückkommen werden?« fragte Maureen den Wirt, der einen intelligenten Eindruck auf sie machte.

»Wer kann das sagen! Aber eines ist sicher. Die Straße nach Moskau ist voll hungernder, aller Hoffnung beraubter Männer, die ohne zu zögern Menschen überfallen, ja, sie sogar töten. Es wäre verrückt, wenn Sie weiterreisten!«

Trotz dieser Warnung ließ Maureen sich nicht von ihrem Plan abbringen. Dank einer Geschichte, die Gideon ihr irgendwann einmal erzählt hatte, hatte sie eine Idee, wie sie es schaffen würden.

»Und was ist das für ein fabelhafter Plan?« fragte Dickon. Er saß auf dem Kutschbock; sein neuer warmer Mantel lag neben ihm.

»Halt an, und ich werde es dir zeigen!« rief Maureen aus dem Fenster.

Sie kletterte aus der Kutsche, als Dickon anhielt, setzte sich auf das Trittbrett, nahm aus ihrer Tasche einen Spiegel und ihre Schminkutensilien.

»Was tust du da?« fragte Dickon sie konsterniert.

Maureen zauberte mit Hilfe ihres Rouges fürchterliche Flekken auf ihr Gesicht, auf Hände und Arme.

»Ich habe die Pest, verstehst du?« meinte Maureen lachend und erzählte Dickon von dem Vorfall, den Gideon ihr berichtet hatte.

»Es war einmal eine Dame, die von London nach Leicester reiste. Sie bemalte ihr Gesicht mit Flecken, und jeder glaubte, sie habe die Pest. Ihre Kutsche wurde von einem Straßenräuber überfallen, der jedoch sofort Reißaus nahm, als er die Dame so sah. Eine Woche später traf er sie wieder, munter und fidel, und erst da merkte er, daß er hereingelegt worden war. Wenn wir also angehalten werden, Dickon, dann überlaß die Angelegenheit nur mir.«

Als Maureen sich ihre *Krankheit* voll angeschminkt hatte, sah sie tatsächlich entsetzlich und furchterregend aus. Dickons anfängliche Unsicherheit, den Plan betreffend, verflog bei Maureens Anblick. Grinsend kletterte er auf den Kutschbock zurück.

»Ich hoffe nur, daß die Dinger sich wieder abwaschen lassen. Die Leute von Wilna werden uns sonst nicht sehr freundlich empfangen!« bemerkte er trocken.

Tatsächlich wurden sie schon nach kurzer Zeit von einem Haufen heruntergekommener Männer in zerrissenen Uniformen aufgehalten. Dickon brachte die Kutsche zum Stehen. Die Männer rissen die Tür auf.

Aus dem Inneren der Kutsche hörte man leises, atemloses Stöhnen. Vorsichtig sah Dickon sich um. Nur mit Mühe unterdrückte er ein Grinsen, als er die Reaktion der Männer bemerkte, die ängstlich in die Kutsche starrten. In einer ihm unverständlichen Sprache diskutierten sie über das, was sie sahen.

Einer der Männer befahl Dickon herunterzusteigen. Er gehorchte. Mit einer Muskete im Rücken zwangen sie ihn, auf die offene Kutschentür zuzugehen – mit gutgespieltem Entsetzen wehrte er sich dagegen und zeigte auf die kranke Frau, die erschöpft quer über dem Sitz lag.

Durch Zeichen machten ihm die Männer verständlich, daß er in die Kutsche hineinlangen sollte, um Geld, Juwelen oder eine Uhr herauszuholen. Aber Dickon fiel auf seine Knie und starrte die Männer bittend an. Mit seinen Fingern deutete er auf sein Gesicht und schüttelte den Kopf.

Endlich verstanden die Räuber, was er meinte. Die Angst, sich anzustecken, ließ sie zurückweichen. Aus sicherer Entfernung sahen sie herüber und besprachen sich. Obwohl es ihm schwerfiel, blieb Dickon wo er war. Es schien endlos lange zu dauern, bis sie sich einigten. Sie gaben auf. Die Aussicht, an der Pest langsam dahinzusiechen, war zu furchtbar. Deswegen waren sie doch nicht desertiert!

Maureen und Dickon durften weiterfahren.

»Trotz allem, es war ein großes Risiko!« meinte Dickon, als Maureen ihm zu seiner Schauspielerei gratulierte. »Ein zweites Mal möchte ich das nicht erleben!«

Sie erreichten Wilna ohne weitere Zwischenfälle. Als Madame de Valle und Diener bezogen sie Zimmer in einem der größten Gasthäuser. Nun galt es vor allem, etwas über die Grande Armée herauszufinden.

Maureen hatte Glück. Beim Abendessen lernte sie einen jungen französischen Capitaine kennen, den sie an ihren Tisch bat. Bei einem Glas Wein erfuhr sie einiges von ihm, indem sie ihm lächelnd Komplimente über seinen Mut, seine Tapferkeit machte und ihm einredete, wie bewundernswert sie all dies fand. Capitaine Louis de Rousseau hatte bei Smolensk und Borodino unter Marschall Murat gekämpft.

Es bestand wenig Aussicht, daß er Gerard getroffen hatte, dennoch fragte Maureen ihn. Verneinend schüttelte er den Kopf. Als er hörte, daß Maureen auf der Suche nach ihrem Ehemann sei, sah er sie entsetzt an.

»Aber Madame, das dürfen Sie nicht. Das ist viel zu gefährlich. Ich habe Ihnen ja noch nicht gesagt... unsere Armee hat Moskau besetzt. Die Russen haben die Stadt in Brand gesteckt... Napoleon mußte den Kreml verlassen und außerhalb der Stadt im Petrovsky-Palast Quartier beziehen. Er erwartet Antwort auf seine Friedensvorschläge aus Petersburg.«

»Vielleicht könnte ich mit Ihnen nach Moskau reisen?« schlug Maureen vor.

Bedauernd schüttelte der Capitaine den Kopf.

»Ich bin auf dem Weg nach Paris. Ich habe wichtige Papiere bei mir. Aber glauben Sie mir, Madame, geben Sie den Gedanken auf, nach Moskau zu reisen. Es ist viel zu gefährlich. Sie haben keine Papiere!«

»Papiere?« fragte Maureen und stellte sich dumm. »Was meinen Sie damit, mon Capitaine? Warum sollte ich Papiere brauchen?«

Geduldig brachte er einige Dokumente zum Vorschein, die ihm und seinem Diener garantierten, ohne Belästigung nach Frankreich und zurück nach Moskau zu reisen. Als Abgesandten

Napoleons mußte ihm jede Hilfe zuteil werden, die seine Reise erleichtern konnte.

»Nur solche Papiere erlauben Ihnen, sicher durch Smolensk, Borodino und schließlich nach Moskau zu reisen«, erklärte er Maureen.

Wahrscheinlich habe er recht, meinte Maureen. Sie sollte diese Reise wohl aufgeben.

»Schließlich ...«, sagte sie und legte ihre Hand auf die seine, »... muß ich ja nicht gerade mein Leben aufs Spiel setzen. Ich dachte nur, eine solche Reise sei recht unterhaltend. Man sagte mir, die russischen Aristokraten führten ein lustiges und amüsantes Leben ...«

Entsetzt sah er sie an, und mit Mühe unterdrückte sie ein Lächeln.

»Vielleicht ist das so in Friedenszeiten!« sagte er. »Aber wir haben Krieg. Die Vorstellung, was einer so schönen Frau passieren würde, wenn das Volk sie gefangennähme, ist grauenvoll. Die Reichen sind in Rußland nicht sehr beliebt beim Volk.«

»Nun, dann werde ich Ihrem Rat folgen und nach Hause reisen!« antwortete Maureen. Mit einem vorgetäuschten Gähnen zog sie sich zurück.

Sie fand Dickon im Stall auf einem Bündel Stroh schlafend.

»Dickon!« rief sie. »Ich habe Arbeit für dich!« Sie schilderte ihm kurz, wie wichtig es für sie war, in den Besitz richtiger Papiere zu gelangen, wenn sie weiterreisen wollten. Als sie ihm berichtete, daß der französische Capitaine eben solche Papiere bei sich hatte, grinste Dickon verständnisvoll.

»Dann weiß ich, was ich zu tun habe. Da wir diese Papiere brauchen, werde ich sie uns besorgen!«

»Er ist ein harmloser Kerl, Dickon. Bring ihn nicht um! Wir brauchen außerdem seine Uniform und die seines Dieners. Denn ich habe vor, als Capitaine der französischen Armee weiterzureisen. Du bist mein Diener. Glaubst du, du kannst dies alles bewerkstelligen, ohne dich in Lebensgefahr zu begeben?«

»Ich tue, was nötig ist!« sagte Dickon. »Es wird schon nicht so schwierig sein. Du hast mir gesagt, der Capitaine hat eine Menge Wein getrunken. Sein Diener wird sich zweifelsohne in der Zwischenzeit auch schadlos gehalten haben.«

Das Stehlen der Papiere und der Kleider war tatsächlich einfach. Weitaus schwieriger war es, die Gefesselten loszuwerden. Dickon meinte, das Beste sei, sie irgendwo mitten in der Landschaft auszusetzen, aber Maureen fürchtete um das Leben der beiden Pechvögel.

»Hier in Wilna können wir sie nicht lassen!« argumentierte Dickon. »Schon nach wenigen Stunden würden sie uns zu Pferd verfolgen.«

Schließlich kamen sie überein, sie in ihrer Kutsche drei Tage lang mitzunehmen und sie dann auszusetzen.

So geschah es.

Wütend über diese Erniedrigung starrte der Franzose Maureen an, während Dickon ihn von seinen Fesseln befreite. Obwohl seine Uniform für Maureen einige Nummern zu groß war, sah sie entzückend darin aus.

»Sie werden nicht weit kommen, trotz dieser Verkleidung«, murmelte er. »Sie haben das Gesicht und die Stimme einer Frau. Damit ändern weder die Kleidung etwas noch die Papiere, die Sie als französischen Offizier ausweisen.«

Maureen hielt ihn mit der Pistole in Schach, solange Dickon damit beschäftigt war, seinen Diener zu befreien.

»Oh, das weiß ich wohl«, sagte Maureen mit einem Lächeln. Ihr Entschluß stand bereits fest. Sie würde den unteren Teil ihres Gesichtes bandagieren, als ob sie eine Wunde am Kiefer habe. Dann brauchte sie nicht zu sprechen. Falls es nötig sein sollte, konnte sie sich schriftlich verständigen.

»Adieu, mon Capitaine«, sagte sie und gab ihm seinen Degen zurück, damit er sich im Notfall verteidigen konnte. »Ich hoffe, Sie glauben mir, wenn ich Ihnen sage, wie leid es mir tut!«

Dickon und sie stiegen ein und rasten davon. Erst nach einer Weile ließ Dickon die Pferde im Schritt gehen.

»Die Uniform steht dir wirklich gut!« meinte Dickon. »Was für ein Glück, daß der arme Capitaine kein Riese war. Obwohl ... wenn ich deine Stiefel ansehe ... die sind wirklich viel zu groß.«

Maureen lachte. »Wir haben verteufeltes Glück gehabt. Als ich den armen Mann kennenlernte, hatte ich keine Ahnung, daß ich heute als Capitaine de Rousseau unterwegs sein würde.«

»Und wir haben sogar Papiere, um es notfalls zu beweisen!« kicherte Dickon.

»Und jetzt: auf nach Moskau!« rief Maureen.

Ihre gute Laune wurde einer harten Probe ausgesetzt. Je weiter sie fuhren, Tag für Tag, desto schlechter wurde das Wetter. Der

Regen durchweichte sie bis auf die Haut; die Straße schien sich im Schlamm aufzulösen. Es begegneten ihnen Flüchtlinge; Frauen und Kinder, halb verhungert und ohne Zuhause.

Endlich waren sie in Smolensk. Dort erfuhren sie, daß Napoleon vergeblich auf die Antwort auf seine Friedensvorschläge aus Petersburg gewartet hatte. Mit seinem erschöpften Heer von nur noch 100000 Mann trat er den Rückzug von Moskau an. Das war am 19. Oktober. Infolge des frühen Winters, dem Mangel an Lebensmitteln und der russischen Verfolgung endete der Rückzug mit dem Untergang der Grande Armée. Mit 40000 Mann und wenigen Geschützen war er auf seinem Weg nach Smolensk.

»Wir müssen uns nach einer Bleibe umsehen und unser weiteres Vorgehen gründlich überlegen!« sagte Maureen zu Dickon, als sie all dies in Erfahrung gebracht hatte. Ihr treuer Begleiter war ebenso erschöpft wie sie selbst und wie auch die Pferde. Nach einigem Suchen fanden sie ein Wirtshaus, in dem sie blieben. Der Wirt war es zufrieden, die Kutsche in Zahlung zu nehmen, und stellte keine Fragen. Maureen nahm ein Bad und wusch ihr Haar; Dickon reinigte ihre Uniform. Frische Pferde waren keine zu bekommen.

»Wenn es wahr ist, daß die Franzosen auf ihrem Weg hierher sind, dann sollten wir am besten hier warten!« sagte sie zu Dickon. Seit drei Monaten waren sie nun unterwegs. Es war Mitte Oktober, und von Tag zu Tag verschlechterte sich das Wetter. Bald würde es zu schneien anfangen. Maureen war müde und mutlos. Sie wußte ja nicht, ob Gerard diese schrecklichen Schlachten überlebt hatte.

Dickon versuchte sie zu trösten.

»Du hast mir so oft gesagt, du wüßtest in deinem Innersten, daß Gerard am Leben ist. Erinnerst du dich?«

Maureen nickte.

»Du hast recht, Dickon. Ich werde nicht aufgeben. Wir müssen ihn finden. Wenn wir nur jemanden träfen, der ihn kennt oder zumindest gesehen hat!«

»Ich finde, wir warten hier ein bißchen. In diesem Gasthaus sind wir verhältnismäßig sicher. Die Papiere des Franzosen nützen uns nun auch nichts mehr.«

»Ja, wir warten noch ein wenig!« stimmte Maureen zu.

Sie versuchte nicht daran zu denken, daß immerhin die Möglichkeit bestand, daß Gerard getötet worden war. Von ihrem

Fenster aus sah sie den langen Zug der Verwundeten mit ihren blutgetränkten Verbänden, viele humpelten an Krücken. Und obwohl sie wußte, wie verrückt es war, sah sie jedem ins Gesicht, in der Hoffnung, einer könnte Gerard sein.

Tatsächlich hatte Gerard Moskau mit Napoleon verlassen und befand sich auf dem Weg nach Tula.

Die Männer und Pferde waren gleichermaßen erschöpft, der Kampfeifer auf ein Nichts zusammengeschrumpft. Die schweren Geschütze kamen auf den schmalen Straßen nur mühsam voran. Von Tag zu Tag wurde es früher dunkel und kälter.

»Es ist heller Wahnsinn!« meinte Gerard bitter und sah Nikolai an. »Mit diesen Uniformen ... sie sind nicht für solche Kälte gemacht!«

Gerard ritt nicht weit hinter Napoleons Kutsche. Am 4. November waren sie immer noch mehr als fünfzig Meilen von Smolensk entfernt. Es begann zu schneien. Heftiger Schneesturm peitschte ihnen ins Gesicht. Nur mühsam kamen sie voran. Napoleon mußte seine Kutsche verlassen und zu Fuß durch den tiefen Schnee stapfen. Die Flocken fielen nun so dicht, daß man fast nichts mehr sehen konnte.

»Wenn wir nicht bald Unterschlupf finden, wird die ganze Armee erfrieren!« meinte Nikolai.

Gerard fror bitterlich. Mit seinen Armen machte er wilde Bewegungen, um sich einigermaßen warm zu halten. Nikolai grinste. »Das ist die Rache der Russen!« sagte er mit klappernden Zähnen. »Noch nie war es so kalt wie in diesem Winter.«

Am 9. November erreichten sie Smolensk. Die Kranken wurden in den wenigen unzerstörten Häusern untergebracht. Der Rest mußte trotz des schlechten Wetters in Zelten hausen. Lange würden sie sowieso nicht hier bleiben. Die Russen folgten ihnen dicht auf den Fersen. Nahrungsmittel gab es so gut wie keine. Nur diejenigen, die in Moskau geplündert hatten, tauschten nun ihre mühsam mitgeschleppten Habseligkeiten gegen Essen und Schnaps.

Nikolai stellte einige Flaschen auf den Tisch in Gerards Zelt. Dankbar trank dieser von dem wärmenden Alkohol. Die Nachricht, daß von 450000 Mann nur noch 40000 übrig waren, bestätigte seine schlimmsten Erwartungen.

Verzweifelt studierte Gerard die Karte, die er bei sich trug.

»Es besteht die Gefahr, daß wir umzingelt werden!« sagte er zu Nikolai, der ihn aufmerksam beobachtete. »Wenn wir aus Rußland herauswollen, müssen wir die Beresina überschreiten. Wenn die Russen vor uns dort sind ...«

»Die Männer sind in keiner guten Verfassung«, meinte Nikolai. »Vor allem die Nachhut, die ja noch schlimmer dran ist als wir. Ihre Mutlosigkeit ist kein Wunder ... sogar mir hat's in Borodino den Magen umgedreht, und das will was heißen ... schließlich bin ich seit Ewigkeiten Soldat.«

Gerard seufzte.

»Viele mußten die Beute und sogar ihre persönliche Habe aufgeben, um schneller voranzukommen. Dabei war es das einzige, was sie für den langen Marsch und den entsetzlichen Kampf entschädigte.«

»Ja, und die armen Gefangenen; Mitleid dürfen sie sicher nicht erwarten!« sagte Nikolai. »Leid tun mir auch die Marketender; sie suchen Unterschlupf in der Stadt ... was mich übrigens an etwas Merkwürdiges erinnert ... als ich in der Stadt war, ist mir etwas passiert, wovon ich dir unbedingt berichten muß ...«

»Dann setz dich hin, Nikolai«, sagte Gerard müde. »Wenn wir morgen weitermarschieren ... na, ich meine, du solltest deine Füße schonen ...«

Er schenkte seinem Diener ein Glas Schnaps ein. Fröstelnd lehnte er sich zurück und zog den Mantel enger um sich.

»Als ich heute in Smolensk war, ging ich zu einem Gasthaus, um dort etwas Eßbares aufzutreiben. Da erschien ein junger Franzose ... das Gesicht völlig bandagiert ... er übergab dem Wirt einen Zettel. Der Capitaine, der arme Teufel, war am Unterkiefer schwer verwundet worden ... er konnte nicht mal mehr sprechen. Als er seine Hand ausstreckte, um den Zettel zu überreichen, bemerkte ich einen Ring an seinem Finger.«

»Und was war damit?« fragte Gerard geduldig, denn er wußte inzwischen, wie langsam die Russen ihre Geschichten erzählten. Aber er war müde und erschöpft und wollte, daß Nikolai möglichst rasch zum Ende komme.

»Ich weiß nicht, ob der Ring sehr wertvoll war, aber eines fiel mir auf: Er hatte dasselbe Wappen eingeritzt wie dein eigener Ring. Ich hätte den Mann ja gefragt, was es damit auf sich habe, aber da er nicht sprechen konnte ... könnte das ein Verwandter von dir gewesen sein? Ich schwöre bei meinem Leben, es war das Wappen der Familie de Valle!«

Gerard seufzte tief.

»Du mußt dich irren, Nikolai. Ich habe keine Verwandten ... Wahr ist, daß ich einmal einen Siegelring besaß ... aber den habe ich vor Jahren verschenkt ... der englischen Frau, die ich so liebte!«

Er seufzte noch einmal.

»Der Himmel weiß, was aus ihr geworden ist, Nikolai. Manchmal frage ich mich, ob sie mich vergessen hat ... vor sieben Jahren habe ich sie zum letzten Mal gesehen ... in Wien. Schade, daß du sie nicht kennst ... dann könntest du verstehen ... ich kann sie nicht vergessen!«

Nikolai wechselte schnell das Thema. Er wußte zu genau, in welch tiefe Depressionen Gerard verfiel, wenn er an diese geliebte Frau dachte.

»Der Kaiser hat befohlen, die Armee in vier Abteilungen aufzuteilen. Jeden Tag soll eine von hier aufbrechen.«

Gerard sollte mit Napoleon und dessen persönlichem Schutz in der zweiten Abteilung reisen; Marschall Ney bildete die Nachhut; die Vorhut sollte bereits morgen aufbrechen.

»Wir brechen also übermorgen auf!« sagte Gerard. »Meiner Ansicht nach ist es höchste Zeit.« Im stillen fragte er sich, ob Napoleon recht getan hatte, so spät von Moskau aufzubrechen. Trotz der gefrorenen Straßen und den Schneewehen schaffte Napoleon am ersten Tag sechzehn Meilen. Was er aber nicht wußte: die Straße verlief parallel zu jener, auf der der russische Befehlshaber Kutusow vorwärtsmarschierte. Am 15. November waren sie nur zwei Meilen voneinander entfernt. Am folgenden Tag wurden sie von Kosaken und Kavallerie angegriffen. Der russische General Miloradovich blockierte mit Erfolg die französischen Rückzugslinien, bevor Marschall Ney und die Nachhut ankam, und zwang so die Franzosen, in Richtung Norden auszuweichen. Auf allen vieren krochen sie dort über den zugefrorenen Dnjepr. Die Männer litten unter Ruhr und Frostbeulen. Ihre körperliche Verfassung war entsetzlich; die Moral auf dem Nullpunkt. Für ein Stück Pferdefleisch töteten sie ihre eigenen Kameraden. Der lange Zug der flüchtenden Frauen und Kinder suchte Schutz vor den Kosaken und Partisanen bei der Nachhut.

Bei ihnen befanden sich Dickon und Maureen.

Fünfundvierzigstes Kapitel
1812

Gerard befand sich nun mit Napoleon in der kleinen Stadt Orsha. Nikolai hatte ihm ein zweites Mal von seiner merkwürdigen Begegnung mit dem jungen Franzosen erzählt, wobei er diesmal die seltsam roten Haare erwähnte, die dessen Diener hatte. Sofort mußte Gerard an Dickon denken. Der Verdacht, es könne sich bei dem französischen Capitaine um seine geliebte Maureen gehandelt haben, die sich verkleidet hatte, ließ ihn nicht mehr los.

Obwohl er in seinem Innersten nicht daran glauben konnte, daß Dickon oder gar Maureen hier in Rußland seien. Es schien zu absurd. Welchen Grund sollten sie haben, sich mitten im Krieg in feindliches Gebiet zu begeben! Und doch ... es wäre nicht zum ersten Mal ... Schon einmal hatte Maureen sich verkleidet ... Und dann die Sache mit dem Ring! Unruhe befiel Gerard.

Sollte es sich wirklich um Dickon und Maureen handeln, dann befanden sie sich in entsetzlicher Gefahr. Und er? Er konnte nichts für sie tun! Nach Smolensk konnte er nicht zurück. Falls Maureen und Dickon aber die Stadt mit einer der französischen Abteilungen verlassen hatten, wie sollte er wissen mit welcher? Dem Gerücht zufolge stand es schlecht um Marschall Neys Nachhut. Der russische Admiral Pavel Chichagow hatte Minsk erobert und war nun auf dem Weg zur Beresina. General Kutuzow war ihnen auf den Fersen, und Wittgenstein, der Witebsk zurückerobert hatte, schnitt Napoleon den Weg nach Wilna ab. Außerdem behielt er die für Napoleon gedachten Nahrungsmittel, die von Preußen und Warschau kamen.

Napoleon befahl Marschall Oudinot, die Russen in Borisov zu bekämpfen. Zwar eroberten die Franzosen die Stadt, doch wurde die einzige Brücke über die Beresina zerstört.

Gerard wurde ausgeschickt, um herauszufinden, ob Pontonbrücken errichtet werden konnten. Am 25. November waren zwei davon fertig. Unter heftigem Beschuß der russischen Vorhut erreichte Napoleon mit den meisten seiner Männer den Fluß. Tag und Nacht strömten die Menschen über die Brücken.

In der Nacht zum 28. November entfernten Gerard und Nikolai sich von ihrer Abteilung.

»Ich weiß, daß Maureen hier ist. Ich fühle es!« rief Gerard und suchte in der Menge nach dem so vertrauten Gesicht. Nikolai drängte darauf, den Fluß zu überqueren, bevor es zu spät sei.

»Ich kann nicht, Nikolai. Bedenke doch nur das Schicksal all jener, die es nicht schaffen, die zurückgelassen werden.«

»Du bist verrückt! Wie kannst du dein Leben riskieren ... du weißt ja nicht einmal, ob sie dabei ist!« protestierte Nikolai.

Aber seine Einwände waren zwecklos. Hunger, Kälte und Erschöpfung schienen Gerards Geist verwirrt zu haben. Er hatte nicht den kleinsten Beweis dafür, daß Maureen sich bei den Wartenden befand. Und selbst wenn es so war ... wie sollte er sie finden?

Nikolai machte sich nun ernsthaft Sorgen um seinen Herrn, der sich immer noch weigerte, den Fluß zu überqueren. Bald würde es zu spät sein! Kurz entschlossen verpaßte er seinem Herrn einen Kinnhaken, der diesen zu Boden streckte. Nikolai lud sich den ausgemergelten Körper Gerards auf die Schultern und ging über den Fluß.

Als Gerard wieder zu sich kam, ritten sie bereits auf einem von Nikolai gestohlenen Pferd nach Wilna. Die Temperaturen fielen auf fünfundzwanzig Grad minus. Nur 15 000 Mann der Grande Armée erreichten Wilna. Von hier eilte Napoleon in einem Bauernschlitten über Warschau und Dresden nach Paris. Gerard, wie viele andere, war zu krank für die Weiterreise. Anfang Dezember wußte Nikolai, daß die Russen bald die Stadt erreichen würden. Er hatte keine Hoffnung mehr, Gerard in Sicherheit zu bringen; im Gegenteil, es bestand die Gefahr, daß er sterben würde, wenn er keine ärztliche Hilfe bekam. Trotzdem blieb Nikolai bei seinem Herrn. Dreizehn Tage später marschierte Kutusows Armee in die Stadt ein.

Verzweifelt klammerte sich Maureen an Dickons Ledergürtel und folgte ihm blindlings durch den Schneesturm. Ohne Dickon wäre sie längst tot, dachte sie. Der hatte darauf bestanden, Smolensk zu verlassen, am selben Tag, als sich die französische Armee in Marsch setzte. Während der vier Tage, die Napoleon sich in der Stadt aufgehalten hatte, war Maureen, nun wieder in

Frauenkleidern, auf der Suche nach Gerard durch die Straßen geirrt. Sie fragte jeden ihr begegnenden französischen Offizier, wohin sie sich wenden konnte, um etwas über das Schicksal des Geliebten zu erfahren. Auf diese Art gelangte sie ins Hauptquartier, wo man ihr versprach, alles nur Mögliche für sie zu tun. Fiebernd wartete sie auf die versprochenen Nachrichten. Sie wußte, Gerard lebte.

»Ich weiß, daß er hier ist in Smolensk. Ich weiß es, Dickon! Gerard lebt, ich werde ihn sehen, bald ... unsere Reise war nicht umsonst, Dickon!«

Aber sie erhielt keine Nachricht. Im Hauptquartier war der Teufel los. Die Nachhut traf ein. Die Männer waren in schrecklicher Verfassung, die meisten verwundet oder krank. Sie erfuhr, daß Napoleon plante, Smolensk in den nächsten Tagen zu verlassen. Er hatte eingesehen, daß ein Überwintern unmöglich geworden war. Die einzige Chance zu überleben, lag darin, Wilna zu erreichen; die Brücke über die Beresina zu erreichen, bevor die Russen dort ankamen.

»Aber sicher können Sie mir sagen, wo ich den Vicomte finde!« flehte Maureen einen Offizier an.

Aber dieser schüttelte bedauernd den Kopf.

»Es tut mir leid, Madame. Ich weiß nur, daß er noch gestern hier in Smolensk gesehen wurde. Ich gebe Ihnen den guten Rat, die Stadt zu verlassen. Stunde für Stunde kommen mehr Flüchtlinge an. Reiten Sie nach Wilna, bevor man Ihre Pferde tötet. Diese verhungerten Menschen sind zu allem fähig, um an ein bißchen Essen zu kommen.«

»Der Offizier hat verdammt recht!« meinte Dickon. »Außerdem ... auch der Vicomte wird nach Wilna aufbrechen. Am besten suchen wir ihn dort.«

Erst als die Armee tatsächlich abmarschierte, verließen auch sie und Dickon die Stadt. Dickon hatte die Reise sorgfältig vorbereitet. Er zwang Maureen, wieder ihre Uniform anzuziehen, darüber ihr Kleid und ihren Mantel. Mit Stoffetzen umwickelte er ihre und seine Füße, Beine und Arme. Er reinigte und lud seine Pistolen. Um die Hüften band er sich einen breiten Lederriemen, in den er ein scharf geschliffenes Messer steckte. Die Satteltaschen füllte er mit Nahrungsmitteln und einer Schnapsflasche. Er wußte, daß es besser war, zu Fuß zu gehen. Die Pferde wurden schnell geschlachtet, da alle halbverhungert waren.

Maureen waren diese Vorbereitungen sinnlos erschienen. Erst

jetzt wußte sie, daß sie Dickons Vorsorge ihr Leben zu verdanken hatte. Es war der 25. November, und immer noch waren sie zwanzig Meilen von der Beresina entfernt. Mit tausend anderen waren sie fünf Tage zuvor auf allen vieren über den zugefrorenen Dnjepr gekrochen. Nur um Haaresbreite waren sie der russischen Kavallerie entkommen, die versuchte, ihnen den Weg abzuschneiden.

»Es ist hier auch nicht schlimmer als in der Nacht, die wir auf See verbrachten! Zwischen Frankreich und England, weißt du noch?« Er zwang Maureen, einen Schluck Schnaps zu trinken. »Damals haben wir überlebt. Wir werden es auch diesmal schaffen!«

Endlich, am 28. November, erreichten sie die Pontonbrücken. Ängstlich drängten sich die Massen auf den bereits überfüllten Brücken. Viele fielen in den Fluß, andere wurden unter den Hufen der Pferde, die die Geschütze zogen, zertrampelt. »Wir müssen es versuchen!« sagte Dickon zu Maureen. »Halt dich fest an mir und laß auf keinen Fall los!«

Es war bereits dunkel, als sie endlich auf den schwankenden Brücken vorwärts humpelten. Maureen klammerte sich an Dickon, der ihnen mit seinem Messer einen Weg bahnte, da sie sonst zu Tode getrampelt worden wären. Irgendwie erreichten sie das andere Ufer. Maureen war vor Schwäche fast bewußtlos. Es dauerte weitere elf Tage, bevor sie Wilna erreichten. Das war am 10. Dezember. Diejenigen, die überlebt hatten und noch in der Lage waren, marschierten Richtung Grenze. Aber das waren die wenigsten. Die meisten mußten bleiben. Sie waren zu erschöpft, zu krank oder zu ernsthaft verwundet, um weiter zu marschieren. Auch Dickon und Maureen konnten nicht mehr.

»Die meisten müssen hierbleiben«, sagte Dickon. »Die Chance, den Vicomte hier zu finden, ist deshalb überaus groß.« Mit einem Grinsen sah er Maureen an. So abgemagert wie er war, sah es aus wie eine Grimasse. Maureen brach in Tränen aus bei diesem Anblick, ohne daran zu denken, daß sie selbst auch bis auf die Knochen abgemagert war.

»Oh, Dickon«, weinte sie. »Und ich bin schuld an allem. Und Gerard haben wir auch nicht gefunden!«

»Aber das werden wir!« tröstete Dickon sie, obwohl er dessen ganz und gar nicht sicher war. »Bevor wir ihn aber suchen, müssen wir ein warmes Plätzchen zum Schlafen finden und auch etwas zu essen!«

Da Maureen so klug gewesen war, die ihr verbliebenen Goldstücke in ihr Kleid einzunähen, war es nicht so schwierig, wie sie gedacht hatten, in einem Hotel unterzukommen.

Maureen und Dickon aßen, dann schliefen sie vierundzwanzig Stunden, dann aßen sie wieder. Langsam erholten sie sich. Dickon begab sich auf die Suche nach einem Schneider, um sie mit neuer Kleidung zu versehen.

Da er die Landessprache nicht beherrschte, kam er zurück, ohne etwas Neues erfahren zu haben. Er konnte Maureen lediglich berichten, wie verschmutzt die Stadt sei, der Gestank unerträglich, da in den Straßen die aufgedunsenen Pferdeleichen herumlagen.

»Vor jedem Haus brennen Strohfeuer«, berichtete er und schüttelte sich. »Ich weiß nicht warum, aber der Gestank des Rauches verpestet die Luft noch mehr. Die Stadt ist voller Soldaten. Ich glaube, es sind Russen.«

Maureen eilte nach unten. Sie erfuhr, daß drei Tage zuvor Kutusows Armee eingerückt war. Alle französischen Soldaten in Wilna waren nun Gefangene. Hunderte starben; viele hatten die Pest.

»Wenn sich Gerard in Wilna aufhält, dann ist er jetzt auch ein Gefangener«, sagte sie zu Dickon. »Ich muß sofort zu den russischen zuständigen Stellen gehen und versuchen, etwas herauszufinden. Als Engländerin dürfte dies nicht allzu schwer sein. England ist immerhin der Verbündete Rußlands.«

Maureen mietete eine Kutsche und ließ nichts unversucht, um Gerards Verbleiben herauszufinden.

Trotz aller Bemühungen hatte sie nach einer Woche immer noch keine Gewißheit, daß Gerard gefangengenommen worden war. Niemand schien mehr Zeit für sie zu haben, da die Ankunft des Zaren bevorstand. Zar Alexander kam nach Wilna, um seinen Sieg zu feiern.

»Vielleicht ist man hilfsbereiter, wenn die Festlichkeiten vorüber sind«, sagte Maureen. Aber Hoffnungslosigkeit beschlich sie. Die Gefangenen starben nun zu Tausenden. Den wenigen Ärzten gelang es nicht, die Seuche unter Kontrolle zu bringen.

Dickon hatte Angst um Maureen. Er wußte andererseits, daß es keinen Zweck hatte, Maureen überreden zu wollen, die Stadt zu verlassen. Sie würde es doch nicht tun.

Aus Gesprächen hatte sie erfahren, daß Zar Alexander morgen durch die Stadt reiten würde.

»Der Zar ist erst fünfunddreißig!« sagte sie zu Dickon. »Ich habe gehört, daß er Frauen gegenüber sehr zugänglich sein soll. Vielleicht kann ich seine Aufmerksamkeit erregen und ihn um Gerards Freilassung bitten!«

»Falls der Vicomte wirklich gefangen wurde!« meinte Dickon skeptisch.

Maureen schien ihn nicht zu hören. Fieberhaft überlegte sie, welche Vorbereitungen sie bis morgen treffen mußte.

»Ich brauche ein neues Reitkleid. Laß uns Stoff kaufen gehen und uns nach einer Schneiderin umsehen. Und dann brauche ich ein Mädchen, das mir die Haare wäscht und frisiert. Und einen neuen Hut!«

Trotz der verhältnismäßig kurzen Zeit schaffte sie es tatsächlich, ihre Vorstellungen in die Tat umzusetzen.

Maureen erschien am nächsten Morgen in ihrem neuen Kleid. Dickon betrachtete sie lächelnd.

»Du siehst wunderschön aus!« sagte er bewundernd. »Es wird niemanden geben, dem das nicht auffallen wird.«

Maureen lachte glücklich über sein Kompliment.

Dickon selbst sah sehr gut aus in seiner neuen Livree, die Maureen im jüdischen Viertel der Stadt entdeckt hatte.

Er dagegen hatte für Maureen einen herrlichen weißen Hengst besorgt, für sich selbst ein weniger auffälliges, doch ebenso gutes Pferd. Die halbe Nacht lang putzte er die beiden Tiere und Sättel und Zaumzeug.

Das Jahr ging in drei Tagen zu Ende. Es war kalt und frostig, obwohl die bleiche Dezembersonne durch die Wolken brach, als der Zar durch die Stadt ritt. Mit lautem Hurragebrüll und Händeklatschen bejubelten die Menschen ihn. Gerade jetzt befand der Zar und sein Gefolge sich auf dem Rückweg zum Schloß. Bei ihm war General Kutusow in voller Uniform, auf der Brust stolz den neu verliehenen St.-Georges-Orden. Er saß in einer Troika und wurde von Hunderten Generälen und Offizieren begleitet.

»Ich glaube, jetzt ist es soweit!« flüsterte Maureen, als sich ihnen der Zar und sein Gefolge näherte.

Mit der Peitsche versetzte sie ihrem Hengst einen kurzen Hieb, drückte ihm ihre Absätze in die Flanken und ließ die Zügel locker. Der Hengst preschte vorwärts, aus der kleinen Seitenstraße heraus und direkt auf die sich nähernde Parade zu. Wie Maureen vorausgesehen hatte, erschrak das Tier, als es sich plötzlich der Menschenmenge gegenübersah, und scheute. Maureen ließ die Zügel los, glitt aus dem Damensattel und fiel in den weichen Schnee.

Das Folgende geschah rasch und genau nach ihrem Plan. Der Zar und sein Gefolge sahen sich gezwungen, anzuhalten. Ein Begleiter des Zaren saß ab und rannte zu der am Boden liegenden Dame, um die sich bereits Dickon bemühte. Der Zar näherte sich ebenfalls, um herauszufinden, ob die Dame verletzt sei. Schuldbewußt lächelnd sah Maureen ihn an und gestand, daß sie sich den Knöchel verrenkt habe. Sie sei Engländerin und gerade erst in der Stadt angekommen, erklärte sie ihm und gab ihrem Lächeln etwas Verführerisches. Sie habe keine Ahnung, wo sie einen Arzt finden könne, meinte sie.

Die Anwesenheit einer englischen Aristokratin in Wilna gerade jetzt überraschte den Zar. Dies war so ungewöhnlich, daß er sich mit ihr unterhielt, abgesehen davon, daß ihn ihre Hilflosigkeit ebenso wie ihre Schönheit beeindruckte. Maureen nutzte diese Chance. Sie berichtete ihm, sie sei auf der Suche nach ihrem *fiancé*.

»Nun, es wird mir ein Vergnügen sein, einer so schönen Frau zu helfen«, sagte der Zar. »Vor allem, weil es um die Liebe geht«, fügte er lächelnd hinzu.

Er ordnete an, daß sie in der Kutsche General Kutusows zum Schloß gebracht wurde, wo sie wohnen sollte, bis er Näheres über das Verbleiben ihres *fiancé* herausgefunden habe.

»Es wird mir eine Freude sein, Sie persönlich von dem Ergebnis meiner Nachforschungen zu unterrichten«, sagte er mit einer höflichen Verbeugung.

Schon vierundzwanzig Stunden später sandte er einen Boten zu ihr, der ihr mitteilte, daß der Vicomte am Leben sei und als Gast auf dem Besitz General Bennigsens in Zakret, einige Meilen außerhalb von Wilna, weile.

Maureen war außer sich vor Glück über diese Nachricht. Ungeduldig bestürmte sie den Boten mit Fragen: Ging es Gerard gut? War er verwundet? Ein Gefangener? Aber der Bote konnte ihre Fragen nicht beantworten.

»Aber ich habe den Befehl, Ihnen mitzuteilen, daß sich im Hof eine Troika befindet, mit der Sie den Vicomte besuchen können.«

Aufgeregt rief Maureen einen Diener zu sich, der sich auf die Suche nach Dickon begeben sollte.

»Sagen Sie ihm, daß wir sofort aufbrechen – nach Zakret!«

Sechsundvierzigstes Kapitel
1812

Gerard war sehr schwach. Meist dämmerte er im Halbschlaf dahin und wachte nur ab und zu auf, wenn Helga von Heissen sich zu ihm setzte, was sie mehrmals am Tag tat.

Anfangs hatte er gar nicht verstehen können, wieso und warum diese immer noch schöne Frau, jetzt fast fünfzig, bei ihm saß und ihn pflegte.

Erst als es ihm etwas besserging, war es ihm möglich, sich an das Geschehene zu erinnern. Nikolai hatte ihn nach Wilna gebracht. Gerard wußte, daß er, wie schon einmal, sein Leben diesem treuen Diener verdankte. Als sie Wilna erreicht hatten, halbtot vor Erschöpfung, merkte Nikolai, daß sie deswegen noch lange nicht in Sicherheit waren; die russischen Truppen waren ihnen auf den Fersen; sie hatten keinen Pfennig und waren halbverhungert, Gerard war sehr krank. Nikolai beschloß, nicht in der Stadt zu bleiben, da sonst sein Herr unweigerlich gefangengenommen würde. Einer seiner Brüder war als Förster auf dem Gut des Grafen Bennigsen beschäftigt, einem Besitz nur wenige Meilen von Wilna entfernt. Obwohl Nikolai selbst völlig erschöpft war, erreichte er mit letzter Kraft, den halbtoten Gerard auf seinen Schultern, Zakret. Sein Bruder Andrei hieß ihn herzlich willkommen. Nikolais wegen versprach er, den Vicomte bei sich aufzunehmen, obwohl er daran zweifelte, daß es nötig sein würde.

»Es gibt sehr viele französische Aristokraten hier, die für unser Land kämpfen!« sagte er und stellte eine riesige Portion Kaninchen-Stew vor Nikolai. »Wenn du nichts davon verlauten läßt, daß der junge Vicomte in Napoleons Armee gekämpft hat, findet er sicher Hilfe und Unterstützung in der Villa des Grafen. Soviel ich weiß, ist der Graf zwar im Augenblick nicht da, aber die österreichische Gräfin, mit der er lebt, ist eine sehr freundliche Frau, so sagt man – sie wird sich sicher um den Vicomte kümmern. Der braucht einen Arzt, sage ich dir ... und zwar schnell«, fügte er mit einem Blick auf den bewußtlosen Gerard, den sie auf ein Bärenfell vor den Kamin gelegt hatten, hinzu.

Gerard konnte kaum fassen, durch welch glücklichen Zufall

gerade seine erste Geliebte hier weilte. Helga erzählte ihm, daß sie schon seit sechs Jahren hier sei.

»Ich bin sehr zufrieden«, erzählte sie Gerard. »Der Graf ist ein freundlicher Mann, und er sorgt gut für mich. Ich hätte nie gedacht, dich je wiederzusehen, mon petit Gerard!« sagte sie und strich ihm das Haar aus der heißen, fiebrigen Stirn. Als Gerard ihr erzählen wollte, was er in den vierzehn Jahren, seit er sie zuletzt sah, getan hatte, verhinderte sie es, indem sie sagte:

»Das meiste weiß ich schon. Dein Diener Nikolai hat es mir erzählt. Wenn du wieder gesund bist, kannst du berichten. Jetzt ist es noch zu anstrengend für dich.« Liebevoll sah sie ihn an. »Ich muß gestehen, daß es mich überrascht hat zu hören, daß du für Napoleon gekämpft hast. Während der Revolution bist du doch für die *émigrés* eingetreten!«

»Ich habe für meinen König gekämpft«, erklärte Gerard ihr. »Erst als die Sache der Royalisten dem Untergang geweiht war, entschloß ich mich, für Frankreich zu kämpfen. Davon abgesehen, stehe ich in der Schuld des Kaisers – seiner Hilfe habe ich es zu verdanken, daß meine Mutter aus dem Gefängnis freikam und unser Schloß bei Compiègne wieder aufgebaut wurde.«

Gerards Zustand war bedenklich. Schuld daran war nicht allein die totale Erschöpfung, die seine Krankheit zur Folge hatte, sondern seine allgemeine Verfassung: Es war ihm ziemlich gleichgültig, ob er am Leben blieb oder starb. Was hatte das alles für einen Sinn?

Wie so oft dachte er an Maureen. Sieben Jahre war es her, seit er sie das letzte Mal in Wien gesehen hatte. Geschworen hatte er ihr, sofort nach Erledigung seiner Familienangelegenheiten in Compiègne zurückzukommen. Sieben Jahre! Welch lange, endlos lange Zeit! Und sie war vergangen, ohne daß er auch nur ein einziges Mal die Gelegenheit gehabt hätte, zu ihr zu eilen. Sicher hatte sie ihn längst vergessen; aller Wahrscheinlichkeit nach war sie zufrieden mit ihrem Leben an der Seite James Pettigrews; womöglich hatte sie sogar Kinder von ihm! Seine Tochter Tamarisk mußte nun schon vierzehn sein – er hatte ihre Kindheit nicht miterleben dürfen. Und seine eigene Jugend? Aus und vorbei! Warum also sollte er am Leben bleiben?

Gerards Depressionen blieben Helga nicht verborgen. Irgend etwas mußte geschehen! Verzweifelt ließ sie Nikolai zu sich rufen. Deutlich stand die Liebe dieses Mannes für seinen Herrn ihm ins Gesicht geschrieben.

»Wir müssen alles tun, damit er wieder einen Sinn darin sieht, weiterzuleben!« sagte sie eindringlich. »Der Arzt meint, nur so kann er gesund werden. Können Sie nicht mit ihm über die Engländerin sprechen, die er einst so liebte? Mit mir kann er darüber nicht sprechen, aber mit Ihnen ...«

Noch bevor Nikolai ihrer Bitte entsprechen konnte, entstand unten in der Halle Lärm.

»Vielleicht ist es Graf Bennigsen!« rief Helga und lehnte sich über die Brüstung, um hinunterzusehen. Mit Anstrengung schloß der Diener gerade die Tür, gegen die der heftige Schneesturm drückte. Aber es war nicht der Graf, sondern zwei ihr unbekannte Menschen, die dem Diener ihre Mäntel reichten: ein Mann mit auffallend rotem Haar und eine etwa dreißigjährige, schlanke und wunderschöne Frau, deren Wangen von der Kälte leicht gerötet waren.

Nikolai erkannte Maureen sofort. So oft hatte sein Herr sie ihm beschrieben. Als sie ihre Handschuhe auszog und die schmalen Hände vor das wärmende Feuer hielt, entdeckte er den Ring. Den Siegelring des Vicomte!

»Ich glaube fast, das ist sie«, flüsterte Nikolai. »Ja, das ist die Engländerin. Und der Rothaarige ist ihr Diener Dickon.«

Langsam ging Helga von Heissen die Treppe hinunter. Als Maureen sie auf sich zukommen sah, knickste sie.

»Gräfin Bennigsen?« erkundigte sie sich höflich.

Helga schüttelte den Kopf.

»Ich bin die Gräfin Heissen«, sagte sie. »Graf Bennigsen ist leider nicht hier. Darf ich Ihren Namen erfahren?«

Maureen stellte sich vor.

»Ich bin auf der Suche nach dem Vicomte de Valle. Man sagte mir, er sei hier!« stieß sie atemlos hervor.

»Das ist richtig!« antwortete Helga freundlich. Das also war die Frau, die er so innig liebte! Die Frau, deren Liebe zu Gerard so groß war, daß sie sogar bis nach Rußland gekommen war. Helga befürchtete, daß Gerard für ein Wiedersehen mit Maureen noch zu schwach war. Freundlich legte sie ihre Hand auf Maureens Arm.

»Bitte, kommen Sie mit mir in den Salon, bevor ich Sie zu dem Vicomte führe. Er ist sehr krank gewesen, müssen Sie wissen, und er hat sich leider noch nicht erholt!«

Nur mit äußerster Willensanstrengung gelang es Maureen, ihre Ungeduld zu unterdrücken. Schweigend saß sie da, während ein Diener Tee servierte. Als sie endlich wieder allein waren, gab sich die Gräfin freundlich und leger, als seien sie seit langem Freundinnen. In ihrer mütterlichen Art erinnerte sie Maureen an die liebe Clarissa.

»Ohne Zweifel wird Gerard sich aber sehr schnell erholen, wenn er Sie sieht und sich bewußt wird, daß Sie seinetwegen von so weither gekommen sind«, sagte sie zu Maureen. »Ich kann mir auch vorstellen, wie sehr Ihnen daran liegt, ihn mit Ihrer Anwesenheit zu überraschen, aber... aber ich glaube, es ist besser, wenn ich ihn darauf vorbereite. Verstehen Sie das? Der Schock könnte zu groß sein.«

»Ich tue alles, was Sie verlangen, wenn es für ihn gut ist!« rief Maureen. Sie stand auf, ging auf und ab, unfähig, ihre Ruhelosigkeit länger zu verbergen. »Ich bitte Sie nur um eines: Beeilen Sie sich. Zu lange habe ich auf diesen Augenblick gewartet.«

Maureen war tatsächlich wunderschön. Mit ihren leuchtenden Augen und den geröteten Wangen sah sie aus wie ein Mädchen von zwanzig, dachte die Gräfin.

»Oh, ich habe eine Idee!« rief Maureen und nestelte am Verschluß der goldenen Kette um ihren Hals. »Geben Sie dies Gerard, Madame. Er wird sofort wissen, daß es mir gehört. Und wenn er fragt, wie Sie dazu gekommen sind – und das tut er sicher –, dann können Sie ihm sagen, daß ich es Ihnen gegeben habe. Er wird dann langsam begreifen, daß ich hier bin.«

»Ja, das ist eine gute Idee. So machen wir es!« sagte die Gräfin, nahm das Amulett, das Maureen ihr reichte, und verließ sofort den Raum.

Maureen hatte recht gehabt. Kaum hatte Helga das Amulett in Gerads Hand gelegt, erkannte er es.

»Sag mir, ich bitte dich inständig, wie bist du in den Besitz dieses Amuletts gekommen?« fragte er heiser. Tränen rannen ihm über die eingefallenen blassen Wangen, als er es an sein Herz drückte.

»Du hast keinen Grund traurig zu sein, Gerard«, sagte Helga schnell. »In der Tat, ich bringe eine sehr gute Nachricht. Sogar eine besonders gute Nachricht.«

Gerard versuchte sich aufzurichten, aber er war zu schwach.

»Du hast von ihr gehört – von Maureen?« fragte er flüsternd.

Die Gräfin nickte.

»Ja, Gerard. Maureen lebt, ist gesund und sorgt sich um dich.

Wenn du mir versprichst, ruhig zu bleiben, sage ich dir noch etwas – Maureen ist hier, in Zakret.«

Wieder versuchte Gerard, sich aufzurichten.

»Hilf mir!« rief er. »Hilf mir. Ich muß aufstehen. Ich muß sie suchen gehen. Wo ist sie? Wie finde ich sie?«

Sanft drückte die Gräfin ihn zurück in die Kissen.

»Es besteht kein Grund, sich so aufzuregen. Deine tapfere und schöne Maureen ist hier, hier in diesem Haus. Die wartet nur darauf, von mir gerufen zu werden.«

Gerard seufzte tief.

»Es ist mir, als ob ich träume«, murmelte er. »Helga, sag mir, daß wenigstens du kein Traum bist! Sag mir, schwöre mir, daß du die Wahrheit berichtet hast.«

»Ich schwöre es dir, es ist die Wahrheit«, sagte Helga, und Tränen traten ihr in die Augen. Liebevoll beugte sie sich über Gerard und küßte ihn auf die Wange. »Komm, ich helfe dir, dich aufzusetzen, damit du deine Liebste empfangen kannst, *mon ami.*«

Wie durch ein Wunder gelang es ihm diesmal, sich mit Helgas Hilfe aufzurichten und sich an die Kissen zu lehnen.

»So«, sagte Helga und strich die Decke glatt. »Und nun hole ich Maureen.«

Es schien eine Ewigkeit zu dauern, bis sich die Tür öffnete und Maureen erschien. Wortlos kam sie auf ihn zu. Niemals war sie ihm so schön erschienen wie in diesem Augenblick.

Draußen rüttelte der Schneesturm an den Fenstern. Weit entfernt heulten Wölfe, und unten führte ein Stallbursche die drei Pferde, die Maureens Troika gezogen hatten, in den wärmenden Schutz des Stalles.

Weder Maureen noch Gerard hörten etwas, noch nahmen sie es wahr. Maureen kniete neben dem Bett und legte ihre Wange auf Gerards schmale Hand.

»Ich hätte nie geglaubt, dich wiederzusehen!« flüsterte er. »Maureen ... *mon amour ... mon petit écureuil*!«

Langsam benetzten ihre Tränen seine Hand. Aber Freude strahlte aus ihren Augen, als sie ihn ansah.

»Oh, Gerard, mein Liebster!« rief sie. »Ich wußte, ich würde dich finden! Aber du bist so mager! So blaß! Die Gräfin sagte mir, du seist sehr krank gewesen ... aber nun mußt du gesund werden. Ganz schnell, Gerard. Dieses Mal kehren wir gemeinsam nach England zurück!«

Sie stand auf und umarmte ihn zärtlich.

»Nichts mehr, nichts auf dieser Welt kann uns nun daran hindern, zusammenzubleiben!« rief sie. »Wahrscheinlich weißt du es noch nicht ... der arme James ist vor einigen Jahren gestorben ... Ich bin frei ... Sobald du gesund bist, können wir abreisen ... Der Zar selbst hat es erlaubt ... Gerard, Liebster ... verstehst du mich? Sobald du gesund bist, reisen wir nach England ... zusammen!«

Lächelnd sah er sie an, und ihre Lebenskraft übertrug sich auf ihn. »Ja, Liebste, ich verstehe ...«, sagte er zärtlich. »Ich bin glücklich, daß wir endlich eine gemeinsame Zukunft haben ... aber im Augenblick, Maureen ... nur dieser Moment zählt ... daß du hier bist, bei mir ... ich kann deine Lippen küssen ... dein Haar berühren ... deine Wange an meiner spüren ... mon amour, wenn du nur wüßtest, wie sehr ich dich liebe. *Je t'aime, je t'aime!*«

Nikolai und Dickon saßen in der Küche. Ihre Gläser waren randvoll mit Wodka. Glücklich stießen sie an.

»Auf daß sie nun immer glücklich sein mögen!« sagte Nikolai.

Dickon kratzte sich am Kopf und grinste.

»Milady jedenfalls ist überglücklich, das weiß ich. Ohne ihn gab es kein Glück für sie.« Er seufzte. »Ich denke, wir werden bald abreisen. Und ich muß sagen, das ist mir sehr recht. Habe genug jetzt von den Franzosen, Nikolai Kuragin. Ich werde alt, und es wird Zeit, daß ich mich irgendwo niederlasse. Falls die beiden mich nicht noch für irgendwelche Abenteuer brauchen!«

Nikolai lächelte.

»Dann haben sie ja mich!« sagte er stolz. »Ich verlasse den Vicomte nicht. Egal, in welch *fremden* Land er sich auch immer niederlassen mag!«

»Fremd?« wiederholte Dickon mit hochrotem Kopf. »England ist kein fremdes Land! Alles andere auf dieser Welt – ja, das ist fremd!«

»Ach so?« bemerkte Nikolai. »Ja, wenn das so ist, dann heiratet deine Mistreß aber einen Fremden! Willst du das denn?«

Wider Willen mußte Dickon lachen.

»Mein Vater hat mir einmal gesagt ... die Ausnahmen bestätigen die Regel!« sagte er. »Also ich würde meinen ... die Franzosen sind Fremde, aber ... der Vicomte und du, ihr seid englische Franzosen! Na, wie findest du das?«

»Richtig, Freund, absolut richtig«, antwortete Nikolai, der kein Wort von dem, was Dickon gesagt hatte, verstand, aber spürte, daß dieser es freundlich meinte. Er goß die beiden Gläser erneut voll Wodka und hob das seinige.

»Ein langes Leben für die beiden – und für uns auch!« sagte er auf Russisch, trank das Glas in einem Zug aus und warf es hinter sich. Dickon zögerte nur einen Augenblick. Höflich, wie er war, tat er das gleiche.

Gerard und Maureen hörten zwar ein Geräusch, als ob Glas zerbrochen sei, aber es schien sie nichts anzugehen. Zufrieden und glücklich lagen sie nebeneinander und hielten sich schweigend an den Händen.

»Ich kann es immer noch nicht glauben, daß du hier bist. Was für ein glücklicher Zufall!« sagte Gerard leise.

»Das ist kein Zufall«, sagte Maureen mit leuchtenden Augen. »Als ich aus dem Brief des Marquis de Guéridon erfuhr, daß du mit Napoleon den Rußlandfeldzug mitmachst, war ich außer mir vor Freude, denn nun wußte ich wenigstens, du lebst. Bis dahin hatte ich keine Ahnung, was aus dir geworden war. Nun aber wußte ich, wo du bist. Und da habe ich mich auf die Suche nach dir gemacht. *So* kam ich nach Rußland!«

Wortlos zog Gerard sie an sich. Tiefe Rührung überkam ihn. »Kein Mann verdient es, so geliebt zu werden. Ich am allerwenigsten. Oh, Maureen, wenn du wüßtest, wie weh es mir tut... all die verlorenen Jahre... es ist meine Schuld. Ich hätte den Mut haben sollen, dich gleich zu heiraten! Sechzehn Jahre hätten wir schon zusammensein können! Wie kannst du mir vergeben? Wie kannst du mich immer noch lieben?«

Maureen lächelte.

»Ich werde dich immer lieben«, sagte sie. »Und es gibt nichts zu vergeben, Gerard. Vielleicht wüßten wir gar nicht den Wert unserer Liebe zu schätzen, wenn wir so jung geheiratet hätten. Ich habe immer verstanden, daß du versucht hast, deine Pflicht zu erfüllen... auch wenn ich das Schicksal verdammte, das dich mir immer wieder wegnahm!«

Nach und nach erzählte Gerard ihr alles, was seit ihrer letzten Begegnung in Wien passiert war. Maureen seufzte, als er seinen Bericht beendet hatte.

»Du warst so oft in Lebensgefahr, Gerard. Und doch – du lebst. Wir sollten Gott dankbar dafür sein!«

»Ja, es ist ein Wunder!« stimmte Gerard ihr zu. »Ich wünschte, meine Mutter würde noch leben und unser Glück mit uns teilen . . .«

»Ich bin sicher, sie weiß davon!« sagte Maureen. »Die Vicomtesse war die einzige, die meine Liebe zu dir wirklich verstand! Sie wußte, wie sehr ich dich geliebt habe.«

»Geliebt habe?« wiederholte Gerard lächelnd.

»Und immer noch liebe. Ewig! Habe ich das nicht bewiesen, Gerard?«

Ja, dachte Gerard dankbar, Maureen hat es immer wieder bewiesen. Maureen war tapfer, furchtlos und schöner denn je. Er war der glücklichste Mann auf dieser Welt.

»Je t'aime! Je t'aime!« flüsterte er. *»Mon petit écureuil!«*